KB162837

알리페르
ALIFER

II

레베레베레
장편소설

알리페르 II

초판 1쇄 인쇄일 | 2019년 10월 01일
초판 1쇄 발행일 | 2019년 10월 11일

지은이 | 레베레베레
펴낸이 | 박성면
펴낸곳 | (주)동아

출판등록 | 제406－2012－000056호.
주소 | 경기도 파주시 문발로 115, 세종출판벤처타운 201-A호
전화 | (031)8071－5201
팩스 | (031)8071－5204
E－mail | bear6370@hanmail.net

정가 | 12,000원

ISBN 979-11-5641-158-1 (04810)
      979-11-5641-156-7 (set)

CHIC
NOVEL

알리페르
ALIFER

II

레베레베레
장편소설

목 차

chapter 5
폭로

폭로 (1)

"이거 놔요!"

갓 들어온 신병들을 교육시키는 훈련소에서 난데없는 소동이 벌어졌다. 소동의 한가운데에는 놀랍도록 아름다운 한 소년이 있었다. 솜사탕처럼 부드러운 허니 블론드에 신비로운 청록색 눈동자를 가진 소년, 멜즈였다. 하지만 훈련소의 교관들은 소년을 불길하게 바라볼 뿐이었다. 한참 동안 몸부림치다가 교관들을 뿌리치고 뒤로 물러난 멜즈는 궁지에 몰린 야생동물처럼 점점 몰려드는 사람들을 두려운 눈으로 바라보았다. 멜즈의 팔에는 마치 화상을 입은 듯 일그러진 상흔이 남겨져 있었다.

처음에 멜즈는 자신이 왜 이런 상황에 놓인 건지 전혀 이해하지 못했다. 그동안 자신을 속여 온 이사나와 에드먼드에게 화가 나

홧김에 입대하러 훈련소를 찾았을 뿐인데, 신체검사를 하는 도중 그들이 멜즈에게 수갑을 채우고 끌고 나가려고 했던 것이다.

설마 이사나가 지시한 일인가 싶어 멜즈가 반항하자, 그들은 더욱 흉험해진 얼굴로 멜즈를 구석으로 몰았다. 얼마 지나지 않아 훈련소의 교관들이 나누는 대화를 통해 멜즈는 자신이 어떤 상황에 처한 건지 알게 되었다.

3년 전, 넥시움 황가의 제2 황자 이사나 넥시움의 호소에 의해 모병제가 징병제로 바뀌면서 제국민들은 모두 입대하기 직전, 훈련소에서 한 번씩 신체검사를 받아야만 했다. 그리고 그 검사 과정 안에는 제국민들에게 알려지지 않은 특수한 검사 한 가지가 숨어 있었다.

1차 변태 직후 인간의 모습으로 의태한 알리페르, 통칭 미믹(mimic)을 걸러내기 위한 선별 검사였다.

알리페르는 원래 진화가 대단히 빠른 생명체였지만, 최근 한 세기 동안 일어난 변이에는 비할 바가 못 되었다. 두 번의 변태를 거쳐 성충이 되는 과정에서, 알리페르는 더 효과적으로 인간을 숙주로 삼기 위해 유충에서 1차 변태한 모습이 인간과 비슷하게 되도록 변형된 것이다.

수많은 알리페르 생태학자들이 갑론을박하며 정말 육안으로 구별하기 힘들 정도로 의태했다 아니다로 싸웠지만, 결국 이사나 황자가 미믹에게 속아 중앙 통제실까지 미믹을 들이게 되면서 미믹을 걸러내는 생화학적 검사는 신체검사 안에 필수 항목으로 들어가게 되었다.

알리페르는 끝없는 진화 끝에 결국 인간과 유사한 형태를 가지게 되었지만, 그래도 곤충이었다. 인간에게 없는 신체 구성 성분을 가지고 있었기에 겨우 키티네이즈(chitinase)에 의해 쉽사리 외상을 입었다. 그것은 외골격이 제대로 여물지 않은 미믹에게 더욱 치명적이었다.

그랬기에 조금이라도 약물에 반응이 있는 자가 나타나면 훈련소의 교관들이 중무장한 채 그자를 검사실로 끌고 갔다. 그리고 만약 정밀 검사에서도 미믹으로 판정 나면 그 자리에서 즉결 처분해 버렸다. 많은 수의 미믹이 이미 포스에서 사망하거나 지하 3층의 슬럼가로 흘러들어 간 상태라 많이 발견되는 건 아니었지만, 그래도 일단 1차 검사에서 양성 판정을 받은 이가 나타나면 훈련소 안에서는 비상이 걸렸다. 미믹이 아무리 성체인 알리페르보다는 약하다고 해도 인간보다는 훨씬 강했기 때문이다.

그리고 이 검사에서 양성 판정을 받게 된 멜즈는 너무 어처구니가 없어 머리가 멍해졌다. 내가 알리페르라고? 그럴 리가 없잖아! 멜즈는 화상이라도 입은 듯 화끈거리는 팔목을 붙잡으며 불안하게 속으로 중얼거렸다. 하지만 멜즈의 주위를 둘러싼 병사들의 얼굴은 심각하기 그지없었다. 마치 진짜인 듯 말이다. 멜즈는 이 말도 안 되는 상황에 점점 더 불안해졌다.

결국 멜즈는 교관들에게 붙잡혀 2차 정밀 검사를 받게 되었다. 탕탕탕─! 검사실로 향하던 도중 귀가 찢어질 듯한 굉음에 옆을 돌아본 멜즈는 온몸을 뻣뻣하게 굳혔다. 통나무에 일렬로 묶인 사람들이 군인들이 쏜 총에 맞아 피투성이가 된 채 몸을 축 늘어뜨리고 있었다. 죽은 거야? 진짜? 상상조차 해 본 적 없는 광경에 멜즈는 벌벌 떨었다.

분명, 분명 나는 인간이지만, 그래도, 만에 하나 또다시 양성이 뜨면 어떻게 되는 거지? 그럼 나도 저렇게 되는 거야? 팔다리가 묶인 채 저렇게 어이없이, 죽게 되는 거야?

검사실이 가까워질수록 몰려오는 두려움에 멜즈는 어찌할 줄을 몰랐다. 새하얗게 질린 얼굴로 검사실로 들어가지 않기 위해 발끝에 잔뜩 힘을 주자, 멜즈를 양옆에서 붙들고 있던 군인들이 신경질적으로 그를 잡아끌었다. 어서 오지 못해! 하지만 멜즈는 완전히 겁에 질려 더욱더 끌려가지 않으려 애를 쓸 뿐이었다.

교관들은 당혹스러워했다. 고작해야 키가 가슴께에 닿을 듯한 어리고 깡마른 소년이 생각보다 힘이 셌기 때문이다. 진짜 미믹인 거 아냐? 교관들은 서로 말은 하지 않았지만, 의혹에 찬 눈으로 멜즈를 바라보았다. 이대로 검사받기를 거부한다면 민간인이라도 군법상 즉결 처분이 가능했다. 평상시라면 꿈에서라도 있을 수 없는 상황이지만, 인류의 존망을 건 싸움을 앞두고 있었기에 가능한 잔인함이었다.

소총의 개머리판으로 온몸을 두들겨 맞은 멜즈는 바닥에 쓰러져 고통에 몸을 떨었다. 정말 아팠다. 단 한 번도, 스승인 에드먼드조차 멜즈를 이렇게 대한 적이 없었다. 처음으로 당한 폭력은 당혹스럽고 무섭고 또한 믿을 수 없을 만큼 아팠다. 멜즈는 덜덜 떨며 주위를 둘러싼 군인들을 바라보았다.

어떻게 할까요? 어떡하긴 뭘 어떡해? 죽여야지. 음…… 그래도 너무 어리고, 무서워서 그런 거 같으니까 검사실로 들어가도록 달래주는 게……. 시끄러워! 우리가 지금 보모 노릇할 처지냐? 저놈이 갑자기 얼굴을 바꿔서 달려들면, 하사가 다 책임질 거야?

옥신각신하며 자신의 처우를 어떻게 할지 고민하는 그들이 멜즈는 너무나도 무섭게 느껴졌다. 이제껏 알아 왔던 세상이 완전히 뒤집힌 것 같았다. 그저 자신은 입대하러 왔을 뿐인데 말이다. 너무 긴장한 나머지 멜즈의 숨이 거칠어지기 시작했다. 혹, 후욱ー. 얕은 숨만을 괴롭게 내쉬면서도 멜즈는 계속해서 불안한 눈으로 주위를 둘러보았다.

시끄러운 소동에 아까보다 더 많은 사람들이 몰려들었다. 멜즈의 주위를 둘러싼 사람들은 하나같이 얼굴이 굳어 있었다. 그들의 눈에 서린 의심, 두려움, 걱정 따위를 읽은 멜즈는 과도한 긴장으로 눈앞이 핑핑 도는 걸 느꼈다. 이대로 죽을지도 모른다고 생각하는 순간, 낯익은 목소리가 멜즈의 귀에 꽂혔다.

"그만둬요, 한스 아저씨. 저 녀석을 놔줘요."

"러셀, 너 지금 무슨 소리를 하는 거냐?"

"아저씨야말로 쟤가 누군지 알고 이러는 거예요?"

"쟤가 누군데?"

"이사나 황자가 저택에 가둬 놓고 미동으로 삼았다고 소문난 개요, 개."

러셀의 말에 멜즈를 향해 소총을 겨누던 교관들이 숨을 집어삼켰다. 좆 됐다. 그들의 일그러진 얼굴이 마치 그런 말을 하는 것 같았다. 멜즈는 숨이 막혀 흐릿해진 눈으로 자신의 앞에 선 남자의 뒷모습을 바라보았다. 남자도 어떻게 알았는지 멜즈를 돌아보았다.

다소 차가워 보이는 청회색 눈에 까마귀처럼 새카만 머리를 가진 남자는 분명 제국 대학의 연구소에서 본 적 있는 사람이었다. 왜 지금은 장교복을 입고 있는지 모르겠지만 말이다. 멜즈는 정신을 잃지 않으려고 눈을 껌뻑였지만, 너무 숨이 막혔다. 그러자 러셀은 혀를 차며 멜즈를 안아 올렸다.

"이 자식 이러다 큰일 나면 진짜 줄초상 치르니까 얼른 뛰어가서 침대 치워 놔요!"

러셀의 일갈을 마지막으로 멜즈는 까무룩 정신을 잃었다.

* * *

은은하게 흘러 들어오는 햇빛에 멜즈는 눈꺼풀을 꿈틀거리다가 눈을 떴다. 숨을 내쉴 때마다 갑갑하고 이상한 소리가 들려와 눈을 내리깔자, 얼굴에 산소마스크가 씌워져 있는 게 보였다. 이게 도대체 무슨 일이지? 멜즈가 당황하며 침대에서 일어나는데, 침대 옆의 간이 의자에 앉아 있던 러셀이 인사를 건네 왔다.

"잘 잤어?"

"러셀 씨?"

"내 이름 알고 있었네?"

러셀은 친근하게 말하며 웃어 보였지만, 멜즈는 사실 그가 조금 불편했다. 예전에 스칼렛의 책을 도서관에 반납할 때 노골적으로 적의를 내비친 사람이었기 때문이다. 지금은 일단, 생명의 은인이긴 하지만. 멜즈는 러셀에게 무슨 말을 어떻게 해야 할지 몰라 미적거리는데, 러셀이 멜즈의 얼굴에 씌워진 산소마스크를 떼어 내더니 산소통과 연결된 줄을 정리하며 투덜거렸다.

"넌 어떻게 천식까지 있는 주제에 약이 하나같이 안 먹히냐? 에피네프린도 안 듣고 네뷸라이저도 효과가 없고, 이대로 네가 죽는 줄 알고 아저씨들이 얼마나 놀란 줄 알아?"

천식 발작으로 금방까지 목숨이 왔다 갔다 한 사람에게 하는 말 치고는 걱정하는 방향이 참으로 매정했다. 멜즈가 부루퉁한 얼굴로 러셀을 바라보는데, 러셀이 품속에서 시가 케이스를 꺼내더니 시가 하나를 입에 물며 물었다.

"여긴 왜 온 거야?"

"……."

"네 논문이 심사에서 최우수로 통과되었다는 소식은 이미 들었어. 그럼 위로 올라갈 일만 남은 거 아냐? 왜 굳이 자원입대라는 바보짓을 한 건데?"

"……선생님께 연락하셨어요?"

멜즈는 대답 대신 말을 돌렸다. 그에 러셀은 멜즈를 힐끔 쳐다보다가 주머니에서 라이터를 꺼내 시가에 불을 붙였다. 금방까지 천식발작으로 쓰러진 사람 앞에서 할 만한 행동은 아니었지만, 러셀도 멜즈도 신경 쓰지 않았다. 러셀은 담배 연기를 후―, 하고 내뿜으며 심드렁하게 대답했다.

"해 봤는데, 에드먼드 교수님은 자리를 비우셨는지 어디에 계신지 아무도 모른다고 하더라고?"

"……."

"또 어디 연구라도 하러 가셨나 보지."

러셀의 말에 멜즈는 에드먼드에게 서운함을 느끼면서도 체념하듯 납득했다. 선생님은 원래 답을 일일이 가르쳐 주는 스타일이 아니었다. 오답이라는 걸 스스로 깨달을 때까지 제자가 수백 번 실패하는 것을 옆에서 지켜보기만 하는 냉혹한 스승이었다. 이번 일도 멋대로 나가 멋대로 일을 쳤으니, 알아서 정답이 아닌 걸 깨닫고 돌아오기만을 기다릴 것이다. 선생님은 그런 분이니까.

멜즈는 다시 힐끔 러셀을 바라보았다. 원래부터 사나워 보이는 인상이 찌푸려진 미간 탓에 더욱 사나워 보였다. 돌려보내긴 해야겠는데 일단 '제국민'에 속하는 멜즈가 입대를 신청한 이상, 그걸 막을 명분이 없는 듯했다. 그럼에도 이대로 훈련소로 보냈다간 앞일이 어떻게 될지 몰라 고민하는 것처럼 보였다.

하지만 멜즈로서는 이대로 물러날 수 없었다. 멜즈는 결의에 찬 얼굴로 러셀에게 말했다.

"이사나의 곁에 있기 위해 왔어요."

"뭐?"

"이사나의 곁에서 함께 알리페르와 싸우기 위해 입대를 신청하러 왔다고요."

차분하지만 힘이 들어간 멜즈의 말에 러셀은 얼빠진 얼굴로 멜즈를 바라보았다. 도대체 무슨 말을 하는 건지 몰라 잠시 멍해졌지만, 러셀은 이내 '왜 왔냐.'는 질문에 대답한 것임을 깨달았다. 러셀은 어처구니가 없다는 듯 말했다.

"네가 이사나 황자를 좋아한다는 건 소문으로 들어서 잘 알고 있는데, 겨우 그거 때문에 3년 동안 연구소에 처박혀서 만들어 낸 성과를 쓰레기통에 처박겠다는 거야? 너 지금 제국 대학에 있는 연구원들을 무시하는 거냐?"

말투는 침착했지만, 러셀은 정말 열받았는지 언성이 높아졌다. 그에 멜즈 역시 지지 않고 소리 쳤다.

"애초부터 그렇게 성과를 내려고 노력했던 것도 다 선생님이 이사나의 곁에 있기 위해선 훌륭한 학자가 되어야 한다는 말을 해서 그런 거였어요! 그런데 선생님은……. 이사나까지……! 먼저 절 기만한 건 두 사람이라고요……. 먼저 사람의 마음을 가볍게 생각한 건 두 사람이란 말이에요!"

멜즈는 배신감에 몸을 떨며 분노했다. 이성적으로는 왜 그 두 사람이 자신을 속였는지 이해하고 있었다. 하지만 도무지 감정이 거기에 따라가지 못하고 있었다. 이래서 애송이라고 불리는구나. 멜즈는 차갑게 뇌까렸지만, 그래도 분한 건 분한 것이었다. 도저히 주어진 자리에 눌러앉아 있을 수 없을 만큼, 분하고, 또 서운했다. 일그러진 멜즈의 얼굴을 난감하게 바라보던 러셀은 다 피운 시가를 시가 케이스 뚜껑에 비벼 끄며 물었다.

"그럼 왜 하필 하고 많은 병종 중에서 병사가 되겠다는 건데? 이왕 논문이 통과된 거 학위까지 수여받고 기술직에 자원하면 되잖아."

"그것도 자리가 있어야 갈 수 있는 거잖아요. 이사나가 있는 곳은, 최전방은 그렇게 고도의 기술이 필요하지 않아요. 그래서 정원도 없죠. 하지만 병사는 항상 정원이 넘쳐 나잖아요."

"그게 네 눈엔 인원수를 늘리려고 모집하는 걸로 보이냐? 딱 봐도 죽은 사람 자리 채우는 거잖아? 전쟁이 장난으로 보여?"

러셀의 핀잔에 멜즈는 동요하는 자신의 마음을 가라앉히려 노력하며 서늘하게 대꾸했다.

"……이사나가 제게 유서를 남기고 갔어요."

"아, 그게 뭐."

"아, 그게 뭐라니요? 유서를 쓰고 알리페르와의 전면전에 뛰어들었다니까요!"

"그거 헥사비스에서 나가는 병사들이 으레 하는 일이잖아? 난 또 뭐라고."

대수롭지 않게 여기는 러셀의 말에 멜즈는 충격을 받았다. 아아, 내가 이토록 보호받고 있었구나. 이토록 믿음직스럽지 못한 사람이었구나.

멜즈는 새삼스럽게 화가 치솟는 걸 느끼며 러셀에게 반박했다.

"이사나에게는 아니었다고요! 나에게는 항상 안전한 곳에 있다고 말한 주제에 사실은 항상 최전방에 있었대요! 게다가 유서에 뭐라고 썼는지 아세요? 돌아오지 못할 테니 남겨진 재산을 저더러 다 가지래요! 내가 어떤 마음으로 연구소에 남아서 논문을 써 왔는지 아무것도 모르면서……! 내가 어떤 마음으로 매일 헥사비스를 바라봤는지 아무것도 모르면서……!"

멜즈는 결국 분을 참지 못하고 눈물을 떨어뜨렸다. 너무나도 화가 났다. 이제껏 필사적으로 발버둥 치며 만들어 왔던 모든 성과들이 사실은 전부 쓸모없는 짓이었다는 게 견딜 수 없었다. 이렇게 배신감을 느낄 줄 알았다면 그날 절대 선생님을 따라가지 않았을 것이다. 이토록 이사나를 원망하게 될 줄 알았다면 이사나가 어떤 곤경에 처하든 그의 곁에서 절대 떨어지지 않았을 것이다. 멜즈가 회한에 차 오열하며 눈물을 뚝뚝 떨어뜨리자, 러셀은 난감한 얼굴로 지켜보다가 티슈를 건넸다.

"그래도 네가 입대하는 건 여러모로 아저씨들 입장에선 난감해. 네 후견인이 이사나 황자라서 더 안 된다고."

"후견인 관계 따위 끊어 버릴 거예요. 그럼 저는 그냥 지하 3층 출신인 '멜즈'가 되는 거구요."

멜즈의 고집스런 말에 러셀은 어처구니없어하면서도 피식 웃으며 덧붙였다.

"그래, 그건 그렇다 치고 천식까지 있는 녀석이 군 생활을 어떻게 버티려고? 네 꼬락서니를 봐서는 훈련 기간도 못 버틸 것 같은데?"

"못 버티면…… 그땐 정말 깔끔하게 물러날게요. 하지만 시작하기도 전에 그만두란 말은 하지 마세요. 해 보지 않고는 모르는 일이에요."

각오가 느껴지는 멜즈의 말에 러셀은 질렸다는 듯 고개를 절레절레 내저으며 중얼거렸다.

"이사나는 어쩌다가 저런 찰거머리 같은 놈을 주워 와서는……."

"……?"

친근하게 들리는 호칭에 멜즈는 의아해하는데, 러셀이 자리에서 일어나더니 멜즈에게 말했다.

"일어나서 따라 나와."

"네?"

"입대시켜 줄 테니까."

러셀의 말에 멜즈는 반색하며 침대에서 일어났다. 아직 다리가 후들거렸지만, 러셀이 언제 마음을 바꿀지 몰라 다급하게 그의 뒤를 따랐다. 멜즈와 함께 의무실에서 나온 러셀은 곧장 옆방에 있는 검사실로 들어갔다. 그리고 자리에 앉은 군의관에게 손을 내밀며 말했다.

"이 녀석 신체 검사표 있죠? 그거 내놔요."

"러셀? 그건 왜?"

"잔말 말고 줘 보세요."

군의관은 이상하게 생각하면서도 의외로 순순히 러셀에게 검사표를 넘겨주었다. 마치 낙인처럼 붉게 찍힌 미믹 1차 검사의 양성 표시를 보며 멜즈가 눈살을 찌푸리는데, 갑자기 러셀이 검사지를 북북 찢어 버렸다. 그에 군의관이 놀라서 러셀에게 소리 질렀다.

"러셀! 이게 뭐 하는 짓이야!"

"아저씨, 제가 얘가 뭐 하는 애라고 했죠?"

"이사나 황자가 후원하는 소년이라며?"

"근데 하필이면 쟤가 미믹 양성 판정이 나면 어떻게 되겠어요?

검사 결과에는 세 가지 경우의 수가 있죠. 1차 검사에서 양성이었는데 2차 검사에서 음성이 나왔다. 1차 검사에서 양성이었는데 2차 검사에서도 양성이 나왔다. 그냥 1차 검사에서 음성이 나왔다. 이 셋 중에서 어느 쪽이 아저씨에게 제일 안전해 보여요?"

러셀의 설명에도 군의관이 좀처럼 감을 잡지 못하고 고개를 갸웃거리자, 러셀은 혀를 차며 말했다.

"이사나 황자는 황태제로 내정된 인물이에요. 그런데 그가 거둔 소년이 알리페르일지도 모른다고요? 아저씨 진짜 죽고 싶어서 환장했어요? 아예 제국을 내전으로 멸망시킬 작정이에요? 1차 검사에서 거짓 양성(false positive : 음성인데 양성으로 뜨는 오류)이 많다는 거야 우리 같은 이공계열들은 잘 알지만 세상 사람들이 다 우리 같은 줄 아난 말이에요. 그러다 2차 검사에서 또 거짓 양성이 뜨면 진짜 아저씨가 그 뒷수습 다 할 자신 있어요?"

"그래도……."

"나중에 제가 다 책임질 테니까 검사지나 내놔요."

그러면서 러셀은 그 자리에서 멜즈의 이름과 검사지 항목을 채우기 시작했다. 하지만 아까와 달리 미믹 검사표는 음성으로 표기되었다. 멜즈가 그걸 얼떨떨한 얼굴로 바라보는데, 러셀이 또다시 아무렇지 않게 군의관을 윽박지르더니 신체 검사표에 1급 표시 도장을 찍어 버렸다. 너무나도 순식간에 일어난 일이라 군의관은 물론 멜즈조차 그 거침없는 행보에 할 말을 잃는데, 러셀이 멜즈에게 검사지를 넘겨주며 말했다.

"입대를 축하한다, 멜즈 아브노아. 이제부터 넌 훈련병 신분이니까 날 교관님이라고 부르도록 해."

"네, 네……. 교관님."

"그럼 다시 따라 나와."

러셀은 또다시 거침없이 건물 밖으로 나가더니 멜즈를 멀뚱히 연병장 근처 스탠드에 세워 두었다. 그리고 다른 교관들과 나지막하게 뭐라수군대다가 건물 안에서 의자 하나와 넓고 하늘하늘한 천 하나를 가지고 나왔다. 멜즈는 러셀이 무슨 일을 하려는 건지 몰라 불안에 떠는데, 러셀이 멜즈를 의자에 앉히더니 하늘하늘한 천으로 그의 목 아래를 감쌌다.

"지금 뭐 하는 건가요? 교관님."

"뭐긴, 입대하러 온 주제에 머리도 안 깎고 온 멍청이의 머리를 내손으로 직접 깎아 주려는 거지."

위이이이이잉─. 러셀의 손에 들린 바리캉이 차갑게 번뜩이며 소름 끼치는 소리를 냈다. 그에 멜즈가 본능적인 거부감을 느끼며 몸을 움츠리는데, 러셀이 도발하듯 웃으며 물었다.

"못 하겠어? 이대로 퇴소시켜 줄까?"

"아, 니요. 하세요."

위이이이이이이잉─. 멜즈의 대답에 러셀은 가차 없이 바리캉으로 멜즈의 탐스러운 머리를 밀기 시작했다. 사락사락. 머리 위가 점점 휑해지며 바람이 느껴지자 멜즈는 어째서인지 눈물이 나오기 시작했다. 머리가…… 이사나가 항상 상냥한 얼굴로 쓰다듬어 주던 내 머리가……!

"울어?"

"아, 안 웁니다!"

"우는 거 맞잖아."

"아, 안 운다니까요!"

멜즈는 필사적으로 부정했지만, 바닥에 수북이 쌓인 자신의 머리카락을 보고 결국 엉엉 울어 버리고 말았다. 그에 러셀은 견딜 수 없다는 듯 배를 잡고 한참 동안이나 다른 교관들과 함께 웃었다.

* * *

저녁 점호가 끝나고 불이 꺼지자, 내무반 안은 한 치 앞도 분간할 수 없을 정도로 캄캄해졌다. 그런 아득한 어둠 속임에도 멜즈는 각막에 새겨진 듯 내무반 안의 광경을 선하게 그려 낼 수 있었다. 겨우 몸 하나 누일 수 있는 침상 위에 훈련병들이 성냥갑 속 성냥처럼 빽빽이 누워 있을 것이다.

신병 훈련소의 훈련병들은 수세가 불리해지면 헥사비스 바깥으로 나가 제국군을 지원해야 했기에 훈련소는 바깥으로 통하는 헥사비스의 지상층에만 있었다. 하지만 헥사비스의 지상층은 모두가 선망하는 곳인 만큼 땅값이 비쌌다. 그런 천금 같은 자리에 인류의 방패가 될 병사들을 키우고 있으니 지금 이렇게나마 누울 자리가 존재한다는 것에 기꺼워해야 할 것이다.

오늘 처음 만난 사람들 사이에 끼여 겨우 몸을 누인 멜즈는 하루 동안 있었던 일로 몸이 물 먹은 스펀지처럼 축축 늘어졌지만, 어째서인지 정신은 또렷한 게 쉬이 잠이 오지 않았다. 조금만 뒤척여도 바로 닿을 듯한 타인의 체온과 귀 기울여 듣지 않아도 들려오는 타인의 숨소리는 어색하고 거슬리면서도, 어둠 속에 파묻힌 멜즈를 안도하게 하는 뭔가가 있었다.

'이사나 황자는 황태제로 내정된 인물이에요. 그런데 그가 거둔 소년이 알리페르일지도 모른다고요? 아저씨 진짜 죽고 싶어서 환장했어요? 아예 제국을 내전으로 멸망시킬 작정이에요? 1차 검사에서 거짓 양성(false positive : 음성인데 양성으로 뜨는 오류)이 많다는 거야 우리 같은 이공계열들은 잘 알지만 세상 사람들이 다 우리 같은 줄 아냔 말이에요. 그러다 2차 검사에서 또 거짓 양성이 뜨면 진짜 아저씨가 그 뒷수습 다 할 자신 있어요?'

고작, 이런 훈련병이 되는 것조차 이사나의 비호를 받아야만 가능했다. 아니, 애초에 눈을 뜬 순간부터 이사나의 비호를 받지 않은 게 없었다.

나는 도대체 왜 이사나를 뒤쫓는 걸까? 이미 유언장까지 써 놓고 멋대로 도망쳐 버린 그를 찾아가서 뭘 하려고?

이유는 알 수 없었다. 하지만 쫓지 않을 수 없었다. 뭔가에 붙잡혀 옴짝달싹할 수 없게 된 것처럼, 마치 누군가가 시키기라도 한 것처럼 멜즈는 본능적으로 그를 찾아가고 있었다.

아아, 다시 한번 그의 품에 안겨 그 달콤한 체향을 들이마시고 싶다. 그의 강인한 두 팔에 안겨 다정한 눈빛과 마주하고 싶다. 목구멍이 불타오를 것 같은 그 달콤한 체향을 씹어 삼키고 싶어, 씹어 삼키고 싶어, 씹어 삼키고 싶어……!

"……!"

혼곤하니 반쯤 잠에 빠져 있던 멜즈는 갑작스럽게 든 충동을 막아 내듯 몸을 작게 웅크렸다.

방금 뭐였지? 내가 무슨 생각을 한 거지?

심장이 미친 듯이 날뛰어 댔다. 잔뜩 가팔라진 숨결은 결핍된 뭔가를 찾듯 주변의 공기를 계속해서 탐색했다. 처음으로 느낀 이 갈증이 도대체 무엇인지 몰랐다. 누구도 가르쳐 준 적 없는 내면 깊숙한 곳에 새겨진 그 본태적인 갈급이 그저 멜즈를 두렵게 할 뿐이었다.

멜즈는 자신도 모르게 화상 자국이 남은 왼팔을 붙잡았다. 두려움 속에서 멜즈는 방금 느꼈던 그 기이한 갈증을 잊어버리려는 듯 눈을 질끈 감았다.

이사나……!

몸을 잔뜩 웅크린 멜즈는 기도하듯 자신의 영웅을 찾았다.

* * *

멜즈는 신병 훈련소에 아주 잘 적응했다. 잘 적응했다기보다 잘 적응하려고 노력했다. 왜냐하면 러셀이 멜즈에게 조건을 걸었기 때문이다. 훈련소에 있는 5주간 아무 문제없이 우수한 성적으로 훈련을 마친다면, 최전방으로 가기 위해 필수로 거쳐야 하는 특수 부사관 교육대로 보내 주겠다고 말이다.

하지만 특수 부사관 교육대로 가는 것은 중위급 이상의 장교가 추천해 주어야만 가능했다. 희한하게도 러셀이 신병 훈련소의 여러 부사관들과 친분이 있어 보였지만, 과연 장교에게 그런 부탁을 할 수 있을 만큼 친한지는 알 수 없었다. 돌이켜 생각해 보면 미심쩍었으나, 그래도 별수 없었다. 멜즈에게 이것 외에 이사나에게 다가갈 방법은 없었으니까.

"야야, 멜즈! 케일럽이 또 초콜릿 가져왔대! 초콜릿!"

고된 훈련 후, 늘어져 있던 멜즈는 초콜릿이란 말에 자리에서 벌떡 일어났다. 그에 호들갑을 떨던 멜즈 또래의 훈련병, 릭 역시 다른 놈들에게 제 몫이 빼앗길세라 총알같이 튀어나가 사람들이 서너 겹씩 둘러싼 곳을 파고들어 갔다. 멜즈 역시 릭을 뒤따라 새카맣게 몰려든 사람들 틈 사이로 끼어들었다.

멜즈와 같이 신체검사에서 1급 판정을 받은 이들은 다른 훈련병들에 비해 젊은 축에 속했다. 게다가 또래에 비해 건장하기까지 했다. 멜즈처럼 징병 나이가 되기 전에 자원입대를 한 아이들도 꽤 있었지만, 그래도 멜즈의 체구가 그중에서 가장 왜소했다. 그 아수라장 속에서 멜즈는 금방이라도 끼여 죽을 듯 끙끙거렸지만, 혹독한 훈련으로 항상 단것에 목말라 있었기에 결코 물러설 수 없었다. 끝없는 고군분투 끝에 멜즈는 결국 싸구려 판형 초콜릿 하나를 손에 쥐는 데 성공했다.

"이거 진짜 먹어도 돼? 케일럽?"

"먹어, 먹어. 어차피 먹으라고 보내 준 거야."

아귀 같은 훈련병들 가운데에 선 이십 대 초반의 남자, 케일럽은 잔뜩 거드름을 피우며 호기롭게 말했다. 처음 입대했을 때부터 앞에 나서기를 좋아했던 이 남자는 하루 걸러 한 번씩 어디에서 가져온 건지 모를 초콜릿을 뿌려 댔고, 결국 훈련병들의 절대적인 지지를 받아 기수장이 되었다.

겉보기엔 기수장이란 자리가 이런저런 사람들에게 불려 다니는 귀찮은 자리 같지만, 실제로는 그렇지도 않았다. 알리페르와의 전면전이라는 특수한 상황 속에서 군대는 아무리 작은 인원으로 쪼개져 있어도 반드시 그 무리를 통제할 머리가 필요했다. 게다가 같은 기수의 훈련병 신분으로 만난 이들은 결국 훈련이 끝나도 대체로 비슷

비슷한 곳에 배치되었기 때문에 훈련소에서 기수장을 맡았던 자들은 대체로 그대로 분대장이 되어 병사들을 통제하게 되었다. 경우에 따라서는 갓 임관한 소위를 대신해 소대장까지 대리로 맡을 수 있으니 출세가 목적이라면 그럭저럭 괜찮은 전략이었다.

기수장이 된 후에도 케일럽은 종종 훈련병들에게 초콜릿 상자를 뿌리며 자신의 입지를 공고히 했다. 그렇게 케일럽이 가져온 초콜릿 박스는 순식간에 굶주린 훈련병들 손에 찢어발겨져 형체조차 남지 않게 되었다. 그런 아수라장 가운데 멜즈 역시 그들 사이에 끼여 초콜릿을 얻어먹었다. 저택이나 연구소에서 먹었던 것과는 비교도 안 될 정도로 저렴한 초콜릿이었지만, 그래도 시장이 반찬이라고 멜즈는 평소엔 손도 대지 않았을 초콜릿을 하나도 남김없이 전부 먹어치웠다.

그렇게 상자 안의 초콜릿들이 모두 누군가의 배 속으로 들어가 버리고, 훈련병들은 소등 때까지 주어진 자유 시간 동안 각자 할 일을 하며 느긋하게 휴식을 취했다. 멜즈 역시 언제 다시 지상층으로 올라올지 모를 에드먼드에게 편지를 쓰고 있었다. 사실 쓰려고 편지지를 펼치긴 했지만, 얼마 쓰진 못했다. 도대체 무슨 말을 어떻게 해야 할지 알 수 없어서였다.

일단 멋대로 나가서 죄송하다고 하고……. 아냐, 먼저 속인 선생님이 나쁜 거잖아! 그럼 그건 건너뛰고 나는 훈련소에서 잘 지내고 있다고 해야 하나? 이것도 선생님이 별로 궁금해 하지 않을 것 같은데…….

멜즈는 난감해하며 까슬하니 짧아진 까까머리를 벅벅 긁어 대는데, 문득, 케일럽이 다른 훈련병들과 얘기하는 소리가 들려왔다.

"너네 이거 아냐? 얼마 전에 이 훈련소에서 총살당한 녀석들 말이야.

사실은 제국에서 금지하는 신문을 가지고 있어서 처형당한 거래."

"그거 혹시 '리베럼'이라는 신문 아냐?"

"어? 아네? 너도 혹시 지하 3층에서 살다가 왔냐?"

케일럽의 말에 훈련병은 조심스럽게 고개를 끄덕였다. 그에 케일
럽은 더욱더 신이 나 떠들어 댔다.

"야야, 난 솔직히 말해서 신문 하나 가지고 있었다고 왜 총살까지
당해야 하는지 이유를 잘 모르겠다? 그거 몇 년 전만 해도 지하층에서
아무나 다 보던 신문이었다고. 뜬소문 같은 게 많이 실려 있긴 했지만,
익명의 투고자들이 현 세태를 비판하는 논평들은 솔직히 꽤 재미있었
거든? 그런데 제국에서는 자기들 멋대로 지하 3층을 폐쇄시킨 것도
모자라, 자기들 입맛에 안 맞는다는 이유로 '리베럼'도 강제 폐간시켰
잖아. 신문이 존재하는 이유가 뭐야? 윗사람들이 제대로 올바른 길을
가고 있는지, 그걸 민중들에게 알리기 위한 거잖아. 신문의 탄생 의의
는 권력의 견제라고. 그러니 '리베럼'을 탄압하는 것은 민중의 눈을
가리겠다는 것과 뭐가 달라?"

논리적이면서도 힘 있는 말에 내무반의 훈련병들은 '제국이 금지
하는 것'에 대한 거부감을 느끼면서도 케일럽의 말 역시 틀린 게 없
다는 생각이 드는지 작게 웅성거렸다.

아무리 제국을 위해서라지만, 고작 신문 하나 봤다고 총살까지 하
는 건 너무한 것 같아. 아니야, 그래도 제국에서 하는 일이 틀릴 리
없잖아? 정말로 그 신문 안에 불온한 얘기가 들어 있어서 그런 거라
고, 괜히 그런 짓을 하겠어?

그런 가운데 멜즈만이 여전히 에드먼드에게 무슨 말을 써야 할지
몰라 비어 있는 편지지를 노려보았다. 그런 멜즈를 멀리서 물끄러미

지켜보던 케일럽이 대뜸 멜즈를 불렀다.

"야, 멜즈!"

"네?"

"너 전에 지하 3층 출신이라고 하지 않았어? 어디 살았는데?"

케일럽의 질문에 훈련병들의 이목이 집중되었다. 항상 어디서 살다가 왔냐고 물으면 멜즈가 어김없이 얼버무렸기 때문이다. 내심 귀여운 막내에 대해 궁금했던 훈련병들은 호기심 어린 눈으로 멜즈를 바라보는데, 멜즈가 아무렇지 않은 얼굴로 대답했다.

"잘 몰라요. 폐쇄된 뒤로는 지하층을 여기저기 떠돌아다녀서요."

"너 혼자 다니진 않았을 거 아냐. 누구랑 다녔는데? 가족? 친척?"

"절 주워 주신 분이요. 저 이제 졸리니까 잘게요."

멜즈는 아직 한 글자도 쓰지 못한 편지를 치워 버리며 회피하듯 이불을 뒤집어썼다. 뒤집어쓴 이불 표면으로 따갑게 내리꽂히는 시선이 느껴졌지만, 멜즈는 모르는 척 눈을 감았다.

괜찮아, 이 정도는 전부 이사나가 감당해 왔던 것들인걸? 멜즈는 습관처럼 화상 자국이 남은 손목을 쓸며 주변의 호기심이 가라앉기만을 조용히 기다렸다.

폭로 (2)

신병 훈련소에서의 일정이 3주차에 돌입하자, 기초적인 지식을 가르치는 교육이 끝나고 본격적인 군사 훈련에 들어갔다. 체력 단련이 시작되자 소대 내의 훈련병들은 물론이요, 교관들까지 멜즈가 훈련에 잘 따라올 수 있을지 걱정했지만, 그런 걱정이 무색할 정도로 멜즈는 낙오되지 않고 잘 따라왔다. 오히려 기초 체력은 다른 훈련병들보다 월등히 좋아 모두가 저 말라비틀어진 몸뚱이의 어디에서 저런 힘이 나오는지 의아해할 정도였다.

비밀이 많은 멜즈를 처음에는 훈련병들이 꺼림직하게 생각하기도 했지만, 워낙 훈련소에 잘 적응하는 데다가 막상 얘기해보면 그리 나쁜 녀석이 아니어서 더 이상 멜즈를 이상하게 여기지 않게 되었다. 살다 보면 밝히고 싶지 않은 과거쯤은 하나씩 있기 마련이니까.

그렇게 훈련병들은 멜즈를 동료로 받아들이고 곧잘 멜즈와 어울려 놀았다. 아는 게 많고 매사에 똑 부러지지만, 의외로 순진한 구석이 있어 멜즈는 소대 내에서 꽤 인기가 많았다.

"오늘 할 훈련은 기초 창술이다. 원래 모병제일 때는 창 말고도 자신에게 맞는 다양한 무기를 사용하도록 권장했지만, 지금 제국에서 병사들에게 보급하는 건 기본적으로 창이다."

창술 교관의 지시에 조교들이 훈련병들에게 나무창을 하나씩 나누어 주었다. 훈련병들이 모두 창을 손에 쥐자, 교관은 창술의 기본 동작을 하나씩 보여 준 뒤 훈련병들에게 물었다.

"여기서 왜 알리페르를 상대하는데 총검술이 아닌 창술을 가르치는지 궁금한 녀석이 있을 텐데, 이유를 아는 녀석이 있나?"

교관의 질문에 훈련병들은 고개를 갸웃거리며 웅성거렸다. 그에 멜즈는 주위를 돌아보다가 손을 번쩍 들며 대답했다.

"모든 제국군이 사용할 만큼 충분한 화약을 헥사비스 내에서 만들어 낼 수 없기 때문입니다."

정확한 대답에 교관은 만족스러운 미소를 띠며 말했다.

"그래, 맞다. 총이나 포를 사용하기 위해서는 그 안에 들어갈 화약이 필요하지. 하지만 화약을 대량 생산하기 위해서는 많은 재료와 섬세하게 관리된 시설이 필요하다. 더불어 총알이나 포탄을 만드는 데는 금속이 많이 들어가고. 그렇다고 총기류가 알리페르에게 치명적이냐고 하면 그렇지도 않다. 그 빌어먹을 외골격 때문에 빗나가기 십상이거든. 한마디로 알리페르에게 총기류는 가성비가 좋지 않다. 오히려 무식하게 창으로 때리고 찔러 죽이는 게 훨씬 더 효율적이지. 지금 최전방에서 알리페르와 대치하고 있는 스펙터 부대 역시,

총이나 포보다는 고전적인 냉병기로 알리페르를 상대하고 있다. 그리고 여기 있는 너희들 대부분은 알리페르와의 전면전이 벌어지고 있는 구역으로 보내지게 될 것이다."

나무창을 크게 휘두른 교관은 큰소리로 앞에 선 훈련병들에게 외쳤다.

"지금, 이 자리에 선 너희가! 앞으로 인류를 이 헥사비스에서 해방시킬 첨병이다! 그러니 오늘 이 시간 동안 본 교관이 하는 걸 잘 보고 익혀 알리페르와의 싸움에서 승리하고 돌아오길 바란다! 알겠나?"

"네!"

훈련병들의 우렁찬 대답과 함께 창술 훈련이 시작되었다. 교관이 보이는 시범에 따라 훈련병들은 절도 있는 움직임으로 나무창을 휘둘렀다. 이번 기수의 훈련병들은 꽤나 성과가 좋은 편이었다. 다른 기수들보다 훨씬 빨리 배웠고 낙오되는 사람도 없었다. 그렇기에 이미 위에서는 이번 기수에 거는 기대가 꽤 컸다.

그중에서 가장 주목받는 훈련병은 아무래도 단연 멜즈 아브노아였다. 입소 당시 큰 소동을 벌였던 이사나 황자의 소년은 소대 내에서 훈련에 잘 따라오는 축에 속했다. 이제껏 제국 대학 연구소에 처박혀 공부만 했다고 보기 힘들 정도로 멜즈는 체력도 근력도 평균 이상이었다. 무엇보다도 머리가 좋은 만큼 몸을 움직이는 방식이라든가 무기를 다루는 센스가 뛰어났다. 피는 이어져 있지 않아도 후견인을 닮는 걸까? 어느새 창을 제 몸처럼 익숙하게 다루는 멜즈를 보며 교관은 실없이 그런 생각을 했다.

"오늘 훈련은 이걸로 끝이다. 그런데 말이야, 다음 훈련 일정까지 시간이 꽤 많이 남았단 말이지."

연병장 한편에 놓인 시계탑을 힐끗 쳐다본 창술 교관은 낭패 어린 얼굴로 말했다. 그에 훈련병들 역시 얼굴이 구겨졌다. 내심 연병장 한구석에 늘어져 쉬고 싶었지만, 교관이 절대 그렇게 내버려 둘 리 없다는 걸 알기 때문이다. 게다가 교관이 훈련을 추가로 늘리면 보통 제시간에 끝나는 일이 없었다.

훈련병들 사이에서 멜즈 역시 땀범벅이 된 이마를 슥슥 닦아 내며 교관을 바라보는데, 마침 옆 소대의 훈련병들도 일정이 일찍 끝났는지 그들을 훈련시키던 교관 역시 무슨 훈련을 더 시킬지 고민하고 있었다. 그에 창술 교관이 옆 소대 교관에게 다가가 제안했다.

"소대끼리 축구나 할까?"

"뭐?"

"이긴 쪽에 포상 걸어서 축구나 하자고. MVP한테는 가산점도 주고 말이야."

가산점이란 말에 멜즈는 귀를 쫑긋했다. 하지만 제안을 들은 교관은 혀를 차며 창술 교관에게 쏘아붙였다.

"말도 안 되는 소리 하지 마. 언제부터 훈련소에서 축구로 가산점을 줬단 말이야?"

"어허, 너 축구 무시하는 거야? 축구가 얼마나 많은 기술이 필요한 운동인데!"

교관들은 서로의 의견을 내세우며 옥신각신하다가 결국 근처를 지나가던 러셀의 중재 하에 축구를 하게 되었다. 그렇지만 훈련병들 대부분은 축구가 뭔지 잘 몰랐다. 축구가 뭐지? 거기엔 멜즈도 포함되어 있었다. 러셀은 아무것도 모르는 훈련병들에게 혀를 차며 규칙을 설명해 주었다.

"그냥 상대팀 골대에 공을 차 넣으면 돼."

참으로 심플하기 짝이 없는 룰이었다. 결국 골키퍼 하나 없이 모두가 공을 쫓아 우르르 몰려가는 원시 축구가 시작되었다. 처음엔 공을 쫓는 것에 어색해하며 소극적으로 움직였지만, 얼마 지나지 않아 모두가 축구공 하나에 열중해 연병장을 뛰기 시작했다. 야! 패스해! 패스! 이쪽이라고 이 멍청아! 연병장은 흙먼지를 잔뜩 뒤집어쓴 훈련병들이 뛰어다니고 소리 지르며 순식간에 소란스러워졌다.

후반전 5분을 남겼을 무렵, 동점인 상황에서 멜즈는 공을 차며 상대편 필드를 향해 뛰고 있었다. 멜즈의 뒤로 옆 소대 훈련병들이 바짝 뒤쫓았지만, 멜즈는 용케 그 많은 수를 따돌리며 골대로 향하고 있었다.

처음에 상대팀은 멜즈의 작은 체구를 얕보며 특별히 마크하지 않았지만, 멜즈에게 두 골이나 내주면서 그들은 생각을 고쳐먹고 혼신의 힘을 다해 멜즈를 막기 시작했다. 키도, 몸집도 다른 훈련병들과 비교도 안 될 정도로 작은 주제에 몸뚱이가 강철로 되어 있는지 몸싸움을 할 때마다 비명이 절로 나왔다. 하지만 이제 시간은 얼마 남지 않았고 이번에도 골을 내주면 연장전은 꿈도 꿀 수 없는 상황이었다. 그들은 이를 갈며 필사적으로 공을 차고 있는 멜즈를 뒤쫓았다.

'어떡하지?'

골대와는 꽤 가까워졌지만, 지금 슛을 날리기엔 거리가 애매하게 멀었다. 하지만 뒤에는 상대팀의 과반수가 넘는 인원이 멜즈를 뒤쫓고 있었다. 멜즈는 도저히 판단할 수 없어 주위를 둘러보았지만, 벌써 앞에는 상대팀 선수 두 명이 멜즈의 독주를 막기 위해 뛰어오고 있었다. 이렇게 된 거 이대로 장거리 슛이라도 날려야 하나 생각하는데, 옆에서 누군가가 멜즈에게 소리쳤다.

"멜즈! 패스해! 패스!"

기수장 케일럽이었다. 하지만 멜즈는 케일럽을 보자마자 눈살을 찌푸렸다. 평소에도 케일럽이 신경 거슬리게 하는 발언을 많이 해 별로 좋아하지 않았지만, 오늘은 축구하는 내내 잘하지도 못하면서 설쳐 대 더 짜증이 났다. 확실히 케일럽에게 패스하면 골을 넣을 확률이 더 높아지기는 하겠지만, 멜즈는 그냥 못 본 척 발밑에 있던 공을 뻥 차 버렸다.

골대와의 거리가 너무 멀어 멜즈는 물론이요, 상대팀조차 저 공이 들어가기는 할까 싶었는데, 이상할 정도로 공은 너무나도 쉽게 골대 안으로 들어가 버렸다. 그 어처구니없는 득점에 모두가 멍하니 서 있다가 후반전 종료 호루라기 소리가 들리고 나서야 같은 소대 훈련병들이 멜즈에게 우르르 몰려가 들뜬 목소리로 외쳤다.

"이겼다! 우리가 이겼어!"

"포상이다! 포상!"

모두가 신이 나 이번 우승에 큰 역할을 한 멜즈를 끌어안고 헹가래를 하며 난리를 쳤다. 갑자기 공중에 내던져진 멜즈가 하지 말라며 동기들의 손을 피해 버둥거렸지만, 모두들 들은 척도 하지 않고 더 높이 멜즈를 집어 던졌다. 그렇게 모두가 신이 난 가운데, 케일럽만이 조금 떨어진 곳에서 못마땅한 얼굴로 멜즈와 훈련병들을 쏘아보고 있었다.

* * *

멜즈는 연병장 근처 수돗가에서 세수를 했다. 강제로 실컷 헹가래를 당한 뒤 땅에 내려서자, 교관은 약속대로 가산점을 주겠다고 말했다. 이번 축구에서 멜즈가 넣은 골은 마지막 골까지 합해서 무려 세 골이었다. 사실은 나 군대 체질인 거 아냐? 멜즈는 숨겨져 있던 자신의 재능에 우쭐해하며 물 양동이를 뒤집어썼다.

우와……. 진짜 시원해!

축구하는 동안 뜨거워진 몸이 적당히 식어 가자, 멜즈는 그제야 좀 살 것 같다는 생각이 들었다.

"야, 멜즈."

뒤에서 들려오는 못마땅한 목소리에 멜즈가 고개를 돌리자, 거기엔 케일럽이 서 있었다. 멜즈는 턱밑으로 뚝뚝 떨어지는 물기를 닦으며 퉁명스럽게 물었다.

"뭐예요."

"어? 어, 그게……."

케일럽은 아까의 못마땅한 기색과 달리 어찌할 줄을 모르는 얼굴로 멜즈의 눈을 피했다. 열병에 걸린 사람처럼 얼굴을 시뻘겋게 물들인 채 미적거리는 그 모습이 어째서인지 멜즈는 거북하게 느껴졌다.

"할 말 없으면 갈게요."

멜즈는 케일럽과 얘기하는 게 꺼림직해 일단 자리를 피하려 했다. 케일럽은 지나치게 멜즈의 개인사에 관심이 많은 데다가 종종 이유도 없이 멜즈에게 다가와 팔이나 목덜미 따위를 만지고 가는 변태였기 때문이다. 자기 딴에는 장난이라고 하지만, 멜즈는 종종 그게 기분 나쁘게 느껴질 때가 있었다.

물기가 뚝뚝 떨어지는 옷차림으로 멜즈가 케일럽의 옆을 지나치자, 그가 다급하게 멜즈의 팔을 붙잡으며 말했다.

"잠깐 기다려 봐!"

"왜요."

"너 말이야, 아까 왜 나한테 패스 안 한 거야?"

역시 그게 불만이었군. 멜즈는 미간을 구겼다.

케일럽은 기수장이 된 것으로 만족하지 않았다. 다른 사람들의 얘기를 듣자하니, 케일럽도 멜즈와 마찬가지로 특수 부사관 교육대에 지원할 생각인 듯했다. 그러나 케일럽은 허우대는 좋았지만, 그만큼 사격술이나 무기술에서 좋은 성적을 거두진 못했다. 오히려 떨어지는 편에 속했다.

그래서 이번 축구에서 공을 쌓으려고 했던 것 같고.. 케일럽의 욕심에 몇 번이나 상대팀에게 골을 내줄 뻔했는지 모른다. 그런 주제에 뻔뻔하게 따지러 오기까지 하다니……. 나중에 케일럽과 특수 부사관 교육대에 들어가게 되면 여러모로 골치 아픈 일이 생길 것 같았다.

"아까는 못 봤어요."

"거짓말 하지 마. 나랑 눈 마주쳤잖아!"

멜즈는 능청스럽게 거짓말을 했지만, 케일럽은 믿어 주지 않았다. 멜즈는 귀찮게 됐다고 생각하는데, 케일럽이 짐짓 섭섭해하는 얼굴로 멜즈에게 투정부렸다.

"야, 멜즈. 너 왜 나 피하냐?"

"피한 적 없는데요?"

"없기는, 형이 같이 놀자고 해도 피곤하다는 둥 할 일 있다는 둥 도망치기나 하고 말이야. 도대체 나한테 무슨 불만이 있는지 모르겠지만, 이번 기회에 속 시원히 털어 버리자, 응?"

케일럽은 흠뻑 젖은 멜즈를 대뜸 끌어안으며 은근하게 말했다. 멜즈는 어깨를 쓰다듬는 케일럽의 손길이 불쾌해 슬금슬금 뒤로 물러났지만, 케일럽은 끈질기다 싶을 정도로 멜즈를 억지로 끌어안으며 히죽거렸다.

"왜 이러세요?"

멜즈가 당황하며 물었지만, 케일럽은 천연덕스럽게 대꾸할 뿐이었다.

"왜 이러기는, 같은 전우끼리 우정을 다지자는 건데. 멜즈 너도 특수 부사관에 지원한다면서? 나도 갈 거거든. 이렇게 된 거 지금부터 서로 친하게 지내야 하지 않겠어?"

케일럽의 맥락 없는 말에 멜즈는 어이가 없었지만, 케일럽은 물기를 머금어 한층 더 살결이 촉촉해진 멜즈의 팔뚝을 만지작거리며 물었다.

"그런데 너 몇 살이야?"

"……열넷이요."

"역시 어리네. 원래 징병은 열여섯부터잖아? 왜 이렇게 일찍 들어온 거야?"

"그냥, 별로 할 일도 없고."

멜즈는 대화의 맥을 끊어 내듯 무뚝뚝하게 말하며 슬금슬금 꽁무니를 뺐다. 하지만 케일럽은 끈질기게 뒤따라와 멜즈를 구석으로 몰며 말했다.

"너, 지하 3층에서 왔다고 했지만, 사실은 엄청 좋은 집 출신 아냐? 이거 봐, 피부도 뽀얗고 손도 이렇게 말랑말랑하잖아."

굳은 살 하나 박이지 않은 멜즈의 매끈한 손을 매만지며 케일럽은 은근한 목소리로 귓가에 속삭였다. 참을 수 없는 수치심을 느낀 멜즈는 손을 뿌리치며 케일럽에게 소리 질렀다.

"아, 진짜 왜 이래요? 징그럽게!"

"뭐? 징그럽다고? 하, 이거 진짜 웃기는 놈이네. 야, 내가 너 동생 같고 귀여워서 그러는 건데 징그럽다고? 너 왜 이렇게 유난 떨고 그래? 어?"

"아니, 그러니까 제 말은……."

"네 말은 뭐? 내가 뿌린 초콜릿은 돼지같이 처먹는 주제에 내 손은 역겹냐? 이 새끼가 진짜!"

케일럽은 얼굴을 벌겋게 물들이며 멜즈에게 고래고래 소리를 질렀다. 그 소란에 그늘에서 쉬고 있던 훈련병들이 수돗가에 있는 멜즈와 케일럽을 바라보았다. 멜즈는 도대체 왜 케일럽이 화를 내는지 이해할 수 없었다. 내가 뭔가 잘못한 게 있나? 멜즈는 뭐가 뭔지 몰라 당황하는데, 멜즈 또래의 소년 하나가 대치하고 있던 두 사람 사이에 불쑥 끼어들며 말했다.

"멜즈, 버트런트 교관님이 너보고 오래."

"교관님이?"

멜즈는 왜 갑자기 러셀이 자신을 찾나 싶었지만, 그래도 이 난감한 상황에서 빠져나갈 수 있어 다행이라고 생각했다. 교관이 찾는다는 말에 케일럽도 더 이상 멜즈를 붙잡고 늘어지지 않았지만, 그래도 분한 마음을 참을 수 없는지 씩씩거리며 노려보았다. 그에 멜즈는 떨떠름하게 케일럽을 쳐다보다가 소년을 따라나섰다.

도대체 왜 저러는 거야? 멜즈는 케일럽의 행동이 도무지 이해가 가지 않아 혼란스러워지는데, 문득 소년이 교관들이 머무는 관사가 아닌, 다른 곳으로 향한다는 걸 깨달았다. 앞서가던 소년은 인적이 드문 곳까지 와서야 한숨을 내쉬며 멜즈에게 말했다.

"교관님이 불렀다고 한 건 거짓말이었어. 그냥 네가 곤란해하는 거 같아서 끼어든 거야."

"아, 그런 거였어? 고마워, 알도."

멜즈의 인사에 알도라고 불린 소년은 놀란 듯 눈을 크게 떴다가 이내 피식 웃으며 말했다.

"내 이름, 알고 있을 줄 몰랐어."

"왜?"

"같이 얘기 나눈 적이 없었잖아? 그래서 내 이름은 모를 줄 알았지."

알도의 말에 멜즈는 더욱더 그에게 고맙고 미안해졌다. 그는 얘기도 나눠 본 적 없는 자신을 위해 기수장인 케일럽의 눈 밖에 날 것을 감수하며 거짓말을 했으니까. 멜즈는 그게 굉장히 고마웠다. 하지만 알도는 물에 흠뻑 젖어 무서울 정도로 색기가 흘러넘치는 동기에게 혀를 차며 말했다.

"그것보다 지금은 바로 연병장에 돌아오지 말고 혼나더라도 나중에 저녁 먹을 시간에 돌아오는 게 좋을 거 같아. 아무래도 한동안 너한테 귀찮은 일이 생길 거 같으니까."

"귀찮은 일?"

멜즈의 물음에 알도는 난처한 듯 미간을 구기다가 한숨을 내쉬며 말했다.

"몰랐어? 케일럽이 너한테 관심이 많잖아."

관심? 무슨 관심? 멜즈는 고개를 갸웃거리다가 말하기 껄끄러워하는 알도의 얼굴을 보고 나서야 그게 무슨 뜻인지 깨닫고 어처구니가 없어져 그에게 되물었다.

"케일럽이 나한테 왜?"

"……변태라서 그런가 보지."

알도는 하고 싶은 말이 많았지만, 입을 다물기로 했다. 처음 훈련소에 들어올 때만 해도 멜즈는 그저 귀태가 줄줄 흐르는 도련님처럼 보이기만 했다. 하지만 이상하게도 훈련을 받고 단련을 거듭할수록 멜즈에게선 뭔가 말할 수 없는, 카리스마에 가까운 매력이 느껴졌다. 어린 나이임에도 소대 내에서 가장 똑똑하고 평균 이상의 체력과 근력을 가진 멜즈를 모두가 주목하고 있었다.

누구보다도 뛰어난 병사가 될 게 분명한 멜즈에게 모두가 기대와 경외심을 가졌다. 하지만 지나치게 예쁘장한 외모를 가진 탓인지 멜즈의 카리스마를 성적인 것으로 받아들이는 놈들도 있었다. 대표적으로 케일럽이 그러했다. 실제로 케일럽은 멜즈의 옆자리에 있는 훈련병에게 매일같이 자리를 바꿔 달라고 억지를 부리며 멜즈에게 추근거리고 있었다.

모두가 그걸 알고 있었기에 일부러 훼방을 놓으며 멜즈를 감싸 주었지만, 언제까지 그런 희생을 할 수는 없는 노릇이었다. 멜즈 스스로가 잘 이겨 내야 할 몫이었지만, 알도는 어쩐지 마음이 놓이지 않았다. 머리는 좋아도 어딘가 맹한 구석이 있는 동기가 걱정된 알도는 멜즈에게 엄한 얼굴로 말했다.

"아무튼, 앞으로 절대 케일럽과 단둘이 있지 마. 네 옆자리에 릭 맞지? 그 녀석이랑 붙어 다니면서 최대한 피해 다녀. 절대 엮이지 말고."

"그렇게까지 해야 해?"

멜즈는 문제의 심각성이 와닿지 않는지 귀찮은 얼굴을 하고 있었다. 그에 답답해지는 건 오히려 알도였다.

"해야 해. 너 겨우 열넷에 좋아하는 사람도 아니고, 그저 그런 기수장 놈한테 엉덩이 내어 줄 거야? 너 그리고 나중에 후회 안 할 자신 있어?"

"……알도, 그, 말이…… 좀……."

알도의 노골적인 말에 멜즈가 얼굴을 새빨갛게 물들이며 떠듬거리자, 알도는 그런 멜즈에게 혀를 차며 말했다.

"내어 주더라도 저런 시시한 녀석에게 내어 주지 말고 좋아하는 사람한테 내어 주란 말이야. 그럼 난 간다."

알도는 정신 차리라는 듯 어깨를 툭 치며 다시 연병장으로 돌아갔다. 하지만 그런 노골적인 말을 처음 들어 본 멜즈는 그제야 사태의 심각성을 피부로 느끼며 괜히 자신의 엉덩이를 더듬거렸다. 아니, 왜 멀쩡한 남자 엉덩이를 노리는 거지? 이해가 안 되네.

성적으로 담백해 자위도 거의 해본 적 없는 멜즈는 케일럽의 충동을 이해하지 못하며 고개를 갸웃거렸다. 그러다 문득 케일럽이 자신을 덮치는 상상을 해 보았다. 역겨워서 토가 나올 것 같았다. 만약 당한다면 케일럽 따위보다 이사나가 훨씬 낫지. 멜즈는 납득하며 고개를 끄덕거렸다. 그러다 자신의 생각이 너무 황당하고 어처구니없어 얼굴을 새빨갛게 물들였다.

감히 이사나에게 그런 상상을…….

하지만 이사나는 이미 멜즈에게 그런 짓을 한 적이 있었다. 처음 보는 바깥세상에서, 헥사비스의 지붕 위에서, 이사나는 자신에게 강제로 키스하고 심지어 페팅까지 했었다. 그제야 멜즈는 애써 회피해 왔던 문제가 바로 눈앞에 직면했음을 깨달을 수 있었다. 지금 자신은 이사나에게 가는 중이었다.

유언장만 남긴 채 전쟁터로 떠난 그에게 너무 화가 나 아무 생각 없이 입대했지만, 만약 이사나와 다시 만나게 된다면 이 관계는 어떻게 변하게 되는 걸까? 적극적으로 그를 뒤쫓아 가는 만큼 그가 원하는 관계에 동의하는 셈이 되는 걸까? 단순한 후견인 관계가 아닌, 성관계를 포함한 그런 관계로 말이다. 이사나가 그것을 진지하게 원한다면…… 케일럽에게 하는 것처럼 단호하게 거부할 수 있을까?

멜즈는 곧바로 답을 낼 수 없었다. 하지만 확실한 건 이사나는 케일럽 따위와 다르다는 것이었다.

* * *

'멜즈……, 멜즈…….'

석식을 받기 위해 배식 줄을 서고 있던 멜즈는 멍하니 그날 일을 떠올렸다. 어릴 때 멜즈는 이사나가 화를 낼 줄 모르는 사람이라고 생각했다. 중요한 서류에 낙서를 해도, 밤새도록 품에 안겨 칭얼거려도 이사나는 언제나 곤란한 듯 웃기만 했으니까. 그래서 멜즈는 이사나가 신처럼 느껴졌다. 이상적이고 상냥한 내 후견인. 그랬기에 멜즈는 가족도 친구도 필요 없었다. 이사나로 둘러싸인 세계에 머물 수만 있다면 아무리 좁은 우물 속이라도 얼마든지 만족할 수 있었다. 하지만.

'얌전히 있어.'

'이, 이사나⋯⋯.'

'내가 어떤 사람이어도 좋다고 했잖아.'

이상(Ideal)이라는 것은 결코 실제 세계에 존재하지 않는다. 이상은 모델의 일종이며 무언가를 이해하기 위한 틀이었다. 멜즈가 학사과정에 들어갈 무렵, 스승인 에드먼드는 그렇게 말했었다. 멜즈는 자신이 잘 이해하고 있다고 생각했다. 하지만 이해만 했을 뿐 실제로 그것을 경험해 본 적이 없었다. 그랬기에 지금 이 순간이 당혹스러운 것이다.

나는 이사나에 대해 얼마나 알고 있었을까? 수많은 시간을 그와 함께 보냈지만, 그의 생각, 그의 마음, 어느 것 하나 제대로 아는 게 없었다. 그날의 키스는 뜨거웠고 이사나의 얼굴은 평소보다 난폭해 보였다. 지금 이대로 계속 전진한다면 자신은 이제껏 알아 왔던 이상적이고 상냥한 후견인이 아닌, 다소 무섭고 이해할 수 없는 이사나를 만나게 될 것이다.

그럴 각오가 되어 있는가?

두렵다. 이제껏 새로운 것을 접하는 데 두려움을 느낀 적이 없었는데, 이번만큼은 두렵기만 했다. 하지만 이대로는 안 되었다. 진실을 마주할 것인지 상냥한 후견인의 소년으로 남을 것인지 언젠가는 결정해야 했다.

"⋯⋯즈."

"응?"

"멜즈!"

릭의 외침에 멜즈는 얼빠진 얼굴로 뒤를 돌아보았다. 그러자 같이 줄을 서고 있던 릭이 식판 더미를 가리키며 말했다.

"식판 안 꺼낼 거야?"

릭의 말에 멜즈는 그제야 상념에서 벗어나 후다닥 옆에 놓인 식판을 꺼내 들었다. 그리고 릭에게 하나를 건네려다가 릭의 뒤에 알도가 서 있는 것을 보고 그의 것도 하나 꺼내 주었다. 그러자 알도가 놀란 듯 눈을 크게 뜨더니 이내 씨익 웃으며 인사했다.

"고마워."

"나야말로."

인사를 나눈 멜즈는 배식을 받아 릭과 함께 자리에 앉았다. 그러자 릭이 멜즈에게 물었다.

"너 알도랑 친했어?"

"아니, 그런 건 아닌데?"

"그런 거치고는 되게 친해 보이던데?"

릭은 궁금해하며 눈을 반짝였다. 그에 멜즈는 축구 시합 후 있었던 일을 릭에게 말해 주었다. 그러자 릭은 의외라는 듯 눈을 휘둥그레 뜨며 말했다.

"말수가 적고 얌전해서 그런 분란에 끼어들 타입으로 안 보였는데."

"보다 못해 참견한 거래. 그런데 넌 어디 있었어? 아까 축구할 때도 안 보이던데."

멜즈의 물음에 릭은 오만상을 다 찌푸리며 투덜거렸다.

"너 때문에 케일럽한테 찍혀서 그런 거잖아. 케일럽 그 쪼잔한 새끼가 자기랑 자리 안 바꿔 줬다고 무슨 일만 있으면 나부터 족족 차출해 나가는데……! 아오 저 새끼 언젠가 각목으로 대가리를 까 버릴 거야."

릭은 멜즈에게 짜증을 내며 투덜거렸지만, 케일럽과 자리를 바꾸진 않았다. 릭은 겉보기엔 가볍고 생각 없는 녀석처럼 보였지만, 나름대로 옳지 않다고 생각하는 일은 죽어도 굽히지 않는 외골수였다. 덕분에 멜즈는 케일럽의 추근거림에서 조금이나마 벗어날 수 있었지만, 그래도 언제나 릭에게 미안했다.

"그건 그렇고, 넌 이제 어떡할 거야? 케일럽 저 새끼가 이제 노골적으로 지랄하는데."

"……글쎄."

멜즈는 껄끄러운 듯 말을 흐렸지만, 릭은 딱딱한 빵을 으적으적 씹어 먹으며 훈계하듯 멜즈에게 말했다.

"글쎄가 뭐냐, 글쎄가. 너 말이야, 훈련받을 때는 똑 부러지게 구는데 꼭 이런 쪽으로는 맹하게 굴더라? 정신 차려. 케일럽이 아무리 병신이라도 걔는 기수장이야. 어중간하게 굴면 오히려 네가 역풍 맞는 거 몰라?"

"……."

"지금도 케일럽이 널 아주 죽일 듯이 노려보고 있다고. 이럴 바에는 차라리 네가 먼저 나서서 다신 일어나지 못하게 밟아 버려야 해."

구구절절 맞는 말에 멜즈는 한숨이 나왔다. 확실히 케일럽은 다른 훈련병들에 비해 뒤떨어졌고 그로 인해 예전만큼 인망이 두텁진 않았지만, 그래도 초반에 초콜릿을 뿌린 보람은 있는지 아직도 그를 따르는 무리가 꽤 있었다. 케일럽 자체는 문제가 되지 않았지만, 무리가 있으면 귀찮은 일이 생기기 마련이다.

하지만 멜즈는 5주간 어떤 말썽도 부리지 않기로 러셀과 약속했다. 그렇기에 섣불리 움직일 수 없었다. 아무 말도 하지 않는 멜즈에게 릭은 답답함을 느끼는 듯했지만, 그렇다고 굳이 행동하라고 윽박지르진 않았다.

석식 시간이 끝나고, 멜즈는 교관에게 불려가 무단으로 연병장을 이탈한 것에 대한 질책을 받았다. 점수라도 깎이는 게 아닌가 걱정했지만, 의외로 교관은 훈계만 몇 마디 늘어놓은 뒤 멜즈를 풀어 주었다. 다행이라고 생각하며 한창 청소 중인 내무반으로 들어가는데, 평소와 달리 안이 시끌벅적했다. 멜즈는 의아해하며 가까이에 있던 훈련병에게 물었다.

"무슨 일이야?"

"야, 대박이야, 대박. 청소하다가 사물함에서 이사나 님 사진이 인쇄된 모병 전단지가 나왔대!"

"진짜?"

말을 듣자마자 멜즈는 헐레벌떡 구름처럼 몰려든 훈련병들 사이에 끼어들어 갔다. 그리고 그 한가운데에 선 훈련병이 들고 있는 전단지를 보고 눈을 크게 떴다. 분명 저건, 자신이 가지고 있지 않는 전단지였다. 이사나가 모델이 된 전단지는 몇 번 인쇄된 적이 없어 귀하기도 했지만, 그걸 파는 사람 역시 거의 없었다. 그런데 저 전단지는 처음 보는 것인 데다가 구겨진 자국조차 없을 정도로 보존 상태가 좋았다.

"야, 이거 완전 새 거 같지 않냐? 접힌 자국도 없어!"

"나 예전에 저거를 집 한 채 값에 사간 사람 얘기를 들은 적 있는데! 와, 쟤 진짜 부럽다."

처음 전단지를 발견한 훈련병은 시샘 어린 소리를 들으며 어깨를 으쓱였다. 멜즈는 재빨리 훈련병의 얼굴과 이름을 기억해 두었다.

훈련소에서의 모든 과정을 수료하면 헥사비스를 나서기 전 이틀 정도는 집에 돌아갈 수 있었다.

그동안 재빨리 사서 방에 걸어 둬야지……! 신난다!

이사나에 대한 감정이 모호한 것과는 별개로 앳된 이사나의 모습을 발견하게 되어 멜즈는 너무나도 기뻤다. 으으, 다른 녀석들이 채 가면 안 될 텐데……! 멜즈가 초조하게 전단지를 바라보는데, 전단지를 들고 있던 훈련병 뒤로 갑자기 케일럽이 나타나더니 전단지를 가로채며 들으라는 듯 빈정거렸다.

"뭐야, 대단한 건 줄 알았더니 별거 아니잖아? 고작 소아성애자가 찍힌 전단지 따위에 유난은."

케일럽의 말에 훈련병들은 웅성거렸다. 소아성애자? 모두가 처음 듣는 얘기에 어리둥절해하는데, 케일럽은 전단지에 인쇄된 이사나의 사진을 손가락으로 툭툭 두들기며 말했다.

"너네들 몰랐냐? 이사나 황자가 소아성애자인 거? 그것도 황제를 닮은 미동을 저택에 데려와서 매일 밤 잠자리까지 같이한대. 지상층에서는 유명한 얘기야."

으엑, 그게 뭐야. 그럼 자기 친형을 좋아하기라도 한다는 거야? 이제껏 그 나이가 되도록 혼담이 오가지 않은 이유가 있었네. 어쩐지 너무 우상화하는 거 같더니 그게 다 그런 변태적인 면을 가리려고 한 거였구나?

멜즈는 자신의 눈앞에서 이사나가 조롱당하는 모습을 보고 충격에 빠졌다. 그것도 다른 무엇 때문도 아닌 자신 때문이었다. 그게 비현실적으로 느껴져 멜즈는 딱딱하게 굳어져 버리는데, 훈련병들이 웅성거리는 소리에 기가 살아난 케일럽은 전단지를 바닥에 내팽개치더니 가래침을 퉤, 뱉으며 외쳤다.

"애초에 우리가 이렇게 징병된 것도 다 이 자식 때문이라고. 뭐가 제국의 영웅이고 몰란도 넥시움의 현신이야? 이 망할 자식이 권력에 눈이 멀어 포스에서 벌레들이 알 까고 있었다는 헛소리만 하지 않았어도 우리가 이 고생을 할 필요는 없었다고!"

그러면서 케일럽은 전단지를 군화발로 짓이기기 시작했다. 모두가 웅성대는 가운데, 케일럽은 저열한 욕망을 얼굴에 고스란히 드러낸 채 전단지를 더럽히고 있었다. 그 광경에 멜즈는 속에서 천불이 일어나는 것 같았다.

이사나는 이제껏 황제를 대신해 항상 헥사비스 바깥에 있었다. 누구보다 앞장서서 무시무시한 알리페르와 싸우고 팔다리를 잃고 나서도 오직 사명감 하나만으로 다시 군에 복귀한 사람이었다. 어마어마하게 힘든 재활을 거치면서! 그렇게 노력해 온 이사나가 저런 비방을 들을 이유가 있을까? 이런 모욕을 당해도 되는 것이냔 말이다. 멜즈는 눈앞이 새빨개지는 걸 느끼며 앞에 나섰다.

"듣자하니까 형이 하는 말 정말 못 들어 주겠네요. 이사나 황자가 소아성애자라고요? 권력에 눈이 멀었다고요? 예전부터 생각했지만, 형은 도대체 어디서 그런 근거 없는 말을 듣고 와서 이상한 소리를 하는 겁니까?"

멜즈의 반박에 케일럽은 전단지를 짓이기는 걸 멈추고 멜즈를 돌아보았다. 그리고 멜즈에게 다가오더니 차게 웃으며 말했다.

"멜즈, 요즘 내가 귀엽게 봐주니까 눈에 뵈는 게 없나 보다?"

어처구니없는 말에 멜즈는 피식 웃으며 대꾸했다.

"아~ 형이 저한테 추근거린 게 사실은 제가 귀여워서 그런 거였어요? 워낙 더럽게 질척거려서 발정 난 개새끼가 훈련소에 들어온 줄 알았는데."

멜즈의 신랄한 말에 주변은 정적에 휩싸였다. 처음에 케일럽은 멜즈가 무슨 말을 하는지 이해하지 못했다. 그러다 이내 알아듣고 얼굴이 붉으락푸르락해졌다. 그에 멈추지 않고 멜즈는 생글생글 웃으며 독설을 날렸다.

"뭐 눈에는 뭐만 보인다고 형이나 똥물 새지 않게 늘어진 똥구멍 관리 잘 하세요. 애꿎은 저한테 박히고 싶어서 얼쩡거리지 마시고요. 필요하면 방망이라도 하나 깎아 드릴까요? 성욕은 중요한 거잖아요. 특히 형처럼 맨날 헉헉거리면서 실만 한 고추를 아무데나 비비적거리는 사람한테는요."

"너 이 자식!"

케일럽은 터질듯이 얼굴을 붉히며 멜즈에게 달려들었다. 하지만 멜즈에게 미처 도달하기도 전에 케일럽은 바닥에 엎어져 버렸다. 그 뒤에는 발을 건 릭이 히죽히죽 웃으며 케일럽을 내려다보고 있었다. 푸흐흐, 크크큭. 분위기는 순식간에 반전되어 모두가 케일럽을 내려다보며 비웃었다. 거기에는 케일럽의 무리 역시 끼어 있었다. 이렇게 큰 망신을 당하자, 아무래도 견딜 자신이 없는지 케일럽은 자리에서 벌떡 일어나 밖으로 뛰쳐나갔다.

"푸하하하하, 멜즈 너 진짜 대단하다. 그렇게 안 보였는데!"

"케일럽 얼굴 봤냐? 완전 시뻘개져서는 잘못하면 울겠더라. 크크 크큭."

내심 케일럽에게 불만이 많았던 훈련병들은 이때다 싶어 멜즈에게 케일럽의 흉을 보았다. 그에 멜즈는 머쓱해져 뒷머리를 긁적이는데, 어느새 다가온 알도가 후련해 보이는 얼굴로 말했다.

"잘했어. 내 속이 다 시원해지더라."

"그런데 이래도 되는지 모르겠어."

이사나가 모욕당하는 것에 욱해 앞에 나섰지만, 멜즈는 여전히 자신이 잘한 것인지 알 수 없었다. 다시 그때로 돌아간다 해도 똑같이 나설 것 같지만 말이다. 멜즈가 복잡한 얼굴로 한숨을 내쉬는데, 릭이 멜즈의 어깨를 팡팡 내리치며 말했다.

"야, 안 될 건 또 뭐 있냐? 예전부터 재수 없었는데 잘됐지, 뭐."

아마 이번 일 이후로 케일럽의 위상은 많이 떨어질 것이다. 모두가 케일럽의 완장질에 내심 불만을 가졌으나, 먼저 나서는 사람이 없어 참고만 있던 중이었다. 그런 와중에 멜즈가 시원하게 터트려줘 모두가 반가워하고 있었다.

분위기상 멜즈가 반대파의 구심점이 된 것 같았지만, 아무도 불만을 가지진 않았다. 멜즈 정도면 케일럽 대신 기수장을 맡을 만하지. 모두가 벌써부터 멜즈를 기수장으로 인정하는데, 그걸 아는지 모르는지 멜즈는 케일럽이 있던 자리로 다가가 너덜해진 전단지를 주워 들었다. 구둣발에 짓밟히고 가래침이 묻어 더러웠지만, 멜즈는 손수건을 꺼내 전단지에 묻은 오물을 조심스럽게 닦아 냈다. 그리고 전단지를 처음 발견한 훈련병에게 다가가 말했다.

"이거 나 가져도 될까?"

"이걸?"

찢어지고 더러워져 상품으로써 가치가 하나도 없어진 전단지를 왜 달라고 하는지 몰라 훈련병이 얼떨떨한 얼굴로 멜즈를 바라보는데, 멜즈가 민망해하며 말했다.

"이거 모으고 있거든. 원하는 대로 답례는 해 줄게."

"아냐, 괜찮아. 그냥 너 가져. 어차피 주운 거고."

"진짜?"

"응."

"정말 고마워!"

훈련병에게 꽃처럼 활짝 웃어 보인 멜즈는 너덜거리는 전단지를 소중히 품에 안고 재빨리 개인 사물함으로 향했다. 찢어지긴 했지만, 많이 더럽혀지지 않아 이 정도면 훌륭한 컬렉션이 될 수 있을 것 같았다. 멜즈가 행복한 얼굴로 전단지를 펴서 사물함 안에 넣는데, 알도는 그 모습을 다소 복잡해 보이는 얼굴로 지켜보고 있었다. 릭은 그런 알도 옆에 다가와 그에게 말을 붙였다.

"안녕, 난 릭이야."

"난 알도."

짧게 통성명을 마친 릭은 멜즈를 바라보며 알도에게 물었다.

"너도 쟤가 걱정되냐?"

"아무래도 그렇지, 케일럽은 망신당한 채로 가만히 있을 놈이 아니니까."

"한동안 지켜보는 게 좋겠지?"

"그렇겠지?"

알도는 불안한 눈으로 케일럽이 뛰쳐나간 문 쪽을 바라보며 대답했다.

* * *

그 일이 있은 후, 케일럽은 한동안 조용했다. 의기소침해진 건지, 예의 초콜릿을 뿌리는 일도 하지 않게 되었다. 다만 멜즈를 향해 가끔 무시무시한 시선을 보낼 뿐이었다. 하지만 멜즈는 별로 신경 쓰지 않았다. 제국 대학에 있을 때도 저런 식으로 쏘아보는 사람은 있었지만, 결국 그들은 멜즈에게 어떠한 해코지도 하지 못했다.

얼간이 같기는. 멜즈는 속으로 비웃으며 얼마 남지 않은 훈련병 생활을 느긋하게 보낼 수 있게 되었다고 생각했다. 하지만 그게 착각이라는 것을 얼마 지나지 않아 깨닫게 되었다.

"지금 이 안에 있는 불온 분자가 금서로 지정된 인쇄물을 가지고 있다는 제보가 들어왔다. 훈련병들은 모두 머리에 손을 얹고 벽에 서라."

헌병대의 말에 휴식을 취하고 있던 훈련병들은 영문도 모른 채 머리에 손을 얹고 벽에 기대섰다. 그리고 헌병대는 자리를 돌며 훈련병이 소지한 물품 하나하나를 뒤지기 시작했다. 얼마 지나지 않아, 한 헌병이 멜즈의 수납장 안에서 못 보던 신문 하나를 꺼내 들며 소리쳤다.

"찾았습니다! '리베럼'입니다!"

헌병의 말에 소대 내를 주시하고 있던 헌병대 분대장이 멜즈의 자리로 다가와 수납장에서 나온 〈리베럼〉을 훑어보았다. 그리고 딱딱하게 굳어진 얼굴로 훈련병들에게 물었다.

"이 자리의 주인이 누구지?"

"전데요. 하지만, 전 이걸 처음 봅니다!"

멜즈는 자신의 기억에 전혀 없는 신문을 보며 당혹스러워하는데, 분대장은 그저 변명이라고 여겼는지 대원들에게 눈짓해 멜즈를 포승줄로 묶어 버렸다. 멜즈는 필사적으로 자신의 결백을 주장하며 자신을 도와줄 사람을 찾아 내무반 안을 돌아보는데, 문득 웃고 있는 케일럽과 눈이 마주쳤다.

설마? 저 자식이?

멜즈는 이를 갈며 케일럽을 노려보았지만, 헌병대는 반항하는 그를 채근하며 밖으로 끌고 나갈 뿐이었다.

'하.'

멜즈는 어이가 없었다. 분명 이사나를 만나러 가기 위해 목숨을 걸었지만, 이런 어처구니없는 방식으로 죽을 위기에 처할 줄은 상상조차 해 본 적이 없었다. 아니, 그것보다 아무리 미워도 누명을 씌워 사람을 죽이려 한다는 발상 자체를 이해할 수 없었다.

그러나 이미 소지품에서 〈리베럼〉이 나온 이상, 멜즈는 편히 죽기도 그른 몸이었다. 어디서 나온 건지 모를 신문의 출처를 알아내기 위해 헌병대는 정신을 빼놓을 때까지 멜즈를 고문할 테니까.

포승줄로 온몸이 묶인 채 멜즈는 고문실로 끌려갔다. 백열등 하나만이 어슴푸레하게 주변을 비추는 고문실 중앙에는 사무용 책상 하나와 나무 의자 두 개가 놓여 있었다. 아마도 헌병대가 취조하기 위해 만든 공간인 듯했다. 이것만 본다면 일반 사무실과 별다를 게 없어 보였지만, 평범해 보이는 책상과 의자에는 군데군데 거무튀튀한 무언가가 흔적처럼 남아 있었다.

설마 저거 핏자국이야? 멜즈의 불안을 대변하듯 고문실 한쪽 벽면에는 몽둥이, 펜치, 쇠말뚝, 채찍 등이 가지런히 정리되어 있었다. 보기만 해도 등골이 오싹해지는 그 광경에 멜즈는 패닉에 빠져 헌병들에게 소리 질렀다.

"저는, 저는 그 신문을 처음 봐요!"

"……."

"그건 제 것이 아니에요! 제가 그런 걸 가지고 있을 리가 없잖아요! 저는 단 한 번도 제국의 이념과 반대되는 행동을 해 본 적이 없어요! 전 불온 분자가 아니라고요!"

"……."

"제발요! 전 억울해요!"

멜즈의 호소에도 헌병들은 못 들은 척, 멜즈를 딱딱한 나무 의자에 억지로 앉힌 뒤 밧줄로 고정시켰다. 극심한 공포로 멜즈는 몸을 덜덜 떨었지만, 아무리 생각해도 자신의 결백을 증명할 방법이 없었다. 저들에게 필요한 건 억울하다는 말뿐인 호소가 아닌, 결정적인 증거였다. 현재 멜즈에게 불온 분자라는 증거는 있지만, 아니라는 증거는 어디에도 없었다.

나 이렇게 죽는 거야? 이사나도, 선생님도 모르는 사이, 이런 곳에서 고문당하다가 죽는 거냐고……!

멜즈는 눈물이 쏟아질 것 같았다. 이럴 줄 알았으면 그날, 망설이지 말고 이사나를 찾아갔어야 했다. 이렇게 죽게 될 줄 알았다면 그날 무슨 일이 있어도 이사나와 한 번 더 만났어야 했다.

탕ㅡ.

멜즈를 의자에 묶은 헌병들이 나가고 장교복을 입은 두 사람이 고문실 안으로 들어왔다. 멜즈를 고문할 수사관인 듯했다. 멜즈는 잔뜩 겁에 질린 얼굴로 고개를 들어 백열등 불빛 아래에 드러난 수사관들의 얼굴을 바라보았다. 그러다 한 사람이 아는 사람이라는 걸 깨닫고 자신도 모르게 중얼거렸다.

"러셀?"

"교관님이라고 부르랬잖아."

러셀은 면박을 주며 멜즈의 맞은편에 앉았다. 천만다행으로 취조하러 온 사람은 러셀인 듯했다. 러셀은 멜즈가 무슨 일이 있어도 이 사나를 배신하지 않을 거라는 걸 잘 아는 사람이었다. 그러니 그의 도움을 받으면 이 누명도 손쉽게 벗겨 낼 수 있을 터였다.

"교관님, 저는 '리베럼'을 소지한 적이 없습니다! 누군가가 제 사물함에 넣어 저를 모함한 것에 불과합니다!"

"그래? 널 모함한 사람이 누군데?"

멜즈는 당연히 케일럽의 이름을 말하려다가 머뭇거렸다. 〈리베럼〉은 소지하는 것만으로도 총살형에 처해졌다. 그러니 멜즈가 케일럽의 이름을 말하는 순간, 케일럽은 죽게 되는 것이다. 하지만 정말 케일럽이 모함한 게 맞을까? 범인은 따로 있고 케일럽은 그저 끌려 나가는 꼴이 우스워 히죽거리고 있었던 게 아닐까?

자신의 말 한 마디에 무고한 사람이 죽을 수도 있다는 생각에 멜즈는 좀처럼 입을 열지 못하는데, 러셀이 허탈하게 웃었다. 마치 실망이라도 한 것처럼 말이다.

"내가 분명 말했지? 5주간 아무런 문제를 일으키지 않아야 헥사비스 밖으로 보내 준다고. 그러니 이제 다시 연구소로 돌아가."

"잠깐만요, 교관님! 제 말을 들어 보세요! 정말로 저는 누명을 쓴 것에 불과해요! 그 신문은 제 것이 아니라……!"

탕—!

멜즈의 말을 더는 듣고 싶지 않다는 듯 러셀은 주먹으로 책상을 두들겼다. 그에 멜즈가 몸을 움찔거리자, 러셀은 냉소적인 얼굴로 멜즈에게 말했다.

"아브노아 훈련병, 자네 뭔가 착각하고 있는가 본데, 나는 분명 문제를 일으키지 않아야 한다고 했어. 자네가 억울하든 말든 그건 내가 알 바가 아니라고."

"……."

"테스트에서 떨어진 이상, 넌 이사나의 옆에 있을 자격이 없어. 그러니 돌아가. 중위, 저 녀석을 풀어 줘."

"하지만 소령님……!"

러셀의 말에 그의 옆에 서 있던 부관이 반발했다. 러셀이 돌아보자, 부관은 우물쭈물하며 러셀에게 말했다.

"'리베럼'이 나온 이상, 조사는 해야만 합니다. 이대로 저자를 풀어 주시면 안 됩……."

"자네 지금 상관의 명령에 불복하겠다는 건가?"

"아니, 그게……."

"하긴, 사관 학교 졸업하고 실무에 관여해 본 일이 거의 없으니 못 미덥기는 하겠지. 그래도 풀어 줘, 중위. 나중에 설명해 줄 테니까."

러셀의 말에 보좌관은 못마땅한 얼굴을 하면서도 결국 멜즈를 풀어 주었다. 의자에서 풀려난 멜즈가 허망한 얼굴로 러셀을 바라보는데, 러셀은 그런 멜즈에게 짐 가방을 던져 주며 차갑게 인사했다.

"4주 동안 수고 많았습니다."

폭로 (3)

훈련소에서 들려오는 훈련병들의 구호 소리를 들으며 멜즈는 멍하니 서 있었다. 훈련소에 얼마나 있었다고 바깥 풍경이 낯설게만 보였다. 지금 입고 있는 사복조차 맞지 않는 옷을 입은 것처럼 어색하게 느껴지기만 했다. 그것보다 멜즈는 아직도 꿈속에 있는 것처럼 얼떨떨하고 믿기지 않았다. 너무나도 많은 일들이 한꺼번에 닥쳐와 도저히 실감이 나지 않았다.

어디로 가야 하지?

원래라면 머물고 있던 연구소나 이사나의 저택으로 향해야 했지만, 이상하게도 지금은 그곳에 가고 싶지 않았다. 길바닥에 서서 잠시 고민하던 멜즈는 결국 에드먼드의 집으로 가기로 했다.

에드먼드의 집은 이사나의 저택과 마찬가지로 중앙 구역이 아닌,

외곽에 존재했다. 헥사비스 바깥 환경을 보다 편하게 연구하기 위해서이기도 했지만, 에드먼드는 기본적으로 사람이 많은 것을 좋아하지 않았다.

지금쯤 집에 있을 선생님이 이 꼴을 보게 된다면 아마 배를 잡고 웃을 것이다. 호기롭게 뛰쳐나간 주제에 결국 머리만 빡빡 깎인 채 훈련소에서 쫓겨났으니 말이다. 에드먼드가 한동안 얼마나 비웃을지 상상만으로도 위가 아파 왔지만, 지금 멜즈에겐 에드먼드의 집 외에는 돌아가고 싶은 곳이 없었다.

버스로 한 시간 남짓한 거리였지만, 수중에 돈이 한 푼도 남아 있지 않았던 탓에 멜즈는 훈련소에서 집까지 걸어가게 되었다. 할로겐등이 드문드문 세워진 거리를 터벅터벅 걸으며 멜즈는 생각에 빠졌다. 이제 병사가 되어 이사나를 만나러 간다는 방법은 없어졌다. 애초부터 미믹 양성 판정을 받고도 입소할 수 있었던 건 러셀의 허가 덕분이었으니 다른 훈련소로 입소한다고 해도 훈련병이 될 수 있을지 의문이었다.

그런데 러셀은 도대체 정체가 뭐지?

소지품에서 〈리베럼〉이 나왔는데도 러셀의 지시로 멜즈는 손쉽게 헌병대에서 풀려날 수 있었다. 러셀의 부관으로 보이는 사람은 러셀을 '소령님'이라고 불렀는데, 러셀은 도대체 무슨 직책을 가지고 있었던 걸까? 그 사람은 분명 사관 학교 졸업 후 계속 제국 대학에 있었던 것으로 알고 있는데……. 생각에 빠져 있던 사이, 멜즈는 어느새 에드먼드의 집 앞에 도착했다.

에드먼드의 집은 2층으로 구성된 자그마한 단독 주택이었다. 에드먼드는 이제 셋밖에 남지 않은 넥시움 황가의 적통이지만, 이사나와 마찬가지로 그는 그것을 과시한다거나 기껍게 여기진 않았다. 집 앞에 있는 작은 정원조차 아름다운 정원수로 꾸미기보다 케일, 콜라비, 양배추, 허브 따위를 심으며 텃밭처럼 사용할 뿐이었다. 하지만 자주 집을 비우는 탓에 정원은 제멋대로 자라난 채소와 잡초들로 금세 너저분해졌다.

멜즈는 짐 가방을 내려놓고 습관처럼 텃밭에 자라난 잡초들을 솎아 냈다. 예전에는 잡초와 채소를 구분하지 못해 눈물이 쏙 빠지게 혼이 났지만, 지금은 눈을 감고도 구분할 수 있게 되었다.

어느 정도 텃밭이 정리되자, 멜즈는 다시 짐 가방을 메고 안으로 들어갔다. 선생님은 집에 없으신 건지 현관문이 굳게 잠겨 있었다. 멜즈는 현관문 옆 화분 아래에서 열쇠를 꺼내 문을 열었다.

"······?"

문을 열고 들어가자, 오랫동안 방치된 집 특유의 먼지 냄새가 났다. 선생님은 아직도 지상층에 안 돌아오신 건가? 멜즈는 의아해하며 집 안을 둘러보았다. 부엌은 파리가 들끓어 왱왱거리는 소리로 시끄러웠다. 싱크대 안에 방치된 식기와 음식물 쓰레기 때문인 듯했다. 꽤 오랫동안 방치되었는지 음식물 쓰레기에는 곰팡이가 잔뜩 피어 있었다.

설마 하는 생각에 냉장고를 열어 보자, 사 놓은 야채들이 흐물흐물해져 악취를 풍기고 있었다. 손을 쓸 수 없을 정도로 썩어 버린 음식물들을 보며 멜즈는 한숨을 내쉬었다. 에드먼드는 좋은 연구 주제가 떠오르면 종종 아무 말 없이 훌쩍 떠나곤 해 냉장고에서 식재료가 자주 썩어 갔다. 당연하게도 그 뒤처리는 수제자인 멜즈의 몫이었다.

이번엔 또 말도 없이 어디로 가셨대? 멜즈는 무심하기 짝이 없는 스승님께 불만을 느끼며 부엌 청소를 시작했다. 썩은 식재료와 음식물 쓰레기는 적당히 텃밭에 묻어 버리고 음식물이 말라붙은 식기는 물에 불린 뒤 깨끗이 씻어 싱크대에 엎어 두었다. 대충 부엌 정리가 끝나자, 한숨 돌릴 틈도 없이 멜즈는 먼지떨이를 들고 서재로 향했다.

"……."

예상대로 서재도 개판이었다. 엄청나게 많은 책과 논문집으로 책상은 물론이요, 바닥까지 빈틈이 보이지 않을 정도였다. 도대체 이번엔 어떤 연구를 하시는 거지? 멜즈는 의아해하며 널브러진 책들을 주워 책장에 꽂기 시작했다.

에드먼드가 꺼내놓은 책들은 대부분 의학 관련 도서였다. 일반인들도 이해하기 쉬운 기초 이론서부터 환자들의 임상 결과가 담긴 학술지까지 종류도 다양했다. 본래 에드먼드는 사람에게 관심이 없어 의학 관련 주제는 연구하지 않았다. 단 하나, 카노스에 대한 임상 연구를 제외하면 말이다.

그렇다면 지금 진행하고 있는 연구도 카노스에 대한 것일까? 호기심이 생긴 멜즈는 책꽂이에 책을 꽂다 말고 스승이 작성하다가 만 논문들을 살펴보았다.

『항산화 물질에 의한 카노스(Cerebral Atrophy NOS) 진행 지연』

『수초 보호 물질에 의한 뉴런 회복 가능성』

『콜린에스테라제 억제제 사용에 의한 위축된 대뇌 피질의 소생 가능성』

예상대로 논문은 전부 카노스에 대한 것이었다. 멜즈는 논문의 맨 마지막 장을 넘겨 결론 부분을 살펴보았다. 하지만 긍정적인 결론이

난 논문은 없었다. 카노스를 앓고 있는 환자는 소생이 불가능했다. 기껏해야 진행을 늦추는 방법밖에 없었다.

선생님은 도대체 왜 카노스만 연구하시는 거지? 연구 기간이 꽤 오래된 것 같았지만, 에드먼드는 멜즈에게 내색조차 한 적이 없었다. 기껏해야 지난번 지하 3층에 데려가 부려 먹은 것뿐이었다. 멜즈는 왠지 모를 꺼림칙함을 느끼며 다시 서재를 정리하기 시작했다.

"후우……."

때 아닌 대청소를 한 탓일까, 피로가 몰려들었다. 저녁 준비를 하려면 장을 봐야 했지만, 지금은 손가락 하나 까딱하고 싶지 않았다. 힘없이 소파에 널브러져 있던 멜즈는 멍하니 벽을 바라보다가 이내 생각에 잠겨 들었다.

처음에는 그저 다시 한번 이사나를 만나고 싶었을 뿐이었다. 이사나가 잘못을 저질렀다지만, 그렇다고 그와 두 번 다시 만나고 싶지 않은 건 아니었다. 그 일을 묻어 두든 풀어내든 관계가 끊어지게 하고 싶지 않았을 뿐이다.

이사나의 저택을 나선 이후, 그와의 관계는 언제나 조심스러웠다. 그의 방해가 되지 않기 위해 언제나 참고 또 참기만 했다. 만나고 싶어도 꾹 참고 언젠가 그의 도움이 되길 바라며 항상 연구소에 처박혀 공부만 했다. 그의 말을 들으면, 에드먼드의 말을 들으면 언젠가 당당히 그의 곁에 있을 수 있게 될 줄 알았다. 그렇게 그가 보여 주는 면만 보며 언제까지고 행복할 수 있을 줄 알았다. 그가 거짓말을 하고 있었다는 걸 알게 되기 전까지는 말이다.

항상 안전한 곳에 있다는 말도 거짓말. 이제껏 보여 준 상냥한 후견인의 모습도 거짓말. 그는 거짓말쟁이였다. 남을 배려한다는 핑계로 무수히 많은 거짓말을 해 왔다. 그랬기에 멜즈는 착각했다. 다른 사람들과 달리 자신만은 이사나에게 특별한 존재라고, 한 점의 거짓도 없는 진실한 관계라고 생각했다.

하지만 자신도 다른 사람들과 마찬가지였다. 이사나가 아닌 제국의 영웅, '이사나 넥시움'을 만나고 있었을 뿐이었다. 그의 진짜 모습을 알기 위해선 이곳에 있어선 안 되었다. 헥사비스 바깥으로 가야했다. 어중간한 마음으로 제대로 각오도 안 된 채 그저 보고 싶다는 마음으로 그를 뒤쫓고 있었지만, 이젠 그것도 끝이다. 이제 더 이상 그를 만날 수 없다. 만날 방법이 없다.

여기서 그가 돌아올 때까지 기다리는 게 옳은 건지도 몰랐다. 그가 원하는 대로 황립 학회의 회원이 되어 작위를 받고 학자로 남는 게 맞는 건지도 몰랐다. 이사나는 돌아오지 못할지도 모른다고 했지만, 그건 헥사비스 밖으로 나가는 제국군들이 으레 하는 생각이었다. 이사나는 초대 넥시움 황제의 현신이라고 불리우는 영웅이었다. 그런 이사나가 전쟁터에서 죽을 리 없다. 그러니 여기서 그를 기다리자. 그저 그가 후원하는 소년으로서 언젠가 돌아올 그를 기다리자. 지금의 나는 그에게 힘이 되어 줄 수 없으니까. 나는 그저 그의 추문을 더하는 더러운 티끌에 불과하니까.

"아……"

턱 끝에서 뚝뚝 떨어지는 액체에 놀라 멜즈는 손등으로 젖은 뺨을 훔쳤다. 그를 쫓는 걸 포기하자마자, 이상하게도 눈물이 쏟아져 나왔다. 멜즈는 슬프지 않았다. 그게 현실이었다. 자신에게 어떠한 타이틀도 없으면 자신은 그저 이사나의 명예에 흠집이나 내는 미동에 불과했다. 그의 고결한 희생, 긍지, 신념을 땅바닥에 처박는 시궁창이었다. 그러니 정말 그를 위한다면 넥시움의 의무를 짊어진 그를 이해해 주어야 했다. 그게 어른이었다. 이제 어린아이인 채로는 더 이상 그의 곁에 남을 수 없었다.

하지만······.

그런데도······.

"흐으, 하아, 흐으······!"

알면서도 감정이 이성의 판단을 따라가지 못했다. 보고 싶다. 보고 싶다. 보고 싶다. 오직 그 생각만으로 가득 차 울음을 멈출 수 없었다. 아이처럼 떼를 쓰고 붙잡고 싶었다. 아무것도 하지 말고 나랑만 있으면 안 돼요? 뭐든지 할게요. 이사나가 원하는 거라면 뭐든 좋아요. 그러니 다른 사람의 이사나가 되지 말아 주세요. 너무 먼 곳으로 떠나 소식조차 들을 수 없게 사라지지 마세요.

멜즈는 아주 오랫동안 서러운 울음을 터뜨렸다.

* * *

한동안 소파에 앉아 우울감에 젖어 있던 멜즈는 배에서 나는 꼬르륵 소리에 결국 한숨을 내쉬며 자리에서 일어났다. 아무리 우울해도 배꼽시계는 민망할 정도로 정확했다. 나가기 귀찮아 간단히 무언가를 만들어 먹으려 했지만, 썩어 버린 식재료들을 전부 내다 버려 냉장고는 텅텅 비어 있었다.

결국 멜즈는 귀찮음을 무릅쓰고 밖으로 나가기로 했다. 아직 시장이 열려 있으려나? 꽤 늦은 시간이었지만, 이렇게 날씨가 온화한 계절에는 종종 야시장이 들어서기도 했다. 현관문을 잠그고 아까처럼 화분 밑에 열쇠를 숨긴 멜즈는 정원을 지나 대문을 열었다가 문 앞에 선 사람을 발견하고는 흠칫 놀라고 말았다.

케일럽? 케일럽이 왜 여기에…….

의외의 인물이 등장해 멜즈는 몸을 굳혔다. 꽤 오랫동안 기다렸는지 케일럽의 발밑에는 담배꽁초가 가득했다. 멜즈가 당혹감에 빠져 얼어 있는데 케일럽은 그런 멜즈에게 히죽 웃어 보이더니 인사했다.

"안녕, 멜즈."

"……안녕, 케일럽."

훈련소에 있어야 할 케일럽이 왜 여기 있지? 우연? 그럴 리 없다. 하고 많은 지역 중, 훈련소에서 버스로 한 시간이나 걸리는 이곳에서 마주치는 게 우연일 리 없었다. 도대체 무슨 목적이지? 그리고 훈련소에서는 어떻게 나온 거고? 멜즈의 머릿속은 수많은 생각들로 드글드글 끓었지만, 케일럽은 반갑다는 듯 들고 있던 담배를 발로 비벼 끄며 말했다.

"멜즈, 너 여기 사는구나? 여기가 널 주워 주셨다는 사람네 집이야? 그분은 안에 있어?"

자기 딴에는 능청스럽게 얘기하고 있다고 생각하겠지만, 멜즈의 눈에는 케일럽의 수작이 훤히 보였다. 케일럽은 지금 멜즈가 혼자인지 아닌지 확인하고 싶어 안달이 나 있었다. 저렇게 사람이 허술하니 별것 아니라는 생각이 들지…….

멜즈는 새삼 케일럽의 같잖은 술수에 놀아나 훈련소에서 쫓겨난게 화가 났다. 아니다, 케일럽이 했다는 증거도 없는데 그런 억측은 하지 말자. 멜즈는 애써 자신을 다독이며 대답했다.

"선생님은 안에 계세요. 그런데 무슨 일이세요?"

"어? 어…… 그, 그게……. 우연히 지나가다가 네가 여기 들어가는 걸 봤는데, 어, 술이나 한잔 같이하는 게 어떨까 해서……."

사람이 안에 있다는 말에 케일럽은 당황하며 미성년자인 멜즈에게 술을 권했다. 그러면서 초조한 얼굴로 계속 뒤를 힐끔거리는데, 거기엔 못 보던 차 한 대가 세워져 있었다. 뭐야……. 설마 선생님이 없다는 말을 했으면 납치라도 하려고 했던 거야?

최대한 공정하게 판단하고 싶었지만, 상황은 씨발스럽게도 케일럽을 계속 범죄자로 몰아가고 있었다. 선의적 해석은 무슨……! 멜즈는 당장 달려들어 쥐어 패고 싶은 걸 간신히 참으며 그에게 되물었다.

"술이요?"

"어? 어, 술! 너 술 안 마셔 봤지?"

멜즈의 호응에 케일럽은 화색이 돈 얼굴로 술이 얼마나 좋은 것인지 찬양해 대기 시작했다. 다른 사람도 아니고, 성추행범인 너랑 술을 왜 먹냐? 멜즈는 그 말이 목 끝까지 치밀어 올랐지만, 일단 참고 그의 헛소리를 들어 주었다.

"……그리고! 너를 거둬 주었다는 사람이 아무리 괴팍하기로 소문나도 너한테 술까지 먹이진 않았을 거 아냐?"

……설마 케일럽은 이 집이 에드먼드 선생님 집이라는 걸 알고 있는 건가? 이쯤 되자 케일럽이 일부러 정보를 흘리고 있는 게 아닌가 하는 생각이 들었다. 완벽하게, 아니, 좋게 봐줘도 구 할 이상이 함정이었다. 상대할 가치조차 없었다. 싫다고 거절하고 안으로 들어가면 끝나는 일이었다. 어차피 들어오지 못하고 여기서 계속 죽치고 있었던 것도 에드먼드 선생님이 무서워서였을 테니까.

하지만 한편으로는 이런 생각도 들었다. 케일럽이 악의를 가지고 모험한 이유가 내 정체를 알고 있었기 때문이라면, 그래서 지금 이곳까지 뒤쫓아 온 거라면, 그의 의도는 도대체 무엇일까? 단순히 기수장 자리를 위협받아 제거할 목적이 아닌, 다른 목적이 있는 거라면 대체 그게 무엇이란 말인가. 멜즈는 강한 호기심을 느끼며 그에게 대답했다.

"흥미가 생기는 것 같기도 하네요."

"그래?"

멜즈의 말에 케일럽은 화색을 띠며 당장에라도 멜즈를 끌고 가고 싶다는 듯 앞에 나섰다. 그에 멜즈는 다시 대문을 열고 안으로 들어가며 케일럽에게 말했다.

"이대로 말도 없이 가 버리면 선생님께서 걱정하시니까, 다녀온다고 얘기하고 올게요."

"아, 어. 그래, 어서 얘기하고 와!"

케일럽은 지금이라도 억지로 끌고 나오는 게 낫지 않을까 고민하는 듯한 얼굴로 멜즈에게 손을 흔들었다. 멜즈는 그 모습을 서늘한 얼굴로 지켜보다가 발 빠르게 다시 집 안으로 뛰어 들어갔다. 어딨지? 어디에 뒀더라? 멜즈는 단숨에 2층에 있는 자신의 방으로 올라가 잡동사니가 가득 든 서랍을 뒤적거렸다.

'찾았다!'

찾고 있던 걸 발견한 멜즈는 그것이 잘 작동하는지 확인한 뒤 주머니에 쑤셔 넣었다. 그리고 아무 일 없었다는 듯 다시 밖으로 나와 케일럽에게 말했다.

"가죠."

"그, 그래, 가자. 이쪽으로 와."

케일럽은 예상대로 차가 있는 쪽으로 멜즈를 안내했다. 검게 선팅된 수상한 차의 뒷좌석으로 먼저 올라탄 케일럽은 멜즈에게 들어오라는 듯 초조하게 손짓했다.

왜 케일럽이 뒷좌석에 앉는 거지?

멜즈가 의아해하며 안을 들여다보자, 운전석에 낯선 사람이 앉아 있는 게 보였다. 멜즈가 설명을 구하듯 고개를 돌리자, 케일럽은 "그냥 아는 사람."이라고 어설프게 둘러댔다. 하지만 운전석의 남자는 백미러를 통해 노골적으로 멜즈를 훑어보고 있었다. 마치 얼마의 값어치를 하는 상품인지 가늠하는 듯한 끈질기면서도 소름끼치는 눈빛이었다.

그걸 애써 무시한 채 멜즈는 케일럽과 나란히 앉았다. 멜즈가 자리에 앉자마자 차는 빠르게 거리를 내달렸다. 운전수의 조급함이 느껴지는 속도감을 느끼며 멜즈는 두 사람의 정체가 무엇인지 추측해 보는데, 케일럽이 대뜸 멜즈에게 말했다.

"그런데 멜즈 네가 '리베럼'을 구독하고 있는 줄은 꿈에도 몰랐어."

케일럽의 말에 멜즈는 심드렁한 얼굴로 대꾸했다.

"제 것이 아니에요. 저도 모르는 사이 사물함에 들어 있었어요."

멜즈의 말에 케일럽은 다소 과장스럽게 놀라며 말했다.

"뭐어? 그럼 누군가가 네 사물함에 일부러 그걸 넣었단 말이야? 도대체 왜지? 왜 그랬을까?"

케일럽의 위화감 넘치는 말투에 멜즈는 당장에라도 "네가 한 짓이잖아!"라고 쏘아붙이고 싶은 걸 간신히 참으며 "글쎄요."라고 대꾸했다. 그러자 케일럽은 멜즈의 눈치를 보며 조심스럽게 물었다.

"그런데 넌 어떻게 멀쩡할 수 있었어? '리베럼'은 소지하기만 해도 총살당하잖아."

"글쎄요. 그것도 모르겠는데요."

멜즈가 능청스럽게 시치미를 떼며 창밖의 풍경만 바라보자, 케일럽은 잠시 머뭇거리다가 멜즈에게 말했다.

"……아까 네가 나왔던 집 말이야, 그거 에드먼드 넥시움이 머무는 사택 맞지? 그리고 넌 이사나 황자가 지하 3층에서 거뒀다는 소년이고."

확신하는 듯한 말투에 멜즈는 잠시 고민했다. 이미 자신의 정체를 알고 있었다면…… 그렇다면 〈리베럼〉을 사물함에 집어넣은 건 자신을 제거하기 위해서가 아닌, '멜즈 아브노아'가 맞는지 확인하려는 목적이었는지도 몰랐다. 멜즈는 끝까지 시치미를 뗄까 하다가 케일럽의 의도가 궁금해져 긍정했다.

"맞아요."

"역시! 그랬구나!"

케일럽은 퀴즈를 맞힌 사람처럼 의기양양하게 소리 질렀다. 멜즈의 말에 운전하고 있던 남자도 힐끔 멜즈를 쳐다보았다. 자, 이제 어떻게 나올까. 멜즈가 긴장하며 상황을 지켜보는데 케일럽이 기뻐서 어찌할 줄을 모르는 얼굴로 멜즈에게 말했다.

"그럴 줄 알았어! 하마스 씨가 그런 말을 했을 때만 해도 긴가민가했는데, 역시 그랬구나!"

하마스 씨? 멜즈는 케일럽이 무슨 말을 하는지 몰라 미간을 찌푸렸다. 그러거나 말거나 케일럽은 안달이 난 얼굴로 멜즈에게 말했다.

"멜즈, 잘 들어. 이 나라는 썩어 있어! 넥시움 황가가 모든 권력을 독점한 채 제국민들을 자기 노예로 만들려 하고 있다고! 그놈들은 전쟁이 끝난 후에도 결코 제국민들을 헥사비스 밖으로 내보내지 않을 거야! 우리들을 여기 가둔 채 자기들끼리 좋은 땅을 전부 차지할 속셈이라고! 우리는 몇 명 안 되는 황족 놈들을 위해 개돼지처럼 사육당하고 있는 거야! 너도 겪어 봐서 알겠지? 그놈들은 이유가 어찌 됐건 '리베럼'을 소지하기만 해도 쏴 죽이려 드는 미친놈들이라고! 그런 망가진 제국을, 오직 너만이 구할 수 있어!"

케일럽은 광기 어린 눈을 번들거리며 초조하게 외쳤다. 그에 멜즈가 완전히 질린 얼굴로 "제가 뭘 어떻게 할 수 있는데요?"라고 묻자, 케일럽은 멜즈의 손을 꽉 움켜쥔 채 뱀처럼 속삭였다.

"자살해 줘."

"네?"

"네가 이사나 넥시움의 후원을 받던 소년이라고 밝히고 대로변에서 자살해 줘. 어차피 그놈에게 실컷 강간당했잖아? 그가 너에게 무슨 짓을 했는지 낱낱이 밝힌 뒤 대로변에서 죽어 줘. 그러면 우리들이 넥시움 황가가 얼마나 더러운 녀석들인지 알리고 그놈들을 헥사비스에서 몰아내 줄게! 결코 너의 희생이 헛되지 않게 할게! 넌 네 한 몸을 희생해 후대에 길이 남을 영웅이 되는 거야! 그러니 제국민들을 위해 자살해 줘!"

……아주 미친 새끼였다. 뭐? 자살해 달라고? 화가 난 멜즈는 당장 케일럽에게 주먹을 날리려다가 멈칫했다. 이사나가 자신의 후견인 이라는 걸 아는 사람은 훈련소 내에서도 몇 명 없었다. 그렇다면 케 일럽은 도대체 어떤 경로를 통해 알게 된 걸까? '하마스'라는 사람에 게 들었다고 했으니, 그 사람이 멜즈의 정체를 아는 군 간부 중 하나 일지도 몰랐다. 그렇다면 케일럽이 지금 훈련소 밖에 나와 있는 게

이해가 되었다. 하지만 이런 이상한 단체와 연관된 군 간부라니……
큰일이 아닐 수 없었다. 멜즈는 냉정하게 자신을 가라앉히며 케일럽
에게 말했다.

"글쎄요……. 군에 입대한 이상 제국을 위해 제 한 목숨을 바칠 각
오는 되어 있는데요. 솔직히 말해서 저는 형에게 어떤 신념이 있는지,
형이 소속된 단체가 얼마나 단단하고 믿을 만한지 전혀 알지 못해요.
사후에 제 의지를 대변할 단체에 대해 전혀 아는 게 없다는 건 이상
하잖아요? 잘 알지도 못하는 곳에 목숨을 걸라는 건 말도 안 되죠.
저도 제 목숨은 소중한 줄 안다고요."

멜즈의 말에 케일럽은 당황한 듯 어찌할 줄을 모르다가 백미러에
비친 운전수와 눈이 마주쳤다. 그렇게 두 사람은 눈짓을 나누다가
차를 도로변에 세우고 약속이라도 한 듯 밖으로 나갔다. 그사이 멜
즈는 주머니에 넣어둔 장갑형 발신기를 손에 끼웠다.

제국 대학 시절, 아브노아 존데와 대(對) 알리페르 살상 무기를 개
발하면서 군 장성들로부터 선물받은 군용 발신기였다. 군 상층부는
멜즈의 천재성을 인정해 신변의 위협을 느끼면 언제든 암호화된 코
드를 통해 군에 도움을 요청할 수 있게끔 통신을 뚫어 놓았다. 도대
체 무슨 일을 꾸미고 있는지 낱낱이 파헤쳐 주지. 멜즈가 다짐하는
사이, 의견 교환이 끝났는지 케일럽이 운전수와 다시 차에 올라타며
멜즈에게 말했다.

"너를 우리 모임에 데려가기로 했어. 가서 우리들이 얼마나 제국을
위하고 있는지 똑똑히 보여 줄게."

그러면서 케일럽은 친근하게 멜즈를 끌어안았다. 역겨운 새끼. 멜
즈는 그렇게 생각하면서도 전처럼 케일럽의 손길을 뿌리치진 않았다.

* * *

차는 지하 1층으로 향하는 도로를 타고 빠르게 내려가고 있었다. 할로겐 등이 드문드문 켜진 고가 도로를 내려가는 동안 멜즈는 언젠가 본 적 있는 헥사비스 내부 구조도를 떠올렸다. 어디로 가는지 정확히 알아야 나중에 발신기로 군에 도움을 요청할 수 있었다. 고가도로에서 내려와 지하 1층 시내로 들어서면서도 멜즈는 도로에 있는 표지판들을 유심히 살펴보았다.

그렇게 얼마나 지났을까? 인적이 드문 곳만 골라 달려 나가던 차가 웬 공장 지대로 들어섰다. 수십 개의 컨테이너 박스를 뭉쳐서 만든 조악한 공장 단지는 지금은 운영하지 않는지 곳곳이 낡고 녹슨 흔적들로만 가득했다. 하지만 그중 한 공장에만 불이 켜져 있었다. 그 앞으로 차가 멈춰 섰다.

차가 멈추자, 케일럽이 눈짓하며 차문을 열고 나갔다. 그에 멜즈 역시 밖으로 나가자, 운전수와 케일럽이 멜즈를 가운데에 끼운 채 불이 켜진 공장 안으로 들어갔다. 안으로 들어가자, 생각보다 많은 사람들이 질서 있게 한 줄로 앉아 무언가를 만들고 있는 게 보였다.

"……."

일렬로 의자에 앉은 사람들은 신문을 조립하고 있었다. 한 장씩 내용이 다른 부분을 끼워 넣어 완성품을 만들어 내고 있었다. 설마 저거 〈리베럼〉이야?

자신의 사물함에서 나온 것과 비슷해 보이는 종이 뭉치를 보며 멜즈는 어처구니가 없어졌다. 케일럽이 〈리베럼〉을 만드는 조직과 연관되어 있었을 줄은 미처 몰랐다. 정신없이 작업을 하는 사람들을 따라 공장의 가장 안쪽으로 눈을 돌리자, 이번엔 거대한 기계 하나가 보였다.

저게 도대체 뭐지?

복잡한 전선과 철사처럼 가느다란 팔이 수십 개씩 달린 부속 장치만 아니라면 성당에서나 볼 수 있을 법한 파이프 오르간처럼 보였다. 조악함과 웅장함이 동시에 느껴지는 괴이쩍은 기계에 멜즈는 꺼림칙함을 느끼는데, 작업장의 가장 말단에 앉은 중년 남성이 공장 안으로 들어오는 세 사람을 발견하고선 소리 질렀다.

"케일럽, 설마 이 사람이······?!"

"네, 이사나 황자가 저택에 가둬 두고 몹쓸 짓을 일삼았다는 그 소년입니다."

케일럽은 의기양양한 얼굴로 멜즈를 중년 남성 앞에 들이밀며 말했다. 그 말에 작업에 열중하고 있던 사람들이 너도 나도 자리에서 일어나 멜즈에게 몰려들었다. 멜즈는 당혹스러워하며 몸을 움츠리는데, 사람들은 멜즈의 손을 붙잡으며 눈물을 글썽거렸다.

"이때까지 정말 고생이 많았어요. 흑, 어떻게 그 오랜 세월 동안 그런 몹쓸 짓을······!"

"이제는 우리가 있으니까 안심해! 자네의 억울함은 우리가 반드시 풀어 줄 테니까!"

"이렇게 착하고 귀여운 아이에게 어떻게 그럴 수가······!"

공장 안의 사람들은 진심으로 분노하며 멜즈를 동정했다. 몹쓸 짓을 해? 이사나가? 억울해? 내가? 그들은 그들만의 상상 속에 빠져 진심으로 멜즈를 가여워했다. 하지만 가여워해야 할 것은 그들 자신이었다.

멜즈는 비록 지하 3층 출신이었지만, 특권층이 누릴 수 있는 모든 혜택을 누려 왔다. 이제껏 단 한 번도 먹을 것과 입을 것에 곤궁해 본 적이 없었다. 하지만 이들은 얼마나 굶었는지 팔다리가 비쩍 골은 데다 볼은 움푹 파여 있었다. 그런 그들에게 동정받는 게 너무나도 어처구니가 없고 화까지 치밀어 멜즈는 다소 냉정한 목소리로 그들에게 말했다.

"지금 뭔가 착각하고 있는 거 같은데, 전 지금 당신들에게 동조하기 위해 여기 있는 게 아닙니다. 당신들이 어떤 사람인지 보기 위해 온 것에 불과하니 과도한 환영은 사양하겠습니다."

멜즈가 선을 그으며 딱딱하게 말하자, 사람들은 당황한 듯 눈을 크게 뜨다가 일제히 케일럽 쪽을 돌아보며 외쳤다.

"지금 이게 무슨 소리지, 케일럽? 분명 자네는 이 소년을 설득해서 데려오겠다고 하지 않았는가!"

"설마 이곳 위치만 노출시킨 채 돌려보내자는 건가요?"

곤란해, 그건 곤란해. 공장 안 사람들은 올무에 걸린 사냥감을 바라보듯 멜즈를 힐끔거리며 날카롭게 중얼거렸다. 그에 케일럽은 당황한 얼굴로 사람들에게 소리쳤다.

"이, 일단은 데려왔잖아요! 데려왔으면 됐지! 이 이상 뭘 어떻게 해야 하는데요!"

"뭘 어떻게 해? 그걸 말이라고 하나?!"

"네놈이 뿌려 댄 초콜릿 때문에 돈을 얼마나 걷었는지 알기나 해? 투자한 만큼 돈값을 해야 할 거 아냐!"

공장 안은 때 아닌 소동으로 순식간에 소란스러워졌다. 아까지만 해도 순박한 얼굴로 눈물을 글썽이던 사람들이 갑자기 돌변해 악을

써 대자 무섭게만 느껴졌다. 뭔가 성과는 없고 지저분한 광경만 보게 된 것 같아, 이제 슬슬 구조 신호를 보내야 하나 생각하는데, 고성이 오가는 사람들 뒤로 누군가가 크게 소리 질렀다.

"그만! 이제 그만 조용히 하시오!"

남자의 외침과 동시에 장내는 순식간에 조용해졌다. 누구지? 멜즈는 양옆으로 갈라진 인파 사이로 천천히 걸어 나오는 한 남자를 바라보았다.

다소 후줄근한 후드를 뒤집어쓴 서른쯤의 마른 남자는 단호한 목소리와 달리 꾀죄죄한 행색이었다. 게다가 약을 한 사람처럼 눈까지 풀려, 거리에서 마주쳤다면 정신이 온전치 못한 사람인 줄 알았을 정도였다. 그만큼 남자의 인상은 좋지 못했다. 하지만 사람들은 존경 어린 눈빛으로 남자를 바라보고 있었다.

멜즈는 자신을 향해 천천히 다가오는 남자를 경계 어린 눈으로 바라보는데, 남자가 멜즈에게 손을 내밀며 말했다.

"우리 모임에 방문한 것을 환영합니다. 나는 이 모임의 장인 하마스라는 사람이오."

"……멜즈 아브노아입니다."

멜즈는 하마스가 내미는 손을 맞잡으며 떨떠름하게 인사했다. 그에 하마스는 사람 좋아 보이는 웃음을 지으며 말했다.

"꼴사나운 모습을 보여서 미안합니다. 하지만 당신은 이곳에 방문한 목적을 이들에게 확실히 밝혀 오해를 풀었어야 했습니다. 이들은 제국의 미래를 위해 목숨까지 내걸고 있으니 말입니다."

"……."

"당신은 분명 케일럽에게 우리들의 결의가 당신의 목숨을 걸 만한 가치가 있는지 알 수 없다고 말했지요?"

하마스의 말에 멜즈는 의아해졌다. 분명 멜즈는 케일럽에게 그런 말을 하긴 했지만, 케일럽이 하마스에게 그 얘기를 전달하는 걸 본 적이 없었다. 아니, 그럴 틈이 없었다. 하지만 하마스는 그 광경을 눈으로 보기라도 한 것처럼 얘기하고 있었다. 뭔가 말할 수 없는 위화감에 멜즈는 꺼림칙함을 느꼈지만, 하마스는 계속해서 말했다.

"하지만 그 전에 당신에 대한 것부터 얘기할까 합니다. 당신이 얼마나 거짓된 세상 속에서 살고 있었는지 말입니다."

"……저에 대한 건 이 일과 전혀 상관없지 않습니까."

멜즈의 말에 하마스는 진하게 웃으며 말했다.

"아니오, 당신이야말로 우리 계획의 핵심입니다. 당신의 존재가 '나'를, 그리고 '우리'를 만들어 낸 것이니까요."

"……."

"당신은 순수하기 그지없죠. 올곧은 품성, 높은 교육 수준, 더할 나위 없이 안정적인 심리 상태와 높은 자존감을 볼 때, 당신을 기른 이사나 넥시움이나 당신을 교육시킨 에드먼드 넥시움이 얼마나 당신을 아꼈는지 알 만합니다. 하지만 그것은 수많은 거짓들 위에 세운 모래성에 불과하지요."

"……."

"먼저 당신이 지하 3층 출신이라는 건 거짓말입니다. 이사나 황자는 당신에게 폭발 사고에 휘말려 기억을 잃은 당신을 주워다 길렀다고 말했지만, 당시 지하 3층엔 어떠한 폭발 사고도 없었습니다. 그건 당신도 이미 확인했겠지요?"

하마스의 말에 멜즈는 자신도 모르게 주먹을 움켜쥐었다. 하마스의 말대로였다. 저택에 살던 시절, 처음에 어떤 방식으로 만나게 되었냐는 멜즈의 질문에 이사나는 곤란한 얼굴로 웃으며 지하 3층에서 있었던 폭발 사고 때 만났다는 얘기를 해 주었다.

기억도 나지 않는 그날, 어떤 모습으로, 어떤 형태로 첫 만남을 가지게 되었는지 너무 궁금해 멜즈는 '리비에' 안에 있던 모든 기록물을 뒤져 폭발 사고에 대해 알아보았다. 하지만 이상하게도 멜즈는 이사나가 말한 폭발 사고에 대한 기록만큼은 찾을 수 없었다. 당시에는 이사나가 거짓말을 할 리 없다는 생각에 과거를 알아보는 걸 그만두었지만, 내심 마음속 깊은 곳에서는 그에 대한 의구심을 가지고 있었다. 그 사실을 저 남자가 어떻게 아는 것일까? 멜즈는 남자가 위대한 선지자처럼, 혹은 악마의 하수인처럼 느껴졌다.

멜즈가 새하얗게 질린 얼굴로 그를 바라보자, 하마스는 손을 뻗어 멜즈의 왼손을 붙잡으며 말했다.

"어떻게 그에 대해 아는지 궁금합니까? 그렇다면 왼손의 발신기는 빼고 저를 따라오십시오."

"......"

하마스의 말에 멜즈는 뭔가에 홀린 사람처럼 왼손에 끼고 있던 발신기를 빼 버렸다. 어찌 보면 자신의 생명을 담보하는 장치인데도 멜즈는 그것을 손쉽게 내버릴 수 있었다. 무언가를 알고자 하는 탐욕. 스승인 에드먼드는 그게 멜즈가 가진 천성(天性)이자, 천형(天刑)이라고 말했다. 이사나의 본심을 알기 두렵다고 생각했던 것이 믿기지 않을 정도로 진실에 다가가고자 하는 멜즈의 욕구는 확고했다.

툭, 타탁一.

발신기가 발치에 구르는 소리를 들으며 멜즈는 하마스의 뒤를 따랐다. 낭떠러지를 향해 발을 내딛는 것처럼 본능은 끊임없이 위험을 경고했지만, 그럼에도 멜즈는 결코 물러서지 않았다. 하마스는 일렬로 늘어진 작업대 사이를 천천히 걸으며 멜즈에게 말했다.

"저는 폐쇄 병동에 아주 오랫동안 갇혀 있었습니다. 발작이 시작된 건 아마 열 살 때였던 것 같군요. 어느 날부터 의미 없는 숫자들의 나열이 떠오르고 빛이 끊임없이 눈앞에서 번쩍이더니 점점 증상이 심해져 더는 일상생활을 할 수 없을 정도가 되었습니다. 누군가에게 머리가 붙잡힌 것처럼 끊임없이 괴로워하고 또 괴로워하던 날들이었지요. 약물에 찌들어 자살 시도만 수십 번을 넘기자, 주치의가 전기충격치료(ECT)를 해보지 않겠냐는 말을 했습니다. 저는 싫어했지만, 부모님의 동의로 치료는 시작되었지요. 그리고 그날, 저는 깨달았습니다. 저는 미친 게 아니었습니다. 저는 진실을 보고 있었지만, 그걸 받아들일 줄 몰랐던 겁니다."

어느새 거대한 기계 장치 앞에서 멈춰 선 하마스는 멜즈에게 등을 보인 채 후드를 벗었다. 그러자 하마스의 뒷머리로 수많은 전극 파편들이 무수히 꽂혀 있는 게 보였다. 피와 진물이 뒤범벅되어 보기만 해도 아파 보였지만, 멜즈를 돌아본 하마스는 어떠한 고통도 느끼지 못하는 듯 덤덤한 얼굴을 하고 있었다.

"저는 이곳의 일부분이자 전체였습니다. 헥사비스 안의 모든 것을 보고 듣고 느낄 수 있게 된 순간, 그것을 깨닫게 되었습니다. 그리고 어째서 이런 능력을 가지게 되었는지 역시 깨달았지요. 제국은 지금 유례없는 위기에 빠져 있습니다. 모두가 제국의 번영을 꿈꾸는 지금, 인류의 첨병이 되어야 할 넥시움 황가가 오히려 우리를 배신하고 알리페르의 편에 서 있었습니다. 그런 그들을 그녀와 함께 벌하기 위해

나는 오랜 시간 동안 괴로워했던 겁니다."

그녀……? 이 단체의 핵심 인물은 하마스뿐만이 아니라는 건가?
멜즈는 의아해하며 주변을 돌아보았다. 하지만 어디를 보아도 하마
스와 같은 주요 인물은 보이지 않았다. 멜즈는 혼란에 빠져 있는데,
돌연 하마스가 환희에 찬 목소리로 멜즈에게 말했다.

"아아! 왔습니다! 그녀가 왔습니다! 비좁은 헥사비스에 갇혀 영원한
고독을 지새운 마녀가!"

하마스의 말에도 영문을 몰라 멜즈가 어리둥절해하는데, 파이프
오르간처럼 거대한 기계 장치가 돌연 작동하기 시작했다.

탁탁타닥―, 탁탁―, 탁―!

가느다란 팔이 쉼 없이 움직이며 기계 장치는 종이 위로 끊임없이
활자를 찍어 내고 있었다. 놀라울 정도로 빠르게 만들어 낸 그것은
신문이었다. 멜즈를 훈련소에서 쫓겨나게 한 〈리베럼〉이었다. 완
성된 〈리베럼〉에는 이런 것들이 적혀 있었다.

오랫동안 대립 구도를 유지해 온 황제와 이사나 황자의 야합은 신년
회 이후 이루어졌다. 귀족원의 우두머리로서 대대적인 알리페르 토벌에
반대 입장을 표명해 온 황제가 설득된 까닭은 무엇일까? 그 해답은 전쟁
이후에 늘어날 영토에 있었다.

겉보기에는 이사나 황자가 황제를 설득한 것으로 보이지만, 사실 그는
황제의 개가 된 것에 불과하다. 이사나 황자는 전쟁 이후에 늘어날 영토
를 제국민들에게 고르게 분배할 것을 주장해 왔다. 하지만 신년회 이후,
그는 주체적인 의견 없이 황제의 의견에 고개만 끄덕이는 허수아비가
되어 버렸다.

실제로 그는 야합 이후, 친형인 황제에게 종종 강제적인 성행위를 강요받았다. 사실상 황궁에서 쫓겨난 신세였던 이사나 황자는 출정식이 있는 날까지 황제와 같은 침실을 공유하며 황제의 주도 아래, 온갖 패륜적인 행위를 받아들였다. 이사나 황자의 충심은 이미 오래전부터 알려져 있었지만, 전적으로 황제에게 찬성한 적은 없었다. 황제는 결국 이사나 황자를 길들인 것에 성공한 것이다.

그로 인해 제국민들은 전쟁이 끝난 후에도 아무런 보상 없이 기득권층의 농노로 전락하게 되었다. 제국민들은 이사나 황자를 믿고 모병제를 징병제로 전환했지만, 제국민들이 흘린 피땀은 고스란히 기득권층의 뱃속으로 들어가게 된 것이다.

토악질이 나올 정도로 선정적이고 날조투성이인 신문을 보며 멜즈는 하마스를 노려보았다. 그에 하마스는 싱긋 웃으며 멜즈에게 말했다.

"이사나 황자가 왜 당신만 특별히 곁에 두었는지 압니까? 전부 당신을 이용하기 위해서입니다. 몇 년 전 이사나 황자는 알리페르의 신왕을 토벌하러 떠났다가 팔다리를 잃고 퇴역했습니다. 하지만 그는 이상하게도 몸을 추스른 지 얼마 되지도 않아 지하 3층으로 내려갔지요. 그가 지하 3층에 내려가면서 챙겨 간 것은 마취제, 근육 이완제, 메스 따위였다고 합니다. 마치 수술 가방처럼 말이죠. 그 후 이사나 황자는 에드먼드 넥시움을 만났습니다. 과거에 알리페르 사회화 실험을 주도했던 위험한 사상을 지닌 반골 학자와 말입니다."

"……."

"당신이 생각해도 뭔가 이상하다는 생각이 들지 않습니까? 당시 이사나 넥시움은 렉사 토벌전에서 패배해 두 다리와 한쪽 팔, 그리고 한쪽 눈을 잃었습니다. 그런 중상을 입고서 그는 어떻게 살아올 수 있었을까요? 팔다리가 없는 몸으로 어떻게 그 먼 거리에서 헥사비스까지 귀환할 수 있었느냔 말입니다. 그는 결코 혼자 돌아오지 않았습니다. 분란의 씨앗을 몸 안에 품고서 제국으로 돌아온 것입니다."

하마스는 풀린 눈으로 멜즈를 직시하며 멜즈에게 물었다.

"당신이 왜 과거의 기억이 없다고 생각합니까? 그리고 왜 미믹 검사에서 양성이 나왔다고 생각합니까?"

"······."

"답은 하나입니다. 이사나 넥시움은 제국민들에게 복수하기 위해 알리페르의 왕과 한통속이 된 것입니다. 벌레의 더러운 피를 넥시움 황가의 혈통 속에 집어넣어 헥사비스를 멸망시키기 위해서입니다. 그게 당신이 제국을 위해 죽어야 할 가장 큰 이유입니다."

하마스의 말에 얼음처럼 굳어져 있던 멜즈는 간신히 헛웃음을 내뱉으며 그에게 말했다.

"······굉장하군요. 망상도 그 정도면 폐쇄 병동에 갇힐 만해."

이사나가 제국을 배신해? 내가 알리페르라고? 멜즈는 하마스의 말에 현혹되어 이곳까지 기어들어 온 자신이 너무나도 바보같이 느껴졌다. 하나부터 열까지 사리에 맞는 얘기가 없었다.

애초부터 이사나가 제국에 복수심을 품고 멸망시킬 생각이었다면 굳이 재활이 까다로운 생체 의수를 팔다리에 매단 채 최전선에 나가 싸울 필요가 없었다. 하마스가 어떻게 아무도 모르는 정보를 얻을 수 있었는지는 상관없었다. 이제껏 보아 온 이사나를 믿지, 엄한 말로 사람들을 혹세무민하는 저자의 말을 믿지 않을 것이다. 더는 이곳에 볼

일이 없었다. 멜즈는 미련 없이 하마스에게서 뒤돌아서는데, 하마스가 웃음기 어린 말투로 멜즈에게 말했다.

"그런데 이사나 황자가 어째서 당신에게 성적인 행위를 하려 했는지 진짜 이유가 궁금하지 않습니까?"

"……."

"이사나 황자는 이제껏 쭉 독신이었다고 알려져 있지만, 사실 다양한 여성들과 밤을 지새워 왔습니다. 그런데 그녀들은 말이죠, 하나같이 황홀할 정도로 아름다운 금발을 가졌다고 하더군요. 당신처럼, 그리고 그가 아주 오랫동안 흠모해 왔던 황제 폐하처럼 말이죠."

"……개, 자식아……! 더는 이사나를 모욕하지 마!"

멜즈는 더 이상 참지 못하고 하마스에게 달려들었다. 완전히 이성을 잃고 그를 흠씬 두들겨 패는 사이, 사람들이 몰려와 발광하는 멜즈를 끌어내 그를 깔아뭉갰다.

놔! 이거 놔! 잔뜩 흥분한 멜즈는 몸부림을 쳤지만, 숫자가 너무 많아 옴짝달싹할 수조차 없었다. 그사이 쓰러져 있던 하마스가 다시 일어나 멜즈에게 물었다.

"왜 화를 내는 거죠? 나는 이제껏 수없이 이사나 황자를 비방했지만, 당신은 화내지 않았습니다. 그런데 어째서 이제까지의 밤놀이 상대가 모두 금발이었다는 것에 화를 내는 겁니까?"

하마스의 물음에 멜즈는 사람들에게 깔린 채 증오 서린 눈으로 그를 쏘아보았다. 그에 하마스는 멜즈를 향해 차갑게 웃으며 말했다.

"당신의 마음에 미혹이 깃들었기 때문입니다. 믿음으로 단단했던 마음속에 그럴지도 모른다는 생각이 스며들어 당신을 화나게 하는 겁니다. 겁이 납니까? 그게 정말이면 어쩌나 하는 생각에?"

"웃기지 마! 그딴 헛소리를 내가 믿을 거 같아! 말도 안 되는 소리 하지 마!"

"그러니 당신은 여기서 죽는 편이 나을 겁니다. 거짓투성이라고는 하나 어떠한 미혹도 없는 순수한 세계 속에서 착각에 빠져 죽는 지금이 훨씬 행복할 겁니다. 이사나 황자가 당신에게 욕정한 이유가 황제와 똑같은 머리색을 가졌기 때문이라는 건, 그리고 그와 똑같은 남성이기 때문이라는 건 그다지 확인하고픈 사실이 아니지 않습니까."

"네가 이사나에 대해 뭘 안다고 떠들어! 네가 이사나와 단 한 번이라도 만나 봤어?! 단 한 번이라도 그가 얼마나 상냥한 사람인지 알아봤냐고! 앞뒤 안 맞는 말로 날 현혹하지 마! 이 미치광이야!"

멜즈는 피를 토하듯 소리 질렀다. 자신의 마음속을 침범하는 날카로운 의심으로부터 도망치고자 필사적이었다. 어느새 멜즈는 가쁜 숨을 헐떡이고 있었다. 지나친 흥분 탓에 천식 발작이 오고 있다는 걸 깨달았지만, 도저히 진정할 수 없었다.

나는 도대체 왜 화를 내고 있는 걸까? 단순히 이사나가 모욕당해서? 그것뿐이라면 그냥 이들을 헌병대에 넘기면 되는 일이었다. 하지만 멜즈는 그럴 수 없었다. 수많은 실들이 얽히고설켜 만들어 낸 그림이 사실인 양 크게 다가오고 있었다. 거짓말이다. 저런 게 진실일 리 없었다.

어느새 공장 안의 사람들은 멜즈의 목에 밧줄을 휘감은 채 대들보에 매달고 있었다. 목이 졸린 멜즈는 천식 발작으로 숨을 힘겹게 내쉬면서도 제 목에 감긴 밧줄을 풀어내려 애를 썼다. 허공에서 애처롭게 버둥거리는 제물을 바라보며 사람들은 저열한 쾌감에 사로잡혀 몸을 부르르 떨었다. 하지만 점점 힘을 잃고 저항이 잦아들자, 광기 어린 눈으로 그 모습을 지켜보던 이들은 멜즈를 다시 땅바닥에 끌어 내리며 그들 자신도 이해할 수 없는 말을 중얼거렸다.

"이대로 죽이기엔 아까워……."

"맞아……. 이렇게 예쁜데……."

숨이 막혀 의식이 흐릿해진 가운데, 멜즈는 자신의 옷을 벗기려 드는 손길을 느끼며 저항하려 애를 썼다. 손대지 마……. 저리 가! 수십 개의 손이 무력해진 멜즈를 서로 차지하려 하며 그를 마구 잡 아당겼다. 그들의 욕망 어린 숨결 아래에 짓눌린 멜즈는 뱃속부터 치미는 혐오감에 치를 떨었다. 아무리 도망치려 애를 써도 무력한 몸뚱이는 움직일 생각조차 하지 않았다. 숨통이 틀어 막혀 발버둥 쳐 봐야 아무런 소용이 없었다.

살고 싶다. 죽이고 싶다. 살고 싶다. 죽이고 싶다……!

상반되면서도 동일한 목표점을 지닌 두 가지 욕구가 멜즈를 강하게 사로잡았다. 하지만 결국 멜즈를 지배한 건 어떠한 것으로도 퇴패시 킬 수 없는 절대적인 무력감이었다.

광기 어린 사람들 속에 파묻힌 채 멜즈는 정신을 잃었다.

폭로 (4)

멀리서 말소리가 들려왔다. 언제나 가장 가까이서 가장 익숙하게 들어 왔던 그 목소리였다. 누구였지? 떠올려 봤지만, 기억은 나지 않았다. 하지만 이것만은 본능처럼 각인되어 있었다. 그는 내 것이었다.

나는 천천히 눈을 떴다. 나는 물속에 잠겨 있었다. 비릿한 냄새가 코끝을 자극하는 액체는 냄새는 역해도 끝 맛은 달게 느껴졌다. 나는 흐릿한 눈을 몇 번 깜빡였다. 그러자 차츰 또렷하게 시야가 개었다.

그다.

나의 신. 그리고 나의…….

'이제 밖으로 나올 때까지 얼마나 남았지?'

―63시간 12분 남았습니다.

낯선 목소리에 나는 퍼뜩 고개를 들었다. 그러자 그의 뒤로 그와는 사뭇 다르게 생긴 누군가가 보였다. 길게 늘어뜨린 흑청색 머리카락, 파르스름하게 빛나는 피부, 별처럼 빛나는 차가운 금안. 수많은 전선들로 둘러싸인 그녀는 여왕처럼 기계들 사이에 서 있었다.

그녀는 차가우면서도 속을 알 수 없는 눈으로 그를 바라보고 있었다. 하지만 그는 그런 그녀의 시선을 알아차리지 못한 듯 천천히 내게 다가왔다. 그리고 두꺼운 유리벽 위로 손을 가져다 댔다. 그에 나 역시 그의 감촉을 느끼고 싶어져 그와 손을 마주했다. 내 행동에 그는 놀란 듯 눈을 크게 떴지만, 이내 기뻐하며 웃었다. 하지만 그 미소는 오래가지 못했다.

'비비.'

—네.

'이 녀석은 내 옆에 얼마나 있을 수 있을까?'

—⋯⋯.

'어떻게 해야 계속 내 곁에 머물러 있을 수 있을까?'

그는 두려움이 느껴지는 얼굴로 그녀를 돌아보며 말했다. 그 사이 나는 유리벽을 사이에 둔 채 그의 손에 입을 맞추었다. 그리고 그의 체취를 느끼려는 듯 숨을 크게 들이쉬었다. 하지만 내게 느껴지는 건 미끈한 양수 냄새뿐이었다. 부족해, 이걸로는 부족하다고⋯⋯!

발작처럼 찾아온 허기에 나는 당장에라도 그를 잡아챌 듯 벽에 바짝 붙어 섰다. 쭉 뻗은 목줄기가, 단단하고 긴 손가락이, 저 아름다운 얼굴이 너무나도 맛있어 보였다. 한입 가득 베어 물고 잘근잘근 씹어서 목구멍 아래로 꿀꺽 삼키고 싶어졌다. 그의 뼈 위에 붙은 살점들은 다디달겠지? 살가죽 아래로 흐르는 핏물은 어떠한 음료보다도 감미롭겠지? 한 번도 먹어 보지 않았음에도 쾌락을 닮은 그것은 선연하게, 또렷하게 머릿속에 그려졌다. 침이 고였다. 어서 이곳에서 나가고 싶어졌다.

나를 봐.

다른 곳을 보지 말고 나를 봐.

어서 나를 끌어안고 지워지지 않는 이 허기를 달래 줘. 당신의 전부를 내게 넘겨줘.

내 절박함을 알아차렸는지 그가 다시 내 쪽을 돌아보았다. 나는 기뻐져 그에게 바짝 다가갔다. 슬픔과 기대가 뒤범벅된 그의 눈과 마주치자, 허기는 눈덩이처럼 몸집을 불려 나를 안달 나게 했다.

그때 나는 본능적으로 직감했다. 이 허기는 평생을 지워지지 않을 것을. 눈앞에 있는 이 사내를 통째로 삼키지 않는 이상, 절대로 지워지지 않을 것을.

* * *

은은하게 흘러 들어오는 햇빛에 멜즈는 눈꺼풀을 꿈틀거리다 눈을 떴다. 숨을 쉴 때마다 갑갑하고 이상한 소리가 들려와 눈을 내리깔자, 자신의 얼굴에 산소마스크가 씌워져 있는 게 보였다. 이게 도대체 무슨 일이지? 산소마스크를 떼어 낸 멜즈는 당황하며 자리에서 일어나는데, 침대 옆 간이 의자에 앉아 있던 러셀이 인사를 건네 왔다.

"잘 잤어?"

"교관님?"

"그냥 러셀이라고 불러."

더 이상 훈련병이 아니라는 걸 못 박듯 러셀은 선을 그으며 말했다.

그에 멜즈는 시무룩한 얼굴로 고개를 떨어뜨렸다. 그나저나 도대체 어떻게 된 일이지? 자신은 분명 지하 1층에서 미친 인간들에 의해 목이 매달린 상태였다. 그대로 그들에게 죽을 거라 생각했는데, 몸 상태는 놀라울 정도로 멀쩡했다. 멜즈가 의아해하며 고개를 갸웃거리자, 러셀이 친절하게 설명해 주었다.

"네가 훈련소 나갈 때, 사람 몇 명을 몰래 붙여 뒀거든."

"……역시 저를 의심하고 있었군요."

어찌 보면 당연한 걸지도 몰랐다. 그런 터무니없는 날조투성이 신문이 사물함에서 나왔는데 아무런 조사도 없이 내보낸다는 건 이상했다. 아마 다른 동료들까지 한꺼번에 잡을 생각으로 미행했던 게 틀림없었다. 하지만 러셀은 의외의 말을 꺼냈다.

"다른 누구도 아니고 네놈이 그런 말도 안 되는 짓을 할 리가 없잖아. 걱정돼서 붙여 둔 거였어. 빌어먹을 어떤 새끼가 하필 너를 콕 찍어서 누명을 씌웠으니까."

"제가…… 걱정돼서요?"

왜요? 도대체 왜? 멜즈가 의아해하며 러셀을 바라보자, 러셀이 피식 웃으며 말했다.

"넌 이사나의 가족이니까."

"……."

"너한테 무슨 일이 생기면 이사나가 또 울 테니까."

러셀의 대답에 멜즈는 얼떨떨한 얼굴로 그를 바라보았다. 예전부터 생각했지만, 러셀은 이사나를 '이사나 님'이라든가 '이사나 황자'라고 부르지 않았다. 무척이나 가깝고 그를 잘 아는 사람처럼 격의 없이 그의 이름을 불렀다. 멜즈는 의아해하며 러셀에게 물었다.

"예전부터 생각했었는데요, 이사나와 잘 아는 사이인가요?"

아는 사이였다면 내가 모를 리 없는데…….

알리페르와의 전면전으로 몇 년간 떨어져 지냈다고는 하지만, 두 사람은 수없이 많은 편지를 주고받으며 서로의 일상을 공유 해왔다. 그렇게 친밀한 관계였다면 멜즈가 몰랐을 리 없었다. 혹시 이사나가 비밀을 만든 건가 싶어 멜즈는 섭섭해지려는데, 러셀이 피식 웃으며 해명했다.

"사관 학교 동기였어. 지금은 연락하지 않은지 10년이 넘어가지만, 한때는 함께 헥사비스에서 나가 알리페르 무리에 고립되어 있던 녀석의 형님을 같이 구한 적이 있지."

러셀의 말에 멜즈는 그제야 제국 대학 연구실에 있었던 러셀이 어째서 소령인 건지 납득할 수 있었다. 당시 황태자였던 황제의 구출에 큰 역할을 했던 사관생도들은 모두 졸업 후, 두 계급 특진을 했으니 말이다. 하지만 여전히 개운치 않은 부분이 남아 있어 멜즈는 러셀을 바라보며 중얼거렸다.

"하지만…… 그분들은 렉사 토벌전 때 전원 사망한 걸로 알고 있는데요?"

"난 졸업하고 얼마 안 돼서 바로 제국 대학에 들어갔거든. 아버지께서 이사나 밑에 계속 남아 있을 거면 절연해 버리겠다고 길길이 날뛰셔서."

"왜요?"

멜즈가 도저히 납득할 수 없다는 듯 되묻자, 러셀이 애매하게 웃으며 말했다.

"아버지도 군인이신데, 음, 젊었을 때부터 알리페르 토벌전에 많이 참여하셨어."

러셀의 말을 듣고 나서야 멜즈는 러셀이 누군가와 닮았다는 걸 깨달을 수 있었다. 버트런트 소장이었다. 버트런트 소장은 멜즈가 훈련병으로 있던 훈련소의 책임자이기도 했다. 그제야 멜즈는 러셀이 어떻게 미믹 검사지를 조작하고 헌병대에 끌려간 자신을 마음대로 풀어줄 수 있었는지 이해할 수 있었다. 멜즈가 수긍하자, 러셀은 씁쓸한 얼굴로 말했다.

"아버지께선 이사나와 함께 있다간 조만간 죽게 될 거라고 말하셨어. 전쟁터에는 이사나 같은 타입의 지휘관이 꽤 있대. 강직하면서도 부하의 존경을 한 몸에 받는 좋은 상관. 하지만, 그 사람들의 말로는 하나같이 좋지 않았다는 거야. 그런 지휘관 아래에 있으면 나까지 휘말려 죽을 거라고 악담을 하시면서 제국 대학에 처박아 넣었지."

러셀은 피식 웃으며 이어 말했다.

"그렇다고 제국 대학을 억지로 다닌 건 아니야. 머리가 안 따라 줘서 힘들었지만, 나름대로 포부도 있었고 연구실 생활도 즐거웠어. 그리고…… 렉사 토벌전에 참전하지 않아서 이렇게 널 도와줄 수 있었잖아?"

"……."

"당시 황태자였던 황제를 구할 때만 해도 우리는 명예로운 결말을 믿어 의심치 않았어. 모두가 승리에 환호하며 영웅이 탄생했다고 떠들어 댔지. 하지만 우리에게 돌아온 것은 어째서 무능한 황태자만 구해 왔냐는 불평이었어."

"그런……."

"당시 그 자리에 있었던 우리는 선황 부처까지 구하면 전멸할 수도 있다는 걸 알고 있었거든? 그래도 이사나가 가라고 명령하면 우리는 가려고 했는데…… 녀석은 귀환을 선택했어. 그렇게 괴로워하면서 결정을 내렸는데 어처구니없게도 이사나에게 남은 건 친형인 황태자를 흠모해 그만 구한 게 아니냐는 추문이었어. 정작 선황 부처만 구했으면 권력에 눈이 멀어 형을 죽게 내버려 뒀다고 떠들어 댔을 거면서 말이야.”

러셀은 지금 떠올려도 열받는다는 듯 신경질적으로 혀를 차며 말했다.

“그래서 나는 사람들이 떠들어 대는 말을 믿지 않아. 이사나가 알리페르를 헥사비스 안에 들였다고? 하, 부모가 그놈들 손에 죽었는데 무슨 말도 안 되는 소리야? 하여간 억지로 끼워 맞추는 데는 다들 도가 텄지.”

러셀은 흥분을 가라앉히려는 듯 숨을 깊게 내쉬며 말했다.

“그 녀석 말이야. 선황 부처가 죽은 날 엄청나게 많이 울었어. 살가운 가족 관계가 아니었던 걸로 아는데, 그런데도 그 녀석 밤새도록 울었어. 그대로 무슨 일이라도 나는 게 아닌가 싶을 정도로 말이야. 그런데 다음 날 아무렇지 않은 얼굴로 기자들 앞에 나서서 브리핑을 해야 했지. 원래 황태자가 해야 하는 몫이었는데 그놈은 완전히 망가져서 사람들 앞에 나설 수 없었거든.”

러셀의 말에 멜즈는 가슴이 죄여 오는 걸 느꼈다. 멜즈는 이제껏 단 한 번도 이사나의 약한 모습을 본 적이 없었다. 항상 든든하고 자랑스러운 보호자였는데, 러셀의 말을 들으니 그 모습은 역시 무리하게 꾸며 낸 모습일지도 모른다는 생각이 들었다.

진짜 당신의 얼굴은 어떤 얼굴일까? 궁금했다. 알고 싶어졌다. 헤어지고 싶지 않다는 어린애 같은 관성이 아닌, 그것과는 다른 날카로운 충동이 멜즈를 지배했다. 그런 멜즈에게 러셀은 단호히 말했다.

"그렇기에 나는 널 헥사비스 밖으로 내보내고 싶지 않아."

"……."

"넌 이사나에게 얼마 안 남은 소중한 사람이야. 너 자신은 헥사비스 밖으로 나가서 무사할 거라 자신할지도 몰라. 나와 사관 학교 동기들도 그렇게 생각했으니까. 하지만 아닐 수도 있어. 만약 네게 무슨 일이 생긴다면 이사나는 또다시 혼자 남게 돼."

러셀의 설득에 멜즈는 러셀이 얼마나 이사나를 생각하고 있는지 알게 되었다. 그는 분명 10년 이상 이사나와 만난 적이 없을 텐데도 여전히 변함없이 이사나를 걱정해 주고 있었다. 그런 러셀을 보며 멜즈는 이런 생각이 들었다.

만약 자신이 헥사비스를 나가지 않고 이곳에 계속 머무른다면 이사나는 안심할지도 몰랐다. 더 이상 소중한 사람을 잃어버려 슬퍼할 일이 없을 테니 말이다. 학자로서 명예를 쌓고 언젠가 이사나에게 도움이 될 날을 기다리며 그를 응원하는 게 진정으로 이사나가 원하는 길일지도 몰랐다.

하지만 그런 관계가 무슨 의미가 있을까? 러셀은 이사나를 걱정하며 멜즈를 도와주었지만, 정작 10년 동안 단 한 번도 이사나와 만난 적이 없었다. 러셀이 우군임은 틀림없지만, 이사나는 여전히 혼자였다.

그가 고독한 길을 혼자 걸어가도록 내버려 두는 게 진정으로 옳은 일일까? 그를 배려하는 행위조차 이사나에게 '이사나 넥시움'을 강요하는 짓이 아닐까? 그렇다면 그의 흠집이 되더라도, 나 자신이 흠집투성이가 되더라도 그의 곁에 있고 싶어졌다. 러셀처럼 밀려서 그의 무운을 빌며 자그마한 도움을 주는 옛 지인으로 남고 싶지 않았다. 멜즈는 이제야 모든 것을 분명하게 결정할 수 있었다.

"그래도…… 저는 가고 싶습니다."

"……."

"제가 이사나의 소중한 사람이기도 하지만, 이사나 역시 제겐 다른 누구보다도 소중한 사람이니까요."

멜즈는 하마스와 그의 추종자가 있던 지하 1층에서의 풍경을 떠올렸다. 이사나가 황제를 흠모한다는 패륜적인 소문도, 자신이 사실은 알리페르라는 터무니없는 낭설도 지금은 거짓이라는 걸 안다. 그럼에도 그때는 그럴지도 모른다는 생각을 해 버렸다. 그를 믿지 않은 것이다. 날조를 일삼는 그들의 말에 잠시 속아 넘어간 것이다.

분명 '이사나 넥시움'은 그런 얘기를 들어도 눈 하나 깜짝하지 않았을 것이다. 그는 완벽한 영웅이니까. 몰란도 넥시움의 현신으로 불리우는 인류의 구원자니까. 그러나 '넥시움'이 아닌 이사나는 어떨까?

멜즈는 문득 헥사비스 지붕 위에서 보았던 이사나를 떠올렸다. 이제는 각오가 섰다. 어떤 더러운 꼴을 보더라도 이사나만을 바라볼 준비가 되었다. 멜즈가 결의에 찬 눈으로 러셀을 바라보자, 러셀은 한숨처럼 쓸쓸하게 중얼거렸다.

"정말이지…… 이사나는 어쩌다 너 같은 대왕 찰거머리를 주워 와서는……."

하지만 러셀의 입꼬리는 올라가 있었다. 자신의 대답이 마음에 든 듯했다. 러셀은 자리에서 일어나며 진지한 얼굴로 멜즈에게 말했다.

"정말로 이사나의 곁에 있을 각오가 되었다면 따라와."

러셀의 말에 멜즈는 긴장된 얼굴로 그의 뒤를 따랐다.

의외로 멜즈가 누워 있던 곳은 그 또한 와 본 적 있는 곳이었다. 건물 밖으로 익숙한 훈련소가 보였다. 이곳은 훈련소 옆에 있는 헌병대 시설이었다. 러셀은 아무 말 없이 계단을 따라 지하로 내려갔다. 그에 멜즈 역시 팔다리가 후들거림에도 불평하지 않고 러셀을 따라 나섰다.

계단을 따라 아래로 내려가자, 희미한 비명 소리가 들려오기 시작했다. 멜즈도 방문해본 적 있는 고문실에서 나는 소리였다. 괜히 등골이 오싹해진 멜즈는 러셀의 뒤에 바짝 붙었다. 그렇게 한 층을 더 내려가자, 감옥이 나왔다. 러셀은 열댓 명이 갇힌 감옥 안을 가리키며 멜즈에게 물었다.

"이제는 네 사물함에 '리베럼'을 넣은 녀석이 누구인지 말할 수 있겠지?"

러셀의 말에 멜즈는 고개를 끄덕이며 감옥 안을 살펴보았다. 그리고 피투성이가 된 채 한쪽 구석에 널브러진 남자를 가리키며 말했다.

"저놈입니다. 훈련병 246기 기수장 케일럽이요."

멜즈의 말에 러셀은 감옥을 지키고 선 헌병들에게 눈짓했다. 그러자 헌병들은 감옥 안에 누워 있는 케일럽을 일으켜 밖으로 끌고 나왔다. 케일럽은 힘없이 끌려 나오다 멜즈를 발견하고선 눈을 크게 떴다. 그리고 몸을 버둥거리며 절박하게 소리쳤다.

"멜즈! 멜즈! 살려 줘! 나 좀 살려 줘!"

"……."

"내가 잘못했어! 멜즈! 멜즈! 제발! 읍! 읍!"

케일럽의 입에 재갈을 물린 헌병들은 포승줄에 묶인 케일럽을 끌고 위로 올라갔다. 케일럽은 계속해서 멜즈를 바라보며 짐승처럼 울부짖었지만, 멜즈는 눈길조차 주지 않았다. 케일럽을 무시한 채 감옥을 둘러보던 멜즈는 보여야 할 사람이 보이지 않아 러셀에게 물었다.

"그런데 하마스는 어디에 있나요?"

"하마스?"

"저들의 우두머리라고 하던데요."

멜즈의 말에 러셀은 고개를 갸웃거리다가 이내 아아, 하고 탄성을 내지르며 말했다.

"죽었어."

"네?"

"죽었다고. 체포되던 도중에 갑자기 머리가 터져 버리면서 그대로 죽어 버렸어."

정말 역겨운 광경이었지. 러셀은 다신 떠올리고 싶지 않다는 듯 고개를 내저으며 말했다. 머리가 터져? 그럼 하마스는 잡힐 때를 대비해 미리 머리에 폭탄이라도 심어 두었단 말인가? 그걸 스스로 심었을 리 없으니 분명 누군가의 도움을 받았을 터였다. 함께 이사나를 벌하겠다던 여자가 심어 준 것일까? 상상만으로도 끔찍해져 속이 울렁거렸다. 갑자기 얼굴이 핼쑥해지는 멜즈를 러셀은 의아해하는 눈으로 바라보다가 어서 올라가자고 재촉했다.

러셀을 따라 지상으로 올라가자, 처형장 한가운데 통나무에 묶인 케일럽이 보였다. 아마도 여기서 바로 처형할 작정인 듯했다. 피투성이가 된 채 묶여 있는 케일럽의 모습을 보자, 멜즈도 기분이 썩 좋지만은 않았다. 아무리 그가 한 짓이 더러웠어도 4주간 동고동락한 입소 동기의 죽는 모습을 보자니 껄끄러웠기 때문이다. 착잡한 얼굴로 되도록 그와 눈을 마주치지 않으려 하는데, 러셀이 홀스터에서 리볼버를 꺼내더니 멜즈에게 건네주며 말했다.

"네가 저놈을 처형해."

"네?"

"네 손으로 이사나를 욕보이고 널 곤경에 빠뜨린 저놈을 처형하라고."

총을 쏘는 방법은 알겠지? 러셀의 단호한 요구에 멜즈는 이것이 마지막 시험임을 깨달았다. 러셀의 말에서 자신의 죽음을 예감했는지 케일럽은 입이 틀어막힌 채 마구 울부짖었다. 으! 에으! 에으! 케일럽은 잔뜩 겁에 질려 눈물을 흘리고 있었다. 살고 싶어 하는 의지가 극명하게 드러나는 케일럽의 얼굴을 마주하자니 리볼버를 든 손이 떨려왔다. 아무리 자신을 죽이려 든 상대라지만 어쩔 수 없이 동정심이 들었다.

그럼에도 멜즈는 무거운 쇳덩어리를 천천히 들어 올렸다. 그리고 가늠쇠 사이로 울부짖는 케일럽을 똑바로 바라봐 주었다. 살려 줘……! 살려 줘……! 나쁜 건 내가 아니라 너희잖아! 케일럽은 마치 그렇게 말하는 것 같았다. 케일럽의 말이 옳을지도 몰랐다. 이사나는 모두가 기대하는 만큼 완벽한 철인이 아니니까. 하지만…….

탕―!

총구에서 불이 뿜어져 나옴과 동시에 총알이 케일럽의 이마를 관통했다. 케일럽은 벼락 맞은 사람처럼 몸을 부르르 떨다가 이내 축 늘어졌다. 푹 숙인 머리 아래로 피와 뇌수가 덩어리진 채 바닥에 투두둑 떨어졌다. 그 끔찍한 광경에 멜즈는 갑자기 구역질이 치밀어 올라 입을 틀어막았다.

죽였어……. 내가……. 사람을 죽였어……!

멜즈는 리볼버를 내팽개친 채 구석으로 달려가 토했다. 더 이상 나오는 것이 없을 정도로 계속 토했지만, 손에서 느껴지는 거북한 이물감은 도무지 지워지지 않았다. 어느새 멜즈 뒤로 다가온 러셀이 혀를 차며 말했다.

"총을 내팽개치고 가 버리면 어떡해? 위험하잖아."

"죄송, 읍, 죄송합니다."

"겨우 이까짓 일로 웩웩거리는 주제에, 이사나 곁에 있을 수 있겠어?"

러셀이 조롱하듯 빈정거리자, 멜즈는 발끈하며 쏘아붙였다.

"저한테는 제국 대학에 처박을 아버지가 없으니 떨어져 나갈 일도 없을 겁니다!"

멜즈의 비아냥에 러셀이 놀란 듯 눈을 크게 떴다. 생각지도 못한 반격에 러셀은 어처구니가 없어 멍해져 있다가 이내 허리를 꺾으며 웃어 댔다.

"크크큭, 크크크큭, 누가 에드먼드 교수님 제자 아니랄까 봐 성격 나쁘기는, 크크크큭……!"

러셀이 좀처럼 웃음을 그치지 못하고 계속 웃어 대자, 멜즈는 불만 어린 얼굴로 그를 올려다보았다. 그렇게 한참 동안 끅끅거리며 웃어 대던 러셀은 돌연 웃음을 뚝 그치더니, 멜즈의 머리통을 우악스럽게 잡아 쥐며 음산하게 말했다.

"자네의 소신 있고 용기 있는 발언은 잘 들었다네. 앞으로의 활약을

아─주 많이 기대하겠어, 아브노아 훈련병."

"……."

"재입소를 축하하네."

이를 가는 듯한 그의 말투에 멜즈는 앞으로 죽었다고 복창하며 차마 떨어지지 않는 입으로 간신히 인사했다.

"……감사합니다, 교관님."

* * *

다음 날, 훈련소에서는 큰 소동이 벌어졌다. 제국의 이념에 정면으로 맞서는 불온 분자가 훈련소 안에 숨어들어 훈련병들은 물론이요, 군 상층부까지 현혹시켰다는 게 밝혀졌기 때문이다. 지하 3층에서 민중들을 상대로 배포한 가십지 〈리베럼〉을 지상층에서도 뿌리며 선동과 날조를 일삼았지만, 그들은 어느 군 간부 한 명과 용기 있는 훈련병의 활약으로 발본색원되어 전부 헌병대에 넘겨졌다.

버트런트 소령과 아브노아 훈련병이 그 주인공이었다.

〈리베럼〉을 찍어 내는 불온분자에 대한 정보를 사전에 입수한 버트런트 소령은 제국 대학에서 함께 동문수학한 아브노아 훈련병에게 도움을 요청했고, 아브노아 훈련병은 홀로 그들의 아지트에 숨어들어 그들의 추악한 행적을 낱낱이 알아낸 뒤 헌병대에 넘겨 버렸다.

그 과정에서 아브노아 훈련병은 그들과 몸싸움을 벌이며 다소 부상을 입었으나, 크게 다친 곳 없이 무사히 훈련소로 돌아올 수 있었다. 그 공로를 인정해 군 상층부에서는 아브노아 훈련병에게 포상 휴가를 내리고자 했지만, 그는 교육 수료까지 얼마 남지 않았다는 것을 이유로 거절하며 내무반에 복귀했다……

여기까지가 멜즈와 러셀이 입을 맞춘 사건 전말이었다. 이것으로 '기수장 케일럽 훈련소 침투 사건'은 표면적으로 마무리되는 것처럼 보였다.

멜즈는 겨우 이틀 만에 내무반으로 복귀하게 되었지만, 사람들의 시선은 꽤나 달라져 있었다. 멜즈가 그저 지하 3층 출신 난민이 아닌, 이사나 황자가 아끼는 소년이라는 게 밝혀지자마자 어떤 이는 흥미 어린 시선으로, 어떤 이는 경멸 어린 눈으로 멜즈를 바라보게 되었다. 예전의 멜즈였다면 그 시선들에 상처 입고 다소 위축되었을지도 몰랐다. 하지만 이제는 달랐다. 무엇이 중요하고 무엇을 바라보아야 하는지 알게 된 지금, 멜즈의 사람 대하는 방식은 상당히 달라져 있었다.

타악—!

한 훈련병을 으슥한 골목까지 끌고 온 멜즈는 그를 세차게 벽에 밀치며 찬웃음을 내지었다. 그에 훈련병은 벽에 부딪친 등허리가 아파 옴에도 긴장된 얼굴로 멜즈를 바라보았다. 분명 머리통 하나는 더 작은 꼬마에 불과한데도 왜 이렇게 위압감이 드는지 알 수 없었다.

훈련병은 부산스럽게 눈알을 굴리며 퇴로를 찾았지만, 멜즈의 뒤로 릭과 알도가 멸시 어린 눈으로 그를 쳐다볼 뿐이었다. 긴장된 기색이 역력한 훈련병을 향해 한 걸음 앞으로 다가온 멜즈는 입술을 비틀며 훈련병에게 물었다.

"내가 널 여기 왜 데려왔는지 알겠지?"

"내, 내가, 어, 어떻게 알아?! 다, 다짜고짜, 끄, 끌고 와서는……!"

훈련병이 모르는 척 시치미를 떼자, 멜즈는 어처구니가 없다는 듯 "하!" 하고 헛웃음을 내뱉었다. 청록색 눈을 사납게 치켜뜨며 훈련병을 노려본 멜즈는 그의 고간을 터뜨려 버릴 듯 움켜쥐며 욕설을 내뱉었다.

"야이 씹새끼야, 밥을 처먹으려고 줄을 섰으면 얌전히 줄만 설 것이지, 이 쥐좆만 한 건 나한테 왜 들이대는데? 어? 너 이 새끼 죽고 싶냐?"

"악! 으악! 이, 이거, 아악!"

훈련병은 당장에라도 소중한 곳이 뽑혀 나갈 듯한 고통에 비명을 내지르며 멜즈에게서 벗어나려 애를 썼다. 하지만 도대체 어떻게 생겨 먹은 손인지 훈련병이 아무리 애를 써도 멜즈의 손아귀에서 벗어날 수 없었다. 그에 훈련병의 얼굴이 점점 푸르딩딩해지자, 충분히 경고가 되었다고 생각한 멜즈는 불유쾌한 부위를 놓아주며 차갑게 쏘아붙였다.

"한 번만 더 이딴 추잡스러운 걸 나한테 들이밀었다가는 다음엔 서지도 못하게 뽑아 버릴 테니까 잘 간수해라? 알았냐?"

"이, 이, 남창 주제에……!"

"……뭐?"

"자, 잘난 척하지 마! 이 호모 새끼야! 어차피 이사나 넥시움한테 허벌창이 되게 뒷구멍이 뚫린 주제에! 고작 엉덩이에 한번 비비적거린 거 가지고 유난 떨지 마!"

훈련병은 아까까지 붙잡혔던 급소를 두 손으로 움켜쥔 채 짓씹듯 이죽거렸다. 그에 멜즈의 얼굴은 차가워졌다. 이게 이제부터 멜즈가 걸어가야 할 길이었다. 부당한 일을 겪어도 동정은커녕 멸시 어린 시선과 조롱만 당하는 그런 길이었다. 멜즈는 서늘한 얼굴로 훈련병을 내려다보다 뒤를 돌아 알도와 릭에게 말했다.

"후우, 미안한데 밖에서 망 좀 봐 줄래?"

"그, 그래……."

"적당히 해라."

두 사람이 밖으로 나가 골목을 지키고 서자 멜즈는 훈련병을 쥐어 패기 시작했다. 퍽퍽퍽퍽! 훈련병이 무슨 말을 해도 멜즈는 기계처럼 보이지 않는 곳만 골라 마구 두들겨 팼다. 잘못했어요……! 살려 주세요……! 매서운 손속에 훈련병은 급기야 울기까지 했지만, 멜즈는 냉정한 얼굴로 계속해서 쥐어 팰 뿐이었다. 결국 훈련병이 기절해 버리자, 멜즈는 그제야 훈련병을 놓아주며 짓씹듯 말했다.

"씨발놈아, 진짜 뚫리기라도 했으면 내가 억울하지나 않지. 알지도 못하는 게."

멜즈는 훈련병을 한 번 더 걷어차 준 뒤 옷매무새를 정돈하며 밖으로 나왔다. 여전히 분이 풀리지 않는 얼굴로 멜즈가 시근거리며 골목을 나오자, 알도는 종잇장처럼 구겨진 훈련병을 힐끔 바라보다가 걱정 어린 얼굴로 멜즈에게 물었다.

"너 진짜 이러고 다녀도 괜찮아?"

"버트런트 교관님이 문제만 일으키지 않으면 된다고 했어."

멜즈는 심드렁한 얼굴로 대꾸했다. 문제를 일으키지 말라는 러셀의 말은 말 그대로 어떠한 방식으로든 잡음이 나오게 하지 말라는 것이었다. 그 말은 뒤집어 얘기하면 어떠한 짓을 하든 문제만 생기지 않으면 된다는 말과 동일했다.

사건 이후 멜즈를 추행하려 한 훈련병은 저치 하나만이 아니었다.

케일럽이 뿌리고 간 추문은 생각보다 강력했고 5주에 달하는 훈련 기간 동안 성욕이 극도로 치달은 훈련병들은 때마침 그런 소문을 업고 돌아온 멜즈를 향해 비뚤어진 성욕을 표출하려 했다.

물론 멜즈는 자비 없이 그들을 모두 두들겨 팼다. 그렇게 열 명 정도 밟아 주고 나서야 훈련병들은 깨갱하며 멜즈의 눈치를 보았다. 그런 강력한 대처 때문인지 처음에는 멜즈의 정체에 거리감을 느꼈던 다른 훈련병들도 어느새 멜즈를 '이사나 황자의 미동'이 아닌 '어리숙한 줄 알았는데 사실은 핵주먹을 가진 폭군' 정도로 여기게 되었다.

"점호 준비해야 하니까 나 먼저 가 볼게. 나중에 쟤 좀 챙겨 와 줘."

"알았어."

"조금 있다 봐."

케일럽을 대신해 기수장으로 임명된 멜즈는 바쁜 걸음으로 먼저 내무반에 돌아갔다. 그렇게 알도와 둘만 남게 된 릭은 한숨을 내쉬며 알도에게 말했다.

"우리 잘못 걸린 거 같지 않냐?"

"그러게……."

처음엔 맹하게 구는 동기가 가여워 도움을 준 것에 불과했는데, 어느새 두 사람은 새로운 기수장의 손발이 되어 있었다. 얼마나 귀하게 자랐는지 멜즈는 명령을 내리는 것에 거리낌조차 없었다. 그래도 예전엔 미안한 척이라도 했었는데…… 두 사람은 새삼 밀려드는 배신감에 몸을 떨었지만, 이내 피식 웃어 버렸다.

앞으로 멜즈와 함께할 군 생활이 상당히 재미있을 것 같은 예감이 들었다.

                                    * * *

퇴소식 당일은 날이 맑았다. 구름 한 점 없는지 불투명한 헥사비스의 지붕이 파르라니 물든 가운데 훈련병들은 정들었던 훈련소를 떠나 헥사비스 밖으로 나가게 되었다. 아침부터 시작된 퇴소식은 교관들과 훈련소장의 송별사가 이어진 뒤 마지막으로 훈련병들의 퇴소사만 남겨 두고 있었다.

기수장이 된 멜즈는 퇴소사를 읊기 위해 원고를 들고 단상 위로 올라갔다. 단상 아래로 이제 막 헥사비스 밖으로 나가기 위해 완전 군장을 한 훈련병들이 보였다. 멜즈는 긴장으로 숨을 크게 들이켠 뒤 퇴소사를 읊기 시작했다.

"겨울의 끝자락을 지나, 이윽고 화창한 봄이 다시 찾아왔습니다. 그리고 훈련병 246기는 엄하지만 사랑으로 우리들을 가르쳐 주신 교관님들 품을 떠나 이제 새롭게 시작하고자 합니다. 훈련소에 있는 5주간 정말 많은 일들이 있었습니다. 훈련 과정이 다소 버겁고 힘들게 느껴질 때도 있었지만, 형제 같은 동기들과 함께할 수 있어 무사히 이 과정을 끝마칠 수 있었습니다."

잔잔하면서도 막힘없는 퇴소사에 러셀을 비롯한 교관들이 흐뭇한 얼굴로 멜즈를 바라보았다. 그들의 시선을 받으며 멜즈는 계속 원고를 읽었다.

"헥사비스 밖으로 나가기 위해 이 자리에 선 지금, 저는 두렵기도 하지만, 그보다는 기대가 더 큽니다. 귀중한 가르침을 주신 교관님들께 감사하며 앞으로 들어올 247기 훈련병들도 무사히 이 과정을 끝마쳐 제국에 큰 도움이 되기를 기원합니다."

퇴소사를 읽어 내려가던 멜즈는 반쯤 읽은 원고를 손에 든 채 잠시 머뭇거렸다. 그리고 고개를 들어 정면을 바라보았다. 5주간 동고동락했던 훈련소 동기들의 얼굴이 보였다. 아는 사람도 있었지만, 아직 통성명도 하지 못한 사람이 더 많았다. 그들은 모두 멜즈가 누구인지 알았지만, 멜즈가 무슨 생각을 하는지는 몰랐다. 아마 이들에게 자신의 얘기를 할 수 있는 기회는 지금뿐일 듯했다. 불현듯 그런 생각이 든 멜즈는 퇴소사 원고를 뒤집은 채 그들을 바라보며 말했다.

"저는 여기 있는 분들 모두 아시다시피 이사나 황자의 후원을 받아 왔습니다. 그의 호의 아래에서, 그의 비호 아래에서, 안온한 일상을 이어 왔습니다. 하지만 저는 어떠한 사람이 되고 싶다든가 무언가를 하고 싶다는 생각을 해 본 적은 없습니다. 그저 그 사람이 좋았습니다. 상냥하면서도 긍지 높은 그 사람이 좋았을 뿐입니다. 그런 그가 이제는 인류와 알리페르, 두 종족 중 하나만 살아남을 전면전의 선봉에 서게 되었습니다. 그런 그를 따라 저 역시 이곳까지 오게 되었습니다."

멜즈의 뜬금없는 말에 연병장에 서 있던 훈련병들이 어리둥절한 얼굴로 멜즈를 바라보았다. 하지만 멜즈는 아랑곳없이 자기가 하고 싶은 얘기를 계속 늘어놓았다.

"도개교 하나를 사이에 둔 채 바깥으로 나갈 준비를 하고 있는 지금, 저는 그 어느 때보다 떨립니다. 안전이 보장된 헥사비스 밖으로 나가는 것은 두렵고 알리페르와 싸운다는 미래는 버겁게 느껴지기만 합니다. 하지만 저는 앞으로 있을 미래를 믿습니다. 이백여 년 간 인류를 보호하고 동시에 가두었던 헥사비스 밖으로 나가 더 이상 층간의 구별 없이 서로에게 친절하고 행복과 풍요를 기원할, 더 나은 미래를 믿습니다."

이 순간, 멜즈에게 떠오르는 얼굴은 하나뿐이었다. 멜즈는 계속해서 훈련병들에게 말했다.

"저에게 이런 흔들림 없는 믿음을 준 사람은 항상 가까이서 지켜봐 왔던 제 후견인입니다. 그 누구보다도 앞장서서 그 누구보다도 위험한 곳에서 제국민들을 지켜 준 그는 저는 물론이요, 제국민들의 영웅이기도 합니다."

멜즈는 주먹을 꽉 움켜쥐며 훈련병들에게 간절히 호소했다.

"알리페르가 아무리 강하고 교활하다고는 하나, 저는 저의 영웅을 믿습니다. 더 나은 곳으로 나아가고자 하는 인류의 가능성을 믿습니다. 우리들 한 사람 한 사람은 알리페르에 비해 힘없고 나약한 존재일지도 모릅니다. 하지만, 우리가 힘을 모은다면, 용기를 모은다면, 어떠한 강력한 적이 우리 앞에 나타난다고 해도 우리는 이겨 낼 수 있습니다. 서로를 불신하며 미워하기보다 함께 행복해지고자 하는 선한 마음이 이루어 낼 미래를 믿습니다. 그 무엇보다도 이사나 황자, 그를 믿습니다."

진중하게 말을 이어 나가던 멜즈는 훈련병들을 바라보다가 돌연 장난스럽게 외쳤다.

"야! 이제 알리페르 따위에 겁내며 갇혀 지내는 건 지긋지긋하지 않냐?! 갑갑하지 않냐고!"

호기 어린 멜즈의 말에 훈련병들 사이에 서 있던 릭이 "옳소!"라고 장난스럽게 외쳤다. 그런 릭을 시작으로 연병장에 사열해 있던 훈련병들이 웅성거리기 시작했다. 조금 있으면 헥사비스 밖으로 나간다는 생각에 경직되어 있던 분위기는 어느새 온데간데없었다. 벌레 따윈 전부 불태워 버리면 되지! 개들 때문에 지상층 집값이 얼마나 올랐는지 개들은 알기나 할까? 다소 가벼우면서도 들뜬 목소리가 장내에 가득해지자, 멜즈는 훈련병들을 바라보며 제국군 구호를 선창했다.

"제국에 승리를!"

"제국에 승리를—!"

"인류에 평화를!"

"인류에 평화를—!"

"우리들은 이제부터 제국민들을 해방시키러 간다! 야! 가자!"

"오오—!"

훈련병들의 환호성을 들으며 멜즈는 단상 옆에 내려놓았던 군장을 등에 짊어진 채 제일 먼저 앞장서서 연병장 밖으로 뛰쳐나갔다. 그런 멜즈의 뒤로 훈련병들이 들뜬 얼굴로 뒤따랐다. 그 어떤 퇴소식도 이처럼 왁자지껄한 적이 없었다. 훈련병 246기 퇴소식을 지켜보던 교관들은 어처구니없는 얼굴로 연병장 밖으로 뛰쳐나가는 훈련병들을 바라보았다. 그 가운데, 러셀만이 이채가 서린 눈으로 멜즈를 바라보고 있었다.

닮았다.

스타일은 다르지만, 사람들의 눈을 사로잡는 저 반짝임이, 호소력 짙은 진지한 눈빛이 이사나 넥시움과 지독히 닮아 있었다. 사실은 그의 핏줄이 아닌가 싶을 정도로 말이다.

멜즈의 뒷모습을 바라보며 러셀은 십여 년도 더 전에 있었던 일을 떠올렸다.

당시 황태자였던 황제의 첫 출정 날, 선황 부처는 지나치게 불안해하는 황제를 걱정하며 헥사비스에서 꽤 멀리 떨어진 곳까지 그를 배웅 나갔었다. 그리고 얼마 지나지 않아 알리페르 무리가 그들을 습격하고 있다는 전보가 받게 되었다.

헥사비스 안에 있는 병력이 도착하기엔 시간이 너무 오래 걸렸고 당장 그들에게 갈 수 있는 이들은 이사나를 비롯해 열병식에 차출된 사관생도들뿐이었다. 모두가 어찌할 바를 몰라 하던 그때, 이사나가 생도들끼리 선황 부처와 황태자를 구하러 가자는 얘기를 꺼냈다.

'뭐? 미쳤어? 우리들끼리 어떻게 가자는 거야?'

'승산 없는 얘기는 아니야. 내게 생각이 있어. 비록 실전은 없었지만, 우린 이론적인 것은 전부 배운 상태야. 추가 병력이 도착할 때까지 버틸 수 있기만 하면 돼.'

'그래도…….'

'결코 무모한 짓을 명령하지 않아. 안 된다고 판단되면 지체 없이 귀환할게. 약속해.'

당시 이사나는 생도회장으로 사관 학교 내 모든 생도들에게 명령을 내릴 수 있는 통수권을 가지고 있었다. 그런데도 이사나는 군이 설득을 하려 했다. 모두와 눈을 마주하며 따라와 주기를 간곡히 청했다. 그의 자신 어린 말투에, 진심이 깃든 목소리에 모두가 거짓 말처럼 그의 뒤를 따르게 되었다.

생각지도 못한 첫 출정에서 생도들은 몇 번의 죽을 고비를 넘겼는지 모른다. 수없이 많은 알리페르와의 교전이 있었지만, 이사나는 지휘관임에도 지체 없이 앞에 나서 그들을 쓰러뜨리고 고립되어 있던 황태자 무리에 도달했다. 하지만.

짝─!

'이 가증스러운 놈……! 그 망할 년과 손잡고 날 사지로 내몬 주제에

되레 나를 구하러 와? 도대체 무슨 꿍꿍이인 게냐!'

방금 전까지 벌벌 떨며 몸을 웅크리고 있던 황제는 이사나의 얼굴을 보자마자 미친 사람처럼 발광했다. 목숨을 걸고 형제를 구하러 왔던 이사나는 도리어 그에게 뺨을 맞고 발길질까지 당했지만, 익숙하다는 듯 무덤덤한 얼굴로 다시 일어나 황태자를 안전한 곳으로 피신시켰다.

아마 그때부터였던 것 같다. 현 황제가 이사나를 홀대하기 시작한 것은. 이제는 다시 화해한 모양이지만, 그날의 미치광이 같던 황제의 얼굴은 지금 떠올려도 등골이 오싹해질 만큼 정상이 아니었다. 그런데…….

황제가 말한 그 '망할 년'이 누구지?

당시에는 죽다 살아난 사람 특유의 히스테리라고 생각했었는데, 지금 떠올려 보니 조금 이상하긴 했다. ……아니다. 이제 와서 그게 다 무슨 소용이란 말인가? 생각 해봐야 골치만 아프지.

러셀은 애써 의혹을 떨쳐 낸 채 훈련병들을 태우고 도개교로 향하는 군용트럭을 바라보았다. 거의 한 달에 한 번 꼴로 보게 되는 광경인데 오늘만큼은 색다르게 느껴졌다. 시원섭섭하면서도 어째서인지 앞으로 있을 일들이 기대되었다.

러셀은 멀리서 들려올 좋은 소식을 예감하며 관사로 발길을 돌렸다.

* * *

훈련병들과 트럭에 올라탄 멜즈는 긴장된 얼굴로 앞을 바라보았다. 불투명한 스트로마가 천천히 흐르는 헥사비스의 배리어 층이 어느새 손에 잡힐 듯 가까워져 있었다. 처음에는 들뜬 얼굴로 왁자지껄하게 떠들어 대던 동기들도 점점 경계선이 가까워지자 긴장이 되는지 조용해져 갔다. 훈련병들은 하나같이 굳은 얼굴로 도개교 너머로 열린 바깥세상이 점점 다가오는 것을 지켜보았다.

"아······!"

"우와······."

배리어를 완전히 통과해 밖으로 나오자마자 훈련병들은 저마다 탄성을 내질렀다. 끝도 없이 펼쳐진 드넓은 평야. 천장이 느껴지지 않을 정도로 높은 하늘. 모든 것이 너무나도 크고 넓었다. 그 광활하면서도 아름다운 풍경에 훈련병들은 당장에라도 압사당할 것 같은 위압과 전율을 느꼈다.

멜즈 역시 마찬가지였다. 헥사비스의 지붕 위에서 보았던 우울한 회색빛 하늘과는 또 달라 보였다. 너무 넓어 그 속에 파묻히고 휩쓸리는 듯한 느낌이 들었다. 이렇게 넓은 곳 어딘가에 이사나가 있었다.

이사나······.

그도 나를 기다리고 있을까? 멜즈는 문득 밀려드는 불안에 손끝이 떨려 왔다. 자신이 느끼는 이 초조함을 그가 부담스러워하면 어쩌나 싶기도 했다. 하늘은 넓고 가능성은 무한했다. 그럼에도 그에게 향하는 이 마음을 멈출 길이 없었다.

그렇게 멜즈는 알껍데기를 부수고 밖으로 나갔다. 그곳에서 무엇이 기다리고 있는지도 모른 채.

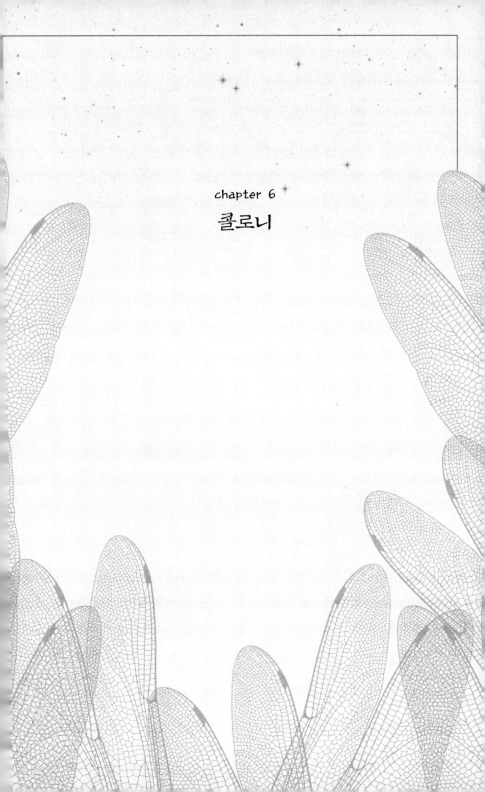

chapter 6
콜로니

콜로니 (1)

해가 저물고 있었다. 또다시 다가온 밤을 맞이하듯 하늘은 어슴푸레했지만, 땅은 여전히 흩뿌려진 빛으로 훤하기만 했다. 바깥세상은 언제나 헥사비스 안에 비해 해가 빨리 뜨고 늦게 저물었다. 평소와 같이 지평선 너머로 사라지는 태양을 멍하니 지켜보던 이사나는 발치의 그림자가 길어지자 막사로 돌아와 무언가를 챙기기 시작했다.

철컥철컥―.

이사나는 충전이 완료된 배터리를 발전기에서 꺼내 들었다. 의수와 의족에서 전력이 반쯤 남은 기존의 배터리를 빼낸 뒤 충전된 배터리를 끼워 넣자, 동상을 입은 듯 얼얼했던 팔다리에 감각이 돌기 시작했다.

배터리를 교환하는 식으로 활성화되는 이 '생체 의수'는 기본적으로 알리페르에게서 떼어 낸 팔다리를 화학 처리해 만들어진 것이다. 통상적으로 일반 남성의 열 배 이상의 근력을 낼 수 있는 이것은 최전방 특수 부대, 스펙터의 부대원이라면 누구나 예외 없이 한 쪽씩 가지고 있는 것이었다.

인체와 알리페르 부속지를 융합했을 때의 단점은 부속지 쪽으로 에너지가 쏠린다는 점이었다. 그 점을 개선하기 위해 '생체 의수'는 인체와 부속지 간의 에너지 교환을 혈액에 의한 체순환에만 의존하지 않고, 외부에서 동력을 추가로 공급받는 구조를 채택했다. 결과적으로 스펙터의 부대원들은 배터리의 주기적인 교환이라는 약점을 가지게 되었지만, 인간은 물론이고 웬만한 알리페르를 웃도는 근력과 지구력, 반사 신경을 가지게 되었다.

하지만 이것을 제대로 사용하기 위해서는 혹독한 재활 과정을 거쳐야 했다. 기계와 외부 구성물이 뒤섞인 생체 의수를 인체와 융합시키기 위해선 적어도 3년 이상 면역 억제제를 꾸준히 복용해야 했으며, 신경과 연결되었다고는 하나 조금의 오차 없이 정확한 움직임을 구사하려면 많은 시간을 들여야 했다. 게다가 알리페르의 일부를 제 몸에 이식한다는 거부감 역시 상당했기에 처음 프로젝트를 시작했을 때와 달리 결국 끝까지 남은 건 소수에 불과했다. 그러나 모든 과정을 인내하고 훈련을 끝마친 이들은 인간을 초월한 강력한 힘을 손에 넣게 되었다. 그런 그들의 선두에는 항상 이사나 황자가 있었다.

배터리를 모두 교체한 이사나는 막사 한쪽 옆에 걸려 있던 헤비 블레이드를 꺼내 들었다. 대(對) 알리페르 병기인 그것은 너무나도 무거워 일반인은 들고 있는 것조차 힘들었다. 하지만 생체 의수를 달고 있는 이사나에게는 그리 큰 문제가 되지 않았다.

밖으로 나오자, 바깥은 한창 저녁 준비로 분주했다. 그런 진영 안을 잠시 지켜보던 이사나는 이내 그들을 등진 채 숲이 우거진 초소 밖으로 향했다.

"각하! 각하!"

"……."

익숙한 목소리에 이사나는 고개를 돌렸다. 예상대로 거기엔 부관인 엘든이 있었다. 엘든은 장교복이 아닌, 전투복을 입고 있는 이사나를 바라보며 새하얗게 질린 얼굴로 물었다.

"각하, 지금 어디로 가시는 겁니까."

"……."

"각하, 외람되오나 각하께서는 전 제국군의 군 통수권자이십니다. 그런데 이 차림으로 도대체 어디를 가신단 말입니까……!"

엘든의 말에 이사나는 한숨을 내쉬며 정정해 주었다.

"군 통수권자는 폐하이시다. 내가 아니야."

"하지만……!"

"비켜. 자넬 강제로 치우고 싶지 않아."

이사나의 말에도 엘든은 절대 안 된다는 듯 이사나를 가로막았다. 하지만 결국 먼저 포기하게 된 쪽은 엘든이었다. 저렇게 강경한 이상 무슨 말을 해도 소용이 없었다. 어차피 제치고 나아갈 터였다. 엘든이 체념하자, 이사나는 언제 돌아오겠다는 말 한마디 없이 엘든을 지나쳐 진영 밖으로 나갔다.

점점 멀어져 가는 이사나의 뒷모습을 바라보며 엘든은 입술을 짓이겼다.

변했다.

지금 그가 하는 행동은 도저히 제국이 자랑하는 영웅, '이사나 넥시움'이 보일 만한 행동이 아니었다. 실의에 빠져 지휘관의 자리도 망각한 채 그저 검을 휘두르는 것에 탐닉한 그는 영웅의 탈을 쓴 살육자에 불과했다.

이 모든 게 다 황제 때문이었다. 신년회가 있던 바로 그날, 황제와 독대한 이후 그는 저렇게 변해 버렸다. 황제의 꼭두각시로 전락해 귀족원의 무리한 요구도 불만 없이 전부 받아들이고 모든 일을 황제가 시키는 대로 하고 있었다. 알리페르를 물리쳐 제국민들을 헥사비스에서 해방시킨다는 선조들의 과업 따위는 눈에도 들어오지 않는 듯했다.

하여간 황제 그자는 도움이 되질 않았다. 차라리 그때, 헥사비스 밖으로 나갔을 때 죽어 버렸다면……!

주먹을 꽉 움켜쥔 엘든은 분에 겨운 눈으로 점점 멀어져 가는 이사나의 뒷모습을 쏘아보았다.

* * *

얼마나 걸었을까? 이사나는 스산하게 스쳐 지나가는 바람 속에 낯선 소리가 섞여 든 것을 알아차렸다. 적이었다. 본능이 울리는 경고음에 이사나는 등골이 짜르르 울리고 피가 뜨거워지는 것을 느꼈다. 절로 거칠어지는 숨결을 애써 가라앉힌 이사나는 짐짓 아무것도 눈치채지 못한 척 천천히 초원 위를 걸었다.

치릇치릇―. 치릇치릇―.

사냥감을 발견한 포식자는 흥분을 이기지 못하고 날개를 떨어 댔다.

그 소리를 들었음에도 이사나는 두렵다기보다 즐거움을 느꼈다. 지척까지 다가온 죽음에 신경줄이 팽팽해졌지만, 이사나는 막사에 있을 때보다 오히려 지금이 살아 있는 듯한 기분이 들었다. 생과 사를 등지고 있는 이 순간만큼은 그 무엇도 자신을 속박할 수 없었다.

이사나는 자꾸만 일그러지려는 입매를 억지로 내리 눌렀다. 마음이 흐트러지면 쉬운 사냥도 실패하기 마련이다. 탁 트인 평원이 나오자, 이사나는 그제야 발걸음을 멈추고 헤비 블레이드를 꺼내 들었다. 그에 이사나를 습격하려던 알리페르는 분주한 날갯소리를 내며 동요했다. 하지만 오랜만에 마주한 사냥감을 다른 놈들에게 빼앗기고 싶지 않았는지 놈은 이사나의 주변을 빙글빙글 맴돌다가 곧장 달려들었다. 이사나는 미동도 없이 그 자리에 서 있다가 지척까지 적이 다가와서야 헤비 블레이드를 힘껏 휘둘렀다.

촤아악―!

무거운 헤비 블레이드가 키 낮은 관목과 더불어 무언가를 베어 냈다. 이사나가 휘두른 블레이드 주변으로 항상 맡아 온 익숙한 냄새가 흩뿌려졌다. 비릿하면서도 풀 내음이 느껴지는 그것은 이젠 어느 영애가 뿌리는 향수보다 향긋하게 느껴질 뿐이었다. 풀숲에 쓰러져 몸을 꿈틀거리는 적에게 다가간 이사나는 검을 높이 들어 바닥에 세게 내리꽂았다. 무거운 칼끝으로 외골격과 경추가 부서지는 느낌이 났다. 몸체와 분리된 머리는 어느새 어두운 관목 사이를 데굴데굴 굴러다녔고 아직도 살아 있다고 착각한 몸뚱이는 반쯤 잘린 날개를 퍼덕이며 몸을 뒤틀었다.

치릇치릇―. 치릇치릇―.

적은 하나가 아니었던 모양이다. 이사나의 칼끝에 분명 놈이 죽었음에도 여전히 허공으로부터 소름끼치는 날갯소리가 들려왔다. 도대체 몇이지? 넷? 다섯? 눈으로는 아무것도 분별할 수 없었다. 그저 생사를 걸고 적과 마주한 순간, 오감을 초월한 무언가만이 적의 존재를 뚜렷하게 알려 줄 뿐이었다.

한 치 앞도 알 수 없는 그믐밤, 초원 위에 선 이사나는 등줄기를 내달리는 고양감에 히죽 웃었다. 죽는다. 이대로는 죽을지도 모른다. 절체절명의 위기 속에서도 이사나는 이상하게도 웃음만 흘러나왔다.

'이사나…… 나, 무, 무서워요…….'

서리가 내린 마른 풀 위에 쓰러진 아이는 그렇게 말했었다. 무서워? 내가? 내가 널 해친 적이 있던가? 네 날개를 갈가리 찢고 네 견고한 외골격을 부숴 버린 적이 있던가?

동요한 감정에 따라 이사나의 호흡도 거칠어져 갔다. 단숨에 땅을 박차 하늘로 치솟은 이사나는 눈앞의 알리페르에게 헤비 블레이드를 휘둘렀다. 무거운 칼날에 알리페르는 날개와 옆구리가 잘린 채 땅으로 추락했다. 이사나는 곧장 땅으로 착지해 아직 숨이 끊어지지 않은 놈에게 다가갔다. 하지만 공중에 있던 다른 알리페르의 방해로 숨통을 끊을 수 없었다. 짜증이 난 이사나는 그놈을 먼저 쫓아가 횡으로 복부를 갈라 주었다. 비릿한 냄새를 풍기며 내용물이 후드득 풀숲에 쏟아졌고 놈은 얼마 가지 못해 땅으로 추락했다.

이사나는 그것의 흉곽을 깨부순 뒤 다시 날개를 잃은 알리페르에게 다가갔다. 놈은 두려운 듯 두 팔로 기며 풀숲을 향해 도망치고 있었다. 우스웠다. 꼴에 벌레라고 길 줄은 알았다. 이사나는 특별히 그놈의 척추를 두 동강 내 주었다. 그륵거리며 피거품을 쏟아 내던 놈은 얼마 지나지 않아 움직이지 않게 되었다.

멜즈…….

멜즈……!

너는 내게 무섭다고 말했지만, 나는 네가 무서워. 이런 내 모습을 보게 될까 봐, 네가 좋아하는 모습을 보여 주지 못할까 봐 두려워. 실망을 주고 경멸당할까 봐 너무나도 두려워.

이사나는 끊임없이 알리페르를 베어 내면서도 멜즈를 떠올렸다. 그러나 어둠 속에서 떠오르는 건 두려움에 떨며 우는 그때의 모습 뿐이었다. 분명 다른 모습이 더 있을 텐데 그건 조금도 생각나지 않았다.

"……."

해가 떠오르고 있었다. 푸르게 물든 새벽녘은 밤과 사뭇 달라진 초원 위를 무기질적으로 비췄다. 피와 토막 난 시체들 사이를 쓸쓸히 지나치던 이사나는 멍하니 생각했다. 이제야 노곤한 몸을 누이고 잠에 빠져들 수 있겠다고.

* * *

제국이 알리페르와의 전면전을 선포하며 출정식을 치른 지 1년이 지났다. 인류의 존망을 건 싸움에 제국군은 헥사비스가 건설된 이래로 가장 많은 수가 바깥으로 나가게 되었다. 하지만 출정 이후로 두 종족은 이제껏 뚜렷한 마찰 없이 지지부진한 소모전만을 이어 가고 있었다. 조만간 전면전이 벌어질 거라는 전문가들의 예측과는 사뭇 다른 이 상황에서 아무래도 곤란해진 건 전면전을 주장하며 세력을 모았던 이사나였다.

오늘도 헥사비스 안의 관료들로부터 어마어마한 비난을 들은 이사나는 흥분한 그들을 겨우 가라앉히며 통신을 끊으려는데, 교환원이 황제로부터 보안 통신이 들어왔음을 알렸다. 연결을 수락하자, 전화선 너머로 대기음이 울리더니 얼마 지나지 않아 황제의 목소리가 들려왔다.

—좋은 아침이구나 이사나. 전쟁놀이는 충분히 즐기고 있느냐.

방금 전까지 이사나가 곤경에 빠져 있던 걸 알았는지 황제의 목소리에선 즐거움이 느껴졌다. 그에 이사나는 한숨을 내쉬며 말했다.

"……폐하, 이건 놀이가 아닙니다."

—크크큭, 아니긴 뭐가 아니냐. 네 말대로 헥사비스 밖에 진영을 구축하고 전면전에 대비한 지 이제 벌써 1년이다. 그동안 무슨 일이 있었지?

"……."

—벌레놈들이 부족한 숙주를 얻기 위해 헥사비스에 총공격을 가할 거라고 네가 주장했지만, 결국 아무 일도 일어나지 않았잖느냐. 뭐, 다행이라면 다행이구나, 그놈들이 겁쟁이라는 걸 알았으니 말이다.

노골적인 타박에도 이사나가 가타부타 아무 말이 없자, 황제는 흥이 가셨다는 듯 다른 얘기를 꺼냈다.

—그건 그렇고 콜로니 진척 상황은 어떻지?

"계획했던 대로입니다. 동력원만 갖춘다면 반년 내로 시설을 완비할 수 있습니다."

이사나의 말에 전화기 너머로 황제가 "그래?"라고 말하며 악동처럼 키득거렸다.

전문가들의 예측과 이사나의 주장에도 결국 전면전은 일어나지 않았다. 자연히 병력과 물자는 필요 이상으로 남게 되었는데, 그로 인해 이사나는 엄청난 비난을 받게 되었다. 특히 전쟁세를 부담한 귀족들의 원성은 어마어마했다.

그런 이사나에게 돌파구를 마련해 준 것이 바로 황제였다. 황제는 남아도는 인력과 병력을 이용해 제2의 헥사비스를 건설하자고 주장한 것이다. 한정된 공간에서 한정된 자원으로 살아온 헥사비스 내 제국민들은 항상 빈곤에 시달렸다. 그런 빈곤이 어찌 보면 포스를 알리페르의 요람으로 만든 원인일지도 몰랐다. 황제는 그 점을 지적하며 영토를 확장해 문제를 해결하자고 의견을 제시한 것이었다.

귀족원의 반응은 실로 폭발적이었다. 그들은 이제껏 황제의 무능함을 들추며 홀대해 왔던 것을 새카맣게 잊은 채 그에게 잘 보이려 정신이 없었다. 콜로니의 총독을 임명하는 것은 황제의 권한이었으니 말이다. 그러니 가장 강력한 총독 후보인 이사나를 견제하고 깎아내리는 건 당연한 일일지도 몰랐다. 정작 황제는 이사나에게 그런 권한을 부여할 생각이 눈곱만치도 없었지만 말이다.

—거기서 외롭지 않느냐.

"괜찮습니다."

—나는 네가 없어져 꽤나 적적해졌는데 말이다.

어리광을 부리는 듯한 황제의 말에도 이사나의 마음속에선 어떠한 감정도 생겨나지 않았다. 예전이었다면 그의 변덕스러운 말 한마디에 적지 않게 동요하며 어찌할 줄을 몰랐을 텐데 말이다. 지금은 그저, 피곤하기만 할 뿐이었다. 회피하듯 이사나는 또다시 아무 말도 하지 않았지만, 황제는 뭐가 즐거운지 여전히 웃음기 어린 말투로 말했다.

—콜로니가 완성되면 가 봐야겠구나. 도중에 무슨 일이 생겨도 네가 지켜 주겠지. 언제나 그랬듯이 말이다.

"……."

—다음에 또 연락하마, 이사나.

통신이 끊어지자마자 이사나는 던지듯 전화기를 내려놓았다. 어째서인지 피로가 몰려왔다. 이상하게도 알리페르를 상대하는 것보다 형과 사적인 얘기를 나누는 게 더 힘들게 느껴질 때가 있었다. 이제 그만이 이사나에게 남겨진 유일한 혈육인데 말이다. 이사나는 한숨을 내쉬며 의자 등받이에 몸을 기댔다. 그렇게 잠시 눈을 감고 있던 이사나는 고개를 돌려 새카맣게 빛나는 전화기를 다시 힐끔 바라보았다.

문득 말소리가 듣고 싶어졌다. 조금도 쉼 없이 조잘거리며 들뜬 목소리로 애정을 호소하는 그 목소리가 뼈에 사무치게 듣고 싶어졌다. 하지만 들으려 해서는 안 되었다. 헥사비스로 향하는 통신은 모두 황제가 도청하고 있었다. 여전히 멜즈를 아낀다는 걸 황제가 알게 되면 멜즈에게 곤란한 일이 생길지도 몰랐다. 그럼에도 이사나는 오늘따라 멜즈가 너무 보고 싶었다.

안부 정도는 물어도 괜찮지 않을까? 그저 숙부님께 얘기를 듣는 정도는 괜찮지 않을까? 안 된다는 걸 알면서도 도무지 이 마음을 끊어 낼 수 없었다. 하지만 참아야 한다. 멜즈를 위험하게 할 수 없으니까. 그러니까…….

……아니다. 어차피 그 아이는 이제 날 싫어할 테니까.

이젠 내가 무서울 테니까.

발작처럼 찾아든 자괴감에 이사나는 울적해졌다. 이전에는 단 한 번도 이토록 외로움을 느껴 본 적이 없었다. 외로움을 인지한 적조차 없었다. 지금 당장에라도 멜즈를 찾아가 그 따뜻한 몸을 껴안고 서늘하게 빈 곳을 메우고 싶었지만, 이미 끝난 일이다. 멜즈가 두려운 눈으로 자신을 올려다본다면 그때는 정말 어떻게 해야 할지 이사나도 알 수 없었다.

이사나는 상념을 털어 내듯 자리에서 일어나 막사 밖으로 나왔다. 여기저기서 콜로니의 기반 시설을 세우느라 정신이 없었다. 전투를 위한 전진이 아닌 정착을 위한 공사라 그런지 병사들의 얼굴에는 활기가 흘러 넘쳤다. 이곳을 먼저 개간한 공로로 그들에게 이곳의 시민권이 우선적으로 주어질 테니 말이다. 그렇게 된다면 그들은 이곳으로 가족들을 불러들여 삶의 터전을 일구고 제국은 더 넓어진 영토에서 번영을 누릴 터였다. 그런데.

왜 이렇게 불안한 기분이 드는 거지?

황제의 말대로 쓸데없는 소모전을 벌이는 것보다 새로운 땅을 개간해 자원을 늘리는 게 장기적으로 보았을 때도 제국에게 이득이 되었다. 하지만 이사나는 도저히 이 상황을 낙관적으로 볼 수 없었다.

알리페르는 자기들끼리 후계를 만들어 낼 수 없다. 반드시 인간을 숙주로 삼아야 자신들의 동료를 늘릴 수 있다. 그렇기에 인간을 약탈하는 건 그들에게 있어서 선택이 아닌 필수였다.

황제는 이제까지와 비교도 되지 않는 대군(大軍)에 알리페르가 겁을 먹은 거라고 말했다. 일견 그의 주장은 타당한 것처럼 보였다. 인간을 제외한 고등 생물은 만 단위가 넘어가는 군집을 이루지 않았다. 그건 알리페르 역시 마찬가지였다. 아무리 개체 각각이 강하다고는 하나 조직적으로 움직이는 군단을 이길 수 없을 터였다.

그랬기에 인류는 이제껏 살아남을 수 있었던 것이다.

그럼에도 이사나는 뭔가가 마음에 걸렸다. 어째서인지 자꾸만 과거에 치렀던 렉사 토벌전이 생각났다. 두려운 기색 없이 일사분란하게 움직이며 제국군을 몰살시키던 그 모습이 도무지 뇌리에서 지워지지 않았다. 그들이 그저 단순한 사고 체계를 가진 괴물이었다면 우두머리의 카리스마에 눌려 그렇게 움직였다고 생각했을 것이다. 하지만 알리페르는 인간과 마찬가지로 고도의 사고 체계와 감정 체계를 가지고 있었다. 쥬드나 멜즈처럼 말이다.

이사나는 골똘히 생각에 빠진 채 진영 안을 거닐고 있는데, 저 멀리서 엘든이 뛰듯이 다가오는 게 보였다. 꽤나 들떠 보이는 모습에 이사나는 자신도 모르게 미간을 찌푸렸다. 대개 엘든이 좋아할 만한 일은 이사나에게 귀찮은 일이었으니 말이다. 이사나는 제국군 사령관이라는 직함이 꽤 귀찮다고 생각하며 엘든을 맞이했다.

"무슨 일이지?"

"각하, 헥사비스에서 물자와 지원군이 도착했습니다."

엘든의 말에 이사나는 의아해졌다. 물자와 지원군이 오는 건 으레 있는 일이었다. 이곳에 콜로니를 짓기로 결정한 이후, 물자는 넘치도록 들어왔으며 지원병과 일꾼 역시 필요한 만큼 빠르게 충원되었다. 예상했던 총공세는 없었지만, 여전히 알리페르는 위협적이었고 종종 병사들을 잃었기에 부족한 인력을 채우는 건 당연했다. 초대 황제인 몰란도 넥시움이 했던 것처럼, 자기 중력장 배리어를 세울 때까지 희생은 아마 계속될 터였다.

그걸 떠올린 이사나는 왠지 기분이 가라앉는 걸 느꼈다. 그럼에도 그들은 이 먼 곳까지 자원해서 와 주었으니 이사나 또한 사령관으로서 그들을 맞이하고 독려해 주는 게 예의였다. 이사나는 먼저 앞서 나간 엘든을 따라 진영을 가로지르는데, 분주히 목재를 옮기는 일꾼들 사이로 익숙한 얼굴이 보였다.

"······."

더티 블론드의 상냥한 갈색 눈을 가진 소년이 이사나를 향해 미소 짓고 있었다. 한동안 나타나지 않았는데, 어째서? 다른 사람들 눈에는 보이지 않는 소년의 등장에 이사나는 의아해하며 그를 바라보는데, 군장을 멘 장병들이 두 사람 사이를 가로지르면서 소년은 씻은 듯이 사라졌다. 이사나는 얼떨떨한 눈으로 금방까지 소년이 있던 자리를 바라보았다. 지하 3층에서 나누었던 그리운 시간들이 자꾸만 떠올라 이사나는 한동안 소년이 사라진 자리에서 눈을 떼지 못했다.

* * *

"······."

군수물자와 함께 온 지원병들을 둘러보던 이사나는 그들 사이에 끼인 누군가를 발견하고선 얼굴이 새하얘졌다. 콜로니에 막 도착한 지원병들은 평소와 별반 다를 게 없어 보였다. 이사나가 있는 콜로니는 다른 곳에 비해 알리페르와의 교전이 잦았기에 지원병 중에서도 신체검사 3급 이상에 헥사비스 밖의 전문 양성 기관에서 반년 이상 훈련을 받아야 들어올 수 있었다. 그런데 그런 햇병아리 지원병들 사이로 아는 얼굴이 끼어 있었다.

짧게 바짝 깎은 머리에 하얗던 피부가 다소 그을긴 했지만, 항상 이사나를 올곧게 바라보던 눈동자는 예전과 조금도 달라진 게 없었다.

1년 사이 키가 껑충 자라 이제는 시야가 엇비슷해진 소년을 굳어진 얼굴로 바라보는데, 소년이 먼저 이사나에게 경례했다.

"콜로니에 지원을 온 특수 부사관 교육대 훈련병 기수장 멜즈 아브노아입니다. 각하를 만나 뵙게 되어 영광입니다."

멜즈는 이사나를 처음 보는 사람처럼 대했지만, 눈빛만큼은 아니었다. 화가 난 듯, 혹은 불안에 찬 눈으로 이사나를 쏘아보고 있었다. 새파랗게 맑은 청록색 눈을 홀린 듯이 마주 보던 이사나는 퍼뜩 고개를 돌려 엘든을 노려보았다. 콜로니로 오는 지원병들의 인적 사항을 조사하는 건 그의 몫이었다. 그러니 지원병 속에 멜즈가 끼여 있던 걸 엘든이 모를 리 없었다. 역시나 엘든이 의도한 짓이 맞았는지 엘든은 머쓱한 얼굴로 이사나에게 웃고 있었다. 그에 이사나는 이를 갈았다. 멜즈가 이곳에 온다는 걸 알았다면 무슨 짓을 해서든 그를 헥사비스로 돌려보냈을 터였다. 하지만 이미 이곳에 온 이상, 그를 돌려보내는 것도 쉽지 않은 일이었다.

"힘들게 이곳까지 와 줘서 고맙네, 오늘은 이만 가서 쉬도록 해. 그리고."

이사나는 멜즈를 힐끗 돌아보며 말했다.

"자네는 날 따라오게."

말을 마친 이사나는 도망치듯 몸을 돌려 연병장을 빠져나왔다.

자박자박―.

등 뒤에서 들려오는 멜즈의 발소리에 이사나는 크게 동요했다. 곤란하다고 생각하면서도 어쩔 수 없이 기뻐졌다.

멜즈가 찾아왔다.

보지 못한 사이에 그는 꽤 많이 자랐는지 가슴팍에 닿을 듯했던 키가 이제는 코끝까지 껑충 올라가 있었다. 1년 동안 어떻게 지냈을까? 어릴 때는 잔병치레가 심해 내심 멜즈를 허약하게 생각했었는데, 의외로 군대에 잘 적응한 모양이다. 아까 분명 기수장이라고 했었지? 지원병 대표로 선출된 걸 보면 동료들 사이에서도 신망이 두터운 모양이다.

어째서인지 이사나는 가슴께가 간질간질해지는 걸 느꼈다. 멜즈를 헥사비스로 돌려보내야 한다는 걸 알면서도 그것과 별개로 마음이 들떴다. 그래도 돌려보내야 한다. 이제 편대가 안정되어 콜로니를 세울 정도가 되었어도 여전히 이곳은 위험했다. 돌려보내야 해. 역시 이곳은 위험해. 이사나는 속으로 수없이 자신을 설득하며 막사 안으로 들어갔다. 그리고 멜즈가 뒤따라 들어오자마자 짐짓 얼굴을 굳히며 그에게 말했다.

"멜즈, 어째서 여기 온 거니."

"……."

"논문 심사? 학위는? 그런 건 다 어쩌고 여기 있는 거야."

평소와 달리 이사나가 다소 엄하게 말하자, 멜즈는 그런 이사나를 빤히 쳐다보며 말했다.

"각하께서는 그런 게 중요한 겁니까?"

"멜즈?"

"저는 각하께서 왜 저를 혼내시는지 이유를 모르겠습니다. 군 복무는 제국민인 이상 모두가 평등하게 치러야 할 의무가 아닙니까?"

역시나, 멜즈는 화가 난 듯했다. 겉보기엔 평온해 보였지만, 감정 표현이 뚜렷한 멜즈가 침착하게 군다는 게 오히려 화가 났다는 증거였다.

멜즈에게 유언장을 남길 때부터 그가 화낼 것을 짐작하고 있었지만, 굳이 그것에 대해 깊이 생각하지 않았다. 아마도 멜즈에게 잘못했던 일 자체를 떠올리고 싶지 않았던 건지도 모른다. 멜즈를 보고 싶어 하면서도 이젠 멜즈가 자신을 싫어할 거라 결론 내린 것처럼 말이다. 멜즈의 마음을 얕본 대가일까? 이사나는 차갑게 분노하는 멜즈를 앞에 둔 채 어찌할 줄을 몰랐다.

"멜즈, 지금 내가 얘기하는 건 그런 게 아니라……."

"그럼 각하께서 하시려는 말씀은 무엇입니까? 왜 각하께서 하시는 거짓말을 곧이곧대로 믿지 않고 각하께서 원하는 대로 움직이지 않느냐는 겁니까?"

멜즈의 비난에 정곡이 찔린 이사나는 입을 다물었다. 이사나는 멜즈가 넥시움의 의무를 짊어진 자신과 연관되는 것도, 알리페르의 무자비한 학살자인 자신과 연관되는 것도 원하지 않았다. 그저 꾸며서 보여 주는 그럴듯한 모습만 계속 봐 주길 바랐다. 그랬기에 멜즈를 제국 대학 연구실에 틀어박히게 하고 자신은 바깥을 나돈 것이다.

이사나는 멜즈가 자신에 대해 아무것도 몰랐으면 했다. 하지만 도망치듯 헥사비스 밖으로 나가면서 멜즈는 이사나가 했던 거짓말을 전부 알아차렸을 터였다. 똑똑한 아이이니 말이다. 이사나가 도망치듯 시선을 회피하자, 멜즈는 더욱더 화가 치미는지 새빨갛게 달아오른 얼굴로 다다다 쏘아붙였다.

"나 여기까지 오면서 얼마나 기가 막혔는지 몰라요. 후방에서 안전하게 지시만 내리고 있었다고요? 안전은 무슨, 지휘관인 주제에 뿔난 망아지처럼 여기저기 다 헤집고 다녔더구만! 모두가 자랑스럽게 이사나의 무용담을 얘기하는데 나는 속에서 천불이 끓어오르는

줄 알았어요. 어떻게 사람이 얼굴색 하나 안 변하고 그런 거짓말을
할 수 있어요? 어떻게 이제 돌아오지 않을 테니 빌어먹을 유산 따윌
가지고 행복하게 살아가라는 말을 남길 수가 있냐고요!"

멜즈는 눈물이 그렁그렁 맺는 눈으로 원망스럽다는 듯 이사나를
쏘아보았다. 그에 이사나는 곤란하면서도 말할 수 없이 기뻐졌다.
그 누구도, 하나뿐인 혈육인 황제조차 이토록 이사나를 걱정해 준
적이 없었다. 이토록 분에 겨워 하며 자기 일처럼 화낸 적이 없었다.
이사나는 자신에게 부여된 의무를 수행해야 한다는 생각과 별개로
가슴이 벅차올라 목이 메어 왔다. 하지만 애써 숨을 고른 이사나는
다시 이상적인 후견인의 모습으로 되돌아와 멜즈를 꾸짖었다.

"멜즈, 어린애처럼 굴지 마."

"하, 어린애……."

"그래, 내가 거짓말을 한 건 인정해. 하지만 그건 네가 알아차리면
이렇게 화를 낼 줄 알았기 때문이야. 나는……."

이사나는 신중히 말을 고르다가 결국 포기하듯 내뱉었다.

"너만 신경 쓸 수 없어."

"……."

"난 해야 할 일이 많은 사람이야. 그 과정에서 네게 솔직하지 못했
던 점은 사과할게. 하지만 나중에 또 똑같은 일이 벌어져도 난 결코
네게 솔직해지지 못할 거야."

지독히 이성적인 말에 멜즈는 분해져 입술을 짓이겼다. 이사나의
말이 맞았다. 설령 가족이라도 모든 걸 다 시시콜콜 털어놓아야 한다
는 법은 없었다. 더군다나 자신처럼 고집쟁이에 떼만 쓸 줄 아는 애
새끼한테는 말이다.

왠지 울컥해진 멜즈는 눈을 치켜뜨며 도발하듯 이사나에게 말했다.

"……도망친 게 아니고요?"

"……?"

"적당히 어리광 받아 주고 있었는데 이젠 하나하나 설명을 요구하니까 귀찮아져서 헥사비스 밖으로 도망친 게 아니냐고요. 절 추행하고도 사과 한마디 없이 편지만 남기고 떠난 것처럼요."

멜즈의 비난에 이사나의 얼굴이 수치심으로 벌겋게 물들었다. 저렇게까지 동요할 줄 몰랐던 멜즈는 도리어 당황하는데, 이사나가 도망치듯 눈을 질끈 감으며 멜즈에게 말했다.

"이제 가서 쉬도록 해. 아브노아 군."

"이사나…… 그게…….."

"나가 줘."

이사나는 마치 벽처럼 뒤돌아서며 멜즈에게 축객령을 내렸다. 그제야 멜즈는 깨달을 수 있었다. 이사나와 말다툼하는 것도 사실은 이사나의 허락이 있어야 가능한 일이었다. 특히 군에 소속된 이상, 일개 부사관이 제국군 총사령관의 말을 거스르는 건 불가능했다. 새삼스럽게 자신의 처지를 깨달은 멜즈는 이를 악물며 밖으로 나갔다.

멜즈가 막사에서 나가자 이사나는 엘든을 호출했다. 그리고 엘든이 막사로 들어오자마자 이사나는 엘든을 노려보며 말했다.

"……이게 뭐 하는 짓이지?"

이사나가 따져도 엘든은 반성하는 기색조차 없었다. 그에 더욱 부아가 치민 이사나는 신경질적으로 엘든에게 소리 질렀다.

"왜 멜즈가 지원병 명단에 있던 걸 내게 보고하지 않았지? 왜 멜즈가 여기 오도록 내버려 둔 거야!"

이사나가 소리쳐도 엘든은 묵묵부답으로 서 있을 뿐이었다. 어차피 대답을 듣지 않아도 그가 뭐라고 변명할지는 뻔했다. 하지만 괜히 화가 치밀어 오른 이사나는 엘든을 노려보았다. 예상대로 엘든은 이사나의 생각에서 한 치도 벗어나지 않은 대답을 내놓았다.

"죄송합니다. 하지만 전부 각하를 위해서였습니다."

하, 가증스럽기 짝이 없는 말에 이사나는 자신도 모르게 코웃음이 나왔다. 이사나는 치밀어 오르는 화를 애써 억누르며 엘든에게 쏘아붙였다.

"나를 위해서라고? 멜즈가 이곳에 오는 게 어떻게 나를 위한 일이 되지? 내가 자네에게 멜즈가 보고 싶다고 떼라도 썼었나?"

"맞지 않습니까?"

"뭐?"

"각하께서 멜즈 군을 보고 싶어 한 건 맞지 않냐는 말입니다."

"……."

속을 헤집는 듯한 엘든의 말에 이사나는 입을 꾹 다문 채 엘든을 노려보았다. 그런 이사나에게 엘든은 화가 치미는 걸 느꼈다. 하찮은 소년 하나에 저렇게 흔들리는 영웅의 모습 따윈 엘든도 보고 싶지 않았다. '이사나 넥시움'은 완벽해야 했다. 역사의 전환점을 맞이한 지금, 기적처럼 나타난 영웅은 후세에도 드높이 찬양받을 수 있게 완전 무결해야 했다. 엘든은 속으로 분을 삭이며 이사나에게 말했다.

"각하께서 무모한 행동을 하게 되신 건, 동행 하나 없이 밤나들이를 나가게 되신 건 전부 멜즈 군과 교류가 끊어진 이후이지 않습니까."

"……."

이사나는 그만하라는 듯 날카롭게 엘든을 쏘아보았지만, 엘든은 군인 특유의 무덤덤한 얼굴로 이사나를 질책했다.

"저는 각하께서 제국민들을 위해 다시 한번 같이 싸워 달라는 말을 해 주셔서, 그래서 당신을 따라 생체 의수를 이식받고 이곳까지 왔습니다. 팔다리에 저주스러운 벌레놈의 신체를 달고 그 소름 끼치는 날갯소리를 다시 듣게 되었지만, 당신이 필요로 한다는 그 말 한마디에 여기까지 온 것입니다. 저는 솔직히 말해 멜즈 군을 좋아하지 않습니다. 당신에 대해 전부 안다는 듯 행동하는 그 오만함과 얄팍함이 견딜 수 없습니다. 하지만 당신이 그 소년에게 위로받고 있다는 걸 알기에 저는 이제껏 아무 말도 하지 않았습니다."

"……."

"각하께서는 저를 어떻게 생각하실지 모르지만, 각하께서 넥시움의 의무를 이행하는 것처럼 저 역시 당신의 부관으로 있는 이상, 당신이 앞으로 과업을 이룰 수 있게끔 보좌하는 게 제 임무라고 생각합니다."

다소 군인답지 않은 엘든의 주장에 이사나는 속으로 욕설을 내뱉었다. 과거에 부관으로 엘든을 임명할 때 확실히 이사나는 엘든의 저런 강직한 점을 높이 사 그를 임명한 것이었다. 지금도 엘든이 하는 말은 틀린 게 없었다. 하지만 지금은 엘든이 원망스러워 견딜 수 없었다. 멜즈가 헥사비스에서 콜로니로 오는 건 쉽지만, 이곳에서 헥사비스로 돌아가려면 적어도 반년은 더 이곳에 있어야 했기 때문이다.

물론 지금 당장에라도 보낼 수 있긴 했다. 하지만 콜로니를 건설하느라 부족해진 병사들을 사사로이 차출할 수 없는 데다가 한다고 해도 그에 대한 사유를 황제에게 보고해야 했다. 빌어먹을……. 이사나는 속으로 욕설을 내뱉으며 이를 갈듯 엘든에게 말했다.

"나가."

"……."

"지금은…… 자네 얼굴을 보고 싶지 않아."

이사나의 축객령에 엘든은 절도 있게 경례한 뒤 막사 밖으로 나갔다. 젠장, 젠장……! 이사나는 앞으로 어떻게 해야 할지 몰라 이를 악물었다. 멜즈를 볼 수 있어 사실 기뻤다. 꿈이 아닌가 생각했을 정도로 말이다. 하지만 멜즈가 헥사비스 밖의 자신을 알게 되는 건 싫었다. 정말 보여 주고 싶지 않았다.

* * *

멜즈는 부글부글 끓어오르는 마음을 주체하지 못한 채 땅바닥을 짓이기듯 막사에서 걸어 나왔다. 1년 만에 겨우 만나게 되었는데 뭐? 학위는 어쨌냐고? 멜즈는 새삼스레 화가 치밀어 올라 발치에 굴러다니던 돌멩이를 세게 걷어찼다.

1년 만에 다시 만나게 된 이사나는 정말이지…… 정말 말도 안 되게 예뻐 보였다. 처음 지원병들 사이에 끼인 자신을 보고 놀라던 모습도, 화난 자신을 어떻게든 달래려고 쩔쩔매던 모습도 예전에는 왜 미처 알아차리지 못했는지 이해할 수 없을 정도로 예뻐 보였다. 제국군 사령관이란 사람이 저렇게 예뻐도 되는 거야? 아직까지 심장이 벌렁거려 멜즈는 괜스레 더 짜증이 났다.

각 잡힌 장교복이 란제리 속옷보다 더 야하게 느껴질 정도로 군복을 입은 이사나는 존재 자체가 범죄였다. 바보 같은 나. 멍청이 같은 나. 왜 진작에 저런 모습을 못 알아봤을까. 모병 전단지에 찍힌 사진 따위는 발끝에도 못 미칠 정도로 너무 섹시해 멜즈는 이사나를 어딘가에 꽁꽁 숨겨 두고 싶어졌다. 장교복 차림의 이사나를 처음 보았기에 더욱더 이런 기분이 드는 건지도 몰랐다.

이사나가 자신을 속였다는 것보다 감히 독점할 수 없는 까마득한 위치에 있다는 게 더욱더 화가 난 멜즈는 지원병들에게 임시로 배정된 막사 안으로 들어가자마자 침대에 털썩 드러누웠다. 멜즈가 잔뜩 골이 난 채 들어와 궁상맞게 모포를 뒤집어쓰자, 릭과 알도는 짐을 풀다 말고 멜즈에게 다가와 그에게 물었다.

"야, 멜즈, 아까 이사나 님이랑 같이 가서 무슨 얘기 했었어?"

"⋯⋯몰라."

"몰라가 뭐야? 야야, 일어나서 얘기 좀 해 봐."

릭은 멜즈의 옆구리를 쿡쿡 찌르며 재촉했지만, 멜즈는 귀찮다는 듯 등을 돌린 채 버틸 뿐이었다. 그에 알도가 이제 그만하라는 듯 릭의 팔을 붙잡았지만, 릭은 잔뜩 웅크린 멜즈를 못마땅한 얼굴로 내려다보다가 멜즈를 억지로 이불 속에서 끄집어냈다.

"으아아악! 야! 너 뭐 하는 거야!"

"너야말로 빼지 말고 얘기해 봐. 맨날 이사나 님을 만나면 자빠뜨려서 순결을 바치겠다던 놈이 왜 벌써 돌아왔어?"

릭의 노골적인 음담에 같은 막사 안에 있던 지원병들이 아닌 척하면서도 귀를 쫑긋거렸다. 멜즈가 이사나 황자를 쫓아 콜로니까지 왔다는 건 같은 부사관 교육대 출신 지원병이라면 모두 아는 유명한 얘기였다. 작위까지 마다한 채 찰거머리같이 뒤따라와 만나면 절대 가만두지 않겠다고 벼르던 싸이코 기수장 놈이 이사나 황자와 만나 어떤 치정극을 벌일지 지원병들은 내심 기대하고 있었다. 지원병들의 기대 어린 눈빛을 아는지 모르는지 멜즈는 릭의 팔을 거칠게 털어 내며 분한 얼굴로 소리쳤다.

"바치긴 뭘 바쳐! 나보고 왜 왔냐고만 그러던데 뭐!"

멜즈는 말을 하면서 더 분해졌는지 화를 참지 못하고 씨근거렸다. 그에 알도와 릭은 고개를 갸웃거렸다.

지옥 같은 특수 부사관 교육대를 수료하고 릭과 알도는 당연한 것처럼 멜즈를 따라 이사나 황자가 있다는 콜로니로 향했다. 기나긴 여정 끝에 오늘 드디어 그 소문의 이사나 황자를 실제로 보게 되었는데, 멜즈에게 들었던 대로 굉장한 분위기를 지닌 사람이었다. 하지만 멜즈가 장광설을 늘어놓은 것처럼 상냥하고 착실해 보인다기보다 어딘가 맥 빠지고 만사에 의욕이 없어 보여 내심 기대를 품고 있던 릭과 알도는 실망하고 말았다.

그렇게 사람들이 떠들어대는 제국군의 수장이 그저 얼굴만 그럴듯한 군인이었다는 것에 낙담하며 괜히 콜로니까지 자원했다고 생각하는 찰나, 멜즈를 발견하자마자 거짓말처럼 이사나 황자의 얼굴에서 표정이 되살아났다. 아까의 모습이 감정 없는 인형처럼 느껴졌다면, 멜즈를 발견할 때의 모습은 연약한 애인을 전쟁터 한가운데서 만난 듯 어찌할 줄을 모르는 것처럼 보였다. 절대 멜즈를 홀대하는 것처럼 보이지 않았다.

사람들의 시선에도 아랑곳없이 황급히 멜즈를 끌고 막사로 들어가길래 당장에라도 무슨 일이 생기지 않을까 두근거렸는데, 기대와 달리 이사나 황자는 신사였던 모양이다. 저 색기 넘치는 기수장을 어릴 때부터 친아들처럼 키웠다는 말을 들었을 때부터 생각했지만, 이사나 황자는 의외로 아랫도리에 문제가 있을지도 몰랐다. 고자가 아니고서야 저렇게 들이대는데 어떻게 안 넘어갈 수가 있지? 릭과 알도가 내심 불경한 생각을 하며 혀를 차는데, 멜즈가 힘없이 중얼거렸다.

"……아까는 내가 말이 너무 심했나?"

"응? 무슨 말이야?"

"아냐……. 아무것도 아니야. 그냥 잘게."

아까와 달리 멜즈는 잔뜩 시무룩해진 얼굴로 다시 모포를 뒤집어썼다. 그리고 발쪽을 꼼지락거리더니 밖으로 군화를 벗어 던졌다. 아까는 분노 조절 장애더니 이번엔 우울증이야? 릭과 알도는 어처구니가 없었지만, 아침까지만 해도 들떠 보였던 멜즈가 크게 상심한 것처럼 보여 둘은 조용히 원래 자리로 되돌아갔다.

콜로니에서의 첫날이 그렇게 흘러가고 있었다.

* * *

헥사비스 밖으로 나간 제국군들은 동서남북으로 병력을 나눈 채 주둔해 있었다. 그중 가장 많은 군단이 편재되어있는 곳은 동군이었는데, 알리페르의 왕인 렉사가 이 부근에서 세력을 키워 그런 것도 있지만 제국의 숙원이 동쪽에 위치해 더욱 그러했다.

넥시움 황가는 원래 구세계의 어느 왕국에서 유래한 가문이었다. 구세계의 대부분의 나라가 공화국이었던 것에 반해 그 왕국만은 여전히 군주가 있었는데, 초대 황제인 몰란도 넥시움은 그 왕가의 일원이었다. 전세계가 알리페르에 의해 멸망의 길을 걷는 가운데, 오직 몰란도 넥시움이 있는 그 왕국만이 독자적인 대항 시스템을 구축해 국민을 보호하고 피난민을 구출할 수 있었다.

하지만 끊임없는 난전으로 몰란도 넥시움은 선대로부터 내려온 왕궁까지 포기한 채 서쪽으로 도망쳐야 했고 도망친 곳에서 겨우 자기 중력장 배리어를 완성해 지금의 핵사비스를 건설해냈다. 즉, 동쪽 어딘가에 황가의 본래 영토가 있는 것이다. 그 땅을 되찾는 것이 넥시움 황가 대대로 내려온 과업 중 하나였다.

바로 그게 콜로니가 동쪽에 세워진 이유이기도 했다. 단순히 영토 확장만을 목적으로 했다면 군이 알리페르와의 교전이 잦은 동쪽에 새 터전을 마련할 이유가 없었다. 구세계의 영토를 회복하는 것은 황가의 숙원이며 이는 곧 제국민들의 숙명이기도 했다.

그런 이유로 대(對) 알리페르 전담팀인 스펙터 부대는 동군에만 주둔해 있었다. 최첨단 생체 의수로 무장한 그들은 알리페르와 동등한 혹은 그 이상의 힘을 낼 수 있었지만, 잦은 교전으로 점차 인원이 줄어 결국 제대로 된 부대 기능을 할 수 없는 지경에 이르렀다. 촉박한 시간으로 더 이상 생체 의수를 이식한 군인들을 양성할 수 없게 되자, 결국 그들은 생체 의수가 없는 병사들로 인원을 충원해 나가기 시작했다.

때문에 스펙터 부대로 들어오는 조건은 다소 까다로웠는데, 특수 부사관 교육 과정을 이수한 뒤 별도의 훈련 과정을 한 번 더 거쳐야만 지원이 가능했다. 즉, 멜즈와 함께 콜로니로 온 지원병들은 스펙터 부대의 일원이 되기 위해 이곳에 온 것이었다. 하지만.

"네에? 기술팀이요?"

자대 배치를 받고 동고동락했던 동기들과 여러 중대로 뿔뿔이

흩어지게 되었지만 그래도 같은 부대에 소속될 거라 생각과 달리, 멜즈는 생각지도 못한 곳에 배치되었다. 제국 대학 출신인 멜즈인 만큼 기술팀에 들어가기에 차고 넘치는 자격을 가지고 있긴 했지만, 엄연히 멜즈는 특수 부사관 훈련 과정을 거친 병사로서 이곳에 온 것이었다. 기술팀이 나쁜 건 아니었다. 오히려 혹독하다 싶을 정도로 힘든 군 생활을 편안히 보낼 수 있어 좋긴 했다. 하지만 왜 다짜고짜 기술팀에…….

그런 생각을 한 건 멜즈 뿐만이 아니었는지 막사 안의 지원병들이 모두 의아해하고 있었다. 하지만 고작 하사 따위가 위에서 내려온 명령을 거스를 수 없는 법이었다. 멜즈는 할 수 없이 짐을 꾸려 제1 기술팀이 있는 막사로 향했다.

'우와…….'

제1 기술팀이라 적힌 거대한 막사 안으로 들어간 멜즈는 탄성을 내질렀다. 기술팀 중에서도 최첨단 장비만을 다룬다는 제1 기술팀은 최전선임에도 어마어마하게 많은 기기를 보유하고 있었다. 제국 대학 연구소에 소속되어 있는 동안 멜즈 역시 온갖 연구실을 다 돌아다니며 수많은 기기들을 봐 왔지만, 이곳만큼 많은 기기가 한꺼번에 들어와 있는 건 처음 보았다.

물론 이곳만큼 기기들이 무식하게 크고 너저분한 것도 처음 보았지만. 먼지나 습기에 대비해 내구성을 높인 탓인 듯했다. 그런 기기들 사이에서 일을 하고 있던 기술자와 연구원들은 돌연 막사 안으로 들어온 멜즈를 향해 경계 어린 눈빛을 보냈다. 첫눈에도 호의적이지 않은 분위기에 멜즈는 긴장하면서도 일단 그들에게 인사했다.

"오늘 이곳에 배치 받은 멜즈 아브노아 하사입니다."

멜즈는 절도 있게 경례했지만, 기술자와 연구원들 중 누구도 멜즈의 인사를 받아 주는 사람이 없었다. 그에 멜즈는 경례를 한 채 그대로 계속 서 있었다. 일종의 기 싸움 같은 것이었다. 상식적으로 생각해도 저들이 이따위 인사를 인정할 리 없으니 말이다.

노골적인 홀대에도 멜즈가 움츠러드는 기색 없이 막사 입구에 계속 서 있자, 연구원들 중 가장 실험 가운이 꼬질꼬질한 이가 자리에서 일어나더니 슬리퍼를 찍찍 끌며 멜즈에게 다가왔다. 그럼에도 멜즈가 시선조차 돌리지 않은 채 가만히 서 있자, 연구원은 입가를 비틀며 멜즈에게 말했다.

"하사? 지금 방금 하사라고 했나? 그래, 어느 교육대 출신이지?"

"특수 부사관 교육대 출신입니다."

"특수 부사관? 하하, 야야, 지금 말 들었냐? 특수 부사관이란다? 이 예쁘장한 놈이 머리까지 근육으로 꽉 찬 돌대가리 집단에서 왔대!"

연구원이 경박하게 웃으며 소리치자, 기술자들과 연구원들이 조롱하듯 킬킬거리기 시작했다. 젠장할……. 멜즈는 얼굴을 일그러뜨렸지만, 자신이 저들 입장이어도 비웃음이 나왔을 거 같긴 했다. 평생 몸만 쓴 군인을 교수가 연구실에 데려다 놓고 가르쳐서 써먹으라고 말한다면 멜즈도 그 교수놈을 두고두고 씹어 댔을 테니 말이다. 멜즈는 떨떠름한 얼굴로 기술팀의 홀대를 견디는데, 그런 멜즈를 향해 연구원이 과장스럽게 손짓하며 비아냥거렸다.

"씨팔, 너 여기가 어딘지 아냐? 여기는, 제1 기술팀은, 스펙터 부대의 생체 의수까지 관리하는 중요한 곳이라고! 알아들어? 머리까지 근육으로 채운 네놈이 여기서 뭘 할 수 있겠냐? 활동 전위가 뭔지는 아냐? 전류 전압이 뭔지는 아냐고! 젠장할, 이딴 돌대가리를 데려다 놓은 씹새끼는 도대체 누구야?”

연구원은 붉은 기가 도는 금발을 신경질적으로 긁어 대며 분노했다. 그러게 말입니다. 멜즈는 속으로 한숨을 내쉬며 이 상황을 어떻게 해야 할지 몰라 난감해하는데, 멜즈의 뒤로 누군가가 들어오면서 난전은 순식간에 정리되었다.

“내가 데려다 놓았다네.”

익숙한 목소리에 고개를 돌리자, 거기엔 엘든이 있었다. 그리고 엘든의 뒤로 이제 막 막사로 들어오는 이사나가 보였다. 멜즈가 당황한 얼굴로 이사나를 바라보자, 이사나 역시 멜즈를 발견하고는 당황한 얼굴을 했다. 그런 와중에 엘든은 뭐가 좋은지 싱글벙글 웃으며 금방까지 멜즈를 윽박지르던 연구원에게 설명했다.

“아브노아 하사가 일단 특수 부사관 교육 과정을 수료하긴 했지만, 경력이 너무 좋아서 그냥 병사로 썩혀 두기엔 좀 아깝더라고. 무엇보다 생체 의수 개량에 참여한 이력이 있어서 자네들에게 도움이 될 거 같기도 했고.”

“새, 생체 의수를요?”

연구원은 도무지 믿을 수 없다는 듯 멜즈를 돌아보았다. 그러다 뭔가를 떠올렸는지 돌연 벼락 맞은 얼굴로 멜즈에게 삿대질하며 소리 질렀다.

“서, 설마 이 녀석이 아브노아 존데를 만들었다는 그 천재 소년?”

“맞아, 하사가 바로 그 소년일세.”

엘든은 꿍꿍이가 느껴지는 얼굴로 씨익 웃으며 말했다.

쟤가 그 성질 더러운 에드먼드 넥시움의 수제자래. 생각했던 것보다 더 어리잖아? 연구원들은 새로 들어온 신입 하사의 정체에 놀라

술렁거리는데, 정작 화제의 주인공은 이 상황에 전혀 관심이 없어보였다. 그저 예상치 못한 곳에서 이사나를 만나 머리가 새하얗게 되었을 뿐이었다. 그건 이사나 역시 마찬가지였다. 두 사람은 어색한 얼굴로 서로의 시선을 피하는데, 그런 두 사람을 의아하게 바라보던 연구원들은 문득 천재 소년에게 따라다녔던 추문 하나를 떠올렸다.

이사나 황자의 미동.

워낙 공적이 대단하다 보니 연구자들 사이에선 그런 말도 안 되는 추문이 묻혀 버린 지 오래였다. 생체 의수의 마지막 조정 단계에서 수십 명의 연구원들이 달라붙어도 찾아내지 못했던 전압 오류를 사흘 만에 찾아낸다든가, 아브노아 존데의 상용화는 물론이요, 이제는 만드는 방법조차 소실된 순항 유도 미사일 설계까지. 연구나 개발이 다소 대(對) 알리페르 전에 치우쳐 있다는 걸 감안해도 엄청나기 짝이 없었다. 그래서 이사나 황자가 그 소년을 아낀다는 말이 돌아도 재능 때문이라고 생각했었다.

그런데…… 아닌 것 같단 말이지?

연구원들은 묘한 분위기를 풍기는 두 사람을 수상한 눈으로 바라보는데, 엘든이 붉은 금발의 연구원에게 말했다.

"그런데 진저 자네는 언제까지 각하를 세워 둘 생각인가."

"앗, 죄송합니다! 이쪽으로 오시죠, 각하."

엘든의 타박에 진저라고 불린 연구원은 크게 당황하며 이사나를 안내했다. 그에 이사나는 멜즈를 힐끔 바라보다가 이내 진저를 따라 격리된 구역 안으로 들어갔다. 엘든 역시 그런 이사나를 뒤따라가려다 문득 뒤를 돌아보았다. 멜즈가 필사적인 눈으로 이사나의 뒷모습을 좇고 있었다. 하여간 오리 새끼 같은 점은 예나 지금이나 달라진 게 없었다. 엘든은 속으로 혀를 차며 기술팀의 연구원들과 기술자들에게 말했다.

"내가 억지를 부려 아무것도 모르는 하사가 기술팀에 오게 되었지만, 자네들이 친절하게 도와줄 거라고 믿는다네. 아무렴, 각하께서 하사를 얼마나 아끼시는데."

엘든의 말에 금방까지 멜즈를 조롱했던 연구원들과 기술자들은 새하얗게 질려 버렸다. 그런 그들에게 피식 웃어 보인 엘든은 이사나를 따라 분리된 구역 안으로 들어가며 말했다.

"모쪼록 잘 부탁하네."

엘든이 사라지고 연구원들과 기술자들은 어색한 얼굴로 막사 입구에 선 멜즈를 힐끔거렸다. 그러나 어째서인지 아까까지만 해도 의연해 보였던 소년은 지금 힘없이 어깨를 늘어뜨리고 있었다.

* * *

막사 안의 분리된 구역에서 문을 두어 개쯤 더 열고 들어가자, 차가운 백열등이 내리비추는 의무실이 나타났다. 소독실에서 군복을 벗고 검사복으로 갈아입은 이사나는 진저 앞에 놓인 의자에 앉았다. 그러자 진저는 익숙한 손길로 혈압과 맥박을 잰 뒤 이사나의 팔에서 피를 뽑았다. 그 외에 몇 가지 검사를 추가로 한 진저는 마지막으로 이사나에게 물었다.

"각하, 마지막으로 주무신 게 언제입니까?"

"……그제 저녁이었던 것 같아."

이사나의 말에 진저는 한숨을 내쉬며 말했다.

"제시간에 잠을 자는 건 각하께 굉장히 중요한 일이라고 말씀드렸지 않습니까."

"⋯⋯."

"약에 의존하는 건 좋지 않습니다. 특히 각하처럼 약물 치료를 받고 있는 경우에는 말입니다."

진저의 타박에도 이사나는 아무 말도 하지 않았다. 아마 대꾸해 봐야 소용없는 일이라고 생각하는 듯했다. 그런 이사나를 철제 침상에 눕힌 진저는 링거액을 꺼내와 이사나에게 맞혔다. 그리고 냉장고에서 유백색 수면제를 꺼냈다.

이사나 황자는 예전부터 좋은 상관으로 알려져 있었다. 감정적으로 부하를 대하는 경우가 없는데다가 아랫사람의 의견에 귀를 기울일줄 알았고 때로는 전체를 위해 희생도 불사했다. 참으로 이상적인 윗사람이라고 생각했는데 지금은 모든 걸 체념한 사람처럼 무기력해 보일 뿐이었다.

진저는 어째서 자신에게 이런 일이 생긴 건지 몰라 억울하기까지 했다. 그때 가위바위보에서 지지만 않았어도 이곳에 끌려올 일도, 이사나 황자의 비밀을 알게 될 일도 없었을 텐데⋯⋯.

진저는 속으로 피눈물을 흘리며 링거액에 유백색 수면제를 혼입했다. 그러자 이사나의 눈이 조금씩 몽롱해지더니 이내 눈꺼풀이 닫히면서 고른 숨을 내쉬었다.

대체 언제쯤 이 지옥에서 벗어날 수 있을까. 진저는 잠든 이사나에게 모포를 덮어 준 뒤 보안 통신으로 들어온 소식이 없는지 확인해 보았다. 하지만 이번에도 감감무소식일 뿐이었다. 더 이상 낙담하는 것조차 불가능해진 진저는 답답한 마음에 크게 한숨을 내쉬며 의무실에서 나왔다. 그러자 의무실 앞을 지키고 있던 엘든이 진저를 불러 세웠다.

"진저, 잠시 이리 와 보게."

진저는 의아한 얼굴로 의무실 문을 닫고 엘든에게 다가갔다. 엘든은 창문을 통해 이사나가 완전히 잠든 걸 확인한 뒤 나직한 목소리로 말했다.

"오늘 자네 팀에 들어온 신병 말이네."

"네, 아브노아 하사가 왜……."

"어떤 핑계를 대서든 각하의 곁에 붙여 두도록 하게."

"네에?"

부관이 할 말이라기보다 중매인이 할 만한 말에 진저는 경악하며 소리쳤다. 그에 엘든은 검지를 들며 "쉿!" 하고 경고하더니 제법 진지한 얼굴로 진저에게 말했다.

"자네, 요즘 각하의 밤나들이가 잦아졌다는 건 알고 있겠지?"

"……알다마다요."

알기만 할 뿐인가? 그 일로 에드먼드 박사님께 죽어라 통신을 요청했지만, 1년째 어떠한 답변도 오지 않아 답답해 미칠 지경이었다.

이사나의 부관인 엘든과 제1 기술팀의 총괄 책임자인 진저 박사는 이사나의 병명을 아는 몇 안 되는 사람이었다. 처음 이사나 황자가 카노스를 앓고 있다는 것을 알고 진저는 경악했다. 제국의 영웅이 망할 벌레놈에게 유린당해 결국 병까지 얻게 되었다는 건 참으로 인정할 수 없는 일이었다.

하지만 진저는 도움을 요청하는 이사나를 결코 뿌리칠 수 없었다. 그는 그런 무서운 일을 겪고도 제국민들을 위해 다시 최전방에 나선 사람이었으니까. 아니, 그것보다는 제국의 유일한 희망인 그가 쓰러진 뒤 벌어질 참담한 일들을 떠올리고 싶지 않았다.

그렇게 진저는 엘든과 마찬가지로 이사나 황자의 신변을 관리하게 되었다. 얼마 없는 의학 지식으로 그의 건강을 챙기고 헥사비스 내에서 카노스 환자들을 대상으로 임상 연구를 진행 중인 에드먼드에게 주기적으로 이사나 황자의 병증을 보고해 처방약을 조율했다. 그 결과 이사나 황자는 오랜 세월 동안 정상으로 보일 만큼 병증을 늦출 수 있었다.

하지만 이변은 예고 없이 찾아왔다.

재작년 겨울. 헥사비스에서 출정식을 마치고 진영으로 되돌아온 이사나 황자는 돌연 증상이 심화되어 있었다. 이제 겨우 전면전이 시작되었는데 이대로 허망하게 그를 잃을 수 없었다. 하지만 이런 난감한 상황에서 지시를 내려 줄 에드먼드는 도대체 어디로 갔는지 1년째 아무도 행방을 알지 못했다.

결국 진저는 아픈 위장을 움켜쥔 채 혼자 이사나 황자의 병증을 관리할 수밖에 없었다. 그러나 이사나 황자의 무기력증과 공격성은 나날이 심해질 뿐이었다. 그 공격성이 다행히 사람에게 향하진 않았지만, 제국민들이 의지하는 영웅이 사실은 이미 알리페르에 의해 망가졌다는 걸 모두가 알게 되면 헥사비스는 끝장이었다. 진저가 우울한 얼굴로 한숨을 내쉬는데, 엘든이 나직하니 말했다.

"어쩌면 하사가 각하의 증상을 완화시켜 줄 수 있을지도 모른다네."

"네? 하사가 무슨 수로요?"

"각하의 증상이 심해진 건 하사와 관계가 틀어진 이후부터였으니까."

정확히는 신년회 때 황제와 있었던 다툼 때문이었지만, 그것까지 진저에게 말해 줄 수 없었다. 평범한 제국민에 불과한 진저를 이런 일에 끌어들인 것만으로도 충분히 미안했으니까. 하지만 진저는 역시 납득하지 못하는 듯했다. 그에 엘든은 내키지 않는 얼굴로 진저에게 말했다.

　　"각하께서는 하사를 친아들처럼 키웠다네. 헥사비스 밖으로 나와서도 매일 편지를 주고받을 만큼 친밀한 관계였고. 두 사람 사이에 무슨 일이 있었는지 잘 모르겠지만, 원래 병이라는 게 정서적인 영역에서도 영향을 받지 않나. 그러니 도로 두 사람의 관계를 회복시키면."

　　"각하의 병증에 차도가 있을지도 모른다고요?"

　　"그렇지."

　　진저는 과학자로서 반박하고 싶은 말이 많긴 했지만, 어차피 이제는 방법이 없었다. 마침 하사는 에드먼드의 수제자이기도 했으니 그의 행방이나 카노스에 대해 물어보면 아는 게 있을지도 몰랐다. 진저가 고개를 끄덕이자, 엘든은 진지한 얼굴로 한 가지를 더 덧붙였다.

　　"그리고 하사에게는 절대 각하의 병을 알리지 말게."

　　"하사는 아직 모르는 겁니까? 그렇지만 하사는 꽤 유능하지 않습니까. 차라리 그에게 알리고 도움을 요청하는 게……."

　　진저의 순진한 말에 엘든은 미간을 구기며 말했다.

　　"하사는 아직 어린애라 감정적이고 생각이 짧아. 각하의 병명을 알게 되면 앞뒤 생각 없이 각하를 끌고 헥사비스로 귀환하려 할 걸세."

　　하긴, 작위까지 보장된 상태에서 입대해 그 지옥 같은 특수 부사관 훈련 과정을 다 거쳤으니 보통 사고 체계를 가진 사람은 아니었다.

"알겠습니다. 하사에게는 비밀로 하도록 하겠습니다."

"그럼 자네만 믿도록 하겠네."

엘든은 다소 집요한 눈빛으로 이사나가 잠든 의무실 안을 바라보며 말했다.

*　*　*

전투와는 조금도 관련이 없는 제1 기술팀에 소속된 멜즈는 넘치는 시간을 주체하지 못해 미칠 것 같았다. 처음 막사 안으로 들어왔을 때 보였던 적대감은 온데간데없이 기술팀은 멜즈에게 무척 친절했다. 친절하다 못해 비굴하게 웃으며 멜즈에게 어떠한 잡일도 시키지 않았다. 그렇게 연구원들이 마련해 준 자리에 앉아 하루 종일 비스킷이나 차 따위를 얻어먹는데, 멜즈는 가시방석에 앉은 것처럼 엄청나게 불편하고 부담스러웠다.

하루 종일 멍하니 앉아 있다가 돌아가기를 반복한 지 며칠째. 멜즈는 드디어 진저로부터 일을 도와달라는 얘기를 들었다. 멜즈는 너무 기뻐 일의 내용이 무엇인지 묻지도 않고 곧장 하겠다고 대답했다. 그리고 아침에 일어나자마자 기술팀 막사로 향하는데, 그곳에는 뜻밖의 사람이 있었다.

"······."

"······."

엘든을 옆에 세워 둔 채 진저와 얘기를 나누고 있던 이사나는 막사로 들어오는 멜즈를 보고 놀라 눈을 크게 떴다. 멜즈 역시 이런 이른 시간부터 이사나와 만나게 될 줄 몰라 당황하는데, 진저가 어쩐지 변명하는 투로 이사나에게 말했다.

"아…… 그게, 오늘부터는 하사가 생체 의수를 단 부대원들의 정기 검진을 전담하게 되었거든요. 자대 배치할 때 하사가 일단은 기술팀을 서포트할 인력으로 들어오지 않았습니까? 다른 연구원들은 지금 콜로니의 자기 중력장 배리어를 만든다고 바쁘기도 하고 저도 어, 새로 할 일이 생겨서 손이 부족하기도 하고……. 게다가 가, 각하께서는 하사와 친분이 있다는 얘기를 들었습니다! 콜만 중령님께요!"

진저의 말에 이사나는 엘든을 돌아보았다. 그에 엘든은 뭐가 잘못됐냐는 듯 멀뚱히 이사나를 바라볼 뿐이었다. 또 쓸데없는 짓을……! 이사나는 엘든을 조용히 노려보는데, 심상치 않은 분위기 속에서 멜즈와 함께 두 사람의 눈치만 보고 있던 진저는 황급히 테이블에 있던 검사 기기와 기록지를 멜즈에게 떠넘기며 외쳤다.

"그럼! 난 하사만 믿고 이만 가 볼게!"

"네? 네?! 자, 잠시만요!"

난 이게 뭔지도 모르는데……! 하지만 진저는 붙잡힐세라 재빨리 막사 밖으로 도망쳤다. 멜즈는 황망한 얼굴로 자신의 손에 들린 검사기기를 내려다보았다. 이, 이게 도대체 뭐야? 어떻게 하는 거지? 멜즈는 난생 처음 보는 기기를 내려다보며 어찌할 줄을 모르는데, 엘든이 멜즈에게 다가와 물었다.

"이게 뭔지 모르는 건가?"

"네……."

멜즈의 대답에 엘든은 혀를 차며 설명했다.

"이건 생체 의수의 근전도를 검사하는 기기인데, 전원을 켜고 이 막대를 생체 의수에 댄 뒤 스위치를 눌러 전류를 주입하면 돼. 처음에는 낯설어도 몇 번 사용해 보면 생각보다 간단할 거야."

엘든은 시범 삼아 몇 번 스위치를 똑딱거린 뒤 멜즈에게 건네주었다. 멜즈가 알겠다는 듯 고개를 끄덕였다. 그 짧은 설명으로 멜즈는 기기가 대충 어떻게 돌아가는지 알아차린 듯했다. 그런 멜즈에게 씨익 웃어 보인 엘든은 여전히 못마땅한 얼굴을 한 이사나에게 다가가 말했다.

"각하, 여기 앉으시지요."

"……."

"하사가 기다리지 않습니까."

얄밉기 짝이 없는 말에 이사나는 무표정한 얼굴로 엘든을 노려보았다. 하지만 뒤에서 기기를 든 채 안절부절못하는 멜즈를 보니 어쩔 수 없이 마음이 약해졌다. 결국 이사나는 의자에 앉아 등받이에 몸을 기댔다. 하지만 정작 멜즈가 쭈뼛거리며 다가오자 이사나는 벽을 쌓듯 얼굴을 굳히며 옆으로 고개를 돌려 버렸다. 그런 차가운 태도에 멜즈는 잔뜩 풀이 죽은 채 이사나에게 말했다.

"검사, 시작하겠습니다."

"……."

"왼팔을 들어 주세요."

"……."

이사나를 만난 지 얼마 되지도 않았는데 멜즈는 벌써부터 숨이 턱턱 막혀 왔다. 사무적인 말 이외에 아무것도 나누지 못하는 지금, 도무지 이 상황을 견뎌 낼 수 없었다.

이제껏 이사나와 있으면서 단 한 번도 이렇게 말없이 있어 본 적이 없었다. 매번 이사나를 만나면 무슨 말이든 하지 못해 안달이었고 이사나는 그런 자신을 향해 상냥하게 웃으며 어떤 얘기든 경청해 주었다. 그랬는데…… 이렇게 헥사비스 바깥에 있는 이사나는 자신이 전혀 반갑지 않은 듯했다.

사실은 나만 이사나가 좋아 안달복달 못 했던 걸까? 이사나는 내가 전혀 반갑지 않았던 걸까? 이제껏 특별대우를 받았다고 여겼는데, 그건 단지 이사나의 변덕이나 여흥이었을지도 모른다는 생각에 멜즈는 우울해졌다. 시무룩한 얼굴로 멜즈가 검사지를 끄적거리자, 그런 멜즈를 지켜보던 이사나 역시 덩달아 초조해지기 시작했다. 안절부절못하던 이사나는 결국 멜즈에게 말을 걸려고 하는데, 그 순간 막사 밖으로 도망쳤던 진저가 서류 뭉치를 품에 안은 채 안으로 들어왔다.

"하사, 검사는 잘 되어 가고 있어?"

"네, 이제 이것까지만 하면 돼요."

멜즈의 말에 진저는 세상에 저렇게 기특할 수 없다는 듯 웃어 보였다. 며칠 전과는 참으로 판이하게 다른 취급이었다. 멜즈가 마지막 항목까지 꼼꼼하게 채운 뒤 검사지를 진저에게 건네자, 진저는 기록된 검사지를 전부 넘겨 본 뒤 이사나에게 말했다.

"눈에 띄게 큰 문제는 발견되지 않았네요. 우리 하사가 검사를 잘해 줘서 그런가? 하하하하."

"……."

진저의 농담에도 이사나가 조금도 웃지 않자, 진저는 민망한 듯 헛기침을 하며 말했다.

"그건 그렇고 각하, 이번에 허가만 해 주신다면 생체 의수에 새로운 기능을 도입하는 게 어떨까 합니다."

이건 그에 대한 계획서입니다. 진저는 제법 진지한 얼굴로 가지고 온 계획서를 이사나에게 넘겨주었다. 이제껏 아무런 언급도 없다가 갑자기 튀어나온 진저의 건의에 이사나는 의아함을 느끼며 되물었다.

"어떤 기능이지?"

"자가 충전 기능입니다. 생체 의수는 이제껏 충전된 배터리를 교환하는 방식으로 에너지 출력을 높여 왔습니다. 하지만 그 방식은 배터리의 교환 시설이 없는 곳에서는 당장 전력이 되지 못한다는 큰 단점이 있습니다. 줄곧 기술팀에서도 배터리의 교환이라는 결점을 보완해야 한다는 의견이 있었습니다. 예전에는 생체 의수를 장비한 병사가 많았지만, 지금은 그 절반에도 못 미치는 인원만 남아 있으니까요. 분대 단위로 작전을 수행할 경우 고립될 가능성을 생각해야 합니다."

"좋은 의견이야, 시행하도록 해."

진저의 말을 들으며 계획서를 들춰 보던 이사나는 곧장 수긍하며 고개를 끄덕였다. 그러자 진저는 잠시 이사나의 눈치를 보더니 다소 어색하게 말했다.

"그, 그래서 괜찮으시다면 각하께서 생체 의수 개량의 첫 번째 피험자가 되어 주셨으면 합니다. 가, 각하를 피험자로 청하는 건 별다른 이유는 없고 그냥 다들 바쁘니까요……! 별건 아니고 원래 하고 있던 정기 검진을 주 1회에서 주 3회로 늘릴까 하거든요. 새로운 기능을 넣은 뒤에 하사와 함께 자세한 조정을 할 필요도 있고요……."

진저의 말에 이사나는 그제야 뭔가 이상하다는 걸 깨닫고 진저를 바라보았다. 그에 진저는 안절부절못하다가 내지르듯 이사나에게 말했다.

"저희 팀의 기술력만으로는 도저히 개량이 무리니까요……! 이럴 때 하사 같은 인재가 와 줘서 참 기쁘다고 해야 할지 하하……. 하하 하하…….”

한마디로 멜즈를 프로젝트 관계자로 넣겠다는 소리였다. 이사나 의 눈빛이 매서워지자 진저는 살려 달라는 듯 엘든을 바라보았다. 그에 엘든은 유들유들하게 웃으며 말했다.

“마침 잘되었군요. 얼마 후면 각하께서 직접 이 주변을 탐사하러 나갈 예정이지 않습니까.”

“…….”

“그래서, 개량이 끝날 때까지는 얼마나 걸리지?”

엘든의 천연덕스러운 말에 진저는 식은땀을 뻘뻘 흘리며 외쳤다.

“어떻게든 맞추겠습니다!”

“자네와 하사가 있어서 정말 든든하군!”

“…….”

“그렇지 않습니까? 각하.”

엘든은 뻔뻔하기 짝이 없는 얼굴로 이사나에게 동의를 구했다. 그 에 이사나는 말 한 마디 없이 자리에서 벌떡 일어섰다. 눈에 빤히 보 이는 수작질에 더 이상 놀아나고 싶지 않았다. 이사나는 재킷을 챙 겨 든 채 더 들을 것 없다는 듯 기술팀 막사에서 나가 버렸다.

“각하! 각하!”

뒤에서 자신을 부르며 쫓아오는 엘든을 알아차렸지만, 이사나는 계속해서 빠르게 걸었다. 그러나 도저히 분이 풀리지 않아 이사나는 제 화에 못 이겨 다시 발걸음을 멈춰 섰다. 그리고 뒤쫓아 오고 있던 엘든을 돌아보며 차갑게 쏘아붙였다.

“자네들은 정말 타이밍도 좋군. 마침 일손이 부족해서 멜즈가 정기 검진을 하게 되고 마침 생체 의수를 개량할 때가 되었는데 멜즈가 콜로니로 오고 말이야."

"생체 의수의 배터리 개량은 진저가 오래전부터 고민해 왔던 문제입니다. 그리고 생체 의수에 있어서 멜즈 군 이상 가는 적임자는 없습니다. 프로젝트 총괄 책임자였던 에드먼드 님의 수제자인 데다가 마무리 상용화 작업도 대부분 멜즈 군의 손을 빌리지 않았습니까."

엘든의 뻔뻔한 말에 이사나가 사납게 노려보자, 엘든은 달래듯 이사나에게 말했다.

"멜즈 군이 콜로니로 오고 기술팀에서 정말 좋아했습니다. 멜즈 군 같은 귀한 인재를 이런 최전방에서 보기 힘드니까요. 진저는 벌써부터 멜즈 군이 구세주처럼 보인다고 하더군요."

엘든의 부탁이 없어도 진저는 이미 멜즈를 놓아줄 생각이 없었다. 첫 만남에 있었던 껄끄러운 일을 털어 내지 못해 아직은 어색하지만, 친해진 후부터는 이런저런 문제를 멜즈에게 상담할 생각으로 진저는 물론이요, 기술팀 전체가 들떠 있었다. 이사나가 멜즈를 이곳에 두고 싶어 하지 않는 것과 상관없이 말이다.

"기술팀도 자네도 착각하지 않았으면 좋겠군. 난 멜즈를 여기 둘 생각이 없어. 빠른 시일 내에 그를 헥사비스로 돌려보낼 테니까. 그러니 그에게 어떤 일도 맡기지 마."

"하지만……!"

"생체 의수 따위 개량하지 않아도 돼! 멜즈는 여기 없어도 된다고! 필요 없다고! 그러니 제발 자네는 멜즈와 나한테서 신경 꺼!"

이사나가 짓씹듯 외치는데, 문득 옆에서 자갈 밟히는 소리가 들려왔다. 그에 이사나가 신경질적으로 고개를 돌리자, 군모를 손에 든 멜즈가 보였다. 새하얗게 질린 얼굴로 애처롭게 몸을 떠는 그를 본 순간, 이사나는 덜컥 가슴이 내려앉는 걸 느꼈다. 내가…… 금방 무슨 말을 했더라……. 명백히 상처 입은 그의 얼굴에 이사나가 당황해서 어찌할 줄을 모르는데, 멜즈는 당장에라도 눈물을 떨어뜨릴 듯한 얼굴로 이사나에게 군모를 내밀며 말했다.

"두고, 가서……."

"……."

이사나는 멜즈가 내민 군모를 어색하게 받아들였다. 그러자 멜즈는 얼굴을 잔뜩 일그러뜨린 채 도망치듯 뛰어가 버렸다. 빠르게 멀어지는 발소리를 들으며 이사나는 한참 동안 자괴감에 빠져 있었다.

* * *

'…….'

일정이 바빠 새벽 늦게서야 저택으로 돌아온 이사나는 서재 문을 열었다가 깜짝 놀라고 말았다. 책장 안의 책들이 죄다 바닥에 쓰러져 있는 데다가 책상 위에 놓아두었던 서류들이 갈기갈기 찢긴 채 사방에 흩어져 있었다. 어젯밤 저택을 나가기 전만 해도 멀쩡했던 서재가 왜 이렇게 쑥대밭이 된 건지 이사나로서는 도무지 이해할 수 없었다.

물론 유력한 용의자가 있긴 했다. 하지만 그가 왜 이런 짓을 한 건지 몰라 이사나는 책상 옆에 서류 가방을 내려놓은 뒤 침실 문을 열었다. 조명등을 켜자, 침대 한가운데에 불룩 솟은 작은 인영이 보였다. 울고 있는 건지 그는 이불을 뒤집어쓴 채 간헐적으로 떨고 있었다.

'멜즈.'

이사나가 멜즈의 이름을 부르자, 멜즈는 몸을 움찔거리며 움츠러들었다. 서재의 범인은 역시 그가 맞는 모양이다. 침대에 걸터앉은 이사나는 달래듯 그에게 물었다.

'서재는 네가 그런 거니?'

이사나의 물음에 이불 아래의 작은 몸이 더욱더 서럽게 들썩이기 시작했다. 이런 점만큼은 유충 때와 조금도 달라진 게 없었다. 그는 여전히 울보에 떼쟁이에 사고뭉치였다. 이사나는 조심스럽게 그가 뒤집어쓴 이불을 끌어 내렸다. 발그스레한 조명등 아래로 물기 어린 그의 얼굴이 드러났다. 분에 겨워 씩씩거리면서도 쉬이 눈물을 그치지 못하는 그 모습이 곤란하면서도 몹시 사랑스러웠다. 이사나가 엄지손가락으로 젖은 눈가를 쓸어 주자, 멜즈는 울음 섞인 목소리로 이사나에게 말했다.

'이사나가, 흐으, 말도 없이, 흑, 나갔잖아요.'

'……'

'이사나가, 나, 나빴으니까.'

멜즈는 얼토당토않은 이유를 대며 서재의 모습을 정당화하려 했다. 그럼에도 이사나는 조금도 화가 나지 않았다. 분명 책상 위에는 중요한 서류가 있었지만, 눈물로 어룽진 멜즈의 얼굴을 보니 그런 건 아무래도 상관없어졌다. 말도 없이 나간 자신에게 화를 내면서도 불안한 얼굴로 훌쩍이는 멜즈가 도리어 가엽게 느껴진 이사나는 그를 끌어안고 달래듯 말했다.

'미안해, 자고 있어서 깨울까 봐 그랬어.'

'흑, 다음부터는 깨워서 말하고 가요. 어딜 가든 내게 제일 먼저

말하고 가라고요……!'

잠시 느낀 상실감과 불안이 견딜 수 없는지 멜즈는 이사나를 꽉 붙들며 몇 번이고 말했다. 그에 이사나는 몇 번이고 그러겠다고 대답했다. 다시는 말없이 가지 않겠다고, 상냥한 얼굴로 몇 번이고 그렇게 맹세했다.

이사나는 약속을 잊지 않았지만, 그 후로도 멜즈는 몇 번 더 울어야 했다. 알리페르와의 전면전이 가까워질수록 이사나는 바빠졌고 멜즈가 기다리는 시간은 점점 더 길어졌다. 서로를 마주 보며 매일 같은 침대에서 일어나 함께 잠들었던 날들이 아득하게 느껴질 무렵, 이사나는 멜즈를 에드먼드에게 보냈다. 정적이었던 황제로부터 보호하기 위해 이사나는 그때 이미 멜즈를 떠나보낼 준비를 한 것이다. 아무것도 모르던 멜즈는 훌륭한 학자가 되면 언젠가 자신의 곁에 있을 수 있을 거라 멋대로 오해했지만, 이사나는 굳이 해명하지 않았다. 때로는 모르는 게 나을 때가 있었다. 그래서 가장 소중한 그에게 거짓말을 했다.

모든 건 멜즈를 위해서였다. 멜즈를 잃고 싶지 않아서였다.

하지만 그것뿐이었을까?

'도망친 게 아니고요? 적당히 어리광 받아 주고 있었는데 이젠 하나하나 설명을 요구하니까 귀찮아져서 헥사비스 밖으로 도망친 게 아니냐고요. 절 추행하고도 사과 한마디 없이 편지만 남기고 떠난 것처럼요.'

아플 정도로 본심을 꿰뚫어 보는 그의 말에 이사나는 수치심을 느꼈다. 그의 말이 옳다. 멜즈와 떨어져 있는 시간이 길어질수록 이사나는 점점 멜즈 앞에서 솔직해질 수 없었다. 헥사비스 안의 이사나는 황자이자 영웅이지만, 사실은 그의 동족을 말살하려는 학살자일 뿐이었으니까. 그를 만날 때마다 사실은 괴로웠다. 자신이 얼마나 잔인무도한 사람인지 멜즈가 알게 될까 봐 두려웠다. 그렇기에 이사나는 항상 두꺼운 가면을 쓴 채 그를 만날 수밖에 없었다. 그의 동족을 해하는 주제에 여전히 그를 좋아했으니 말이다.

그래서 지금, 그 대가를 치르는 것이다.

"그러고 보니 아브노아 하사가 올해로 열다섯이던가요? 세월이 참 빠르군요."

"……."

"하사를 처음 본 게 아홉 살 때였으니까, 저 역시 하사와의 인연이 길었군요."

"……."

"각하께서는 이거 아십니까? 원래 하사 나이 때가 제일 엇나가기 쉽다는 것을요."

"……자네는 지금 날 보좌하러 온 건가, 수다를 떨러 온 건가."

이사나는 참다못해 엘든에게 쏘아붙였다. 하지만 엘든은 조금도 위축되는 기색 없이 천연덕스럽게 말할 뿐이었다.

"콜로니 내 시찰은 언제나 하시는 일 아닙니까? 매일 똑같은 풍경을 보고 있으면 어찌 됐건 지루해지기 마련입니다. 저는 각하의 부관으로서 각하께서 지루해지지 않게끔 최선을 다할 뿐입니다."

날이 갈수록 핑계 대는 솜씨만 좋아졌다. 엘든에게 어처구니가 없어진 이사나가 마음대로 하라는 듯 앞서 걷자, 엘든이 넉살 좋게 뒤따라 붙으며 이사나에게 말했다.

"이제 저도 그렇고 각하도 그렇고 애가 하나둘 있어도 이상하지 않을 나이 아닙니까? 제 친구들 중 빨리 결혼한 녀석은 벌써 하사 또래의 아이를 키우고 있습니다. 그런데 제가 찾아가기만 하면 그 녀석이 얼마나 한탄을 늘어놓는지 모릅니다? 어릴 때는 그렇게 아빠 아빠, 하면서 오리 새끼처럼 뒤따라 다니던 놈들이 갑자기 어느 날부터 방문을 걸어 잠그기 시작하더니 집에 들어와도 본척만척, 말을 붙일라치면 소리부터 빽 내지르며 집에서 나가 버린다고 하더군요. 원래 꽁지에 불붙은 수탉보다 예민하고 와인글라스보다 섬세한 게 사춘기 때 아니겠습니까?"

"……."

"친구 녀석이 미움 받게 된 계기도 사실 별거 없었습니다. 하도 늦게 들어와서 야단 한 번 크게 쳤는데, 그때부터 친구를 집에서 키우는 개만도 못한 취급을 했다더군요. 그 녀석이 얼마나 억울해했는지 모릅니다. 하지만 그건 우리들 입장이고, 그 나이 때 애들한테는 또 다른 모양이죠."

"……."

"하사가 이제껏 오죽 어른스럽게 굴었습니까? 또래 친구 하나 없이 나이 차가 훌쩍 나는 어른들 사이에 끼여서 각하께 도움 되겠다고 공부하고 연구하고 개발하고, 얼마나 기특합니까? 그런데 각하께 필요 없다는 소리를 들어 하사가 굉장히 낙담했을 겁니다."

"……."

"하사를 돌려보내든 아니든, 그것과 별개로 이대로 있어서는 안 되지 않습니까? 하사와의 인연이 얼만데……."

"……알았어, 알았으니까 이제 제발 그만해."

이사나는 맥빠진 얼굴로 항복을 선언했다. 사실 이사나도 알고 있었다. 자신이 무엇을 해야 하는지를 말이다. 모든 건 과오를 마주하려고조차 하지 않은 자신의 탓이었다. 애초에 이사나가 일방적으로 이별을 통보한 탓에 멜즈 역시 이곳까지 오게 된 것이다. 그러니 이제는 매듭을 지어야 했다. 콜로니까지 온 멜즈의 각오를 생각한다면 더더욱 이렇게 도망만 쳐서는 안 되었다. 그럼에도 이사나는 멜즈의 얼굴을 마주할 생각을 하니 막막해졌다. 마치 어려운 숙제는 앞둔 학생처럼 이사나는 한숨을 내쉬는데, 엘든이 이사나에게 뭔가를 내밀었다.

"이게 뭐지?"

"원래 화해할 때는 말로만 때우는 게 아니지 않습니까?"

사탕이었다. 이런 최전선에서는 보기 힘든, 색색의 별사탕들이 손바닥만 한 비닐 속에 담겨 있었다. 매끄러운 리본이 달린 아기자기한 사탕 봉투를 엘든에게 건네받으며 이사나는 생각했다. 멜즈가 단 걸 좋아했던가? 편식하는 모습 없이 뭐든 잘 먹어 과연 이런 걸로 그의 환심을 살 수 있을까 걱정하는데, 엘든이 말했다.

"각하, 나머지 일은 제게 맡기고 다녀오시죠."

"아니, 난……."

"우물쭈물하는 사이 타이밍을 놓치는 법입니다."

엘든의 재촉에 이사나는 도저히 내키지 않는다는 얼굴로 엘든을 바라보았다. 하지만 엘든은 뭘 꾸물거리느냐는 듯 이사나를 쳐다볼 뿐이었다. 결국 이사나는 한숨을 내쉬며 발길을 돌렸다. 여전히 멜즈와 마주하는 건 껄끄럽지만, 이렇게 떠밀리듯 가지 않으면 평생 그에게 사과하러 못 갈 것 같았다.

이사나는 곧장 멜즈가 있을 제1 기술팀 막사로 향했다. 하지만 오늘 때마침 멜즈가 쉬는 날이라 막사 안에 그가 없었다. 그래도 오늘이 아니면 아무것도 하지 않을 것 같아 이사나는 이곳저곳을 돌아다니며 멜즈의 행방을 물었다. 다행히 멜즈는 눈에 띄어 쉽게 그가 어디 있는지 알 수 있었다. 이사나는 멜즈가 마지막으로 목격되었다는 수돗가 근처를 두리번거리는데, 어디선가 철퍽거리는 소리가 들려왔다. 고개를 돌리자 새파랗게 어린 신병이 다리를 둥둥 걷은 채 커다란 대야 안에 담긴 이불을 밟고 있는 게 보였다.

멜즈였다.

위에 러닝만 걸친 멜즈는 허벅지까지 바지를 걷어 올린 채 이불 빨래를 하고 있었다. 오랜만에 멜즈의 몸을 보게 된 이사나는 순수하게 감탄했다. 예전의 새하얗던 살결은 다소 그을고 젖살만 붙어 있던 팔다리엔 빈약하지만 어느새 근육이 자리 잡혀 있었다. 멜즈가 성장하긴 했구나. 마냥 아이처럼 보이던 그가 점점 어른이 되어 가는 걸 실감한 이사나는 왠지 모를 뿌듯함을 느꼈다. 그런데.

왜 멜즈가 이불 빨래를 하고 있지?

분명 오늘은 멜즈가 쉬는 날이라고 했었다. 혹시 같은 막사를 사용하는 선임들이 시킨 건가? 하지만 멜즈는 오늘 오랜만에 쉬는 걸 텐데…….

멜즈가 에드먼드의 아래에서 공부할 때 하루 종일 에드먼드의 수발을 들며 집안일까지 도맡아 왔다는 걸 이사나도 알고 있었다. 하지만 그건 황제의 영향권에서 벗어나기 위한 것이니 다소 고생스럽더라도 어쩔 수 없다고 생각했다. 그런데 지금은…… 뭐랄까, 어처구니없게 느껴졌다.

에드먼드에게 보내기 전, 이사나는 멜즈에게 어떤 고생도 시켜 본 적이 없었다. 항상 가장 좋은 것만 그에게 쏟아부으며 조금이라도 번잡스러운 일이 생기면 이사나의 선에서 모두 해결했다. 그런 멜즈가 빨래 따위를 하고 있으니 뭔가 마뜩잖았다. 하지만 괜히 앞에 나섰다가 나중에 멜즈가 곤란해지는 게 아닌가 싶어 이사나는 이러지도 저러지도 못하는데, 멜즈의 곁으로 빨래 바구니를 든 신병 둘이 다가왔다.

"야, 멜즈. 잘되어 가고 있냐?"

릭의 물음에 멜즈는 이불을 퍽퍽 밟다가 말고 릭을 돌아보며 투덜거렸다.

"야, 넌 어떻게 도와주러 온 사람한테 이런 힘든 일을 시키냐?"

'도와주러 온 거였구나.'

이사나는 멜즈가 부당한 괴롭힘을 당하는 게 아니라는 걸 깨닫고 안도의 한숨을 내쉬었다. 하지만 세 사람은 그런 이사나를 알아차리지 못한 채 자기들끼리 얘기를 나누고 있었다.

"야야, 넌 그래도 이불 밟을 힘이라도 있지, 우리는 진짜 죽지 못해 산다."

"여기 진짜 미쳤나 봐. 사람이 할 수 없는 걸 자꾸 해내라고 그래."

멜즈와 얘기를 나누는 신병 둘은 아마도 기초 훈련을 받는 중인 스펙터 부대의 신병들인 듯했다.

이제껏 콜로니로 오는 동안, 수많은 교육과 실전을 거쳐 왔겠지만, 이곳은 알리페르와의 접전이 가장 치열한 동부—그것도 최전선이었다. 다른 곳보다 훨씬 많은 것들이 요구되었다. 최종 목표는 이들이 생체 의수를 단 병사들만큼 움직일 수 있게 되는 것이었다.

그들을 위한 장비 역시 기술팀에서 준비하고 있었다.

"그건 그렇고 멜즈 너 울었다며?"

"뭐, 뭐?"

릭의 말에 멜즈가 당황하는데, 릭이 장난기 어린 얼굴로 놀리듯 멜즈에게 말했다.

"아까 지나가다가 기술팀 연구원들 만났는데, 그 사람들이 우리한테 묻더라? 너랑 이사나 님은 도대체 무슨 관계이길래 어제 네가 눈물을 흩뿌리면서 이사나 님에게서 도망쳤냐고."

"야! 울긴 누가 울어! 안 울었어! 안 울었다고!"

멜즈의 강한 부정에 알도는 안타까운 얼굴로 진실을 알려 주었다.

"네가 울면서 뛰쳐나가는 거 다들 봤대. 기술팀 사람들뿐만 아니라 스펙터 부대원들이랑 콜로니를 짓는 인부들까지."

"……."

뛰어간 방향이 나빴달까……. 알도의 말에 멜즈는 푹 익은 토마토처럼 벌게졌다. 아, 아니, 그건 우, 운 게 아니라, 눈에 먼지가……. 멜즈는 꽤 창피한지 어물거리며 씨알도 안 먹힐 변명을 늘어놓았다. 그에 릭은 빨래 바구니를 옆구리에 낀 채 멜즈를 윽박질렀다.

"실망이다, 멜즈 아브노아. 너 분명 교육대에 있을 때만 해도 이를 갈면서 이사나 님을 만나면 절대 가만두지 않겠다고 했지 않냐? 그런데 지금 꼴이 이게 뭐야? 아무리 상대가 이사나 님이라고는 하지만, 행동 하나하나에 휘둘리며 질질 짜는 꼴이라니. 이대로 끌려다니기만 하다가 헥사비스로 다시 돌아갈래?"

"……."

"야야, 우리는 훈련 받는 것만으로도 힘들어 죽을 지경이니까 제발

재밌는 소식 좀 전해 주라. 정 이사나 님이 네게 손댈 기색이 안 보이면 너라도 적극적으로 나서면 되잖아."

"……내가 뭘 어떻게……."

멜즈가 패기 없이 웅얼거리자, 릭이 단호한 얼굴로 말했다.

"덮쳐."

"뭐?"

"이사나 님을 으슥한 곳으로 끌고 가서 네가 먼저 덮쳐 버리라고. 그리고 이사나 님을 질척질척하고 후끈후끈한 후장 섹스의 세계로 인도하는……! 으악!"

멜즈는 새빨개진 얼굴로 릭에게 군화를 집어 던졌다. 그리고 그것을 정통으로 맞은 릭은 어처구니없다는 듯 픽 웃더니 마찬가지로 옆에 끼고 있던 빨래 바구니를 멜즈의 얼굴에 집어 던졌다.

"아……."

중간에 끼어 버린 알도는 성질 더러운 두 사람의 심상찮은 기류에 슬금슬금 뒤로 물러섰다. 알도의 예감대로 멜즈와 릭은 서로에게 물을 뿌리고 빨랫감을 집어 던지며 난동을 피우기 시작했다. 깨끗이 세탁되었던 빨래들이 순식간에 흙바닥을 뒹굴며 더러워졌지만, 두 사람은 아랑곳하지 않고 서로에게 물을 먹이는데 열중할 뿐이었다. 그 와중에 혼자만 멀쩡한 꼴로 서 있는 알도가 배알 꼴린다는 이유로 두 사람은 알도에게도 물을 뿌려 대기 시작했다.

그렇게 세 사람이 와자지껄하게 떠들며 때 아닌 물장난을 치는데, 수돗가를 지나던 병사들이 그 모습을 바라보며 피식 웃었다. 아주 좋을 때였다. 요 몇 달간 알리페르는 조용했고 희생을 겪어 보지 못한 어린 병사들은 천진하기 짝이 없었다. 모두가 어린 병사들의 장난을 흐뭇하게 지켜보다가 제 갈 길을 가는데, 이사나는 도리어 입 안이 써지는 걸 느꼈다.

멜즈가 군에 잘 적응한 건 알고 있었다. 지원병 대표로 선출될 만큼 주변 사람들로부터 신뢰받고 있다는 것도 알고 있었고. 하지만 막상 잘 지내는 걸 눈으로 확인하니 이상하게도 섭섭한 기분이 들었다. 내심 멜즈가 어릴 때처럼 하염없이 자신만을 기다릴 거라 생각한 모양이다. 정작 자신은 바쁘다는 핑계로 항상 멜즈를 방치했던 주제에 말이다. 정말 뻔뻔하기 짝이 없었다.

더 이상 멜즈의 웃는 얼굴을 바라볼 수 없게 된 이사나는 발걸음을 돌렸다. 그리고 한창 물장난에 열중하다가 이사나의 모습을 발견한 알도는 의아한 눈으로 쓸쓸히 멀어져 가는 그의 뒷모습을 바라보았다.

* * *

"뭐? 아까 이사나가 찾아온 것 같았다고?"

"확실한 건 아니야. 뒷모습만 봤으니까."

알도는 다소 자신 없게 말했지만, 멜즈는 알도가 착각한 게 아니라고 생각했다. 다른 사람이라면 몰라도 이사나를 다른 사람과 착각할 수 있을 리가 없다. 이곳에서 이사나만큼 눈에 띄는 사람은 없으니까. 이사나가 여긴 왜 온 걸까? 우연히 들르던 길이었을까? 혹시 날 찾아온 게 아닐까?

멜즈는 치솟는 기대를 간신히 억누르며 이사나의 의도를 가늠해 보려 했지만, 좀처럼 그의 생각을 알 수 없었다. 사실 이사나가 자신을 찾아온 것이라 생각하고 싶었다. 하지만 이제껏 쌀쌀맞게 굴던 그의 태도로 볼 때 영 가능성이 없어 보였다. 희망에 차 화색을 띠던 멜즈가 점점 어두운 얼굴로 땅을 파는 기색을 보이자, 릭이 한심하다는 듯 말했다.

"멜즈 너는 이사나 님이 널 찾아온 게 아니라고 생각하는 거야?"

"……딱히 날 찾아올 이유도 없고……."

시무룩한 얼굴로 웅얼거리는 멜즈의 모습에 릭은 혀를 찼다. 정말 멍청이도 저런 멍청이가 없었다.

훈련소에서 만났을 때는 잘 몰랐지만, 멜즈는 알면 알수록 대단한 녀석이었다. 알리페르와의 전면전에 도입된 최신식 무기 대부분이 저 녀석의 손에서 제작되고 개량된 것이었다. 사실 릭은 어째서 멜즈가 모든 걸 내팽개치고 이곳까지 쫓아온 건지 이해할 수 없었다. 어차피 이 싸움은 이사나 황자의 승리로 돌아갈 게 뻔한 싸움이었다. 화려한 개선식과 함께 헥사비스로 돌아올 사람을 굳이 뒤쫓아서 이곳까지 왔다면 남자답게 쟁취하기라도 하든가. 이사나 황자가 동요하며 어찌할 줄을 모르는 게 빤히 보이는데도 멜즈는 이사나 황자의 말 한마디 한마디에 이리저리 휘둘려 눈물만 흩뿌리고 있었다. 릭은 답답한 마음에 한숨을 내쉬며 말했다.

"정 확신이 안 서면 찾아가서 물어보면 되잖아. 널 찾아온 게 맞냐고."

"……그치만."

지난번 생체 의수 정기 검진 때 겪은 이사나의 냉정한 태도에 멜즈는 자신감을 완전히 잃어버린 상태였다.

첫날 했던 말실수만 아니었어도 막무가내로 찾아가 물어보기라도 했을 텐데…… 하지만 지금은 찾아갔다가 문전박대나 당하지 않을까 하는 생각에 두려워졌다. 그런 멜즈에게 알도가 말했다.

"네가 망설이는 건 이해가 가는데, 그래도 지금처럼 결론 없이 정체되어 있는 건 좋지 않다고 생각해."

"……."

"우린 오후 훈련이 있어서 먼저 가 볼게. 잘 생각해 봐."

알도와 릭은 멜즈에게 손을 흔들며 다시 세탁한 옷가지와 이불을 들고 수돗가를 떠났다. 두 사람과 헤어지고 나서도 멜즈는 좀처럼 자신의 막사로 돌아가지 못한 채 진영 안을 이리저리 헤맸다. 어느새 흠뻑 젖어 있던 옷이 바짝 마르고 해가 서산 너머로 기울어 황혼이 드리워짐에도 멜즈는 여전히 초조한 얼굴로 갈팡질팡할 뿐이었다.

이사나가 날 찾아왔을 리가 없잖아? 볼일도 없고……. 콜로니까지 쫓아와서 싫어하는 눈치였는데……. 그럼에도 멜즈는 '혹시나' 하는 생각을 버릴 수 없었다. 만약 진짜 볼일이 있어서 찾아왔는데 엇갈리면 안 되니까.

속으로 말도 안 되는 변명을 늘어놓으며 멜즈는 초조하게 사령부 막사 근처를 기웃거리는데, 누군가가 그를 불러 세웠다.

"하사?"

"중령님?"

엘든이었다. 엘든을 보자마자 멜즈는 자연스럽게 어제 자신이 부린 추태가 떠오를 수밖에 없었다. 이곳이 헥사비스 안이었다면 온갖 핑계를 다 대며 도망쳤겠지만, 안타깝게도 이곳은 상명하복으로 이루어진 군대였다. 멜즈는 껄끄러움을 느끼면서도 그에게 경례하는데, 무엇에 정신이 팔린 건지 멜즈의 인사를 건성으로 받아들인 엘든은 초조함이 역력한 얼굴로 멜즈에게 물었다.

"하사가 어쩐 일인가? 각하께 받은 선물에 대한 답례라도 하기 위해 찾아온 건가?"

"네? 선물이요?"

뭐가 뭔지 모를 말에 멜즈가 고개를 갸웃거리자, 엘든은 침음을 내뱉으며 미간을 구겼다. 왜 저러시는 거지? 의아한 얼굴로 엘든을 바라보는데, 엘든이 다소 떨떠름한 얼굴로 멜즈에게 말했다.

"각하께서 자네에게 할 말이 있다고 하시면서 시찰 도중에 자네를 찾아가셨는데, 아무래도 도중에 길이 엇갈린 모양이군."

'날 찾아온 게 맞았구나!'

엘든의 말에 멜즈는 가슴이 쿵쾅거렸다. 냉대받고 필요 없다는 말까지 들었지만, 그래도 이사나가 자신을 찾아왔다고 하니 속없이 좋기만 했다. 왜 온 걸까? 무슨 말을 하려고 찾아왔던 걸까? '선물'을 주려고 했다는 걸 보면 분명 나쁜 의도로 찾아온 건 아닐 것이다. 어쩌면 자신의 결의를 인정해 콜로니의 일원으로 받아들이겠다는 말을 하러 온 것일지도 몰랐다. 마구 널뛰는 생각에 멜즈가 흥분을 감추지 못하는데, 엘든이 물었다.

"그런데, 자네는 여기 무슨 일이지?"

엘든의 물음에 멜즈는 입을 어물거렸다. 차마 이사나가 자신을 찾아온 게 맞는지 확인하러 왔다는 말을 할 수 없었다. 그러기엔 자신이 너무 배알 없어 보였기 때문이다. 하지만 엘든은 그저 운으로 총사령관의 부관이 된 게 아니었다. 눈치와 처세술이라면 타의 추종을 불허하는 엘든은 멜즈가 찾아온 이유가 무엇인지 금세 눈치챘다. 그나마 한쪽이라도 적극적인 게 다행이지. 엘든은 속으로 한숨을 내쉬며 옆구리에 끼고 있던 서류철 하나를 멜즈에게 내밀었다.

"혹시 시간이 된다면 이걸 각하께 전해 줄 수 있겠나?"

"이걸요?"

"그래, 급하게 올릴 안건인데 내가 좀 바빠서 말이야."

엘든의 말에 멜즈는 얼떨떨한 얼굴로 서류철을 받아들었다. 그러자 엘든이 "그럼 뒤를 부탁하네."라고 말하며 바쁜 걸음으로 어디론가 향했다. 한참동안 멀뚱히 서서 멀어져 가는 엘든을 보던 멜즈는 난감한 얼굴로 자신의 품에 안긴 서류철을 내려다보았다.

* * *

—콜로니 주변을 탐사하러 가겠다고?

"네, 기존의 스펙터 부대원들과 새로 들어온 지원병들 중 몇 명을 골라 팀을 꾸릴 예정입니다."

이사나의 설명에 황제가 못마땅한 기색을 보이며 혀를 찼다. 이사나가 움직이려는 병력의 수는 최정예이기는 하지만 스무 명도 안 되었다. 이제는 완전히 굴복해 더 이상 거스르지 않을 걸 알면서도 여전히 믿지 못하는 걸까? 반복되는 그의 의심이 이젠 지겹게까지 느껴지는데, 황제가 의외의 말을 꺼냈다.

—겨우 그 인원으로 괜찮겠느냐.

걱정이 느껴지는 황제의 말에 이사나는 얼떨떨한 얼굴로 눈을 껌뻑였다. 함정인가? 지금 시험하고 있는 건가? 이사나의 감은 황제에게 어떠한 꿍꿍이나 의도가 없다고 말하고 있지만, 언제나 그렇듯 이사나는 그걸 곧이곧대로 받아들일 수 없었다. 이사나는 다소 방어적으로 말했다.

"너무 많은 인원은 오히려 눈에 띄어 좋지 않습니다. 이번 출정은 어디까지나 전투를 위한 것이 아닌, 옛 왕터를 찾기 위한 것이니까요."

—그건 그렇긴 하지만······.

황제는 여전히 못마땅한 기색을 보이며 말을 끌었다. 설마 정말 나를 걱정해 주고 있는 건가? 이사나는 기쁘다기보다 '이제 와서 왜?'라는 생각이 먼저 들었다. 황제는 언제나 이사나를 견제하며 이사나가 사라지길 바랐다. 이사나가 굴복했음에도 완전히 믿지 못하고 갖은 수법을 다 동원해 충성심을 시험하려 들었다. 그 결과물이 좋게 느껴지지 않는 건 조금씩 찾아오는 끝 때문일지도 몰랐다.

"너무 많은 병력을 움직이면 아직 배리어도 설치되지 않은 콜로니를 방어할 인원이 줄게 됩니다. 어차피 아브노아 존데를 띄워 위험하다고 판단되는 곳은 가지 않을 테니 괜찮을 겁니다."

—하긴 놈들이 어디에 있는지만 알면 싸우고 말고는 결정할 수 있는 일이긴 하지.

아브노아 존데의 존재를 떠올린 황제는 그제야 마음이 놓인다는 듯 심드렁하게 말했다. 이사나는 자신도 모르게 입가가 풀어지는 걸 느꼈다. 아브노아 존데는, 멜즈가 이사나를 위해 만든 첫 번째 발명품이었다. 간단한 구조에 원재료비는 거의 들지 않지만, 수많은 정보를 얻을 수 있는 탐색 장비라 지금도 멜즈의 공적을 논할 때면 아브노아 존데가 빠지지 않고 등장했다. 그때는 후방에서 안전하게 지휘만 한다고 거짓말을 했었는데도 멜즈는 이사나를 걱정해 그런 장비까지 만들어 주었다.

멜즈는 그렇게 나를 생각해 주는데, 나는 왜 멜즈에게 잘해 주지 못하는 걸까.

울면서 뛰쳐나가던 멜즈의 모습을 떠올린 이사나는 풀이 죽어 버리는데, 황제가 말했다.

―그러고 보니 며칠 전에 순항 유도 미사일이 완성되었다고 하더구나.

"벌써 완성된 겁니까?"

―그래, 시험 발사도 성공해 앞으로 실전에 도입하는 것만 남았지.

"……."

―원래는 미사일 안에 포폴린만 들어가기로 했는데, 생각해 보니 그것만으로는 부족하게 느껴지더구나. 그래서 그 안에 백린탄을 섞어 넣으라고 말했지.

웃음기 어린 황제의 말에 이사나의 얼굴이 굳어졌다. 이번에 개발된 미사일은 사거리가 무려 5000km 이상이었다. 즉, 콜로니 역시 사정거리 안에 포함되어 있었다. 포폴린은 인체에 해로워도 그 자체가 살상 능력을 가지진 않았지만, 백린탄은 달랐다. 어쩌면 황제는 콜로니를 견제할 목적으로 순항 유도 미사일 실전 투입에 예산을 쏟아부은 걸지도 몰랐다.

아직 세워지지도 않은 콜로니를 견제하는 황제의 모습에서 이사나는 알리페르가 사라진 후에도 계속될 싸움을 예감했다. 오히려 천적인 알리페르와의 싸움만이 인류의 추한 모습을 영원히 가려 줄 수 있을지도 몰랐다. 이사나는 다소 밝지 못할 제국의 미래를 떠올리는데, 황제가 말했다.

―그런데 프로젝트 책임자에게 재미있는 얘기를 들었단다.

"어떤 얘기입니까?"

―소실된 순항 유도 미사일의 설계를 복원한 자가 아직 성년도

되지 않은 어린애라는 것을 말이다. 이름이 멜즈, 였던가?

황제의 말에 이사나는 뱀 앞에 선 생쥐처럼 얼어 버렸다. 하지만 이사나는 짐짓 내색 없이 "그렇습니까?"라고 말했다. 그런 이사나의 수작이 가소롭다는 듯 황제는 웃으며 말했다.

―네가 거둔 아이의 공적인데 꽤나 냉정하게 말하는구나. 아무튼 흥미가 생겨 박사에게 이것저것 물어봤는데, 정말 대단한 놈이더구나. 그놈 하나가 구세계의 소실된 기술을 몇 개나 되살려 냈는지 모른다고 하니 더러운 지하층에서 그놈을 건져 온 네가 꽤나 눈썰미가 있다 싶었다. 그렇게 제국을 위해 힘써 줬는데 아직 얼굴도 모른다는 게 마음에 걸려 만나 보려 했는데, 이상하게도 아무도 그가 어디 있는지 모르더구나.

"……."

―너는 그가 어디 있는지 아느냐.

황제가 묻는 순간, 막사 문이 열렸다. 이사나가 잔뜩 굳어진 얼굴로 정면을 응시하는데, 항상 그리워하던 얼굴이 조심스럽게 걸어 들어오는 게 보였다. 멜즈였다. 서류를 품에 꼭 껴안은 채 안으로 들어오는 그는 헥사비스 안에서 만났을 때처럼 올곧은 눈빛을 하고 있었다.

이사나는 해야 할 말도 잊은 채 그를 바라보았다. 여전히 애정으로 가득한 청록색 눈과 젖살이 덜 빠진 장밋빛 뺨이 기적처럼 사랑스러웠다. 빼앗기고 싶지 않다. 불현듯 떠오른 욕망이 이사나의 입을 마음대로 움직였다.

"모릅니다."

―정말이냐? 네 '멜즈'인데도?

"네."

심장이 불길하게 날뛰었다. 황제는 거짓말을 굉장히 싫어했다. 멜즈가 이곳에 있다는 걸 알게 되면 그땐 이사나와 멜즈 둘 다 무사치 못할 터였다. 하지만 멜즈의 소재를 황제에게 알려 주고 싶지 않았다.

그가 이사나의 것에 관심을 가지는 건 대체로 두 가지 이유 때문이었다. 빼앗거나 철저히 파괴하기 위해. 멜즈가 에드먼드 숙부님의 비호 아래에 있는 만큼 후자는 피할 수 있겠지만, 그래도 멜즈를 형에게 빼앗기고 싶지 않았다. 조금 있으면 자신의 삶이 끝난다는 걸 알면서도 지금 이 순간만큼은 멜즈의 눈이 형에게 향하는 걸 보고 싶지 않았다. 이사나는 초조함에 질려 전화기를 꽉 움켜쥐는데, 황제가 '그래?'라고 코웃음을 치며 말했다.

―그 말이 진실이든 거짓이든 상관없겠지. 어차피 넌 더 이상 나를 배신하지 않기로 했으니까.

"……"

―넌 내 것이다. 태어날 때부터 네놈과 네가 가진 모든 것은 이 제국의 주인인 나의 것이기로 정해져 있었어. 그것을, 한시도 잊어서는 안 될 것이다.

황제는 경고하듯 으름장을 놓으며 통신을 끊었다. 이사나는 아득한 감각에 눈을 질끈 감았다. 그의 말을 들을 때마다 지긋지긋하고 숨이 턱턱 막혀 왔다. 헥사비스에 태어난 이상, 제국의 두 번째 황자로 태어난 이상, 이사나가 황제의 수족이 되는 건 어떠한 이유나 정당성 없이 당연한 것이었다. 그런데 그게 가끔 막막하고 불합리하게 느껴질 때가 있었다.

갑자기 피로가 몰려와 눈가를 매만지다, 이사나는 문득 멜즈가 막사 안에 있다는 걸 기억해 냈다. 고개를 들자 멜즈가 여전히 막사 입구에 서 있는 게 보였다. 그는 지친 자신을 걱정하며 어찌할 바를 모르는 것처럼 보였다. 이사나는 맨몸을 보인 듯한 껄끄러움을 느끼며 내키지 않는 얼굴로 물었다.

"……무슨 일이지."

다소 차갑게 나온 말에 멜즈는 몸을 움츠렸지만, 이내 이사나에게 다가와 품에 든 서류철을 내밀었다.

"콜만 중령님께서 급히 전해 달라고 하셨습니다."

엘든이? 이사나는 의아한 얼굴로 멜즈가 내미는 서류철을 받아 내용물을 들여다보았다. 평범한 콜로니 시찰 보고서였다. 급하게 전해 줘야 할 필요가 전혀 없었다. 멜즈가 엘든의 손에 놀아난 걸 깨달은 이사나는 자신도 모르게 한숨을 내쉬었다. 앞으로 멜즈는 콜로니에 있는 내내 급한 서류를 전해 주러 이곳을 자주 찾게 될 것 같았다.

이사나가 고개를 들자, 멜즈가 다소 걱정 어린 기색으로 자신을 바라보고 있었다. 무구하다 싶을 정도로 올곧은 그 눈빛에 이사나는 가슴께가 간질간질해지는 걸 느꼈다. 며칠 동안 그렇게 홀대했는데도 전혀 변하지 않는 그의 태도에 이사나는 기쁨과 동시에 절망을 느꼈다. 이사나는 자리에서 일어나며 말했다.

"멜즈."

"네?"

"같이 산책하지 않을래?"

뜬금없는 이사나의 제안에 멜즈는 얼떨떨한 얼굴로 이사나를 바라보았지만, 이내 양순하게 "네." 하고 대답했다.

막사 밖으로 나가자 바깥은 어느새 해가 지고 진영 내의 불빛과 초승달만이 주변을 어슴푸레하니 비추고 있었다. 이사나는 익숙한 발걸음으로 망루 쪽으로 향했다. 평화로운 시대의 사령관이란 그저 서류철에 파묻힌 샌님과 다름없는 신세였다. 나날이 늘어나는 건 산책 나가는 길의 가짓수뿐이었다.

그래도 산책이라고 아까에 비해 무거웠던 마음이 한결 가벼워졌다. 매번 홀로 걷던 길에 동행이 있어서 더욱 그렇게 느끼는 건지도 몰랐다. 자박자박 자갈을 밟으며 뒤따라오는 소리가 든든하게 느껴졌다. 한 손으로도 쉬이 들어 올릴 수 있을 만큼 작고 가벼웠던 아이가 언제 저렇게 컸나 싶어 감개무량해졌다. 멜즈를 돌려보내는 게 정답인 것과 별개로 이사나는 지금 이 순간이 꿈결같이 느껴졌다.

"에취, 에취!"

멜즈의 재채기 소리에 이사나의 입가가 풀어졌다. 이젠 다 컸다고 생각했지만, 어릴 때와 달라지지 않은 부분이 있었다. 기관지가 약한 멜즈에게 여전히 밤공기는 버거운 듯했다. 이사나는 재킷을 벗어 멜즈에게 걸쳐 주었다. 그러자 멜즈가 펄쩍 뛰며 거절하려 했다.

"아니에요! 전 괜찮아요! 그냥 코가 간지러워서……."

"그냥 덮고 있어 줘. 그래야 내 마음이 편할 거 같아."

멜즈는 받지 않으려 했지만, 이사나는 미소 띤 얼굴로 강경하게 버텼다. 그에 멜즈는 썩 내키지 않는 얼굴을 하면서도 결국 이사나의 재킷을 입었다. 재킷을 걸친 채 코를 훌쩍이는 그의 모습을 보고 나서야 이사나는 어째서 멜즈가 헥사비스의 지붕 위에서 쓰러졌었는지 알아차릴 수 있었다. 그때 이사나는 멜즈와 새해를 같이 맞이하기로 약속했었다. 아마 멜즈는 그 말을 믿고 계속해서 밖에서 자신을 기다렸을 터였다. 밤새도록 호된 추위에 떨었을 그를 떠올린 이사나는 죄책감 어린 얼굴로 멜즈에게 말했다.

"미안해."

"네?"

"그날 네게 했던 짓은 최악이었어. 무슨 말로 포장하든 내가 네게 몹쓸 짓을 했다는 건 변하지 않아. 이제 와서 이런 말을 하는 게 우습게 느껴질지도 모르지만, 정말 잘못했다고 생각하고 있어."

이제껏 멜즈의 얼굴을 바라보는 것조차 어려웠던 게 무색할 만큼 잘못을 인정하는 말은 쉬이 흘러나왔다. 이렇게나 간단한 말을 왜 하지 못했던 걸까. 무엇이 무서워서. 이사나가 쓴웃음을 흘리는데, 멜즈가 뒷머리를 긁적이며 말했다.

"괜찮아요. 처음에는 놀랐지만, 너무 좋아하면 그럴 수 있다고 생각해요. 이사나가 그런 쪽으로 절 좋아한다고 생각해 본 적이 없어서…… 좀 갑작스럽긴 했지만요."

멜즈는 몸을 배배 꼬며 수줍은 듯 눈을 내리깔았다. 그런 멜즈의 말과 행동에 이사나는 의아함을 느꼈다. 뭔가 서로의 생각이 비껴난 듯한 기분이 들었다. 그 기분은 멜즈가 내뱉는 말로 더욱 강화되었다.

"그 일이 있고 나서 저도 굉장히 많이 고민했어요. 이사나의 마음을 어떻게 받아들여야 할지 말이에요. 사실, 솔직히 말하면 아직도 잘 모르겠어요. 제가 이사나와 키스하고 그 이상의 행위를 할 수 있을지. 하지만, 이것만은 분명해요. 저는 이사나보다 좋아하는 사람이 없어요. 아마 앞으로도 계속 없을 거예요. 그러니, 시험, 정도는 해 봐도 괜찮다고 생각해요."

멜즈의 말에 이사나의 얼굴은 백지장처럼 새하얘졌다. 아니었다. 이사나가 멜즈에게 저지른 짓은 사랑하는 사람에게 하는 행위가 아닌 폭력이었다. 그때는 자신의 상황이 너무 비참해 아무것도 모르는 멜즈에게 상처 주고 싶었을 뿐이었다. 멜즈는 자신의 자기 연민에 잘못 걸린 피해자에 불과했다. 성적인 행위는 사랑하는 사람끼리 하는 게 상식이지만, 사랑이 아닌 감정으로도 할 수 있다는 걸 멜즈는 모르고 있었다. 이사나는 목이 졸리는 듯한 초조함을 느끼며 필사적으로 말했다.

"멜즈, 아니야. 그때는 내가 잘못한 거야. 그때는 제정신이 아니어서 실수한 거야. 그러니 그때의 일은 없었던 일로 하자, 부탁이야."

필사적인 이사나의 애원에 멜즈의 얼굴이 굳어졌다. 수치심을 고스란히 얼굴에 드러낸 멜즈는 떨리는 목소리로 이사나에게 쏘아붙였다.

"……실수라고요? 없었던 일로 하자고요? 이미 있었던 일이 어떻게 없었던 일이 될 수 있는데요? 고작 사과 한마디로 지워 버릴 정도의 일이었다면 저한테 왜 그랬던 건데요? 아무것도 모르는 저에게 왜 키스하고 발정했던 건데요?!"

멜즈의 비난에 이사나는 당혹감을 느끼며 입을 어물거렸다. 거세게 반발하며 분노하는 멜즈를 어떻게 다독여야 할지 감조차 잡히지 않았다. 그 누구도 이사나를 이렇게 몰아붙인 적이 없었다. 형인 황제조차 이사나에게 빈정거릴지언정 왜 그랬냐고 캐묻지는 않았다. 몹시도 난감해 이사나가 어찌할 줄을 모르는데, 멜즈가 이사나를 노려보며 말했다.

"나라고, 나라고 이사나가 한 행위를 받아들이는 게 쉬웠는 줄 알아요? 여기까지 오면서 얼마나 고민했는지 몰라요. 나도 이사나를 좋아하지만, 세상에서 제일 좋아하지만, 그래도 연인 관계가 된다는 건 쉽게 결정할 일이 아니니까!"

"멜즈, 진정해. 넌 지금 오해하고 있어. 그러니 다시 생각을……."

"닥쳐요! 내가 괜찮다잖아! 괜찮다고!"

사납게 으르렁거린 멜즈는 이사나의 멱살을 붙잡아 벽에 밀어붙였다. 생각보다 센 힘에 이사나는 당혹스러워하는데, 멜즈가 대뜸 입술을 부딪쳐 왔다. 이빨이 부딪치면서 잇새로 앓는 소리가 절로 나왔지만, 멜즈는 아랑곳하지 않고 이사나에게 키스했다.

까치발을 들고 어른 흉내를 내는 서투른 키스에 이사나는 심장이 덜컥 내려앉는 걸 느꼈다. 멜즈인데, 어릴 때부터 소중히 해 온 아이인데, 저돌적인 아이의 키스에 이사나의 머리가 마구 헝클어졌다. 날것 그대로의 애정은 아프면서도 너무 뜨거워 얼굴이 다 화끈거려 왔다. 이대로 심장이 쥐어뜯길 듯 쿵쾅거리는 게 무서워진 이사나는 급히 멜즈를 밀쳐냈다.

가쁜 숨을 헐떡이며 금방의 행위로 혼란에 빠져 있던 이사나는 입가에 느껴지는 비현실적인 뜨거움에 얼굴이 벌겋게 물들었다. 위험하다. 정말 이건 위험해……!

어느 전쟁터에서도 느껴 본 적 없는 강렬한 위기감에 이사나가 손을 벌벌 떠는데, 멜즈는 아랑곳없이 씩씩거리며 이사나에게 선전포고했다.

"저는 이거보다 더한 것도 이사나와 할 수 있어요."

강렬하기 짝이 없는 눈빛에 이사나는 귓가가 뜨끈해지는 걸 느꼈다. 하지만 멜즈였다. 소중히 여겨 온 이 아이를 그런 식으로 생각할 수도, 생각해서도 안 되었다. 이사나는 궁지에 몰린 사람처럼 혼란한 얼굴로 떠듬떠듬 말했다.

"……나는 이것도, 이 이상의 것도 너와 할 생각이 없어."

이사나의 말에 멜즈의 얼굴이 사정없이 구겨졌지만, 이사나는 지워 버리듯 외면했다. 쿵쿵―. 뛰어서는 안 될 심장을 느끼며 이사나는 도망치듯 그 자리를 빠져나왔다.

콜로니 (2)

왜 이렇게 된 걸까? 도대체 뭐가 어디서부터 잘못된 걸까? 이사나는 잔뜩 헝클어진 머리로 되뇌었지만, 도무지 이유를 알 수 없었다. 멜즈가 내게 키스하다니……. 왜 내게……. 이사나의 혼란과 별개로 멜즈의 마음은 명확하기만 했다. 올곧은 눈으로 더욱더 깊은 관계가 되길 원하는 그는 악의에 차 있었던 자신과 달리 진심이었다. 절대 한때의 치기로는 치부할 수 없는 그의 진실한 마음에 이사나는 초조해지기만 했다.

'저는 이사나보다 좋아하는 사람이 없어요. 아마 앞으로도 계속 없을 거예요. 그러니, 시험, 정도는 해 봐도 괜찮다고 생각해요.'

두려워졌다. 거침없는 그의 마음이 너무나도 무서워 견딜 수 없다. 그런 일이 있었으면서도 여전히 자신을 좋아해 주는 그가 기적

같았지만, 그에 의해 낱낱이 파헤쳐질 자신의 모습을 도저히 견딜 수 없었다.

그날 저녁 이사나는 밤새도록 잠을 이룰 수 없었다.

* * *

"각하, 괜찮으십니까?"

평소보다 훨씬 안색이 좋지 않은 이사나에게 엘든이 걱정스러운 얼굴로 물었다. 그에 이사나는 창백한 얼굴로 "괜찮아."라고 짧게 대꾸했다.

오늘은 공교롭게도 생체 의수 배터리 개량을 위한 추가 검진이 있는 날이었다. 어제 그런 식으로 헤어지고서 다시 멜즈와 만나야 한다는 게 사실 썩 내키지 않았다. 하지만 사적인 일로 생체 의수 배터리 개량 작업에 차질을 빚을 수는 없는 노릇이었다. 어차피 멜즈에게 할 대답은 정해져 있으니까. 이사나는 굳어진 얼굴로 그렇게 생각하는데, 엘든이 말했다.

"그런데 각하의 입술에 못 보던 상처가 있군요."

엘든의 말에 이사나는 아랫입술을 매만졌다. 어제 멜즈가 입맞춤을 하다가 낸 상처였다. 꽤 크게 찢어졌는지 입술을 움직일 때마다 좀 따끔거렸다. 이사나는 껄끄러운 얼굴로 침묵하는데, 엘든이 능글맞게 웃으며 말했다.

"하긴, 어제 하사가 꽤 격렬하긴 했죠. 그나저나 놀랐습니다. 각하의 멱살을 잡다니. 정말 박력 있더군요."

"본, 건가?"

이사나는 식은땀을 흘리며 엘든의 눈치를 봤다. 그에 엘든이 싱긋 웃으며 말했다.

"하사의 목소리가 크더군요."

엘든의 말에 이사나의 얼굴이 창백해졌다. 그 말은 멜즈가 했던 말의 내용도 다 들었다는 것일 테니까. 생각지도 못하게 엘든에게 껄끄러운 모습을 보이게 되어 이사나는 당혹스러운데, 엘든이 한숨을 내쉬며 말했다.

"개인적인 생각이지만, 각하와 하사 사이에 무슨 일이 있었든 저는 각하께서 하사의 마음을 받아 주는 게 좋다고 생각합니다."

"지금 무슨 소리를 하는 건가. 멜즈는 아무것도 모르는 어린애야. 섣불리 착각하고 고집 부리는 걸 받아 주라니. 그리고 엘든, 자넨 내 상황이 어떤지 알고 있지 않나."

이사나의 말에 엘든이 웃으며 대꾸했다.

"그러니 하는 말입니다. 저는 왜 각하께서 하사를 밀어내는지 도저히 이해할 수 없습니다. 각하께서도 하사를 원하지 않으십니까? 하사가 원하는 만큼, 아니 그 이상으로 하사를 원하고 아끼신다는 것을 저는 알고 있습니다."

"……."

"하사가 어리다고요? 몇 달 후면 하사는 열여섯이 됩니다. 성년식을 치를 나이라고요. 제국의 주인인 폐하조차 수많은 미동들을 궁에 들였다가 내보내는데, 하물며 각하께서 안 될 일이 뭐가 있습니까? 각하의 상황이기 때문에 저는 각하께서 더욱 이기적으로 굴어야 한다고 생각합니다. 각하께서 하사를 거둬 주지 않았으면 하사가 이렇게 잘지낼 수 있었겠습니까? 하사가 뛰어난 건 인정하지만, 각하께서 거둬 주셨기에 그 재능도 꽃피울 수 있었던 겁니다. 그렇지 않았다면 지하층 출신인 하사는 그대로 재능을 썩혔겠죠. 하사가 가진 모든 것은 각하께서 내리신 겁니다. 그러니 하사는 어찌 보면 각하의 소유물이라고 볼 수 있습니다. 그런데 그가 나중에 어떻게 되든 그게 무슨 상관입니까?"

엘든의 말에 이사나는 입을 다물었다. 이사나 역시 마음 속 한구석으로는 내심 그렇게 생각하고 있었다. 특히나 멜즈는 본질적인 문제로 절대 헥사비스 안에서 홀로 살아갈 수 없었다. 그렇게 멜즈의 목숨줄을 쥐고 있었기에 자신은 그런 무도한 짓을 거리낌 없이 저지를 수 있었던 걸지도 몰랐다. 최악이었다. 되돌아보면 볼수록 자신이 너무 쓰레기 같아 차마 고개를 들 수 없었다. 이런 자신은 분명 멜즈가 아는 '이사나 넥시움'과 꽤 다를 것이다.

끈질긴 설득에도 이사나의 얼굴이 어두워지기만 하자, 엘든은 답답한 듯 한숨을 내쉬었다. 하지만 그래도 이건 옳지 못한 일이었다. 아니, 모든 일을 감당할 용기가 나지 않았다. 이사나는 역시 멜즈의 마음을 받아들여서는 안 된다고 생각하며 어느새 도착한 제1 기술팀 막사 문을 열려는데, 갑자기 시야가 흐릿해지더니 귀가 먹먹해졌다. 이사나가 순간적으로 중심을 잃고 몸을 휘청이자, 엘든이 황급히 달려와 이사나를 부축했다.

"각하!"

"······소란 피우지 마. 잠시 어지러웠던 거니까."

이사나는 엘든의 부축을 거절하며 말했다. 엘든은 의구심 어린 얼굴로 되물었다.

"정말 어지럽기만 한 겁니까?"

"그냥 어제 잠을 못 자서 그런 것뿐이야. 그만 들어가지."

이사나는 여전히 눈이 뻑뻑하고 머릿속이 지끈거려 왔지만, 짐짓 아무렇지 않은 척 말했다. 종종 있는 발작의 전조 증상이었다. 가라앉히기 위해서는 지금 당장 약을 먹고 진저에게 처치를 받아야 했지만, 지금 진저는 멜즈와 함께 막사 안에 있었다. 아직 시작되지도 않은 발작으로 멜즈를 걱정하게 하고 싶지 않았다. 어차피 검진하는데 시간이 오래 걸리지 않을 것이기에 이사나는 머릿속에서 둔탁하게 울리는 통증을 견디며 막사 문을 열었다. 예상대로 멜즈와 진저는 함께 있었다. 두 사람은 어디선가 가져온 테이블에 앉아 산더미 같은 서류 속에서 끊임없이 뭔가를 써 내려가고 있었다.

"……."

어제 일로 멜즈를 어떤 얼굴로 마주해야 할지 몰라 전전긍긍했던 게 무색할 정도로 멜즈는 바빠 보였다. 뭘 하고 있는 거지? 멜즈가 자신이 아닌 뭔가에 몰두하는 모습을 좀처럼 본 적이 없었던 이사나는 신기한 기분으로 멜즈를 바라보는데, 진저가 테이블에서 일어나더니 이사나를 맞이했다.

"각하, 오셨습니까? 이쪽에 앉으시죠."

진저는 정기 검진 때마다 앉는 의자에 이사나를 앉힌 뒤 준비해 둔 검진 기기를 가져왔다. 그에 이사나는 의아한 얼굴로 진저에게 물었다.

"자네가 하는 건가?"

"그, 그게…… 하사가 좀 바빠서요. 하하하하."

이사나는 더욱더 어리둥절해져 멜즈를 돌아보았다. 멜즈는 이사나가 막사 안으로 들어온 걸 뻔히 알면서도 고개조차 들지 않은 채 뭔가를 써 내려가는데 열중이었다. 그런 멜즈에게 이사나는 묘한 섭섭함을 느꼈지만, 그래도 그를 방해해서는 안 된다는 생각에 얌전히 진저에게 검진을 받았다. 그리고 검진이 거의 끝날 무렵, 멜즈는 쓰고 있던 문서를 들고 테이블에서 일어나더니 진저에게 말했다.

"다했어요."

"정말? 정말이야?"

진저는 화색을 띠며 검진 기기도 회수하지 않은 채 멜즈에게 부리나케 뛰어갔다. 그에 멜즈는 한 시간 동안 팔 아프게 작성한 문서를 진저에게 내밀었다. 진저는 들뜬 얼굴로 멜즈가 건넨 문서를 읽으려다가 제목을 보고 고개를 갸웃거렸다.

"생체 의수의 자가 충전 에너지원을 태양광으로 하자고?"

"네."

멜즈의 대답에 진저는 미간을 구기며 말했다.

"괜찮은 생각이긴 한데, 충전하는 데 시간이 너무 오래 걸릴 거 같은데……. 그냥 물리력에 의한 축전이 좋지 않을까?"

진저의 말에 멜즈는 고개를 가로저으며 말했다.

"확실히 태양 전지를 이용한 충전은 효율이 떨어져요. 하지만 팀장님이 자가 충전 기능을 도입해야 한다고 주장하신 이유는 혹시 모를 부대원의 고립 때문이잖아요? 부대원이 고립되어 있을 경우 섣불리 움직일 수 없는 상황에 처했을 가능성이 커요. 그러니 몸을 은신하면서도 배터리를 충전할 수 있는 방법을 채택해야 한다고 생각해요."

"네 말은 일리가 있지만, 실리콘 결정질 패널을 의수 안에 삽입하면 전투 도중에 파손될 가능성이 커. 게다가 장비가 커져서 무거워지고. 지금도 신체와 생체 의수 간의 무게 중심 문제가 있는데 여기서 더 무거워져서는 안 돼."

"괜찮아요. 실리콘 대신 공명 구조를 가진 유기물이나 페로브스카이트를 사용하면 되니까요. 그럼 무게도 이전보다 가벼워지고 패널도 구부릴 수 있어 쉽게 손상되지 않을 거예요. 사실 GaAs나 CIGS 같은 무기박막 계열이 충전 효율은 더 좋긴 한데, 이곳에서 만들기엔 공정이 까다로우니 아쉬워도 어쩔 수 없죠."

멜즈의 설명에 진저는 눈을 동그랗게 뜨고선 다시 계획서를 뒤적거렸다. 진저가 계획한 시안과는 비교도 되지 않을 정도로 효율적인 배터리 설계 방법이 적혀 있었다. 진저는 존경 어린 눈빛으로 멜즈를 바라보았다. 아이고, 기특한 녀석······! 진저는 자신의 팀에 저런 보물단지가 굴러들어 와 뛸 듯이 기뻤다.

신이 난 진저는 멜즈가 수정한 계획서를 다시 제대로 타이핑해 오겠다며 막사 밖으로 뛰쳐나갔다. 그리고 막사 안에는 이사나와 엘든, 멜즈만이 남겨졌다. 이사나는 어색한 얼굴로 아직 자신의 몸에 부착되어 있는 기기를 떼어 내는데, 멜즈가 고개를 돌려 이사나를 바라보았다. 어제와 별반 다를 바 없는 진지한 그의 눈빛에 이사나는 눈을 피하며 말했다.

"끝났으면 난 이만 가 보도록 할게."

이사나는 도망치듯 앉아 있던 의자에서 일어나려는데, 멜즈가 일어서려는 이사나를 도로 자리에 앉히며 말했다.

"아직 끝나지 않았습니다, 각하."

엘든을 의식한 듯 경어를 내뱉은 멜즈는 말을 하다가 말고 미간을 찌푸렸다. 어제의 키스로 부딪쳤던 곳이 아픈 듯했다. 멜즈가 찡그린 얼굴로 다시 터진 입술을 누르자 엘든이 옆에서 히죽거렸다. 머리가 조이듯이 아픈 가운데 동물원 속 원숭이가 된 것 같아 이사나는 그리 기분이 좋지 않은데, 엘든이 이사나에게 말했다.

"각하, 잠시 밖에 다녀오겠습니다."

점점 나빠져 가는 자신의 상태를 눈치챘는지 약을 가지러 가려는 듯했다. 그에 이사나는 선선히 고개를 끄덕였다. 하지만 엘든이 나가고 나서야 이사나는 멜즈와 단둘이 남았다는 사실을 깨달았다. 이사나는 낭패감을 느끼며 어색하게 멜즈에게 물었다.

"왜 아직 끝난 게 아니야? 진저가 검사할 항목은 전부 검진한 것으로 아는데."

"그건 정기 검진 항목이잖아요. 배터리를 개량하려면 이것저것 준비할 게 많아요."

도망갈 마음 만만인 이사나에게 멜즈는 다소 불퉁하게 쏘아붙이며 캐비닛에서 줄자를 꺼내 왔다. 이사나는 의아하게 멜즈를 바라보는데, 멜즈가 주저하다가 속삭이듯 말했다.

"옷…… 벗어 주세요."

긴장이 느껴지는 그의 말에 이사나 역시 덩달아 긴장되는 걸 느꼈다. 하지만 이사나는 짐짓 아무렇지 않은 척 겉옷과 셔츠를 벗었다. 그러자 멜즈는 긴장이 느껴지는 얼굴로 생체 의수의 치수를 재기 시작했다.

멜즈는 어제 있었던 일에 대해 어떠한 말도 하지 않았다. 긴장하고 있었던 게 무색할 정도로 진지하게 의수의 치수만 잴 뿐이었다. 그 모습을 보니 어째서인지 옛날 일이 떠올랐다. 예전에 멜즈와 지하 3층에 있었을 때 에드먼드 숙부님께서 자신을 조수로 부리겠다며 퇴역

군인들이 사용하는 보급형 의수가 아닌 새 의수를 맞춰 주신 적이 있었다. 당시 쥬드에게 알리페르를 살려 둔 걸 들켰던 이사나는 스스로의 수치를 이기지 못하고 쥬드에게 꽤 차갑게 굴었다. 그때나 지금이나 하는 짓은 별반 다를 게 없구나. 이사나는 쓴웃음을 흘리는데, 멜즈가 물었다.

"왜 웃으세요?"

"……?"

"방금 웃었잖아요."

멜즈는 치수를 재다가 말고 이사나에게 물었다. 궁금함이 느껴지는 그 얼굴에 이사나는 습관처럼 웃으며 말했다.

"그냥…… 옛날 일이 생각나서."

"옛날 일이요?"

"응, 옛날 일."

멜즈의 물음에도 이사나는 더 이상 아무 말도 하지 않았다. 그런 이사나에게 멜즈는 불만을 느끼는 듯했지만, 이사나는 어떠한 것도 그에게 말해 줄 수 없었다. 때로는 모르는 게 더 나을 때가 있으니까. 이사나는 언제나 그렇듯 멜즈를 위해 입을 다무는데, 멜즈가 머뭇거리더니 이사나에게 물어왔다.

"전부터 궁금한 게 있었는데요. 전 이사나와 어떻게 만났나요?"

멜즈의 물음에 이사나는 물끄러미 멜즈를 바라보았다. 처음 멜즈를 살려 둔 건 외로워서였다. 제국을 위해 그렇게 힘껏 싸워 왔는데도 자신에게 되돌아온 것은 고작해야 잘못된 판단으로 부하들을 몰살시켰다는 비난과 팔다리 없이 살아갈 막막한 미래뿐이었다. 그런 와중에 맹목적으로 자신을 좋아해 주는 멜즈를 도저히 제 손으로 죽일 수 없었다. 아니, 죽이고 싶지 않았다. 그런데 지금은, 그때와는 또 다르다는 생각이 들었다. 진심으로 그를 아끼고 사랑하고 있었다. 이사나는 피식 웃으며 말했다.

"글쎄, 잘 기억나지 않는데. 그건 왜 물어보는 거니?"

"그건……."

이사나의 대답에 멜즈는 망설이는 듯했지만, 이내 결의에 찬 얼굴로 말했다.

"이사나는 분명 지하 3층에서 우연히 폭발 사고 현장을 지나가다가 사고에 휘말린 저를 거두었다고 했잖아요? 그런데…… 도서관의 어느 기록물을 뒤져도 제가 거둬진 시기에 폭발 사고가 있었다는 신문 기사는 없었어요."

"……."

"이사나가 거짓말을 했다면 그건 분명 저를 위해서였겠죠. 이사나는 상냥하니까. 하지만 이젠 싫어요. 어린애 취급받으면서 이사나가 보여 주는 상냥한 세계에만 있으려 했다면 저는 이곳까지 찾아오지도 않았을 거예요. 그러니, 차라리 말할 수 없는 일이면 그렇다고 해 주세요. 이제 거짓말은 싫어요……. 그것만은 제발 하지 말아 주세요."

그늘이 느껴지는 멜즈의 얼굴에 이사나는 그에게 미안해졌다. 분명 멜즈가 배양액에서 깨어나기만 한다면 그가 원하는 것은 무엇이든 이루어 주려고 했었다. 어떠한 그늘 없이 항상 웃게만 해 주고 싶었다. 하지만 어떠한가. 결국 이사나는 그럴 수 없었다. 제국의 황자씩이나 되면서 좋아하는 상대에게 저런 얼굴을 하게 하다니……. 새삼스럽게 자괴감이 몰려왔다. 이사나는 쓰게 웃으며 말했다.

"말할 수 없어."

"……그렇, 군요."

비밀을 만드는 이사나에게 멜즈는 꽤 충격을 받은 듯했지만, 그래도 이해하려고 노력하는지 반발은 하지 않았다. 그렇게 다시 말없이 치수만 재던 멜즈는 짐짓 밝은 얼굴로 이사나에게 말했다.

"왼팔은 다했어요. 이젠 아래쪽을 잴게요. 흠흠, 바지를 벗어 주시겠어요."

멜즈의 말에 이사나는 난감한 얼굴로 멜즈를 올려다보았다. 그걸 멜즈는 다른 뜻으로 해석했는지 "아, 역시 여기서 재는 건 좀 그렇죠? 저기 안에 들어가서 할까요?"라며 부끄러운 듯 몸을 배배 꼬았다. 그에 이사나는 여전히 난처하게 웃으며 말했다.

"다리 쪽 치수는 나중에 재서 가져다줄게."

"혼자서 하려고요? 그럼 제대로 잴 수 없을 텐데요?"

"괜찮아, 엘든에게 부탁할 거니까."

이사나는 셔츠를 다시 껴입으며 선선히 말했다. 그에 멜즈의 미간이 구겨졌다. 왜 갑자기 심통이 난 건지 몰라 이사나가 의아해하는데, 멜즈가 볼멘 목소리로 따져 댔다.

"왜 여기서 안 재고 굳이 중령님께 부탁하려는 건데요?"

"그건……."

습관처럼 멜즈를 달랠 만한 말을 찾았으나, 멜즈는 택도 없다는 듯 단호한 얼굴을 하고 있었다. 그런 그에게 변명을 해 봐야 그의 화를 돋우게 될 뿐이라는 생각이 들었다. 솔직히 벗는 건 상관없었다. 하지만 그 후에 일그러질 멜즈의 얼굴을 생각하니 별로 그러고 싶지 않았다. 이사나는 자리에서 일어나며 말했다.

"바빠서 이만 가 보도록 할게."

"네?"

"치수는 나중에 재서 갖다줄게."

명백히 도망치는 모습이었지만, 그래도 어쩔 수 없었다. 정말 보여주고 싶지 않았으니까. 이사나가 막사 문을 열고 나가자, 근처에서 담배를 피우는 엘든이 보였다. 엘든은 민망한 듯 멋쩍게 웃어 보였지만 이사나는 어서 이곳을 뜨자는 눈짓을 했다. 그에 엘든은 피다 만 담배를 비벼 끄고 이사나의 곁에 다가섰다. 갑자기 밝은 곳으로 나와서 그런지 아까보다 머리가 더 아파 왔다. 빨리 멜즈가 없는 곳으로 가 엘든이 가져왔을 약을 먹어야겠다고 생각하는데, 어느새 뒤쫓아 온 멜즈가 분기탱천한 얼굴로 소리 질렀다.

"도망치지 말아요! 왜 중령님은 되고 전 안되는데요!"

이사나는 못 들은 척 그냥 가려고 했지만, 멜즈는 꽤 골이 났는지 끈질기게 뒤쫓아 와 이사나의 팔을 세게 잡아당겼다.

"대답해요! 이사나!"

그 순간, 삐이— 하는 이명과 함께 시야가 뒤집혔다. 주위가 빙글빙글 돌고 색채를 잃은 주변의 상이 끊임없이 명멸하며 눈을 어지럽혔다. 이사나? 이사나……! 마치 물속에 잠긴 듯 멜즈의 말소리가 멀게 느껴졌다. 발작이 시작됐는지 모든 게 흐리멍덩하고 먹먹하게만 느껴졌다. 어서 일어나야 하는데……. 어서 일어나지 않으면 멜즈가 걱정하는데…….

초조하게 생각하면서도 이사나는 좀처럼 발작 상태에서 벗어나지 못하는데, 갑자기 물밖에 끌어올려진 것처럼 돌연 의식이 되돌아왔다. 엘든의 부축을 받으며 늘어져 있는 게 느껴졌다. 하지만 감각이 전부 돌아오진 않아 모든 게 멍하기만 한데, 멜즈가 울 듯한 얼굴로 이사나에게 외쳤다.

"이사나! 괜찮아요? 이사나……!"

"……괜찮아. 잠시 어지러웠던 거뿐이야."

이사나는 간신히 입을 움직여 멜즈를 달랬지만, 멜즈는 많이 놀랐는지 새빨개진 얼굴로 소리쳤다.

"괜찮기는 뭐가 괜찮아요! 갑자기 왜 그런 거예요? 어디가 아픈 거예요? 말 좀 해 봐요!"

멜즈가 초조해서 어찌할 줄을 모르는데, 엘든이 멜즈를 가로막으며 말했다.

"하사가 이러는 건 각하께 도움이 되지 않아. 이대로 의무실로 갈 테니까, 자넨 이만 떨어져."

"저도, 저도 갈래요. 저도 같이 가서 도울래요! 뭐든지 할 테니까……!"

멜즈의 생떼에 엘든은 차가운 얼굴로 멜즈의 뺨을 후려쳤다. 멜즈는 물론이요, 엘든의 부축을 받고 있던 이사나 역시 놀라서 어안이 벙벙해지는데, 엘든은 간신히 화를 참는 듯한 얼굴로 말했다.

"각하의 신변에 관한 것은 전부 기밀 사항이다, 하사."

"……."

엘든의 말에 멜즈는 창백한 얼굴로 이사나를 돌아보았다. 하지만 이사나가 할 수 있는 말은 고작해야 이것뿐이었다.

"……돌아가, 정말 별일 아니니까."

이사나는 엘든을 뿌리치고 홀로 서고 싶었지만, 엘든은 이사나를 단단히 붙잡은 채 고개를 가로저었다. 멜즈에게 걱정시킬 만한 모습은 보이고 싶지 않았는데……. 하지만 도저히 몸에 힘이 들어가지 않았다. 결국 어쩔 수 없이 이사나는 엘든의 부축을 받으며 의무실로 향할 수밖에 없었다.

* * *

"······엘든."

"네."

"아까 멜즈에게 너무 심했어."

약을 먹고 침대에 누운 이사나는 힘 빠진 목소리로 엘든을 나무랐다. 그에 엘든은 헛웃음을 내뱉으며 말했다.

"심하다고요? 고작 부사관 따위가 각하의 존함을 아무렇지 않게 부르고 어린애처럼 팔을 잡아당기는데, 부관인 제가 아무런 제재도 하지 말았어야 했단 말입니까?"

"······."

"착각하셔서는 안 됩니다. 여긴 전쟁터입니다."

엘든은 단호하게 말하며 이사나에게 이불을 덮어 주었다. 그에 이사나는 졸음기 어린 눈을 껌뻑이며 말했다.

"말로 해도 됐잖아. 멜즈는 가축이 아니야. 때려야 알아듣는 아이가 아니라고······."

"······."

"다시는 멜즈에게 폭력을 휘두르지 마."

"······알겠습니다."

엘든은 내키지 않는 얼굴로 대답하며 이사나가 쉴 수 있게 불을 끄고 의무실에서 나갔다.

* * *

　진줏빛 둥근 보름달이 천장에 내걸린 자정 무렵. 이사나는 정신없이 사원 안을 내달리고 있었다. 모두가 죽었다. 자신을 호위하던 부하도 보좌관도 전부 알리페르의 먹잇감이 된 지 오래였다. 왜 자신만 남겨 둔 채 주변부터 하나씩 제거해 나갔는지 궁금하지도 않았다. 그저 이대로 멈춰 서면 죽게 될 거라는 생각에 이사나는 폐가 찢어질 듯 아파도 계속 달릴 뿐이었다.

　몰이를 당하는 토끼처럼 잔뜩 겁에 질려 수로 안으로 숨어들었다. 이곳까지 쫓아오지 않을 거야⋯⋯. 내가 여기 있는 건 모를 거야⋯⋯! 이사나는 불안한 얼굴로 계속해서 뒤를 돌아보며 수로 안을 걸어 나갔다. 당장에라도 '그'가 뒤쫓아 올 것 같아 결코 멈춰 설 수 없었다.

　죽고 싶어. 죽고 싶어. 죽고 싶어⋯⋯!

　두려움에 질린 이사나는 이대로 죽어 버리고 싶었다. 모든 걸 끝내 이 공포에서 벗어나고 싶었다. 이사나는 품속에서 리볼버를 꺼냈다. 이대로 머리통을 날려 버리면 이 끔찍한 두려움 속에서 해방될 수 있었다. 아무것도 느껴지지 않는 곳으로 도망칠 수 있었다. 이사나는 몸을 벌벌 떨며 방아쇠에 손가락을 걸었다. 그러자 수로 안에서 누군가가 말을 걸어왔다.

　'그거 여섯 발밖에 안 되지? 여섯 발 피하면 내가 이기겠네?'

　어디지? 도대체 어디에 있는 거야⋯⋯! 이사나는 리볼버를 치켜든 채 새카맣게 어두운 수로 안을 두리번거렸다. 하지만 보이는 건 아무것도 없었다. 숨결마저, 작은 날갯짓조차 조금도 느껴지지 않았다. 숨이 가빠 왔다. 리볼버를 든 손이 덜덜 떨려 도무지 제정신을 차릴 수 없었다. 죽어야 해. 죽어야 여기서 도망칠 수 있어⋯⋯!

　이사나는 리볼버의 길쭉한 총신을 입안에 집어넣었다. 손이 떨려서인지 총신과 이빨이 부딪쳐 딱딱한 소리를 냈다. 눈물이 나왔다. 사실은 죽고 싶지 않았다. 살고 싶었다.

살아서…….

방아쇠를 당기는 걸 망설이는 사이, 어느새 지척까지 다가온 놈이 귓가에 속삭였다.

'어차피 넌 내 거니까'

"……하, 각하……!"

몸이 흔들림과 동시에 이사나는 퍼뜩 정신을 차렸다. 식은땀을 흘리며 거친 숨을 토해 낸 이사나는 부산스럽게 주위를 둘러보았다. 엉망진창이 된 의무실 풍경이 보였다. 그랬다. 아까 발작이 일어나 약을 먹고 의무실에서 잠이 들었다.

이곳은 렉사 토벌전이 벌어졌던 사원이 아니었다. 아무도 죽지 않았고 자신은 이곳에서 콜로니를 짓고 있었다. 이사나는 세뇌하듯 머릿속에 현재의 자기 자신을 주입했지만, 몸뚱이는 여전히 과거에 사로잡힌 듯 덜덜 떨리기만 했다.

렉사가 찾아올 것이다. 그는 충분히 자신을 죽일 수 있었음에도 굳이 살려서 헥사비스로 돌려보냈다. 그러니 언젠가 다시 찾아와 남아 있는 한쪽 팔을 마저 먹어 치우려 할 것이다. 강박에 사로잡힌 이사나는 얕은 숨을 헐떡이며 여전히 자신의 어깨를 붙잡고 있는 엘든에게 말했다.

"……가져와."

"각하?"

"어서 전투복과 블레이드를 가져오라고!"

명령을 내림에도 엘든이 얼굴만 일그러뜨린 채 일어서지 않자, 이사나는 화를 참지 못하고 그의 머리통을 후려쳤다. 엘든이 바닥에 쓰러졌지만, 이사나는 아랑곳하지 않고 소리쳤다.

"지금 내 말이 우습나? 상관이 명령하는데 왜 움직일 생각을 하지 않지? 가져와……. 어서 빨리 가져오라고!"

이사나는 사납게 얼굴을 일그러뜨리며 엘든에게 물건을 집어 던지기 시작했다. 그 광경을 지켜보고 있던 진저는 주사기를 손에 든 채 벌벌 떨었다. 마치 다른 사람 같았다. 아랫사람에게 자애로우면서 스스로에게 엄격했던 제국의 영웅이 평소라면 상상도 못할 몰골을 하고 있었다. 이 모습을 밖에 있는 제국군이 보게 된다면 군율이 무너질 것이다. 이 모습을 제국민들이 알게 된다면 헥사비스는 붕괴해 버릴 것이다. 끔찍하리만치 선명하게 다가오는 제국의 미래에 진저는 소름이 끼쳐 왔다. 무섭다 못해 화까지 나려고 했다.

왜 내가 이런 꼴을 당해야 하는 거지?

왜 당신이 벌레 따위에게 굴복한 거냐고……!

진저는 증오 어린 눈으로 이사나를 쏘아보는데, 바닥에 쓰러져 맞고 있던 엘든이 돌연 벌떡 일어나더니 난동을 부리는 이사나를 덮쳤다. 엎치락뒤치락 몸싸움을 하며 한동안 실랑이를 벌였지만, 엘든이 미리 이사나의 생체 의수에서 배터리를 전부 빼놓은 덕에 쉽게 제압할 수 있었다.

"진저! 어서!"

엘든은 이사나를 깔아뭉갠 채 진저에게 소리 질렀다. 그에 진저는 희게 질린 얼굴로 여전히 저항하는 이사나에게 다가갔다. 덜덜 떨리는 손으로 이사나의 팔에 주사를 놓자, 얼마 지나지 않아 이사나의 몸이 축 늘어졌다. 하지만 방심할 수 없었다. 그는 순수한 무력으로 제국군의 정점에 올라선 인물이었다. 엘든은 이사나를 침대에 눕힌 뒤 벨트로 사지를 결박했다. 그러자 이사나는 두려움에 젖은 눈을 이리저리 굴려 대며 눈물을 흘리기 시작했다. 그 유약한 모습을 도저히 눈 뜨고 볼 수 없었던 엘든은 고개를 돌렸다. 하지만 등 뒤에서 어린아이 같은 흐느낌이 흘러나왔다.

"폐하……. 폐하……."

엘든의 얼굴이 일그러졌다. 발작이 진정될 무렵 항상 겪는 광경임에도 도저히 익숙해질 수 없었다. 하지만 엘든의 감상과는 무관하게 이사나는 계속 애원할 뿐이었다.

"살려 주세요……. 살려 주세요, 폐하……. 다시는 명을 거스르지 않겠습니다……. 다시는, 폐하, 형……. 형……."

"……."

"멜즈……. 멜즈……."

이사나는 그렇게 한참 동안 '황제'와 '멜즈'를 찾다가 잠들었다. 젠장할……. 엘든은 욕설을 내뱉으며 진저에게 말했다.

"잠시 다녀올 테니 이곳을 치워 놓고 있게."

"네? 어디로 가시는 겁니까?"

엘든은 몸싸움을 하느라 흐트러진 옷매무새를 대충 가다듬으며 진저에게 말했다.

"기껏 콜로니로 데려왔는데 써먹어야지."

"……?"

"각하를 부탁하네."

엘든은 진저에게 이사나를 맡기며 의무실에서 나왔다. 답답함에 한숨밖에 나오지 않았다. 정말이지 이사나 넥시움에 대해 알면 알수록 환멸밖에 생겨나지 않았다.

* * *

멜즈는 제1 기술팀 막사 안의 출입 금지 구역 앞에서 뭐 마려운 강아지처럼 왔다 갔다 했다. 이사나가 의무실로 들어간 지 반나절이 지났지만, 이사나도 엘든도 심지어 뒤늦게 불려 간 진저마저 나오지 않았다.

보통의 병사들은 바깥에 따로 세워진 의무실에서 진료를 받았지만 이사나는 희한하게도 제1 기술팀 막사 안에 마련된 의무실에서만 진료를 받았다. 그게 조금 이상하긴 했지만, 엘든의 말대로 이사나는 제국군 사령관이니 그의 신변에 관한 것은 모두 조심해야 할 터였다. 멜즈는 아까 엘든에게 맞은 뺨을 매만졌다. 입 안이 찢어져 침을 삼키면 피 맛이 느껴졌다. 멜즈는 생각 없이 군 자신의 행동이 창피해 한숨을 내쉬는데, 돌연 문이 열리더니 엘든이 나왔다. 멜즈는 다급하게 그에게 다가가 물었다.

"중령님, 각하께서는, 각하께선 괜찮으십니까?"

"……."

초조함이 묻어난 멜즈의 물음에도 엘든은 말없이 물끄러미 멜즈를 바라볼 뿐이었다. 어딘가 화가 난 것 같기도, 짜증이 난 것 같기도 한 얼굴이었다. 멜즈가 무의식중에 몸을 움츠리는데, 갑자기 엘든이 싱긋 웃으며 멜즈에게 말했다.

"하사, 잠시 따라오겠나?"

멜즈는 의아해하면서도 순순히 그의 뒤를 따랐다. 엘든은 기술팀 막사에서 나와 사람이 잘 나다니지 않는 으슥한 곳으로 가더니 주머니에서 담배를 꺼내 물었다. 느긋하기 짝이 없는 그 모습에 이사나의 안부가 마냥 걱정되었던 멜즈는 속이 빠짝 타들어 가는 걸 느꼈다. 하지만 엘든은 담배를 반쯤 태우고 나서야 입을 열었다.

"하사는 어떻게 생각할지 잘 모르겠지만, 제국민들이 으레 생각하는 것과 달리 각하께서는 전설 속의 영웅이나 철인이 아닌 사람이라네. 그렇기에 몸이 다치거나 마음에 병이 생길 때가 있지."

뜬금없이 꺼내는 말이었지만, 멜즈는 엘든이 중요한 얘기를 하려 한다는 걸 알아차렸다. 아마도 이사나의 안위에 관한 문제일 것이다. 이사나와 재회한 건 최근이지만, 그래도 이사나는 항상 건강한 편이었다. 절대 길 한가운데에서 쓰러질 만한 사람이 아니었다. 멜즈는 침착한 얼굴로 엘든이 할 말을 기다리는데, 엘든이 한숨처럼 담배 연기를 길게 뿜어내며 말했다.

"자네, 렉사 토벌전을 아는가?"

"네……."

"각하께서 그 작전으로 한쪽 눈과 팔다리를 잃은 것도?"

"네……."

멜즈는 짙어진 눈으로 대답했다. 그 일로 이사나가 이제껏 얼마나 힘들어했는지 모른다. 군에 다시 복귀하기 위해 생체 의수를 이식받고 재활에도 엄청난 시간을 쏟았었다. 언젠가 이사나의 팔다리를 앗아 간 놈과 마주치게 되면 그놈만큼은 반드시 자신의 손으로 처리할 생각이었다. 멜즈는 새삼스럽게 증오를 떠올리는데, 엘든이 말했다.

"최전선에 배치된 병사들이라도 알리페르에게 부상을 입으면 아닌 것처럼 보여도 큰 충격을 받는다네. 하물며 신체의 일부를 빼앗긴다는 건 엄청난 충격이지. 그게 설령 제국군을 수호하는 영웅이라고 해도 피할 수 없다네."

"……그 말은 각하께서도……."

"각하의 신변에 관한 것은 기밀이라고 했을 텐데?"

엘든의 차가운 말에 멜즈는 급히 "죄송합니다."라고 말했다. 그에 엘든은 관대하게 웃으며 멜즈의 어깨를 두들겼다. 그리고 나지막하게 말했다.

"난 말이지, 옛날부터 자네가 굉장히 싫었다네."

생각지도 못한 말에 멜즈가 흠칫 놀라자, 엘든은 내뱉은 말과 달리 아주 친근한 미소를 지어 보이며 말했다.

"어디 출신인지도 모를 고아 놈이 각하의 총애를 등에 업고 모든 걸 다 안다는 듯이 나대는 꼴이 참으로 우습고 역겨웠다네. 그건 지금이라고 딱히 달라진 게 없어. 주제도 모르고 각하의 존함을 아무렇게나 불러 대고 떼를 쓰는 꼴이 정말 같잖고 짜증 난다네. 아까도 사실 뺨을 치는 게 아니라 주먹을 날리고 싶었어. 각하의 앞만 아니었다면 말이야."

엘든은 과장이 아니라는 듯 멜즈의 어깨를 억세게 움켜쥐었다. 생체 의수를 작동시킨 것인지 어깨가 부서질 듯 아파 왔다. 멜즈가 식은땀을 흘리면서도 이를 악물며 아픔을 견뎌 내자, 엘든은 다시 싱긋 웃으며 말했다.

"앞으로 잘하게, 하사. 오랫동안 이곳에 머물려고 찾아온 게 아닌가? 응?"

"시정, 하겠습니다."

"그럼 지켜보겠네."

그제야 엘든은 움켜쥐고 있던 멜즈의 어깨를 놓아주었다. 멜즈는 아픈 어깨를 감싸며 두려운 눈으로 엘든을 바라보는데, 엘든이 피우고 있던 담배를 발로 비벼 끄며 말했다.

"넋 놓고 있지 말고 이리 따라오게."

엘든의 말에 멜즈는 긴장 어린 얼굴로 그의 뒤를 따랐다. 아까까지 앞에서 기다리고 있던 출입 금지 구역 안으로 들어가 방음 설비가 된 구역을 두어 개쯤 지나자 차가운 형광등이 내리비추는 의무실이 나타났다. 왜 이렇게 꽁꽁 싸매 둔 거지? 보통의 시설이 아닌, 밀폐 시설에 가까운 의무실의 모습에 멜즈가 의아해하는데, 창문 너머로 이사나의 모습이 보였다. 창백한 얼굴로 잠이 든 그를 발견하자, 멜즈는 절로 마음이 급해지는 걸 느꼈다. 그런 멜즈를 알아차렸는지 엘든은 의무실 문을 열기 전 마지막으로 한 번 더 경고했다.

"자네가 이 안으로 발을 들이는 순간, 그 어떠한 것도 궁금해해서는 안 된다네. 눈과 귀가 없는 것처럼 행동하게."

"……네."

"들어오게."

멜즈는 긴장된 얼굴로 그를 따라 들어갔다. 의무실 안은 이상하리만치 물건이 없었다. 어차피 이사나 혼자 사용하는 시설이라 그럴 수도 있지만, 그래도 몇 년이나 이곳을 사용해 왔을 텐데 지나치게 살풍경했다. 그러다 멜즈는 이내 그 이유를 알아차렸다. 깨끗하게 정리되어 있었지만, 부서진 뭔가의 잔해물들이 이리저리 바닥을 뒹굴고 있었다.

무슨 일이 있었던 거지? 멜즈는 고개를 돌려 이사나 옆에 앉은 진저를 바라보았다. 평소의 푼수 같은 모습이 도저히 떠오르지 않을 정도로 그는 침울하고 우울해 보였다.

엘든을 따라 멜즈가 의무실 안으로 들어오자, 진저는 당연한 것처럼 자리에서 일어나 밖으로 나갔다. 그에 멜즈가 의아해하는데, 엘든이 앉으라는 눈짓을 했다. 엘든의 명령대로 진저가 있던 자리에 앉은 멜즈는 침대를 보고 하마터면 비명을 내지를 뻔했다. 이사나가 침대에 묶여 있었다. 멜즈가 경악하며 엘든을 돌아보자, 엘든이 서늘하게 쏘아붙였다.

"하사에겐 분명 눈과 귀가 없을 텐데?"

"⋯⋯."

"각하께서 깨어나시면 풀어 드리게. 다시 한 번 말하지만, 자네는 아무것도 궁금해해서는 안된다네."

엘든은 엄중히 경고한 뒤 밖으로 나갔다. 혼자 의무실에 남겨진 멜즈는 떨리는 눈으로 이사나를 바라보았다. 아까 부서진 물건의 잔해물들은 이사나가 한 짓일까? 하지만 온몸이 묶인 채 잠에 빠져든 그는 평화로워 보이기만 했다. 도대체 언제부터 그랬던 걸까? 이런 일이 아주 오래된 것처럼 엘든과 진저는 익숙하기만 했다.

이쯤 되니 생각보다 자신이 이사나에 대해 훨씬 모르고 있었다는 걸 인정할 수밖에 없었다. 멜즈는 씁쓸한 마음으로 이사나의 몸을 결박하고 있는 벨트를 풀어냈다. 나중에 엘든이 알면 혼내겠지만, 그렇다고 이사나를 이런 몰골로 놔둘 수 없었다. 멜즈는 이사나를 편히 눕힌 뒤 찬장에서 수건을 꺼내 땀에 젖은 그의 얼굴과 목 주변을 닦아냈다.

어느 정도 충격이 가시자 멜즈는 점점 서운해지는 걸 느꼈다.

이렇게나 힘들었으면서 조금도 티 내지 않았던 그가 야속하게만 느껴졌다.

멜즈는 이제까지 자신이 어린아이 같다고 생각한 적이 없었다. 제국 대학의 연구실에서조차 멜즈는 수많은 논문을 쓰고 무기를 개발한 연구원이었지 아이가 아니었다. 오직 이사나뿐이었다. 오직 이사나만이 멜즈를 어린아이 취급했다. 이사나만이 자신의 진지한 마음을, 각오를 몰라주었다. 멜즈는 미열이 들끓는 그의 이마에 물수건을 올리며 속상한 마음을 떨치려 노력했다.

얼마나 지났을까? 이사나가 눈을 떴다.

".......”

".......”

이사나는 생전 처음 보는 얼굴을 하고 있었다. 음울하면서도 어딘가 지쳐 보였다. 헥사비스 지붕 위에서 보았던 것처럼 감정을 감출 여력조차 없어 보이는 그는 벽처럼 희고 단단한 얼굴을 하고 있었다. 멜즈는 그게 거절이라는 것을 처음으로 깨달았다. 이사나에게 무슨 말을 하든 그는 듣지 않을 것이다. 헥사비스의 지붕 위에서처럼 그에게 필사적으로 자신의 진심을 외쳐도 결코 그의 마음에 도달하지 못할 것이다. 멜즈는 그 아득한 거리감에 절망마저 느끼는데, 이사나가 눈을 피하며 말했다.

"나가 줘.”

그때와 달리 반발은 없었다. 그저 모든 게 혼란스러울 뿐이었다. 각오가 되어 있다고 생각했지만, 그건 자신의 착각이었다. 자신은 그저 우물 안의 개구리였을 뿐이었다.

* * *

"하아……."

나는 도대체 콜로니까지 뭐 하러 온 걸까? 멜즈는 기계적으로 손을 움직이며 생각했다. 처음 이사나를 뒤쫓아 온 이유는 화가 났기 때문이다. 둘 사이에 있었던 앙금을 채 풀기도 전에 밖으로 도망친 그가 원망스러워 뒤쫓았다. 그리고 뒤쫓으면서는 앞으로 달라질 그와의 관계성에 고민했고 결국 그 변화를 받아들이기로 결심했다. 하지만 정작 이사나는 그런 관계가 될 생각이 없다고 말했다. 그러면서 그날 일은 잊어버리라고 말했다.

그걸 어떻게 잊어버릴 수 있을까? 그날 일이 있었기에 멜즈는 자신이 이사나에게 응석 부리고 있었다는 걸 깨달을 수 있었다. 이사나에 대해 제대로 아는 게 하나도 없다는 걸 그때서야 알아차릴 수 있었다.

'최전선에 배치된 병사들이라도 알리페르에게 부상을 입으면 아닌 것처럼 보여도 큰 충격을 받는다네. 하물며 신체의 일부를 빼앗긴다는 건 엄청난 충격이지. 그게 설령 제국군을 수호하는 영웅이라고 해도 피할 수 없다네.'

항상 상냥한 얼굴로 웃어 주던 이사나가 사실은 아직도 괴로워하고 있었다. 길에서 현기증을 느끼고 때때로 침대에 묶여 있어야 할 정도로 많이 힘들어하고 있었다. 그런데 자신은 그걸 조금도 알아채지 못했다. 이사나와 멀리 떨어진 곳에 있어도 항상 그에 대해 뭐든지 다 알고 있다고 생각했는데, 그것마저 사실은 착각이었다.

그렇다면 이제부터 어떻게 해야 할까? 이사나가 마음을 열 때까지 기다리고 있어야 하는 걸까? 어떤 게 올바른 선택인지 멜즈는 도무지 알 수 없었다. 복잡한 마음에 멜즈가 또 한 번 한숨을 푹 내쉬자, 멜즈에게서 검진을 받고 있던 릭이 불퉁하게 쏘아붙였다.

"야, 검사를 하든지 한숨을 쉬든지 둘 중 하나만 해. 정신없잖아."

"······제대로 잘하고 있으니까 걱정하지 마."

멜즈는 힘없이 쏘아붙이며 검진을 계속했다. 그에 릭의 옆에 서 있던 알도가 걱정스러운 눈으로 멜즈를 바라보았다.

계속되는 스펙터 부대원의 감소로 제국군은 결국 일반 지원병들 중에서 스펙터 부대원을 충원해 나가기로 결정했다. 하지만 최전선의 대(對) 알리페르 전담 부대인 만큼 신병에게 요구되는 능력치는 매우 높았는데, 그것을 보조하기 위해 제1 기술팀에서 일반 병사들도 사용할 수 있는 외골격 장갑을 개발하기로 했다.

물론 이게 가능했던 건 기술팀의 모든 연구원과 기술자들에게 절대적인 사랑과 지지를 받는 멜즈 덕분이었다. 그리고 릭과 알도는 멜즈와 친하다는 이유로 외골격 장갑 개발에 협력하게 되었다. 오후 훈련에서 제외된 채 과자와 차를 얻어먹으며 노닥거리게 된 건 좋았지만, 그래도 친구라는 녀석이 축 처진 얼굴로 한숨만 푹푹 쉬어 대니 그것도 참 못 봐 줄 꼴이었다. 갑자기 또 왜 저러는 거지? 릭과 알도는 의아해하는데, 멜즈가 한숨을 내쉬며 물었다.

"있잖아, 너네를 좋아하는 게 분명한 상대가 계속 너네를 밀어내면 그게 무슨 이유 때문이라고 생각해?"

뜬금없는 연애 상담에 릭과 알도는 또다시 멜즈와 이사나 황자 사이에 트러블이 생긴 걸 알아차렸다. 두 사람이 키스했다는 소문이 진영 내에 파다하게 퍼져 이제야 좀 진도를 나가나 했더니, 그건 또 아닌 모양이다. 힘이 쭉 빠진 멜즈에게 릭은 심술궂게 말했다.

"글쎄, 생각보다 좋아한 게 아니라는 걸 깨닫고 네가 부담스러워지신 게 아닐까?"

"······그래?"

릭의 말에 멜즈는 단숨에 시무룩해졌다. 그에 알도는 릭의 등을 세게 후려쳤다. 릭이 쌍심지를 켜며 왜 그러냐는 듯 돌아보자, 알도는 드물게 얼굴을 굳히며 말했다.

"장난치지 마. 안 그래도 심란한 애한테."

"애가 심란할 게 뭐가 있냐? 우리처럼 아침저녁으로 훈련을 받기를 해, 기합을 받기를 해? 매일 과자랑 차 같은 걸 얻어먹으면서 완전 살판났구만."

"······넌 진짜 언제 철이 들래?"

고개를 절레절레 흔들며 릭을 타박한 알도는 시무룩해진 멜즈를 돌아보며 달래듯 말했다.

"걱정하지 마. 각하께서 너를 밀어내신다면 그건 분명 너를 위해서일 테니까."

"······밀어내는 게 어떻게 나를 위한 게 되는데?"

"나도 각하와 비슷한 이유로 결혼하지 않으려 했으니까."

알도의 말에 멜즈와 릭은 우뚝 굳어졌다. 결혼? 결호온?

"알도! 너 결혼했어?"

"어어, 그런데······?"

"야! 너 우리한테 결혼했단 말 안 했잖아!"

"그래! 너 어떻게 그럴 수 있냐?!"

"······물어본 적도 없었잖아."

릭과 멜즈의 외침에 알도는 조악한 변명을 늘어놓았다. 알도가 사실은 유부남이었다니……! 어느새 릭의 질투는 알도에게 향했다. 릭은 이글이글 불타오르는 눈으로 알도를 노려보며 물었다.

"……키스해 봤냐?"

"……응."

"몇 번!"

"……세 본 적이 없어서……."

알도의 대답에 릭은 가슴께를 움켜잡았다. 얌전한 고양이가 부뚜막에 먼저 올라간다더니……! 릭은 배신감에 치를 떨며 다시 한번 물었다.

"그럼 그거보다 더한 건……!"

"뭐?"

"섹스해 봤냐고! 섹스!"

원통함이 느껴지는 릭의 물음에 알도는 얼굴이 새빨개졌다. 하지만 릭은 물론이요, 멜즈 역시 대답을 요구하듯 알도의 얼굴을 뚫어져라 쳐다보았다. 그에 알도는 시선을 회피하며 자그맣게 내뱉었다.

"해, 했어."

알도의 대답에 릭은 절망했다. 키스는 물론이요, 자신은 연애 감정을 품을 만한 상대조차 없었다. 주변을 둘러보았지만, 또래 소녀는커녕 기합만 주는 시커먼 선임밖에 없었다. 하하하……. 나만 애인 없어……. 릭이 외로움에 피눈물을 흘리는데, 알도가 새빨개진 얼굴로 허둥거리며 말했다.

"그, 그런 게 중요한 게 아니잖아. 아무튼 나도 징병되기 전에 누나가 결혼하자고 말했지만 거절했었어. 그땐 전면전이 벌어질 거란

애기가 나돌았으니까. 그래서 기다리지 말고 다른 사람과 결혼하라고 했는데, 고집이 너무 세서 결국 말릴 수 없었어."

알도는 멋쩍게 웃으며 말했다. 아마 쉽지 않은 결정이었을 것이다. 좋아하는 사람을 과부로 만들 수 있다는데 선불리 결정할 수 있을 리 없었다. 특히 알도처럼 상냥하고 생각이 깊은 사람이라면 더더욱. 그런데 왜? 멜즈가 답을 구하듯 알도를 바라보자, 알도가 웃으며 말했다.

"난 세상 누구보다도 누나를 사랑하지만, 혹시 모를 미래가 두려웠어. 내가 죽거나 혹은 살아 있더라도 부상을 입어 누나에게 짐이 되어 버리는 게 아닌가 하고 말이야. 그런데 누나가 왜 아직 일어나지도 않은 일에 겁을 내냐고 야단을 치더라고. 그런 것에 두려워하며 차선을 선택하기보다 끝까지 살아남을 각오를 하는 게 중요한 게 아니냐고. 그제야 난 내가 겁쟁이였다는 걸 깨달았어. 그래서 복무가 끝날 때까지 무사히 살아남을 각오로 누나와 결혼식을 올리고 입대했어. 행복하게 살기 위해 우린 같이 노력하기로 한 거야."

멋쩍게 말하는 알도가 멜즈의 눈에 너무나도 어른스럽고 멋있어 보였다. 그렇다. 이사나는 젊어진 게 많은 사람이었다. 그게 이제껏 그를 고독하게 하고 겁쟁이로 만들었을지도 모른다. 그러니 마냥 그가 먼저 손을 내밀기를 기다려서는 안 되었다. 곤경에 빠진 그의 손을 붙잡고 일으켜 줄 수 있는 그런 사람이 되어야 했다.

* * *

엘든이 사령부 막사로 들어왔을 때 이사나는 이미 모든 준비를 끝낸 상태였다. 평소보다 일찍 일어나 단정하게 나갈 준비를 마친 그의 모습에 엘든은 한차례 폭풍이 지나갔음을 느꼈다. 약의 힘을 빌렸다지만, 침착해진 상관의 모습에 엘든은 적지 않게 안심이 되는 걸 느꼈다. 하지만, 이내 머쓱함이 밀려왔다. 아무리 그를 진정시키기 위해서라지만, 충성을 맹세한 그에게 항명하고 그를 힘으로 제압한 건 변하지 않았으니 말이다. 게다가 아브노아 하사까지 의무실 안에 들였고…….

새삼 자신이 벌인 일들을 떠올리자 난감해졌지만, 언제나 그랬듯 엘든은 아무렇지 않은 얼굴로 인사를 건넸다.

"벌써 일어나셨군요, 각하."

엘든의 인사에 이사나 역시 덤덤한 얼굴로 말했다.

"어제는 폐를 끼쳤어."

감정적인 앙금을 조금도 남기지 않는 깔끔한 사과였다. 엘든은 씨익 웃으며 말했다.

"무슨 말을 하시는지 잘 모르겠습니다. 오늘은 괜찮으십니까?"

"괜찮아."

이사나는 잘 만들어진 인형처럼 감정 없이 대답했다. 그게 발작하고 울부짖는 것보다 훨씬 낫긴 했다. 이것 역시 불편하고 껄끄럽긴 매한가지지만 말이다. 엘든은 애써 지금 상태에 만족하려는데, 이사나가 막사를 나서며 말했다.

"엘든, 당분간 근신하도록 해."

"네?"

갑작스러운 근신령에 엘든은 얼이 빠지는데, 이사나가 무표정한 얼굴로 돌아보며 말했다.

"왜 그러는 거지? 이렇게 될 걸 각오하고 벌인 일 아니었나?"

여전히 뭐가 뭔지 알 수 없는 말에 엘든은 당황했지만 이사나는 여전히 냉랭했다.

"내 신변에 관한 것은 기밀사항이라고 말한 주제에 잘도 멜즈를 의무실 안으로 들였더군."

"그건……."

"날 위해서였다고 하지 마. 자넨 날 위해 군령까지 거스를 셈인 가?"

이사나의 비난에 엘든은 할 말이 없어져 어물거렸다. 그에 이사나 는 더 들을 것도 없다는 듯 성큼성큼 어디론가 향했다. 엘든은 당황 하며 이사나의 뒤를 따랐다.

"각하, 각하! 어디로 가시는 겁니까!"

"……."

엘든의 외침에도 이사나는 아무런 말없이 발걸음을 재촉할 뿐이 었다. 이사나가 향한 곳은 제1 기술팀 막사였다. 아니, 기술팀은 왜……. 검진 날도 아닌데 굳이 기술팀을 찾는 이사나의 행보에 엘든 이 의아해하는데, 이사나는 조금의 주저함 없이 막사 문을 열고 안 으로 들어갔다. 엘든 역시 뒤따라 막사 안으로 들어가자, 어제처럼 진저와 함께 배터리 개발에 골몰하고 있는 멜즈의 모습이 보였다.

이사나는 그런 멜즈의 모습을 잠시 지켜보는데, 먼저 이사나를 발 견한 진저가 멜즈의 팔을 치며 이사나가 왔음을 알렸다. 멜즈는 화 들짝 놀라 고개를 들더니 이내 환하게 웃으며 자리에서 일어나 뛸 듯이 이사나에게 다가왔다. 이사나는 흠칫 놀라는데, 멜즈가 딱 한 걸음 남겨 둔 채 인사했다.

"좋은 아침입니다, 각하."

어제 무슨 일이 있었냐는 듯 멜즈는 그저 설탕과자처럼 달콤하게 웃고 있었다. 그 사랑스러운 모습에 이사나는 뭔가를 말하려다가 이내 입을 사리문 채 고개를 돌렸다. 인사조차 받아 주지 않고 멜즈를 스쳐 지나간 이사나는 진저에게 물었다.

"진저, 배터리 개발 진행 상황은 어떻지?"

"네? 네! 순조롭습니다. 앞으로 한두 달 안에 시제품을 완성할 수 있을 것 같습니다."

"그럼 넉넉잡아 석 달 정도면 되겠군."

누구도 이해하지 못할 말을 중얼거린 이사나는 이내 폭탄선언을 했다.

"왕터 탐사는 배터리 개량 작업이 끝날 때까지 기다리지 않고 다음 주 중으로 출발할 생각이야. 그러니 여유 있게 개발하도록 해. 그리고 아브노아 하사는."

이사나는 애써 그의 존재를 무시하며 냉정하게 말했다.

"탐사에서 돌아오는 대로 즉시 헥사비스로 돌려보낼 거야. 그러니 그의 도움은 그때까지만 받도록 해."

일방적인 통보에 세 사람은 충격에 빠져 아무 말도 하지 못하는데, 이사나는 더는 볼일이 없다는 듯 기술팀 막사에서 빠져나왔다. 그래, 이걸로 된 거야. 어차피 돌아갈 아이였으니까.

의무실 안에서 눈을 떠 걱정하는 멜즈의 얼굴을 본 순간, 이사나는 멜즈를 돌려보내기로 결심했다. 도저히 다음 보급이 올 때까지 기다릴 수 없었다. 나중에 황제에게 꼬투리가 잡히더라도 더 이상 그에게 나약하고 비참한 모습을 보이고 싶지 않았다. 이사나는 환하게 웃는 그의 얼굴을 머릿속에서 지워 내려 애를 쓰는데, 뒤에서 엘든이 이사나를 부르며 쫓아왔다.

"각하! 각하!"

이사나가 엘든을 돌아보자, 엘든은 드물게 격앙된 목소리로 이사나에게 따져 댔다.

"아니 이게 무슨 말도 안 되는 일정입니까! 다음 달로 내정되어 있던 탐사를 당장 다음 주에 떠나시겠다뇨!"

"자넨 지금 근신 중 아니었던가?"

"각하!"

"내 뒤치다꺼리를 하느라 이제껏 고생이 많았어. 탐사 다녀올 동안 푹 쉬도록 해."

탐사에도 데려가지 않겠다는 이사나의 선언에 엘든은 완전히 할 말을 잃었다. 이사나는 굳어 버린 엘든은 내버려 둔 채 다시 가던 길을 가려는데, 어느새 뒤쫓아 온 멜즈가 앞을 가로막고 서 있었다. 멜즈는 간신히 화를 참는 듯한 얼굴로 침착하게 말했다.

"배터리 개량 문제로 각하께 드릴 말씀이 있습니다."

멜즈의 말에 이사나는 무의식중에 엘든을 돌아보았다. 그에 엘든은 저더러 뭘 어쩌라는 거냐는 듯한 얼굴로 이사나를 바라보았다. 이사나는 다시 멜즈를 돌아보며 말했다.

"진저에게 듣도록 하지."

"아뇨, 팀장님께선 제가 말씀드리라고 하셨습니다. 그렇죠, 팀장님?"

멜즈는 다소 매서운 눈으로 어느새 뒤따라온 진저를 돌아보며 말했다. 그에 이미 정신이 반쯤 나가 있던 진저는 얼떨떨한 얼굴로 "어……."라고 웅얼거렸다. 진저의 대답에 멜즈가 그것 보라는 듯 다시 이사나를 돌아보자, 엘든이 한숨을 내쉬며 말했다.

"각하, 저는 먼저 가 보겠습니다."

엘든은 얼빠진 얼굴을 한 진저를 데리고 자리를 피했다. 그리고 길 위에는 이사나와 멜즈만이 남겨졌다. 이사나는 조용히 멜즈의 얼굴을 바라보았다. 여러 가지 감정들로 일렁이는 청록색 눈이 몹시 사랑스러웠다. 세월이 흘러 키가 훌쩍 크고 어린 티를 벗어 낼 만큼 성장했음에도 여전히 변함없는 그의 애정이 사무치게 고마웠다. 그래서이다. 그래서 그가 자신을 파괴한 결과물임을 알면서도 미워하기는커녕 사랑할 수밖에 없는 것이다. 이사나는 감정을 억누르며 고요히 서 있었다. 그런 그를 향해 멜즈가 선언하듯 말했다.

"가지 않을 거예요."

"……."

"이사나가 무슨 말을 하든 절대 가지 않을 거예요."

멜즈의 고집스러운 말에 이사나는 가슴이 답답해져 왔다. 이사나 역시 멜즈가 좋았다. 이사나 역시 멜즈와 일상을 나누며 예전처럼 함께하고 싶었다. 그렇게 지낸다면 분명 때때로 찾아오는 악몽조차 꿈으로 끝낼 수 있을 것 같았다. 하지만 이사나는 짐짓 귀찮다는 듯 한숨을 내쉬며 말했다.

"네가 이곳까지 온 건 내 도움이 되기 위해서라고 했지?"

"……."

"배터리 개량으로 충분하고도 남을 만큼 도움을 받았어. 그러니 돌아가. 가서 네 삶을 살아."

명백한 거절에 멜즈는 고개를 마구 가로저으며 절박하게 말했다.

"아뇨, 아니에요……! 사실은 이사나의 도움이 되는 것 따윈 안중에도 없었어요. 그저 당신 곁에, 이사나의 옆에 있고 싶어서 찾아온 거예요."

"⋯⋯그럼 더더욱 여기 있으면 안 돼. 여긴 전쟁터야. 헥사비스 안에서처럼 철없이 굴면 곤란해."

이사나는 후견인의 얼굴을 하며 엄하게 멜즈를 나무랐다. 그에 멜즈의 얼굴이 일그러졌다. 어른스럽게, 이사나가 의지할 수 있는 어른이 되기 위해 감정을 억누르려 애를 썼지만, 어쩔 수 없이 눈물이 흘러나왔다.

"⋯⋯왜 그래요?"

"⋯⋯."

"왜 자꾸 저를 밀어내는 거예요? 여기가 전쟁터라면서요. 전쟁터면 제가 이사나의 무엇이든 여기 있어야 하는 거 아닌가요? 팀장님은 제가 와서 큰 도움이 되었다고 하셨어요. 제가 있어서 더 많은 일들을 할 수 있게 되었다고 하시면서 좋아했다고요! 제가 문제가 아니에요. 이사나가 문제라고요. 이사나만이 상황을 냉정하게 보지 않고 저를 돌려보내는 데 골몰하고 있잖아요. 왜요? 왜 그러는 건데요?"

멜즈는 답을 구한다기보다 애원을 하고 있었다. 제발 돌려보내지 말아 달라고 외치는 것처럼 보였다. 하지만 이사나는 냉정한 얼굴로 그를 노려보았다. 무너져 가는 내부를 결코 보이고 싶지 않다는 듯 입매를 굳힌 이사나는 능숙하게 거짓말을 내뱉었다.

"네가 싫어졌어."

"⋯⋯."

"나와 어떠한 관계가 되어도 상관없다고 했지? 하지만 난 아냐.

난 이제 네가 싫어. 성가시고 귀찮을 뿐이야."

말이 떨어진 순간 멜즈는 새하얗게 질린 얼굴로 눈물을 후드득 떨어뜨렸다. 상처 입은 그의 모습에 이사나는 가슴이 찢길 것만 같았으나, 이를 악물며 돌아섰다. 이게 그를 위한 길이었다. 그러니까……

이사나는 야멸차게 떨어지지 않는 발걸음을 떼어 내는데, 돌연 멜즈가 손을 잡아왔다. 알리페르에게 먹히지 않은 오른손을 꽉 붙든 채 그는 서럽게 애원했다.

"잘못했어요! 고칠게요! 이사나가 마음에 안 드는 부분이 있다면 그게 무엇이든 전부 고칠게요! 성가시다면 절대 성가시지 않게 구석에만 있을게요! 말도 걸지 않을게요! 그러니까…… 그러니까……!"

강하게 붙들린 손 너머로 전해지는 그의 절박함에 이사나는 돌연 눈가가 뜨거워졌다. 먹먹해지는 마음을 애써 억누르며 이사나는 멜즈에게 빌었다.

이러지 마……. 제발……. 너를 슬프게 하고 싶지 않아…….

너는 내…….

"이런 면이 지긋지긋해. 좀 더 어른스럽게 굴도록 해."

이사나는 팔을 뿌리치며 앞으로 나아갔다. 눈앞이 부옇게 흐려졌지만, 도저히 참아 낼 수 없었다. 슬프지 않다고 되뇌었지만, 삼키지 못한 감정들은 속절없이 흘러넘치고 있었다.

어떻게 막사까지 되돌아왔는지 기억나지 않았다. 기력 없이 온몸이 축축 늘어지기만 해 도무지 현실감이 들지 않았다.

멜즈에게 상처 입혔다.

잔인한 말을 내뱉고 밀어내지 말라는 그를 거부했다. 안다. 이게 올바른 행동이라는 걸 안다. 그래서 옳다고 여기는 대로 행동했건만, 폐부를 찌르는 듯한 이 아픔은 조금도 사그라들지 않았다. 머리 끝까지 물속에 잠겨 버린 것처럼 숨조차 제대로 내쉴 수 없었다.

힘없이 침대에 털썩 주저앉은 이사나는 손등 위로 후드득 떨어지는 물방울을 보고 나서야 자신이 아까부터 울고 있었다는 걸 깨달을 수 있었다.

"아……."

슬프지 않았다. 슬플 일이 뭐가 있겠는가. 자신은 헥사비스를 지킬 무기가 되고 멜즈는 자신이 지킨 헥사비스 안에서 안전하게 살아갈 것인데, 울어야 할 이유가 없지 않은가. 그럼에도 눈물은 끊임없이 흘러나와 이사나의 빰을 흠뻑 적셨다. 이제껏 참아 온 것의 반동처럼 멈추지 않고 계속 흘러내렸다.

이사나는 그것을 다시 삼키려 노력했지만, 도무지 삼킬 수 없었다. 고삐가 풀린 감정들을 도저히 추스를 수 없었던 이사나는 그렇게 한참 동안 슬픔에 잠겨 있다가 탈진하듯 잠이 들었다.

그리고 꿈을 꾸었다.

알리페르의 신왕 렉사를 토벌하러 가던 때의 꿈이었다.

보급 물자가 끊어진 걸 알아차리자마자 이사나는 당장 헥사비스로 돌아갈 것을 주장했다. 하지만 이사나의 상관은 얼른 토벌하고 돌아가면 상관없다는 식으로 계속 고집을 부렸다. 상관은 이전에 여러 번 군수 물자를 착복해 문제가 된 인물로 이번 토벌에서 공을 세우지 못하면 영원히 출셋길과는 한참 떨어진 한직만 맴돌게 될 예정이었다. 그런 사람이라도 이사나의 상관이었기에 이사나는 그의 의견대로 작전을 세워 렉사와 그를 추종하는 무리를 몰아세웠지만, 결국 물자가 먼저 바닥나고 말았다. 탈출조차 여의치 않은 상황에서 이사나는 남은 부하들과 필사적으로 저항하며 돌파구를 찾으려 했지만, 결국 오래된 사원 안에서 포위된 채 지고 말았다.

패배의 대가는 실로 컸다. 죽음을 각오한 마지막 속임수까지 무위로 돌아가 버리면서 이사나는 달빛이 희미하게 내리비치는 지하 수로 안에서 렉사에게 강간당했다.

알라페르에게 강간당한다는 수치심 따윈 느껴지지도 않았다. 잘린 손발이, 뭉개진 오른쪽 눈이 너무 아파 비명만 질렀을 뿐이다. 왜 죽지 않는 거지? 이렇게 아픈데? 이사나는 늘어진 테이프처럼 끝나지 않는 이 시간이 어서 빨리 지나가기만을 바라고 또 바랐다.

치릇치릇―. 치릇치릇―.

흥분한 렉사가 날개를 떨며 만들어 낸 공명음이 이사나의 머릿속을 마구 뒤흔들었다. 아파 죽여 줘 아파 죽여 줘 아파, 아파, 아파……! 신경을 갉아먹는 듯한 끔찍한 소리가 고통과 혼재되어 이사나의 영혼은 무참히 찢겼고 죽음에 가까워진 이사나의 동공은 쇼크로 크게 확장되었다. 그런 이사나의 눈에 비친 렉사는 피 칠갑을 한 얼굴로 고개를 갸웃거리며 이사나에게 무언가를 말하고 있었다.

'왜 안 되지?'

렉사의 물음에도 이사나는 얕은 숨만 겨우 헐떡이고 있을 뿐이었다. 더 이상 신경이 마모되는 것을 견디지 못한 이사나의 입에선 우르륵, 잔거품이 흘러나와 피투성이가 된 얼굴 아래로 뚝뚝 떨어졌다. 무참하기 짝이 없는 꼴에 렉사가 마뜩잖은 듯 얼굴을 찡그리는데, 그의 뒤에 있던 누군가가 말했다.

'인간이니 안 되는 게 당연하지 않습니까. 그나저나 인간에게 손을 대다니

별일이군요. 한 번도 그런 적 없지 않았습니까.'

'하지만 가지고 싶었는걸? 이 녀석 말이야. 정말 대단해. 변변찮은 무기도 없었던 주제에 결국 나에게 한 방 먹였어. 인간치고는 정말 대단해.'

렉사는 흥분을 감추지 못하는 목소리로 뒤에 있는 누군가에게 떠들어 댔다. 누구지? 도대체 누구와 얘기하고 있는 거지? 당장에라도 끊어질 듯한 의식 속에서 이사나는 궁금해하는데, 여전히 어둠 속에 있는 누군가가 말했다.

'그래 봤자 인간은 인간. 우리에게 상대가 될 리 없죠. 쯧, 도대체 언제까지 이런 무의미한 발버둥을 계속할 건지⋯⋯. 그런데 죽이실 겁니까?'

'글쎄⋯⋯. 조금 아까운데⋯⋯.'

렉사는 아쉬운 듯 이사나의 얼굴을 매만졌다. 팔다리를 먹혀 옴짝달싹 할 수 없음에도 소름 끼칠 정도로 그의 손길이 선연하게 느껴졌다. 생채기가 난 관자놀이를 지나 짓이겨진 입술에 그의 손이 닿자 이사나는 구역질이 치밀어 올랐다. 하지만 그런 이사나의 감정과는 관계없이 렉사는 연신 '아쉬워⋯⋯.'라고 중얼거리며 그를 만지작거렸다. 그때 어둠 속에 있는 누군가가 말했다.

'헥사비스로 돌려보내는 게 어떻습니까?'

'돌려보내자고?'

'헥사비스라면 이런 몰골이어도 얼마든지 소생시킬 수 있을 테니까요. 그를 돌려보낸다면 헥사비스 안의 인간들을 조금 더 빨리 가지게 될 수 있을지도 모르죠.'

'그렇군.'

아리송한 말에 렉사는 납득한 듯했지만, 그래도 미련이 남는지 이사나의 얼굴을 계속 만지작거렸다. 그런 렉사를 알아차렸는지 어둠 속의 누군가는 달래듯 렉사에게 말했다.

'그를 돌려보낸다고 해도 어차피 그는 당신의 후계를 낳게 될 겁니다. 인간으로 치자면 당신이 그의 반려자가 되는 거죠. 그가 당신의 슬레이브가 되지 않더라도 말이죠.'

교활하기 짝이 없는 그 말에 렉사는 고개를 주억거리며 '하긴, 별로 상관없겠네.'라고 말했다. 그리고 어린아이처럼 천진한 얼굴로 뭉개진 이사나의 눈알을 핥으며 말했다.

'어차피 넌 내 거니까.'

소유욕이 느껴지는 그의 말에 이사나는 진저리를 쳤다. 당장에라도 어디론가 도망치고 싶어졌다. 하지만 찢겨 나간 팔다리와 지독히 강한 정신력은 이사나를 이 두려운 세계에 붙박아 놓을 뿐이었다. 렉사는 찾아올 거야……! 내가 어디에 있든 무슨 수를 써서든 내게 찾아올 거야……! 예지에 가까운 어떤 예감에 이사나는 숨을 껄떡이는데, 렉사가 이사나에게 입을 맞추며 말했다.

'다음에 만날 때는 이렇게 얌전히 있도록 해. 그럼 절대 난폭한 짓은 하지 않을 테니까.'

렉사는 낮게 웃으며 피투성이가 된 이사나의 얼굴에 뺨을 비볐다. 그 토악질 나는 감각을 견디지 못한 이사나는 결국 정신을 잃었다.

* * *

"우웩! 우웁……!"

이사나는 정신을 차리자마자 치밀어 오르는 구토감을 견디지 못하고 바닥에 토했다. 한참 동안 바닥을 구르며 속에 있는 걸 게워 낸 이사나는 위장이 텅 빈 후에야 겨우 구역질을 멈추고 주변을 돌아볼 수 있었다. 어느새 날이 어두워져 가고 있었다. 막사의 문틈 사이로 붉은 노을빛이 길게 스며들어 와 조금 더 있으면 밤이라는 걸 알려 주었다. 홀로 수로 안을 정신없이 도망치던 그때처럼 어두워져 갔다.

"흐으......! 으으......!"

이사나는 몸을 벌벌 떨며 부산스럽게 주위를 돌아보았다. 당장에라도 어둠 속에서 그가 튀어나와 자신의 뒷덜미를 잡아챌 것 같았다. 또다시 자신을 질질 끌고 가 강간하고 남은 몸뚱이를 모조리 먹어치울 것 같았다.

이사나는 허둥지둥 자리에서 일어나 장교복을 벗었다. 찢어발기듯 성급하게 옷을 벗어 던진 이사나는 전투복을 입고서 생체 의수의 배터리를 전부 갈아 끼웠다. 그리고 벽에 걸려 있던 헤비 블레이드를 손에 쥐었다. 그제야 이사나는 조금이나마 안심할 수 있었다. 그래, 나는 이사나 넥시움이야. 제국민들이 나를 필요로 하는 이상, 또다시 그때처럼 버림받지 않아. 폐하께서도 내가 필요한 이상 나를 제거하려 하지 않을 거야......!

버려지지 않으려면.......

알리페르를 죽여야 해.

이사나는 완전히 무장한 채 막사를 나섰다. 한 걸음 한 걸음이 몹시 가볍게 느껴졌다. 사람들은 이사나가 넥시움의 의무를 이행하기 위해 최전방에서 싸우고 있는 것으로 알고 있지만, 실상은 달랐다. 이사나는 알리페르와 싸우는 게 좋았다. 생과 사를 두고 벌이는 사투만이 이사나에게 살아 있다는 실감을 주었다. 이사나를 괴롭히는 수만 가지의 문제가 그 싸움 앞에서는 아무것도 아니게 되었다.

싸우자, 서로의 목숨을 걸고.

둘 중 하나가 바닥에 쓰러져 움직이지 않게 될 때까지.

머리끝까지 치미는 고양감에 이사나는 퍽 기분이 좋아졌다. 하루 종일 솜이불을 짊어진 듯 무거웠던 어깨가 새털처럼 가볍게 느껴졌다. 이사나가 기대감 어린 얼굴로 초소를 나서는데, 돌연 누군가 이사나의 앞을 가로막았다.

엘든이었다.

엘든은 절대 보내 줄 수 없다는 듯 두 팔로 앞을 막아서며 단호하게 말했다.

"안 됩니다."

"비켜."

"도대체 왜 이러시는 겁니까! 이유라도 말해 주십시오! 너무 평온해서 대련할 사람이 필요하신 겁니까? 그렇다면 지금 당장 부대원들을 집합시키겠습니다! 각하께서 내키실 때까지 각하의 상대를 하게끔 해 드리겠다고요!"

엘든이 악을 쓰듯 말했다. 그에 이사나는 속으로 코웃음을 쳤다. 엘든은 자신을 위한다는 듯 말하고 있지만, 사실 엘든은 이사나의 부하가 아니었다. 그는 철저히 제국의 군인일 뿐이었다. 황제의 명령 한 마디면 얼마든 자신을 버리고 새 주인을 좇을 그런 자였다. 애초에 황제가 이사나만을 따르는 자를 이사나의 곁에 허락할 리 없었다. 언제든 이사나가 필요 없어지면 쉬이 버릴 수 있도록 이런 자만을 부관으로 허락한 것이다. 이사나는 블레이드의 끝을 엘든에게 겨누며 말했다.

"비켜."

"각하!"

"내 손에 죽는 첫 번째 부관이 되고 싶은가 보지?"

지독히 진심 어린 눈빛에 엘든은 얼굴을 일그러뜨렸다. 완전히 전의가 꺾인 채 엘든이 고개를 떨어뜨리자, 이사나는 블레이드를 내린 뒤 그의 곁을 스쳐 지나갔다. 그에 엘든은 굴욕감 어린 얼굴로 이를 악물다가 콜로니를 나가는 이사나의 등에 대고 악담을 퍼부었다.

"당신 따위 제국민들에게 칭송받을 자격이 없어! 억지로 떠맡아 수행하는 의무 따위에 우리가 고마워할 줄 알아?! 이 위선자!"

엘든의 외침에도 이사나는 뒤도 돌아보지 않고 어두운 들판을 향해 걸어갈 뿐이었다.

* * *

"……?"

엘든의 외침에 진영 안을 배회하고 있던 멜즈가 고개를 돌렸다. 멜즈가 그 자리에 있었던 건 어디까지나 우연이었다. 이사나가 헥사비스로 돌려보내겠다고 선언한 데다가 자신이 싫어졌다는 말까지 해 멜즈로서는 도무지 침착하게 있을 수 없었다. 그래서 별 의미 없이 진영 안을 이리저리 배회하며 울적한 마음을 추스르려 노력하던 중이었다. 안 그러면 자꾸 사고가 부정적으로 흘러가 견딜 수 없었다.

역시 어린애처럼 구는 건 곤란하고 싫은 거겠지? 하지만 어릴 때는 이것보다 더 심하게 떼를 써도 웃으며 다 받아 줬었는데…….

……설마 정말로 나한테 싫증난 건가?

제국 대학의 같은 연구실 동료였던 스칼렛은 오랫동안 연인 관계를 유지하기 위해서는 상대에게 매력적으로 보이는 건 필수라고 말했었다. 그때 멜즈는 이사나만큼은 겉모습에 현혹되는 사람이 아니라고 단언하며 코웃음을 쳤지만, 의외로 이사나는 사귀는 상대에게 엄격한 잣대를 가지고 있을지도 몰랐다. 가령 햇빛을 많이 받아 자잘하게 생긴 주근깨나 파르라니 잘린 까까머리가 싫을지도 몰랐다.

그런 생각이 들자, 멜즈는 더없이 초조해졌다. 예전에는 작고 귀염성이라도 있었지 지금은 키가 껑충 커지고 볼살도 다 빠져 매력이라고는 눈곱만치도 없어 보였다. 멜즈가 파릇파릇한 자신의 정수리를 매만지며 한숨을 내쉬는데, 어디선가 실랑이하는 소리가 들려왔다. 그런데 그 사이로 이사나의 목소리가 들린 것 같았다. 멜즈는 곧장 그곳으로 향하는데, 엘든이 저주처럼 이사나의 등에 대고 퍼부었다.

"당신 따위 제국민들에게 칭송받을 자격이 없어! 억지로 떠맡아 수행하는 의무 따위에 우리가 고마워할 줄 알아?! 이 위선자!"

"......?"

도대체 무슨 일인지 알 수 없었다. 하지만 그것보다 이사나가 호위 하나 없이 홀로 초소 밖을 나서고 있었다. 새카맣게 어둠이 내리고 있는데도 말이다. 멜즈는 당황하며 엘든에게 다가가 물었다.

"중령님 이게 무슨 일입니까? 왜 각하께서 혼자 밖으로⋯⋯."

"씨발, 내가 알겠냐!"

짓씹듯 소리친 엘든은 씩씩거리며 어디론가 가 버렸다. 어둠 속으로 사라져 가는 이사나를 그대로 내버려 둔 채 말이다. 멜즈는 점점 멀어져 가는 두 사람 사이에서 갈팡질팡하다가 결국 이사나를 뒤쫓았다. 시야가 확보되지 않는 밤중에 무리도 없이 홀로 콜로니 밖으로 나가는 건 굉장히 위험한 일이었다. 알리페르는 비행하기 때문에 밤눈 역시 좋았다. 즉, 한밤에 마주치면 절대 무사치 못할 터였다.

멜즈는 이제 겨우 부사관 훈련 과정을 마친 햇병아리였고 같이 동행하는 선임 없이 바깥을 돌아다닌 적이 없었다.

당연하지만 무서웠다. 그럼에도 그를 쫓아갈 수밖에 없었다.

허벅지까지 올라오는 수풀과 관목을 헤집으며 멜즈는 몇 번이고 그의 뒷모습을 놓쳤는지 모른다. 하지만 향기가, 코끝이 아닌 본능으로 느껴지는 어떤 향기가 전처럼 멜즈를 이사나에게 인도하고 있었다. 풀냄새에 뒤섞인 희미한 향기를 쫓아 멜즈는 어느새 두려움도 잊어버린 채 그의 뒤를 쫓는 데만 열중했다.

얼마나 지났을까. 이윽고 멜즈는 초원 한가운데에 선 이사나를 발견할 수 있었다.

"……."

초승달 아래에 홀로 선 그의 모습에 멜즈는 잠시 숨 쉬는 것을 잊어버렸다. 무언가를 기다리듯 진지한 얼굴로 곧게 허리를 편 그의 모습이 도무지 현실감이 들지 않았다. 마치 상상 속에서나 존재하는 무언가가 눈앞에 나타난 것처럼 느껴질 뿐이었다.

멜즈는 순수하게 감탄했다. 어떻게 사람이 이토록 고결해 보일 수 있을까? 어떻게 사람이 이토록 매혹적으로 보일 수 있을까? 멜즈는 자신이 꿀에 꾀인 개미가 된 기분이었다. 초원 위에 홀로 선 이사나를 걱정하기보다 그의 모습에 홀려 발걸음을 내딛는 순간, 휘몰아치는 바람 사이로 뭔가가 부딪치는 듯한 소리가 들려왔다. 뭐지? 멜즈가 의아해하는데 공중에 있던 새카만 물체가 돌연 이사나 쪽으로 내리꽂혔다.

"……!"

멜즈는 당황했지만, 이사나는 이미 알고 있었다는 듯 그 물체가 덮쳐 오자마자 두 동강냈다. 반으로 잘린 물체는 땅에 떨어진 채 치릇치릇 날개를 비벼대다가 이내 움직임을 멈췄다. 그제야 멜즈는 이사나를 덮친 물체가 알리페르임을 알아차렸다. 도대체 언제부터 여기 있었던 거지? 근처에 있었음에도 전혀 알아차리지 못한 멜즈는 등골이 오싹해지는 걸 느꼈다.

일반인은 들어 올리기조차 힘든 헤비 블레이드로 적을 격퇴한 이사나는 곧장 땅을 박차고 올라 허공을 갈랐다. 그러자 또 다른 알리페르가 단말마를 내지르며 땅으로 추락했다. 그에 이사나는 가볍게 땅에 착지해 도망치려고 애를 쓰는 알리페르를 뒤쫓아 그의 목을 단숨에 갈랐다. 그런데 그 모습이…….

즐거워 보였다.

목을 베고 흉곽을 깨부수는 그 모습이 무거운 의무감에 어쩔 수 없이 하는 것이라기보다 즐거움에 혹은 해방감에 젖어 어찌할 줄 모르는 것처럼 보였다. 그걸 깨달은 순간, 멜즈는 얼음물을 뒤집어쓴 듯 오싹해졌다. 지금 이사나가 죽이고 있는 것은 적이었다. 인류를 좁디좁은 새장 안에 가둔 천적이었다. 하지만 멜즈는 이사나에게 존경심을 느낀다기보다 이사나의 아래에서 무자비하게 찢겨진 알리페르에 이입되었다. 손발이 덜덜 떨려왔다. 죽음을 목전에 둔 것처럼 뒷목이 서늘해졌다. 멜즈는 압도적인 공포에 다리를 후들거리다가 힘없이 주저앉고 말았다.

몰랐다. 나는 정말 이사나에 대해 아무것도 모르고 있었다.

제멋대로 만든 틀에 그를 집어넣고 마음대로 판단하고 있었을 뿐이었다.

그 틀 안에 이런 이사나의 모습은 들어갈 수 없었다.

멜즈는 희게 질린 얼굴로 고개를 들어 다시 이사나가 있던 자리를 바라보았다. 한데 이사나의 모습이 보이지 않았다. 의문을 느끼기도 전에 멜즈는 위에서 내리꽂히는 무거운 살기에 놀라 옆으로 몸을 굴렸다. 금방까지 있던 자리에는 두꺼운 헤비 블레이드가 깊이 꽂혀 있었다. 모골이 송연해지는 것도 잠시, 풀숲에 구겨진 멜즈는 블레이드를 천천히 빼내는 이사나를 올려다보았다.

먹이사슬의 최정점에 선 육식 동물이 눈앞에 있는 것 같았다. 찌를 듯한 살기와 위압감에 멜즈는 감히 숨조차 제대로 내쉴 수 없었다. 멜즈의 안을 채운 것은 오직 두려움뿐이었다. 이미 정해진 죽음이 형태를 갖춘 듯한 두렵기 짝이 없는 모습에 멜즈는 자신도 모르게 뒷걸음질 쳤다. 하지만 이사나는 무표정한 얼굴로 천천히 멜즈에게 다가올 뿐이었다. 그가 블레이드를 높이 들어 올린 순간, 멜즈는 두 팔로 머리를 감싼 채 질끈 눈을 감았다.

죽는다……!

칼날이 바람을 가르며 내려오는 걸 느끼며 멜즈가 작게 숨을 집어삼키는데, 칼날이 머리 위에서 멈춰 섰다.

"멜, 즈……?"

이사나의 중얼거림에 멜즈는 그제야 감고 있던 눈을 슬쩍 떴다. 거짓말처럼 살기도 위압감도 지워져 있었다. 그냥 평소의 이사나 그대로였다. 이사나는 당혹감을 고스란히 드러낸 채 멜즈를 내려다보았다. 그러다 돌연 얼굴을 굳히더니 멜즈의 멱살을 붙잡아 어디론가 집어 던졌다.

"으악!"

부지불식간에 관목이 우거진 수풀 속에 처박힌 멜즈는 신음성을 내뱉으며 자리에서 일어나는데, 눈앞에서 펼쳐진 광경에 할 말을 잃어버렸다. 이사나가 교전하고 있었다. 아까처럼 하나가 아닌, 셋, 아니 너덧은 됨직한 알리페르들에게 공격 받으며 블레이드를 휘두르고 있었다.

알리페르는 아까와 달리 몸을 사리지 않은 채 이사나에게 달려들었고 이사나 역시 아까와는 비교도 안 될 정도로 날카로운 공격을 해대고 있었다. 멜즈는 숨조차 제대로 내쉬지 못한 채 그 모습을 바라보는데, 이사나가 쓰러뜨린 알리페르 중 하나가 멜즈의 발치에 추락했다. 멜즈가 겁에 질려 어찌할 줄을 모르는데, 알리페르는 내장이 줄줄 흘러나오는 중상에도 개의치 않고 멜즈에게 기어 오더니 단말마처럼 이 말을 내뱉었다.

"도……망, 쳐……."

'제국어?'

알리페르가 말을 할 줄 안다는 건 알고 있었다. 하지만 제국어를 말할 줄은 꿈에도 생각지 못했다. 게다가 도망치라니…… 도대체 무슨…….

멜즈는 혼란에 빠지는데, 어느새 뒤쫓아 온 이사나가 알리페르의 머리통을 반으로 쪼개 놓았다. 풀냄새가 뒤섞인 피비린내 속에서 이사나는 어딘가 초조해하는 것 같기도 혹은 두려움에 빠진 것 같아 보이기도 했다. 멜즈는 영문을 알 수 없어 멍하니 이사나만 바라보는데, 이사나의 뒤로 또 다른 알리페르가 급습해 왔다. 그에 이사나는 사납게 얼굴을 일그러뜨리며 알리페르를 풀밭에 내동댕이친 뒤 블레이드로 복부를 갈라 내 절명시켰다.

알리페르는 피거품을 토해 내며 경련하다가 움직임을 멈추었다.

그것을 끝으로 초원은 다시 조용해졌다. 이사나는 한동안 거친 숨을 몰아쉬며 그 자리에 서 있다가 고개를 돌렸다. 그에 멜즈가 몸을 움츠리며 놀라는데, 이사나가 멜즈에게 다가와 물었다.

"일어날 수 있겠니?"

멜즈는 팔다리가 후들거리는 걸 진정시키려 노력하며 간신히 자리에서 일어섰다. 그러자 이사나는 조금 머뭇거리다가 내뱉었다.

"함부로 진영 밖으로 나오면 안 돼, 위험해."

"……."

"돌아가자."

이사나는 잡아채듯 멜즈의 손을 꽉 붙잡고서 왔던 길을 되돌아갔다. 천적의 핏물로 흠뻑 젖은 초원을 지나 필사적으로 이사나를 뒤쫓았던 길들을 되짚어 갔다. 멜즈는 마치 억지로 끌려가는 것처럼 이사나에게 꽉 붙들려 콜로니로 돌아가고 있었다. 손이 아프다거나 천천히 가자는 말 따윈 입에도 올릴 수 없었다. 평소라면 잘난 척 떠들었을 입이 실로 꿰매진 것처럼 조금도 움직여지지 않았다. 그렇게 말없이 풀숲을 지나고 있는데, 멜즈는 문득 이사나에게 붙잡힌 손이 축축하다는 걸 깨달았다.

'피…….'

서쪽으로 넘어가는 달빛 아래로 두 사람의 손을 적시는 액체가 무엇인지 똑똑히 보였다. 멜즈에게 다친 곳이 없으니 이 피는 이사나가 흘리는 것이리라. 하지만 멜즈는 아무 말도 할 수 없었다. 어쭙잖게 다친 게 아니냐고 걱정한다거나 왜 이런 무모한 짓을 하냐고 화내는 말 따위는 조금도 내뱉을 수 없었다.

콜로니 (3)

그렇게 큰일이 있었건만, 콜로니 안의 모습은 평소와 다를 바 없었다. 여전히 이사나는 엘든과 함께 한창 건물을 짓는 콜로니 내를 시찰하고 다녔고 멜즈는 진저와 함께 생체 의수의 배터리를 개량하는 데 골몰했다. 멜즈의 얼굴에 난 생채기에 간혹 의아해하며 연유를 묻는 사람도 있었지만, 그 누구도 멜즈가 본 것을 공유하진 못했다. 사실 멜즈조차 그날 밤 본 것들이 꿈이 아닐까 싶을 정도로 현실감이 없었기 때문이다.

이사나는 괜찮을까?

멜즈는 습관처럼 이사나의 안부를 궁금해했지만, 사령부 막사를 기웃거린다든가 주변 사람들을 찾아가는 짓 따윈 하지 않았다. 두 사람의 손을 흠뻑 적실 정도로 피를 흘렸지만, 이사나는 조금도 버거운 기색 없이 멀쩡한 얼굴로 진영 내를 돌아다니며 업무를 보았다. 다만, 탐사대 출발 날짜가 앞당겨졌다는 이유로 더 이상 기술팀에 들르지 않게 되었을 뿐이다. 그에 멜즈는 아닌 척하면서도 내심 안심했다. 도무지 어떤 얼굴로 이사나를 봐야 할지 알 수 없었기 때문이다.

그렇게 어영부영하는 사이, 제국의 옛 왕터를 찾기 위한 첫 번째 탐사가 시작되었다. 갑작스레 앞당겨진 일정에 모두 의아해했지만, 이사나의 명령이었다는 말에 다들 별다른 반발 없이 납득했다. 탐사대는 기존의 스펙터 부대원과 이번에 새로 들어온 신병들로 구성되었는데, 인원수는 총 스무 명 남짓이었다. 앞으로 한 달 이상 걸릴 일정이었지만, 멜즈는 그저 먼발치에서 이사나를 지켜보았을 뿐 따로 배웅하진 않았다.

이사나가 콜로니 밖으로 나가고 멜즈는 더욱 바빠졌다. 탐사에서 돌아오는 즉시 멜즈를 헥사비스로 돌려보내겠다는 이사나의 말에 몸이 단 진저가 하루에도 몇 개씩 새로운 계획서를 만들어 오며 멜즈에게 모두 해 내라고 떼를 쓴 탓이다. 평소였다면 불평불만 정도는 뱉었을 멜즈였지만, 이번에는 군소리 없이 진저가 시키는 대로 했다. 그 결과 한 달도 되지 않아 기술팀 안에 멜즈의 손길이 닿지 않은 곳이 없게 되었다.

"탐사대에서 내일 북서쪽으로 선회하겠다는 통신이 왔는데 어떨 거 같아?"

콜로니 밖에 있는 탐사대로부터 온 전보를 내려다보며 진저가 묻자, 멜즈는 막사 벽면에 세워진 커다란 기계를 몇 번 조작했다. 그러자 입력된 알고리즘에 따라 필요한 정보가 연산되어 결과물이 출력

되었다. 멜즈는 총 다섯 장으로 요약된 결과지를 눈으로 훑으며 진저에게 말했다.

"음, 나쁘지 않아요. 근처에 알리페르도 없고 비도 오지 않을 거고요. 다만 안개가 좀 끼겠네요."

멜즈가 다 본 결과지를 진저에게 건네자, 진저 역시 그걸 훑어보았다. 온도, 습도, 풍향, 알리페르의 유무가 반경 500m마다 시간과 함께 기록되어 있었다. 이 정도면 안심이었다. 진저는 기특하다는 듯 멜즈를 바라보았다. 멜즈가 아브노아 존데 번역기를 만들어 주지 않았다면 매번 백 장씩 토해 내는 모스 부호를 일일이 번역하느라 하루를 다 소진했을 터였다.

어느 것 하나 의지가 되지 않는 구석이 없었다. 지식이면 지식, 기술이면 기술, 계산기가 따로 필요 없는 연산 능력까지. 진저는 멜즈에게 질투조차 나지 않았다. 그저 실제로 저런 사람이 존재할 수 있구나 하는 감탄뿐이었다. 그랬기에 진저는 아쉬움을 느꼈다. 어느새 탐사대가 콜로니를 나간 지 한 달이 다 되어 가고 있었다. 틈틈이 보급을 받는다 해도 일정상 탐사는 길어 봐야 두 달이 한계였다. 그러니 얼마 안 있으면 멜즈와도 헤어지게 되는 것이다. 이제껏 도움을 많이 받은 데다가 사적으로도 꽤 친하게 지낸 탓에 진저는 멜즈와 이별할 시간이 다가올수록 아쉽게 느껴졌다.

"그런데 말이야, 너 각하와 무슨 일 있었어?"

"……아뇨, 별로."

멜즈는 태양 전지와 연결된 배터리의 출력 상태를 점검하며 아무렇지 않게 대답했다. 하지만 진저는 여전히 의구심 어린 눈으로 멜즈를 바라볼 뿐이었다.

"하지만 예전에는 하루 종일 각하의 주변을 맴돌면서 어떻게든 말한마디 더 붙이려고 전전긍긍했으면서 저번에 탐사대가 출발할 때는 마중조차 나가지 않았잖아. 그 뒤로 각하에 대한 얘기는 일절 꺼내지도 않고."

"……."

멜즈가 못 들은 척 할 일만 계속하자, 진저는 한숨을 내쉬며 말했다.

"내 주제에 이런 말 하기는 좀 그런데, 각하께선 꽤 불쌍한 사람이야. 사관 학교 졸업하기 전부터 알리페르와 싸워 왔고 렉사 토벌전에선 그나마 친분 있던 사람들이 모두 죽었지. 그, 뭐랄까, 정서적으로 황폐한 사람이라고나 할까?"

"……."

"짊어진 게 많은 만큼 사람들 눈을 많이 의식하셔. 그래서 더욱 아픈 걸 아프다고, 힘든 걸 힘들다고 말할 수 없고. 그런데 너한테는 편지도 꼬박꼬박 보내고 사적으로도 자주 만나며 친하게 지냈다고 했잖아? 그런데 이대로 헤어지게 된다면 각하께서도 분명 마음 쓰이실 거야."

이사나가 헥사비스로 돌려보내겠다고 말해 두 사람 사이가 틀어진 걸로 아는 진저는 조심스럽게 충고했다. 그에 멜즈는 한숨을 내쉬며 진저에게 말했다.

"……그런 거 아니에요."

"응?"

"먼저 들어가세요. 전 이거 마저 손보다가 들어갈게요."

멜즈가 잔뜩 가라앉은 얼굴로 말하자, 뭐라 더 할 말이 없어진 진저는 멜즈만 남겨 둔 채 막사를 떠났다. 진저가 나간 뒤에도 멜즈는 한참 동안 기술팀 막사에 머물며 개량된 배터리의 성능을 시험했다.

이리저리 복잡한 마음으로 일에 골몰하다 보니 어느새 배터리 개량은 끝난 상태였다. 시제품을 실제로 장착해 보고 오류가 없는지 확인만 하면 멜즈가 할 일은 끝나는 것이다. 멜즈는 완성된 배터리를 테이블 구석에 밀어 넣은 뒤 쓰러지듯 그 자리에 엎드렸다.

멜즈는 그날의 광경을 보고 나서야 이사나가 자신을 돌려보내려 한 까닭을 이해할 수 있었다. 이제껏 너무 제멋대로 생각하고 있었다. 이사나와 살아온 환경이 그렇게 달랐는데 어떻게 서로를 같다고 여길 수 있었을까? 이사나가 이제껏 살아온 곳이 전쟁터였다면 멜즈가 살아온 곳은 알리페르가 나타나기 전인 구세계와 같았다. 알리페르에 대한 얘기를 듣긴 했지만, 정작 입대하기 전까지 구체적으로 그들이 어떻게 위협적인지 심지어 어떻게 생겼는지 본 적조차 없었다. 이사나와 에드먼드에게 속아 그대로 학위를 수여받았다면 평생 헥사비스 밖에 대해 궁금해하지도 않았을 터였다.

하지만 이사나는 어떠한가. 진저의 말대로 미성년의 나이로 첫 출전을 해 이제껏 황제 대신 헥사비스 근처에 무리 짓는 알리페르들을 토벌해 왔다. 그토록 사람과 비슷하게 생긴 생물을 그리도 오랜 세월 동안 해친 사람이 어떻게 온전한 정신을 가질 수 있을까? 더군다나 이사나는 렉사 토벌전에서 알리페르에게 팔다리를 잃은 경험이 있었다. 평범하게 살아갈 수 있다는 게 도리어 이상한 일이었다. 그런데 단 한 번도, 의심조차 해 본 적이 없었다. 그 역시 다치고 피를 흘릴 수 있는 인간인데 말이다.

나는 어쩌하고 싶은 걸까?

여전히 이사나를 떠올리면 그가 걱정되고 보고 싶었다. 하지만 내가 보고 싶은 모습이 이사나의 진짜 모습이긴 한 걸까? 다른 사람들처럼 원하는 모습만 보고 싶은 게 아닐까?

어째서인지 이사나에게 다가가면 갈수록 시험받는 듯한 기분이 들었다.

어쩌면 이사나의 말대로 헥사비스로 돌아가는 게 옳은 일일지도 몰랐다. 이사나는 이사나가 보이고 싶은 만큼 보여 주고 나는 내가 보고 싶은 만큼만 보고. 나 역시 이사나에게 보이고 싶지 않은 부분이 많지 않은가. 이사나는 섣불리 영역을 침범하는 내가 거슬려 싫다고 말한 걸지도 몰랐다. 매일 보고 싶어도 참고 서로에게 상처가 되지 않을 좋은 모습만 보이며 사적인 영역을 지켜 주는 그런 관계가 이사나가 원하는 관계일지도 몰랐다.

그날 이사나가 보인 모습은 어렵지만, 받아들일 수 있었다. 하지만 이사나는, 그런 모습을 보이는 게 싫었을 것이다. 그래서 억지로 돌려보내려 하는 것이다. 그러니 그가 원한다면 돌아가야 했다.

하지만…….

멜즈는 도무지 답이 나오지 않는 문제에 한숨만 푹 내쉬다가 자리에서 일어났다. 그리고 막사 안의 통신실로 들어가 습관처럼 헤드셋을 뒤집어썼다.

뚜―뚜뚜― 뚜뚜뚜― 뚜―뚜―뚜 뚜―.

헤드셋 안에서 길고 짧은 신호음이 끝도 없이 밀려들어왔다. 콜로니 근처를 떠다니는 아브노아 존데에서 오는 신호음이었다. 닷(dot)과 대쉬(dash)로 가득한 세계에 귀를 기울이자, 멜즈의 머릿속으로 어렵지 않게 모스 부호가 번역되어 지도 위에 정보가 새겨졌다. 이걸 듣고 있자니 옛날 생각이 났다. 예전에도 헥사비스 밖에 있는 그를 걱정해 항상 시간이 날 때마다 이 무기질적인 신호음에 귀를 기울였다. 혹여 하나라도 뭔가를 놓쳐 그가 위험해지지 않을까 노심초사하면서 말이다.

헥사비스로 되돌아가면 선생님이 냉정한 얼굴로 맞아 주실 것이다.

오만하고 어린 생각으로 들여서는 안 될 영역에 발을 들였다가 쫓겨나듯 되돌아온 제자를 비웃으며 예전처럼 다시 학자의 길로 들어설 것을 종용할 것이다.

하지만, 이사나의 곁에 있을 수 없는 학자 따위의 삶이 도대체 무슨 의미가 있을까.

멜즈는 회한 어린 얼굴로 헤드셋에 귀를 기울이다가, 문득 어떤 위화감을 감지해 냈다. 평소라면 단순한 오류로 흘려 넘겼을 아주 작은 거슬림이었다. 하지만 그날따라 그것을 도무지 넘길 수 없었던 멜즈는 헤드셋을 낀 채 과거 자료를 살펴보기 시작했다.

단순한 변덕으로 찾아본 일이었는데, 그 오류는 현재뿐 아니라 과거에도 종종 발생한 적 있는 것이었다. 그저 총 정보량에 비해 빈도수가 극히 적었을 뿐이었다. 뭔가 이상했다. 멜즈는 헤드셋을 옆에 벗어 둔 채 밤새도록 과거 기록을 뒤져 '그것'들을 전부 솎아 냈다. 그리고 결론 내렸다.

결코 우연이 아니었다.

뭔가가 있다, 이곳에.

멜즈는 테이블 위에 넓게 펼쳐 놓은 지도 한곳을 노려보며 그렇게 단정 지었다.

* * *

다음 날 늦은 아침, 사령부에서 긴급 군사 회의가 소집되었다. 좀 처럼 없는 일이라 각 부처의 간부들은 의아해하면서도 작전실로 들 어왔다. 작전실 안에는 기술팀 총괄 책임자인 진저와 못 보던 부사 관 하나가 같이 서 있었다. 부사관은 저번 보급 때 들어온 신병인지 꽤 어려 보였고 얼굴이 제법, 아니 눈에 띄게 예쁘장했다. 그러다 예 쁘장한 부사관이 누구인지 알아차린 한 장교가 옆 사람에게 속닥거 렸다. 저 녀석이 소문으로만 듣던 이사나 황자의 미동……. 그런데 저놈이 왜 여기 들어와 있지?

작전실 안의 군 간부들은 호기심과 못마땅함 가득한 얼굴로 멜즈를 힐끔거렸다. 그에 멜즈는 거북함을 느꼈지만, 짐짓 모르는 척 조용히 그 눈빛을 견뎠다.

"소집에 응해 주셔서 감사합니다."

소집령을 받은 군 간부들이 모두 착석하자, 진저는 굳어진 얼굴로 그들에게 인사했다. 소집령을 내린 사람이 기술팀 총괄 책임자였단 말인가? 작전실 안의 장교들은 의아한 얼굴로 칠판 앞에 선 진저를 바라보았다. 군법상 진저 역시 군사회의 소집령을 내릴 수 있었지 만, 이제껏 전례가 없던 일이기 때문이다. 게다가 진저는 전에 없이 진지한 얼굴을 하고 있었다.

군에 몸을 담고 있는 기술팀의 우두머리지만, 진저는 군인이라기 보다 민간인에 가까웠다. 매사에 가볍고 진중하지 못하다는 평을 받던 그였기에 더욱 소집 이유가 궁금해질 수밖에 없었다. 진저는 의아해하는 군 간부들을 바라보며 말했다.

"제가 긴급회의를 소집한 이유는 아브노아 존데에서 이상한 움직임이 발견되었기 때문입니다."

"알리페르가 나타난 건가?"

어느 간부의 물음에 진저는 고개를 가로저으며 말했다.

"그건 아닙니다만, 어쩌면 그것보다 더 중요한 사안이라고 할 수 있습니다."

진저는 옆에 서 있던 멜즈에게 눈짓했다. 그에 멜즈는 칠판 위에 콜로니의 주변부가 그려진 지도를 고정시킨 뒤 그 위로 어떤 기호를 그려 넣기 시작했다. 임관한 장교라면 누구나 아는 아브노아 존데의 정보 기호였다. 어젯밤 18시에 수신된 정보를 검은색 마카로 빈틈없이 그려 넣은 멜즈는 이어서 파란색 마카로 세 시간 후에 수신된 정보를 그려 넣기 시작했다.

그런데 왜 아무것도 안 보고 그려 넣는 거지? 설마 저 많은 정보를 전부 외우고 있는 건가? 거대한 칠판을 가득 채운 지도 위로 백여 개 남짓한 기호를 일일이 손으로 표기하는 멜즈를 군 간부들은 신기한 눈으로 바라보았다. 그제야 군 간부들은 '이사나 황자의 미동'이 온갖 신무기를 개발한 '천재 소년'과 동일 인물이라는 것을 기억해 냈다. 한번 보면 절대 잊지 않는다는 그 명성에 걸맞게 기호를 그려 넣는 그의 손은 머뭇거림조차 없었다.

멜즈는 지도 위에 기호를 전부 그려 넣은 뒤, 지도의 어느 한 구역을 빨간 마카로 동그랗게 표시했다. 군 간부 중 하나가 의아해하는 얼굴로 물었다.

"그게 뭐가 이상한 건가?"

멜즈가 표시한 구역은 시탈로프 활엽수림 부근이었다. 하지만 숲이라는 걸 제외하면 다른 곳과 별다른 차이가 없어 보였는데, 멜즈가 마카로 모든 아브노아 존데의 이동 경로를 벡터값으로 표시하기 시작했다. 그제야 군 간부들은 뭐가 이상한지 알아차렸다.

"반, 대로 가고 있어?"

빨간 마카로 동그랗게 표시한 구역 안의 존데만이 다른 존데들과 달리 풍향을 거슬러 반대로 이동하고 있었다. 왜지? 작전실의 간부들은 모두 의아해하는데, 진저가 말했다.

"이 이상한 행동을 보이는 존데의 고도를 살펴본 결과, 다른 존데들과 달리 지상에 가깝게 움직이고 있는 것을 확인했습니다. 이동 속도는 약 3kmh로 굉장히 느렸고요. 하지만 이 존데에서 알리페르가 비행할 때 발생시키는 진동수를 감지해 내진 못했습니다. 그리고."

진저의 눈짓에 멜즈는 A4 크기로 작게 복사한 여러 장의 지도를 간부들에게 나눠 주었다. 그리고 진저는 그들에게 말했다.

"이런 양상은 과거에도 여러 차례 있었습니다. 유독 이 숲 근처에서만요."

진저의 말에 작전실 안의 간부들이 웅성거렸다. 그렇다면 알리페르 놈들이 아브노아 존데의 목적을 이해하고 이제껏 이용하고 있었다는 말인가? 하지만 저 숲 근처에서밖에 이상이 없다고 하지 않은가. 그렇다면 도대체 뭐지? 작전실 안이 대번에 소란스러워지는데, 가장 상석에 앉아 있던 장성이 지루하기 짝이 없다는 얼굴로 진저에게 말했다.

"그게 회의를 소집한 이유의 전부인가?"

"네? 네…… 그렇습니다만."

장성의 말에 진저는 다소 당황한 얼굴로 우물거렸다. 그에 멜즈는 중년의 장성을 바라보았다. 그는 제국군 부사령관인 바나드 중장으로 이사나가 자리를 비우는 동안 콜로니와 제국군의 통솔을 맡게 된 자였다. 겉으로는 정치적 중립을 표방하고 있지만, 그가 부사령관으로 임명된 데에 황제의 입김이 있었다는 건 공공연한 비밀이었다. 멜즈가 긴장 어린 얼굴로 그를 바라보는데, 바나드 중장이 노골적으로 귀찮아하는 얼굴로 진저에게 말했다.

"내 생각엔 자네가 괜한 억측을 하는 게 아닐까 싶은데. 심각하게 말하고 있지만, 자료를 보아하니 이제껏 이런 오류가 발생한 건 열몇 건밖에 안 되더군. 자네도 알다시피 아브노아 존데는 기계 회로가 달린 조잡한 풍선 장난감에 불과하지 않은가? 어딘가에 부딪치고 깨져서 이상한 신호를 보내고 있었던 거겠지."

"……."

"단순한 기기 결함 따위로 괜히 아침부터 소집이나 하고. 쯧, 이놈이나 저놈이나 군대를 뭘로 생각하고 있는 건지."

버나드 중장의 면박에 멜즈는 분노로 얼굴이 새빨갛게 달아올랐다. 확실히 자신이 개발한 아브노아 존데는 경제성을 이유로 원재료비를 싸게 들여 그로 인한 오류가 종종 발생했다. 하지만 이번만큼은 오류에 의한 게 아니었다. 오류가 난 것은 오류가 난 것 나름대로 판단할 근거나 범위가 있었다. 그것에 대해 반박하려 해도 멜즈는 이 작전실 안에서 발언권이 없는 말단 부사관에 지나지 않았다. 화가 나는 것도 나는 거지만, 자신의 주장으로 회의를 소집한 진저에게 피해가 가지 않을까 걱정이 되었다. 그런데 진저가 굳어진 얼굴로 말했다.

"아니요, 이번 건만큼은 절대 기기 결함에 의한 오류가 아닙니다. 그건 제 명예를 걸고 단언할 수 있습니다. 아브노아 존데는 절대

조잡한 장난감 따위가 아닙니다. 그리고 이 사태를 가볍게 여기시는 건 오히려 각하이지 않으십니까."

"……뭐가 어째?"

생각지도 못한 진저의 반박에 버나드 중장이 어처구니없다는 듯 진저를 노려보는데, 진저는 얼굴이 새하얗게 질리면서도 빠르게 쏘아붙였다.

"이제까지의 알리페르전이 단순한 백병전에 불과했다면, 지금은 일종의 정보전으로 성격이 완전히 바뀌어 있습니다. 지난 5년간 제국군이 알리페르와의 전면전을 대비해 존데를 띄우고 땅에 통신망을 매설한 것은 존데로부터 얻은 정보로 제국군의 희생을 최소화하기 위해서였습니다. 그러니 만일 이게 아브노아 존데 그 자체의 오류라고 해도 그 지역에서만 발생되는 이유가 무엇인지 우리는 반드시 밝혀내야만 합니다. 전쟁을 오늘까지만 하는 게 아니라면, 우리는 정보전에서 불확정적인 요소가 될 것들을 반드시 찾아내 배제해야 한다고 생각합니다."

진저의 강력한 주장에 멜즈는 물론이요, 작전실 안에 착석한 군 간부들 역시 놀란 눈으로 진저를 바라보았다. 기술팀의 우두머리로 진저는 꽤 오랫동안 최전방에 나와 있었지만, 사실 그는 매우 소심하기로 유명했다. 윗사람이 조금만 윽박질러도 깨갱하며 시키는 대로 다 했던 그인데, 그가 정면으로 부사령관에게 반박하고 있었다.

그래도 윗사람을 거스르는 게 두려운지 진저는 버나드 중장을 똑바로 바라보면서도 몸을 벌벌 떨고 있었다. 아마도 과학자로서의 마지막 양심이 진저로 하여금 물러날 수 없게 하는 듯했다. 멜즈는 그런 진저를 보며 적지 않게 감동하는데, 말문이 막힌 버나드 중장이 신경질적으로 진저에게 소리 질렀다.

"아, 그래서 도대체 뭘 어쩌자는 게야!"

"그, 그게……."

아까의 반박으로 1년 치 용기를 다 쏟아부었던 진저가 버벅대는데, 회의에 참석하고 있던 엘든이 자리에서 일어나며 말했다.

"그래서 콜로니 밖에 있는 탐사대에게 존데의 이상 반응을 보고하고 귀환 날짜를 늦출 수 없는지 의견을 물어볼까 합니다."

"귀환 날짜를 늦춘다고?"

"네. 하지만 귀환을 늦춘다고 해도 이대로 탐사를 지속하기엔 물자가 부족할 테니 보급대를 통해 물자를 보내긴 해야 할 겁니다. 거리가 멀어 여기서 물자를 싣고 가면 대략 저 구역의 경계면쯤에서만날 수 있습니다. 귀환을 늦추겠다는 연락이 오면 자세한 얘기는제가 가서 보고하도록 하겠습니다."

엘든의 말에 버나드 중장은 못마땅한 얼굴로 엘든과 진저, 그리고멜즈를 바라보았다. 하지만 '안 된다'고 말하기엔 이미 작전실 안 분위기가 '가야 한다' 쪽으로 기울긴 했다. 버나드 중장은 혀를 차며내키지 않는 얼굴로 말했다.

"자네들 알아서 해."

버나드 중장의 허가를 끝으로 회의는 빠르게 끝이 났다. 회의가끝나고 작전실에 있던 군 간부들이 전부 나가자, 진저는 멋쩍은 얼굴로 엘든에게 인사했다.

"아까는 도와주셔서 감사합니다."

"자네가 회의를 소집한다고 했을 때부터 이렇게 될 걸 짐작하고있었어."

심드렁한 엘든의 대꾸에 진저는 "아하하……." 하고 멋쩍게 웃었다. 여전히 칠칠치 못한 얼굴을 한 기술팀 책임자에게 혀를 찬 엘든은 고개를 돌려 멜즈에게 물었다.

"저 구역을 발견한 건 자네인가?"

"네."

"자넨 저 안에 있는 게 뭐라고 생각하나?"

엘든의 물음에 멜즈는 미간을 찌푸리며 말했다.

"뭐라고 확답할 순 없지만, 분명 무언가가 존재해요. 그게 저 안에서 일부러 정보를 차단하고 있어요."

하늘에 띄워 놓은 아브노아 존데의 수가 많다고는 하지만, 드넓은 대륙을 전부 뒤덮을 정도로 많은 건 아니었다. 그렇기에 정보가 누락되는 부분이 생길 수밖에 없었다. 하지만 저 영역의 중심만큼은 존데가 단 한 번도 통과한 적이 없었다.

단순한 자연 현상에 의한 것이었으면 좋으련만, 지난 1년간 지나치게 평화로웠던 탓에 도리어 불안만 가중되고 있었다. 부디 제국군에게, 그리고 이사나에게 해가 되는 일이 없었으면 좋겠는데……. 초조한 마음에 멜즈는 자신도 모르게 입술을 잘근거리다가 엘든에게 말했다.

"중령님."

"왜."

"탐사대에서 저 구역을 탐사하겠다는 답이 오면 저를 보급대에 넣어 그곳까지 따라갈 수 있게 해주세요."

"뭐어?"

멜즈의 말에 진저는 그게 무슨 말도 안 되는 소리냐는 듯 소리쳤다.

마찬가지로 엘든 역시 미간을 찌푸리며 안 된다는 말을 하려는데, 멜즈가 선수 치듯 다다다 쏟아부었다.

"만약 알리페르에 의한 영향이 아니라면 그에 대한 원인을 조사해야 하잖아요? 그러니 적어도 탐사대와 만날 근처에서라도 그 원인을 조사해 보고 싶어요."

"……."

"미흡하지만 전 특수 부사관 훈련 과정을 전부 이수했어요. 무슨 일이 생긴다 해도 나름대로 대처할 수 있다고 생각해요. 절대 무모한 짓으로 다른 사람 발목을 잡지 않을게요."

필사의 설득에도 여전히 진저와 엘든이 만류하고 싶어 하는 기색을 보이자 멜즈는 어두운 얼굴로 두 사람에게 진심을 털어놓았다.

"……각하께서 돌아오시면 전 헥사비스로 돌아가야 하잖아요? 그러니 마지막으로 한 번 더 그분께 도움이 되고 싶어요."

회한 어린 멜즈의 얼굴에 엘든과 진저는 말없이 그를 바라보았다. 특히 탐사대가 출발하기 전, 두 사람 사이에 무슨 일이 있었는지 아는 엘든으로선 더욱더 입맛이 쓸 수밖에 없었다. 달리 멜즈를 설득할 말이 없었던 엘든은 결국 멜즈의 주장을 받아들여 그를 보급대에 넣기로 했다.

그날 저녁, 탐사대로부터 귀환을 늦추고 해당 지역을 탐사하겠다는 전보가 도착했다.

* * *

뺨을 스치는 바람이 시원했다. 늦여름에서 가을로 접어드는 때라

가만히 있으면 덥고 땀이 났지만, 달리는 군용 트럭에 몸을 싣고 있는 지금은 그저 쾌적하게만 느껴질 뿐이었다. 평생 헥사비스 안에서 살아와서 그런지 멜즈는 바깥 풍경이 언제나 경이롭고 아름답게 느껴졌다. 짧게는 밤낮, 길게는 사계절에 따라 달라지는 풍경이 어떤 때는 기적같이 느껴지기도 했다.

알리페르와의 전쟁이 끝나면 모두 답답한 헥사비스가 아닌 이 드넓은 하늘 아래에서 살게 되겠지?

전쟁이 끝나면 이사나는 어디로 가게 될까? 헥사비스의 저택으로 돌아오게 되는 걸까?

이상하게도 멜즈는 헥사비스에 있는 이사나의 모습이 상상이 되지 않았다. 이제껏 줄곧 전쟁이 끝나고 이사나와 헥사비스에서 살아갈 날만을 기다리고 있었는데 말이다. 희한한 얘기지만, 전쟁이 끝나면 이사나가 미련 없이 헥사비스를 떠날 거란 생각마저 들었다. 그날 밤 본 것 때문인지는 모르겠지만 말이다.

복잡한 마음에 길게 한숨을 내쉬는데, 옆에 앉아 있던 알도가 멜즈에게 물었다.

"무슨 생각하고 있었어?"

"그냥…… 평화롭다 싶어서."

멜즈는 손에 쥐고 있던 창을 만지작거리며 얼버무리듯 말했다. 보급대에 끼여 콜로니에서 출발한 지 벌써 사흘째. 이제 조금만 더 가면 존데의 이상 반응이 나타난 시탈로프 숲에 도착하지만, 물자를 운반하는 트럭이 무장하고 있어서인지 이제껏 알리페르는 고사하고 흔한 들짐승조차 보지 못했다. 오히려 너무 평화로우니 온종일 잡생각밖에 떠오르지 않았다. 멜즈는 탁 트인 평원을 바라보며 애써 상념을 지워 내려는데, 알도가 말했다.

"그러네, 평화롭네. 이렇게 평화로운 줄 릭이 알았다면 자기도 따라오겠다고 엄청 때를 썼을 텐데."

알도의 말에 멜즈는 키득거렸다. 이번 보급 역시 저번에 떠난 탐사대와 마찬가지로 신병 몇몇을 차출해 실전 경험을 쌓도록 하고 있었다. 하지만 신중한 성격인 알도와 달리 릭은 다소 섣부른 데다 다혈질이라 상부에서는 일부러 릭을 콜로니에서 내보내지 않고 있었다. 지금쯤 릭은 교육이라는 명목 하에 선임들에게 엄청 굴려지고 있을 터였다. 멜즈는 속으로 릭의 명복을 빌어 주며 다시 드넓은 평원 쪽을 바라보았다. 그러다 문득 궁금해져 알도에게 물었다.

"알도, 넌 네 아내가 보고 싶지 않아?"

뜬금없는 말에 알도는 의아한 얼굴로 멜즈를 바라보다가 다시 평원 쪽으로 고개를 돌리며 대답했다.

"당연히 보고 싶지."

"그런데 왜 여기까지 온 거야?"

멜즈가 줄곧 궁금했던 것이었다. 그저 의무 복무 기간을 채우기 위한 것이라면 굳이 헥사비스와 멀리 떨어진 이곳까지 올 필요가 없었다. 그냥 적당히 위험하지 않은 곳에서 적당히 버티다가 제대하면 되는 것이었다. 하지만 콜로니에 자원한 이상 복무 기간이 길어지는 것은 물론이요, 거리가 멀어 편지조차 쉽게 오갈 수 없을 터였다. 소중한 사람이라면 일분일초라도 더 빨리 보고 싶을 텐데, 왜……. 멜즈가 궁금증 어린 눈으로 알도를 바라보자, 알도는 멋쩍게 웃으며 대답했다.

"그냥 내 욕심 때문에."

"욕심?"

다른 사람이라면 몰라도 알도에게 욕심이라니……. 물욕이라고는 조금도 없어 보이는 그가 그런 말을 하니 멜즈는 꽤 신기하게 느껴졌다. 그에 알도는 수줍게 웃으며 말했다.

"누나와 지상층에서 살아 보고 싶어서. 너도 알다시피 난 지하층 출신이잖아? 그래서 징집되고 나서야 햇빛을 처음 쬐어 봤어. 별거아닌 줄 알았는데, 정말 신기하고 행복한 기분이 들더라고. 이걸 누나에게도 느끼게 해 주고 싶었어."

최전방에 자원한 병사들에게는 그 공로를 인정해 전쟁이 끝나면 최우선적으로 바깥에 살 수 있는 권리가 주어졌다. 알도는 아마도 그것을 얘기하는 듯했다.

"훈련소에 처음 입소했을 때부터 누나가 햇볕 아래에 있는 모습만 상상했어. 그래서 누나가 가지 말라고 했는데 결국은 이렇게 와 버렸어. 사실은 매일매일 누나가 보고 싶어. 하지만 제대 후에 누나를 행복한 신부로 만들어 줄 수 있다면 보고 싶은 것쯤은 참을 수 있어. 이런 것도 결국 내 이기심인지 모르겠지만."

알도는 부끄러운 듯 웃었다. 그에 멜즈는 묘한 패배감을 느꼈다. 역시 알도는 자신과 다르게 어른이었다.

한담을 나누는 사이, 어느새 시탈로프 활엽수림이 한층 가까워져 있었다. 벌판 위로 드문드문 어린 나무가 나타나기 시작하더니 얼마 지나지 않아 울창한 숲이 눈앞에 펼쳐졌다.

"……."

헥사비스와 콜로니 주변은 전부 들판이었기에 이렇게 나무가 많이 있는 곳을 본 적이 없었다. 이제 막 가을 옷으로 갈아입은 숲은

녹색 잎에 발그스름한 단풍이 뒤섞여 오묘한 색채를 자아냈다. 그 모습이 무척이나 웅장하고 아름다워 멜즈뿐만 아니라 숲을 처음 보는 신병들 대다수가 넋을 놓은 채 숲을 바라보고 있었다. 그런 신병들을 잠시 지켜보던 엘든은 군용 트럭에서 내려 병사들에게 외쳤다.

"여기서 탐사대를 기다린다!"

엘든의 말에 보급대는 일사분란하게 트럭에서 내려 짐을 꺼내고 진지를 세우기 시작했다. 그에 멜즈와 알도 역시 그들을 따라다니며 일을 돕고 늦은 점심을 준비했다. 점심이라고 해 봐야 별거 없긴 했다. 계속 먹어 왔던 딱딱한 고형식을 물에 넣어 끓이고 삶은 콩과 소시지가 든 캔을 까는 것뿐이었다. 비루한 식단이었지만, 그것마저도 선임들이 전부 먼저 퍼 가 멜즈나 알도 같은 신병들에게 돌아오는 몫은 거의 없었다. 기껏해야 콩 몇 알과 작은 소시지 하나가 다였다.

형편없는 점심 식사를 내려다보며 멜즈는 한숨을 내쉬었다. 양도 양이지만, 사흘 연속으로 먹는 똑같은 식단에 진절머리가 났다. 그나마 콩은 괜찮았지만, 고기 특유의 비린내가 강한 소시지는 입에 넣는 것조차 고역이었다. 멜즈는 이번에도 소시지를 알도에게 넘겨주었다. 그러자 알도가 멋쩍게 웃으며 말했다.

"이렇게 줘서 나는 좋긴 한데, 넌 괜찮은 거야?"

"……원래 이런 거 잘 못 먹는 거 알잖아."

릭이었다면 멜즈가 배식을 받자마자 냉큼 가져다 입에 털어 넣었을 텐데, 역시 알도는 어른스러웠다. 매번 소시지를 넘겨줄 때마다 이렇게 미안해하니 말이다. 하지만 막상 소시지를 넘겨주니 먹을 양이 확 줄어들긴 했다. 알도가 자기 몫의 콩을 나누어 주긴 했지만, 물을 너무 타 허여멀건해진 수프와 콩 두 숟갈이 멜즈가 먹을 점심 식사의 전부였다. 소식하는 편이긴 했지만 역시 이것만 먹어서는 성이 차지 않을 것 같아 한숨을 내쉬는데, 엘든이 다가와 혀를 차며 말했다.

"편식은 여전하군, 하사."

"중령님?"

멜즈와 알도는 자리에서 일어나 경례하려는데, 엘든이 저지하며 두 사람을 다시 자리에 앉혔다. 그리고 두 사람의 식판을 내려다보며 물었다.

"그런데 자네들은 왜 그것밖에 받지 않았지?"

"······."

"······."

엘든의 물음에 멜즈와 알도는 말없이 먼저 배식을 받은 선임들을 바라보았다. 그들의 식판에는 콩이며 수프며 소시지 따위가 수북하게 쌓여 있었다. 그제야 어떻게 된 일인지 눈치챈 엘든은 혀를 차며 어디론가 향했다. 얼마 지나지 않아 취사병과 함께 돌아온 엘든은 손수 신병들의 식판에 콩과 소시지를 나눠 주기 시작했다. 며칠 만에 먹는 것인지 모를 다복한 양에. 굶주려 있던 신병들은 빼앗길세라 허겁지겁 배식판에 코를 박고 먹었다. 멜즈 역시 엘든에게 콩과 소시지를 받으며 인사했다.

"감사합니다."

"일부러 먼 곳까지 와서 고생하는데 먹는 거라도 잘 먹어야지."

엘든은 심드렁하게 답하며 다른 신병들에게 점심을 나누어 주러 갔다. 분명 엘든은 멜즈를 좋아하지 않았다. 오히려 전에 대놓고 싫어한다고 말을 했었다. 그렇게 싫어하는 사람이면 어떻게 지내든 상관하지 않아도 될 텐데 엘든은 종종 멜즈에게 얼굴을 내비치며 신경을 써 주었다. 아마도 이제까지 콜로니에 기여한 게 있는 만큼 대우해 주려는 것인지도 몰랐다. 공과 사가 칼 같은 점이 이사나와 꽤 닮아 있었다.

멜즈는 다른 병사들에게 소시지와 콩을 나누어 주는 엘든의 뒷모습을 지켜보았다. 오랫동안 최전방에서 활약한 장교답게 키가 훤칠하니 크고 어깨가 떡 벌어져 이상적인 군인의 표상이라고 할 수 있었다. 얼굴도 이사나만큼은 아니지만 그럭저럭 잘생겨 꽤 인기 있을 것 같았다. 저런 사람이 거의 10년 가까이 이사나의 곁을 지켜 왔다.

"……."

멜즈는 식판에 수북이 쌓인 소시지를 노려보았다. 엘든에 비해 자신은 아직 어리고 키도 한참 작은 데다가 음식까지 가려 먹어 몸이 비리비리했다. 어느 부분을 꼽아도 그다지 믿음직스러운 구석이 없었다. 새삼스럽게 치솟는 치졸한 마음에 멜즈는 위가 꼬일 지경이었다. 이사나가 엘든에게는 어떤 모습이든 다 보여 줬을 것 같았다. 괜한 꾸밈 같은 것 없이 민낯을 고스란히 전부 보여 줬을 것 같았다. 엘든은 자신과 달리 믿음직스러운 부관이니까!

괜히 부아가 치민 멜즈는 소시지를 두세 개씩 집어 입에 쑤셔 넣기 시작했다. 역겨운 비린 맛이 입안에 확 감돌자 절로 미간이 찌푸려졌지만, 소시지를 먹는 걸 그만두지 않았다. 쓴 약을 먹듯 잔뜩 일그러진 얼굴로 계속해서 소시지를 우물거리자, 알도는 걱정하며 말했다.

"멜즈, 싫으면 억지로 먹지 마."

"아, 아냐, 괘, 괜찮아! 이까짓 거 먹을 수 있어!"

멜즈는 최대한 소시지의 맛을 느끼지 않으려 노력하며 삼키듯 소시지를 먹어 치웠다. 식판 위의 소시지는 전부 해치웠지만, 입안을 맴도는 불쾌한 맛은 좀처럼 가시지 않았다. 멜즈는 미간을 구기며 수통 안에 든 물을 한입에 털어 넣었다.

"으……."

역시 안 하던 짓을 한 탓일까. 멜즈는 결국 체하고 말았다. 목 끝까지 치고 올라오는 소시지의 누린내로 머리가 핑핑 돌 지경이었다. 다른 병사들이 금방 세운 막사에서 휴식을 취하는 동안 멜즈는 숲속으로 들어가 나무둥치를 붙잡고 토했다. 한참 동안 속을 게워 낸 후에야 멜즈는 겨우 느글거리는 속을 진정시킬 수 있었다. 기진맥진해진 멜즈는 비틀거리며 자리에서 일어나다가 다시 미끄러지듯 풀썩 주저앉았다.

정말 꼴불견이 따로 없었다. 괜히 혼자 열등감에 사로잡혀 급하게 먹다가 이렇게 체하기나 하고 말이다. 정말 인정하고 싶지 않았지만, 자신은 애송이였다. 자신이 봐도 자신이 애 같은데 어른인 이사나의 눈엔 얼마나 한심해 보일까.

그러니 진절머리 내며 헥사비스로 돌려보내려 하는 거겠지.

자신은 알도처럼 좋아하는 사람을 위해 그리움을 참아 낼 만큼 인내심이 크지도, 엘튼처럼 의지할 수 있을 만큼 듬직하지도 못했다. 그냥…… 그에게 아무런 쓸모가 없었다.

'네가 싫어졌어. 나와 어떠한 관계가 되어도 상관없다고 했지? 하지만 난 아냐. 난 이제 네가 싫어. 성가시고 귀찮을 뿐이야.'

언제 떠올려도 가슴이 지끈거리는 말이었다. 머리로는 헥사비스로 쫓아내기 위해 한 말이라는 걸 알면서도, 그런데도…….

멜즈는 괜히 눈물이 날 것 같아 견뎌내듯 이를 악물었다. 그리고 다시 진지로 돌아가기 위해 자리에서 일어나는데 멜즈의 시야로 무언가가 눈에 들어왔다. 높이 자란 나무에 달라붙은 자그마한 무언가가 재빠른 속도로 나무를 오르고 있었다.

원숭이?

처음엔 원숭이인 줄 알았지만, 아니었다. 사람이었다. 사람이 왜 여기에……? 멜즈는 보급대의 병사인가 싶어 나무를 오르는 작은 인영을 유심히 살펴보았다. 인영은 나뭇가지에 걸린 무언가를 집어 옆구리에 끼더니 다시 빠르게 내려오기 시작했다.

아브노아 존데였다.

수소 가스가 들어 있던 풍선 쪽은 터졌는지 숨이 죽어 있었지만, 기기 부위는 여전히 작동하는지 다이오드가 반짝였다. 멜즈가 얼떨떨한 얼굴로 존데를 회수해 내려오는 인영을 살펴보는데, 인영이 땅에 가까워지자 다시 한 번 크게 놀랄 수밖에 없었다.

여자아이?

아브노아 존데를 회수해 나무에서 내려온 이는 멜즈와 비슷한 또래이거나 혹은 좀 더 어린 여자아이였다. 양 갈래로 머리를 땋고 생전 처음 보는 옷을 입은 소녀는 경계하듯 짐승처럼 주변을 두리번거리다가 얼어 있던 멜즈와 딱 눈이 마주쳤다.

"잠깐, 거기 서!"

멜즈와 눈이 마주친 소녀는 조금도 망설임 없이 숲속으로 달음박질쳤다. 그에 멜즈는 반사적으로 그녀의 뒤를 쫓았다. 저 소녀가 아브노아 존데의 이상 반응과 연관이 있음이 틀림없었다.

"거기 서!"

멜즈는 수풀을 헤치며 소녀에게 소리쳤다. 하지만 소녀는 뒤도 돌아보지 않고 뛰어갈 뿐이었다. 젠장…… 무슨 여자애가 저렇게 빨라? 멜즈는 기함하면서도 필사적으로 여자아이를 따라 깊숙이 더 깊숙이 숲속으로 들어갔다.

'어떡하지…….'

이미 보급대와는 거리가 꽤 멀어져 있었다. 하지만 지금 되돌아갈 수는 없는 노릇이었다. 저 여자아이를 발견한 건 천재일우의 기회였다. 지금 저 소녀를 놓친다면 아브노아 존데에서 이상 반응이 나타난 진짜 이유를 영영 알 수 없게 될지도 몰랐다. 멜즈는 이를 악물며 여자아이의 뒤를 쫓는데, 순간 나무뿌리에 발이 걸려 넘어지고 말았다.

"으악!"

팔다리가 얼얼할 정도로 세게 넘어졌음에도 빨리 뒤쫓아야 한다는 생각에 멜즈는 퍼뜩 자리에서 일어났다. 하지만 이미 여자아이는 온데간데없이 사라진 뒤였다. 멜즈는 망연자실하게 서 있다가 괜히 부아가 치밀어 나무뿌리를 걷어찼다. 하지만 아픈 건 자신의 발뿐이었다. 찌르르 올라오는 통증에 잠시 고통스러워하던 멜즈는 이내 통증이 가라앉자 한숨을 내쉬며 주위를 둘러보았다.

도무지 여기가 어디인지 알 수 없었다. 하지만 이대로 가만히 있을 순 없는 노릇이었다. 존데를 회수하는 소녀로 인해 이곳에 알리페르가 있는지 없는지 알 수 없는 데다가 해까지 저물게 되면 더더욱 길을 찾기 어려워질 터였다. 길을 잃으면 일단 물이 흐르는 곳을 따라 내려가라고 했던 걸 떠올린 멜즈는 먼저 물줄기부터 찾아보기로 했다.

"……."

소녀를 쫓고 있을 때는 몰랐는데, 혼자 있으니 숲이 꽤 스산하게 느껴졌다. 하늘 높이 솟아오른 나무들 탓에 아직 해가 저물지 않았음에도 주변은 어두컴컴했고 간간히 불어오는 바람에 나뭇잎들끼리 부딪치면서 이상한 소리를 냈다. 그게 꼭 무언가의 날갯소리 같아 멜즈는 더욱더 불안해졌다.

그런데 그 소녀의 정체는 무엇이었을까? 헥사비스는 남녀 모두 징집했지만, 여성은 주로 군수 물자를 만드는 공장이나 병원에 보내졌다. 드물게 헥사비스 밖으로 나올 때도 있었지만, 징집되었다고 보기에 여자아이는 너무 어렸다. 그리고 피부색 역시 오랫동안 햇빛에 노출된 이처럼 굉장히 까무잡잡했고 말이다.

……설마 알리페르인 건 아니겠지?

학계에서는 알리페르의 변종 중 인간과 구별이 힘들 정도로 외양이 비슷한 미성숙 개체가 존재함을 발표한 적이 있었다. 몇 년 전 헥사비스의 중앙 통제실에 침입해 사살된 개체가 바로 그것인데, 외견상 인간과 전혀 구분이 되지 않은 데다가 내부 장기조차 몇몇 기관을 제외하고는 동일했다. 단지 분자생물학적인 분석 방법으로 그 개체가 알리페르였음을 판별할 수 있었을 뿐이었다.

하지만 알리페르는 미믹인 상태일 때도 남성형을 하고 있었다. 그러니 어딜 봐도 여자였던 그 아이가 알리페르일 리 없었다. 그렇다 해도 찝찝한 건 매한가지였지만 말이다. 왜 나무에 걸려 있던 존데를 회수해 갔던 걸까? 그저 호기심에 그랬다고 보기엔 그녀가 지나치게 주위를 경계하고 있었다. 도대체 무슨 이유로 존데를 가지고 내려온 것이었을까.

골똘히 생각에 잠겨 걷고 있던 멜즈는 돌연 오싹한 기분에 멈춰 섰다. 숲이 지나치게 조용했다. 처음 숲에 발을 내디뎠을 때만 해도 들려오던 새소리나 풀벌레 소리가 어느 순간부터 뚝 끊어져 조금도 들리지 않고 있었다.

뭔가가 있다.

직감적으로 그렇게 떠올리자 잎새에 스치는 바람소리조차 평범하게 들리지 않았다. 만약 정말 이곳에 '그것'들이 있다면 언제까지 사냥감을 두고 볼까? 언제쯤 뛰쳐나와 목줄기를 물어뜯을까? 불안과 초조로 멜즈는 손바닥이 축축해지는 걸 느꼈다. 그들을 자극하지 않으려 노력하며 멜즈는 침착하게 앞으로 걸어 나갔다. 길을 찾겠다는 목적 따윈 깡그리 잊어버린 채 머릿속에는 조금이라도 더 살고 싶다는 본능만 가득할 뿐이었다.

그렇게 따가운 시선을 견디며 걸어가던 멜즈는 쒜액, 하고 바람을 가르는 소리가 들려오자마자 뛰기 시작했다. 다수의 무언가가 뒤쫓아 오는 게 느껴졌지만, 멜즈는 뒤를 돌아볼 용기조차 나지 않았다.

* * *

"오랜만입니다, 각하."

"대충 소식을 듣긴 했는데, 도대체 무슨 일이지?"

거의 한 달 만에 보게 된 이사나는 고생을 한 탓에 턱선이 날카로워졌지만, 그래도 건강해 보였다. 옆에서 잔소리할 사람도 없겠다 탐사하는 동안 아주 홀가분하게 날뛰었으니 당연한 건지도 몰랐다. 엘든은 괜히 꼬인 기분이 드는 걸 무시하며 이사나에게 말했다.

"그건 아브노아 하사가 설명해 줄 겁니다."

"멜, 즈가 여기 왔어?"

생각지도 못한 말에 이사나는 당혹감을 감추지 못하다가 이내 사납게 얼굴을 구기며 엘든에게 따졌다.

"왜 멜즈가 여기 있는 거야! 내가 분명히 말했지, 이번 탐사가 끝나면 헥사비스로 곧장 돌려보낼 거라고!"

"하지만 어쩔 수 없었습니다. 존데의 이상 반응을 발견한 건 그였고 그가 먼저 원인을 조사해 보고 싶다며 자원했으니까요."

"그렇다고 데려올 필요까진 없었잖아!"

"각하께서 데려오지 말라고도 안 하셨지 않았습니까."

얄밉기 짝이 없는 그의 말에 이사나는 이를 갈며 엘든을 노려보았다. 하지만 이내 따져 봐야 무의미한 일이라는 생각에 한숨을 내쉬며 엘든에게 물었다.

"그래서 지금은 어디에 있는데."

"막사에서 쉬고 있을 겁니다."

엘든의 말에 이사나는 곧장 신병들이 쉬고 있을 막사로 향했다. 그의 성격상 헥사비스로 돌아가기 전에 마지막으로 한 번 더 도움이 되고 싶다며 떼를 썼을 게 뻔했다. 하지만 어째서? 이젠 지긋지긋해졌다고 말했는데⋯⋯. 무참하게 그의 동족을 살해하는 모습을 보였는데⋯⋯. 한결같은 그의 애정과 걱정에 이사나는 도리어 마음이 무거워지는 걸 느꼈다.

그래 봐야 얼마 남지 않았는데⋯⋯.

이사나는 더 이상 '이사나 넥시움'으로 사람들 앞에 설 수 없을 때를 대비해 독약을 소지하고 다녔다. 진저의 말로는 잠에 빠져드는 것처럼 크게 괴롭지 않을 거라고 했다. 그리고 그것을 사용할 날까지 머지않았다. 이제 곧 한계이니 말이다. 이사나는 쓸쓸한 생각을 하며 막사 문을 여는데, 안에서 안절부절못하는 신병들의 모습이 보였다. 하지만 그 사이로 멜즈의 모습이 보이지 않았다. 불길한 예감이 든 이사나는 평소 멜즈와 친하게 지내던 신병에게 다가가 물었다.

"무슨 일이지? 멜즈는 어디에 있고."

"각하, 멜즈가⋯⋯."

이사나의 질책에 알도는 죄책감 어린 얼굴로 말했다.

"혼자 숲에 들어가서 돌아오지 않고 있습니다. 세 시간째요."

알도의 말에 이사나의 얼굴이 창백해졌다.

* * *

눈을 뜨자 믿을 수 없을 만큼 머리가 아파 왔다. 앓는 소리가 절로 나오는 걸 간신히 참으며 기억을 더듬어 보자, 폐가 찢어지도록 숲 속을 내달렸던 일이 떠올랐다. 뒤에서 쫓아오는 무언가를 피해 뒤도 돌아보지 않고 뛰던 멜즈는 마지막 순간 커다란 손에 붙잡혀 나무에 머리를 세게 부딪쳤었다. 기절하는 순간, 이젠 끝장이라고 생각했는데 놈들은 무슨 꿍꿍이인지 기절한 자신에게 아직 어떠한 짓도 하지 않았다.

멜즈는 숨을 죽인 채 살그머니 눈을 굴렸다. 자신이 있는 곳은 하늘이 뻥 뚫려 있는 자그마한 공터였다. 어느새 해가 저물었는지 둥근 보름달이 주변을 비추고 있었다. 그러다 문득 말소리가 들려 고개를 돌리자, 너덧 정도 되는 인영이 서로를 마주 보고 서 있는 게 보였다.

"……!"

알리페르였다. 등을 보이고 선 그들에게는 하나같이 반투명한 날개가 달려 있었다. 그런데 그들은 싸우고 있는 건지 서로에게 언성을 높이는 중이었다.

"!! ……!"

"……!! ……!"

그들은 꽤 떨어져 있는데도 뭐라고 하는지 고스란히 들릴 만큼 큰 소리를 내고 있었다. 하지만 제국어가 아니어서 멜즈는 그들이 뭐라고 하는지 알 수 없었다. 알리페르는 제국민들과 달리 그들이 처음 발생한 지역인 시스프란의 언어로 의사소통을 하고 있었다. 필요성을 느끼지 못해 배우지 않았지만, 이런 처지가 되니 아쉽기 짝이 없었다.

여기서 도망치기만 한다면 제일 먼저 그들의 언어부터 배워야겠다고 결심한 멜즈는 슬그머니 손을 내려 허리춤을 더듬었다. 다행히도 항상 소지하고 있던 나이프가 만져졌다. 하지만 사거리가 극히 짧은 나이프 따위로 도대체 뭘 할 수 있을까? 절망 같은 답답함이 엄습해 왔지만, 멜즈는 짐짓 그런 초조함을 억누른 채 도망칠 기회를 엿보았다.

"!! ……!"

갑자기 자기 동료들에게 크게 소리를 내지른 알리페르 하나가 대뜸 멜즈 쪽으로 성큼성큼 걸어왔다. 그에 멜즈는 가슴이 쿵쾅거리는 걸 느꼈다. 와라, 이 괴물아……! 멜즈는 이를 악물며 나이프를 꽉 움켜쥐었다. 그리고 알리페르가 기절한 척하는 멜즈에게 손을 뻗는 순간, 멜즈는 벌떡 일어나 알리페르에게 나이프를 휘둘렀다.

"······!"

필사의 기습이었건만, 나이프는 견고한 외골격에 부딪쳐 미끄러지고 말았다. 알리페르가 놀라서 휘청대는 사이 멜즈는 재빨리 후다닥 숲속으로 도망쳤다. 달빛만 희미하게 아래를 비추는 가운데, 멜즈는 폐가 찢어지도록 달리고 또 달렸다. 죽고 싶지 않아, 죽고 싶지 않아, 죽고 싶지 않아······! 삶에 대한 열망만이 멜즈의 머릿속을 강하게 지배하고 있었다.

이사나······.

이사나······!

살아서 당신을 만나게 되면 이제 두 번 다시 당신이 하는 말 따윈 듣지 않을 거야! 이렇게 어이없이 죽게 될 줄 알았으면 당신이 원하는 대로 했을 거 같아? 이젠 절대 망설이지 않을 거야. 당신이 싫어하든 경멸하든 계속 당신 곁에 있을 거라고! 다시는 떨어지지 않을 거야!

살아서······!

뒤쫓아 온 알리페르가 멜즈의 어깨를 붙잡더니 강한 힘으로 땅바닥에 내동댕이쳤다. 부지불식간에 공격당한 멜즈는 엉망으로 바닥을 구르다가 나무둥치에 팔을 세게 부딪쳤다.

우드득—!

잘못 부딪친 팔에서 부러지는 소리가 남과 동시에 팔에서 화끈한 통증이 올라왔다. 멜즈가 턱을 덜덜 떨며 옆을 돌아보자, 구겨진 종잇장처럼 기괴하게 꺾인 자신의 팔이 보였다.

"웃······!"

팔이 부러진 걸 인지하자마자 믿을 수 없는 고통이 밀려들었다.

식은땀을 줄줄 흘리며 이를 악물었지만, 통증은 조금도 가벼워지지 않았다. 그저 자신의 팔이 이상해진 게 감당할 수 없을 만큼 무서울 뿐이었다. 멜즈는 두려움에 덜덜 떨며 자신을 집어 던진 알리페르가 다가오는 걸 바라보는데, 돌연 다른 알리페르가 그 사이에 끼어들더니 멜즈의 앞을 가로막아 섰다.

"……!! ……!"

그가 무슨 말을 하는 건지는 알 수 없지만, 정황상 자신을 감싸는 것처럼 보였다. 도대체 왜? 멜즈가 의아해하면서도 상황을 지켜보는데, 멜즈를 집어던진 알리페르가 돌연 멜즈의 앞에 선 알리페르에게 뭐라 뭐라 하더니 둘이서 실랑이를 벌이기 시작했다. 그들이 난전을 벌이는 사이, 멜즈는 부러진 팔을 움켜쥔 채 또다시 숲속을 내달렸다. 열이 오르고 당장에라도 쓰러질 듯 눈앞이 빙글빙글 돌았지만, 멈출 수 없었다.

그러나 며칠 동안 축적된 여독과 도망치면서 누적된 피로는 멜즈에게 이미 한계라고 외치는 것 같았다. 이제는 생각할 겨를조차 없었다. 그저 넘어지면 반사적으로 일어나 관성처럼 계속 뛸 뿐이었다. 그러다 어느 순간, 뒤쫓아 온 알리페르에게 붙잡혀 땅바닥에 다시금 내동댕이쳐졌다.

"윽……!"

바닥에 쓰러진 멜즈는 곧장 다시 일어나려 했지만, 날카롭게 손톱을 세운 손이 멜즈의 어깻죽지를 꽉 움켜쥔 채 일어나지 못하게 했다. 그에 멜즈는 덜덜 떨며 자신의 위에 올라탄 알리페르를 노려보았다. 이대로 날 죽일 생각인가? 아니면 숙주로 삼아 유충을 낳게 할 작정인가? 어느 쪽이건 끔찍하긴 매한가지였다.

비참한 자신의 미래에 절망한 멜즈는 도망치듯 질끈 눈을 감는데, 문득 뺨 위로 따뜻한 감촉이 느껴졌다. 플라스틱을 위에 덧댄 것처럼 딱딱하기 짝이 없었지만, 알리페르는 그런 손으로 멜즈의 뺨을 매만지고 있었다. 마치 안심하라는 듯 상냥하게 말이다. 그에 멜즈가 살그머니 눈을 뜨자 알리페르가 멜즈에게 씨익 웃어 보였다. 뭐지? 도대체 무슨 일이 일어나는 거지?

이 불가해한 상황에 당혹감마저 느끼는데, 돌연 알리페르가 멜즈의 뺨에 키스해 왔다. 그 친근함이 느껴지는 행위에 멜즈는 흠칫 놀라는데, 알리페르가 불안해하지 말라는 듯 멜즈의 뺨에 계속해서 키스했다. 그러면서 점점 몸이 밀착되고 주변을 맴돌던 알리페르의 입술이 멜즈의 입술과 점점 가까워져 갔다.

일련의 행위로 멜즈는 알리페르가 자신을 숙주로 삼으려 한다는 걸 깨달았다. 그에 거부감을 느껴야 하건만 희한하게도 멜즈는 알리페르에게 거부감을 느끼지 못했다. 오히려 계속 고립된 곳에 있다가 이제야 겨우 '동족'을 만난 것처럼 반갑게 느껴지기까지 했다. 지하 3층에서 만난 아만에게 느낀 것처럼 말이다. 말로 표현할 수 없는 그 친근감과 친밀함에 멜즈는 저항하는 것조차 잊어버린 채 긴장을 풀어 버렸다. 그런 멜즈를 알아차린 듯 알리페르는 피식 웃으며 치룻치룻 날개를 떨어 대기 시작했다.

체념과도 같은 안온함에 떠밀려 멜즈는 결국 노곤한 눈을 감아 버리는데, 순간 머리 위로 무언가가 허공을 가로지르더니 이내 멜즈의 몸 위로 뜨거운 액체가 후드득 쏟아졌다.

"으아아아!"

풀냄새가 뒤섞인 역한 피비린내에 퍼뜩 정신을 차린 멜즈는 비명을 내지르며 뒤로 물러났다. 그와 동시에 새카만 무언가가 멜즈의 옆을 스쳐 지나가더니 주위에 있던 알리페르를 하나둘씩 쓰러뜨리기 시작했다. 베어 낸다기보다 부수는 것에 가까운 전투 방법과 인간의 한계를 뛰어넘는 움직임. 그리고 익숙한 향기. 멜즈는 어쩔 수 없는 안도감에 눈물이 툭 터졌다.

이사나.

나의 영웅.

알리페르를 잔인하게 베어 내는 그의 모습은 여전히 무서웠지만, 그럼에도 안심이 되었다. 다시는 볼 수 없으리라 여겼던 그가 눈앞에 나타나자 기적이 일어난 것처럼 경이롭게 느껴졌다. 오열이 터져 나왔다. 기쁨에 벅차도 어린아이처럼 울 수 있다는 걸 지금 처음 알았다.

주위의 알리페르를 전부 쓰러뜨린 이사나는 거친 숨을 내쉬며 한동안 그 자리에 서 있다가 무서운 얼굴로 멜즈에게 다가왔다. 헤비 블레이드를 집어 던진 이사나는 멜즈의 멱살을 잡아 일으킨 뒤 손바닥으로 멜즈의 뺨을 세게 후려쳤다.

짝—!

맞으면서도 멜즈는 현실감이 없었다. 다른 사람도 아닌 이사나가 자신을 때리다니……. 있을 수 없는 일이었다. 멜즈는 얼떨떨한 얼굴로 이사나를 바라보는데, 이사나가 멜즈를 무섭게 노려보며 소리쳤다.

"너는, 너는 어떻게 된 애가 사람 말을 조금도 듣지 않아! 넌 옛날부터 그랬어! 남의 사정 따윈 조금도 생각 안하고 멋대로 따라다니기나 하고……! 너 때문에……! 내가 정말 너 때문에……!"

툭—. 투툭—.

멜즈는 지금 눈앞에서 무슨 일이 일어나고 있는 건지 도무지 알수 없었다. 이사나가…… 울고 있었다. 강인하면서도 상냥한 나의 영웅이 얼굴을 새빨갛게 물들인 채 어린아이처럼 울고 있었다. 흘러넘치는 감정들을 도저히 감당할 수 없다는 듯 얼굴을 잔뜩 일그러뜨린이사나는 돌연 멜즈를 억세게 껴안아 왔다. 그에 멜즈는 얼떨떨한얼굴로 서 있었다. 그럴 수밖에 없었다.

이사나가 떨고 있었다. 무엇 하나 무서울 것 없는 사람이 겁에 질려덜덜 떨고 있었다. 그렇게 이사나는 멜즈를 꽉 끌어안은 채 어깻죽지가 흠뻑 젖을 정도로 펑펑 울었다. 그제야 멜즈는 이사나가 정말 놀랐다는 걸 깨달을 수 있었다. 지긋지긋해졌다는 자신을 찾아 이 넓은숲을 계속 뒤졌을 그를 생각하자 찢어질 듯 가슴이 아파 왔다. 멜즈는팔을 뻗어 다독이듯 그를 마주 안았다. 그리고 떠듬떠듬 울먹이며 사과했다.

"죄송, 해요……."

콜로니 (4)

이사나에 의해 시탈로프 숲에서 구조된 멜즈는 그 후 크게 앓아누웠다. 부상과 극심한 스트레스로 호흡 곤란까지 온 멜즈는 거의 일주일이 넘도록 제정신을 차리지 못했다. 그런 가운데 이사나의 명령으로 시탈로프 숲의 탐사는 중지되었고 탐사대와 보급대는 아무런 수확 없이 콜로니로 되돌아가게 되었다.

콜로니로 돌아오고도 멜즈는 한동안 이사나의 개인 막사에서 지냈다. 여전히 약이 잘 받지 않는 체질이라 한 번 열이 오르면 쉬이 내려가지 않았기 때문이다.

이사나는 아픈 멜즈를 걱정하며 저택에 있을 때처럼 물수건으로 손수 얼굴과 목을 닦아 주며 밤낮으로 간호했다. 갑자기 돌변한 이사나의 태도에 멜즈는 어리둥절지만, 이제껏 냉정했던 그의 태도에 내심 상처를 받고 있었던지라 웬일인가 싶으면서도 마음껏 응석을 부렸다.

"이사나, 나 쪼오기 있는 샐러드 먹고 싶어요."

"응? 이거 말하는 거니?"

멜즈의 말에 이사나는 팔을 뻗어 테이블 끝에 놓인 샐러드 볼을 집어 들었다. 콜로니 근처에서 막 채집한 파릇파릇한 푸성귀와 치즈, 발사믹 크림을 버무려 만든 샐러드를 이사나가 집게로 집어 손수 멜즈의 앞접시에 덜어 주자 멜즈는 "고마워요."라고 말하며 활짝 웃었다. 그에 이사나 역시 마주 웃어 보이며 샐러드 볼을 멜즈의 옆에 내려놓았다.

그런 두 사람의 모습을 막사 입구에 선 채 지켜보고 있던 엘든은 어처구니가 없어져 헛웃음을 내지었다. 하지만 멜즈는 아무것도 안 들린다는 듯 뻔뻔한 얼굴로 이사나가 덜어 준 샐러드만 와작거릴 뿐이었다. 사실 멜즈도 혀 짧은 소리를 내며 이사나를 귀찮게 하는 게 좋진 않았다. 하지만 이사나의 마음이 약해진 지금이 기회였다. 또 언제 마음이 바뀌어 헥사비스로 돌아가라고 매몰차게 대할지 알 수 없었다. 부상을 입어 이사나의 동정을 한껏 받고 있는 지금, 없는 앓는 소리도 만들어 내야 후일을 도모할 수 있었다. 멜즈는 머리를 굴리며 샐러드를 우물거리는데, 멜즈 앞에 놓인 스튜 그릇을 보게 된 이사나가 굳어진 얼굴로 멜즈를 불렀다.

"멜즈."

"네?"

"또 고기를 남겼구나."

이사나의 지적에 멜즈는 스튜 그릇을 내려다보았다. 이사나의 말대로 큼지막하게 썰어 넣은 사슴 고기가 고스란히 남겨져 있었다. 그에 멜즈가 난처한 얼굴로 웃어 보이자, 이사나는 걱정 어린 얼굴로 잔소리를 하기 시작했다.

"먹기 싫어도 남기지 말고 먹어야지. 편식하는 버릇은 좋지 않은 데다가 넌 지금 팔이 부러졌잖아? 뼈가 붙으려면 뭐든 잘 먹어야 해."

"그, 그치만 너무 비린걸요……."

"작게 잘라 줄게."

이사나는 멜즈의 스튜 그릇에서 고기를 건져 내 잘게 자르기 시작했다. 포크와 나이프로 고기 조각을 자르는 그의 손길이 몹시 우아해 보였다. 당연했다. 이사나는 황자였으니까. 하지만 멜즈는 무엇보다도 이사나가 자신을 위해 손수 고기를 썰어 준다는 게 참으로 좋았다. 물론 사슴 고기는 크든 작든 먹는 게 고역이긴 했지만 말이다. 멜즈가 헤벌쭉 웃으며 고기를 써는 이사나의 모습을 바라보는데, 보다 못한 엘든이 끼어들어 이사나에게 외쳤다.

"각하, 지금 도대체 뭐하시는 겁니까? 누가 보면 하사가 중환자인 줄 알겠습니다. 하사가 다친 곳은 오른팔 하나뿐인데 왜 각하께선 하사의 식사 시중까지 드시는 겁니까? 이제 멀쩡해졌으니 혼자 먹으라고 하십시오!"

"멜즈가 멀쩡하다니 무슨 소리를 하는 거야? 이렇게 앉아 있을 수 있게 된 것도 얼마 안 됐는데……. 그리고 자네가 말했듯이 멜즈는 오른팔이 부러졌어. 식사할 때 불편한 건 당연하잖아."

멜즈는 양손잡이였지만 입을 꾹 다물었다. 웅변은 은이요, 침묵은 금이라고 했다. 멜즈가 자신과는 상관없는 일인 양 샐러드를 아삭거리자, 엘든은 그런 멜즈를 몹시 얄밉다는 듯 잠시 노려보다가 이사나에게 소리쳤다.

"그냥 알아서 뜯어먹으라고 하십시오! 하사가 이빨도 없습니까? 왜 다 큰 사내놈에게 스튜 고기 따위를 썰어 주고 있냔 말입니다! 각하께선 데이트 상대에게도 이렇게 정성 들인 적 없지 않습니까!"

……데이트 상대? 멜즈는 미간을 구긴 채 이사나를 돌아보는데, 이사나가 낯을 굳히며 경고하듯 "엘든."이라고 말했다. 그에 엘든이 입을 다물면서도 못마땅한 기색을 감추지 못하자, 이사나는 다 썬 사슴 고기를 다시 멜즈의 스튜 그릇에 넣어 주며 말했다.

"……멜즈가 나 때문에 보급대에 따라왔다가 변을 당한 거잖아. 그래서 마음 쓰이는 것뿐이야. 다 나으면 다시 원래 막사로 돌려보낼 거야."

이사나의 말에 멜즈는 오랫동안 꾀병을 부려야겠다고 다짐하며 이사나가 썰어 준 고기 조각을 우물거렸다. 그에 엘든은 헛웃음을 내지으며 말했다.

"제가 이러는 게 하사가 각하의 막사 안에서 지내서 그러는 줄 아시는 겁니까? 그냥 각하의 행동이 문제라고요. 각하께서 지금 하사를 어떻게 대하는 줄 아십니까? 다 늙은 노인네가 말년에 얻은 어린 부인에게 정신 못 차리는 것처럼 대하십니다! 꼴사납다고요! 하루 종일 각하를 보좌해야 하는 저의 정신 건강을 생각해 제발 좀 자제해 주십시오!"

엘든의 진저리에 이사나는 고민에 빠졌다. 내가 그렇게 멜즈를 싸고돌았던가? 그냥 평범했던 거 같은데……. 이사나는 혼란에 빠지는데, 돌연 멜즈가 벌떡 일어나더니 엘든에게 항의했다.

"무슨 비유를 그런 식으로 하십니까?! 각하께선 늙지 않았습니다! 얼굴은 잔주름 하나 없이 팽팽하고 근육도 빵빵한 데다가 배는 조금도 나오지 않았는데! 그리고 결정적으로 각하께선 매일 아침 거기에 텐트 치실 정도로 정정하십니다!"

……씨발. 엘든은 자괴감 어린 얼굴로 중얼거렸다. 그에 멜즈는 잘하지 않았냐는 듯 우쭐거리는 얼굴로 이사나를 돌아보았다. 하지만 이사나는 새빨개진 얼굴로 고개를 돌릴 뿐이었다. 뭔가 잘못했나 하는 생각에 멜즈가 시무룩해지는데, 엘든이 빈정거리듯 말했다.

"좋으시겠습니다. 하사가 각하의 건강을 저리도 세심하게 신경 쓰니 말입니다."

"……."

"각하의 건강을 생각해 줄 정도면 하사도 어느 정도 회복되었다고 보고 시탈로프 숲에서 무슨 일이 있었는지 들어 봐도 되겠습니까?"

엘든의 말에 이사나는 얼굴을 굳히며 말했다.

"그 일이 있은 지 아직 한 달밖에 안 되었잖아."

"한 달씩이나 된 거죠. 원래라면 구조된 당일 경위서를 제출했어야 했습니다. 하지만 각하께서 차일피일 미루시다가 이렇게 밀리게 된 거죠. 이대로 아무런 해명 없이 지나치면 하사는 물론이요, 각하께서도 차후 곤란한 일에 빠질 수 있습니다. 그건 하사도 싫겠지?"

엘든의 뾰족한 말에 멜즈는 힘없이 "네……."라고 대답했다. 안 그래도 이사나는 원래 예정되어 있던 탐사 계획을 뚜렷한 이유 없이 취소하고 콜로니로 돌아온 참이었다. 명목상으로는 재정비를 위한 것이라 말했지만, 그 자리에 있던 관계자들 모두 멜즈 때문에 콜로니로 돌아왔음을 알고 있었다.

게다가 이사나에게는 렉사 토벌전 때 귀환 경로가 불분명했다는 약점이 있었다. 이 일로 이사나의 반대편에 선 자들이 이사나가 알리페르와 내통한 것이 아니냐는 망발을 퍼뜨리고 있는데, 이사나와 가까운 사이인 멜즈가 숲에서 몇 시간 동안 사라졌던 경위가 분명하지 않다면 차후 이사나에게 피해가 가는 건 당연한 일이었다. 역시 난 이사나의 흠집밖에 안 되는 존재구나……. 멜즈는 애써 무거운 마음을 털어 내려 노력하며 엘든에게 말했다.

"먼저 제가 숲에 들어간 이유는……."

"아, 그건 말하지 않아도 돼. 이미 다른 병사들에게 들었으니까. 소시지를 많이 먹어서 배탈이 났다지?"

엘든의 말에 멜즈의 얼굴이 확 달아올랐다. 멜즈가 부끄러워하는 기색을 보이자, 엘든은 성격 나쁘게 웃으며 말했다.

"내 딴에는 많이 먹고 힘내라고 배려한 거였는데, 그걸로 고생을 시켰다고 하니 좀 미안해지더군."

"……?"

이사나가 무슨 얘기냐는 듯 엘든을 돌아보자, 엘든은 히죽히죽 웃으며 "그때 하사의 점심 식사가 부실해 보여서 잘 먹을 수 있게 일부러 챙겨 주었는데, 공교롭게도 그걸 먹고 배탈이 나 혼자 볼일을 보러 숲에 들어갔다고 하더군요."라고 말했다. 멜즈는 수치심에 손까지 떨려 왔다. 안 그래도 이사나에게 실컷 어린애 취급당하고 있는데, 정말 어린애 같은 이유로 이 사달을 낸 것 같아 부끄러워 미칠 것 같았다. 엘든의 말에 이사나는 걱정 어린 얼굴로 멜즈의 스튜 그릇을 빼앗으며 "못 먹겠으면 억지로 먹지 않아도 돼."라고 말했다. 그에 멜즈는 더욱더 얼굴이 화끈거렸다. 멜즈는 새빨개진 얼굴로 얼른 말을 돌렸다.

"아, 아무튼 숲에 들어가서 이상한 장면을 목격하게 되었습니다. 나무에 걸린 존데를 어떤 소녀가 회수하고 있더라고요. 양 갈래 머리에 얼굴은 다소 까무잡잡하고 키는 약 140cm 정도였습니다. 얼굴은 대략 이런 모습이었고요."

자리에서 벌떡 일어난 멜즈는 책상에서 메모지와 펜을 가져와 그림을 그리기 시작했다. 왼손이었지만, 그리 어렵지 않게 소녀의 얼굴과 인상착의가 그려졌다. 왼손으로 그렸다고 보기에 믿어지지 않을 정도로 섬세한 묘사에 이사나와 엘든이 얼떨떨한 얼굴로 멜즈를 바라보는 사이, 멜즈가 진지한 얼굴로 다시 증언했다.

"존데를 회수하는 이유를 물으려 소녀를 뒤쫓았지만, 도중에 놓치고 말았습니다. 그래서 다시 보급대로 돌아가 보고하려고 했는데, 이번에는 알리페르에게 쫓기게 되었습니다. 도망쳤지만, 녀석들에게 붙잡혀 머리가 부딪친 뒤 일어나 보니 한밤중이었습니다. 그들은 무슨 이유에서인지 두 무리로 갈려 실랑이를 벌이고 있더군요. 그 와중에 탈출을 시도했지만, 결국 붙잡혔습니다. 그런데 그때 이사나가, 아니 각하께서 제 앞에 나타나셨습니다."

멜즈는 초롱초롱한 눈빛으로 이사나를 돌아보았다. 그에 이사나는 부끄러운지 눈을 피했다. 이곳에 와서 알았지만, 이사나는 꽤 수줍음이 많은 사람이었다. 공적인 일은 칼같이 굴었지만, 개인적인 일에는 작은 칭찬이나 인사에도 쉬이 낯간지러워했다. 몰랐던 이사나를 알아 갈수록 멜즈는 헥사비스에서 뛰쳐나오길 정말 잘했다고 생각했다. 하지만 엘든은 뭔가 미심쩍다는 듯 턱 끝을 매만지며 멜즈에게 물었다.

"그런데 내가 알기로 하사가 숲에 들어간 시간은 오후 3시쯤이고 각하께서 자넬 찾아낸 건 저녁 8시쯤인데……. 그럼 자넨 네다섯 시간 가까이 기절해 있었는데도 멀쩡했다는 말인가?"

"……?"

엘든의 물음에 멜즈는 의도를 알 수 없어 고개를 갸웃거렸다. 하지만 무슨 말인지 단번에 알아들은 이사나는 사납게 엘든에게 쏘아붙였다.

"서로 다투고 있었다고 하잖아."

"그렇다 해도 너무 오랜 시간 동안 하사가 멀쩡했지 않습니까? 자네, 솔직히 말해 보게. 정말 자네에게 아무 일도 없었는가? 정말로 알리페르에게 어떠한 짓도 당하지 않았는가?"

"엘든!"

이사나의 질책을 들으며 멜즈는 그제야 엘든이 의심하는 게 무엇인지 알아차렸다. 사실 멜즈도 내심 이상하게 생각하고 있었다. 왜 알리페르가 자신에게 아무 짓도 하지 않았는지 말이다. 결국 숙주로 삼으려 했지만, 그 결론에 도달하기까지 지나치게 오랜 시간이 걸렸다. 하지만 당사자인 멜즈조차 왜 그런 일이 일어났는지 몰라 당황하는데, 이사나가 말했다.

"멜즈는 팔만 부러졌지 어디 한군데 이상 없이 멀쩡했어. 그러니 더는 멜즈에게 그날 일에 대해 묻지 마."

"하지만 각하, 이 일은 명확하게 해명해야……."

"멜즈가 말한 게 마음에 들지 않으면 자네가 알아서 잘 각색하면 되잖아. 원래 잘해 왔던 짓이고."

비난을 닮은 듯한 이사나의 말에 엘든은 불만 어린 눈으로 이사나를 바라보았다. 하지만 이내 포기하듯 한숨을 내쉬며 말했다.

"네, 원래 알아서 잘해 왔으니 제 임의로 경위서를 제출하도록 하겠습니다. 감찰단이 올 때까지 얼마 남지도 않았는데, 괜히 꼬투리 잡혀서 좋을 거 없죠."

하지만 엘든의 눈에는 여전히 멜즈에 대한 의구심이 남아 있었다.

* * *

"하사! 몸은 괜찮아?"

멜즈가 기술팀 막사 안으로 들어오자, 진저는 기겁한 얼굴로 헐레벌떡 다가왔다. 그에 멜즈는 괜히 머쓱해졌다. 그렇게 걱정할 정도로 큰 부상은 아닌데…….

"네, 이젠 괜찮아요."

"그래? 그럼……."

"……조만간 복귀할게요."

마지못해 내뱉는 멜즈의 말에 진저는 기쁨을 감추지 못하고 연방 허공에다가 잽을 날려 댔다. 푸흐흐—. 푸흐흐—. 바람 빠진 웃음소리를 내는 진저를 멜즈가 가늘어진 눈으로 흘겨보자, 진저는 애써 웃음을 참으려 노력하며 말했다.

"아, 아니, 이건 네가 무사히 콜로니로 돌아와서, 흠흠, 환영의 의미로……."

"입에 침이나 바르고 그런 소릴 하세요."

멜즈의 비난에 진저는 뒷머리를 긁적이며 난감하게 웃어 보였다.

"그건 그렇고 아직 복귀한 게 아니라면 여긴 어쩐 일이야?"

"잠깐 자료실에서 찾아볼 게 있어서요. 그럼 이만 가 볼게요."

"그래, 얼른 나아서 빨리 돌아와라."

멜즈의 얼버무림에 진저는 의아해하면서도 손을 흔들며 멜즈를 배웅해 주었다. 그런 진저와 일별한 멜즈는 기술팀의 제한 구역 문을 열고 자료실로 들어갔다. 그리고 일렬로 세워진 캐비닛들을 열어 엉망진창으로 꽂힌 책들을 이리저리 뒤적였다. 그렇게 캐비닛을 다섯 개쯤 뒤엎고 나서야 멜즈는 겨우 원하는 것을 찾아낼 수 있었다.

『시스프란 어학 사전』

현재는 알리페르가 사용하는 언어의 어학 사전이었다. 엘든에게도, 심지어 이사나에게도 비밀로 하고 있었지만, 멜즈는 사실 알리페르들이 나누었던 대화를 전부 기억하고 있었다. 그저 무슨 내용인지 모를 뿐이었다. 엘든처럼 멜즈 역시 알리페르들이 자신을 오랫동안 건드리지 않았던 것을 이상하게 생각하고 있었다. 하지만 그들이 나눈 대화 내용을 알게 된다면 왜 그랬는지 알 수 있게 될지도 몰랐다.

어둑한 형광등 불빛 아래에서 어학 사전을 뒤지던 멜즈는 얼마 지나지 않아 그들이 무슨 대화를 나누었는지 전부 알게 되었다.

'저놈을 가지겠다고? 미친 거 아니야?'

'왜 안 되는데?'

'봐서 모르겠어? 저건 고귀한 분의 것이잖아!'

'고귀한 분의 것이든 말든 그게 무슨 상관이야? 먼저 발견한 놈이 임자지. 저걸 내가 가지면 어쩌면 고귀한 분보다도 강해질지도 몰라.'

'미친 소리를……'

'시끄러워! 겁쟁이는 닥치고 있어!'

여기서 '고귀한 분'은 시탈로프 숲 인근에 세력을 가지고 있는 알리페르 무리의 우두머리일 가능성이 컸다. 자신은 그 우두머리가 점유한 지역에 침입한 인간이니 그 우두머리에게 바쳐질 공물이었을 것이고. 하지만 자신을 발견한 알리페르 중 한 놈이 우두머리에게 바치는 게 아닌 본인이 가지겠다고 주장한 것이다. 그렇다면 다소 억지가 있지만, 그들이 오랫동안 다툰 이유가 명확해진다. 하지만 멜즈는 이걸 다른 사람들에게 얘기할 수 없겠다고 생각했다. 왜냐하면 어떻게 해석하느냐에 따라 그들의 대화가 이렇게 들릴 수도 있었기 때문이다.

'저놈을 부하로 삼겠다고? 미친 거 아니야?'

'왜 안 되는데?'

'봐서 모르겠어? 저건 왕의 후계잖아!'

'왕의 후계든 말든 그게 무슨 상관이야? 먼저 발견한 놈이 임자지. 저걸 내 부하로 삼으면 어쩌면 왕보다도 강해질지도 몰라.'

'미친 소리를⋯⋯.'

'시끄러워! 겁쟁이는 닥치고 있어!'

역시 대화 내용은 공개하지 않는 게 좋을 거 같아⋯⋯. 멜즈는 그렇게 결론 내리며 시스프란 어학 사전을 캐비닛 깊숙한 곳에 꽂아넣었다. 시탈로프 숲에 잡혀 있을 때만 해도 나가면 제일 먼저 알리페르의 언어부터 배우겠다고 다짐했지만, 정작 지금은 꺼림직한 기분이 들어 도저히 사전을 손에 쥐고 싶지 않았다.

* * *

도망치듯 자료실에서 빠져나와 막사로 돌아온 멜즈는 평소처럼 이사나와 저녁 식사를 한 뒤 그의 도움을 받아 이를 닦고 세수를 했다. 그리고 한 침대에 누워 자기 전까지 같이 담소를 나누려나 싶었는데, 이사나가 멜즈의 물기 어린 얼굴을 수건으로 닦아 주며 말했다.

"멜즈."

"네."

"이제 원래 막사로 돌아가렴."

청천벽력과도 같은 말에 멜즈는 당황하며 어물거렸다.

"하, 하지만 저 다 안 나았는데요? 왼손으로는 아직 아무것도 못 한다고요."

"아까 왼손으로도 그림 잘 그리던데?"

이사나는 거짓말을 하는 멜즈에게 몹시 실망이라는 듯 말했다. 그제야 낮에 있었던 일을 떠올린 멜즈는 침음을 삼켰다. 평소라면 절대 하지 않았을 실수였다. 헥사비스 최고의 천재라고 칭송받으면 뭘 하는가. 그래 봐야 이사나 앞에선 덜떨어진 애송이가 될 뿐인데. 자책은 둘째 치고 당장 막사에서 쫓겨나게 생긴 멜즈는 당황하며 아무렇게나 내뱉었다.

"그, 그렇다 해도 진짜 다 나은 건 아니잖아요. 갑자기 열이 절절 끓거나 숨이 막히면 어떡해요? 길을 걷다가 넘어져서 팔이 덧나면 요?"

아이씨……. 멜즈는 자신이 내뱉은 말임에도 너무 덜떨어진 것처럼 느껴져 눈물이 났다. 왜 좀 더 그럴듯한 변명을 못 하는 걸까? 멜즈가 자괴감을 느끼는 사이, 이사나가 무척 곤란해 보이는 얼굴로 말했다.

"……원래 막사로 돌아가도 혼자 있는 게 아니니까 괜찮을 거야."

하지만 이사나는 자신이 말하고도 썩 미덥지 않은지 미간을 구기고 있었다. 설마…… 먹힌 건가? 멜즈는 당황했다. 낮에 엘든이 이사나에게 자신을 너무 싸고도는 게 아니냐고 타박하긴 했지만……. 확실히 이 모습을 보니 이사나가 자신을 싸고도는 게 맞았다. 멜즈는 갑자기 기분이 좋아졌다. 언제 당황했냐는 듯 자신감을 되찾은 멜즈는 본격적으로 않는 소리를 내기 시작했다.

"그치만 그들은 분명 이사나보다 절 잘 챙겨 주지 못할 거예요. 아파서 끙끙대도 힐끔 처다만 보다가 자기 할 일만 할 걸요? 그들이 나쁘다는 건 아니에요. 단지 그들은 이사나만큼 절 신경 쓰지 않을 뿐이에요."

멜즈는 일부러 시무룩한 얼굴을 하며 힐끔 이사나의 눈치를 살폈다. 사실 지금도 이사나가 자신을 돌려보내는 게 늦은 상태긴 했다. 멜즈는 엄연히 이 콜로니에 자원한 병사였고 이사나는 제국군 전체를 통솔하는 사령관이었다. 공명정대한 처사로 제국군의 높은 지지를 받고 있는 그가 언제까지 일개 병사에게 특별 대우를 해 줄 순 없는 노릇이었다. 이미 시탈로프 숲 탐사를 취소한 것만으로도 충분히 말이 나오고 있었다.

하지만 멜즈 역시 양보할 수 없었다. 이곳은 최전방이었다. 멜즈 역시 목숨을 걸고 이사나와의 관계를 회복시키기 위해 콜로니까지 찾아온 것이었다. 그러니 절대 이대로 물러설 수 없었다. 멜즈가 올망졸망한 눈으로 이사나를 올려다보자, 이사나의 얼굴에 더욱더 고민이 깊어져 갔다.

이제껏 이사나의 막사에 머물면서 얼마나 행복했는지 모른다.

까마득한 옛날, 에드먼드 선생님을 따라 저택을 나선 이후 멜즈로서는 이사나를 만나는 것조차 힘들었으니 말이다. 매일 아침저녁으로 이사나의 무방비해진 모습을 보는 게 얼마나 좋았는지 모른다. 게다가 이사나의 그곳은 매우 건강했다. 그러니 언젠가 끓어오르는 혈기를 주체하지 못하고 또 한 번 자신을 덮칠 게 분명했다. 한 번은 스리슬쩍 넘어갔지만, 두 번이나 손을 대고 책임지지 않겠다는 말을 할 리는 없었다.

멜즈는 속 시커먼 계산을 하며 기대에 찬 눈으로 이사나를 올려다보았다. 그러자 위기감이 느껴졌는지 이사나는 퍼뜩 얼굴을 굳히며 단호하게 말했다.

"그렇게 쳐다봐도 안 돼."

"……."

"안, 된다니까."

"……."

멜즈의 눈빛 공격에 이사나는 함락당하지 않으려 애를 썼지만, 결국 이기지 못하고 내뱉었다.

"……저녁에 일정 끝나고 잠시 여기 들르든지."

그래도 자고 가는 건 안 돼. 결국 멜즈에게 이기지 못한 이사나는 한숨을 내쉬며 최후의 보루처럼 덧붙였다. 하지만 멜즈는 실망하지 않았다. 어차피 늦든 이르든 이사나의 막사에서 나오긴 해야 했다. 그렇다면 아무런 약속 없이 나오는 것보다 이렇게 만날 구실을 손에 쥔 채 나오는 게 이득이었다. 멜즈가 싱글벙글 웃자, 이사나는 얼굴을 굳히며 방어적으로 말했다.

"그렇다고 널 헥사비스로 돌려보내지 않는 건 아니야. 다음 보급이 오면 그때 같이 돌려보낼 거야.”

이사나의 단호한 말에 멜즈는 짐짓 시무룩한 얼굴을 했다. 하지만 미래의 일은 알 수 없는 법이었다. 탐사가 끝나자마자 돌려보내겠다던 이사나가 이렇게 한발 물러난 것만 봐도 알 수 있었다. 오히려 이사나의 마음을 돌리는 데 팔 하나만 부러진 거면 싸게 먹힌 것이었다.

이사나의 막사에서 지내는 동안 안에 들였던 자신의 물건을 정리해 왼손에 쥔 멜즈는 마지막으로 이사나에게 인사했다.

“그럼 이만 가 볼게요.”

“잠깐 기다려 봐.”

나가려던 멜즈를 불러 세운 이사나는 대뜸 책상 서랍을 뒤지더니 그 안에서 무언가를 가지고 나와 멜즈에게 내밀었다. 사탕……? 예쁜 리본으로 입구를 봉한 사탕 봉지가 이사나의 손바닥 위에 놓여 있었다. 멜즈가 깁스한 오른손으로 사탕을 받자, 이사나가 어두운 얼굴로 말했다.

“미안해.”

“……?”

“그때는 네게 성가시고 귀찮다고 말했지만, 사실이 아니었어. 이제껏 단 한 번도 너를 성가시다거나 귀찮다고 생각한 적이 없었어.”

“…….”

“그런 거짓말로 상처 입혀서 미안해.”

이사나의 사과에 동그랗게 뜬 멜즈의 눈이 대번에 일렁거렸다. 당장에라도 청록색 눈물을 뚝뚝 떨어뜨릴 것 같던 멜즈는 돌연 괴롭게 얼굴을 일그러뜨리더니 들고 있던 짐을 내팽개친 채 이사나에게 달려들었다. 몸체가 휘청거릴 정도 억세게 이사나를 끌어안은 멜즈는 열에 들뜬 목소리로 그에게 외쳤다.

"좋아해요. 정말 좋아해요, 이사나!"

"멜즈?"

"이 세상 누구도 당신만큼 좋아하지 못할 거예요……!"

"……."

"그날, 시탈로프 숲에서 쫓기고 있을 때, 딱 한 번만 더 이사나를 보고 싶다고 생각했어요. 그래서 지금 너무 행복해요……. 흑, 정말, 여한이 없어요……."

결국 울음을 참지 못한 멜즈는 이사나를 껴안은 채 엉엉 울었다. 이제까지 고생했던 나날들의 서러움을 털어 내듯 멜즈는 좀처럼 울음을 그치지 못했다. 그런 멜즈를 마주 안은 채 이사나는 오랫동안 그의 등을 토닥여 주었다.

* * *

"그래서 결국 각하와 화해하게 된 거야?"

"뭐, 그렇게 된 게 아닐까?"

알도의 물음에 멜즈는 몸을 배배 꼬며 헤죽거렸다. 그에 알도는 물론이요, 기술팀 막사 안에 있던 연구원들 모두가 한 번씩 피식거렸다. 확실히 이사나 황자의 행동이 이전과 차이가 있었다. 예전에는 무작정 날을 세우며 멜즈를 거부하려 들었다면, 지금은 여전히 무뚝뚝해도 종종 찾아와 멜즈의 안부를 살폈고 주변 사람들에게 잘 챙겨 달라 부탁하기도 했다. 노골적이다 싶을 편애에 멜즈는 언제 속상했냐는 듯 매일매일 싱글벙글이었다. 하지만 기록 측정용 바벨을 든 채 옆에서 있던 릭은 불퉁한 얼굴로 찬물을 끼얹을 뿐이었다.

"화해는, 후우, 무슨, 조금 있으면 돌아갈 녀석이니까, 후우, 얌전히 있으라고, 다독거린 거겠지."

삐비비빅ㅡ. 삐비비빅ㅡ. 타이머가 울리자마자 릭은 던지듯 바벨을 바닥에 내동댕이쳤다.

쿵ㅡ!

어마어마한 굉음에 기록지를 든 채 옆에 서 있던 진저가 "헉! 하사 친구, 그거 던지면 안 되는 거야!"라며 비명을 질렀다. 하지만 릭은 귓등으로도 안 듣는 듯한 얼굴로 서 있을 뿐이었다. 릭이 들고 있던 바벨과 양옆의 중량 원반의 무게는 대략 500kg 정도. 도저히 사람이 들고 있을 무게가 아니었다. 하지만 릭의 얼굴에는 그다지 힘들어하는 기색이 없었다.

마지막 근력 측정이 끝나자, 릭은 목 끝부터 발끝까지 빈틈없이 몸을 감싸고 있는 'AM슈트(Artificial Muscle suit, 인공근육슈트)'의 목덜미 쪽 버클을 끄른 뒤 의자에 털썩 주저앉았다. 그러자 알도가 신기하다는 듯 릭이 입은 AM슈트를 바라보며 멜즈에게 말했다.

"그건 그렇고 네가 개발한 슈트, 아무리 생각해도 정말 신기해. 겉보기에는 그냥 두꺼운 옷처럼 보일 뿐인데⋯⋯. 겨우 슈트 하나 입었다고 저렇게 힘이 세지다니⋯⋯."

"저건 평범한 옷이 아니니까. 'AM슈트'는 내가 며칠 동안 밤을 새서 고안해 낸 회심의 역작이라고. 온몸 구석구석 내장된 센서로 근육에 전도되는 전기 신호를 감지하면 슈트의 전기전도성 섬유에도 마찬가지로 전류를 흘려보내 부족한 근력을 보강하게끔 해. 한마디로 이건 착용형 외골격 슈트(wearable exoskeleton suit)인 셈이지."

내용의 반도 이해가 안 되는 멜즈의 설명에도 알도가 "그, 그래?"라고 호응해 주자, 멜즈는 더욱더 신이 나 떠들어 대기 시작했다.

"슈트를 구성하는 전기전도성 섬유(conductive fiber)는 겉보기엔 보통 실처럼 보이지만, 사실은 실이 아니야. 전류가 흐르면 코일형으로 수축하는 폴리머로 화학식은……"

"야, 설명은 됐고 이거 좀 어떻게 안 되겠냐? 땀 때문에 끈적해 미치겠어!"

릭은 연신 이마에 맺힌 땀을 손으로 훑어 내며 멜즈에게 투덜거렸다. 하지만 설명하는 걸 방해받은 멜즈는 못마땅한 듯 미간을 구기며 쏘아붙였다.

"네가 열이 많은 체질인 걸 나보고 어쩌라는 거야?"

"왜 내 탓이야? 이건 아무리 봐도 내가 아니라 슈트의 문제라고. 입기만 해도 더워서 땀이 줄줄 나는데, 통풍은 전혀 안 되고! 알리페르와 싸우기 전에 먼저 쪄 죽겠다! 너 헥사비스로 돌아가기 전에 이건 꼭 해결하고 돌아가라."

릭의 말에 멜즈는 미간을 구기며 말했다.

"야, 너 왜 아까부터 내가 헥사비스로 돌아가는 게 결정된 것처럼 말하냐? 나 안 갈 거거든?"

멜즈의 말에 릭은 비웃음 가득한 얼굴로 말했다.

"하, 그게 네가 원한다고 되는 일이야? 넌 나나 알도처럼 대용품이 얼마든지 있는 그냥 병사가 아니잖아. 그러니까 각하께서 손수 숲을 다 헤집어 가면서 너를 찾아낸 거고. 내가 각하라면 널 절대 여기 두지 않을 거야. 아까워서라도."

신랄하게 쏘아붙인 릭은 자리에서 일어나 막사의 분리 구역 안으로 들어가 버렸다. 근력 측정이 끝나 옷을 갈아입으러 가는 거겠지만, 어째서인지 보는 것만으로도 화가 치미는 무언가를 피하는 것처럼 보이기도 했다. 제삼자가 보기에도 퍽이나 이상한 태도에 멜즈와 알도는 물론이요, 기술팀 사람들까지 릭이 들어간 탈의실 쪽을 바라보는데, 진저가 대뜸 기록지를 내려놓더니 "어이쿠, 벌써 간식 먹을 시간이네."라며 릭을 따라 분리 구역 안으로 들어갔다.

릭이 눈앞에서 사라졌음에도 멜즈는 여전히 부글부글 끓어오르는 듯한 기분을 억누를 수 없었다. 콜로니로 온 이후, 릭은 꽤, 아니 자주 멜즈의 신경을 긁고 있었다. 참다못한 멜즈가 알도에게 소리 질렀다.

"저 녀석 도대체 왜 저래?!"

"⋯⋯글쎄, 네가 돌아갈지도 모른다는 생각에 섭섭해서 그런 게 아닐까?"

알도는 난처한 얼굴로 감싸듯 말했지만, 사실은 그게 아니라는 것쯤은 알도도 멜즈도 알고 있었다. 멜즈는 이를 악물었다. 멜즈는 사람들의 시샘을 많이 받는 편이었다. 뛰어난 머리에 예쁘장한 외모, 다음 황제로 거론되는 이사나 황자가 후견인으로 있기까지 해 멜즈는 제국 대학에 있을 때도 엄청난 견제를 받았었다. 어쩌면 릭 역시 특별한 능력을 가진 멜즈를 질투하는 것일지도, 혹은 멜즈를 못마땅하게 여기는 사람들의 비방에 휩쓸린 것일지도 몰랐다.

하지만 멜즈로서는 릭의 정확한 마음을 알 수 없었다. 그저 섣불리 짐작하지 말자고 애써 자신을 다독일 뿐이었다. 그럼에도 멜즈는 처음으로 사귄 또래 친구가 자신을 멀리하려 한다는 것에 충격과 섭섭함을 느끼는데, 알도가 말했다.

"신경 쓰지 마. 그냥 환경이 바뀌면서 예민해진 걸 거야. 놔두면 저절로 풀릴 거야."

알도의 말에 멜즈는 애써 수긍하려 했다. 릭은 저래 봬도 훈련소에서 곤란을 겪고 있던 멜즈를 살뜰히 챙겨 준 녀석이었다. 그 탓에 기수장이었던 케일럽에게 찍혀 훈련병 기간 내내 고달팠지만, 릭은 끝까지 멜즈를 외면하지 않았다. 멜즈는 그런 릭을 믿고, 그가 마음을 추스를 때까지 기다려 보자고 생각했다. 애써 화증을 가라앉히려 노력하는데, 얼마 지나지 않아 진저가 불퉁한 얼굴을 한 릭과 함께 분리 구역 안에서 나왔다.

"하하하, 하사와 그 친구들? 지금은 하루 중 혈당이 가장 낮게 느껴진다는 오후 4시잖아? 자자, 부대로 복귀하기 전에 차 한 잔씩 마시고 가자고."

그러면서 멜즈와 알도가 앉은 테이블에 릭을 데려다 앉힌 진저는 전기 포트로 물을 끓였다. 흐~, 흐흥~. 진저는 콧노래를 부르며 차 티백과 쿠키 상자를 꺼내 주섬주섬 테이블에 올려놓았다. 보통의 티타임과는 비교도 안 되게 단출했지만, 구색이 갖춰져서인지 꽤 그럴듯해 보였다. 차가 우러나자 진저 역시 세 사람이 앉은 자리에 끼어 수다를 떨기 시작했다.

"그런데 하사 친구, 오늘은 왜 이렇게 기운이 없어?"

진저가 릭에게 묻자, 릭은 초코 칩이 드문드문 박힌 쿠키를 와작거리며 까칠하게 대답했다.

"기분 좋을 리가 있겠습니까? 아침부터 불려 와서 실험 쥐 취급을 당하고 있는데?"

"엥? 실험 쥐라니, 하사 친구에게 우리가 언제 그런 비인간적인 취급을 했다는 거야? 자네가 얼마나 귀중한 재원인데!"

"그럼, 제 이름이 뭔지는 아십니까?"

"……."

"……."

릭의 물음에 진저는 입을 닥쳤다. 테이블 위로 또다시 어색한 침묵이 깔리자, 진저는 당황이 역력한 얼굴로 화제를 돌렸다.

"그, 그러고 보니 다음 보급이 오는 데까지 3주 남았던가? 이번에는 헥사비스에서 감찰단도 같이 보낸다고 했던 거 같은데……."

안절부절못하는 진저의 모습에 알도는 어색하게나마 호응해 주었다.

"감찰단이요?"

"응, 이제 곧 콜로니에도 헥사비스와 마찬가지로 자기 중력장 배리어가 설치될 거거든. 배리어의 에너지원인 핵연료를 넘기기 전에 내부 감찰이 있을 거라고 했어."

그러고 보니 멜즈 역시 감찰단이 온다는 얘기를 들은 적이 있었다. 그것 때문에 자신이 시탈로프 숲에서 겪었던 일에 대한 경위서가 다소 편집되기도 했고. 그때 엘든은 감찰이 꽤 성가신 것처럼 말했었다. 하지만 멜즈로서는 감찰단이 헥사비스로 돌아가는 게 늦어졌으면 좋겠다고 생각했다. 그래야 멜즈 역시 조금이라도 더 콜로니에 남을 기회를 엿볼 수 있을 테니까. 멜즈는 한 달 남짓한 기간에 초조함을 느끼는데, 진저가 돌연 비밀 얘기를 하듯 나지막하게 속살거렸다.

"그런데 이번에 오는 감찰단의 우두머리가 누구인지 알아?"

"누군데요?"

"디아일스 백작."

디아일스 백작? 들어본 기억만 어렴풋이 있는 낯선 이름에 멜즈는 물론이요, 알도까지 어리둥절해하는데, 조금 식은 차를 후루룩 마시고 있던 릭이 불퉁하게 설명해 주었다.

"황제의 육촌이자 그의 정부야."

"정, 부? 그 사람 남자 아니었어?"

멜즈의 어리숙한 말에 릭은 찻잔을 내려놓으며 어처구니가 없다는 듯 말했다.

"넌 지상층에 살았다는 애가 왜 이렇게 물정을 몰라? 황제는 호색한이야. 남녀를 가리지 않기로 유명해. 군이 취향을 따지자면 남색에 더 가깝다는 걸로 알지만. 어쨌든 그 사람은 황제가 황태자 시절일 때부터 밀회를 가져온 특별한 사이라고 했어."

"그렇구나……."

뭔가 별세계 얘기를 듣는 것처럼 현실감이 없어 멜즈가 주억거리자, 릭은 기가 찬다는 듯 말했다.

"그렇구나는 무슨 그렇구나야. 황제는 이번 출정이 끝나면 각하를 황태제로 내정하겠다고 공공연히 말해 왔어. 그렇게 총애를 과시하는 가운데, 군이 자기 정부를 감찰단의 우두머리로 임명해 여기 보낸 이유가 무엇일 거 같아?"

"아……."

당연히 이사나를 견제하기 위함이었다.

* * *

"누굴 보내셨다고요?"

―에렌 말이다. 에렌 디아일스.

황제가 별거 아니라는 듯 말했지만, 이사나는 당혹감을 감추지 못했다. 왜 다른 사람도 아닌, 디아일스 백작을 감찰단장으로 보낸 거지? 으레 그렇듯 이번 감찰 역시 형식적인 것일 거라 여겼던 이사나로서는 황제의 최측근이 콜로니로 온다는 소식에 혼란스러워질 수밖에 없었다. 그래서 엘든이 그렇게 신경을 쓴 거였나? 아픈 멜즈에게 정신을 빼앗겨 엘든이 보고한 것들을 전부 건성으로 넘겼던 이사나는 뒤늦게 당황하는데, 황제가 수화기 너머로 말했다.

―왜 그러는 것이냐. 에렌이 싫은 것이냐? 어릴 때는 곧잘 함께 놀았지 않느냐.

천연덕스러운 그의 말에 이사나는 어릴 때 있었던 일들을 되짚어 보았다. 에렌은 형과 동갑인 육촌으로 장차 제국의 황제가 될 형의 비위를 상당히 잘 맞추어 주던 인물이었다. 또한 잔인한 형벌을 생각해 내는 데는 형조차도 한 수 접어줄 정도라 형이 굉장히 그를 좋아했다. 그리고 에렌이 고안해 낸 형벌은 고스란히 이사나가 감당할 몫이 되었다. 어렴풋이 떠오르는 그 잔악한 미소에 이사나는 어쩔 수 없이 거북함을 느끼는데, 황제가 달래듯 말했다.

―에렌을 보낸 건 별 뜻 없다. 이번에도 그냥 형식적인 것일 뿐이야. 너는 이제 내 것인데 내가 네게 나쁜 짓을 할 리 없지 않느냐.

황제가 말은 그렇게 했지만, 정작 그는 자신의 소유물을 험하게 다루는 편이었다. 이사나의 몸을 온통 흉터투성이로 만들어 이사나가 도저히 멜즈에게 맨몸을 보일 수 없을 정도였다.

―그것보다 콜로니에 자기 중력장 배리어가 설치되면 제국군에

대한 것은 버나드 중장에게 모두 맡기고 너는 이만 헥사비스로 돌아오거라.

생각지도 못한 그의 말에 이사나는 굳어 있다가 간신히 입을 열어 되물었다.

"헥, 사비스로요?"

—그래, 내가 전에 말했지 않느냐? 이기고 돌아오면 함께 남쪽의 해안가로 내려가 살자고 말이다. 어차피 벌레놈들이 별것 아니라는 게 밝혀졌으니 제국의 옛 영토를 찾는 것 따윈 다른 놈들에게 맡겨 버리고 너는 이제 나와 재미나게 살자꾸나.

무척이나 기대된다는 듯한 그의 말투에 이사나는 숨이 턱턱 막혀 오는 걸 느꼈다. 제국군을, 콜로니를 다른 자에게 맡기고 돌아오라고? 콜로니는 이제 겨우 기반을 다지고 안정기에 접어들었다. 하지만 여전히 이곳은 다른 곳에 비해 알리페르가 자주 출몰했고 시탈로프 숲은 아직 탐사조차 시작하지 않아 존데가 이상 반응을 일으킨 원인을 알 수 없었다. 그런데도 이곳을 '넥시움'이 아닌 다른 자에게 맡기고 오라고? 이사나는 말할 수 없는 상실감에 멍해졌다.

아니, 아니야. 제국의 미래 같은 건 이제 아무래도 상관없잖아? 나는 어차피 병증이 진행되어 죽는 날까지 얼마 남지 않았어. 그렇다면 차라리 지금처럼 평화로울 때 내게 맡겨졌던 책무를 다른 사람에게 넘겨줘야 해.

그러니까…….

—왜 대답이 없지?

"……."

도무지 입이 열리지 않았다. 도무지 그를 따라가겠다는 말이 나오지

않았다. 나는, '이사나 넥시움'은 황제인 그의 명을 따르겠다는 말을
했어야 했다. 그에게 충성을 맹세했고 더는 그를 거스르지 않기로 했
으니까.

그런데 왜?

헥사비스에 있을 때는 그가 원하는 것이면 무엇이든 했었다. 수치
조차 느끼지 못한 채 언제, 어디서든 그가 원하면 몸을 열고 그의 것
을 받아들였다. 그런데 왜, 지금 와서?

'좋아해요. 정말 좋아해요, 이사나! 이 세상 누구도 당신만큼 좋아
하지 못할 거예요……!'

"……."

원인을 떠올렸을 땐 이미, 자신의 형제가 위화감을 알아차린 후였
다.

—내게 숨기는 것이 생겼지?

"……아니요, 없습니다."

—거짓말 하지 마라! 이 가증스러운 놈! 내가 네 거짓말에 한두
번 속았느냐?! 언제나 고분고분한 척, 거짓은 조금도 없는 척 사람
을 믿게 만들다가 뒤통수나 치는 놈이……!

수화기 너머로 거칠게 헐떡이는 그의 숨소리가 들려왔다. 그에
이사나는 손끝이 덜덜 떨리도록 무서워졌다. 그럼에도 이사나는 그
를 달랠 말 한 마디 생각해 내지 못했다. 이렇게 아둔하니까 언제나
그를 화나게 하는 것이다. 어릴 때부터 느껴 왔던 무력감을 또다시
떠올리는데, 황제가 말했다.

—벗어라.

"폐하……."

—네 충심과 결백은 내가 판단하겠다.

짐승처럼 낮게 으르렁거리는 그의 말에 이사나는 지친 얼굴로 고개를 떨어뜨렸다. 하지만 이내 익숙한 손길로 셔츠 단추를 하나씩 끄르기 시작했다.

* * *

"중령님~."

멜즈가 막사 문을 열고 그 사이로 빼꼼 얼굴을 내밀자, 책상에 앉아 업무를 보고 있던 엘든이 혀를 차며 말했다.

"들어와."

"헤헤헤."

멜즈는 멋쩍게 웃으면서도 서둘러 엘든 앞에 다가섰다. 그러자 엘든이 혀를 차며 책꽂이에 꽂아 두었던 보고서를 꺼내 멜즈에게 내밀었다.

"어떻게 하루도 빼먹질 않는군."

"콜로니의 하루가 기록된 보고서잖아요? 각하께 꼭 가져다드려야죠."

넉살좋은 핑계에 엘든은 피식 웃을 수밖에 없었다. 양손잡이였다는 게 들킨 멜즈는 결국 이사나의 막사에서 나올 수밖에 없었다. 하지만 순순히 그냥 나온 건 아니었다. 어찌나 요령이 좋은지 하루에 한 번 만날 약속을 이사나에게 받아 낸 채 나온 것이었다.

하지만 일개 부사관이 아무 이유 없이 사령관의 막사에 들락거리는 건 보기 좋지 않았기에 엘든은 일단 멜즈가 자신의 업무를 보조하는 것처럼 서류를 꾸몄다. 그렇게 자리를 깔아 주자, 멜즈는 일과가 끝나자마자 총알같이 튀어나와 매일 엘든의 막사를 찾았다. 이전에 껄끄러웠던 일들은 조금도 없었다는 듯 뻔들뻔들하기 짝이 없는 모습에 요령 좋은 엘든조차 혀를 내두를 정도였다.

그렇게나 이사나가 좋을까. 예전부터 두 사람의 관계를 전혀 이해할 수 없었지만, 그래도 나쁘진 않았다. 적어도 이사나가 더는 밤나들이를 하지 않게 되었으니까.

보고서를 받은 멜즈가 자신의 눈치를 살피며 쭈뼛거리고 서 있자, 엘든은 귀찮은 벌레를 내쫓듯 손을 휘적이며 말했다.

"그만 나가 봐."

"네! 언제나 감사합니다! 중령님!"

희희낙락한 얼굴로 막사를 나가는 멜즈를 향해 어처구니없다는 듯 피식 웃은 엘든은 이내 다시 서류 더미 속에 파묻혔다.

엘든의 막사에서 나온 멜즈는 뛸 듯한 발걸음으로 콜로니 안을 누볐다. 이렇게 매일 이사나와 만난다는 게 꿈만 같았다. 저택에 있을 때조차 이렇게 오랫동안 이사나와 얘기를 나눈 적이 없었다. 언제나 이사나는 바빴고 자신은 항상 이사나가 돌아오기만을 목 빠지게 기다렸다.

이렇게 이사나와 자주 보게 될 줄 알았으면 이보다 더 빨리 입대했을 텐데……. 저택을 나서던 날, 조금만 더 깊이 생각할 줄 알았다면 진즉에 이사나와 에드먼드 선생님의 계략을 알아차릴 수 있었을 텐데……. 하지만 후회해 봤자 이미 지나간 세월을 돌이킬 순 없었다. 그저 지금부터라도 평생 이사나의 곁에 있을 수 있게끔 노력해야 했다.

'그러려면 역시 미인계를 써야 해.'

한 번 있었던 일은 두 번도 있을 수 있었다. 그러니 앞으로 매일 선크림을 바르고 짧게 잘린 머리를 기르며 예전에는 별로 신경 쓰지 않았던 외모를 가꿀 작정이었다. 이사나가 앞으로 딱 한 번만 더 실수할 수 있게끔 그에게 잘 차려진 밥상이 될 작정이었다. 그때 좀 무섭기는 했지만, 그래도 이사나라면 괜찮았다. 반드시 한 번 더 그와 그런 일이 생겨 더 이상 그가 어린애 취급하지 못하게 할 생각이었다.

어느새 이사나의 막사 앞에 도착한 멜즈는 옷매무새를 가다듬은 뒤 진저에게서 갈취해 온 손거울을 꺼내 싱긋 웃어 보였다. 이 정도면 괜찮겠지? 숨을 크게 내쉰 멜즈는 마음의 준비를 한 뒤 막사 문을 열었다.

"좋은 밤이에요, 이사나. 보고서 가져왔어요."

멜즈는 생글생글 웃으며 막사 안으로 들어갔다. 그런데 어째서인지 막사 안의 공기가 평소와 다른 듯한 느낌이 들었다. 뭐라고 해야 할까, 평소보다 이사나의 체향이 짙게 느껴졌다. 멜즈는 의아해하며 이사나를 찾아 막사 안을 돌아보는데, 책상에 앉은 이사나의 모습이 보였다.

졸고 있는 건가? 멜즈가 들어왔는데도 이사나는 고개를 푹 숙인 채 미동조차 하지 않고 있었다. 이상하게 생각하며 그에게 다가가는데, 돌연 그가 고개를 들었다.

"왔니?"

"네……."

평소와 똑같은 상냥한 얼굴이었지만, 어째서인지 이사나는 당장에라도 쓰러질 듯 위태로워 보였다. 왜지? 어딘가 아픈 건가? 멜즈는 걱정 어린 얼굴로 그를 바라보는데, 이사나가 비틀비틀 자리에서 일어나더니 멜즈에게 말했다.

"⋯⋯같이 산책하지 않을래?"

"네?"

"나가자."

평소의 그라면 가지고 온 보고서를 전부 살펴본 뒤 사적인 시간을 가졌을 텐데, 지금의 이사나는 멜즈의 손에 들린 보고서를 본척만척한 채 그냥 지나쳤다. 오늘따라 일이 바쁘고 많이 힘들었던 걸까? 멜즈는 의아해하면서도 보고서를 책상에 올려놓은 뒤 그를 따라 막사 밖으로 나갔다.

'⋯⋯?'

멜즈는 이사나를 따라 산책길을 걸으며 위화감을 느꼈다. 이사나가, 평소와 좀 많이 달랐다. 평소의 이사나였다면 오늘 하루가 어땠는지, 콜로니에 지내면서 불편한 점은 없는지 세심하게 물어 왔을 텐데, 지금은 옆에 동행이 있다는 것조차 잊어버린 것 같았다. 뭔가에 골몰한 듯 그저 멍한 얼굴로 걷기만 할 뿐이었다. 혹시 이번에 있을 감찰 때문일까? 그래서 이사나가 신경 쓸 곳이 많아 저러는 걸까? 짐작만 하며 이사나를 걱정하던 멜즈는 결국 참지 못하고 앞서 나가는 이사나를 불렀다.

"이사나."

"⋯⋯."

"이사나!"

멜즈가 큰소리로 부르고 나서야 이사나는 동행이 있다는 걸 깨달은 사람처럼 퍼뜩 옆을 돌아보았다. 그리고 아까처럼 여전히 상냥하지만 금방이라도 무너질 듯한 얼굴로 물었다.

"왜 그러는 거니?"

"무슨 일 있어요?"

"······아니, 없는데?"

이사나의 천연덕스러운 대답에 멜즈는 미간을 구겼다. 이사나의 얼굴은 어딜 봐도 '없는데.'가 아니었다. 이제 거짓말만큼은 하지 말아 달라고 했는데······. 멜즈는 섭섭함과 동시에 여전히 못미더운 자신에게 무력감을 느끼며 말했다.

"그런 얼굴로 없기는 뭐가 없어요? 저도 이제 알 거 다 아니까, 고민 있으면 그냥 편하게 말해요. 혹시 이번에 올 감찰 때문에 그런 거예요?"

멜즈는 내심 이사나가 '그렇다.'라고 말하며 멋쩍게 고민을 털어놓을 것을 기대했다. 하지만 이사나는 오히려 벽을 세우듯 딱 잘라 말할 뿐이었다.

"아니."

"······."

"그건 그렇고 헥사비스로 돌아갈 준비는 잘 되어 가고 있니?"

"······?"

맥락 없는 그의 말에 멜즈가 고개를 갸웃거리자, 이사나는 준비물을 빼먹은 아이를 챙기듯 말했다.

"다음 보급이 오면 헥사비스로 돌려보낸다고 했잖아. 이번에 돌아가면 다신 네가 헥사비스 밖으로 나오지 못하게 할 거야. 무슨 수를 써서라도."

너무나도 상냥한 얼굴로 너무나도 어처구니없는 말을 해 멜즈가 얼이 빠지자, 이사나는 노래하듯 말했다.

"가서 숙부님께 죄송하다고 용서를 빌고 다시 학위를 받으렴. 연구 실적을 계속 쌓으면 나중에 작위가 주어진다고 하잖아? 지금은 그게 중요해 보이지 않을 수도 있어. 하지만 차후 인맥을 쌓을 때 좋은 수단이 될 거야. 물론 한평생을 함께 할 반려자도 좀 더 좋은 집안에서 고를 수 있고."

"자, 잠깐, 이사나. 지금 무슨 말을 하는 거예요?"

"네 미래에 대해 얘기하고 있잖아. 난 네 보호자고, 이런 얘기쯤은 얼마든지 할 수 있는 거잖아."

하지만 이사나는 멜즈를 걱정한다기보다 스스로에게 다짐하는 것에 가까운 얼굴을 하고 있었다. 아무런 전조 없이 또다시 자신을 거부하는 듯한 그의 태도에 울컥한 멜즈는 뾰족하게 쏘아붙였다.

"그게 정말 절 위한 일이 맞기는 한 건가요? 제가 말했잖아요. 저는 이사나를 좋아해서, 그래서 여기까지 온 거라고요. 그런데 학위 얘기는 왜 나오고 결혼 얘기는 왜 나오는 거예요?"

"……."

"제가 귀찮은 게 아니라면서요. 단 한 번도 그렇게 생각한 적 없다고 말한 건 이사나였잖아요. 그런데 지금 왜 이런 말을 하는 건지 도무지 이해를 할 수 없어요."

멜즈의 호소에 이사나는 쓰게 웃으며 말했다.

"그게 옳은 길이니까."

"하……."

"그리고 나는 널 한 번도 그런 식으로 생각해 본 적이 없어. 그날 있었던 일은 전에도 말했듯이 실수야. 그날 난 기분이 나빴고 마침 네가 거슬려서 심술부린 것에 불과해."

이사나의 냉정한 말에 멜즈는 찬물을 뒤집어쓴 듯한 모멸감을 느꼈다. 그랬다. 막연하게 그럴지도 모른다는 생각이 들긴 했다. 하지만 이사나가 그런 치졸한 짓을 할 사람이 아니라는 아집으로 여기까지 오게 된 것이었다. 마음이 난도질당하는 듯한 아픔에도 멜즈는 이를 악물며 말했다.

"⋯⋯설사 이사나가 그랬다 해도⋯⋯ 전 상관없어요. 어차피 그건 계기일 뿐, 전 언젠가 반드시 당신에게 사랑을 느꼈을 거예요. 당신을 후견인으로만 생각하기엔 당신을 너무 좋아했으니까. 그러니 반드시 당신의 연인이 되고 싶다고 생각했을 거예요."

조금의 미혹도 없는 올곧은 시선에 이사나의 얼굴은 도리어 절망으로 일그러졌다. 그렇게 궁지에 몰린 사람처럼 초조하게 입술을 잘근거리던 이사나는 이내 짓씹듯 내뱉었다.

"내가 너 아닌 다른 사람을 아내로 들인다 해도 말이야?"

"⋯⋯."

"나는 입장상 이번 출정이 끝나면 결혼하게 될지도 몰라. 그러면 남자인 너를 연인으로 두는 것과 별개로 결혼은 다른 사람과 해야 해. 그걸 네가 감당할 수 있겠니?"

이사나의 말에 멜즈의 얼굴이 잠시 굳어졌지만, 짐짓 간지럽지도 않다는 듯 말했다.

"하, 난 또 뭐라고."

"⋯⋯."

"제가 장담하는데, 이사나는 절대 그런 짓 못 해요. 이사나가 다른 사람에게 상처 주는 짓을 할 수 있을 거 같아요? 나나 그 얼굴도 모를 아내 둘 중 하나만 당신 곁에 남게 될 거예요. 물론 남는 건 내가 되겠지만."

"……멜즈, 나 지금 장난하는 거 아니야."

"저야말로 장난 아니에요. 도대체 갑자기 왜 이러는 거예요? 왜 아직 일어나지도 않은 일까지 들먹이며 절 밀어내려 하는데요?"

멜즈의 집요한 추궁에 이사나는 왈칵 짜증을 내며 소리 질렀다.

"네가 자꾸 말도 안 되는 소리를 하니까 그렇잖아! 상식적으로 말이 돼? 앞길이 창창한 너를 언제 죽을 지 모를 최전방에 처박아 두는 게? 난 내일 당장이라도 죽을 수 있어! 오늘은 아니더라도 여기 있는 이상, 항상 죽음을 곁에 두고 있어야 한다고! 나중에 어떻게 될 지 모를 사람과 같이 있느니, 헥사비스로 돌아가 편하게 사는 게 좋잖아!"

이사나의 말에 멜즈는 이사나를 노려보며 말했다.

"……이사나가 하는 말을 듣다 보면 이사나가 정말 저를 많이 좋아한다는 걸 느껴요. 왜냐하면 이사나는 단 한 번도 제 마음이 싫고 부담스러워서 보낸다는 얘기를 안 하거든요."

"……."

"항상 죽음을 곁에 둔다고요? 그럼 제가 여기 찾아온 건 설렁설렁 걸어서 온 줄 아세요? 저도 죽을 각오로 온 거예요……. 죽을 뻔하고도 당신 얼굴 한 번 더 보겠다고 악착같이 쫓아온 거라고요!"

"……그렇다면 더더욱 돌려보내야겠네."

"하, 그래요. 정 보내고 싶으면 보내세요. 다른 사람도 아니고 제국군 총사령관 각하께서 명령하시는데 누가 어떻게 거역할 수 있겠어요? 하지만."

멜즈는 독기 어린 눈으로 이사나를 쏘아보며 말을 이었다.

"이대로 헥사비스로 돌려보내면 전 제 인생을 철저히 망가뜨릴 거예요. 위험한 짓만 일삼고 사랑 없이 아무와 뒹굴면서 고통스럽게 죽어 갈 거라고요. 팔 하나 부러진 걸로 전전긍긍했던 이사나가 나중에 얼마나 후회할지 눈에 훤하네요."

진심이 느껴지는 협박에 이사나는 질린 눈으로 멜즈를 바라보았다. 하지만 이내 이를 악물며 마음에도 없는 말을 내뱉었다.

"……네 마음대로 해. 어차피 네 몸이고, 네 인생이니까!"

콜로니 (5)

그렇게 산책 중에 말싸움을 한 두 사람은 이전보다 훨씬 사이가 안 좋아졌다. 멜즈가 여전히 저녁마다 보고서를 챙겨 이사나에게 찾아갔지만, 이사나도 멜즈도 이전처럼 스스럼없이 서로에게 안부를 묻거나 사적인 대화를 나누려 하지 않았다.

사무적인 말만 나눈 채 짧은 만남을 반복한 지 며칠. 마침내 헥사비스로부터 물자와 지원병, 그리고 감찰단이 도착했다. 그들을 마중하기 위해 엘든과 함께 콜로니의 입구에 나와 있던 이사나는 이전의 보급과는 차원이 다른 규모에 감탄하는데, 낯익은 얼굴이 이사나에게 다가와 인사했다.

"오랜만입니다, 각하."

"콜로니까지 온다고 고생이 많았습니다, 백작."

"고생은 무슨 고생이요, 수많은 병사들의 호위를 받으며 편안히 왔는데. 오히려 휴가 보내는 기분으로 왔습니다."

보기 좋은 호선을 그리며 이사나에게 웃어 보이는 남자는 감찰단의 우두머리인 디아일스 백작이었다. 디아일스 백작은, 에렌은 사실 감찰단장을 하기에 적합한 인물이 아니었다. 이사나나 황제와 달리 그는 사관 학교조차 나오지 않은 문사(文士)에 불과했으니 말이다. 하지만 아무리 황제의 명령으로 이곳에 오게 되었다지만, 에렌의 얼굴은 태연자약하기 짝이 없었다. 분명 헥사비스를 나온 게 이번이 처음일 텐데 말이다. 전부터 생각했지만 대단한 배짱이었다. 이사나는 내심 감탄하는데, 에렌이 돌연 이사나를 끌어안았다. 난데없는 포옹에 이사나는 어리둥절해했지만 이내 경고하듯 낮게 말했다.

"……이곳은 콜로니입니다."

"알고는 있지만, 그래도 오랜만에 뵌 각하께서 여전히 사랑스러우셔서요."

에렌은 이사나의 등줄기를 쓸며 뱀처럼 속삭였다.

"허벅지의 상처는 괜찮아지셨습니까? 그날 폐하의 명령으로 감히 각하의 몸을 지졌지만, 항상 그날 일이 마음에 걸렸습니다. 고통으로 울부짖던 각하의 모습이 머릿속에서 지워지질 않아서요. 정말, 너무나도 가엽고 사랑스러운 모습이었죠."

정욕이 느껴지는 에렌의 말에 이사나는 더 이상 참지 못하고 그를 밀쳐냈다. 하지만 에렌은 당황하는 기색 없이 어깨를 으쓱이며 능청스럽게 말했다.

"물론 저는 각하와 회포를 풀기 위해 이곳으로 찾아온 게 아니죠. 제게도 주어진 일이 있으니 말입니다. 물론 각하께서 원하신다면 애기가 좀 달라지겠지만."

느물거리는 에렌의 말에 이사나는 물론이요, 이사나의 곁에 있던 엘든마저 미간을 찌푸렸다. 여전히 속을 알 수 없고 기분 나쁜 작자였다. 엘든이 그렇게 생각하는데, 에렌이 고개를 돌려 엘든에게 인사했다.

"오랜만이야, 엘든. 각하를 보필하느라 수고가 많지?"

".......해야 할 일을 하는 것뿐입니다."

"그래? 하지만 이것도 얼마 안 남았으니까 조금만 더 힘내라고."

에렌의 말에 엘든이 의아한 얼굴을 하는데, 이사나가 그 사이를 끼어들며 말했다.

"먼 길 오느라 시장했을 텐데 이쪽으로 오시죠."

"각하께서 직접 에스코트해 주시는 겁니까? 영광이군요."

에렌은 어딘가 얄미운 미소를 지으며 이사나를 따라 연회장으로 향했다. 황제의 최측근이 온다는 소식에 내심 긴장하고 있던 군 간부들은 생각보다 사근사근한 감찰단장의 태도에 한시름을 덜었다. 감찰의 시작은 일견 순조로워 보였다.

* * *

자료실 테이블에 앉아, 노트에 끊임없이 뭔가를 써 내려가던 멜즈는 돌연 한숨을 푹 내쉬며 미끄러지듯 테이블 위에 엎어졌다. 어리석은 짓을 했다. 이사나와 싸우다니……. 이제 이사나를 볼 수 있는 날이 며칠 안 남았을지도 모르는데……. 멜즈는 며칠간 있었던 일들을 떠올렸다. 여전히 보고서를 가지고 그를 찾아갔지만, 이사나는 전과 달리 냉랭하기 짝이 없었다. 말은 한마디도 하지 않은 채 묵묵히 일만 하는 이사나를 보는 나날들은 정말 끔찍했다. 상냥하게 웃어 주지도 않고 머리를 쓰다듬어 주지도 않고 손끝 하나 닿으려 하지 않는 그 차가운 모습이 멜즈는 서럽고 또 서운했다.

사실은 이사나도 나 좋아하고 있으면서.

해가 지고도 시탈로프 숲을 뒤질 정도로 나를 엄청 좋아하면서.

멜즈는 이사나가 자신을 좋아하고 있음을 믿어 의심치 않았지만, 그의 어른스러우면서도 냉정한 태도는 참으로 섭섭했다. 그게 자신을 위한 것임을 멜즈 역시 잘 알고 있었다. 그럼에도 괜스레 서러워져 눈물이 찔끔 나는데, 자료실 안으로 진저가 들어왔다.

"하사, 이것 좀 먹고 해."

진저가 가져온 것은 생크림이 잔뜩 올라간 와플과 따뜻한 우유였다. 노트를 작성하느라 저녁을 걸렀던 멜즈는 눈을 반짝이며 노트와 펜을 테이블 한구석에 치워 버렸다. 그러자 진저가 피식 웃으며 트레이를 멜즈의 앞에 내려놓았다.

"하고 있는 건 잘 되어가고 있어?"

"음, 시간이 촉박할 거 같아서 일단 개요만 잡고 있어요. 관련된 공식이나 원리도 써 놓고 있기는 한데요, 혹시 몰라서 참고가 될 만한 책들도 밑에 주석으로 달아 놨어요. 나중에라도 필요해지면 언제든 각하께 말하세요. 각하라면 반드시 전부 구해다 주실 거예요."

멜즈의 말에 진저는 머쓱한 얼굴로 알겠다고 말했다. 멜즈가 지금 노트에 쓰고 있는 것은 멜즈가 콜로니에 있는 동안 개발한 것들에 대한 연구 노트였다. 물론 기억력이 비상한 멜즈에게는 필요 없는 물건이었지만, 굳이 이렇게 손 아프게 쓰고 있는 이유는 그가 핵사비스로 돌아가게 될 경우 곤란을 겪을 진저를 위한 것이었다. 이것만으로도 기술팀은 멜즈에게 큰 은혜를 입었다. 생전에 다 갚기 어려울 정도였다. 진저는 느긋하게 와플의 맛을 음미하는 멜즈를 바라보다가 문득 조심스럽게 입을 열었다.

"그런데, 하사의 스승님은 에드먼드 교수님이잖아."

"네, 그런데요?"

"그럼 에드먼드 교수님이 연구했던 것들에 대해 하사도 전부 알고 있어?"

어딘가 초조함이 느껴지는 진저의 말에 멜즈는 의아한 얼굴로 바라보다가 대답했다.

"일단 선생님이 쓰신 논문들은 전부 읽어 봤어요. 그런데 왜요?"

멜즈의 말에 진저는 잠시 망설이다가 입을 열었다.

"내가 아는 사람 중에 카노스를 앓고 있는 사람이 있는데…… 혹시 하사가 치료법에 대해 아는 게 있나 해서."

저런……. 멜즈는 속으로 가볍게 동정하며 말했다.

"작년에 선생님 서재를 치우면서 작성 중인 논문들을 봤었는데요, 아직 뚜렷한 치료법이 없는 것 같아 보였어요."

"그, 그렇구나."

진저가 적지 않게 실망한 듯하자, 멜즈는 달래듯 그에게 말했다.

"그래도 약으로 진행을 늦출 수는 있어요. 팀장님이 원하신다면 제가 봐 드릴게요. 그 사람은 어떤 증상을 앓고 있나요?"

"아, 아니야. 그렇게까지 안 해 줘도 돼. 괜히 처방을 바꿨다가 나중에 어떻게 될지도 모르고……."

진저의 말에 멜즈는 고개를 갸웃거렸다. 진저의 지인이라는 사람이 신분이 높은 사람인가? 헥사비스 안에서 카노스에 대한 처치를 할 수 있는 사람은 에드먼드와 멜즈, 둘밖에 없었다. 병증의 원인이 밝혀진 뒤 제국에서 그런 병이 있었다는 것조차 덮어 버렸기에 카노스의 존재를 아는 사람도 거의 없었다. 그런데 약을 처방받았다는 걸 보니 에드먼드 선생님께 직접 처치를 받은 게 분명했다.

그렇다면 굳이 나서지 않는 편이 좋았다. 어차피 콜로니에 남을 수 있을지조차 불분명하니 말이다. 섣불리 처방을 변경해 이상 반응에 대처도 못하느니 차라리 현상 유지라도 하는 게 나았다. 멜즈가 "그럼 나중에라도 필요해지면 언제든 말해 주세요."라고 말하자, 진저는 마음만이라도 고맙다는 듯 멋쩍게 웃었다.

와플과 우유를 한입에 다 털어 넣은 멜즈는 벽에 걸린 시계를 보았다. 벌써 가야 할 시간이었다. 멜즈는 자리에서 일어나며 진저에게 말했다.

"저 이제 그만 가 볼게요."

"어디 가는데?"

"콜만 중령님께요."

멜즈의 말에 진저는 고개를 갸웃거리며 말했다.

"감찰단이 체류하는 동안 각하의 막사에 출입하는 건 금지당하지 않았어?"

진저의 말에 멜즈는 미간을 구겼다. 그랬다. 멜즈는 바로 어제 이 사나로부터 직접 더 이상 막사로 오지 말라는 말을 들었다. 웬일로 먼저 말을 거나 싶었는데 말이다. 감찰단장이 황제의 최측근이니 조심해야 한다는 건 알겠는데, 그래도 너무했다. 그래서 섭섭한 마음에 한마디 했다가 결국 어제 또 싸우고 말았다. 아니, 싸운 것도 아니었다. 일방적으로 혼자 삐진 거지. 자괴감에 빠진 멜즈는 우울하게 말했다.

"그래도 서류상으로는 콜만 중령님을 도와주는 걸로 되어 있어서 가긴 해야 해요."

멜즈는 쓰고 있던 노트를 정리한 뒤 자료실을 나섰다. 그러자 진저가 막사 입구까지 나와 멜즈를 배웅해 주었다.

기술팀 막사에서 나오자, 항상 이사나를 만날 때쯤인 저녁 하늘이 보였다. 하지만 콜로니는 평소와 달리 대낮처럼 주변을 환히 밝힌 가운데 분주하기만 했다. 아마도 헥사비스에서 왔다는 감찰단을 맞이하느라 그런 듯했다. 익숙한 발걸음으로 사령부 쪽으로 향하자, 막사들 사이로 흥에 겨운 웃음소리가 들려왔다. 저곳에 이사나도 있는 거겠지? 멜즈는 한창 연회가 열리는 중인 막사 쪽을 바라보다가 엘든의 막사로 들어갔다.

"드디어 왔군."

엘든은 평소와 달리 정복을 입고 있었다. 각이 딱 잡힌, 군인의 표상과도 같은 그 모습에 다시금 치졸한 마음이 고개를 쳐들었다. 자신이 헥사비스로 돌아가면 저 믿음직스럽고 멋진 부관이 여전히 이사나의 곁을 지킬 터였다. 24시간 365일 한시도 빼놓지 않고 말이다. 좋겠다. 부럽다. 멜즈는 질투로 가슴이 부글부글 끓어오르는 걸 느끼는데, 그런 멜즈의 마음을 아는지 모르는지 엘든은 어딘가 귀찮아 보이는 얼굴로 멜즈에게 물었다.

"하사, 저녁은 먹고 왔나?"

"네? 네."

"뭘 먹었는데?"

……왜 물어보는 거지? 평소의 엘든답지 않은 세심한 질문에 멜즈는 의아해하면서도 순순히 대답했다.

"와플이랑 우유요."

"겨우 그런 걸로 끼니를 때운 건가? 기술팀에선 도대체 뭐 하는 거야?"

엘든의 역정에 멜즈는 당황하며 말했다.

"아, 아니요. 바빠서 제가 못 챙긴 거예요. 와플도 팀장님께서 직접 가져다주신 거였고요."

왠지 모를 민망함에 멜즈가 모기만 한 목소리로 변명하자, 엘든은 혀를 차며 말했다.

"인수인계한다고 바쁜 건 알지만, 끼니는 제때 챙겨 먹어. 여러 사람 걱정하게 하지 말고."

"네……."

점점 더 평소답지 않은 엘든의 잔소리에 멜즈가 이상함을 느끼는데, 엘든이 테이블 위에 놓여 있던 접시를 가져와 멜즈에게 내밀었다. 샌드위치였다. 양상추와 토마토가 잔뜩 들어가고 체다 치즈는 딱 한 장만 들어간, 이 기묘한 샌드위치는 멜즈가 이사나의 저택에 있을 때부터 즐겨 먹던 것이었다. 이게 왜 여기 있지? 멜즈가 눈을 동그랗게 뜬 채 엘든을 올려다보는데, 엘든은 여전히 귀찮음이 묻어난 얼굴로 멜즈에게 말했다.

"이거 먹고 저쪽 캐비닛 안에 있는 서류들을 정리해 놓도록 해. 폐기해야 할 문건들은 전부 가위로 잘라서 쓰레기통에 버리고."

"……알, 겠습니다."

멜즈가 어딘가 미심쩍어 보이는 얼굴로 대답하자, 그런 멜즈를 물끄러미 바라보던 엘든은 이내 한숨을 내쉬며 말했다.

"때때로 아무것도 모르는 자네가 정말 부러워."

"……?"

엘든은 알 듯 말 듯한 말을 남긴 채 막사를 나갔다. 그런 엘든의 뒷모습을 지켜보던 멜즈는 고개를 갸웃거렸다. 도대체 무슨 뜻이지? 멜즈는 의아해하며 엘든이 가리켰던 캐비닛 문을 열었다. 거기엔 웬 마굴이 있었다.

멜즈는 쑤셔 넣은 것에 가까운 문서 더미를 일단 전부 빼내 바닥에 내려놓았다. 얼마나 오랫동안 처박아 뒀는지 꺼내자마자 재채기가 나왔다. 아마도 콜로니에 오기 전부터 보관하던 문서들 같았다. 멜즈는 연신 재채기를 하며 엘든이 알려 준 대로 보관 기간이 지난 문서들은 따로 빼놓은 뒤 다시 가지런히 정리해 캐비닛 안에 차곡차곡 꽂아 두었다.

싹둑─. 싹뚝─.

멜즈는 밤이 늦도록 여전히 떠들썩한 연회장의 웃음소리를 들으며 가위로 문서를 파기했다. 지금 도대체 난 뭘 하고 있는 걸까? 이대로 잠자코 있으면 감찰이 끝나자마자 헥사비스로 끌려가게 될 게 뻔한데, 왜 난 이까짓 종이만 붙잡고 있는 걸까? 멜즈는 쓰레기통 안에 수북이 쌓인 종잇조각들을 바라보며 한숨을 내쉬었다.

절대 이대로 순순히 물러나지 않겠다고 결심했지만, 막상 보급이 도착하니 마음이 조급해질 수밖에 없었다. 자신은 이곳에서 말단 부사관 따위에 지나지 않았으니 말이다. 제국군의 수장인 이사나와는 현실 세계에서 접점조차 있을 수 없는 그런 위치에 있었다.

그러니 그가 돌려보내겠다고 마음먹은 이상 돌아가는 수밖에 없었다. 하지만.

"······."

한 번만 더 팔이 부러지면 안 보내지 않을까? 다리까지 다쳐서 걷는 것조차 힘들어지면 그래도 이사나가 망설이게 되지 않을까? 멜즈는 들고 있던 가위를 물끄러미 내려다보았다. 뾰족하게 날이 선 모서리는 보기만 해도 아파 보였다. 멜즈는 과연 얼마나 다쳐야 이사나의 마음을 돌릴 수 있을지 고심하는데, 돌연 막사 문이 열렸다.

중령님인가? 고개를 들자 생전 처음 보는 남자가 막사 입구에 서 있었다. 멜즈가 얼떨떨한 얼굴로 그를 바라보는데, 남자는 술에 취한 듯 비틀비틀 막사 안으로 걸어 들어오더니 히죽 웃으며 멜즈에게 인사했다.

"안녕."

웃는 눈매가 묘하게 이사나를 닮은 남자였다.

"······누구세요?"

멜즈는 잔뜩 경계하며 물었지만, 남자는 싱긋 웃기만 할 뿐 대답이 없었다. 남자는 척 보기엔 상냥해 보였지만, 어째서인지 남자의 미소에선 찬 기운이 느껴졌다. 왠지 모를 꺼림직함에 도망치고 싶어졌지만, 멜즈는 짐짓 아무렇지 않은 척 자리에서 일어나며 말했다.

"이곳은 콜만 중령님의 개인 집무실입니다. 관계자 외의 출입은 금지되어 있습니다."

멜즈가 엄중히 경고했지만, 남자는 여전히 생글생글 웃으며 말할 뿐이었다.

"그럼 넌 관계자야?"

"네?"

"사령부 소속이냐고."

왜 이런 걸 묻는 거지? 멜즈는 의구심을 느끼며 남자를 물끄러미 훑어보았다. 남자는 군복이 아닌 말쑥한 정장을 입고 있었다. 이곳이 헥사비스 안이라면 별반 이상할 게 없는 복장이었지만, 이곳은 콜로니였다. 정장을 입을 만한 사람도, 입을 상황도 없었다. 게다가 남자의 옷은 무척이나 고급품이었다. 헥사비스 지상층 상점에서조차 흔히 볼 수 있는 재질이 아니었다. 그렇다면 이 남자의 정체는.

"디아일스 백작님?"

"오, 나를 알아?"

백작은 감탄을 내지르며 비틀비틀 멜즈에게 다가왔다. 술을 얼마나 퍼마셨는지 가까이 올수록 술 냄새 때문에 코가 비틀어질 거 같았다. 멜즈는 미간을 구기는데, 백작이 멜즈의 양 뺨을 붙잡으며 말했다.

"영광이야, 이렇게 귀여운 아이가 날 알아봐 주고."

"저, 백작님?"

"사진보다 실물이 훨 나아 보이기도 하고?"

백작은 당장에라도 키스할 듯 얼굴을 들이밀며 요염하게 속삭였다. 뭐, 뭐야, 이 사람……! 겁에 질린 멜즈는 백작을 밀치며 주춤주춤 뒤로 물러나는데, 백작은 여전히 멜즈를 쫓으며 치근덕거렸다.

"왜 도망쳐? 순진한 척하지 말고 이리 와. 너도 그 재미없는 놈만 상대하느라 쌓였을 거 아냐? 응? 내숭 떨지 말고 같이 즐기자."

나, 위도 아래도 아주 잘해. 백작은 입술을 핥으며 저속하게 웃었다. 멜즈는 도대체 백작이 무슨 말을 하는지 이해할 수 없었다. 난데없이 처음 본 사람한테 뭐라는 거야! 돌아 버릴 정도로 술을 마셨거나 그냥 돌은 사람인 게 분명했다. 멜즈는 끈적하게 들러붙는 백작으로부터 이리저리 몸을 피하며 말했다.

"마, 말씀은 고맙지만, 괜찮습니다. 그것보다 이곳은 출입하면 안 되는 곳이니 나가 주시는 게……."

"내가 빨아줄까? 나 그거 되게 잘하는데. 아무리 커도 목구멍까지 열어서 전부 삼킬 수 있어. 원래는 폐하께만 해 주는 건데, 특별히 넌 그냥 해 줄게. 네 거 맛있을 거 같아."

백작은 멜즈를 향해 입맛을 다시며 눈웃음을 흘렸다. 헐……. 진짜 미친놈이잖아! 멜즈는 팔에 오도도 소름이 돋는 걸 느꼈다. 그렇게 멜즈가 잠시 멈칫한 사이, 백작은 틈을 놓치지 않고 멜즈를 덮쳤다.

"이거 놓으세요!"

기겁한 멜즈는 뿌리치려 했지만, 백작은 오히려 멜즈에게 엉기며 혼자 주절댈 뿐이었다.

"하아, 역시 어린놈들은 다르다니까? 살결이 완전 말랑하고 매끄럽잖아? 그래, 이 몸으로 이사나 넥시움과는 몇 번이나 해 봤어? 그 자식 정상위밖에 안 하지? 재미없는 새끼니까. 씨발, 이렇게 꼴리게 생긴 줄 알았으면 진즉에 같이하자고 졸라 보는 건데."

낄낄낄낄ㅡ. 저급하기 짝이 없는 음담에 멜즈는 눈이 돌아갈 정도로 화가 났다. 자신은 몰라도 이사나까지 그런 저속한 농담에 끼워 넣는 건 용서할 수 없었다. 멜즈가 매섭게 노려보자, 백작은 가학적인 미소를 지으며 멜즈에게 말했다.

"너 말이야, 이사나 황자를 좋아해서 이곳까지 쫓아왔다는 소문이 있던데, 사실이야?"

"……."

"그런데 고작 부사관 따위에 머물러서 그놈 곁에 계속 붙어 있을 수 있을까?"

"……무슨 말을 하는 겁니까?"

"영원히 그놈 곁에서 떨어지지 않을 수 있는 방법이 있는데, 내가 알려 줄까?"

백작은 희생양을 앞에 둔 악마처럼 친절하게 말했다. 함정일 게 뻔한 말이었지만, 멜즈는 선뜻 그를 뿌리치지 못한 채 잠시 머뭇거렸다. 그 순간, 막사 문이 열리더니 이사나와 엘든이 들어왔다.

"여기 있었군요, 백작."

"아, 사랑하는 나의 육촌형제, 각하가 아니십니까! 도대체 어디 있었던 겁니까?! 재미없는 노인네들 사이에 저 혼자 내버려 두고."

멜즈를 밀쳐낸 백작은 비틀거리며 이사나에게 가더니 그를 붙잡고 징징대기 시작했다. 그러자 이사나의 얼굴에 피곤이 서렸다. 분위기로 보아하니 백작은 원래 주사가 좀 있는 편인 듯했다. 이사나는 한숨을 내쉬며 백작에게 말했다.

"이제 연회장으로 돌아가시죠, 백작."

"각하께서 말씀하시는데 당연히 그래야죠. 그런데 말입니다. 저기 저 귀여운 부사관과 같이 가면 안 되겠습니까?"

백작이 멜즈를 가리키자, 이사나의 얼굴이 굳어졌다. 하지만 이내 침착한 얼굴로 말했다.

"……사람이 필요한 거라면 일에 능숙한 자들로 붙여 드리겠습니다."

"나는 저놈이 마음에 드는데."

이사나의 완곡한 거절에도 백작은 능글맞게 웃으며 멜즈를 지목

했다. 그에 이사나의 미간이 찌푸려지는데, 옆에 있던 엘든이 백작에게 말했다.

"그건 안 되겠습니다."

"왜?"

"저놈은 여기서 해야 할 일이 있어서요."

말을 마치자마자 엘든은 성큼성큼 멜즈에게 다가가더니 돌연 손바닥으로 멜즈의 뒤통수를 세게 후려쳤다. 갑작스런 폭력에 멜즈는 아픈 건 둘째 치고 어안이 벙벙해져 엘든을 올려다보는데, 엘든이 무서운 얼굴로 멜즈를 쏘아보며 말했다.

"이 모자란 놈! 캐비닛을 정리해 놓으라고 했지, 문서를 파기하라고 했나!"

"네? 그, 그치만 아까는……!"

퍽一!

"그 쓸모없는 귓구멍을 도대체 어디다 흘리고 다니는 게야! 자네는 상관이 하는 말이 말 같지 않았나!"

엘든은 연신 멜즈의 머리통을 후려치며 역정을 냈다. 그에 멜즈는 반사적으로 이사나를 돌아보았다. 하지만 이사나는 차가운 얼굴로 이쪽을 주시할 뿐이었다. 정말로 넋 놓고 자르면 안 되는 걸 잘랐던 건가? 아닌데, 분명 중령님께서 기간이 지난 문건은 파기하라고 하셨는데……. 멜즈는 왠지 억울해져 눈물이 찔끔 나왔지만, 꾹 참고 소리 질렀다.

"시정하겠습니다!"

"자네가 저지른 짓이니 자네가 수습하는 건 당연하겠지? 문건들을 원래대로 되돌려 놓을 때까지 못 돌아가니 그런 줄 알아!"

"……네."

"목소리가 작다!"

"네! 알겠습니다!"

멜즈가 큰소리로 대답하자, 그제야 엘든은 만족한 듯 고개를 돌려 백작에게 말했다.

"이렇듯 한 사람 몫도 제대로 못하는 덜떨어진 놈이라 백작님을 보필하기엔 벅찰 것 같습니다."

"흐흥~, 뭐 그렇다면 어쩔 수 없고."

백작은 웃음기 어린 얼굴로 멜즈를 바라보며 말했다. 그에 이사나는 "연회장으로 돌아갑시다."라고 말하며 백작을 데리고 막사에서 나갔다. 그리고 막사 안에는 엘든과 멜즈, 둘만 남게 되었다. 멜즈는 엘든의 눈치를 살피며 조심스럽게 그에게 물었다.

"캐비닛에 있는 서류, 정말 파기하면 안 되는 거였나요?"

"아니, 파기하는 거 맞는데?"

근데, 왜……. 멜즈는 불만 어린 눈으로 엘든을 올려다보다가 성급하리만치 백작을 빨리 끌고 나가던 이사나를 떠올렸다. 멜즈는 혹시나 하는 생각에 엘든에게 물었다.

"혹시 각하께서 절 구해 주신 건가요?"

"글쎄다."

엘든은 모호하게 대답하며 주머니에서 담배를 꺼냈다. 그리고 불을 붙이며 별거 아닌 것처럼 경고했다.

"앞으로 절대 디아일스 백작이랑 엮이지 마라. 저건 진짜 미친 새끼니까."

엘든은 생각하기도 싫다는 듯 혀를 차며 말했다. 사실 척 보기에도 엮이면 안 된다는 느낌이 들긴 했다. 이사나나 에드먼드 선생님과 달리 권력자 특유의 오만함과 잔인함이 묻어났으니까. 하지만.

'사진보다 실물이 훨 나아 보이기도 하고?'

'너 말이야, 이사나 황자를 좋아해서 이곳까지 쫓아왔다는 소문이 있던데, 사실이야? 그런데 고작 부사관 따위에 머물러서 그놈 곁에 계속 붙어 있을 수 있을까? 영원히 그놈 곁에서 떨어지지 않을 수 있는 방법이 있는데, 내가 알려 줄까?'

그는 결코 우연히 이 막사 안으로 들어온 게 아니었다. 이미 멜즈가 이곳에 있음을 알고 온 것이었다. 그렇다면 백작은 분명 신입 부사관인 '멜즈'를 찾아온 게 아닐 터였다. 이사나의 미동인 '멜즈'를 찾아온 것일 터였다.

왜지? 이제 황제는 이사나를 황태제로 임명하려 할 만큼 이사나를 총애했다. 그런데 왜 굳이 정부를 보내 이사나를 견제하고 내게 접촉하려 했던 걸까? 멜즈는 혼란으로 머리가 뒤죽박죽이 되었다. 그리고 그 혼란의 끝에는 핵사비스의 지붕 위에서 홀로 울고 있던 이사나가 있었다.

그날, 도대체 그에게 무슨 일이 있었던 걸까? 멜즈는 고심하는데, 엘든이 테이블 위에 놓인 접시를 보더니 혀를 찼다.

"아까 샌드위치를 먹으라고 했을 텐데, 왜 안 먹었지?"

"그, 배가 고프지 않아서⋯⋯."

"먹어."

"그치만 이제 조금 있으면 잘 시간이고⋯⋯."

"챙겨준 사람의 성의를 생각해서 먹어."

고압적인 명령에 멜즈는 내키지 않은 얼굴로 샌드위치를 집다가 문득 엘든에게 물었다.

"이 샌드위치요, 혹시 각하께서 보내신 건가요?"

"그렇다면?"

……뭐야, 어제는 그렇게 냉정하게 굴어놓고. 괜히 부아가 치민 멜즈는 샌드위치를 도로 접시에 내려놓으며 새침하게 말했다.

"그럼 역시 안 먹을래요. 도로 각께 갖다 주세요."

멜즈의 말에 엘든은 어처구니가 없다는 듯 픽, 웃더니 정색하며 말했다.

"상관의 명령이 우습나?"

"……."

"집어."

엘든의 명령에 멜즈는 입을 댓 발로 내민 채 다시 샌드위치를 집었다. 그러자 엘든이 고압적인 얼굴로 명령했다.

"입에 넣어."

"씹어."

"삼켜."

엘든의 명령대로 멜즈는 기계적으로 샌드위치를 씹은 뒤 목구멍 너머로 꿀떡꿀떡 삼켰다. 소스가 거의 들어있지 않아 간이 약한 샌드위치는 저택에서 먹은 것과 맛이 똑같아 왠지 더 화가 났다. 멜즈가 오만상을 찌푸리면서도 결국 전부 먹어치우자, 엘든이 빈 접시를 수거해 가며 말했다.

"오늘은 내무반으로 돌아가지 말고 여기서 자도록 해. 저쪽 캐비닛에 모포가 들어 있으니 추우면 꺼내 쓰고."

"……네."

"좋아."

할 일을 끝마친 엘든은 개운해 보이는 얼굴로 막사에서 나갔다. 엘든이 나가자, 멜즈는 또다시 홀로 남겨졌다. 하지만 연회는 계속되는지 흥겨운 웃음소리가 저 멀리서부터 끊임없이 들려왔다. 멜즈는 잠시 멍하니 서 있다가 원래 자리로 되돌아와 문서들을 마저 파기했다.

"……."

멜즈가 문서를 전부 파기했을 무렵, 연회도 파하는 분위기인지 점차 조용해지기 시작했다. 이제 나도 잘까? 멜즈는 자리에서 일어나 찌뿌둥한 몸을 쭉쭉 폈다. 엘든이 말한 대로 캐비닛에서 모포를 꺼내고 기름 난로를 소파 가까이에 끌어오자, 그럭저럭 잘 만한 잠자리가 만들어졌다. 멜즈는 노곤해진 몸을 소파에 뉘이며 생각에 잠겼다.

지금쯤이면 이사나도 연회장에서 나왔겠지? 그러고 보니 아까 이사나가 정복을 입고 있던 모습, 정말 멋있었는데……. 가슴에 무수히 달린 무공 훈장들이 이사나가 얼마나 대단한 사람인지 간접적으로 알려주고 있었다. 그런 이사나가, 누구에게나 우러름을 받는 제국의 영웅이 곤란을 겪고 있던 부사관 하나를 구하러 이곳에 와 주었다. 그러면서도 이사나는 멜즈에게 말 한마디는커녕, 시선 한 번 보내지 않았다. 이사나는 항상 그랬다. 상냥했지만, 언제나 선을 그어 놓은 듯 냉정했다. 다른 사람들은 멜즈가 그 선에 누구보다도 가깝다고 말했지만, 그렇다고 멜즈가 이사나의 선 안으로 들어간 건 아니었다.

멜즈가 원하는 건 세상 누구보다도 이사나와 가까워지는 게 아니었다. 이사나와 계속 함께 있는 것이었다. 두 사람에게 어떤 사정이 생기든, 어떤 위치에 있든 그저 계속 같이 있길 바라는 것이다. 하지만 이사나는 결코 그걸 바라지 않을 것이다. 그는 단순한 멜즈와 달리 복잡한 것을 생각하는 어른이니까.

멜즈는 체념과도 같은 우울감에 허우적거리다가 잠에 빠져들었다. 그렇게 얼마나 지났을까, 멜즈는 문득 잠에서 깨어났다. 얼마나 달게 자고 있었는지 침까지 흘린 채였다. 찝찝함에 소매로 대충 입가를 닦아 낸 멜즈는 다시 자려고 몸을 뒤척이는데, 혼곤히 뜬 눈앞으로 낯선 무언가가 보였다. 군화? 멜즈는 눈을 비비며 자신의 앞에 서 있는 사람을 올려다보았다.

이사나였다.

이사나가 거짓말처럼 멜즈의 앞에 서 있었다. 기름 난로의 희끄무레한 불빛만이 주위를 비추는 가운데, 이사나는 꿈처럼 멜즈의 앞에 서 있었다. 꿈인가 싶어 볼을 꼬집어 보는데…… 희한하게도 현실이었다.

"이사나? 이 밤중에 어쩐 일이에요?"

덮고 있던 모포를 걷어내며 자리에서 일어나자, 이사나가 상냥하게 웃으며 말했다.

"멜즈, 아까 샌드위치는 잘 먹었니?"

샌드위치? 아까 중령님이 주신 샌드위치를 말하는 건가? 하지만 이 밤중에 찾아와 잘 먹었냐고 묻는 건 좀 이상한데? 평소답지 않은 이사나의 행동에 멜즈는 어리둥절해하는데, 이사나가 돌연 멜즈의 옆에 털썩 주저앉더니 멜즈의 어깨에 머리를 기댔다. 어리광을 닮은 그의 행동에 멜즈는 순간 우뚝 굳어졌다. 하지만 이내 눈살을 찌푸리며 이사나에게 물었다.

"이사나, 취했어요?"

"······아니."

그러나 대답과 달리 이사나에게선 지독한 술 냄새가 났다. 아주 양조장에 빠졌다가 건져진 듯한 행색이었다. 그럼에도 멜즈는 이사나를 뿌리치지 못했다. 오히려 한 번도 본 적 없는 그의 흐트러진 모습에 두근거리기까지 했다. 저택에 있을 때조차 이런 적이 없었는데······.

멜즈는 평소에 꿈도 꾸지 못한 이사나의 어리광에 심장이 터질 것 같은 기분이 들었다. 멜즈는 나무토막처럼 뻣뻣하게 굳은 채 정좌하는데, 멜즈의 어깨에 기대고 있던 이사나가 멜즈에게 물었다.

"멜즈."

"느, 네에!"

"나한테 화났니?"

"아! 니요!"

화가 날 리가 있나. 내가 도대체 뭐라고 이사나에게 화를 내? 멜즈는 잔뜩 굳어진 채 부인하는데, 이사나가 고개를 들더니 투정부리듯 말했다.

"그런데 왜 날 안 봐?"

"······."

"멜즈, 날 봐."

이사나의 말에 멜즈는 기름칠이 안 된 기계처럼 이사나를 돌아보았다. 어둠에 익숙해져서 그런지 이사나의 얼굴이, 그의 표정 하나하나가 인이 박이듯 눈에 들어왔다. 아름답다. 세상에 어떻게 이런 사람이 존재할 수 있는지 감탄이 나올 정도로 그가 사랑스러웠다.

그가 가진 지위도 그가 잃은 팔다리도 그의 고결함을 조금도 훼손시키지 못했다. 이런 대단한 사람을 좋아하고 있는 거다. 나는.

익숙한 패배감을 느끼면서도 멜즈는 홀린 듯이 그를 바라보는데, 이사나가 돌연 멜즈에게 다가왔다. 사령관과 말단 부사관이 가지기엔 지나치게 거리가 가까워졌는데도 이사나는 멈추지 않았다. 입술이 닿을지도 몰라. 그렇게 생각하자, 심장이 입에서 튀어나올 것 같았다.

코끝이 맞닿을 듯 가까워진 순간, 멜즈는 질끈 눈을 감아 버리는데, 이사나가 말했다.

"미안해."

"네?"

"미안해……."

"……."

"미안해…… 멜즈……."

계속되는 사과에 멜즈는 오히려 기분이 가라앉는 걸 느꼈다. 당신이 왜 사과하는데? 반발심이 들었지만, 멜즈는 짐짓 아무렇지 않은 척 투덜거리며 말했다.

"그거 알아요? 이사나는 맨날 나한테 사과만 한다는 걸요."

"미안해……."

"미안하면 미안할 짓을 안 하면 되잖아요. 여기서 이러고 있지 말고 자러 가요. 데려다줄게요."

더 이상 이사나가 사과하는 걸 보고 싶지 않았던 멜즈는 소파에서 일어났다. 그런데 돌연 이사나가 멜즈의 팔을 붙잡았다. 멜즈가 되돌아보자, 이사나가 속삭이듯 말했다.

"······싫지 않아."

"네?"

"돌아가고 싶지 않아······."

이사나는 아플 정도로 멜즈의 팔을 꽉 붙들고 있었다. 그에 멜즈는 의아해하는데, 이사나가 몸을 떨고 있었다. 무서운 것을 본 사람처럼 말이다. 그 이상한 모습에 멜즈는 일단 도로 소파에 앉아 이사나에게 물었다.

"왜 막사로 돌아가고 싶지 않다는 거예요?"

"······그놈이 있어."

"누구요?"

"렉사."

렉사······? 혹시 알리페르의 왕이라는 그 렉사? 영문 모를 그의 말에 멜즈는 어리둥절해 하다가 의무실에 누워 있던 이사나를 떠올렸다. 이사나는, 그는 종종 이상해졌다. 1년에 한 번 정도 만날 때는 몰랐지만, 콜로니에서 이사나는 길에서 쓰러지기도 하고 이유 없이 초소 밖을 나가 알리페르를 사냥하기도 했다. 정상적인 사고를 가진 사람이라면 도저히 할 수 없는 행동이었다.

하지만 멜즈는 그런 이사나가 꺼림직하다기보다 사랑스럽게 느껴졌다. 그 균열이, 그 불완전함이 멜즈는 못 견디게 예뻐 보였다. 멜즈는 이사나를 꽉 끌어안았다. 누구보다도 강한 그가 이렇게 연약한 모습을 내보이는데 어떻게 그를 사랑하지 않을 수 있을까. 멜즈는 울렁이는 격정을 애써 억누르며 그를 안심시켰다.

"그럼 여기 있어요. 밤새도록 제가 이사나의 곁을 지킬게요."

"······."

"만약 그놈이 나타나면 제가 마구 두들겨 패서 콜로니에서 쫓아낼게요."

그러나 멜즈의 호언에도 이사나는 여전히 굳어져 있을 뿐이었다. 하지만 멜즈는 조급해하지 않았다. 그저 그를 다독이며 그가 편히 쉴 수 있게끔 해 줄 뿐이었다. 무공 훈장이 무겁게 달린 정복 상의와 군화를 벗겨 가지런히 정리하고 그를 소파에 눕히자, 이사나는 두려운 듯 멜즈를 올려다보았다. 그에 멜즈는 걱정 말라는 듯 씨익 웃으며 모포를 덮어 준 뒤 그의 어깨를 토닥였다. 그제야 이사나는 졸음이 몰려오는지 혼곤한 눈을 껌뻑이기 시작했다.

뭐랄까. 이사나가 참 귀여워 보였다. 그에게 의지가 된다는 생각에 우쭐한 기분이 들기도 하고 말이다. 이사나가 완전히 눈을 감자, 멜즈 역시 하품을 하며 캐비닛에서 모포를 꺼냈다. 그리고 충직한 개처럼 그의 옆에 쭈그리고 앉아 있는데, 이사나가 잠이 들기 직전, 이렇게 말했다.

"……멜즈."

"네."

"내일 숙부님을 따라가지 말아 줘."

"……."

"그냥 저택에 남아 있어 줘."

너무 늦은 애원이었다.

* * *

다음 날 오후. 콜로니의 감찰이 시작되었다. 어제 늦은 새벽까지 융숭한 대접을 받아서인지 감찰단의 분위기는 나쁘지 않았다. 오히려 콜로니의 군 간부들에게 농담을 던질 정도로 친근함을 표시하기도 했다. 그에 콜로니의 군 간부들은 내심 안심했다. 황제가 최측근을 보내 이사나 황자를 견제하려 한다는 소문이 있었지만, 생각했던 것과 달리 이번 감찰 역시 쉽게 넘어갈 것 같아서였다.

또한 감찰단장인 디아일스 백작도 생각보다 주변머리 없는 인물이 아니었다. 오히려 연회가 벌어지는 내내 즐거운 분위기를 주도하며 오랜 타향 생활에 지쳐 있던 군 간부들에게 즐거움을 선사해 주었다.

예를 들어 어렵디어려운 제국군 총사령관에게 만취할 때까지 술을 퍼먹인다든지.

이사나는 아직까지 골이 지끈거려와 죽을 것 같았다. 어제 도대체 몇 잔을 마셨는지 기억조차 나지 않았다. 이제부터 감찰이 시작인데 도저히 맨정신을 유지하기 힘들었다. 이사나가 연신 미간을 구기자 옆에 있던 엘든이 수통을 건네며 이사나에게 물었다.

"괜찮으십니까?"

"……응."

숨 쉴 때마다 술 냄새가 속에서 올라와 메스꺼웠지만, 물을 마시니 그럭저럭 버틸 만했다. 살면서 그렇게 술을 많이 마셔 본 적이 없었다. 애초에 만취할 때까지 이사나에게 술을 권하는 사람도 없었고 말이다. 어제도 사실은 적당한 선에서 거절할 수 있었지만, 에렌이 멜즈에게 관심을 가지고 있었다. 그가 또다시 멜즈에게 찾아가지 못하게 하려면 그가 원하는 대로 어울려 주는 수밖에 없었다. 그런데.

"엘든."

"네."

"어제 연회가 끝나고 내가 어디로 갔었지?"

"각하의 막사로 돌아가셨습니다. 그걸 제 눈으로 봤고요. 그래서 저야말로 아침에 놀랐습니다. 제 집무실에 각하가 있어서요."

엘든의 말에 이사나는 침음을 삼켰다. 역시 아무리 생각해도 기억이 나질 않았다. 연회에 참석해 에렌이 주는 술을 마신 것까진 기억이 나는데, 그 뒤는 아무리 생각해도 무슨 일이 있었는지 기억이 나지 않았다. 이사나는 미간을 구기며 엘든에게 물었다.

"엘든, 멜즈는…… 어떤 것 같았어?"

"뭐가 말입니까?"

"기분이 좋다든지, 나쁘다든지……."

"별반 다를 거 없었습니다. 평소와 똑같았습니다."

엘든은 도대체 그런 걸 왜 물어보냐는 듯한 얼굴로 이사나에게 말했다. 하지만 이사나는 아까부터 도무지 침착해질 수 없었다. 아침에 일어났을 때 자신의 막사가 아니라는 것에도 놀랐지만, 정말 놀란 건 그 뒤에 일어난 일이었다.

'일어나셨어요?'

이사나가 숙취로 괴로워하며 부스스 자리에서 일어나자, 멜즈는 어쩐지 낯선 얼굴로 자신을 내려다보다가 어디서 가져왔는지 모를 음료를 내밀었다. 새콤한 과일향이 느껴지는 게 알코올을 뺀 샹그리아 같았다. 이사나가 한 입에 들이킨 뒤 머쓱한 얼굴로 고맙다고 말하자, 멜즈는 어쩐지 한심하다는 듯 쳐다보다가 밖으로 나갔다. 그 뒤 바로 엘든이 들어왔고 말이다.

도대체 어젯밤 무슨 일이 있었던 거지?

다른 사람도 아닌 멜즈가 자신을 그렇게 쳐다봤다는 것에 이사나는 적지 않은 충격을 받았다. 어제 술김에 멜즈에게 굉장히 실망을 줄 만한 짓을 했던 걸까? 이사나는 초조해져 어찌할 줄을 모르는데, 엘든 이 한숨을 내쉬며 말했다.

"어제 하사한테 실수라도 한 겁니까?"

"그게…… 기억이……."

"정 신경 쓰인다면 물어보면 되지 않습니까."

"자네가 대신 물어봐 주면……."

이사나의 말에 엘든은 왈칵 짜증을 내며 말했다.

"이제 당사자끼리의 일은 당사자끼리 해결하십시오. 어제 샌드위 치를 배달했던 일도 퍽 제 성미에 안 맞는 일이었습니다. 어차피 챙겨 줘도 각하께서 보낸 걸 금방 알아차리고 안 먹겠다고 말하더 군요."

"어제는 먹었다고 하지 않았나?"

"억지로 먹였습니다."

엘든의 말에 이사나는 못마땅한 듯 미간을 찌푸렸다. 왜 먹기 싫 어하는 애한테 억지로 먹였냐는 힐난이 묻은 얼굴이었다. 쯧, 이래 서 하기 싫었는데……. 엘든은 속으로 혀를 차며 말했다.

"아무튼 그 일은 나중에 각하께서 하사와 직접 해결하시고 지금은 일에 집중하는 게 좋겠습니다."

"알았어."

이사나는 다 마신 수통을 엘든에게 넘기며 대답했다. 오늘 감찰단에 서 내부 감사를 진행할 첫 번째 부서는 기술팀이었다. 그 탓인지 진저 는 평소보다 말쑥한 차림으로 기술팀 막사 앞에 나와 있었다. 그에 에렌이 의례적인 인사말을 내뱉으며 진저에게 손을 내밀자, 진저는 황송하다는 듯 악수를 하며 감찰단을 기술팀 막사 안으로 들였다.

"저희 제1 기술팀은 알리페르와의 전투를 백업하기 위해 만들어진 팀으로 창설 당시부터 스펙터 부대원들의 생체 의수를 점검해 왔습니다. 그 외에도 부대원들의 정기 검진을 매주 시행하고 있으며 3개월 전에는 생체 의수의 배터리 개량을 완료하였습니다. 그리고 최근에는 수가 줄어든 스펙터 부대원들을 충원하기 위해 생체 의수를 장착하지 않은 일반인들 역시 그들과 비등한 능력을 낼 수 있게끔 하는 AM슈트를 개발하였습니다."

진저는 기술팀 막사 한가운데에 전시해둔 생체 의수의 태양광 배터리와 AM슈트를 차례로 감찰단에게 선보이며 설명했다. 그에 에렌은 흥미롭다는 듯 턱을 매만지며 진저에게 말했다.

"이번 년에 기술팀에 배정된 예산이 지나치게 많아 의아했었는데……. 확실히 이런 것들을 개발하기 위해서였다면 어쩔 수 없었겠군요. 대단합니다."

"과, 과찬이십니다."

"특히 'AM슈트'라는 것이 신기한데, 얼마나 위력적인지 한번 확인해 봐도 되겠습니까?"

"무, 물론입니다. 잠시만 기다려 주십시오!"

진저는 신병 중 한 명을 지목해 슈트로 갈아입게 한 뒤 감찰단이 지켜보는 가운데 근력 테스트를 하게 했다. 미세한 변수 조정 없이도 일반인의 다섯 배가 넘는 근력이 산출되자, 에렌은 감탄을 금치 못했다. 그에 이사나는 어떤 예감 같은 걸 느꼈다. 에렌은 결코 호기심에 이 테스트를 시킨 게 아닐 터였다. 이사나의 예감이 틀리지 않았는지 에렌은 진저에게 호들갑스럽게 박수를 치며 이렇게 물었다.

"정말 대단합니다! 그런데 AM슈트에 제어 코드는 있습니까?"

"네?"

"이렇게 강한 힘을 낼 수 있는데, 자칫하다가 사고라도 나면 큰일이 아닙니까. 슈트를 착용한 병사가 함부로 전선을 이탈한다든지 명령을 내리는 지휘관이 제국에 불충할 수도 있으니 말입니다. 각하께서도 그렇게 생각하시죠?"

에렌은 이사나를 돌아보며 동의를 구했다. 명백히 이사나를 견제하는 모습에 진저는 안절부절 어찌할 줄을 몰랐다. 하지만 이사나는 태연히 대답했다.

"미처 생각하지 못했던 문제군요. 입력하겠습니다."

"AM슈트의 사용 결정권은 언제나 폐하께 있어야 할 것입니다. 제국군은 어디까지나 폐하를 위해 존재하니까요. 앞으로 슈트를 착용한 병사들을 움직일 때 역시 항상 헥사비스의 승인을 받아야 할 것입니다."

"알겠습니다."

이사나가 선선히 수긍하자, 기술팀과 병사들이 낮게 술렁거렸다. 그들은 총사령관인 이사나는 신뢰했지만, 황제는 신뢰하지 않았다. 그런데 황제에게 AM슈트에 대한 결정권을 넘긴다고 하니 내키지 않는 것 같았다. 이사나 또한 마찬가지였지만, 신임받던 1년 전과 달리 황제는 지금 최측근인 디아일스 백작까지 보낼 정도로 자신을 견제하고 있었다. 되도록이면 거스르지 않는 게 좋았다. 이사나가 그렇게 판단하는데, 에렌이 피식 웃으며 진저에게 물었다.

"그건 그렇고 이것들을 전부 박사님께서 개발하셨다고요?"

"아, 어, 네……."

에렌의 물음에 진저는 버벅거리며 대답했다. 물론 이것들을 개발한 건 진저가 아니었다. 멜즈였다. 하지만 이사나가 프로젝트 명단에서 멜즈의 이름을 빼라고 명령했기에 표면상 이 모든 것들을 개발한 건 진저로 되어 있었다.

헥사비스로 돌아갔을 때 혹시 모를 위협 때문이라지만, 그렇다고 진저가 양심이 찔리지 않는 것은 아니었다. 바보같이 의욕만 앞서 무작정 써 내려간 기획서에 힘을 실어 주고 보완점까지 생각해 준 건 멜즈였다. 몇 달 동안 잠도 못자고 고생했는데 그 공로를 고스란히 빼앗은 것 같아 진저로서는 정말 면목이 없었다. 죄책감에 진저가 고개조차 들지 못하는데, 에렌이 싱긋 웃으며 말했다.

"이제까지와 행보가 너무 달라 다른 사람이 개발한 줄 알았습니다. 분명 생체 의수를 점검하는 일만으로 벅차서 절절맸던 것 같은데……."

"……."

"개발 수준이나 진행 속도 때문에 에드먼드 교수님이 여기 계신 줄 알았습니다. 아니면 그 수제자이거나."

에렌의 뼈 있는 말에 진저가 어찌할 줄을 모르자, 에렌은 가소롭다는 듯 픽 웃으며 이사나에게 말했다.

"제국을 위해 제1 기술팀이 얼마나 열심히 일을 했는지 잘 보았습니다. 제2 기술팀은 무슨 일을 합니까?"

"……제2 기술팀은 자기 중력장 배리어의 설계를 담당하고 있습니다. 안내하겠습니다."

이사나의 말에 에렌은 능글능글 웃으며 이사나의 뒤를 따랐다.

* * *

멜즈가 오늘도 평소처럼 기술팀 자료실에서 연구 노트 작성에 골몰하고 있는데, 늦은 저녁쯤 진저가 자료실로 찾아왔다.

"오셨어요?"

"후아……."

완전히 녹초가 된 진저는 멜즈의 맞은편 의자에 털썩 주저앉았다. 그에 멜즈는 연구 노트를 정리하다가 말고 진저에게 물었다.

"감찰이 되게 힘든가 봐요?"

멜즈의 질문에 진저는 한숨을 푹푹 내쉬며 하소연을 늘어놓기 시작했다.

"말도 마. 감찰단장이 황제의 정부라고 해서 다들 내심 얕잡아 보고 있었는데, 알고 보니까 보통내기가 아니더라고. 생글생글 웃는 낯으로 비꼬아 대는데 전생이 꽈배긴 줄 알았다니까? 게다가 그놈들 여기에 스파이까지 심어 놓고 있었나 봐. 내부 사람이 아니면 모르는 내용까지 들먹이며 푹푹 찔러 대는데, 진짜 작정하고 찾아온 것 같더라고. 그래서 다들 비상 걸렸지 뭐."

최전방인 콜로니는 관료적인 체계가 잡힌 헥사비스와는 조금 다른 시스템으로 돌아가고 있었다. 가령 작전 중에 실수가 있었다 하더라도 그 규모가 크지 않은 이상 별 책망 없이 서로의 허물을 덮어 주는 편이었다. 규정대로 처벌해도 그사이에 비어 있을 인력을 메꿀 여력이 없는 데다가 사기 문제도 있었기 때문이다.

그런데 에렌은 어디서 그것들을 알고 왔는지 하나하나 짚어 내며 총책임자인 이사나를 압박해 왔다. 원칙은 원칙이라는 것이다. 그에 군 간부들은 내심 억울함을 느끼면서도 첫 감사 대상이었던 기술팀이 호되게 두들겨 맞는 걸 보고 뒤늦게 감찰에 대비하러 각 부서로 돌아갔다. 아마 오늘 밤늦도록 불이 꺼지지 않는 막사가 많을 것이다.

"하사, 이 노트들은 다 작성한 거야?"

"네."

"그럼 이것들 좀 잠시 빌려 갈게."

진저는 멜즈가 쌓아놓은 연구 노트를 몇 권을 집으며 우울하게 말했다. 뒤늦게나마 벼락치기를 할 생각인 듯했다. 멜즈는 선선히 고개를 끄덕이며 말했다.

"팀장님 드리려고 쓴 거니까, 그냥 다 가져가세요."

"……하사, 나 진짜 하사한테 정말 면목이 없어……."

진저가 우울한 얼굴로 말하자, 멜즈는 피식 웃으며 말했다.

"무슨 그런 말씀을 하세요."

"나중에 나 출세하면 이제껏 신세 진 거 전부 다 갚을게. 하사가 나보다 더 빨리 출세할 거 같긴 하지만."

진저가 다짐하면서도 자신 없는 얼굴로 자학하자, 멜즈는 난감한 얼굴로 웃어 보였다. 그에 멜즈가 쓴 연구 노트를 들고 일어난 진저는 "적당히 하다가 들어가서 자."라고 말하며 자료실에서 나갔다.

이제 시간은 저녁 9시를 훌쩍 넘기고 있었다. 원래 이 시간이면 엘든에게 찾아가 그가 시키는 일을 했어야 했지만, 멜즈는 엘든으로부터 더는 사령부로 오지 말라는 말을 들었다. 아마도 백작과 엮이지 않게 하려는 배려인 듯했다. 그런 이유로 이제 멜즈가 콜로니에서 할 수 있는 일은 연구 노트를 작성하는 일밖에 남지 않게 되었다. 그래서 밤이 늦도록 노트 작성에만 열중하고 있는데, 얼마나 지났을까. 또다시 자료실 문이 열렸다. 진저가 뭔가를 두고 갔나 싶어 멜즈가 고개를 들자, 의외의 인물이 서 있었다.

이사나였다.

멜즈는 너무 놀라 우뚝 굳어졌지만, 이내 다시 노트 쪽으로 시선을 떨어뜨리며 냉랭하게 말했다.

"여긴 어쩐 일이세요?"

자신을 달가워하지 않는 듯한 멜즈의 말투에 이사나는 잠시 머뭇거리다가 멜즈의 맞은편에 앉았다. 하지만 멜즈는 여전히 아는 척도 하지 않은 채 자기 할 일만 할 뿐이었다. 그런 멜즈를 한동안 지켜보던 이사나는 어색한 얼굴로 멜즈에게 물었다.

"멜즈, 저녁은 먹었니?"

"네, 먹었어요."

"……."

"……."

평소와 달리 찬바람이 느껴지는 멜즈의 태도에 이사나는 안절부절 못하다가 조심스럽게 물었다.

"멜즈."

"……."

"혹시 말이야, 어제 내가 네게 실수…… 한 게 있니?"

이사나의 물음에 멜즈는 끊임없이 움직이던 손을 딱 멈춘 채 이사나를 쳐다보았다. 그에 이사나 역시 초조한 얼굴로 멜즈를 마주보았다. 멜즈는 아침과 마찬가지로 낯선 얼굴을 하고 있었다. 평소처럼 사랑을 호소하는 얼굴이 아닌, 지독히 냉랭해 보이는 얼굴을 하고 있었다. 이사나는 왠지 초조해지는 걸 느꼈다.

역시 실수한 걸까? 얼마나 큰 실수를 했길래 멜즈가 저런 얼굴을 하는 거지? 이사나는 혼란으로 주위가 뱅글뱅글 도는 기분이 들었다. 판결을 기다리는 죄수가 된 심정으로 이사나가 멜즈를 바라보는데, 멜즈는 시큰둥한 얼굴로 대답했다.

"별거 없었어요. 잔뜩 취한 채 막사로 들어오더니 난데없이 제게 키스하고 옷을 벗기고 후우…… 말로 표현할 수 없는 변태 같은 짓을 했을 뿐이에요."

"저, 정말?!"

이사나는 새하얗게 질린 얼굴로 멜즈에게 되물었다. 도대체, 난, 어제 멜즈에게 무슨 짓을 한 거지? 아무리 기억을 더듬어 봐도 이사나는 생각나는 게 없었다. 어제 도대체 무슨 일이 있었던 걸까? 용서를 구걸하는 것조차 뻔뻔스러운 짓이 되는 그런 잘못을 저질러 버린 걸까? 이사나가 어찌할 줄을 모르는데, 멜즈가 고개를 돌리더니 내키지 않는 얼굴로 말했다.

"농담이에요. 그런 짓 안 했어요."

"그, 그래? 다행이네……."

"그냥 샌드위치 잘 먹었냐고 물었고 막사로 돌아가기 싫다고 떼를 썼어요. 그리고."

멜즈는 미워서 견딜 수 없다는 듯 이사나를 노려보며 말했다.

"저보고 에드먼드 선생님을 따라가지 말아 달라고 했어요."

멜즈의 말에 이사나는 당혹감을 느꼈다. 자신도 몰랐던 자신의 속마음을 엿본 것 같아 말이 나오지 않았다. 이사나가 당황하자, 멜즈는 이사나를 쏘아보며 말했다.

"지금도 그래요? 지금도 제가 떼를 써서 헥사비스로 돌아가지 않기를 바라고 있어요? 그러면서 저한테 학위니 결혼이니 그런 모진 소리를 늘어놓았던 거예요?"

"……."

"그리고 술에 취하면 또 가지 말라고 애원하고요? 이사나 지금 장난해요? 제가 그때 분명 가기 싫다고 말했었잖아요. 밤새도록 보내지 말아 달라고 애원했던 건 도대체 뭘로 듣고 이제 와서 그런 말을 해요? 비겁하다는 생각 안 들어요? 보낸 건 당신이잖아! 그렇게 계속 마음에 담아 둘 거였으면 도대체 날 왜 보낸 건데!"

멜즈는 결국 화를 참지 못하고 이사나에게 소리 질렀다. 당장에라도 눈물을 흘릴 듯 눈가가 붉었다. 억울해 보이기도 했다. 이사나는 그제야 왜 멜즈가 아침부터 이상해 보였는지 이해했다. 화가 났던 것이다. 마음의 방향이 일방통행이 아닌데도 밀어내기만 하는 자신이 못내 야속했던 것이다. 게다가 이사나는 이제껏 상황을 모면하기 위해 거짓말만 늘어놓은 데다 솔직한 속내를 단 한 번도 제대로 내비친 적이 없었다. 그래서 결국 멜즈가 폭발한 것이다. 하지만 여전히 멜즈에게 미움받고 싶지 않았던 이사나는 떠듬떠듬 변명하듯 그에게 말했다.

"너도 알겠지만, 내게는, 내게는 해야 할 일이 있었어. 예전에도 그렇고 지금도 말이야. 그래서 내 마음이 어떻든 널 보낼 수밖에 없었어. 그리고 그건 지금도 마찬가지야. 너와 함께 있고 싶은 건 사실이지만, 그래도 난…… 너를 여기 둬서는 안 된다고 생각해."

"그런 말도 안 되는 소리 하지 말아요! 예전이었다면 몰라도 지금은 조금도 납득할 수 없어요! 저요, 이제껏 콜로니에 많은 도움이 되었다고 생각해요. 콜로니뿐만 아니라 제국에도 굉장히 도움이 되었고요. 저택에서 나온 건, 그래요, 그래도 그 시간이 있어서 당신에게 도움이 될 수 있었으니 그렇다 쳐요. 하지만 지금은 아니잖아요. 저를 콜로니에 붙잡아 두는 게 제국을 위한 게 아닌가요? 제가 여기 있어야 전쟁을 좀 더 빨리 끝낼 수 있는 거 아니냐고요!"

"……."

"이사나가 말하는 건 모순되어 있어요. 이사나가 정말 제국을 위한다면 제게 감정이 없더라도 있는 척, 냉정하게 이용해야 한다고요! 하지만 이사나는 정반대로 행동하고 있잖아요! 이사나가 제국을 위해 헌신하는 것과 저와 함께 있는 건 결코 어긋난 길을 가는 게 아니에요. 함께할 수 있는 길이라고요! 그런데 왜 절 받아들이려 하지 않는 거예요? 절 원하잖아요, 제가 가지 않길 바라잖아요. 이사나가 죄라도 지었어요? 왜 자기 자신이 행복해선 안 되는 것처럼 구는 건데요!"

"……."

"이사나가 전에 말했죠? 이곳은 최전방이라 당신이라 해도 언제 어떻게 될지 모른다고요. 저도 마찬가지예요. 지금은 멀쩡히 살아 있지만, 또 언제 시탈로프 숲에서처럼 목숨이 위태로울지 알 수 없어요. 아니, 이사나가 절 돌려보낸다면 저는 항상 그런 삶을 살 거예요. 당신이 없는 삶 따윈 무의미하니까! 그래서 전 이렇게 이사나에게 화를 내고 애원하는 거예요. 당신과 하루하루 행복하게 살고 싶으니까!"

멜즈의 호소에 이사나는 눈가가 뜨거워지는 걸 느꼈다. 세상에 이렇게 자신을 사랑해 주고 걱정해 주는 사람은 없을 것 같았다. 그럼에도 이사나는 멜즈를 곁에 둘 수 없었다. 자신이 멜즈를 잡아 두는 건 욕심이었다. 자신은 이제 곧 카노스로 죽을 것이고 멜즈에게는 아직 남은 생이 길었다. 그러니.

멜즈를 놓아주어야 했다.

멜즈를 붙잡는 건 정말 멜즈를 위하는 길이 아니었다.

"나는……."

목이 잠겨 이사나는 목소리를 가다듬으며 다시 말했다.

"나는, 네 인생을 낭비할 만큼 좋은 사람이 아니야."

"……."

"어제 실수한 게 없었다니 다행이네. 이만 일어날게. 헥사비스로 잘 돌아가렴."

이사나는 대화를 끊어내듯 자리에서 일어났다. 멜즈의 얼굴이 수치로 물들어 가는 걸 보았음에도 이사나는 모른 척했다. 그래, 이게 옳은 일이야. 가슴이 아려옴에도 짐짓 아무렇지 않은 척 문을 열고 나가려는데, 순간 뭔가가 갑자기 이사나의 팔을 잡아당겼다. 부지불식간에 벽에 밀쳐진 이사나는 놀란 눈으로 멜즈를 바라보는데, 멜즈가 새빨개진 얼굴로 말했다.

"누가 몰라요? 이사나가 좋은 사람이 아닌 건 진즉에 다 알아차렸어요! 위로해 주려는 사람한테 화풀이하고, 자기한테 마음 있는 거 뻔히 알면서 결혼할 거라고 하고, 자기가 먼저 보내 놓고 내가 떠난 것처럼 책임이나 떠넘기고……!"

"멜즈……. 난……."

"당신 같은 사람…… 정말, 정말, 질색이야……."

멜즈의 두 눈에서 굵은 눈물방울이 후드득 떨어졌다. 애정과 미움으로 일그러진 그의 얼굴이 너무나도 가련해 숨이 턱턱 막힐 정도였다. 하지만 이사나는 멜즈를 바라보기만 했다. 그를 끌어안지도 위로해 주지도 않았다. 멜즈는 자신이 없으면 잘 살 수 없을 거라 단언했지만,

아닐 것이다. 자신도 죽음을 생각했을 정도로 절망한 적이 있었지만, 이렇게 잘 살아가고 있지 않은가. 그러니 힘든 건 잠시 잠깐일 뿐, 잘 살 수 있을 것이다. 그래야만 했다. 그런데.

너무 가슴이 아팠다.

도저히 멜즈를 뿌리치고 나갈 수 없을 정도로 가슴이 아파왔다. 새빨갛게 얼굴을 물들인 채 서럽게 눈물을 떨어뜨리는 멜즈가 당장에라도 죽어 버릴 것처럼 보여 도저히 발길이 떨어지지 않았다. 이사나가 자신도 모르게 손을 뻗는 순간, 멜즈가 이사나의 팔을 잡아당겨 입술을 부딪쳤다.

뜨겁고, 축축하고, 애틋했다.

아플 정도로 강하게 붙잡은 손은 제발 보내지 말아 달라고 애원하는 것 같았다. 그 순간, 그제야 이사나는 멜즈가 자신에게 품은 감정이 절대 존경심이나 동경 같은 게 아님을 깨달았다.

어쩌면 이사나 자신도 말이다.

이사나는 점점 크게 울리는 자신의 심장을 느끼며 멜즈를 바라보았다. 원망스레 이사나를 쏘아보던 멜즈는 이내 절망에 찬 얼굴로 말했다.

"미워……. 당신이 정말 미워……."

멜즈는 이사나를 밀친 뒤 밖으로 뛰쳐나갔다. 자료실에 홀로 남겨진 이사나는 한참을 우뚝 굳어진 채 서 있었다. 가슴이 너무 아파 움직일 수조차 없었다.

* * *

멜즈는 최근 부쩍 잠이 많아졌다. 뭔가 이제는 될 대로 되라는 기분이었다. 사실 헥사비스에 오기 전만 해도 멜즈는 어느 정도 자신이 있었다. 이사나가 자신을 사랑한다는 걸 믿어 의심치 않았기에 어렵지 않게 그의 곁을 허락받을 수 있을 거라 생각했다. 또한 최선을 다해 부딪치면 결과가 좋지 못하더라도 깔끔하게 수긍할 수 있을 것 같았고.

수긍은 무슨……

멜즈는 자신의 어리석음에 실소가 흘러나왔다. 이사나가 자신을 사랑하는 건 맞았다. 그러나 사랑한다고 반드시 함께할 수 있는 건 아니었다. 멜즈가 아는 사랑은 상대와 일상을 공유하며 함께 행복해지는 것이었다. 이사나 역시 그렇게 여길 거라 생각했고. 하지만 이사나가 사랑하는 방식은 멜즈와 달랐다.

몇 년이 지난 일을 아직도 후회할 만큼 떨어져 있던 시간을 아쉬워했지만, 그럼에도 이사나는 또다시 자신을 떠나보내려 했다. 자신을 곁에 붙잡아 두는 게 '이사나 넥시움'이 해야 할 일이면서 말이다.

그게 이사나가 사랑하는 방식이었다. 상대의 미래를 걱정하며 어리석은 감정을 끊어 낼 줄 아는 그 단호함이 헥사비스의 영웅이 사랑하는 방식이었다. 본인의 행복마저 냉철하게 끊어내는 그에게 멜즈가 더 이상 무엇을 어떻게 할 수 있겠는가.

이사나에게 헥사비스로 돌려보내면 망가질 거라고 큰소리쳤지만, 지금은…… 모르겠다. 그저 손가락 하나 까닥하고 싶지 않았다. 이대로 숨 쉬는 것도 멈춰 버려 이 세상에서 사라졌으면 좋겠다는 생각이 들 뿐이었다.

그렇게 멜즈가 체념으로 침몰해 갈 때쯤, 디아일스 백작이 사람을 보내왔다. 비밀리 할 얘기가 있다며 혼자 와 달라는 것이었다. 평소였다면 거절했겠지만, 멜즈는 그렇게 하지 않았다. 그렇게 오후 3시쯤 백작이 머무는 감찰단의 막사로 들어서자, 티 테이블에 앉아 있던 백작이 환한 얼굴로 일어나 멜즈를 맞아주었다.

"어서 오게, 이리 와서 앉아."

백작은 호화로운 티세트까지 준비한 채 멜즈를 기다리고 있었다. 최전방임에도 불구하고 백작이 준비한 다기나 티 푸드는 멜즈조차 몇 번 본 적 없는 고급품밖에 없었다. 참으로 호사스러운 취향이었다. 백작이 권하는 대로 맞은편에 앉자, 백작이 사근사근하게 웃으며 말했다.

"그날은 내가 좀 심했지? 미안하네. 내가 술만 들어가면 자제가 안 되어서 말이야."

백작의 사과에 멜즈는 무덤덤한 얼굴로 말했다.

"괜찮습니다. 신경 쓰지 않습니다."

"그래? 어휴, 그것 참 다행이군."

백작은 과장스럽게 한숨까지 내쉬며 말했지만, 멜즈는 아무런 반응 없이 사용인이 내온 차를 마실 뿐이었다. 하지만 백작은 뭐가 즐거운지 빙글빙글 웃으며 말했다.

"그건 그렇고, 자네 지난번에 만났을 때와 분위기가 꽤 달라졌군. 그사이에 실연이라도 했는가?"

우연인지 고의인지는 모르지만, 썩 기분이 좋지 않은 말이었다. 멜즈는 자리에서 일어나며 말했다.

"제게 할 얘기가 있다고 하셔서 찾아왔는데, 그저 티타임의 말동무가 필요하신 것뿐이라면 저는 이만 가 보겠습니다. 할 일이 있어서요."

그 말을 끝으로 나가려고 하자, 백작은 멜즈를 붙잡으며 능청스레 말했다.

"어허, 자네 생각보다 성격이 급했군. 알았어, 농담할 기분이 아니라면 본론만 말할 테니 다시 앉게."

멜즈가 마지못해 다시 자리에 앉자, 백작은 능글거리는 얼굴로 "혈당이 떨어지면 사람이 쉽게 초조해진다고 하더군, 먹게."라며 손수 멜즈의 접시에 마카롱을 덜어 주었다. 하지만 멜즈가 거들떠도 보지 않고 어서 할 말이나 하라는 듯 백작을 쳐다보자, 백작은 짐짓 상처 입은 얼굴로 말했다.

"섭섭하군. 앞으로 자주 보게 될 것 같아 내 딴에는 챙겨 주려는 건데."

"저 같은 놈이 백작님과 자주 뵐 일이 뭐가 있겠습니까?"

"글쎄, 그건 자네도 모르는 일이 아닐까?"

백작은 싱긋 웃더니 멜즈에게 말했다.

"단도직입적으로 말하지. 폐하께서 자네를 내궁으로 초대하셨네."

"저를, 말입니까?"

생각지도 못한 말에 멜즈가 얼떨떨한 얼굴을 하자, 백작은 빙글빙글 웃으며 말했다.

"그래, 사실 폐하께서는 꽤 오래전부터 자네에게 관심이 있었다네. 제국 대학 최연소 졸업자인 데다가 그동안 소실된 무기 복원에 큰 공헌을 해 왔고 이번에 제출한 학위 논문 역시 더할 나위 없이 훌륭했지. 폐하께서 자네에게 관심을 가지는 것도 이상한 일은 아니야. 그분은 인재를 아끼니까."

백작의 말에 멜즈는 찬웃음이 나왔다. 인재를 아낀다고? 그런 사람이 피투성이가 될 때까지 사람을 때리는 건가? 그것도 친형제를 말이다. 그제야 멜즈는 백작이 왜 콜로니로 왔는지 눈치챘다. 함정이었다. 이사나를 옭아매기 위해 자신을 끌어들이는 것이었다. 더는 들을 가치조차 없어 멜즈가 황제의 초대를 거절하려 하는데, 백작이 말했다.

"내가 저번에 자네에게 이사나 황자 곁에 계속 있을 수 있는 방법을 알려 주겠다고 했지?"

"……."

"간단해. 그의 가족 곁에서 그가 돌아오길 기다리면 돼."

"가족……."

"그래. 부모 형제가 없는 자네로서는 잘 모르겠지만, 혈연관계라는 건 결코 끊어질 수 없는 연결 고리지. 설령 그게 악연이라 해도 말이야. 보게, 각하께서도 한때 오해가 있어 폐하께 등을 돌렸지만, 결국 폐하께 돌아오지 않았는가. 핏줄이라는 게 원래 그래. 더럽고 치졸해도 결국 끝까지 곁에 남는 건 그것밖에 없지."

"……."

"하지만 자네는 각하와 각별한 친분이 있다고 해도 결국은 남이지. 남이라는 게 원래 그래. 가장 속 깊은 곳을 함부로 보여 줄 수 없고 호감을 가지고 있어도 상대가 언제 나를 싫어하게 될지 몰라 전전긍긍해야하지. 자네도 이젠 지치지 않는가? 각하께 계속 애원만 하는 것이 말이네."

"……."

"각하께서 결국 자네를 돌려보내기로 결정했다지? 오랜 세월 동안 각하를 지켜본 내가 장담하는데, 각하께서는 결코 결정을 번복하지 않을 걸세. 한번 결정을 내리면 절대 번복하지 않는 성격이거든. 그런 그가 유일하게 물렀던 건 이제껏 폐하 한 분밖에 없었어. 게다가 폐하께서 조만간 각하를 헥사비스로 불러들일 거라네. 콜로니는 버나드 중장에게 맡기고 말이야."

"……외람되오나 버나드 중장님께 콜로니는 벅차십니다. 체제가 안정되어 있다고는 하지만, 여전히 알리페르는 다른 전선에 비해 자주 출몰하는 편이고 그들과 관련된 것으로 추측되는 시탈로프 숲은 아직 탐사조차 시작하지 않았습니다. 하지만 그분이 그것들을 신경 쓸 리 없습니다."

멜즈의 말에 백작은 피식 웃으며 말했다.

"그건 내 알 바 아니지."

"……."

"각하께서도 자네처럼 그런 걱정을 할지 몰라. '넥시움'이 아닌 자에게 최전선을 맡기는 게 불안하게 느껴질 수도 있어. 하지만 결국은 맡기고 돌아올걸? 친형제가 부르는데 어떻게 안 올 수 있겠어? 자네도 그렇게 생각하지 않아?"

분하지만 백작의 말대로였다. 이사나는 이제껏 줄곧 황제에게 미움받고 견제당했지만, 심지어 신년회가 있던 날은 피투성이가 될 때까지 두들겨 맞았지만, 결국 화해하고 그에게 충성을 맹세했다. 하지만 멜즈에게는 가족이라고 말했던 주제에 유언장만 남긴 채 헥사비스 밖으로 나가 버렸다. 원래 거짓말을 잘하는 사람이니까. 그때도 우는 걸 달래려고 한 빈말이었는데, 자신이 눈치 없이 진짜라고 믿은 건지도 몰랐다.

바보 같다. 진짜.

멜즈는 자신이 너무 한심해 웃음이 나오려는데, 백작이 말했다.

"폐하께서 함께 남동생이 돌아오길 기다리자고 하셨는데, 자네 생각은 어떻지?"

"……."

"별말 없으면 긍정적으로 생각하는 것으로 알고 폐하께 그리 전하겠네."

백작이 제멋대로 결론을 내렸지만, 멜즈는 끝까지 초대를 거절하는 말을 내뱉지 못했다.

감찰단 막사에서 나오자 어느새 해가 저물고 있는지 주변이 온통 빨갰다. 헥사비스 안에서는 결코 볼 수 없는, 고즈넉한 풍경에 멜즈는 가슴이 답답해지는 걸 느꼈다.

그래, 어쩔 수 없는 일이잖아.

이런 식으로라도 그의 곁에 남아 있는 게 낫잖아.

멜즈도 황제가 정말 순수하게 자신을 보고 싶어서 초대하는 게 아니라는 것쯤은 알고 있었다. 인질로 잡으려고 불러들이는 것도 알고 있었다. 황제가 정말 이사나의 형제라면 이사나가 결코 누군가를 배신할 만한 사람이 아니라는 걸 알고 있을 터였다. 그럼에도 믿지 못하는 것이다. 그래서 이사나가 각별히 아낀다고 알려진 자신을 궁에 불러들이는 것이다.

입궁하게 되면 황제는 자신을 인질로 삼아 이사나를 마음대로 조종하려 들 터였다. 그걸 자신은 지켜봐야 하고 말이다. 하지만, 그렇게 해서라도 그와 헤어지지 않길 원했다. 그와의 연결 고리가 끊어지지 않길 원했다. 러셀처럼 먼발치에서 이사나를 응원하고 싶지 않았다. 자신은 결코 그런 걸로 만족할 수 없었다.

진짜 이사나의 걸림돌이 되어 버렸다.

서글픔이 몰려왔지만 어쩔 수 없었다. 세상에는 최선을 다한다고 해도 안 되는 게 있는 법이다. 그게 하필 지금이었을 뿐이다. 멜즈가 시무룩한 얼굴로 다시 기술팀으로 돌아가려는데, 맞은편에서 걸어오고 있던 릭과 딱 마주치게 되었다. 명백히 감찰단 막사에서 나오는 모습을 보여서인지 그의 얼굴을 마주하기 껄끄러웠다. 걸림돌이 되면서까지 이사나의 곁에 남고 싶어 하는 자신의 이기심을 들킨 것 같았다. 멜즈가 작게 "안녕."이라고 인사하며 빠르게 지나치는데, 릭이 말했다.

"헥사비스로 돌아간다며?"

"······응."

"잘 가라."

릭은 그 말만 남긴 채 멜즈를 스쳐 지나갔다. 왜 감찰단 막사에서 나왔는지 묻지도 않았다. 울컥하는 기분이 든 멜즈는 뒤따라가 그를 붙잡고 소리 질렀다.

"너는, 너는 그거밖에 할 말이 없냐?! 잘 가라는 말밖에 할 말이 없냐고!"

"이거 놔! 너야말로 왜 엄한 사람 붙잡고 행패야!"

갑작스런 시비에 릭은 황당해하면서도 멜즈를 뿌리치려 애썼다. 하지만 멜즈는 쌍심지를 켜며 소리칠 뿐이었다.

"네가 그러고도 친구야? 왜 날 안 붙잡고 자꾸 잘 가라고만 하는데!"

"놓으라고, 했잖아!"

릭은 멜즈를 뿌리치며 날카롭게 소리 질렀다. 릭도 멜즈도 잔뜩 흥분한 채 서로를 노려보았다. 그러다 먼저 입을 연 건 릭이었다.

"그럼 씨발, 잘 가라는 말 말고 뭐라고 해야 하는데? 각하를 만나러 콜로니로 간다고 했었지? 만났잖아. 만나서 화해까지 했으면 이제 헥사비스로 돌아가도 되잖아! 가서 귀족 나리가 돼서 거들먹거리다가 각하께서 승전하고 돌아오시면 그때 다시 만나도 되는 거잖아! 왜 계속 여기 남아 있으려고 하는데? 남들한테 얼마나 재능 낭비하는지 보여 주려고? 다른 녀석들은 더 나은 길이 없어서 어쩔 수 없이 여기 있는데, 너는 굳이 좋은 자리 뻥 차고 여기 온 거라고 시위하려고? 그래 봐야 너한텐 돌아갈 곳이 있잖아. 굳이 위험 부담 떠안으면서까지 여기 있지 않아도 되는 거잖아! 다른 사람들한테 민폐 끼치지 말고 얼른 썩 꺼져 버려. 짜증 나니까."

릭은 새하얗게 질린 멜즈를 내버려 둔 채 가던 길을 가 버렸다. 멜즈는 멀어져 가는 릭의 뒷모습을 보며 눈물을 떨어뜨렸다. 아무도 자신이 콜로니에 있는 걸 원하지 않았다.

* * *

그날 이후, 감찰은 빠르게 마무리되었다. 애초부터 감찰이 목적이 아니라 멜즈가 목적이었던 것처럼 감찰단은 언제 꼬투리 잡았냐는 듯 대충대충 감사를 진행했다. 그러자 당초 계획보다 빠르게 감사가 끝나면서 어느새 감찰단이 헥사비스로 돌아갈 날이 되어 버렸다.

처음 감찰단이 콜로니에 왔을 때와 달리 돌아가는 인원은 조촐할 정도로 수가 줄어들었기에 그들은 콜로니 병사들의 호위를 받으며 돌아가게 되었다. 그리고 호위대장으로는 이례적으로 이사나 황자의 부관인 엘든이 발탁되어 그가 직접 감찰단을 헥사비스까지 데려다주게 되었다.

이사나는 분주히 떠날 준비를 하는 감찰단과 병사들을 바라보며 마음이 가라앉는 것을 느꼈다. 언제나 보급이 온 뒤 떠나야 할 사람들을 배웅했건만, 이사나는 그 어느 때보다 커다란 상실감을 느끼고 있었다.

멜즈는 어느새 사복 차림을 하고 있었다. 어제 퇴역 처리를 했기에 멜즈는 더 이상 군인이 아니었다. 하지만 많은 사람들이 멜즈를 배웅하러 입구에 나와 있었다. 멜즈에게 크게 신세진 제1 기술팀은 물론이요, 멜즈와 함께 콜로니로 왔던 특수 부사관 교육대 동기들 역시 침울한 얼굴로 그를 바라보고 있었다. 멜즈가 무엇 때문에 콜로니로 왔는지 잘 알고 있었기에 그가 돌아가는 모습에 착잡한 마음을 가질 수밖에 없었다.

멜즈는 더 이상 그날처럼 화내거나 울지 않았다. 감정이 말소된 사람처럼 파리한 얼굴로 서 있을 뿐이었다. 멜즈는 여러 사람에게 인사한 후 마지막으로 이사나의 앞에 섰다. 무덤덤한 얼굴을 한 그는 예전에 저택을 나설 때처럼 한층 어른스럽게 보였다.

"이때까지 감사했습니다."

"잘 지내렴."

"네, 이사나도 항상 건강하세요."

멜즈는 짧게 인사를 건넨 뒤 짐 가방을 들고 군용 트럭으로 향했다. 그 멀어져 가는 뒷모습에 가슴이 지끈거려왔지만, 이사나는 애써 외면한 채 엘든에게 말했다.

"멜즈를 에드먼드 숙부님이 있는 곳까지 데려다준 다음에 돌아오도록 해."

"굳이 그렇게까지 해야 합니까?"

"그래야 할 거 같아."

이사나는 멜즈에게 다가오는 에렌을 바라보며 그렇게 말했다. 괜한 억측일지 모르지만, 에렌이 콜로니로 온 게 자신을 견제하기 위함이 아닌 것 같은 기분이 들었다. 만약이라는 것도 있으니 멜즈를 다시 숙부님 곁에 데려다 놓는 게 좋을 것 같았다. 그렇다면 형도 멜즈를 건드리지 못할 테니까. 이사나는 그렇게 판단하면서도 멜즈의 뒷모습을 초조하게 바라보았다.

그래, 이게 옳은 길이야. 이사나는 수백 번 되뇌었던 말들을 다시 곱씹어보았지만, 그럼에도 머릿속 어딘가는 또다시 이사나에게 묻는다. 정말 멜즈를 곁에 둬서는 안 되는 거야? 왜 안 되는데? 그를 사랑하지 않아? 수없이 찾아드는 반발을 견뎌 내듯 이사나는 주먹을 꽉 움켜쥐었다.

이대로 헤어지면 끝이었다.

더 이상 멜즈를 만날 기회조차 없을 터였다. 다시는. 두 번 다시.

이사나는 당장에라도 멜즈에게 달려가고 싶은 걸 간신히 참아 냈다. 이대로 붙잡아서는 안 된다. 그건 어리석은 행동이었다. 정말 멜즈를 위한다면 감정적으로 판단해서는 안 된다. 멜즈를 위해서······ 멜즈를······.

한 번만 더 멜즈의 얼굴을 보고 싶어.

힘없이 바라는 순간, 멜즈가 고개를 돌렸다. 저 멀리서 눈이 마주친 멜즈는 돌연 얼굴을 잔뜩 일그러뜨리더니 가방까지 내동댕이친 채 달려와 이사나를 꽉 끌어안았다. 몸체가 휘청댈 정도로 억세게 안긴 이사나는 얼떨떨한 얼굴로 멜즈를 보는데, 멜즈가 비명처럼 소리 질렀다.

"보내지 말아요! 보내지 말라고요!"

"멜즈?"

"당신도 나 좋아하잖아! 보내기 싫잖아! 그런 얼굴 할 거면 왜 보내는 건데!"

멜즈는 절대 떨어지고 싶지 않다는 듯 아플 정도로 이사나를 꽉 끌어안았다. 그런 멜즈에게 안긴 이사나는 가슴 속에서 차오르는 먹먹한 감정들을 견뎌 내느라 숨조차 내쉴 수 없었다. 하지만 보내야 한다. 머지않아 자신이 죽는다는 걸 알면 멜즈는 반드시 상처 입을 것이다. 괴롭고 힘든 건 혼자로 충분했다. 이사나는 손을 후들거리면서도 멜즈를 밀어내려 하는데, 그런 이사나를 알아차리기라도 한 듯 멜즈가 더욱더 세게 끌어안으며 말했다.

"잡아요! 제발, 조금만 더 용기 내서 날 잡아 줘요!"

"……."

"잡지 않으면 평생 원망할 거예요! 날 불행하게 만든 당신을 평생 미워할 거라고요!"

"……."

"부탁이에요……. 제발 우리 같이 행복해져요……."

울음으로 뭉개진 멜즈의 말에 이사나는 가슴이 지끈거리는 걸 느꼈다. 당장에라도 눈물이 나올 듯 눈이 핫핫해졌다. 이사나는 너무 괴로워 어찌할 바를 모르는데, 어느새 쫓아온 에렌이 씩씩거리며 멜즈에게 말했다.

"자네 갑자기 이게 뭐하는 짓인가! 간다고 했으면 얌전히 떠날 것이지!"

에렌의 말에도 멜즈는 이사나를 꽉 끌어안은 채 미동조차 하지 않았다. 그 모습에 에렌은 화가 치솟는지 무섭게 얼굴을 일그러뜨리며 멜즈에게 손을 뻗었다.

"그만 민폐 끼치고 이리 와!"

에렌이 우악스럽게 멜즈의 뒷덜미를 쥐고 잡아당기는 순간, 이사나는 자신도 모르게 에렌의 손을 뿌리쳤다. 생각지도 못한 이사나의 행동에 에렌은 물론, 멜즈까지 놀라서 이사나를 바라보았다. 지금 내가 뭘 하는 거지? 이사나는 그렇게 생각하면서도 멜즈를 감싼 채 에렌에게 이렇게 말하고 있었다.

"생각해 보니 아브노아 하사에게는 콜로니에서 해야 할 일이 있었습니다. 헥사비스로는 보낼 수 없을 것 같군요."

무의식중에 내뱉은 말이었지만, 말을 내뱉자마자 이사나는 안도감을 느꼈다. 이상하게도 멜즈를 보내야겠다고 생각했을 때와 달리, 보내지 않겠다고 결정한 지금, 어떠한 망설임도 떠오르지 않았다. 마치 이게 정답인 것처럼. 이사나는 자신도 모르게 웃어 버리는데, 에렌이 푸들푸들 몸을 떨며 말했다.

"……이제 와서, 이제 와서 도대체 무슨 말을 하는 겁니까! 보내기로 했으면 그냥 보낼 것이지! 당장 그자를 이리 넘기십시오!"

"멜즈는 보내지 않는다고 했습니다."

"저자는 황제 폐하의 초대를 받았습니다! 폐하께서 입궁시키라는 명령을 내렸단 말입니다! 데려가야 합니다! 감히 폐하의 명을 거스를 작정입니까!"

에렌의 말에 이사나의 얼굴이 차가워졌다. 이사나는 그제야 에렌이 콜로니에 온 이유를 눈치챘다. 황제가, 형이 멜즈를 인질로 잡을 생각이었던 것이다. 사실 형 치고는 오랫동안 멜즈에게 손대지 않은 셈이다. 이제껏 이사나의 곁에 있는 것은 사소한 것 하나조차 다 빼앗아 가지 않으면 분이 풀리지 않는 사람이었으니까. 빼앗아 가 소중히 대해 주지 않을 그에게 멜즈까지 내어 주고 싶지 않았다.

멜즈의 눈이 형에게 가게 하고 싶지 않았다.

이사나는 멜즈를 꽉 끌어안은 채 에렌에게 말했다.

"폐하께는 제가 직접 얘기하도록 하겠습니다. 그러니 이만 돌아가세요."

"……씨발 새끼야. 네가 이러고도 무사할 줄 알아?"

에렌은 얼굴을 기괴하게 일그러뜨린 채 이사나를 쏘아보았다. 그에 이사나는 서늘한 얼굴로 말했다.

"말조심하세요, 백작. 이곳은 콜로니입니다."

이사나의 말에 뒤에 시립해있던 스펙터 부대원들이 일제히 에렌을 쏘아보았다. 최전방에서 몇 년이나 알리페르를 토벌해 온 그들이 살기등등한 얼굴로 노려보자, 에렌의 얼굴이 새파랗게 질려 갔다. 그제야 일이 엉망이 되었음을 깨달은 에렌은 멜즈를, 그리고 이사나를 쏘아보며 짓씹듯 말했다.

"두고 보자고. 네 형을 거스르고 얼마나 잘 사는지……!"

"부디 몸조심해서 돌아가시길."

이사나의 인사에 에렌은 이를 갈면서도 홀로 콜로니를 떠날 수밖에 없었다. 에렌이 사용인들에게 한껏 신경질을 내며 트럭에 올라타는데, 그걸 지켜보던 이사나가 엘든에게 말했다.

"엘든."

"네."

"내 생각에 백작은 헥사비스 바깥이 얼마나 위험한지 잘 모르는 것 같아."

"그렇죠?"

선문답 같은 두 사람의 말에 멜즈는 고개만 갸웃거리는데, 이사나가 차갑게 웃으며 말했다.

"헥사비스로 돌아가는 동안 조금 알려 주도록 해."

"사지만 멀쩡하게 데려가겠습니다."

엘든은 피 냄새가 느껴지는 미소를 띤 채 에렌이 탄 군용 트럭으로 향했다. 그에 멜즈는 여전히 이사나 품에 안긴 채 얼떨떨한 얼굴로 그를 올려다보는데, 이사나가 멋쩍은 듯 말했다.

"혹시 돌아가고 싶었니?"

"······아뇨, 아니요, 전혀요."

조금도 가고 싶지 않았어요······. 말을 하면서 멜즈는 또다시 눈물을 떨어뜨렸다. 안도감에 혹은, 조금 늦은 이사나의 결정이 야속하다는 듯 멜즈는 끅끅거리며 서럽게 눈물을 떨어뜨렸다. 어쩌다 이 아이가 이렇게 많이 울게 되었을까. 전부 용기가 없었던 자신의 탓이었다. 조금만 더 빨리 모든 걸 짊어질 각오를 다졌다면 멜즈가 이만큼 울지 않아도 되었다. 이사나는 멜즈를 꽉 끌어안으며 그에게 말했다.

"울지 마. 다신 보내지 않을 테니까."

이사나의 말에도 멜즈는 이사나의 품에 얼굴을 묻은 채 울음을 터뜨릴 뿐이었다. 하지만 이제는 멜즈가 울어도 이전처럼 가슴이

아프지 않았다. 그저, 멜즈가 다 울고 나면 계속 웃게 해 줘야겠다
는 생각뿐이었다. 이사나는 멜즈의 등을 토닥이며 광활하게 펼쳐진
초겨울의 하늘을 바라보았다.

새로운 시작을 하기 좋은 날이었다.

콜로니 (6)

그날 밤 콜로니에서는 축제가 벌어졌다. 명목상으로는 감찰하는 동안 뒷전이었던 신병들을 맞이하는 환영회였지만, 사실 축제의 주인공은 이미 정해져 있었다.

"마셔라! 마셔!"

"쭉쭉 들이켜!"

"야! 너희들 도대체 언제까지 먹일 작정이야?!"

강요에 못 이겨 잔을 비운 멜즈는 골을 냈지만, 그의 동기들은 아랑곳하지 않고 그의 빈 잔을 채울 뿐이었다.

"언제긴 언제야, 네가 죽을 때까지지."

"괘씸하게 혼자 솔로 탈출한 걸 우리가 봐둘 거 같아?"

아침까지만 해도 침울한 얼굴로 멜즈를 배웅했던 그들은 언제 그랬냐는 듯 장난기 가득한 얼굴로 멜즈에게 "마셔라~! 마셔라~!"라며 신나게 소리쳤다. 그에 멜즈는 이를 벅벅 갈면서도 온갖 술이 잡탕으로 들어가 있는 잔을 꿀꺽꿀꺽 목구멍으로 들이부었다. 멜즈가 다 마신 잔을 머리 위로 털어 내자, 병사들은 또다시 신이 나 함성을 내질렀다.

"멋있다!"

"역시 각하의 남자다워!"

주변의 환호에 멜즈는 불퉁한 얼굴을 했지만, 그리 기분이 나빠 보이진 않았다. 기술팀으로 자대 배치되고 동기들과 이렇게 떠들썩한 시간을 보낸 적이 없었기 때문이다. 거기다 '각하의 남자'라는 수식어도 꽤 마음에 든 것 같았고. 그런 멜즈를 릭이 먼 곳에서 지켜보며 맥주를 마시는데, 알도가 그의 옆에 앉으며 물었다.

"왜 혼자 여기 있어?"

"그러는 너는 왜 저기 안 있고 여기 있는데?"

"네가 여기 있으니까."

알도의 말에 릭은 혀를 찼다. 하여간 지독히 배려심 많은 친구였다. 하지만 알도는 그런 릭에게 싱긋 웃으며 바비큐 꼬치를 내밀 뿐이었다. 릭은 아무 말 없이 꼬치를 받아 질겅질겅 씹어 댔다. 오랜만에 먹는 신선한 음식들은 정말 맛있었다. 이런 호사도 보급이 도착한 지 얼마 안 된 지금만 누릴 수 있는 것이지만 말이다.

두 사람은 말없이 동기들에게 둘러싸여 술을 강요당하는 멜즈를 바라보았다. 며칠 전만 해도 죽상이었는데, 지금은 활력이 넘쳤다. 하여간 잘 웃고 잘 우는 녀석이었다. 릭이 그렇게 생각하는데, 알도가 릭에게 물었다.

"릭."

"왜."

"멜즈와 무슨 일 있었어?"

알도의 물음에 릭은 맥주를 마시며 "아니."라고 대답했다. 그런 릭을 알도는 이해할 수 없다는 얼굴로 바라보았다. 릭은 자신보다 먼저 멜즈와 친구였다. 훈련소에서는 옆자리라 금세 친해졌고 특수 부사관 교육대에 있을 때는 서로에게 좋은 경쟁 상대였다. 그런데 어째 서인지 콜로니로 온 뒤 릭은 멜즈에게 거리를 두고 있었다. 마치 얼굴 조차 보고 싶지 않다는 듯 말이다. 알도는 도저히 릭을 이해할 수 없 었다. 그런 알도의 생각을 알아차리기라도 한 듯 릭은 피식 웃으며 말했다.

"너는 착한 녀석이라 저놈이 어떤 꼴로 얼쩡거리든 좋겠지만, 난 아니야."

"……?"

"저 녀석은 어차피 우리와 사는 세계가 달라."

그제야 알도는 릭이 왜 멜즈와 거리를 두는지 어렴풋이 이해할 수 있었다. 처음에 두 사람은 멜즈를 단순히 이사나 황자의 눈에 띄어 후원 받아 온 운 좋은 아이인줄 알았다. 하지만 아니었다. 그건 멜즈 에 대해 잘 모르는 사람들이 하는 말이었다.

멜즈는 뛰어난 재능을 지녔으며 외모 또한 출중했다. 그의 출신이 무엇이든 그는 언젠가 모든 장벽을 뚫고 상위 계층으로 편입될 터였 다. 그만큼 멜즈는 어린 병사들이 보기에도 전도유망한 소년이었다. 지금은 이렇게 편하게 말을 건네도 나중에는 그렇지 않을 것이라는 걸 릭도 알도도 막연하게나마 느끼고 있었다. 하지만.

"그래도 지금은 친구잖아."

"……그래, 지금은 그렇지."

릭은 어쩐지 복잡해 보이는 얼굴로 앞을 바라보고 있었다. 여러 사람들에게 둘러싸여 와자지껄하게 떠들어 대는 친구의 모습은 참으로 눈이 부셨다.

* * *

"이렇게 될 줄 알았어."

멜즈는 투덜거리며 땅바닥 여기저기에 쓰러진 병사들을 하나씩 주워 그들의 내무반으로 옮겼다. 감히 이곳에서 솔로 탈출한 멜즈를 죽이겠다고 벼르던 동기들은 결국 멜즈 한 사람 이기지 못하고 줄줄이 나가 떨어졌다. 원래 말술이었던 탓에 멜즈는 쓰러진 동기들의 수 배는 마셨음에도 얼굴 한쪽 붉어진 기색이 없었다. 멜즈에게 있어서 술은 맛없는 물에 불과했다.

바닥에 널브러져 있던 병사들을 전부 옮겨 놓자, 어느덧 새벽 2시였다. 아침부터 짐을 싸고 울고불고 난리를 치다가 새벽까지 붙잡혀 술을 퍼마셨지만, 희한하게도 멜즈는 별로 졸리지 않았다. 오히려 눈이 말똥말똥할 뿐이었다.

'울지 마. 다신 보내지 않을 테니까.'

"푸흐흐흐……."

그 말을 떠올리기만 해도 멜즈는 가슴께가 간질간질해지는 걸 느꼈다. 이사나가, 그렇게 단호하게 보내겠다고 말했던 이사나가 결국은 자신을 붙잡아 주었다. 다신 보내지 않겠다고 말해 주었다. 명실

공히 이제 이사나는 멜즈의 것이었다. 배웅 나왔던 사람들 모두가 지켜보는 가운데 붙잡아 주었으니까!

이사나는 지금 자고 있으려나? 불현듯 그런 생각이 든 멜즈는 발길을 돌려 사령부 쪽으로 향했다. 불이 꺼져 있으면 그냥 돌아가려고 했는데, 안타깝게도 막사 문 사이로 불빛이 흘러나오고 있었다. 멜즈는 주위를 두리번거리다가 막사 문을 열었다.

"이사나, 자요?"

멜즈가 문 사이로 고개를 빼꼼 내밀며 묻자, 책상에 앉아 서류를 읽고 있던 이사나가 놀란 얼굴로 고개를 들었다.

"멜즈? 이 시간에 어쩐 일이니?"

"그냥…… 보고 싶어서요."

멜즈는 배시시 웃으며 은근슬쩍 막사 안으로 발을 내딛었다. 그에 이사나는 어쩔 수 없다는 듯 웃으며 멜즈를 맞이했다. 그런데.

"멜즈, 술 마셨니?"

코를 찌를 듯한 엄청난 술 냄새에 이사나가 낯을 찌푸리며 묻자, 멜즈는 당황하며 이사나에게 말했다.

"그, 마시긴 했는데, 얼마 안 마셨어요! 한두 잔 정도?"

하지만 멜즈에게선 술통에 빠졌다 나온 사람처럼 엄청난 냄새가 날 뿐이었다. 이사나는 철썩 같이 멜즈가 만취해서 이곳을 찾아들었다고 생각하며 한숨을 내쉬었다. 그에 멜즈는 억울해졌다. 나 엄청 멀쩡한데…….

"술이 좀 깬 다음에 돌아가도록 해."

이사나는 어쩔 수 없다는 듯 웃으며 멜즈를 침대에 앉혔다. 그리고 물을 가져와 멜즈에게 내밀었다.

아이씨…… 나 진짜 안 취했는데……. 멜즈는 억울했지만, 순순히 이사나가 내미는 물을 받아 마셨다. 취하진 않았지만 목이 마르긴 했는지 물맛이 꿀맛 같았다.

"그런데 이사나는 왜 이 시간까지 안 자고 있었어요?"

멜즈는 지금 이사나에게 급한 일이 없는 걸로 알고 있었다. 이제 막 감찰이 끝나 오히려 한숨 돌리고 쉬고 있어야 마땅했다. 그런데 이사나는 이상하게도 이 시간까지 일을 하고 있었다. 멜즈가 의아해하며 묻자, 이사나는 멋쩍게 웃으며 말했다.

"그냥, 잠이 안 와서."

이사나의 말에 멜즈는 물끄러미 그의 얼굴을 바라보며 말했다.

"……혹시 이사나도…….."

"응?"

"아뇨, 아니에요…….."

멜즈는 실없이 얼버무리며 다 마신 컵을 내려다보았다. 혹시 이사나도 너무 좋아서 잠이 안 오는 거냐고 묻고 싶었지만, 너무 어린애 같이 보일까 봐 물어볼 수 없었다. 유치해 보여서는 안 되었다. 이제 겨우 자신을 믿고 붙잡아주었는데, 믿음직스러운 모습만 보여주고 싶었다. 하지만 이사나는 그런 자신의 마음을 알아차리기라도 한 듯 옆에 앉으며 말했다.

"기뻐서 그런가 봐."

"네?"

"네가 여기 있는 게 기뻐서 잠이 안 오나 봐."

이사나의 말에 멜즈는 심장이 철렁일 정도로 두근거렸지만, 짐짓 아무렇지 않은 척 투덜거렸다.

"그런 사람이 자꾸 돌아가라고 말해요?"

"……그때는 미안했어."

이사나가 멋쩍게 사과하자, 멜즈는 불퉁한 얼굴로 말했다.

"미안하다는 말, 하지 말라고 했잖아요. 한 번만 더 미안하다고 하면……."

"하면?"

"……키스할 거예요."

멜즈의 위협에 이사나는 눈만 껌뻑거리다가 이내 푸흐흐, 웃어 버렸다. 귀여워서 어찌할 줄을 모르는 얼굴로 배까지 잡고 웃는데, 그 모습이 두근거리면서도 놀림받는 기분이 드는 건 어쩔 수 없었다.

"……왜 웃어요."

"아, 아니, 그게…… 큭……."

발그레한 얼굴로 웃음을 참지 못하는 그의 모습이 분하지만 귀여워 보였다. 자신이 성적인 어필을 전혀 하지 못한다는 참담함은 여전했지만 말이다. 멜즈는 못마땅한 얼굴로 이사나를 바라보는데, 겨우 웃음을 멈춘 이사나가 미안해 보이는 얼굴로 물었다.

"그럼, 앞으로 네게 미안해질 일이 생기면 뭐라고 해야 하니?"

"사정을 말하고 세상에서 제일 좋아하는 건 저라고 말해 주세요."

당돌하기 짝이 없는 말에 이사나는 선선히 웃으며 대답했다.

"알았어. 앞으로는 그렇게 할게."

"그리고 하나 더요."

멜즈의 말에 이사나는 의아한 얼굴로 그를 바라보는데, 멜즈가 진지한 얼굴로 이사나에게 말했다.

"신년회가 있던 날, 무슨 일이 있었는지 말해 주세요."

멜즈의 요구에 이사나는 당황하며 입을 어물거렸다. 하지만 이내 습관처럼 웃으며 별일 없었다고 말하려는데, 그걸 알아차리기라도 한듯 멜즈가 굳어진 얼굴로 말했다.

"별일 없었다는 말 따위 하지 마세요. 제가 말했잖아요. 더 이상 거짓말 하지 말아 달라고요. 이사나가 왜 제게 거짓말을 하려 했는지 알아요. 제가 어리니까, 못 미더우니까 배려해 준 거겠죠. 하지만 지금은 이사나가 절 붙잡았잖아요. 설령 이사나라고 해도 내일을 보장할 수 없다고 하는 콜로니인데도 붙잡았잖아요. 그건 이사나가 더 이상 저를 보호하는 대상으로 생각하는 게 아닌, 마음의 짐을 같이 부담할 동반자로 생각했기 때문 아닌가요?"

"……."

"말해 줘요. 저는 그때도 말했다시피 이사나가 상냥하게 대해 줘서 당신을 좋아하는 게 아니에요. 그냥 당신 자체가 좋을 뿐이에요. 당신에게 무슨 일이 있었든 어떤 생각을 하든 절대 당신에게 실망하거나 비난하지 않아요. 난 당신을 제일 좋아하니까."

멜즈의 호소에 이사나는 멜즈를 바라보다가 자신이 부끄러워져 고개를 떨어뜨렸다. 그날과 똑같았다. 그날처럼 멜즈는 올곧고 티끌 하나 없는 순수한 눈으로 자신을 바라보고 있었다.

왜 그때는 이 눈빛을 제대로 알아보지 못했던 걸까.

이사나는 마음 속 깊이 후회했다. 그때 멜즈의 마음을 의심하고 시험하려 하지 않았다면 이렇게 긴 시간 동안 떨어져 있을 필요가 없었다. 정말 어리석은 짓이었다. 이사나는 쓰게 웃으며 말했다.

"황궁의 신년회에 참석했던 날, 폐하께서 단둘이 얘기하자고 해서 그분을 따라 내궁으로 들어갔었어."

"……."

"얘기를 나누면서 와인을 마셨는데, 거기에 약이 들어 있더라고. 약에 취해 있는 나를 그분께선 때리셨고."

"하, 미친놈 아니에요?"

어처구니없어하는 멜즈에게 이사나는 난처하게 웃어 보이며 말했다.

"원래 그런 분이셔."

"원래요? 그럼 옛날부터 아무 이유 없이 이사나를 불러내 때렸다는 말인가요?"

멜즈의 물음에 이사나가 부정하지 못하자, 멜즈는 소리를 빽 내질렀다.

"이사나 바보예요? 멍청이예요? 왜 이렇게 사람이 미련해요? 그런 짓을 하는 놈에게 왜 이제껏 충성을 바쳤냐고요!"

"멜즈……."

"이사나가 나라면 화가 안 나겠어요! 당신이 충성하는 사람이, 당신의 가족이 당신을 그런 취급하는데……!"

멜즈는 속상했는지 당장에라도 눈물을 떨어뜨릴 듯 커다란 눈을 어룽거렸다. 그에 이사나는 미안해졌다. 울릴 작정은 아니었는데 ……. 이사나가 난처한 얼굴로 멜즈를 바라보는데, 멜즈가 이사나의 손을 붙잡으며 말했다.

"당장 헥사비스로 돌아가요."

"뭐?"

"당장 헥사비스로 돌아가서 그놈을 끌어내리고 이사나가 황위에 올라가버려요!"

"멜즈, 그건 좀 위험한 발언인데……."

이사나가 난처한 얼굴로 말하자, 멜즈는 진지하게 말했다.

"전 지금 위로하려고 하는 말이 아니에요. 그 사람은, 이사나보다 먼저 태어났다는 것 외에는 아무것도 하는 게 없는 사람이잖아요! 군부에서도 궁정에서도 그 사람이 아닌 이사나를 지지하고 있다는 걸 알고 있어요. 이사나만 마음을 다잡는다면 능력 없는 현 황제를 폐하고 이사나가 황위에 오를 수 있어요."

"……."

"이사나가 그 사람에게 충성을 맹세하는 건 결코 옳은 일이 아니에요. 그는 넥시움의 의무를 이행하지 않은 채 황위에 올랐어요. 자격 없는 사람을 그 자리에 계속 놔두는 건 결코 제국민들을 위한 일이 아니라고요!"

멜즈의 충고에 이사나는 쓴웃음을 내지었다. 모두가 내심 생각하고 있던 것들이지만, 아무도 멜즈처럼 대놓고 말하지 않았다. 그랬기에 이사나는 오랫동안 자신에게 어울리지 않는 위명을 가진 채 살아야했다.

"멜즈, 네가 잘못 알고 있는 게 있어."

"……?"

"나는…… 네 생각만큼 제국민들을 위하지 않아. 난…… 네 생각보다 훨씬 이기적이고 못된 사람이야."

자조가 느껴지는 이사나의 말에 멜즈는 의아해하며 이사나를 바라보는데, 이사나가 잠시 머뭇거리다가 내뱉었다.

"아무에게도 얘기한 적이 없는데, 난…… 모후의 자식이 아니야."

"네?"

"대외적으로는 선황 부처의 자식으로 알려져 있지만, 나는 모후께서 데려온 시녀의 소생이야."

갑자기 듣게 된 엄청난 비밀에 멜즈는 눈만 동그랗게 뜬 채 이사나를 바라보았다. 그러자 이사나가 멋쩍게 웃으며 말했다.

"이 일은 넥시움 황가의 비밀로 형도, 외조부이신 스틴다임 공작도 모르는 일이야."

"……그럼 이사나는 어떻게 안 거예요?"

멜즈의 물음에 이사나는 쓸쓸하게 웃으며 말했다.

"비비가 가르쳐 줬어."

"비비?"

"헥사비스의 모든 시스템을 관장하는 인공 지능이야. 어릴 때 자주 헥사비스의 중추에 있는 그녀를 찾았었는데, 그때 알게 되었어."

그녀? 멜즈는 어리둥절해하다가 혹시나 하는 생각에 이사나에게 물었다.

"그, 흑청색 머리에 금안을 가진 기계 여자 말인가요?"

"비비를 알아?"

"이사나를 따라 헥사비스의 지붕으로 올라가는 도중에 만났어요. 제게 길을 열어 주었고요."

"아……. 그래서……."

이사나는 그제야 멜즈가 어떻게 헥사비스의 지붕 위로 올라올 수 있었는지 이해했다. 비비는, 중앙 통제실의 인공 지능 프로그램은 넥시움 황가의 명령에만 따랐다. 비비를 처음 만든 개발자가 그렇게 권한을 지정했기 때문이다. 그런데 비비는 멜즈를 '넥시움'으로 여기는 모양이다. 그가 비록 사람이 아니라고 해도 이사나에게서 태어났기에 그렇게 판단하는 듯했다. 정작 이사나는 멜즈에게 이 무거운 업을 지워 주려 하지 않았는데 말이다. 이사나는 쓰게 웃으며 말을 이었다.

"비비에게서 어머니의 친자식이 아님을 알게 되고 나는 죄책감을 느끼게 되었어. 그분은 단 한 번도 나를 당신의 자식이 아니라고 부정한 적이 없으셨으니까. 돌아가실 때까지 나는 그분의 아들이었어. 아무리 넥시움 황가의 손이 귀하다고는 하지만, 그분은 그저 그 이유로 나를 키워 주신 게 아니었어. 친자인 형만큼은 아니었지만, 그래도 나는 단 한 번도 그분께 부당한 대우를 받아본 적이 없었어. 산욕열로 돌아가신 내 친모는 그저 그분의 사용인에 불과했는데 말이야. 좋은 분이셨지."

"……."

"모후께서는 항상 말씀하셨어. 세상에 단둘뿐인 형제이니 서로 의지하고 많이 도와주어야 한다고. 그래서 나는 형의 자리를 빼앗을 수 없어. 그건 그분의 온정을 배신하는 일이니까."

"……."

"이제껏 제국민들은 내가 '넥시움'이기 때문에 알리페르를 토벌해 왔다고 생각하겠지만, 아니야. 난 그들과 가족이 되고 싶어서 '넥시움'이길 자청했던 것뿐이야."

이사나는 눈이 뻑뻑해짐을 느꼈다. 말을 할 때는 몰랐는데, 말을 하고 나니 새삼스레 자신이 너무 바보같이 느껴졌다.

가족이라는 게 대가를 주고받는 관계가 아니라는 걸 알고 있었음에도 이사나는 항상 무언가에 쫓기듯 열심히 해 왔다. 모두의 귀감이 되는 '넥시움'이 되어야 가족에게도 제국민들에게도 인정받을 수 있다고 생각해 누구보다 앞장서서 알리페르를 토벌하고 좋은 사람이 되려고 노력했다.

자신은 영웅이 아니었다. 칭찬받기 좋아하는 위선자에 많은 사람들을 속여 온 거짓말쟁이에 불과했다. 그래서 무서웠다. 이런 자신을 알게 되면 멜즈가 싫어하지 않을까 두려웠다. 미움받고 싶지 않았다. 멜즈에게는 정말 좋은 사람이 되고 싶었다. 이사나는 차마 멜즈의 얼굴을 똑바로 볼 수 없어 고개를 숙이는데, 돌연 멜즈가 이사나의 손을 꽉 붙잡으며 말했다.

"아니요, 그렇지 않아요. 이사나는 결코 죄책감 때문에 알리페르를 토벌한 게 아니에요. 세상에는 자신만 불쌍하다 여기며 남 탓하는 사람들이 얼마나 많은데요. 설령 그런 이유로 시작했다고 해도 그 이유만으로 계속할 수 없어요. '넥시움'의 의무는 그런 이유로 지속하기엔 너무 무거우니까요. 그분의 친자식이었어도 이사나는 여전히 사람들을 위해 싸웠을 거예요. 당신은 상냥한 사람이니까."

"……."

"상냥하니까 당신은 형을 위해, 제국민들을 위해 그렇게 열심이었던 거예요."

멜즈의 말에 이사나의 얼굴이 왈칵 일그러졌다. 아니라고, 그렇게 대단한 사람이 아니라고 반박하고 싶었지만, 어째서인지 가슴이 먹먹해졌다. 마치 누군가가 이렇게 말해 주길 원한 것처럼 말이다.

전쟁놀이에 심취한 게 아니었다.

어쩔 수 없이 떠맡은 일에 생색내려 한 게 아니었다.

사실은 어느 한 사람 정도는 이렇게 말해 줬으면 했나 보다. 어느 한 사람 정도는 자신이 품은 생각을 부정해 줬으면 했나 보다. 눈이 화끈거려 왔다. 이제껏 참아왔던 둑이 무너진 것처럼 도저히 견딜 수 없었다. 밀려드는 감정을 견딜 수 없어진 이사나는 멜즈를 꽉 끌어안았다. 눈을 질끈 감아 버리자 눈에 고여 있던 눈물이 후두둑 아래로 떨어졌다.

"나는……."

이사나는 올라오는 뜨거운 무언가를 억지로 삼키며 말했다.

"나는 최선을 다했어. 제국민들을 위해 형을 위해 그렇게 열심히 해 왔는데……."

"……."

"형은…… 어째서 날 그렇게 싫어했던 걸까……."

"……."

"그래도 하나뿐인 형제인데, 어째서……."

이제야 뒤늦게 덮쳐 오는 설움에 숨조차 제대로 내쉴 수 없었다. 렉사 토벌전에서 살아난 뒤 처음 든 생각은 '왜 살아왔을까.'였다. 형이 자신을 미워하다 못해 죽이고 싶어 했는데, 그런데 왜 숨이 붙어 있는지 이해할 수 없었다.

정말 그의 친형제가 아니라 하더라도, 그에게 사랑받고 싶었다. 그에게 자랑스러운 동생이 되고 싶었다. 하지만 이사나는 결국 그의 동생이 될 수 없었다. 기껏해야 그를 대신해 넥시움의 의무를 수행하고 그의 정치적 기반이 되어 주는 것뿐이었다. 애초부터 그의 동생이 되기 위해 노력해야 할 이유가 없었다. 이사나가 눈물을 떨어뜨리며 억눌린 울음을 내뱉자, 멜즈는 그런 이사나를 토닥이며 말했다.

"울지 마요."

"흑, 으윽, 흐으……."

"제가 그 사람보다 백배 천배 더 잘해 줄게요."

내궁의 초대를 받은 멜즈를 곁에 붙잡아 둔 이상, 이제 이사나는 황제의 편에 설 수 없게 되었다. 이사나 자신이 선택한 일이었지만, 그럼에도 눈물이 흘러나왔다. 끝까지 형제에게 의심받고 사랑받지 못했다는 비참함에 울음을 멈출 수 없었다. 그런 이사나를, 여전히 어리석은 미련을 내보이는 이사나를 멜즈는 그냥 말없이 도닥여 주었다. 오랫동안 외로움에 떨며 상처 입었을 그를 위로해 주었다. 이사나는 아주 오랫동안 눈물을 멈추지 못했다. 참아왔던 울음을 전부 흘려 내보낼 때까지.

* * *

이사나의 막사에서 밤을 보낸 멜즈는 이사나와 아침 식사를 한 후 기술팀 막사로 향했다. 어제 꾸려 놓고 내팽개쳤던 짐들이 어제 그 모습 그대로 구석에 잔뜩 쌓여 있었다. 멜즈는 그것들을 하나하나 풀며 정리하는데, 진저가 들어왔다.

"어? 팀장님, 일찍 오셨네요."

"하사, 좋은 아침이야."

진저는 인사를 하면서도 어딘가 굳어진 얼굴을 하고 있었다. 평소답지 않은 그 모습에 멜즈는 고개를 갸웃거리는데, 진저가 머뭇거리더니 손에 들고 있던 종이 뭉치를 멜즈에게 내밀며 말했다.

"전에, 아는 사람 중에 카노스를 앓고 있는 사람이 있다고 했잖아. 그 사람의 진단 기록인데……."

진저는 전에 없이 긴장하고 있었다. 그에 멜즈는 의아해하면서도 진저에게서 받은 차트를 빠르게 훑어보았다. 얼마 되지 않아 10여 년에 가까운 차트를 전부 훑어본 멜즈는 진저에게 말했다.

"큰일 날 뻔했네요. 병증이 꽤 진행되어 있었어요."

"지, 진짜?"

"하지만 아직은 약으로 조절할 수 있어요. 그러니 제가 처방하는 대로 약을 먹게 하세요."

멜즈는 최근 차트 아래로 약 이름과 용량을 써넣기 시작했다. 그에 진저가 얼떨떨한 얼굴로 멜즈를 바라보는데, 못 미더워서 그런 거라 생각한 멜즈는 불퉁한 얼굴로 진저에게 말했다.

"제 임의대로 판단하는 거 아니에요. 선생님이 세운 가이드라인에 따라 처방하는 거예요. 선생님이 차트를 보셨어도 저처럼 판단했을 걸요?"

"그, 그래?"

진저는 멋쩍은 얼굴로 주억거리는데, 멜즈가 차트를 도로 진저에게 돌려주며 말했다.

"일단 전보다 약 용량을 늘렸어요. 그 때문에 두통이 올 수 있지만, 병증이 진행되는 것보다는 나을 거예요. 정 두통이 심하면 나프록센이나 트립탄 계열 약물을 복용하도록 지도해 주세요."

멜즈에게서 처방전을 받은 진저는 이내 눈을 일렁였다. 콜로니로 오고, 사실 진저는 많이 힘들었다. 감당하기 힘든 비밀을 알게 되고, 병증이 진행되는데도 아무것도 할 수 없다는 무력감에 항상 죄스러웠다. 이때까지 마음고생했던 것들이 북받치면서 진저의 눈에선 주룩주룩 눈물이 흘러나왔다.

"티, 팀장님?!"

"하사…… 하사……!"

진저는 멜즈를 끌어안은 채 어린아이처럼 엉엉 울기 시작했다. 흐어어어어엉―. 목 놓아 서럽게 우는 그 모습이 당혹스러웠지만 멜즈는 타박조차 할 수 없었다. 일단 진저를 진정시켜야겠다고 생각한 멜즈는 가만히 그를 토닥여 주었다. 무슨 일인지 모르지만, 크게 안심되어 우는 것 같으니 걱정할 필요는 없을 것 같았다.

콜로니의 새로운 아침은 참으로 상쾌했다.

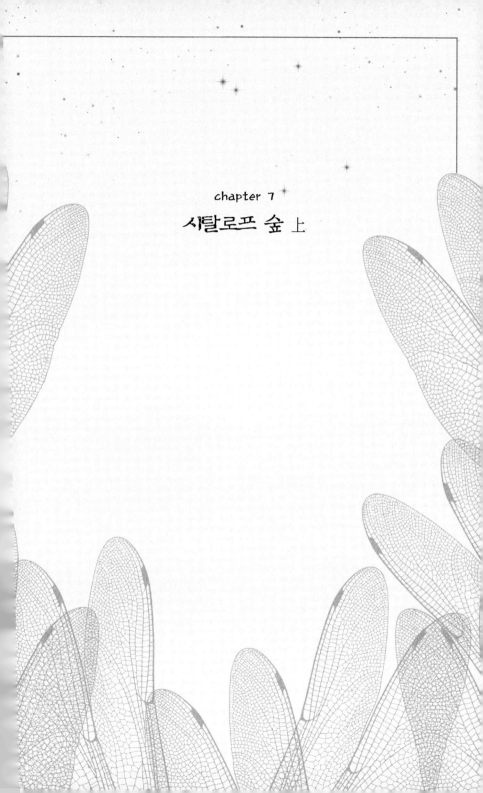

chapter 7

시탈로프 숲 上

시탈로프 숲 (1)

—제국을…… 떠나겠다고?

"네, 콜로니가 안정되면 그럴 작정입니다."

—하……!

통보와도 같은 이사나의 말에 황제는 잠시 할 말을 잃고 코웃음을 쳤다. 하지만 이내 철없는 아이를 타이르듯 말했다.

—무슨 말도 안 되는 소리를 하는 게냐. 제국을…… 헥사비스를 떠나서 도대체 어디로 간다는 게야. 벌레놈들이, 그 빌어먹을 알리페르 놈들이 아직 많이 남아 있는데……. 놈들을 뿌리 뽑아야지. 그게 넥시움의 의무가 아니더냐.

"넥시움의 의무는 종을 말살시키는 게 아닙니다. 알리페르로부터 제국민들을 보호하는 것입니다. 이제 제국군의 힘은 그들의 전력을

웃돌게 되었습니다. 그러니 굳이 제가 아니더라도 충분히 해 나갈
수 있을 겁니다."

─아하, 그래. 쉬고 싶었던 게로구나. 그래서 이러는 게로구나. 오
랫동안 전쟁터만 떠돌았으니 쉬고 싶을 때도 되었지.

"……."

─궁으로 돌아오거라. 내 이제부터는 친정(親征)을 할 테니 너는
이제 돌아와서 쉬거라.

"……헥사비스로는 이제 돌아가지 않습니다."

고집스러운 이사나의 말에 수화기 너머가 고요해졌다. 화를 낸다
고 해도 어쩔 수 없었다. 배신감에 치를 떤다고 해도 어쩔 수 없었다.
이사나는 이제껏 하나뿐인 형을 위해 많은 노력을 해 왔다. 그러니
이 정도 억지쯤은 부려도 된다고 생각했다. 얼마 남지 않은 생이지만,
그동안만이라도 행복해지고 싶었다. 하지만 황제는 노기 어린 말투
로 이사나에게 물었다.

─그놈 때문이냐.

"……."

─네가 거뒀다는 그놈을 궁으로 불러들였다고 지금 시위하는 것
이냐! 하지만 나쁜 건 네놈이지 않느냐! 더는 속이지 않겠다고 말한
주제에 그놈을 숨겨 놓은 네가 잘못한 게 아니더냐!

"……."

─어디 출신인지도 모를 천한 놈 하나 때문에 지금 하나밖에 없는
혈육을 등지겠다는 것이냐? 이사나, 진정 그놈이 갈기갈기 찢기는
꼴을 봐야 정신을 차릴 것이냐?

황제의 말에 이사나는 어쩐지 그와 계속 어긋나는 듯한 기분이

들었다. 그와는 항상 그랬다. 그에게 형제의 정을 갈구했던 어린 시절에도 이별을 고하는 지금도, 그는 이사나가 원하는 걸 조금도 알아주려 하지 않았다. 하지만 그것은 자신이 이제껏 제대로 말하지 않았기 때문인지도 몰랐다.

이사나는 침잠한 얼굴로 황제에게 말했다.

"폐하, 저는…… 출정식 때 이미 헥사비스로 돌아가지 못할 것을 염두에 두고 있었습니다. 알리페르와 전면전을 벌이는 이상 앞으로 어떻게 될지 알 수 없었으니까요. 다행히 예상했던 전면전은 발생하지 않았고 오히려 제국민들이 살아갈 영토가 더 넓어지게 되었지요. 그러니 전쟁터에만 있어야 할 저는 더 이상 제국민들에게 필요하지 않습니다. 이전부터 저는 제 효용이 다하면 조용히 물러날 생각이었습니다."

—……

"예전에 말씀하셨지요? 형제인 이상 제가 바라지 않는다 해도 제가 폐하의 것을 빼앗을 수 있다고요. 그러니 떠나겠습니다. 다시는 폐하의 앞에, 제국민들 앞에 나타나지 않겠습니다."

말을 하고 나니 조금 후련해진 기분이 들었다. 이사나는 이미 오래전에 지쳐 있었다. 찬탈을 의심받고 원하지 않는데도 추대받는 상황이 내심 버겁고 진절머리 났다. 이사나가 원한 것은 단 하나였다. 이해관계에 상관없이 마음을 주고받을 수 있는 상대였다.

황위나 영광 따윈 아무래도 상관없었다. 오직 원하는 것은 멜즈뿐이었다. 태양처럼 반짝이는 허니 블론드와 초승달처럼 휘던 청록색 눈을 떠올린 이사나는 자신도 모르게 미소를 짓는데, 이사나의 뜻이 강경함을 깨달은 황제는 오싹하리만치 음산한 목소리로 말했다.

—비열한 놈……! 네놈은 언제나 그랬지! 절대 배신하지 않을 것처럼 순종적으로 굴다가 꼭 이렇게 내가 마음을 주려 하면 등을 돌리지!

"……."

—절대 가만두지 않을 것이다! 내 관용을 가벼이 여긴 것을 반드시 후회하게 해 주마.

이를 갈며 쏘아붙인 황제는 일방적으로 통신을 끊어 버렸다.

뚜우ㅡ. 뚜ㅡ.

단절음을 들으며 이사나는 애써 무거워진 마음을 떨쳐 내려 애를 썼다. 진즉에 이렇게 했어야 했다. 홀로 죽어 가는 게 두렵다 해도 결코 그에게 의지하지 않았어야 했다. 외롭더라도 그의 광기에 휘말려 정도(正道)를 벗어나는 짓은 하지 말았어야 했다.

부디 몸 건강히 지내시길.

이사나는 수화기를 내려놓으며 덤덤히 이별을 고했다. 한때는 이 세상 누구보다도 사랑한 가족이었다. 결국 끝까지 그와는 평행선을 달렸지만, 세상에는 어쩔 수 없는 일이 있는 법이었다. 이제야 내려놓은 어리석은 미련이지만, 저번과 달리 눈물은 나지 않았다.

* * *

"하나, 둘, 셋!"

진저가 레버를 내리자, 기기에 불이 들어오더니 원자로가 작동되기 시작했다. 그에 멜즈는 긴장된 얼굴로 냉각수 아래에 잠긴 원자로를 바라보았다. 웅웅거리며 파르라니 빛나는 모습이 일단은 무사히 가동된 것 같았다. 하지만 가동되는 것만으로는 부족했다.

어느새 옆에 다가온 진저와 함께 멜즈는 겨우내 매달렸던 기기들을 초조하게 바라보는데, 밖에서 기술팀 연구원 하나가 헐레벌떡 들어오더니 진저에게 소리쳤다.

"팀장님! 밖으로, 밖으로 나와 보세요!"

연구원의 말에 진저와 멜즈는 급히 밖으로 뛰쳐나갔다. 그리고 두 사람은 콜로니 위로 펼쳐진 광경에 입을 다물지 못했다. 콜로니 전체를 감싸는 반구형 그물망 위로 투명한 유체가 흐르고 있었다.

자기 중력장 배리어였다.

자기 중력장 배리어가 무사히 가동되고 있었다.

"성공, 했어……."

"해냈어! 우리가 해냈다고!"

단 한 번의 시행착오 없이 배리어가 성공적으로 가동되자, 연구원들은 감격에 차 서로를 얼싸안았다. 진저 역시 잔뜩 흥분한 얼굴로 멜즈를 꽉 끌어안으며 소리쳤다.

"했어, 했어, 했다고! 하사! 우리가 해냈어!"

"축하드려요, 팀장님."

"진짜 하사가 아니었으면 이렇게까지 못했을 거야. 정말 고마워, 고마워 하사!"

진저는 눈물까지 글썽이며 멜즈를 안고 방방 뛰었다. 그런 진저에게 피식 웃으며 멜즈는 공중에서 천천히 흐르는 스트로마를 바라보았다. 그 열악한 환경에서 배리어가 작동했다는 게 멜즈 역시 믿기지 않았다. 물론 빈틈없이 계산한 뒤 작동시킨 거였지만 말이다. 그래도 결과물이 나오기 전까진 멜즈 역시 반신반의했었다.

콜로니의 스트로마는 헥사비스의 스트로마와 달리 호수에 낀 살

얼음처럼 투명했다. 그건 스트로마 안에 들어갈 초전도 물질이 부족한 탓이었다. 초전도 물질만 부족했냐하면 그것도 아니었다. 유체인 스트로마를 자기력으로 감쌀 금속선과 철골 역시 턱없이 부족했다. 이건 전부 헥사비스에서 약속한 보급을 해 주지 않은 탓이었다. 자기 중력장 배리어를 만들어 내라고 재촉한 주제에 헥사비스에서는 필요한 양의 절반도 못 미치는 원재료만을 감찰단과 함께 보내왔다. 이제껏 이사나를 실컷 부려먹은 주제에 견제는 하겠다는 그 심보가 아주 고약했다.

나중에서야 원재료가 부족하다는 걸 알아차린 이사나가 헥사비스로 돌아가 필요한 것들을 직접 구해 오겠다고 했지만, 보급으로 장난질 친 놈들이 헥사비스 안에서까지 안 그럴 리 없었다.

멜즈는 자기 중력장 배리어의 개량을 주장하며 제1, 제2 기술팀과 함께 반쯤 완성된 배리어 장치를 다시 뜯어고쳤다. 하지만 원재료가 워낙 부족하다 보니 머리를 굴려도 한계가 있었다. 효율을 높이고 높이고 또 높였지만 그래도 작동할 수 있을지 의문이었다. 부족한 금속선과 철골은 망 형태의 구조물로 대체하고 초전도 물질은 멜즈가 직접 합성 비율까지 바꾸어 가며 양을 늘렸다. 그 결과 헥사비스만큼 튼튼하진 않지만, 알리페르가 기습해 와도 그럭저럭 버틸 만한 배리어가 완성되었다. 몇 달간 고생했던 걸 생각하면 정말 다신 못 할 짓이었다.

그렇다고 마냥 손해 보는 짓을 한 건 아니었지만.

'이 정도면 그곳에 가서도 사용할 수 있겠지?'

멜즈는 지난겨울에 있었던 일을 떠올리며 살짝 웃었다. 감찰단이 헥사비스로 돌아가고 얼마 지나지 않아 이사나는 멜즈에게 이렇게 말했다.

"멜즈, 시탈로프 숲의 탐사가 끝나고 콜로니가 완전히 안정되면 함께 이곳을 떠나지 않을래?"

"떠나요? 헥사비스로 돌아가는 건가요?"

멜즈의 물음에 이사나는 고개를 가로저으며 말했다.

"그곳으로는 가지 않아."

그럼 어디로……. 멜즈는 물으려다가 입을 다물었다. 아아, 역시 이사나는 전쟁이 끝나면 제국을 떠나려 했구나. 아주 오래전부터 품었던 계획인 듯 이사나의 눈에는 망설임조차 없었다. 이사나는 그런 길을 지금 같이 가자고 해 주는 것이다. 그렇다면 목적지가 어디든 무슨 상관이겠는가.

"좋아요. 이사나와 함께라면 어디든 상관없어요."

멜즈의 대답에 긴장으로 굳어 있던 이사나의 얼굴이 단숨에 풀어졌다. 바보, 설마 안 가겠다고 할 줄 알았나? 멜즈는 왠지 뺨이 간질간질해지는 걸 느끼는데, 이사나가 기쁜 듯이 웃으며 말했다.

"헥사비스의 남쪽으로 내려가면 해안가가 나오는데, 그곳 경치가 굉장히 아름다워. 진군하면서 나도 딱 한 번 가 봤는데, 살면서 그렇게 예쁜 곳은 처음 봤어. 거기서…… 너와 살고 싶어."

부끄러운 듯 멋쩍게 말하는 이사나를 멍하니 쳐다보던 멜즈는 돌연 벌떡 일어나 그에게 달려들었다. 무척 단것을 먹은 것처럼 입안이 찌릿찌릿했다. 어떻게 사람이 이렇게 사랑스러울 수 있을까. 한입에 꿀꺽 삼키고픈, 식욕과도 닮은 애정에 도취된 멜즈는 이사나를 꽉 끌어안으며 크게 소리쳤다.

"저도요! 저도 이사나와 거기서 살고 싶어요!"

"……위험할 수 있어. 거긴 헥사비스 밖이니까."

"제겐 이사나가 없는 곳이 제일 위험해요. 그런데 이건 프러포즈인가요?"

멜즈의 물음에 이사나는 놀란 듯 눈을 크게 떴다. 그러다 이내 얼굴이 새빨개지기 시작했다. 귀여워……. 멜즈는 귀 끝까지 빨개진 이사나를 넋을 빼놓으며 바라보는데, 이사나가 떠듬떠듬 말했다.

"그, 그건……."

"정말 기뻐요. 이사나가 우리 신혼집까지 미리 생각해 두고 있었을 줄이야. 부족하지만 앞으로 내조 잘 할게요. 우리 이제 부부니까."

멜즈가 몸을 배배 꼬며 말하자, 이사나는 몹시 당황한 얼굴로 버벅거렸다.

"어, 그게, 멜즈, 그러니까……."

"뭐예요, 그 미적지근한 태도는. 이사나가 날 붙잡았잖아요. 헥사비스로 돌아가려고 했는데 이사나가 못 가게 가로막았잖아요. 그럼 우리 관계가 명확하게 정리된 거 아닌가요?"

힐난이 묻은 멜즈의 투정에 이사나는 몹시 난감한 얼굴로 멜즈를 바라보다가 이내 뭔가를 결심한 듯 진지한 얼굴로 말했다.

"멜즈."

"네."

"콜로니를 떠난 뒤에 네게 할 말이 있어."

전에 없는 진중한 분위기에 멜즈는 직감적으로 이사나가 아주 중요한 얘기를 하려 한다는 걸 알아차렸다. 이를테면 이제껏 그가 계속 숨겨 왔던 첫 만남에 대한 것이라든가. 멜즈는 자신도 모르게 긴장하는데, 이사나가 고슬고슬하게 자란 멜즈의 머리카락을 쓰다듬으며 말했다.

"별거 아니야. 그러니 걱정할 필요 없어. 하지만⋯⋯ 그 얘기를 듣고 우리 관계에 대해 결정하도록 해."

"⋯⋯?"

"그리고 이거 하나만은 기억해 줘. 내가 어떤 사람이어도 좋다고 네가 말해 준 것처럼 나 역시 그래. 멜즈 네가 어떤 사람이든, 난 여전히 너를 좋아해."

"⋯⋯."

"이것만은 거짓 없는 진실이야."

이사나의 진중한 말에 멜즈는 수긍하며 고개를 끄덕였다. 하지만 지금 돌이켜 생각해 보니 이사나의 수작에 넘어간 게 아닌가 하는 생각이 들었다. 어떤 사람이든 상관없다면 굳이 결정을 미룰 필요가 없지 않은가. 이제껏 이사나의 다디단 거짓말에 속아 넘어간 전적이 많다 보니 그런 의심이 들 수밖에 없었다.

혹시 이사나는 나와 다른 마음을 가진 게 아닐까?

멜즈는 이제 확실히 말할 수 있었다. 자신은 이사나를 좋아했다. 상냥해서, 후견인이어서 좋아하는 게 아닌, 연애 상대로서 이사나를 좋아했다. 그와 살을 맞대고 키스하고픈 욕망을 이제 억누를 수 없을 정도였다. 하지만 이사나는 이제 겨우 곁에 붙잡아 둘 정도의 감정인지도 몰랐다. 그래서 어떻게든 결론 내리는 걸 늦추려는 건지도 몰랐다.

'치사해⋯⋯.'

사람 마음을 이렇게 들었다 놓았다 하면서 정작 그에게는 그 정도 감정밖에 없다는 게 서운하고 섭섭했다. 기울어진 중심축을 발견할 때마다 멜즈는 화가 나고 불안해졌다. 기다려야 한다는 걸 알면서도 아직은 애송이라 그런지 이 초조함을 어찌할 수 없었다.

* * *

혹독한 겨울이 지나고 봄이 찾아왔다. 오랜만에 시찰을 나온 이사나는 콜로니의 풍경을 생경한 눈으로 바라보고 있었다. 아직 군데군데 덜 녹은 눈들이 콜로니 이곳저곳에 남아 있었지만, 해가 길어져서인지 콜로니 안을 분주히 돌아다니는 병사들과 일꾼들의 얼굴에는 활기가 넘쳤다.

해가 바뀌고 콜로니에는 많은 것들이 바뀌었다. 일단 임시 거처로 사용되던 막사가 걷히고 장교들과 병사들은 완성된 관사로 짐을 옮기게 되었다. 또한 나중에 들어올 이주민들을 위한 주택 역시 반 정도 완성되어 콜로니는 제법 사람 사는 곳다운 면모를 갖추게 되었다.

이사나는 작년과 사뭇 달라진 콜로니의 모습을 감개무량한 눈으로 바라보았다. 콜로니의 위로는 투명한 자기 중력장 배리어가 작동해 이제 막 새로 시작할 도시를 단단히 감싸고 있었다. 이 배리어가 건재한 이상, 제국민들이 이곳에 이주해도 알리페르를 두려워할 일은 없을 것이다.

가슴이 벅차올랐다. 앞으로 더욱 많은 사람들로 북적일 콜로니를 생각하니 기대감에 절로 들떴다. 비단 이사나만 그런 게 아닌지 이사나의 곁에 있던 엘든 역시 평소보다 들뜬 어조로 말했다.

"재작년까지 황무지였다는 게 믿기지 않을 정도군요."

"그러게."

"앞으로 이곳은 더욱 번성하겠죠. 콜로니 주변은 평야가 넓어 땅을 개간하고 작물을 키우기 좋으니까요. 어쩌면 헥사비스보다 이곳이 더 살기 좋을지 모릅니다. 헥사비스와 달리 이곳은 발전할 여지가 많으니까요."

엘든의 말대로였다. 헥사비스는 알리페르의 공격을 방어하는 요새로서는 좋은 곳이었지만, 거주지로서는 그다지 좋은 편이 아니었다. 불투명한 스트로마로 인해 일사량이 적고 주변에 농지나 밭이 적어 헥사비스는 매년 식량 문제를 겪곤 했다. 그에 비해 콜로니의 주변은 너른 평원과 숲이 있었다. 노력만 한다면 누구든 윤택하게 지낼 수 있었다. 실제로 작년에 개간한 밭에서 많은 작물을 수확했었다. 땅이 기름져 씨만 뿌려도 작물들은 쉬이 잘 자라는 편이었다. 이사나는 콜로니 안 사람들을 다 먹이고도 넉넉하게 남을 식량들을 떠올리는데, 엘든이 멋쩍게 말했다.

"이게 다 아브노아 하사 덕분입니다."

"……?"

멜즈를 좋아하지 않는, 오히려 싫어하는 것에 가까운 엘든이 대뜸 칭찬하는 말을 내뱉자, 이사나는 의아해져 그를 쳐다보았다. 그러자 엘든이 민망한 듯 웃으며 말했다.

"각하께서는 마음에 안 드실지 모르지만, 저는 하사가 각하를 뒤따라 와 다행이라고 생각하고 있습니다. 하사의 수고가 아니었다면 콜로니가 이 정도로 발전할 수 없었을 테니까요. 하사를 그저 철없는 꼬마로 생각해 왔던 제 자신이 부끄러울 정도입니다. 하사는 이 콜로니의 은인입니다."

엘든의 말에 이사나 역시 동의했다. 멜즈에 대한 개인적인 감정을 제쳐두더라도 멜즈가 콜로니에 기여한 것이 너무나도 많았다. 콜로니를 완성시킨 게 멜즈라고 해도 손색이 없을 정도였다. 멜즈는 에드먼드 숙부님을 따라 수많은 연구 과제를 수행해 아는 것이 많았고 손재주 역시 웬만한 엔지니어는 따라오지 못할 정도로 뛰어났다. 결정적으로 이번에 그가 개량한 자기 중력장 배리어로 인해 콜로니는 헥사비스와의 협상에서 우위에 서게 되었다.

자기 중력장 배리어가 없으면 콜로니는 항시 경계를 서야 하는 병사들로 인해 매년 막대한 비용을 지출하게 되었을 터였다. 하지만 헥사비스는 자기 중력장 배리어의 원재료와 핵심 기술을 넘겨주지 않은 상태였고 그것들을 넘겨주는 대가로 콜로니에게 매해 공물을 요구할 수도 있었다. 그러나 멜즈가 배리어를 개량한 덕분에 그럴 일이 없어져 버렸다. 본의 아니게 콜로니는 자치권을 얻게 된 셈이다. 그로 인해 콜로니는 연일 희망에 차 있었다. 인류의 첨병으로서 최전방에 나와 있어도 항상 헥사비스의 견제만 받던 처지에서 벗어나 처음으로 협상에 유리한 위치에 서게 되었으니 말이다. 엘든은 들뜬 목소리로 말했다.

"이미 헥사비스에서는 콜로니 입주권으로 난리라고 하더군요. 웃돈을 주고도 사겠다는 사람만 있지 팔겠다는 사람이 없어 연일 가격이 천정부지로 치솟는다고 합니다. 하긴, 이곳이 살기 좋긴 하죠. 햇빛도 잘 들고."

"그것도 시탈로프 숲의 탐사가 끝나 봐야 아는 거야. 섣불리 속단할 일은 아니라고 봐."

새로운 거주지로서 각광받고 있는 콜로니에 유일한 문제점이 있다면 역시나 '시탈로프 숲'이었다.

작년 초가을 무렵, 멜즈에 의해 아브노아 존데의 이상 반응이 발견되고 그 원인을 규명하기 위해 보급대와 탐사대가 꾸려졌지만,

멜즈의 부상에 놀란 이사나가 탐사대를 콜로니로 귀환시켰다. 그후 감찰단이 오고 겨울이 시작되면서 탐사는 잠시 미뤄진 상태였다. 하지만 여전히 시탈로프 숲을 지나는 존데에서는 이전과 같은 이상 반응을 보이고 있으니 그 안에서 무슨 일이 일어나는지 알아보아야 했다.

"엘든."

"네."

"이번 원정에는 자네를 지휘관으로 임명할 생각이야."

이사나의 말에 엘든은 눈을 크게 뜬 채 이사나를 돌아보았다. 그에 이사나는 덤덤히 말했다.

"언제까지 내 부관으로 남아 있을 순 없지 않은가."

이사나의 말에 엘든은 이사나가 무슨 말을 하려는 건지 알아차리고 미간을 찌푸렸다. 하지만 엘든은 언젠가 이사나의 그늘에서 벗어나 자신만의 세력을 구축해야 했다. 이사나가 카노스를 잃고 있는 이상, 이사나에겐 미래가 없었다. 이미 이사나가 할 수 없는 일들이 꽤 생겨나 엘든이 독단적으로 처리하는 게 꽤 있었다. 그러나 엘든은 내키지 않는 듯한 얼굴로 이사나에게 말했다.

"하사가 각하의 처방을 바꾸어 주지 않았습니까. 그러니 각하의 병증 역시 차츰 차도를 보이지 않겠습니까?"

엘든의 말에 이사나는 피식 웃었다. 현실주의자인 엘든답지 않은 소리였다. 하지만 그만큼 콜로니의 사정이 여유로워졌다는 반증이기도 하고.

작년 겨울, 이사나는 멜즈의 도움을 받아 처방약을 바꾸었다. 이사나가 멜즈를 붙잡은 뒤 얼마 지나지 않아 진저가 멜즈에게 이사나의 차트를 보여 주며 도움을 청했다고 했다. 신원을 밝히지 않았다고는 하지만 혹시라도 멜즈에게 병증이 알려지지 않았을까 걱정했는데, 다행히 멜즈는 이사나가 카노스를 앓고 있다는 걸 꿈에도 상상하지 못하는 듯했다. 그저 콜로니의 수많은 장교들 중 하나라고 막연히 생각하는 것 같았다.

뜻하지 않게 멜즈의 도움을 받게 되었지만, 그럼에도 이사나는 자신의 병을 낙관적으로 볼 수 없었다. 포스에 내려가 병에 걸린 자들의 말로를 보았기에 알고 있었다. 카노스는 근본적으로 나을 수 없는 병이었다.

"그 병은 결코 고쳐질 수 없는 병이야. 그러니 자네는 이번 원정에서 공을 세워 진급하도록 해."

"……."

"어차피 콜로니가 안정되면 사령관 자리에서 물러나려고 했어. 이젠 나도 쉬어야지."

이사나의 말에 엘든은 깜짝 놀라 이사나를 돌아보았다. 이제껏 일 중독에 가깝게 전쟁터와 헥사비스 안을 누볐던 사람답지 않은 발언이었다. 하지만 이내 누구 때문인지 깨달은 엘든은 장난스러운 얼굴로 이사나에게 말했다.

"하긴, 아브노아 하사와 이제 막 좋을 때인데 일에만 파묻혀 있을 순 없는 노릇이죠."

"아니, 그게……."

"섭섭합니다. 10년 가까이 곁을 지킨 부관보다 솜털 보송보송한 어린 애인이 더 좋다 이겁니까?"

엘든의 말에 이사나는 입을 어물거리다가 변명처럼 내뱉었다.

"⋯⋯딱히 자네가 싫은 건 아니야."

"네에네에, 그러시겠죠."

엘든은 히죽거리며 "어이쿠, 마침 저기 기술팀의 정비실이 있군요."라고 말했다. 작년 겨울, 콜로니의 모두가 보는 가운데 멜즈를 붙잡은 이후 엘든을 비롯해 이사나를 놀리는 사람들이 부쩍 많아졌다. 오랫동안 전쟁터에 함께 있어도 언제나 이사나에게 거리감을 가졌던 그들은 언제 그랬냐는 듯 당돌한 신병에게 코가 꿰인 사령관을 놀려 댔다.

히죽거리는 부대원들을 볼 때마다 이사나는 뭔가 곤란하면서도 쑥스러웠다. 이런 변화는 모두 멜즈가 가져온 것이었다. 이사나 역시 요즘은 엘든처럼 멜즈가 콜로니에 와서 다행이라 생각하고 있었다. 이사나는 뺨이 간질간질해지는 걸 느끼며 AM슈트의 마지막 점검으로 한창 바쁠 정비실 안으로 들어갔다. 그 안에는 멜즈가 있었다. 새하얀 실험실 가운을 입고 광학 안경을 낀 멜즈가 빠른 속도로 컴퓨터에 뭔가를 입력하고 있었다. 이제는 성년이 되어서인지 일에 몰두한 그의 진지한 얼굴이 퍽 어른스럽게 느껴졌다.

며칠 전, 나이가 찬 소년 소녀들이 으레 그러하듯 멜즈 역시 성년식을 치렀다. 언제까지나 어린아이 같을 거라 생각한 멜즈가 몇 없는 어린 신병들 틈 사이에 끼여 성년식을 치르는 광경을 보니 기분이 묘해졌다. 키는 껑충 커져도 여전히 얼굴은 아이처럼 말갛기만 한데 말이다. 이사나는 왠지 복잡한 마음이 들었지만, 멜즈에게 성년이 되었음을 축하하며 꽃다발을 건네주었다. 그러자 멜즈는 꽃다발을 받으며 이상한 말을 했다.

'이사나 저 이제 성인이에요.'

'……? 그래, 축하한다.'

'이젠 성인이라니까요?'

멜즈는 답답하다는 듯한 얼굴로 말했다. 무슨 말이 하고 싶은 걸까? 이사나는 고개를 갸웃거리며 멜즈를 바라보았지만, 멜즈는 답답한 한숨만 내쉴 뿐이었다. 혹시 들고 온 꽃다발이 마음에 안 들었던 걸까? 멜즈와 제법 잘 어울린다고 생각해 직접 꺾어 온 것이었는데 말이다. 이사나가 꽃다발을 쳐다보자, '꽃다발이 마음에 안 드는 건 아니에요.'라고 말하며 또 한숨을 내쉬었다.

예전부터 생각했지만, 멜즈는 자신의 마음을 잘 알아차렸다. 정작 자신은 멜즈의 생각을 잘 알아차리지 못했는데 말이다. 역시 내가 너무 무심한 건가? 이사나가 고민하며 일에 열중인 멜즈를 바라보는데, 이사나의 방문을 알아차린 진저가 허둥지둥 다가와 인사했다.

"각하, 오셨습니까."

진저는 저번보다 얼굴이 수척해져 있었다. AM슈트의 개발은 진즉에 끝났지만, 다음주에 AM슈트를 착용한 일반병이 원정대에 끼여 출정할 예정이었기 때문이다. 처음 실전에 도입하는 거라 진저를 비롯한 제1 기술팀 전원이 신경을 곤두세우고 있었다. 멜즈 역시 마찬가지였다. 제2 기술팀에서 자기 중력장 배리어의 개량이 끝나기 무섭게 멜즈는 다시 제1 기술팀으로 돌아와 슈트의 마무리 작업에 매달리며 연일 밤을 지새우고 있었다.

"하사를 불러오겠습니다."

"아니, 괜찮네."

멜즈를 부르려는 진저를 저지하며 이사나는 멜즈가 일하는 모습을 지켜보았다. 멜즈가 하는 일은 다른 연구원들과 마찬가지로 AM

슈트가 오작동을 일으키지 않는지 재검사를 하는 것이었다. 멜즈는 병사의 도움을 받아 오류가 없는지 확인하고 있었는데, 검사를 도와주는 병사는 이사나에게도 낯이 익을 정도로 멜즈와 친한 병사였다. 슈트를 입은 병사는 온몸에 전극을 주렁주렁 매단 채 트레드밀 위를 달리고 있었다. 그런데 검사가 퍽 버거운지 병사는 헉헉거리며 멜즈에게 항의하고 있었다.

"헉헉, 야! 이거, 언제, 헉, 끝나!"

트레드밀을 뛰는 병사, 릭은 새하얗게 질린 얼굴로 버럭 소리를 내질렀다. 하지만 멜즈는 여전히 모니터만 쳐다보며 성의 없이 대답할 뿐이었다.

"얼마 안 남았어."

"그 소리, 헉헉, 아까도 했거든!"

"아, 그랬나? 근데 진짜 얼마 안 남았으니까 힘내."

하지만 말과는 달리 멜즈의 손은 트레드밀의 타이머 시간을 늘리고 있었다. 설마 일부러 저러는 건가? 이사나는 아연해져 멜즈를 바라보는데, 멜즈가 한쪽 입꼬리를 말아 올린 채 릭이 헉헉거리는 모습을 지켜보고 있었다. 무슨 일인지는 모르지만 멜즈가 단단히 심술이 난 모양이다. 이사나는 말려야 하나 고민하는데, 릭이 악에 받쳐 소리 질렀다.

"헉헉, 너! 일부러 이러는 거지!"

"……."

"지난번에, 후욱, 헥사비스로, 후우, 꺼지라고 해서 이러는 거 아냐?!"

릭의 말에 멜즈는 불쾌하다는 듯 쏘아붙였다.

"내가 할 일 없냐? 그런 짓을 하게?"

"그럼, 흑흑, 왜 나만, 헉헉 두 시간 넘게 달리게 하는 건데!"

"데이터가 필요한 거라 했잖아."

멜즈는 새침하게 말하며 다시 모니터 쪽으로 시선을 돌렸다. 분위기를 봐서는 멜즈가 쉬이 심술을 거둘 것 같아 보이지 않았다. 하지만 멜즈의 옆에 있던 알도는 더 이상 지켜만 볼 수 없는지 달래듯 멜즈에게 말했다.

"멜즈, 릭을 그냥 이쯤에서 쉬게 해 주는 게 어떨까? 두 시간이나 달리게 하는 건 AM슈트의 도움을 받아도 힘들잖아. 오늘은 많이 달렸으니까 내일 마저 하고……."

알도의 제안에 멜즈는 콧방귀를 끼며 냉랭히 말했다.

"알도, 내가 하는 일이 장난으로 보여? 지금 당장 저 녀석이 불쌍하다고 멈췄다가 나중에 슈트에 문제라도 생기면 어떻게 할 건데?"

"그치만……."

"그리고 릭은 이제 햇병아리 신병이 아니잖아. 콜로니의 정규군이 겨우 두 시간 달린 걸로 우는 소리를 내면 어떡해? 그러고 보니 저번에 이렇게 말했던가? 나와는 달리 어쩔 도리가 없어서 콜로니에 있다고? 그럼 이 정도 고생쯤은 감수할 수 있어야지. 겨우 이 정도에 나가떨어질 거면 콜로니엔 왜 있는 건데?"

멜즈의 비아냥에 모두가 생각했다. 저 녀석 삐졌구나……. 이사나 역시 골을 내는 멜즈를 신기한 눈으로 바라보는데, 트레드밀에 갇힌 릭은 억지로 달리면서도 분한지 버럭버럭 소리를 내질렀다.

"야 이 나쁜 놈아! 그때 그거 한마디 했다고 이러기냐? 밴댕이도 너보다는 속이 넓겠다! 각하께서는 네가 이런 놈인 줄 아시냐? 어?

이렇게 속 좁고 졸렬한 새끼인줄 알고 계시냐고! 이 유치하고 비열한 놈아!"

"……."

릭의 비난에 멜즈는 무표정한 얼굴로 트레드밀의 속도를 올렸다. 그러자 릭은 허우적거리면서도 빨라진 트레드밀 위를 계속 달릴 수밖에 없었다.

"너 이 자식! 절대 가만 안 둬! 죽여 버릴 거야! 나가면 죽여 버릴 거라고!"

릭은 악에 받쳐 소리 질렀지만, 멜즈는 코웃음만 친 채 즐겁게 릭이 허둥대는 꼴을 지켜보았다. 멜즈의 쪼잔한 복수극에 엘든은 기가 찬다는 듯 헛웃음을 내뱉었다. 이사나 역시 아연실색한 얼굴로 그 광경을 지켜보았다. 그때 이사나를 발견한 알도가 식겁하며 멜즈의 어깨를 두들겼다.

"멜즈, 야, 멜즈."

"뭐야 알도. 아까도 말했지만 이건 데이터가 필요해서 하는 일이라고."

"아니, 그게 아니라 저기……."

"네가 무슨 말을 해도 절대 저 녀석 안 풀어줄 거니까, 아……."

알도가 가리킨 시선 끝에 누가 서 있는지 발견한 멜즈는 낭패감 어린 얼굴로 탄식했다. 이사나와 눈이 마주친 멜즈는 당황한 듯 잠시 굳어 있다가 재빨리 전원 버튼을 눌러 트레드밀을 껐다. 그러자 릭이 바닥을 뒹굴며 비명을 내질렀다. 멜즈는 어찌할 바를 모르며 눈을 굴리다가 이내 무슨 일이 있었냐는 듯 만개한 꽃처럼 활짝 웃더니 이사나의 품에 뛰어들었다.

"이사나~!"

멜즈가 달려들자, 이사나는 반사적으로 멜즈를 마주 안았다. 왜 이러는 거지? 저번에 엘든에게 크게 혼난 이후로 멜즈는 절대 공적인 자리에서 격의 없이 군 적이 없었다. 그런데 오늘은 웬일인지 모두가 보고 있는데도 자신을 끌어안고 가슴팍에 얼굴을 부비는 등 어리광을 부리고 있었다. 평소보다 과한 애교에 이사나가 얼떨떨한 얼굴로 그의 정수리만 바라보는데, 한참동안 가슴팍에 얼굴을 파묻고 있던 멜즈가 돌연 고개를 들더니 큰소리로 외쳤다.

"이사나 보고 싶었어요!"

"어? 그러니?"

"이사나는 저 안 보고 싶었어요?"

네? 네? 멜즈는 귀엽게 고개를 갸웃거리며 이사나에게 대답을 재촉했다. 어젯밤에도 봤는데 왜 이렇게 반가워하지? 이사나는 좀 의아했지만 웃으며 말했다.

"보고 싶었어."

"그죠? 그죠? 저도 마침 딱 그 생각을 하고 있던 참이었어요! 그러니 저랑 잠시 산책 나가지 않을래요? 이렇게 날씨가 좋은 날에는 햇볕을 쐬어 줘야 건강에 좋다고 했어요."

우리 나가요, 네? 물어뜯은 슬리퍼를 감추려 애쓰는 강아지처럼 멜즈는 초조한 얼굴로 연신 이사나의 팔을 잡아당겼다. 그에 이사나는 반사적으로 엘든을 돌아보는데, 엘든이 기가 찬다는 듯 멜즈를 보고 있었다. 이대로 있다가는 지난번처럼 멜즈가 크게 혼날 거란 생각에 이사나는 그가 팔을 잡아끄는 대로 밖으로 나갔다.

정비실이 있는 건물에서 어느 정도 멀어지자, 멜즈는 "휴우—." 하고 한숨을 돌리더니 또다시 활짝 웃으며 이사나에게 물었다.

"이사나 언제 온 거예요?"

"좀 전에."

"그럼 왔다고 말이라도 해 주지……. 왜 보고만 있었던 거예요? 이사나가 잘못했다는 건 아니고요. 흠흠, 놀랐잖아요, 흠흠."

멜즈는 민망한지 연신 헛기침을 내뱉으며 부산스럽게 눈을 굴렸다. 그런 멜즈가 우습기도 하고 귀엽기도 했다. 하지만 그와 별개로 잘못한 건 잘못한 것이었다.

"멜즈."

"느, 네에!"

"친구를 괴롭히면 못 써."

이사나가 엄하게 야단치자, 멜즈는 금세 울상이 되었다. 하지만 자기 딴에는 억울한 게 있는지 의기소침한 얼굴로 반박했다.

"그치만 쟤가 먼저 시비 걸었는데……."

"그래도 말로 해결해야지 괴롭히면 안 되는 거잖아. 사람과 사람 사이의 관계는 무엇보다 소중한 거야. 그런데 친구한테 심술궂게 굴어서 되겠니? 그건 나쁜 짓이야, 알았지?"

"그래도……"

멜즈는 쉬이 잘못을 인정하고 싶지 않은지 미적거렸다. 성년이 되고 퍽 어른스러워졌다고 생각했는데, 이런 부분은 아직 어린애 같았다. 하지만 이사나는 멜즈를 굳이 채근하지 않았다. 멜즈는 상냥한 아이였다. 지금은 받아들이지 않는다 해도 금세 잘못한 것을 반성하고 친구와 화해할 터였다.

"나중에라도 꼭 미안하다고 사과하는 거다?"

"……네."

"그럼 여기 한 바퀴만 돌고 돌아가자."

이사나의 말에 멜즈는 "네."라고 대답하며 이사나를 따랐다.

이사나와 멜즈는 콜로니에서 가장 바쁜 축에 속했다. 그랬기에 두 사람이 만날 수 있는 시간은 해가 저물고 달이 중천에 뜬 밤 시간밖에 없었다. 그렇게 밤에만 만나다가 한낮에 멜즈와 함께 콜로니 안을 걸으니 기분이 이상했다. 하지만 콜로니를 떠나면 멜즈와 계속 이런 한가로운 시간을 보내게 될 터였다. 전쟁도, 넥시움의 의무도 없는 그런 날들이 최후의 순간까지 계속될 터였다.

두근거렸다. 그날이 무척 기대되어 견딜 수 없었다. 이사나의 인생에서 멜즈와 함께 있는 때만이 가장 아름다웠다. 사는 게 비참하고 모든 걸 포기하고 싶었을 때마다 이사나를 일으켜 준 건 멜즈였다. 그런데.

내가 죽고 난 뒤 멜즈는 어떻게 되는 거지.

해결되지 않은 이 문제가 떠오를 때마다 이사나는 가슴께가 서늘해졌다. 콜로니를 떠나 해안가에 정착하면 멜즈에게 모든 걸 털어놓겠다고 결심했지만, 스스로 유예기간을 둔 지금도 망설여진다. 과연 멜즈에게 비밀을 알려 주는 것이 제대로 된 해결책이 될 수 있을까? 그저 죄책감에 못 이겨 어긋난 선택을 하는 게 아닐까?

멜즈는 이제껏 인간으로 커 왔다. 그의 정체성 역시 그와 조금도 비껴 나가지 않을 것이다. 멜즈는, 정말 상냥한 아이였다. 그의 친부가 어떤 자였든 간에 말이다. 이사나는 괜히 치솟는 불안을 억누르려 애를 쓰는데, 그런 이사나를 알아차린 멜즈가 이사나를 돌아보며 물었다.

"이사나?"

"응?"

"왜 그러세요?"

청록색 눈동자가 의아함을 품은 채 이사나를 바라보고 있었다. 순수하면서도 올곧은 그의 눈빛에 이사나는 숨이 턱 막히는 듯한 기분이 들었다. 너는 네 비밀을 알게 되어도 그걸 견딜 수 있을까? 내게 속아 동족을 학살하는 무기를 만들었다는 걸 알게 되어도 너는 무너지지 않을 수 있을까? 때때로 머리를 처든 죄책감을 견딜 수 없음에도 이사나는 이제 더 이상 멜즈와 헤어질 수 없었다. 그저 얼마 남지 않은 유예 기간 동안 다가올 그날을 보지 않으려 애를 쓸 뿐이다.

"아니, 아무것도 아니야."

"……."

"그러고 보니 머리카락이 제법 많이 자랐네."

작년에 이곳에 올 때만 해도 두피가 비칠 정도로 바짝 잘려 있었는데, 어느새 포마드로 넘길 수 있을 정도로 길어져 있었다. 전투를 해야 하는 병사들은 군율상 조금만 길어져도 바로 머리를 밀어야 했지만, 멜즈는 기술팀에 소속되어 있었기에 그러지 않아도 되었다. 그렇다고 굳이 기를 필요도 없었지만 말이다.

생각해 보니 요즘 부쩍 멜즈가 머리카락이나 외모에 신경을 많이 썼다. 아무래도 사춘기를 겪고 있는 모양이다. 그런 멜즈가 귀여워 이사나가 웃으며 머리를 쓰다듬자, 멜즈는 마음에 안 드는지 미간을 구겼다. 자신이 고민을 털어놓으려 하지 않는다는 걸 눈치챈 모양이다. 하지만 이내 재촉할 문제가 아니라고 생각했는지 멜즈는 화제를 돌렸다.

"그런데 이사나, 시탈로프 숲으로 원정을 간다면서요?"

"응, 그러려고."

"하지만 원정대의 지휘는 콜만 중령님께 맡길 거라 했잖아요."

"지휘는 엘든에게 맡기고 나는 숲으로 직접 들어갈 거야."

이사나의 말에 멜즈는 불만어린 얼굴로 입을 삐죽였다. 그런 멜즈에게 이사나는 난처한 얼굴로 말했다.

"멜즈, 나는 '이사나 넥시움'이야."

"알아요."

"그러니 이곳을 떠나기 전까지 '넥시움'으로서 의무를 다할 필요가 있어."

"그치만 직접 숲에 들어갈 필요는 없는 거잖아요."

멜즈는 이사나가 고집을 꺾지 않을 걸 알면서도 괜히 툴툴거렸다. 말릴 수도, 말려서도 안 되는 일이라는 걸 아는지 썩 기분이 좋아 보이지 않았다. 그에 이사나는 괜스레 머쓱해졌다. 이제껏 이 이상의 위험한 작전을 수행해왔는데도 멜즈는 걱정이 되는 모양이다. 하지만 이사나는 그 걱정이 싫지 않았다. 원정을 나간다는 건 변함이 없는데 왠지 모르게 마음속 한구석이 따뜻하게 느껴졌다. 이사나는 미안해하는 얼굴로 멜즈를 바라보는데, 멜즈가 미간을 구기며 끙끙대더니 대뜸 폭탄선언을 했다.

"그럼 저도 갈래요."

"뭐?"

"저도 원정대에 들어갈 거라고요. 어차피 원정대에 들어갈 병사들 대부분이 생체 의수를 이식받은 병사거나 AM슈트를 입은 일반병이잖아요? 기술팀의 백업이 필요할 테니 저도 갈래요."

"멜즈, 그렇게 갑자기 결정할 일이……."

이사나가 만류하자, 멜즈는 발끈하며 소리쳤다.

"갑자기 결정한 거 아니거든요? 이사나가 말했죠? '넥시움'인 이상 떠나기 전까지 의무를 다할 필요가 있다고요. 그럼 앞으로 이사나의 반려자가 될 저에겐 그런 의무가 없을 거 같아요?"

"그래도……."

"어차피 뒤에서 생체 의수랑 AM슈트 점검만 할 거니까 걱정하지 마세요. 그럼 여기서 이 얘기는 끝! 우린 앞으로 세트처럼 어디든 같이 가는 거예요."

멜즈는 더 이상의 반박은 받지 않겠다는 듯 당차게 결론 내리며 말했다. 그에 이사나는 한숨을 내쉬었다. 자신도 한 고집 하는 편이라 생각했지만, 역시 멜즈에 비할 바는 못 되었다.

시탈로프 숲 (2)

봄기운이 완연해진 어느 날, 콜로니 군은 시탈로프 숲으로 원정을 떠났다. 그러나 소규모로 이뤄졌던 저번 탐사 때와 달리 이번 원정은 콜로니 주둔 병력의 사분의 일이 움직이는 대대적인 작전이었다. 게다가 차출된 병사들 대부분이 생체 의수를 달았거나 AM슈트를 입은 스펙터 부대원이었다. 전력으로 따지자면 주둔 병력의 거의 반정도가 이 작전에 참여하는 것과 다름없었다.

대인원이 움직이는 작전인 만큼 챙겨야 할 것도 신경 써야 할 일도 많았지만, 병사들의 얼굴에서는 조금도 긴장감을 찾아볼 수 없었다. 오히려 봄 소풍을 가는 것처럼 발걸음이 가볍기만 했다. 예상했던 알리페르와의 전면전은 없었고 그들의 새로운 터전이 될 콜로니는 나날이 완성된 모습을 갖춰 가는 중이었다. 이 작전이 끝난 뒤 헥사비스에 있는 가족들을 불러 새로운 땅 위에서 새로운 시작을 하는 것도 나쁘지 않으리라. 그런 기대가 병사들 사이에서 들불처럼 번지고 있었다.

콜로니에서 출병한 뒤 일주일 후, 콜로니 군은 저번에 보급대가 자리 잡은 곳과 똑같은 위치에 진지를 세웠다. 그리고 이틀을 쉰 뒤, 여독이 풀리자마자 작전에 돌입했다.

이번 작전의 핵심은 멜즈가 개량한 존데에 있었다. 조용히 바람을 타고 움직이며 주변 정보를 모았던 이전의 존데와 달리 이번에 개량된 존데에는 태양 전지와 프로펠러가 달려 있어 작전실에서 지시하는 대로 움직임을 조종할 수 있었다. 이렇듯 개량된 존데를 숲속에 대량으로 풀어 넣어 위험 요소를 확인한 뒤 분대 단위로 쪼갠 수색팀이 사방에서 조이듯 숲의 중앙으로 향하는 것이다.

통신망을 연결한 작전실이 꾸려지고 선발대인 수색팀이 숲의 가장자리에 자리를 잡자마자 작전은 시작되었다. 엘든과 함께 작전실 본부에 잔류한 멜즈는 통신 기기들이 연결된 책상에 앉아 헤드셋을 쓴 채 눈을 감고 있었다. 헤드셋에서는 끊임없이 닷(dot)과 대쉬(dash)로 된 기계음이 밀려 들어와 멜즈의 머릿속에서 정보로 변환되었다.

어차피 번역되고 출력될 정보였지만, 언제나 그렇듯 멜즈는 그 얼마 안 되는 시간을 견디지 못했다. 이 숲의 남서쪽에 이사나가 있었다. 아직은 알리페르가 나타난 징후가 발견되지 않았지만, 그래도 걱정되는 건 어쩔 수 없었다. 이사나는 내가 이렇게 걱정하는 걸 알까 몰라. 멜즈는 속으로 투덜대며 한숨을 푹 내쉬는데, 뒤에 있던 엘든이 핀잔을 주었다.

"그만 좀 한숨 쉬게. 있던 복도 다 날아가겠으니까."

"……하지만 걱정되는 걸요?"

멜즈의 말에 엘든은 코웃음을 치며 말했다.

"걱정도 팔자로군. 저 안에서 제일 안전한 사람이 각하이실 텐데."

엘든의 말에 멜즈는 입을 댓 발로 내밀었다. 엘든의 저런 점이 정말 마음에 들지 않았다. 그러고도 부관 맞아? 멜즈 역시 이사나가 강한 건 알고 있었다.. 강하다 뿐인가? 이사나가 알리페르를 사냥하러 간 날 몰래 뒤따라갔다가 본 광경은 지금도 오금이 다 저려 올 정도였다. 가차 없이 베어 내고 부수고 단호하게 숨통을 끊는 그 모습이 사람 같지 않았다. 피에 미친 광인처럼 보이기도 했다.

그래서 멜즈는 더욱 걱정이 되었다. 오랫동안 전쟁터를 떠돌다가 살육을 즐기게 된 가여운 연인이 끝끝내 전쟁터에서 빠져나오지 못하는 게 아닐까 하고 말이다. 이사나는 이번 작전이 끝나면 콜로니를 떠나자고 말해 주었지만, 희한하게도 두 종족의 존망을 건 이 전쟁이 이사나를 놓아주지 않을 것 같은 불길한 예감이 들었다. 지금이 가장 행복한 때이기에 그런 생각이 드는 건지도 몰랐다. 멜즈가 초조한 얼굴로 입술을 잘근거리자, 엘든이 한심하다는 듯 말했다.

"왜? 각하와 함께 콜로니를 못 떠나게 될까 봐 불안한가?"

"그건……."

멜즈는 미적거리다가 솔직하게 "네……." 하고 시인했다. 이사나의 앞에서는 시탈로프 숲 탐사가 별것 아닌 것처럼, 굳이 참여할 필요가 없지 않냐는 듯 말했지만, 사실은 이사나가 이 작전에 직접 관여할 필요가 있었다.

숲에서 존데를 회수하던 소녀.

그녀는 분명 제국민이 아니었다. 입고 있던 옷도 제국민들이 입는 복식과 확연히 차이가 났고. 멜즈가 숲속에서 뒤쫓았던 소녀가 만약 알리페르의 강압에 의해 오랫동안 붙잡혀 있던 민간인이라면 이 시탈로프 숲 안에 알리페르를 키우는 요람이 있을지도 몰랐다. 헥사비스의 지하 4층에 있었던 것과 동일하게 말이다. 벌집을 제거하지 않는 이상 벌이 없어질 리 없다. 하지만 벌집을 제거하는 과정에는 위험이 따르기 마련이다. 이 근거 없는 망상이 부디 망상만으로 끝나주면 좋을 텐데⋯⋯. 멜즈는 어두운 얼굴로 생각하는데, 엘든이 혀를 차며 말했다.

"언제나 생각하지만, 자네도 각하께서도 걱정이 지나쳐. 만약 이곳에 정말 '요람'이 있다면 놈들은 진즉에 콜로니로 쳐들어왔어야 했어. 콜로니는 고작 차로 사나흘 정도면 도착할 거리니까. 정말 놈들이 이곳에서 새끼를 치고 있었다면 우리가 콜로니에 정착하는 걸 보고만 있진 않았겠지."

논리적인 그의 말에 멜즈는 수긍했지만, 그래도 요람이 아니라는 확률이 0%인 건 아니었다. 게다가 이사나는 엘든처럼 긍정적으로 생각하는 것 같지도 않았고, 뭔가 걸리는 게 있는지 이사나는 종종 생각에 빠져들었고 결국 직접 숲으로 들어가기까지 했다. 이런 상황에서 멜즈가 걱정이 안 될 리 없었다. 제발 부디 아무 일도 없어야 할 텐데⋯⋯. 멜즈는 또다시 한숨을 내쉬는데, 작전실로 무전이 들어왔다.

—화이트 5, 이상 없음.
"알았다. 계속 전진해."
엘든은 무성의하게 대답하며 지도 위로 금방 무전이 들어온 분대의 위치를 표시했다. 탁자 위에 넓게 펼쳐진 지도에는 숲 가장자리를 둘러싼 7개의 대대가 분대 단위로 나뉘어 중앙으로 향하는 궤적을 그리고 있었다. 작전실 본부는 숲에 풀어놓은 존데로부터 위험 요소가 없는지 확인해 수색팀에게 알리는 역할을 했다. 하지만 아직까지는 숲에서 위험 요소가 발견되지 않았다. 아직까지는. 멜즈는 긴장을 늦추지 않고 헤드셋에서 들려오는 기계음을 주시하는데, 엘든이 혀를 차며 말했다.

"하여간 각하께서도 어지간히 극성맞은 놈에게 붙잡히셨군. 하긴, 이 정도로 끈질겨야 붙잡히지."

"……."

"그렇게라도 정착하게 되었으니 잘 되었다고 해야 할지."

엘든은 턱을 만지작거리며 혼잣말처럼 내뱉는데, 멜즈가 살그머니 헤드셋의 한쪽 면을 벗었다. 불현듯 예전부터 신경 쓰였던 것을 떠올린 멜즈는 눈치를 살피다가 조심스럽게 입을 열었다.

"중령님, 그런데요……."

"뭐."

"각하께서 말인데요……."

멜즈가 자꾸 말을 하다가 말고 미적거리자, 엘든은 답답하다는 듯 멜즈를 쏘아보았다. 그에 멜즈는 부끄러워져 얼굴이 붉으락푸르락해졌다. 아이씨, 그래도 이건 진짜 너무 어린애 같아 보이는데……!

"각하께서 사귀던 분이 몇 분이나 계셨나요?!"

멜즈의 외침에 엘든은 눈을 크게 떴다가 배를 잡고 웃어 대기 시작했다. 아이씨, 이럴 줄 알았어! 멜즈는 너무 창피해 목까지 벌게졌다. 하지만 도저히 묻지 않을 수 없었다. 지난번에 엘든이 이사나의

'데이트 상대'에 대한 얘기를 꺼낸 이후로 신경이 쓰여 견딜 수 없었다. 이사나는 상냥하고 잘생긴 데다가 황자이기까지 하니 여자가 없었을 리 없다. 그러니 반려자의 과거 따윈 과거로 묻어두고 쿨하게 넘어가야 하는데, 때때로 쿨할 수 없는 자신이 있었다. 멜즈가 울상을 짓는데, 엘든이 짓궂은 얼굴로 말했다.

"글쎄, 몇 명이더라? 너무 많아서 손에 꼽을 수가 없는데?"

능글능글 웃는 그 모습에 멜즈는 엘든이 자신을 놀린다는 걸 깨달았지만, 도무지 그냥 넘길 수 없었다. 그래서 총 몇 명이었는데요? 나보다 예뻤어요? 애교가 많았어요? 다시 돌아와서 다시 시작하자고 말할 가능성은요! 멜즈는 초조한 눈으로 엘든을 바라보는데, 엘든이 씨익 웃으며 말했다.

"진지한 관계는 없었어."

"아⋯⋯."

"스쳐 지나간 관계는 꽤 되지만."

엘든은 자신도 모르게 비틀린 웃음을 지으며 말했다. 엘든의 상관인 이사나 황자는 실로 개미지옥 같은 남자였다. 올곧고 사려 깊으며 적당히 무심한 남자에게 홀려 정상이 아니게 된 사람이 한둘이 아니었다.

대표적인 예로 그의 형인 황제는 어릴 때부터 그에게 집착하기로 유명했다. 황제는 이사나 황자의 행동을 통제하고 주변으로부터 고립시켜 누구와도 교류할 수 없게 했으며 그럼에도 다가오는 자들은 모조리 잔인하게 처단했다. 엘든이 10여 년간 부관으로 있을 수 있었던 건 단순히 이사나 황자에게 호감이나 흥미가 없었기 때문이다.

'그러고 보니 저놈은 용케 무사했군.'

이사나의 미동이라는 소문까지 났음에도 유일하게 멜즈만큼은 무사할 수 있었다. 에드먼드의 비호 아래에 있어서일 수도 있지만, 황제는 미친놈이었다. 친동생에게 집착하다 못해 결국 강간해 버릴 정도로 돌아 버린 작자였다. 거슬린다고 생각했다면 어떤 식으로든 제거했을 터였다. 엘든은 의아해하는데, 멜즈가 입을 달싹거리다가 엘든에게 물었다.

"그, 그럼 각하께서는 어떤 타입의 여성분과 자주 만나셨는데요?"

엘든은 뭘 또 그런 것까지 물어보냐고 핀잔을 주려다가 당장에라도 울어 버릴 듯한 얼굴에 혀를 찼다. 이거 잘못 말했다가 큰일 나는 거 아냐? 엘든은 그렇게 생각하면서도 왠지 즐거워져 싱긋 웃으며 말했다.

"일단 키가 크고."

"네."

"늘씬하고."

"네⋯⋯!"

"연하보다는 연상 쪽이 취향이었던 거 같아. 약간 신경질적으로 보이는 사람을 좋아했고."

"⋯⋯."

"그리고⋯⋯ 전부 금발, 이네?"

엘든은 떠올리고 나서야 의아해져 멜즈의 허니 블론드를 지그시 쳐다보았다. 확실히 짙은 색보다는 이런 휘황찬란한 금발에 좀 더 눈길을 주었던 것 같다.

엘든의 말에 멜즈의 얼굴이 새하얘졌다. 날 붙잡은 건 사실 머리카락 때문이었나? 그런 멍청한 생각이 드러나는 얼굴이었다. 엘든은 말도 안 되는 생각 하지 말라며 코웃음을 치고 싶었지만, 의혹이 드는 건 어쩔 수 없었다. 그만큼 이사나의 취향은 일관적이었으니까.

진짜 머리카락 때문에 무른 거였나?

이사나가 겨우 그런 이유로 멜즈를 받아들였을 리 없는데, 그런데도 그런 생각이 들었다. 그의 무심하면서도 속을 알기 힘든 침착함 때문인지도 모른다. 그러니 주변 사람들이 미치는 거겠지. 앞으로 두 사람 다 고생하겠다고 생각한 엘든은 "잡담은 여기까지 하고 이제 일이나 하지."라며 화제를 돌렸다.

멜즈는 우울한 얼굴로 다시 책상에 앉았다. 뭔가 알 필요 없는 걸 알아 버린 기분이었다. 이럴 거면 묻지나 말 걸……. 멜즈는 이마를 덮을 정도로 자라난 자신의 머리카락을 만지작거렸다. 포슬포슬하면서도 솜사탕 같은 금발이 오늘따라 원망스러워졌다. 이사나가 붙잡은 건 이까짓 머리카락 때문이 아닐 텐데도 희한하게 아니라고 단언할 수 없었다.

혹시 이건 실망인 걸까?

콜로니로 오기 전까지만 해도 멜즈는 자신만만했다. 이사나가 어떤 사람이든 그와 꼭 연인이 되어 평생 함께하겠다는 꿈에 부풀어있었다. 하지만 이사나는 생각보다 정신적으로 위태로운 사람이었으며 쉽게 곁을 내어 주는 사람도 아니었다. 뭐, 그것까진 그렇다 친다. 무서운 면이 있다는 것도 받아들이긴 힘들지만 이해할 수는 있다. 그렇다면 금발 페티시가 있다는 것도 이해해 줄 수 있는 것 아닌가? 오히려 내가 금발이라 다행이라 생각해야 하는 거 아닌가? 하지만 어째서인지 마음속 한구석에선 울컥하는 기분이 들었다. 도대체 왜 이러는 거지…….

'이사나 황자는 이제껏 쭉 독신이었다고 알려져 있지만, 사실 다양한 여성들과 밤을 지새워 왔습니다. 그런데 그녀들은 말이죠, 하나같이 황홀할 정도로 아름다운 금발을 가졌다고 하더군요. 당신처럼, 그리고 그가 아주 오랫동안 흠모해 왔던 황제 폐하처럼 말이죠.'

'이사나 황자가 당신에게 욕정한 이유가 황제와 똑같은 머리색을 가졌기 때문이라는 건, 그리고 그와 똑같은 남성이기 때문이라는 건 그다지 확인하고픈 사실이 아니지 않습니까.'

……제기랄. 왜 지금 그딴 헛소리가 떠오르는 거지? 불현듯 떠오른 하마스의 말에 멜즈는 이를 갈았다. 지금 생각해도 말이 안 되는 소리였다. 이사나는 오랫동안 황제에게 견제당하고 학대당해 왔다. 주변에서 그렇게 부추겼음에도 이사나가 황제를 제위에서 끌어내리지 않은 건 양육해 준 모친에 대한 예의였고. 이제 와서 제국을 떠나는 것도 가질 수 없는 형 대신 자신을 선택한 게 아니었다. 그런데 왜 이렇게 기분이 더럽지?

멜즈는 이내 깨달았다. 자신이 이사나에 대해 아는 게 전혀 없다는 걸 알았기 때문이다. 헥사비스에 있을 때는 그에 대해 모든 걸 다 안다고 생각했지만, 멜즈는 그저 그가 만든 정교한 모형 정원 안에서 뛰어놀고 있었을 뿐이었다. 그에 대해 모른다는 걸 알고 나니 가려진 부분은 온통 상상으로 메워졌다. 보통 사람들이 으레 그러하듯 상상은 나쁜 쪽이 먼저 떠오르기 마련이다. 멜즈는 어리석고 믿음 없는 자신에게 실망하며 자학하는데, 뒤통수로 뭔가가 날아왔다.

"……?"

툭 떨어지는 소리에 바닥 쪽을 돌아보니 사탕 봉지가 있었다. 투명한 비닐에 담긴 색색의 별사탕은 예전에 이사나에게 받은 적이 있는 것이었다. 멜즈가 뒤를 돌아보자, 엘든이 머쓱한 얼굴로 말했다.

"먹고 쉬엄쉬엄하라고."

"……."

"그리고 각하께선, 후우…… 자네를 제일 좋아하니까 괜한 삽질 하지 마."

엘든은 자신이 내뱉고도 낯간지러운지 턱을 득득 긁어 댔다. 그에 멜즈는 잘 먹겠다고 인사한 뒤 바닥에 떨어진 사탕 봉지를 주웠다. 그때 이사나가 웬일로 사탕을 가지고 있나 싶었는데 콜만 중령님께 받은 것이었던 모양이다.

이사나가 심한 말 해서 미안하다며 줬던 사탕이 사실은 누군가로 부터 받은 거였다는 걸 알게 되자 왠지 섭섭해졌다. 이런 것에 괜히 의미 부여하면 안 되는 걸 알면서도 조금 우울해졌다. 생각보다 자신이 이사나에게 소중한 사람이 아닐지도 모른다는 생각이 들면서 말이다. 멜즈가 사탕을 받고도 침울해하자, 엘든은 괜한 말을 했다고 후회하며 작게 욕설을 내뱉었다. 그러다 통신이 들어오자, 잽싸게 자리에서 일어나 무전을 받았다.

—화이트 6, 이상 없음.

"알았다. 계속 전진해."

엘든은 답변을 한 뒤 탁자로 다가가 금방 무전이 들어온 분대의 위치를 지도에 표시했다. 그리고 곁눈으로 멜즈를 힐끔 살펴보았다. 나중에 귀찮은 일이 생기는 건 아니겠지? 그저 상관의 연인이 된 애송이에게 장난 좀 친 것뿐인데, 분위기가 심상치 않았다. 뭐, 평소에 처신을 잘하셨다면 떳떳하시겠지. 엘든이 애써 자신의 탓이 아니라 우기며 고개를 드는데, 멜즈의 표정이 이상했다. 뭔가 사리에 맞지 않는 것을 목격한 사람처럼 혼란스러운 얼굴을 하고 있었다. 뭐지? 엘든은 자리로 돌아가려다 말고 멜즈에게 물었다.

"왜 그러지?"

"그, 화이트 6에 소속된 분대원이 누구누구인가요?"

갑자기 그런 건 왜 물어보는 거지? 엘든은 이상했지만, 일단 부하를 시켜 명단을 가져오게 했다. 그리고 소속된 분대원의 이름을 불러주자, 멜즈의 얼굴이 더 이상해졌다. 왜 저러는지 몰라 엘든이 미간을 찌푸리는데, 멜즈가 새하얘진 얼굴로 말했다.

"방금 교신한 사람, 도대체 누구예요?"

"뭐?"

"화이트 6에 소속된 병사들 중에 저런 말투나 어조를 가진 사람은 없어요."

멜즈의 말에 엘든은 등줄기로 소름이 내달리는 걸 느꼈다. 엘든은 급히 통신을 켜 화이트 6에게 연결했다.

"화이트 6! 화이트 6!"

─…….

치익─ 하고 연결음이 났지만, 화이트 6는 대답하지 않았다. 엘든은 긴장으로 무전기를 든 손이 미끌거리는 걸 느꼈지만, 침착하게 물었다.

"화이트 6, 암호를 대라."

─…….

"화이트 6! 본부의 말이 말 같지 않나! 암호를 대!"

엘든의 호령에 통신기 너머가 잠시 침묵하더니 어눌한 말투로 말했다.

─화이트 6, 이상 없음.

치익─. 통신이 끊어지고 엘든은 아연실색한 얼굴로 통신기를 내려다보았다. 도대체 숲에서 무슨 일이 벌어지고 있는지 알 수 없었다.

엘든은 허둥지둥 수색 중인 모든 분대에게 무전을 요청했다. 그 결과 3개의 분대가 이상하다는 걸 알아차릴 수 있었다. 그것만으로도 경악할 일인데 더 큰 문제는 따로 있었다.

이사나가 소속된 화이트 알파 분대와 연락이 되지 않았다.

일시적인 통신망 장애일 수도 있지만, 이런 상황에서 제국군 사령관의 행방이 불분명하다는 건 결코 좋은 일이 아니었다. 초조하게 계속 화이트 알파에게 무전을 요청하던 엘든은 결국 무전기를 탁자에 집어 던지고 자리에서 일어섰다. 그러자 옆에서 지켜보고 있던 멜즈가 놀라서 그를 뒤쫓았다.

"중령님, 지금 어디 가시는 겁니까?!"

멜즈의 물음에도 엘든은 굳어진 얼굴로 작전실 밖으로 나갔다. 하지만 멜즈가 계속 쫓아오자 걸리적거린다는 듯 소리를 내질렀다.

"따라오지 말고 안에 들어가 있어!"

"설마 숲에 들어가시려는 겁니까?"

"……."

엘든이 대답 없이 다시 성큼성큼 무기고로 향하자, 멜즈는 한달음에 달려가 그의 앞을 가로막으며 말했다.

"안 됩니다! 차라리 제가 가겠습니다!"

"지금은 자네 어리광 받아 줄 여유 없으니까 저리 비켜!"

엘든이 사납게 일갈했지만, 멜즈는 고개를 가로저으며 침착하게 말했다.

"중령님은 이번 작전의 지휘관이십니다. 그런데 자리를 비우시면 다른 사람들은 어쩌라는 겁니까?"

멜즈의 말에 엘든은 작게 욕설을 내뱉었다. 멜즈의 말대로였다. 지금 엘든은 이사나의 부관이 아닌 지휘관이었다. 어떤 조직이든 지휘관은 움직이지 않고 그 자리에 앉아 상황을 판단하고 명령을 내려야 했다. 겨우 냉정을 되찾은 엘든은 팔짱을 낀 채 멜즈에게 말했다.

"그래, 내가 가면 안 된다는 건 알겠네. 잠시 이성을 잃었어. 하지만 자네를 보내는 것 또한 말도 안 되는 일이야. 걱정은 되겠지만 괜히 엉뚱한 생각 말고 작전실에 들어가 있어."

엘든의 말에 멜즈는 침착하게 말했다.

"제가 가겠다고 말씀드린 건 단순히 각하의 안위가 걱정되어서가 아닙니다. 각하의 안위도 중요하지만, 이 일의 원인 무엇인지 알아내야 하기 때문입니다. 만약 수색팀 대신 무전에 대답한 자가 알리페르라면 어째서 존데가 그들의 존재를 알아차리지 못했는지 밝혀내야 하니까요."

멜즈의 말에 엘든은 자신이 생각보다 훨씬 멜즈에게 편견을 가지고 있었음을 알 수 있었다. 멜즈가 콜로니로 온 이유가 이사나를 뒤따라온 것인 만큼 그가 이사나의 안위만 중요하게 여기고 있을 줄 알았는데 생각보다 책임감을 가지고 이번 작전에 임하고 있었다.

'확실히 이 녀석 말대로야.'

멜즈가 아무리 이사나와 연인 관계라고 해도 이런 비상사태에서 그만 뒤로 빼놓는 건 말이 안 되었다. 멜즈 외에는 원인을 조사할 만한 인재가 없기도 했고. 게다가 빼놓는다고 해서 저 청개구리 같은 놈이 얌전히 기다리고 있을 거란 보장도 없었다.

엘든은 고심 끝에 타격대 중 최정예 팀인 호크아이 팀을 불렀다. 전원이 스펙터 부대원으로 이루어진 이 팀은 경험 많은 베테랑 부대원과 전투 성적이 우수한 신병들로 구성된 특수 목적팀이었다. 거기에는 멜즈의 친구인 알도라는 병사도 소속되어 있었다. 총 12명인 호크아이 팀이 작전실 안으로 들어서자, 엘든은 진지한 얼굴로 그들을 둘러본 뒤 팀장에게 말했다.

"시간이 없으니 짧게 말하겠네. 지금 각하께서 계신 화이트 알파 분대와 연락이 되지 않는다네. 또한 화이트 2, 6, 7 분대는 분대원이 아닌 자가 무전을 받고 있고."

엘든의 말에 팀장은 놀란 듯 눈을 크게 떴지만, 이내 침착한 얼굴로 엘든이 내릴 명령을 기다렸다. 그에 엘든은 옆에 있던 멜즈를 앞으로 내밀며 말했다.

"그러니 아브노아 하사와 함께 숲으로 들어가 각하의 신변을 확보하고 화이트 2, 6, 7 분대에 무슨 일이 생겼는지 조사하고 돌아오게."

"네, 알겠습니다."

어깨에 힘이 바짝 들어간 팀장의 대답에 엘든은 진중한 얼굴로 당부했다.

"이번 작전에서 가장 우선순위로 둘 것은 아브노아 하사의 안전이네."

엘든의 말에 멜즈가 놀라서 그를 돌아보았지만, 엘든은 덤덤한 얼굴로 팀장에게 말했다.

"어차피 각하께선 자력으로 숲을 빠져나올 수 있을 만큼 충분히 강하시다네. 행방만 확인된다면 굳이 각하께 모든 병력을 집중시킬 필요는 없어. 각하의 위치가 밝혀지면 2분대로 나누어 한쪽은 각하께 가서 작전실과 연락이 될 수 있게끔 조치를 취하고 다른 한쪽은 연락이 끊어진 분대로 향하게. 거기서 무슨 일이 생겼는지 확인만

하고 조속히 귀환하도록 해."

엘든은 고개를 돌려 호크아이 팀을 바라보며 말했다.

"숲으로 들어가는 이상 알리페르와 마주할 수 있다. 목숨을 걸어야 할 일이 생길 수도 있다."

"……."

"자네들 전원이 무사히 본부로 귀환할 수 있기를 기원하겠네."

엘든의 말에 호크아이 팀은 엘든에게 경례했다. 엘든 역시 경례를 한 뒤 주머니에서 리볼버를 꺼내 멜즈에게 건네주었다. 보통의 리볼버보다 구경이 큰 개조형 리볼버였다.

"쏴 본 적은 있겠지?"

"네."

"자네는 제국의 크나큰 자산이야. 비정하게 들리겠지만 모두가 죽더라도 자네만큼은 반드시 살아서 돌아와야 해."

엘든의 묵직한 말에 멜즈는 각오 서린 얼굴로 경례를 한 뒤 호크아이 팀을 따라 작전실을 나섰다. 엘든은 초조한 얼굴로 그들의 뒷모습을 바라보다가 다시 자리에 앉았다. 엘든이 할 일은 마냥 기다리는 것이 아니었다. 조금이라도 희생을 줄이기 위한 방비였다.

* * *

등에 통신 장비를 짊어진 멜즈는 마른 잎사귀를 밟으며 빠르게 숲을 가로질렀다. 멜즈의 앞뒤로는 2분대로 나뉘어진 호크아이 팀이 빈틈없이 멜즈를 경호하며 주변을 경계하고 있었다. 그들은 지금 화이트 알파가 지나간 길을 훑고 있었다. 타격대 중 최정예 병사인 만큼 호크아이 팀은 다른 팀에 비해 전진하는 속도가 빨랐다. 비전투원인 멜즈가 끼어 있었지만, 멜즈 역시 특수부사관 교육대를 우수한 성적으로 수료한 기수장이었다. 체력도 지구력도 보통 병사들보다 월등히 뛰어났기에 무리에 뒤처지지 않고 잘 따라올 수 있었다.

하지만 목표점의 중반쯤 지나자 멜즈는 점차 뒤처지기 시작했다. 멜즈는 최대한 힘든 기색을 내비치지 않으려 애를 썼지만, 중간에 멜즈가 지쳤음을 눈치를 챈 팀장이 결국 휴식을 선언했다.

'젠장…….'

스스로에게 화가 난 멜즈는 땅바닥에 주저앉은 채 씩씩거렸다. 호크아이 팀은 전원이 스펙터 부대원인 만큼 아무것도 장착한 게 없는 멜즈에 비해 기동력이 좋은 게 당연했다. 하지만 자신이 먼저 숲에 들어가겠다고 말한 주제에 팀원들 발목만 잡는 것 같아 화가 났다. 이럴 줄 알았으면 개인용 슈트를 하나 만들어 둘걸……. 시간이 빠듯해 턱도 없는 일이었다는 걸 알면서도 멜즈는 후회했다. 속상한 마음을 감추지 못하고 손톱을 잘근거리는데, 알도가 다가와 물었다.

"멜즈, 괜찮아?"

"어? 응, 괜찮아. 아무렇지도 않아. 혹시 나 때문에 쉬고 있는 거면 지체하지 말고 출발하자."

초조한 얼굴로 자리에서 일어난 멜즈가 다시 통신 장비를 등에 짊어지려 하자 알도는 멜즈를 저지하며 달래듯 말했다.

"멜즈. 초조한 건 알겠는데, 지금은 잠시 진정할 필요가 있어. 여기는 전쟁터야. 각하를 찾는 것도 중요하지만, 그 전에 네가 지쳐 버리면 어떡해?"

"……."

"쉴 수 있을 때는 무리하지 말고 체력을 아껴 두자."

알도는 씨익 웃으며 멜즈에게 비스킷과 수통을 내밀었다. 그에 멜즈는 초조한 얼굴로 뭔가를 말하려다가 한숨을 내쉬었다. 알도의 말대로였다. 괜히 무리한 행군을 강행하다가 알리페르라도 나타나면 멜즈는 이들에게 짐밖에 되지 않는다. 하여간 알도는 예나 지금이나 침착하고 어른스러웠다. 생각이 깊고 어떤 상황에서든 판단이 빨라 멜즈나 릭이 냉정을 잃을 때면 언제나 이렇게 조언해 주었다. 멋쩍게 웃어 보인 멜즈는 비스킷과 수통을 건네받고서 다시 자리에 앉았다.

"그런데 작전실에서 무슨 일이 있었던 거야?"

멜즈가 비스킷을 다 먹고 목을 축이자, 알도는 그제야 궁금한 것을 멜즈에게 물었다. 다른 팀원들 역시 내막이 궁금했던지라 하나둘씩 멜즈의 주변으로 모여들기 시작했다. 하도 상황이 급박해 모두들 자세한 정황은 모른 채 이 작전에 투입되었다. 아까까지만 해도 순조롭게 진행되어 가던 작전이 갑자기 손바닥 뒤집듯 형세가 역전되어 당혹스러운 것 같기도 했다. 멜즈는 호크아이 팀에게 작전실에서 있었던 일을 말해 주었다. 그러자 팀원들이 경악하며 멜즈에게 되물었다.

"그럼 무전에 대답한 건 도대체 누구란 말이야?"

"그건…… 저도 확답할 수 없어요."

확답할 수 없다는 거지 정황상 알리페르일 가능성이 제일 컸다. 운이 좋아 봐야 알리페르에게 억류당한 민간인일 것이다. 그것조차도 아군으로 위장을 했다는 점에서 좋게 느껴지지 않았다. 멜즈의 얘기를 들은 팀장은 어느새 얼굴이 굳어져 있었다.

알리페르가 아군으로 위장한 건 오랫동안 전쟁터에 머문 그에게도 전례가 없는 일이었다. 그들이 그들만의 언어로 의사소통을 할 수 있다고 해도 그래 봐야 벌레일 뿐이라고 은연중에 무시해 왔기에 더욱 충격적이었다. 모두가 암담함에 할 말을 잃어버리는데 멀리 떨어지지 않은 숲의 어느 한 지점에서 흰색 섬광탄 세 개가 쏘아 올려졌다.

"아……."

이사나였다. 흰색 섬광탄은 이사나가 있는 화이트 알파팀밖에 소지하지 않았다. 무사했구나……! 멜즈는 깊이 안도했다. 신호를 보니 3번 지점으로 되돌아갈 테니 가까이 있는 분대는 합류해 달라는 요청이었다.

첫 번째 임무인 이사나의 행방이 확인되었다. 지원팀 중 가장 선두에 있었던 호크아이 팀은 2분대로 나뉘어 한 팀은 화이트 알파와 합류하고 다른 한 팀은 화이트 6과 마지막으로 교신된 장소로 가 무슨 일이 있었는지 살펴보기로 했다. 모든 병사들이 알고 있듯, 팀장역시 멜즈가 이사나 황자와 연인 관계인 걸 알고 있었다. 그래서 선택권을 주듯 멜즈를 바라보자, 멜즈가 의연하게 말했다.

"저는 2분대와 함께 화이트 6에게 무슨 일이 생겼는지 알아보겠습니다."

"괜찮겠나?"

"콜로니로 놀러온 게 아니니까요."

멜즈의 말에 팀장은 더는 권하지 않고 팀을 나눴다. 호크아이 팀은 2개 분대로 나뉘어 각자의 임무를 수행하러 떠났다. 서로의 무탈함을 기원하며.

* * *

부팀장이 이끄는 2분대와 함께 멜즈는 화이트 6 분대와 마지막으로 교신한 장소로 향했다. 그곳은 이미 작전실에서 이동시킨 존데들로 가득했다. 멜즈는 등에 메고 있던 통신 장비에서 헤드셋을 꺼내 주변의 정보를 확인했다. 하지만 아무리 귀를 기울여도 알리페르가 있다는 신호는 잡히지 않았다. 과거의 기록을 모두 뒤져도 마찬가지였다.

이상하다. 뭔가 이상하다.

멜즈는 아까부터 뭔가를 놓치고 있는 듯한 찜찜함에 미간을 구기는데, 팀원 중 하나가 소리를 내질렀다.

"얘, 얘들아, 저기, 저기를 봐!"

"······!"

병사의 외침에 고개를 돌린 멜즈는 자신도 모르게 입을 틀어막았다. 우웩! 우욱! 이번이 첫 출전인 신병들은 눈앞에 펼쳐진 참상을 견디지 못하고 구토했다. 실전 경험이 많은 선임들조차 구겨진 낯을 펴지 못했다.

화이트 6 분대원은 전원 사망했다.

갈기갈기 찢긴 사지와 내장들이 나뭇가지 사이로 트리 장식처럼 걸려 있었다. 호크아이 팀은 심층 심리 검사를 통해 정신력이 강하다고 판단된 병사들로만 구성된 팀이었다. 그럼에도 그들은 동요된 마음을 쉬이 가라앉히지 못했다. 그건 멜즈 역시 마찬가지였다. 첫 출전을 한 신병들이 나무를 붙잡고 구역질을 하는 동안 선임들이 대신 시신을 수습했다. 워낙 훼손이 심한 데다 유실된 부위가 많아 바디백에 들어가는 시신은 일인분이 채 못 되었다.

시신을 수습하고 그들이 사용했던 통신 장비를 챙긴 2분대는 이사나와 1분대가 있을 3번 지점으로 향했다. 처음으로 전우의 죽음과 마주한 신병들은 침울한 얼굴로 말없이 숲속을 걸었다. 그런 와중에 멜즈만이 손에 잡힐 듯한 어떤 위화감을 느끼고 있었다.

어째서 놈들은 시신을 훼손하고 방치했던 걸까?

자신이 아까 작전실에 있지 않았다면 그것을 그저 알리페르의 미기한 습성쯤으로 치부했을 터였다. 하지만 그들은 통신 내용을 이해하지 못하더라도 그 기능은 이해해 화이트 6를 흉내 냄으로써 존재를 감추고 콜로니 군에게 거짓 정보를 흘렸다. 만약 그들이 모습을 드러내지 않는 것만이 목적이었다면 이건 과한 짓이다.

그게 목적이 아니라면…….

멜즈는 부팀장에게 다가가 말했다.

"부팀장님."

"뭐지?"

부팀장이 의아한 눈으로 바라보자, 멜즈가 나직하게 말했다.

"돌아가는 길에 매복이 있을지도 모릅니다."

멜즈의 말에 부팀장은 동요한 듯 눈을 크게 떴다가 다시 침착해진 얼굴로 되물었다.

"그렇게 생각하는 이유는?"

"놈들은 콜로니 군으로 위장해 통신을 교란할 정도로 교활합니다. 그러니 작전실에서 암호를 물어 아군인지 아닌지 확인했을 때 이미 정체가 탄로 났음을 알아차렸을 겁니다. 그런데 화이트 6 분대원들의 시체를 보란 듯이 방치한 건 행적을 들키려고 하지 않았던 애초의 목적과 동떨어져 있습니다. 오히려 시신을 숨기는 편이 콜로니 군에 혼란을 줄 수 있는데도 말입니다. 그러니 그들이 시신을 훼손하고 방치한 건 원인을 조사하러 올 저희를 습격하기 위해서일 겁니다. 훼손된 시신을 보여 심리적 위축감을 줌과 동시에 시신을 수습하는 동안 저희가 왔던 길로 되돌아가 습격할 준비를 하기 위해서요."

멜즈의 말에 잠시 고민하던 부팀장은 "짐을 내려놓고 경계태세로 전진한다."라고 명령했다. 그에 호크아이 2분대는 바디백과 화이트 6가 사용했던 통신 장비를 한곳에 내려놓고 무기를 꺼냈다. 알도 역시 롱 소드와 스틸레토를 꺼낸 뒤 주위를 살폈다. 멜즈는 그들의 호위를 받으며 조심스럽게 앞으로 나아갔다.

원래의 귀환 경로에서 벗어나 우회하자, 머리 위로 치릇치릇— 하는 날갯소리가 간혹 들려오기 시작했다. 그들이 매복하고 있던 지점을 벗어난 것이다. 멜즈가 등에 짊어지고 있는 통신 장비에서도 연신 알리페르가 나타났다는 경고음이 흘러나왔다. 저들이 계속 이곳에 숨어 있었는데, 어째서 아까는 존데가 놈들의 존재를 알아차리지 못한 거지? 도무지 이해할 수 없어 멜즈는 허공에 떠 있는 존데들을 원망스레 쳐다보는데 불현듯 이런 생각이 내리꽂혔다.

존데가 알리페르를 식별하는 방식은 그들이 날갯짓을 할 때 발생시키는 특유의 진동수 유무였다. 그게 감지되지 않았다는 건 결코 존데가 망가졌다는 것을 의미하는 게 아니었다. 그냥 그들이 날지 않은 것에 불과했다. 놈들이 날지 않으면 존데는 놈들을 감지할 수 없었다.

'어째서 지금까지 알아차리지 못했던 거지?!'

멜즈는 당황해서 어찌할 줄을 몰랐다. 어느 동물이든 비행하는 데에 많은 에너지가 드는 건 당연했다. 더군다나 비행하기 좋은 유선형 몸체를 가지지 않은 놈들이 나는 데 제약이 많은 건 말할 것도 없었고. 즉, 알리페르에게 있어서 나는 건 편한 행위가 아니었다. 오히려 걷는 게 더 편할 수 있었다.

하지만 멜즈는 물론이요, 다른 병사들 역시 알리페르가 걸어 다닐 수 있다는 걸 떠올리지 못했다. 아브노아 존데를 고안하고 군에 도입할 당시 심사했던 수많은 군 관계자들과 학자들 역시 그 점을 떠올리지 못했다. 최전방에서 놈들을 토벌해 온 이사나조차 말이다. 하지만 그건 당연한 결과일지도 몰랐다. 그들은 항상 인간들 앞에 나타날 때 날고 있었으니까!

설마, 일부러 그랬던 걸까? 제국군에게 선입견을 심어 주기 위해 일부러 날아다닌 건가? 믿을 수 없지만, 지금도 인정하고 싶지 않지만, 멜즈는 결국 그들의 농간에 철저히 놀아났다. 얄팍한 지식 자랑으로 아브노아 존데를 만들어 아군에게 계속 잘못된 정보를 제공해 온 것이다. 근 10여 년간!

'이럴 수가…… 어떻게 이럴 수가!'

이제야 깨달은 자신의 실책에 멜즈는 식은땀이 줄줄 흘러내렸다. 멜즈가 새하얗게 질린 얼굴로 어찌할 줄을 모르자, 알도는 의아해하며 옆을 돌아보았다. 하지만 멜즈는 그를 신경 쓸 겨를조차 없었다. 화이트 6의 죽음은 자신의 탓이었다. 다른 누구도 아닌, 생각이 짧은 자신의 탓이었다. 멜즈는 당장에라도 터져 버릴 듯한 눈물을 간신히 붙잡는데, 머리 위로 쐐액― 하고 허공을 가르는 소리가 들려왔다.

"뛰어!"

부팀장의 외침에 멜즈는 비탄에 빠질 새도 없이 황혼으로 물들어 가는 숲속을 정신없이 내달렸다.

"개체 수 둘!"

"포메이션 A로 간다!"

부팀장의 외침에 탁 트인 공터가 나타나자마자 분대원들은 일사분란하게 진형을 짰다. 단, 알도만이 진형에서 벗어나 멜즈를 보호하듯 그의 곁에서 주변을 경계했다. 그렇게 호크아이 팀이 이상한 배열로 공터에 멈춰 서자 공중에 떠 있던 알리페르가 이상하다는 듯 고개를 갸웃거렸다. 그러다 맨 앞에 서 있던 창병에게 달려들었다.

"……!"

멜즈가 놀라서 비명을 내지르려는 찰나, 진형의 맨 오른쪽에 있던 병사가 갈고리 달린 쇠사슬을 던져 창병을 습격하려던 알리페르를 낚아챘다. 날카로운 갈고리에 날개가 잘리고 온몸이 사슬로 엉킨 채 바닥으로 추락하자 두 번째 줄에 있던 병사가 섬광처럼 튀어나와 장검으로 알리페르의 목줄을 끊어 버렸다. 그에 다른 알리페르가 검을 든 병사를 공격하려 했지만 선두에 선 창병이 위협적으로 창을 내지르며 엄호했다. 오랜 훈련으로 손발이 딱딱 맞는 호크아이 팀은 마치 한 몸처럼 유기적으로 움직였다.

처음으로 스펙터 부대원들이 알리페르를 상대하는 모습을 보게 된 멜즈는 가슴이 뛰는 걸 느꼈다. 이미 알리페르와 조우한 적이 있는 멜즈는 그들이 얼마나 강한지 알고 있었다. 그랬기에 수적인 우세에도 궁지에 몰린 듯한 기분을 지울 수 없었다. 하지만 병사들은 강했다. 비록 한 사람 한 사람은 알리페르 한 개체에게 미치지 못했지만, 생체 의수와 AM슈트, 그리고 동료들에 대한 믿음으로 똘똘 뭉친 2분대는 철벽 요새와 같았다.

"크르르……."

호크아이 팀의 협공이 퍽 성가신지 알리페르는 이를 드러내며 초조하게 으르렁거렸다. 하지만 겉으로 드러내지 않아도 2분대 역시 초조해하기는 마찬가지였다. 이 숲에 알리페르가 얼마나 있는지 알 수 없었다. 다급히 다른 분대에 지원을 요청했지만 실종된 화이트 알파를 찾는 데 병력이 집중된 탓에 이곳까지 오는데 시간이 꽤 걸릴 터였다. 아군보다는 적군이 먼저 도착할지 모를 상황이었다.

멜즈 역시 초조한 얼굴로 2분대와 알리페르의 교착 상태를 지켜보다가, 불현듯 뭔가를 떠올리고 등에 멘 통신 장비를 내렸다. 헤드셋을 쓰자 주변의 존데가 끊임없이 알리페르의 위치를 경고하며 삑삑거렸다. 이젠 위장할 생각도 없는 모양이다. 점점 2분대를 향해 다가오는 알리페르 무리를 알아차린 멜즈는 기판을 조작해 주변에 있던 존데들을 알리페르 무리가 오는 길목에 모조리 옮겨 놓았다.

존데의 위치를 움직이는 것은 원래 관리자 권한을 가진 작전실에서만 할 수 있는 일이었지만, 멜즈는 존데를 개량하고 시스템을 뜯어고친 개발자였다. 제어 코드가 무엇인지는 이미 훤히 알고 있었다. 존데를 한곳으로 모은 멜즈는 마지막으로 엔터 키를 눌러 존데를 자폭시켰다.

펑一!

수소 가스가 들어 있던 존데가 터지자 숲이 날아갈 듯한 엄청난 굉음이 들려왔다. 애초에 존데를 띄울 때 내용물을 수소로 채운 건 헬륨 추출이 어렵다는 이유도 있었지만 유사시에 이렇게 폭파시키기 위한 것도 있었다. 갑작스러운 폭발에 알리페르가 동요하자, 분대원들은 틈을 놓치지 않고 맹공격을 퍼부었다. 그 결과 알리페르는 옆구리에 치명상을 입고 나무 위로 도망쳤다. 더 이상 공격이 힘들어 보이는 그 모습에 부팀장은 분대원들을 돌아보며 외쳤다.

"이대로 3번 지점으로 향한다."

치명상을 입은 알리페르의 숨통을 끊지 않는 건가 싶었지만, 멜즈는 이내 그게 문제가 아니라는 걸 깨달았다. 아까의 폭발에도 살아남은 놈이 있을지 몰랐다. 놈들이 언제 나타날지 모르니 차라리 다른 분대 원들과 빨리 합류하는 게 나았다. 멜즈는 서둘러 통신 장비를 챙겨 다시 등에 메는데, 갑자기 나무 위에서 새하얀 뭔가가 툭 떨어졌다.

"......!"

알리페르였다. 옆구리에 치명상을 입은 개체와 다른 개체가 나타난 것이다. 새로운 적의 출현에 2분대는 즉시 원래의 포메이션으로 돌아가는데, 멜즈는 의아함을 느꼈다. 새로 나타난 알리페르가 다른 개체와 조금 다르게 느껴졌다.

너무 사람같이 생겼다.

뒤에 있는 날개만 아니라면 사람이라고 생각했을 정도로 외형이 인간에 가까웠다. 허리까지 늘어뜨린 백금발에 시린 회청색 눈을 가진 알리페르는 다른 알리페르들과 옷차림부터 달랐다. 이제까지 본 알리페르들 역시 사람처럼 옷을 입었지만, 그건 죽은 병사들에게서 노획한 옷을 입은 것에 불과했다.

하지만 새로 나타난 알리페르는 제국민이 입지 않는 양식의 옷을 입고 있었다. 목 끝까지 단단히 채운 칼라에 어깨와 등이 드러난 복식은 오히려 숲에서 놓친 소녀의 복식과 유사했다. 멜즈는 긴장된 얼굴로 놈을 바라보는데, 멜즈의 시선을 알아차리기라도 한듯 그 역시 멜즈를 돌아보았다. 그리고 웃었다. 마치 사람처럼.

멜즈는 순간 밀려드는 섬뜩함에 자신도 모르게 뒷걸음질 치는데, 백금발의 알리페르가 2분대 쪽으로 고개를 돌리더니 믿을 수 없는 속도로 달려들어 맨 앞에 있던 창병의 목을 꺾어 버렸다. 동요한 분대원들이 재정비할 겨를도 없이 알리페르가 곧장 포메이션 안으로 파고들더니 검을 든 병사의 복부를 찢으면서, 2분대는 순식간에 병사 둘을 잃어버렸다.

강하다…….

이제까지 본 알리페르들과는 차원이 달라……!

멜즈가 새하얗게 질린 얼굴로 알리페르를 바라보는데, 부팀장이 포메이션을 바꿔 분대원들에게 알리페르를 둥글게 에워싸도록 했다. 하지만 알리페르는 포위되었음에도 여유롭게 한눈을 팔 뿐이었다. 정확히는 멜즈와 멜즈를 호위하는 알도를 보며 가소롭다는 듯 웃고 있었다.

왜, 왜 날 보는 거지? 결코 혼동했다거나 착각한 게 아니었다. 뜻하지 않게 알리페르의 시선을 받게 된 멜즈는 두려움에 몸이 와들와들 떨렸다. 알리페르와 대치하고 있던 부팀장이 그걸 눈치채고 알도를 불렀다.

"알도!"

"네! 부팀장님!"

"아브노아 하사를 데리고 도망쳐라!"

부팀장의 말에 멜즈는 물론이요, 알도마저 동요하는데, 부팀장이 신경질적으로 일갈했다.

"네 아내를 과부로 만들 작정이냐! 어서 뛰지 못해!"

그 말에 알도는 입술을 짓이긴 채 멜즈의 팔을 잡아챘다. 그리고 뒤도 돌아보지 않고 뛰기 시작했다. 멜즈가 뒤를 돌아보자 알리페르에게 어깨가 꿰뚫린 부팀장의 모습이 보였다. 멜즈는 울 듯한 얼굴로 알도를 바라보았지만, 알도는 단호하게 멜즈의 팔을 잡아당길 뿐이었다.

* * *

치이익—. 치직—. 치이익—.

화이트 알파의 통신병은 무전기의 다이얼을 이리저리 돌리며 교
신을 시도했지만, 좀처럼 작전실과 연결이 되지 않았다. 부아가 치
민 통신병이 욕설을 내뱉으며 무전기를 탁탁 두들기는데, 어느새 다
가온 이사나가 통신병에게 물었다.

"여전히 연결이 되지 않나?"

"예에……."

이사나의 물음에 통신병은 애매하게 웃으며 대답했다. 그에 이사
나는 근심 어린 얼굴로 지직거리는 무전기를 내려다보았다.

왜 연결이 안 되지?

숲에 들어올 때까지만 해도 멀쩡했던 무전기가 어느 순간부터 잡
음이 들리기 시작하더니 갑자기 연결이 되지 않았다. 이렇게 작전
중에 통신 장비가 먹통이 되는 건 흔한 일이 아니었다. 게다가 오늘
은 날이 맑았으며 습도도 높은 편이 아니었다. 일시적인 장애일 수
있지만, 이사나는 기분 나쁜 기시감을 느끼고 있었다.

렉사 토벌전.

그때도 이렇게 아무 이유 없이 통신이 끊어지곤 했다. 분대끼리의
무전뿐만 아니라 나중에는 헥사비스와의 통신마저 뚝 끊어져 무패
행진을 하고 있던 이사나의 부대는 전멸했다. 그때는 폐하의 명령으
로 통신이 끊어진 거라 생각했지만—사실 지금도 그의 명령일지도
모른다고 생각하지만—이사나의 감은 그의 짓이 아니라고 말하고
있었다.

그럼 누구지? 도대체 누구의 소행이지?

이사나는 후보자를 추려 내려다 고개를 내저었다. 아무리 생각해도 가능한 사람이 황제밖에 없었다. 그냥 통신 장애라고 생각하기로 한 이사나는 화이트 알파의 부팀장을 호출했다.

"본부의 백업 없이 선진하는 건 위험해. 작전실과 연락할 방법을 찾아야겠어."

이사나의 말에 부팀장은 잠시 고민하더니 말했다.

"섬광탄을 날리는 게 어떻습니까?"

"섬광탄?"

섬광탄은 분대가 위기에 처했을 때 최후의 수단으로 사용하는 연락망이었다. 하긴 본부와 통신이 안 되는 지금이 위기가 아니면 무엇이겠는가. 이사나가 고개를 끄덕이자, 부팀장은 나무에 기대 쉬고 있던 릭을 툭툭 치며 말했다.

"어이, 릭. 저리 가서 섬광탄 좀 날리고 와라."

"예에—."

릭은 다소 불량하게 대답하며 자리에서 일어섰다. 섬광탄은 멀리 떨어져 있어도 신호를 보낼 수 있는 강력한 통신 수단이지만, 너무 눈에 띄어 적을 불러 모을 수 있다는 단점 또한 존재했다. 그렇기에 섬광탄으로 신호를 보낸 뒤에는 되도록 빨리 그 자리를 벗어나야했다. 릭이 짐을 싸 놓자 화이트 알파 분대는 3번 지점에서 만나자며 릭의 짐을 들고 휙 가 버렸다. 혼자 다녀오라는 건가? 원래 이럴 때는 두세 명에서 같이 움직이는 게 원칙이지만, 그냥 가 버렸으니 어쩔 수 없었다. 릭은 무기와 섬광탄을 챙겨 그들과 반대 방향으로 걸었다.

'이게 도대체 무슨 꼴인지······.'

릭은 요즘 자신이 너무 꼴사나워 자괴감이 들었다. 릭과 함께 콜로니에 온 동기들은 모두 릭을 부러워하지만 말이다.

릭과 알도는 속히 말해 출세 가도를 달리고 있었다. 알도는 원래부터 훈련 성적이 좋은데다가 성품이 침착해 타격대 최정예 부대에 들어가는 게 당연했지만, 사실 릭은 그 정도까진 아니었다. 알도보다 훈련 성적은 좋았지만 성격이 급해 자주 감점을 당한 탓이다. 그런데도 릭은 이사나 황자의 친위대에 들어가게 되었다. 모자라다고 여겨지는 부분은 억지로 훈련을 더 시켜 점수를 메우게까지 하면서 말이다.

이게 다 멜즈와 친분이 있었기 때문에 가능한 일이었다. 그렇지 않았다면 언감생심 화이트 알파 팀에 끼어 있지도 못했다. 이사나 황자의 친위대에 소속된 이상, 릭은 이제 위험에 처할 일이 없었다. 그건 알도 역시 마찬가지였다.

다들 쉬쉬하고 있지만, 호크아이 팀은 멜즈를 보호하기 위해 만들어진 팀이었다. 팀을 꾸릴 때 이사나 황자가 직접 팀원들을 추려 냈을 정도로 그는 멜즈의 안전에 신경을 썼다. 뭐, 멜즈 그놈이 귀중한 인재라는 건 인정한다. 하지만 좀 지나친 감이 없잖아 있었다. 어차피 멜즈는 작전실 밖으로 한걸음도 내딛지 않을 텐데 말이다. 덕분에 알도는 후방에서 편히 있을 수 있게 되었지만.

물론 릭은 이사나의 친위대 소속이라 알도에 비해 고생은 해도 베테랑 선임들 아래에서 안전하게 많은 경험을 쌓을 수 있었다. 이렇듯 모두가 릭과 알도를 선망했지만 릭은 자신의 실력이 아닌 친구 덕에 출세했다는 찝찝함을 지울 수 없었다.

나무가 듬성듬성한 공터가 나타나자 알도는 가져온 섬광탄을 하나씩 쏘아 올리기 시작했다.

피유웅―!

마지막까지 깔끔하게 날아간 것을 확인한 릭이 팀원들과 합류하기로 한 3번 지점으로 가기 위해 무기를 챙기는데, 뒤를 돌아봤다가 흠칫 놀라고 말았다. 릭의 뒤에는 이사나가 있었다. 발소리도 안 들렸는데 언제부터 따라온 거지? 릭은 당황했지만 짐짓 표정을 갈무리하며 이사나에게 물었다.

"어쩐 일이십니까?"

"혼자 다니는 건 위험하니까."

확실히 혼자 다니는 건 위험하긴 했다. 하지만 굳이 제국군 사령관이 동행할 필요는 없었다. 릭은 드디어 올 것이 왔다 싶었지만, 짐짓 모르는 척 "그렇군요."라고 말하며 이사나를 뒤따랐다.

저벅저벅―.

두 사람은 아무런 대화 없이 숲을 헤쳐 나갔다. 릭은 이사나와 단둘이 남겨진 이 상황이 무진장 불편했다. 남들은 그 유명한 이사나 황자와 둘이 남겨졌다고 좋아할 수 있겠지만, 릭은 아니었다. 그냥 주사 맞는 줄을 기다리는 기분이 들 뿐이었다. 할 말 있으면 빨리 좀 하시지⋯⋯.

요 며칠간 계속 이사나의 시선을 느껴왔던 릭은 이사나가 자신에게 할 말이 있다는 걸 눈치채고 있었다. 그런데 이사나는 좀처럼 입을 열지 않고 걷기만 할 뿐이었다. 불편하다. 무진장 불편하다. 결국 참다못한 릭이 먼저 이사나에게 물었다.

"각하, 혹시 제게 할 말이 있으십니까?"

릭의 말에 이사나는 곤란한 듯 이리저리 눈을 굴리다가 어색하게 말했다.

"아니, 그냥……. 자네가 잘 적응하고 있는가 해서."

적응이라면 아주 잘 하고 있었다. 사령관의 애인을 친구로 두어 다들 얼마나 친절한지 모른다. 혹독하기로 소문난 신고식조차 간소하게 넘어갈 정도였다. 그래서 릭은 이 상황이 더욱 마음에 안 들었다. 모두가 좋겠다며 부러워하지만 릭이 원해서 이렇게 된 건 아니었다.

"저는 괜찮습니다."

릭은 벽을 치듯 단호하게 대답했다. 그에 이사나는 뭐라 더 붙일 말이 없는지 멋쩍게 "그래? 다행이네."라고 말했다. 그렇게 두 사람은 또다시 침묵 속에서 걷고 있는데 문득 이사나가 물었다.

"멜즈와는 잘 지내고 있나?"

"……."

"요즘 서로 서먹해 보여서……. 처음 콜로니로 왔을 때는 꽤 친해 보였는데."

이사나는 릭의 눈치를 보며 조심스럽게 본론을 꺼냈다. 그에 릭은 헛웃음이 나올 뻔했다. 말랑말랑한 이 모습이 도무지 차기 황위 계승자라든가 제국군의 수장처럼 보이지 않았다. 까마득한 황족이 왜 하찮은 병사의 눈치를 본단 말인가. 겪고 있으면서도 이해가 안 되는 이 상황에 릭은 다소 뾰족하게 대꾸했다.

"그건 저희 둘의 문제입니다. 그러니 각하께서 걱정하실 필요는 없다고 생각합니다."

릭은 선을 긋듯 단호히 말했지만, 이사나는 멋쩍게 웃으며 말했다.

"알아. 내가 괜한 참견을 하고 있다는 건. 하지만 멜즈는 이제껏 또래 친구를 사귄 적이 없었어. 어릴 때 제국 대학에 들어가 어른들 사이에서 경쟁하고 연구해서 그렇지. 그래서 나는 항상 멜즈에게 미안했어. 그렇게 된 건 전부 내 탓이니까."

"……."

"자네에게 부담을 주려는 건 결코 아니야. 단지, 서로에게 오해가 있었다면 풀고 다시 잘 지내 주었으면 할 뿐이야."

이사나는 릭에게 명령이 아닌 부탁을 하고 있었다. 하지만 릭은 그게 더 껄끄러웠다. 차라리 잘 지내라고 협박했다면 가식적으로 대하든 귓등으로 흘려넘기든 했을 텐데 굳이 단둘이 얘기할 자리를 만들어 진지하게 부탁을 하니 무시하기도 좀 그랬다.

하여간 그 자식만 복이 터졌지.

모든 걸 다 가진 놈을 떠올리자, 릭은 새삼 배알이 꼬이는 걸 느꼈다. 그렇게 염원하던 이사나 황자의 마음까지 그 녀석은 결국 쟁취해냈으니 말이다. 불현듯 '될 놈은 된다.'라는 말이 떠올랐다. 그러자 더욱더 배가 아파 오면서 심술을 부리고 싶어졌다. 릭은 삐딱하게 이사나를 바라보며 물었다.

"지금 각하께서 하시는 말씀은 멜즈의 보호자로서 하시는 말씀입니까, 아니면 그 녀석의 연인으로서 하시는 말씀입니까?"

당돌하기 짝이 없는 릭의 말에 이사나는 당황한 듯 눈을 크게 떴다가 이내 난처하게 웃으며 말했다.

"자네는 지금 내가 멜즈를 어린애 취급한다고 말하고 싶은 건가?"

이사나의 말에 릭은 잠시 고민하다가 고개를 끄덕였다. 그에 이사나는 변명하듯 말했다.

"나는…… 멜즈가 아주 어린아이일 때부터 지켜봐 왔어. 그러니 무의식중에 멜즈를 대하는 태도에서 그런 습관이 나타나는 건 어쩔 수 없어."

"그럼 질문을 바꾸어 말하겠습니다. 각하께서는 정말 멜즈를 연인으로 받아들이신 게 맞습니까?"

"……."

"곁에서 지켜보는 저조차 각하와 멜즈의 관계는 연인 관계라기보다 그저 보호자와 피보호자 관계로밖에 보이지 않습니다. 각하께서는 정말로 그 녀석과 키스하고 그 이상의 것을 하실 작정으로 녀석을 받아들이신 게 맞습니까?"

릭은 자신의 말이 건방지고 주제넘었다고 생각했지만, 희한하게도 말을 멈추지 못했다. 지금은 멜즈와 다소 미적지근한 관계가 되어 말도 안 하고 있지만, 릭은 멜즈가 신병 훈련소에서 이곳으로 오기까지 얼마나 많은 위기를 넘겼는지 알고 있었다. 멜즈는 말 그대로 목숨을 걸고 이곳까지 온 것이다. 그래서 놈이 짜증나든 말든 이사나와 잘된 건 축하해 주기로 했는데, 정작 멜즈를 대하는 이사나의 태도가 별반 달라진 구석이 없었다. 설마 그 녀석을 가지고 노는 건가? 그런 생각이 드는 건 어쩔 수 없었다. 릭은 다소 불퉁한 얼굴로 이사나를 바라보는데, 이사나가 무척 억울하다는 듯 말했다.

"난 그저 자네가 멜즈와 화해하길 바란 것뿐인데……."

"그건 당사자들끼리 잘 해결할 테니 걱정하지 마십시오. 그것보다 각하께서 그럴 마음도 없는데 그저 그 녀석이 매달려서 받아 준 거라면 지금이라도 늦지 않았으니 녀석을 내치십시오. 괜한 희망 고문으로 괴롭히지 마시고요. 그 녀석은 정말 진지합니다."

릭의 말에 이사나는 웃으며 말했다.

"자네는 멜즈를 정말 많이 생각하는군. 걱정해 줘서 고마워."

"……."

"하지만 멜즈를 붙잡은 건 단순히 멜즈가 원해서 그런 게 아니야. 연애 대상으로 보고 있는 게 맞냐고 묻는다면…… 사실 아직은 확실히 그렇다고 대답할 수 없어. 하지만 지금도 그렇고 나중에도 멜즈보다 더 좋아할 사람은 나타나지 않을 것 같아. 그것만은 확실해."

한마디로 아직 그렇게까지 마음이 싹트진 않았지만 가능성이 있기에 붙잡았다는 얘기였다. 만족스러운 대답은 아니었지만, 그래도 우려했던 것처럼 가지고 노는 건 아닌 것 같아 다행이었다. 하지만 멜즈가 잘된 게 그리 좋지 않았던 릭은 뾰족하게 쏘아붙였다.

"저도 저희 집 고양이를 세상에서 제일 좋아합니다만."

"그래도 고양이보다는 멜즈가 가능성이 있지 않을까?"

웃음기 어린 말투로 대꾸한 이사나는 릭에게 "늦었으니 이제 돌아가지."라고 말했다. 그에 릭이 이사나를 뒤따르는데, 이사나가 몇 걸음 가지 못해 휘청거리더니 돌연 바닥에 주저앉았다. 릭은 놀라서 한달음에 달려가 소리쳤다.

"각하!"

이사나는 머리를 붙잡고 괴로운 듯 얼굴을 일그러뜨리고 있었다. 아까까지 멀쩡했던 사람이 갑자기 얼굴까지 창백해진 채 숨도 제대로 못 쉬자 릭은 당황했다. 하지만 이사나는 익숙하다는 듯 품속에서 작은 약병을 꺼내 물도 없이 약을 씹어 먹었다.

이사나 황자에게 지병이 있었나? 그런 얘기는 멜즈에게도 들은 적이 없는데? 릭은 의아해하는데, 그런 릭의 마음을 읽기라도 한듯 이사나가 식은땀을 줄줄 흘리며 괴롭게 말했다.

"멜즈는, 몰라."

"도대체 어디가 아프신 겁니까?"

"단순한 편두통일 뿐이야."

편두통이 저렇게 갑자기 발병하던가? 릭은 도저히 납득할 수 없어 이사나를 바라보는데, 이사나가 힘겹게 미소 지으며 말했다.

"멜즈한테는, 비밀이야. 걱정하니까."

릭은 그래도 이렇게 심각하면 알려야 하지 않을까 생각했지만, 이사나의 거듭된 당부로 어쩔 수 없이 고개를 끄덕일 수밖에 없었다. 애초에 제국군 사령관의 신변은 가볍게 입에 오르내릴 만한 것이 아니었다.

약을 먹고 얼마 지나지 않아 이사나는 자리를 털고 일어났다. 하지만 그건 약효가 돌아서라기보다 그저 참을 만해서 일어난 것에 불과한 것 같았다. 이사나의 얼굴에는 여전히 창백한 기색이 남아 있었다.

이거 진짜 말 안 해도 되는 건가? 릭은 다시 고민했지만, 역시 자신이 참견할 문제가 아니라고 판단했다. 알리지 않은 것에는 나름의 이유가 있는 거겠지. 그렇게 생각하면서도 왠지 모를 찝찝함을 느끼는데, 돌연 숲의 어느 지점에서 폭발음이 들려왔다. 이사나와 눈이 마주친 릭은 서둘러 그와 함께 3번 지점으로 향했다. 그런데 3번 지점에 화이트 알파 말고도 또 다른 분대가 도착해 있었다.

타격대 최정예이자 멜즈의 호위를 맡고 있는 호크아이 팀이었다. 왜 이들이 여기에? 릭은 의아해하면서도 멜즈와 알도를 찾아 이리저리 두리번거렸으나, 아무리 찾아도 두 사람이 보이지 않았다. 둘

뿐만 아니라 호크아이 팀원도 원래의 절반밖에 없었다. 릭은 스멀스멀 밀려오는 불길한 예감을 떨쳐 내려 애를 쓰는데, 호크아이 팀장이 무전기를 이사나에게 내밀었다. 그에 이사나는 굳어진 얼굴로 무전을 받았다. 무전기에서 이번 작전의 지휘관인 콜만 중령의 목소리가 들려왔다.

―각하! 무사하셔서 다행입니다!

"안부 인사는 됐고 도대체 무슨 일이지? 왜 호크아이 팀이 여기 있고 어째서 숲에서 폭발음이 들린 건가."

이사나의 추궁에 엘든은 잠시 머뭇거리다가 말했다.

―각하, 진정하고 들어주십시오. 화이트 2, 6, 7 분대가 습격당했습니다.

"뭐?"

―놈들이 무전기를 탈취해 아군을 흉내 내고 있었습니다. 그 와중에 각하께서는 연락 두절이 되셨고요. 하지만 존데에서는 알리페르가 나타났다는 신호가 나타나지 않아 아브노아 하사가 그 원인을 조사하러 숲으로 들어갔습니다.

"멜즈가…… 숲에 들어왔다고?"

―네, 아까의 폭발은 하사가 존데를 폭파시킨 겁니다. 하사와 호크아이 2분대는 지금…… 알리페르 무리에 둘러싸인 채 고립되어 있습니다.

엘든의 말이 끝나기 무섭게 이사나는 무전기를 내팽개친 채 숲속으로 뛰어들었다.

* * *

"하아! 하아!"

멜즈와 알도는 연신 거친 숨을 토해 내면서도 달리는 걸 멈추지 못했다. 치릇치릇— 치릇치릇—. 언제부터 따라온 건지 모를 알리페르가 두 사람의 뒤를 바짝 쫓고 있었다. 어느새 멜즈는 완전히 녹초가 되어 있었다. 정신적으로도 육체적으로도 한계에 다다랐지만, 뒤따라 붙은 천적을 떨쳐내기 전까지는 숨을 고르는 것조차 할 수 없었다. 그러다 솜털이 쭈뼛 서는 감각에 뒤를 돌아본 멜즈는 놀라서 크게 소리 질렀다.

"알도! 엎드려!"

멜즈의 외침에 알도가 엎드리자 멜즈는 어깨에 걸치고 있던 통신 가방을 급습해오는 알리페르에게 힘껏 휘둘렀다. 하지만 알리페르는 손쉽게 피하고 더불어 가방까지 빼앗아 가 버렸다.

"앗!"

통신장비를 빼앗긴 멜즈는 외마디 비명을 내질렀지만, 어느새 나무 위로 올라선 알리페르는 무감정한 얼굴로 가방을 이리저리 살펴볼 뿐이었다. 아, 안 되는데……! 멜즈는 초조하게 가방을 바라보는데 알리페르가 휙 하고 가방을 바닥에 내던졌다.

퍽—!

운 나쁘게 돌 위에 떨어진 가방은 둔탁한 소리를 내며 깨졌다.

"빌어먹을……!"

본부와 교신할 수단이 사라진 걸 깨달은 멜즈는 낭패감에 욕설을 내뱉었다. 불행 중 다행으로 나무 위에 선 알리페르는 아까 호크아이 팀을 습격한 백금발의 알리페르가 아니었다. 하지만 그렇다고 이 알리페르가 위협적이지 않은 것도 아니었다.

멜즈가 초조함에 발만 동동 구르는 사이, 알도는 조용히 주위를 살폈다. 아직은 이곳에 알리페르가 저 한 개체밖에 없었다. 잠시 고민했지만 판단은 빨랐다. 알도는 장검과 스틸레토를 든 채 멜즈에게 말했다.

"멜즈, 니 먼저 3번 지점으로 가 있어."

"뭐? 지금 무슨 소리를 하는 거야!"

예상대로 멜즈가 반발하자 알도는 알리페르를 바라보며 침착하게 말했다.

"네가 여기 있어 봐야 그다지 도움이 되지 않아. 그러니 먼저 가 있어."

"아니야! 나도 싸울 수 있어! 아까 중령님께 받은 리볼버로……!"

"너 그거 잘 쏠 수 있어? 고작 여섯 발밖에 안 든 걸로 여기서 싸우고 나중에 네 자신을 지킬 만한 탄환을 남길 수 있어?"

"……."

"그런 얼굴 하지 마. 난 반드시 살아서 돌아갈 거니까."

결의에 찬 그의 말에 멜즈는 어찌할 바를 모르며 망설였지만, 이내 결론을 내렸다. 알도의 말대로 총을 다루는 데는 익숙하지 않았고 이미 지쳐 있었다. 멜즈는 무력감에, 미안함에 무슨 말이든 하고 싶었지만, 애써 참아 내며 소리쳤다.

"빨리 가서 사람들을 불러올게!"

멜즈가 당장에라도 울어 버릴 듯 외치자, 알도는 뒤를 돌아보며 짧게 미소 지었다. 그렇게 마지막 인사를 나눈 뒤 달리자 멜즈의 뒤에서 쇠가 부딪치는 듯한 소리가 들려왔다. 멜즈는 당장에라도 뒤를 돌아보고픈 충동에 휩싸였지만, 앞만 보며 달렸다. 알도의 말대로 같이 남아 있어 봐야 그다지 도움이 되지 않았다. 그러니 지금은 한 시라도 빨리 아군을 데려오는 게 현명한 선택이었다. 하지만 친구를 홀로 남겨두고 가는 건 괴롭기 짝이 없는 일이었다.

역시 지금이라도 되돌아가 같이 싸우는 게 옳지 않을까? 알도 혼자서 알리페르를 이길 수 있을 리가 없잖아! 난 지금 잘못된 판단을 하고 있는 거야. 잘못 생각하고 있는 거라고……! 그러나 멜즈는 어느새 되돌아가기에 너무 멀리 와 있었다.

"하아……. 하아……."

숲에 홀로 남겨진 멜즈는 잠시 멈춰 선 채 참았던 숨을 몰아쉬었다. 숨을 고르고 한숨을 돌리자 온갖 비참한 감정들이 물밀듯이 밀려들었다. 사람들이 죽었다. 아까까지 같이 얘기하고 비스킷을 나눠 먹었던 사람들이 더 이상 이 세상에 없다. 그토록 무력하게 속수무책으로 당할 줄은 꿈에도 생각지 못했기에 더욱 충격이었다. 생체 의수를 하고도, AM슈트를 착용했는데도 그 알리페르는 벌레를 짓누르듯 너무나도 손쉽게 호크아이 팀원들을 죽였다. 그리고 멜즈는 그들이, 알도가 위험하다는 걸 알면서도 그들과 함께 맞서기를 포기한 채 도망쳤다.

"으으……. 흐으……."

비겁하기 짝이 없는 자신에게 환멸이 일었다. 호크아이 2분대가 백금발의 알리페르를 만나게 된 건 자신이 존데가 작동하지 않는 이유를 조사하러 가겠다고 우겨서였다. 애초에 화이트 2, 6, 7분대가 습격당한 것도 존데가 불완전하다는 걸 빨리 알아차리지 못한 탓이었다. 전부, 전부 바보 같은 자신 때문에 그 많은 사람들이 죽은 것이다.

미안함에, 죄책감에 괴로워진 멜즈는 눈을 질끈 감아 버렸다. 하지만 지금은 감상에 빠지는 것조차 사치였다. 아직 호크아이 2분대가, 알도가 살아 있을지도 몰랐다. 멜즈는 이를 악물며 그들을 구하기 위해 몸을 일으키다 눈앞에 나타난 것에 놀라 뒷걸음질 쳤다.

알리페르였다. 백금발을 허리까지 늘어뜨린 아까 그놈이 눈앞에 있었다. 왜 이놈이 여기 있는 거지? 그럼 호크아이 2분대는? 멜즈는 온갖 두려움과 분노로 심장이 쿵쾅거렸다. 멜즈는 재빨리 품 안에서 리볼버를 꺼내 알리페르에게 겨누는데, 알리페르가 입을 열었다.

"얘기 좀 하지?"

"……!"

제국민과 전혀 다를 바 없는 매끄러운 제국어 발음에 멜즈는 얼굴을 굳힌 채 놈을 쏘아보았다. 그러자 알리페르는 퍽 성가시다는 듯 한숨을 내쉬며 말했다.

"애송이, 그 빌어먹을 리볼버를 내려놔라. 아무리 외피에 튕겨 나간다 해도 아픈 건 아픈 거니까."

"……."

"내가 왜 네게 말을 거는지 넌 궁금하지 않은가 봐?"

알리페르는 심술 맞게 히죽거리며 한 발을 내딛었다. 그에 멜즈는 비명처럼 소리를 내질렀다.

"사, 사람들은!"

"……?"

"다, 다른 사람들은 어떻게 한 거야!"

멜즈는 리볼버를 든 손을 떨지 않으려 애를 썼다. 하지만 가늠쇠는 좀처럼 정조준되지 않고 덜거럭거렸다. 멜즈가 새하얗게 질린 얼굴로 묻자, 알리페르는 그게 왜 궁금하냐는 듯 고개를 갸웃거리다가 내뱉었다.

"죽였지, 전부."

내심 그렇지 않을까 생각했지만, 막상 확답을 들으니 충격이었다. 멜즈가 일그러진 얼굴로 걸쇠에 건 손가락에 힘을 주자, 알리페르는 같잖다는 듯 피식 웃다가 사납게 으르렁거렸다.

"애송이, 그거 안 내려놓으면 후회하게 될 거다."

당장에라도 갈기갈기 찢겨질 듯한 매서운 살기에 멜즈는 덜덜 떨며 주춤주춤 뒤로 물러났다. 그러다 나무뿌리에 발이 부딪쳐 당황하자, 알리페르는 그 기회를 놓치지 않고 달려들었다.

"으아아아악!"

멜즈는 놀라서 마구 총을 쏘았다. 숲은 시끄러운 총성으로 가득 찼지만, 당황한 탓인지 여섯 발 모두 엉뚱한 방향으로 날아갔다. 탄환이 빈 리볼버를 덜걱거리자, 알리페르는 여유 있게 다가와 멜즈의 목을 붙잡았다.

"컥, 켁켁!"

목이 붙잡힌 채 공중에 들어 올려진 멜즈는 발버둥을 쳤다. 팔을 긁고 발길질을 했지만, 알리페르는 끄떡도 하지 않았다. 그렇게 멜즈가 버둥거리는 꼴을 물끄러미 지켜보던 알리페르는 돌연 얼굴을 일그러뜨리더니 푸흐흐, 하고 바람 빠진 웃음소리를 내기 시작했다.

"풉, 하하하하!"

"······?"

"크크큭, 얼굴이, 푸흣, 너무 똑같아서 기분이 이상해지잖아······!"

도무지 알아들을 수 없는 말에 멜즈는 숨이 막힘에도 의아함을 느끼는데, 돌연 멜즈를 나무 기둥에 밀어붙인 알리페르는 강렬한 눈으로 멜즈를 노려보며 말했다.

"그분과 똑같은 얼굴을 한 어린놈이 발견됐다고 했을 땐 반신반의했는데……. 내가 말하고도 정말 성공할 줄은 몰랐어. 그래, 결국 이사나 넥시움도 한낱 인간에 불과했던 거지, 그 대단한 놈도. 그런데."

무언가를 참아내듯 숨을 잠시 고른 알리페르는 그럼에도 도저히 이해할 수 없다는 듯 멜즈를 바라보며 중얼거렸다.

"왜 쥬드는 겨우 그까짓 인간을 위해 목숨을 버린 걸까? 왜? 왜?"

"윽, 크윽……!"

알리페르는 섬뜩한 얼굴로 멜즈의 목을 부러뜨릴 듯 억세게 죄었다. 증오? 이 알리페르는 나를, 그리고 이사나를 미워해? 멜즈는 당장에라도 숨이 넘어갈 듯한 상황임에도 알리페르의 이유 모를 적개심에 의아해하는데, 알리페르가 멜즈의 귓가에 대고 속삭였다.

"이제 집에 갈 시간이다, 애송아."

알리페르가 눈을 번들거리며 멜즈의 목을 쥔 손에 힘을 더하는 순간, 알리페르의 뒤로 바람같이 돌진해 오는 검은 물체가 보였다. 누구지? 산소 부족으로 눈이 침침했지만, 멜즈는 이내 누구인지 깨달았다. 익숙하면서도 좋은 향기…….

이사나였다.

"허억! 쿨럭, 커억, 허억!"

갑자기 밀려드는 산소를 허겁지겁 마시며 멜즈는 크게 기침했다. 폐가 찢어질 듯 아파왔지만, 엄살을 부릴 겨를조차 없었다. 멜즈는 비틀거리며 자리에서 일어났다. 이사나와 알리페르가 난투를 벌이고 있었다. 눈으로 쫓기 힘들 정도로 움직이며 둘은 어느 한쪽이 우세하다 말할 수 없을 정도로 팽팽히 맞서고 있었다. 이제껏 보아온 이사나의 무위가 압도적이었기에 그가 밀릴 수도 있다는 것에 멜즈는 큰 충격을 받았다. 그러다 이사나가 알리페르에게 떠밀려 나무에 세게 부딪쳤다.

"윽……!"

"이사나!"

멜즈가 기겁해서 헐레벌떡 나무에 처박힌 이사나에게 달려가는데, 이사나가 오지 말라는 듯 손을 뻗어 멜즈를 저지했다. 이사나는 머리에서 피를 흘리면서도 무덤덤한 얼굴로 자리에서 일어났다. 그리고 멜즈를 보호하듯 앞을 가로막으며 알리페르를 쏘아보았다. 그러자 알리페르 역시 매서운 눈으로 이사나를 노려보았다. 아니, 그저 매섭다기보다 어떤 감정이 담겨 있었다. 철천지원수를 눈앞에 둔 듯한 원한이 느껴졌다. 왜지? 멜즈는 의아해하는데, 저 멀리서 총성이 빗발쳤다. 이사나를 뒤따라오던 화이트 알파팀이었다.

"쳇……."

알리페르는 저 인원을 상대하는 게 무리라고 판단했는지 공중으로 솟구쳤다. 그렇게 하늘 위에서 잠시 이사나를 쏘아보던 알리페르는 어느 순간 눈앞에서 사라져 있었다. 도대체 저 알리페르는 뭐지? 멜즈는 텅 빈 하늘만 바라보는데, 이사나가 다가와 물었다.

"멜즈, 괜찮니?"

이사나는 얼굴이 피로 흠뻑 젖었음에도 멜즈의 안부부터 물었다. 그 상냥한 말에 그 상냥한 눈에 안심이 된 멜즈는 왈칵 눈물이 쏟아지려 했다. 하지만 멜즈는 참아냈다. 가슴 속에 휘몰아치는 여러 가지 감정들로 서 있는 것조차 힘들었지만, 차마 응석을 부릴 수 없었다.

"각하! 괜찮으십니까! 머리에서 피가……!"

"별거 아냐."

부팀장이 놀라서 소리쳤지만, 이사나는 소매로 대충 닦아 낼 뿐이었다. 하지만 좀처럼 피가 멈추지 않자, 응급처치를 위해 분대원들이 분주히 움직였다. 멜즈는 그런 그들에게서 유리된 채 힘겹게 서 있는데 릭이 새하얘진 얼굴로 멜즈에게 다가와 물었다.

"너 왜 혼자 있어?"

"……."

"다른 사람들은? 알도는 어쩌고 혼자 있냐고!"

릭이 초조한 얼굴로 추궁하자, 멜즈는 몸을 벌벌 떨며 고개를 숙였다. 그에 이사나는 처치를 받다가 말고 두 사람에게 다가갔다. 한번도 동료의 희생을 겪어 본 적 없는 릭은 흥분해 있었고 멜즈는 겁에 질려 있었다. 상황을 정리할 필요성을 느낀 이사나는 멜즈에게 물었다.

"멜즈, 무슨 일이 있었던 거니."

"……."

"천천히 말해 봐."

이사나의 상냥한 말에 멜즈는 이를 악물었다. 그렇게라도 하지 않으면 둑까지 가득 찬 눈물이 흘러넘칠 것 같아서였다. 멜즈는 당장에라도 터져 버릴 듯한 감정들을 억지로 붙잡으며 떠듬떠듬 말했다.

"화이트, 6분대에 무슨 일이 있었는지 조사하러 갔는데, 돌아오는 길에 알리페르가 매복하고 있었습니다."

"……."

"매복을 피해 도망쳤지만, 결국 알리페르와 교전하게 되었고 부팀장님께서 저와 알도를 먼저 보내셨습니다. 하지만 3번 지점으로 가던 도중 또 다른 알리페르를 만나게 되었고…… 알도가 막아서는 사이 저는 이곳으로 왔습니다. 알도를 제외한 2분대 팀원은 전원…… 사망하였고 알도는…… 알도는…… 모르겠습니다."

울지 않으려고 애를 썼지만, 속절없이 눈물이 흘러내렸다. 가슴이 너무 아파서, 이 죄책감과 먹먹한 마음을 어찌할 줄 몰라 멜즈는 이사나를 붙잡으며 소리쳤다.

"알도를 구하러 가야 해요! 알도한테 다른 사람들을 데려오겠다고 했단 말이에요! 알도가 혼자서……! 알도가……!"

멜즈는 후회로 목 놓아 울었다. 화이트 6가 당한 것도, 호크아이 팀이 전멸한 것도, 알도가 희생을 선택한 것도 전부 미숙한 자신의 탓이었다.

* * *

"하아, 하하, 하하하……."

운이 좋았다. 알도는 수풀 속에 몸을 숨기며 그렇게 생각했다. 멜즈를 먼저 보내고 어떻게 될까 싶었지만, 죽을힘을 다한 끝에 알도는 결국 알리페르를 물리쳤다. 그것도 혼자서 말이다. 하지만 알도에게 전혀 피해가 없었던 것은 아니다. AM슈트의 일부가 찢어지고 다리가 부러져 도저히 자력으로 귀환할 수 없게 된 것이다.

하지만 알도는 크게 걱정하지 않았다. 자신은 그 치열한 싸움 끝에 살아남았고 멜즈가 곧 이사나 황자를 불러올 것이기 때문이다. 눈에 띄지 않게 잘 숨어 있는다면 분명 구조될 수 있을 터였다. 알도는 목 둘레를 뒤적거려 펜던트를 꺼냈다. 그리고 그 안에 든 아내의 사진을 바라보았다.

"누나……"

칭찬해 줘, 난 오늘도 무사히 살아남았어.

알도는 그녀의 온기를 느끼듯 로켓 속 사진에 이마를 가져다 댔다. 이번 작전만 끝나면 함께 콜로니에서 살기로 했다. 더는 헤어지지 않고 밭을 개간해 오순도순 행복하게 살기로 약속했다. 그리고 그 날까지 이제 얼마 남지 않았다. 알도는 벅차오르는 기쁨에 괜히 품에서 무전기를 꺼냈다. 하지만 반쯤 부서진 무전기는 지직거리는 소리만 낼 뿐 좀처럼 본부나 다른 분대와 연결되지 않았다. 역시 멜즈가 다른 사람들을 불러오길 기다려야 하나 생각하는데, 인기척이 느껴졌다. 알도는 조심스럽게 아군인지 확인하는데, 얼마 떨어지지 않은 곳에 선 남자는 매우 익숙한 얼굴을 하고 있었다.

'멜즈……?'

하지만 분명 멜즈는 아니었다. 남자는 금발인 멜즈와 달리 머리색이 까맸으니까. 게다가 눈 색깔도 그에 비해 훨씬 어두운 푸른색이었다. 그러나 그는 멜즈와 매우 닮아 있었다. 어쩌면 그의 형이나 삼촌이 아닐까 생각했을 정도로 말이다. 하지만 고아인 멜즈에게는 친척이 없을 텐데? 설마 그조차 몰랐던 혈육인가 싶어 숨죽여 관찰하는데, 돌연 남자가 등을 돌렸다. 그리고 알도는 경악하고 말았다.

'알리페르……!'

등 아래로 길게 뻗은 두 쌍의 투명한 날개를 본 알도는 눈을 크게 떴다. 알도가 숨 쉬는 것조차 잊어버린 채 날개만 주시하는 사이, 호크아이 2분대를 공격했던 백금발의 알리페르가 하늘에서 내려오더니 멜즈를 닮은 알리페르의 앞에 섰다. 그리고 둘은 시스프란어로 대화하기 시작했다. 알도는 혼란에 휩싸였다.

어째서…… 왜 저 알리페르가 멜즈와 닮은 거지? 우연인가? 정말로 우연히 닮은 것에 불과한가? 저렇게 닮았는데? 알도는 당혹감 속에서 허우적거리다, 문득 예전에 케일럽이 했던 말을 떠올렸다.

'멜즈 그 자식 말이야. 훈련소로 들어올 때 신체 검사에서 사실은 미믹으로 판정받았대. 그런데 이사나 황자의 지인이 정치적인 이유로 묻어 버렸다고 하더라고. 이번에 헌병대에 끌려간 것도 사실은 '리베럼' 때문이 아니라 미믹일지도 몰라서 잡아간 거래.'

그때는 케일럽이 멜즈에게 누명을 씌우고 헛소리를 하는 거라 생각했다. 실제로 신체 검사에서 멜즈가 미믹 양성 판정을 받았다는 얘기를 들었을 때도 검사할 때 뭔가 잘못된 거라고 믿었다. 하지만 지금은 모르겠다. 멜즈는 분명 사람인데. 콜로니에 수많은 것들을 공헌한 좋은 녀석인데…….

하지만 그게 거꾸로 콜로니를 장악하기 위한 것이었다면?

이번의 시탈로프 숲 원정 역시 아군의 병력을 축소시키기 위한 함정이었다면?

그렇게 가정하자 조금씩 거슬렸던 것들의 모든 아귀가 들어맞았다. 답은 매우 간단한 것이기 마련이다. 그의 불분명한 출신도, 이사나 황자에 대한 맹목적인 집착도, 비리비리한 주제에 힘이 셌던 것도 전부…… 전부 그가 알리페르라면 가능한 것이었다!

'멜즈, 네가……! 어떻게 내게, 우리한테 이럴 수 있어……!'

알도는 치솟는 배신감에 어찌할 줄을 몰랐다. 이제껏 친근하게 굴었던 것도 고민이 있을 때마다 의지해 왔던 것도 사실은 전부 거짓말이었던 거야? 친구라고 생각했던 건 나나 릭뿐이었냐고! 이 배신자! 네가 어떻게 이럴 수 있어!

네가 알리페르여도 그렇지! 어떻게! 어떻게……!

이렇게 감쪽같이 속일 수 있어?

알도는 이를 갈며 거칠어진 숨을 고르려 애를 썼다. 지금은 참아야 했다. 분하지만 참고 또 참아서 자신과 릭, 그리고 제국군 모두를 기만한 배신자에게 철퇴를 내려야 했다. 알도는 말도 안 되는 분노에 치를 떠는데, 한창 시스프란어로 대화를 나누던 흑발의 알리페르가 갑자기 뒤를 돌아보더니 제국어로 말했다.

"그런데 클레르. 저 수풀 속에 숨어 있는 쥐새끼는 뭐지?"

"쥐새끼 말입니까?"

흑발의 알리페르의 말에 백금발의 알리페르 역시 알도가 숨은 수풀 쪽으로 고개를 돌렸다. 그 서슬 퍼런 눈빛에 알도는 검을 꽉 움켜쥔 채 질끈 눈을 감았다.

누나…… 약속, 지키기 못할 것 같아.

한 사람의 의지로는 결코 거스를 수 없는, 절대적인 죽음 앞에 선 알도는 절망하며 아내에게 사과했다.

* * *

"알도……. 알도……!"

AM슈트의 발신 기록을 추적해 겨우 알도가 있는 곳까지 도달한 멜즈는 약속대로 화이트 알파와 호크아이 팀을 데려왔지만, 너무 늦고 말았다. 바닥을 흥건히 적신 핏물 위에 쓰러진 알도는 스틸레토에 가슴이 꿰뚫린 채였다.

"아…… 아……!"

금방까지 반드시 살아서 돌아가겠다고 호언했던 친구의 무참한 모습에 멜즈는 허겁지겁 달려가 그를 끌어안았다.

"알도, 알도……! 안 돼, 안 된다고……!"

멜즈는 차갑게 식어 가는 알도를 껴안으며 죄책감에 눈물을 흘렸다. 그때, 그때 무슨 일이 있어도 알도의 말을 듣지 말 걸 그랬다. 이런 모습으로 재회할 줄 알았다면 어떻게든 함께 알리페르를 물리칠 방법을 생각할 걸 그랬다. 멜즈는 깊이 후회하는데, 순간 가느다란 숨소리가 들려왔다.

놀란 멜즈는 품 안에 있는 알도를 내려다보았다. 꺼멓게 얼굴이 죽은 알도가 흐리멍덩한 눈으로 멜즈를 올려다보며 힘겹게 숨을 헐떡이고 있었다. 하지만 소생의 여지가 전혀 없는 친구의 모습에 멜즈는 절망하며 결국 울음을 터트렸다.

"미안해, 알도……. 미안해……!"

멜즈는 머지않아 최후를 맞이할 친구에게 용서를 구했다. 그에 이사나와 화이트 알파, 호크아이 1분대 역시 이제 막 숨을 거둘 어린 병사를 침잠한 눈으로 내려다보았다. 그런데 갑자기 알도가 손을 뻗더니 멜즈의 멱살을 붙잡았다. 섬뜩하리만치 억센 아귀힘에 멜즈는 당혹스러워하는데 알도가 피거품을 뿜어내며 필사적으로 말했다.

"……리……르……."

"알도?"

"알리, 페르……!"

이를 악물며 또박또박 그 한 마디를 내뱉은 알도는 돌연 힘없이 팔을 떨어뜨렸다. 원통한 죽음을 말하듯 알도는 눈조차 감지 못했다.

시탈로프 숲 (3)

이날 시탈로프 숲 원정은 실패로 끝났다. 선발대였던 수색팀의 절반이, 나중에 들어간 타격대의 사분의 일이 사망하거나 중상을 입으면서 콜로니 군은 유례없이 많은 아군을 잃게 되었다.

반론의 여지가 없는 대참패였다.

* * *

탕—!

"더 이상의 수색은 말도 안 되는 일입니다!"

작전실 안의 어느 군 간부가 회의 중임에도 탁자까지 두들기며 소리쳤다. 이번 원정에서 휘하의 병사와 장교들을 가장 많이 잃은 수색팀의 대대장이었다. 그의 말에 다른 군 간부들은 선불리 입을 열진 못했지만, 그의 주장에 동의했다. 혹시 모를 격전을 대비해 콜로니 주둔 병력의 절반을 데려왔지만, 이런 참패를 겪을 줄은 꿈에도 상상하지 못했기 때문이다. 철저히 대비를 하고 왔음에도 속수무책으로 알리페르에게 당하니 병사들도 장교들도 적잖게 사기를 잃은 상태였다.

하지만 시탈로프 숲 수색을 지시한 건 다른 누구도 아닌 제국군 총사령관, 이사나였다. 선불리 반대 의견을 꺼낼 수 없었다. 그러나 이대로 수색을 계속하는 것도 어리석은 짓이었다. 그렇게 작전실 안의 군 간부들은 서로의 눈치만 살피는데, 군 간부 중 하나가 용감하게 입을 열었다.

"저 역시, 굳이 수색까지 할 필요는 없다고 생각합니다."

"아니 그럼 저 숲에 있는 알리페르 놈들은 어쩌자는 거요?"

"제가 알기로 헥사비스에서 순항 유도 미사일 개발이 끝난 걸로 알고 있습니다만……."

작전실 안은 또다시 침묵에 휩싸였다. 확실히 미사일을 쓰면 군이 숲에 들어가지 않아도 알리페르 놈들을 일망타진할 수 있었다. 너무나도 괜찮은 생각이었지만, 거기에는 껄끄러운 문제 하나가 남아 있었다.

"하지만 숲에는 아브노아 하사가 목격했다는 민간인이 남아 있을지도 모르는데……."

군 간부 중 하나가 조심스럽게 말을 꺼내자, 다른 군 간부가 코웃음을 치며 말했다.

"아브노아 하사가 본 게 정말 인간이 맞기는 한 겁니까? 원숭이나 알리페르를 착각한 게 아니라? 숲속에 들어간 병사들 중 사람을 발견한 자가 단 한 명도 없었는데 정말 그의 말을 믿어도 되는 겁니까?"

신랄하기 짝이 없는 말에 작전실은 또다시 침묵에 빠졌다. 하지만 분위기는 이미 기울어질 대로 기울어져 있었다. 눈치를 살피던 어느 군 간부가 조심스럽게 이사나에게 말했다.

"각하, 저 역시 수색을 지속할 필요는 없다고 생각합니다. 설령 저 숲에 알리페르에게 억류된 민간인이 있다고 해도, 이 이상 병사들을 희생시키면서 진군하는 건 사리에 맞지 않다고 생각합니다. 병사들 역시 우리가 보호해야 할 제국민이니 말입니다."

군 간부의 말에 상석에 앉아 가만히 회의를 지켜보고 있던 이사나는 질끈 눈을 감았다. 아무리 생각해도 이보다 더 나은 방법이 없었다. 불현듯 멜즈의 얼굴이 떠올랐지만, 이사나는 포기하듯 내뱉었다.

"일단 퇴각한다."

* * *

작전실을 나서자 어느새 해가 저물어 가고 있었다. 하지만 진지 안은 분주하기 짝이 없었다. 이사나가 후퇴를 결정함과 동시에 병사들이 빠르게 짐을 정리하며 콜로니로 돌아갈 준비를 하고 있었기 때문이다. 시신을 수습한 바디백을 트럭에 싣고 설치해 놓은 임시 막사를 빠르게 걷어냈다. 이사나의 눈에조차 병사들이 한시라도 빨리 저 불길한 숲으로부터 멀어지고자 하는 모습이 보였다. 이사나의 옆에서 빠르게 정리되어 가는 진지를 바라보던 엘든은 대뜸 툭 내뱉었다.

"허무하군요."

"뭐가 말이지?"

"이제는 그 벌레놈들 따위가 제국군의 적수가 되지 못한다고 생각했었는데, 그게 착각이라는 걸 알게 되었으니 말입니다. 이렇게 허겁지겁 도망치는 꼴이라니……."

엘든은 허탈함이 묻어나는 어조로 말했다. 그에 이사나는 위로의 말조차 건넬 수 없었다. 이번 탐사의 지휘관은 엘든이었다. 출정식 이후 가장 규모가 큰 작전이었던 만큼 엘든은 연일 밤을 지새우며 빈틈없이 원정 준비를 했었다. 이번에야말로 알리페르와의 전쟁을 끝내고 미처 구조되지 못한 민간인을 구해 내나 싶었는데, 결과적으로는 인간의 무력함만 재확인한 채 도망칠 수밖에 없었다. 그게 최선임을 알면서도 엘든은 못내 허무한 듯했다.

그리고 이사나 역시 허무함을 느끼고 있었다. 이전에는 제국군의 전력이 우세한 것으로 착각해 콜로니가 안정되면 멜즈와 함께 먼 곳으로 떠나려고 했는데, 이제는 꿈같은 얘기가 되어 버렸다.

숨겨진 전력이 드러난 이상, 알리페르는 이전처럼 숨어만 있지 않을 터였다. 이번에야말로 두 종 중 하나가 남을 때까지 싸우게 될 것이다. 그런데.

'왜 놈들은 전력을 숨기고 있었지?'

이제껏 착각하도록 내버려 둔 것처럼 알리페르는 출정식 이후로 충돌이 있을 때마다 전력을 숨겨 왔다. 하지만 시탈로프 숲에서는 아니었다. 숨겨 왔던 전력을 드러낼 만큼 그 안에 밝혀져서는 안 되는 무언가가 있는 걸까? 아니면 다른 꿍꿍이가 있는 걸까?

도무지 그들의 생각을 읽을 수 없었다. 이렇게 그들의 의도조차 모르는 상태에서 싸워봤자 또다시 병사들만 잃게 될 뿐이었다. 콜로니로 되돌아 가 재정비를 해야 했다. 이제까지의 과오를 인정하고 처음부터 다시 시작해야 했다. 이사나는 그렇게 결론을 내리는데, 저 멀리 멜즈의 모습이 보였다. 짐을 옮기는 모습을 보아하니 멜즈 역시 막사를 걷는 걸 돕고 있었던 듯했다. 시탈로프 숲에서 돌아온 이후 멜즈의 얼굴을 제대로 마주한 적이 없었던 이사나는 반가움을 느꼈다.

그런데 멜즈의 얼굴이 조금 이상했다. 누군가에게 맞기라도 한 것처럼 뺨이 부풀고 입가가 찢겨져 있었다. 이사나는 당혹감을 느끼는데, 멜즈의 옆을 지나가던 어린 병사들이 멜즈의 어깨를 치고 지나갔다. 그에 멜즈는 들고 있던 짐을 우르르 떨어뜨렸다.

그 모습에 이사나는 놀라서 굳어 버렸지만, 멜즈는 익숙하다는 듯 아무렇지 않은 얼굴로 바닥에 떨어진 물건들을 주웠다. 그런 멜즈를 향해 병사들은 침을 뱉고 지나갔다. 순간 이사나는 눈앞이 시뻘게지는 걸 느꼈다. 도대체, 왜 멜즈가 저런 취급을 받는지 알 수 없었다. 이사나는 자신이 듣기에도 퍽 날카로운 목소리로 엘든에게 물었다.

"지금, 멜즈가, 왜 괴롭힘을 당하고 있는 거지?"

"시탈로프 숲을 발견한 사람이 하사니까요."

엘든의 말에는 조금이지만 힐난이 묻어 있었다. 이사나가 굳어진 얼굴로 엘든을 쏘아보자, 엘든은 한숨을 내쉬며 변명처럼 말했다.

"각하께선 저 숲에서 몇 명이 죽었다고 생각하십니까? 이곳으로 온 병사 셋 중 하나가 죽거나 중상을 입었습니다. 남겨진 사람들이 원망할 대상을 찾는 건 당연한 것 아닙니까."

"그런 말도 안 되는 이유로 멜즈가 괴롭힘당하는 걸 정당화하는 건가? 멜즈가 시탈로프 숲을 찾아낸 건 그가 마땅히 해야 할 일을 했던 것뿐이야!"

이사나가 노기 서린 목소리로 소리치자, 엘든은 잠시 말을 할지 말지 고민하다가 내뱉었다.

"병사들 사이에서 하사가 일부러 시탈로프 숲으로 콜로니 군을 유인했다는 소문이 돌고 있습니다."

"뭐?"

"하사가 알리페르와 내통했다면서 말입니다. 그 똑똑한 하사가 존데의 결함을 못 알아챘을 리 없으니 알면서 일부러 함정을 판 게 틀림없다고요. 하사가 사실은 미믹이라서 콜로니 군을 약화시키려고……."

"자네 지금 무슨 소리를 하는 건가!"

이사나가 일갈하자, 엘든은 정말 말하기 싫었다는 듯 말했다.

"하사가 처음 입대하러 훈련소에 왔을 때 미믹 선별 검사에서 양성 반응이 나왔다고 합니다! 그걸 버트런트 소령께서 2차 검사도 하지 않고 검사지를 고쳐서 일을 무마했고요! 이미 같은 훈련소를 나온 병사들은 다 아는 얘기더군요! 그런데 공교롭게도 하사에 의해 시탈로프 숲의 존재가 드러났고, 숲에서 민간인을 봤다는 사람은 하사 한 사람뿐이고! 게다가 하사는 지난번에 알리페르에게 붙잡힌 채 몇 시간이나 멀쩡하지 않았습니까!"

"엘든!"

더 이상 말하면 참지 않겠다는 듯 이사나가 엘든에게 소리쳤다. 그에 엘든 역시 굽힐 수 없다는 듯 이사나를 마주 쏘아보았다. 이사나는 배신감에 치를 떨며 말했다.

"멜즈를 콜로니의 은인이니 뭐니 추켜세웠던 게 불과 며칠 전이야. 그걸 자네는 아는가?"

"……하사의 공은 인정하지만, 그것과는 별개죠. 아니, 이 정도면 의심하는 게 당연한 것 아닙니까?"

"자네가 다른 사람 말에 이리 잘 휘둘리는 줄 미처 몰랐군."

이사나는 냉정히 쏘아붙이며 멜즈가 사라진 쪽으로 발걸음을 옮겼다. 그에 엘든이 화를 돋우듯 한마디 했다.

"그렇게 하사가 결백하다고 믿으신다면 콜로니로 돌아가자마자 검사해 보는 게 어떻습니까? 정말 억울하다면 말입니다!"

"누구보다 원망할 사람이 필요했던 건 자네였나 보군."

이사나가 냉랭한 얼굴로 쏘아붙이자, 엘든의 얼굴이 일그러졌다. 하지만 이사나는 뒤도 돌아보지 않은 채 멜즈가 사라진 쪽으로 발걸음을 옮겼다.

* * *

막사 안에서 짐을 챙기던 멜즈는 아릿하게 일어나는 통증에 뺨을 만지작거렸다. 아까 릭에게 제대로 맞았는지 시간이 지날수록 뺨이 부풀고 있었다. 하지만 멜즈는 짐짓 아무렇지 않은 척 계속 짐을 정리했다. 그러나 아까 릭이 내뱉은 말들은 조금도 흐려지지 않은 채 멜즈의 머릿속에서 왱왱거리고 있었다. 갑자기 인적이 드문 곳으로 멜즈를 불러낸 릭은 다짜고짜 멜즈를 흠씬 두들겨 팬 뒤 이렇게 말했다.

'야, 멜즈. 넌 내가 왜 이러는지 아냐?'

'……'

'사실은 난 아직도 잘 모르겠거든? 그냥 저 빌어먹을 숲에서 너 혼자 덜렁 나타난 걸 봤을 때부터 이러고 싶었어. 그래서 생각해 봤지. 내가 왜 이렇게 열 받았을까 하고 말이야.'

'……'

'호크아이 팀의 임무는 널 지키는 거였어. 그런데도 난 너만 살아 돌아온 걸 알게 되었을 때 화가 났어. 네가 아닌 다른 사람이 혼자 살아 돌아왔다면 그저 알도가 임무를 수행하다가 명예롭게 전사했다고 생각했을 텐데⋯⋯. 그냥 너라서 화가 났나 봐.'

릭은 경멸스럽다는 듯 멜즈를 내려다보며 말했다.

'네가 동기여서 그런가 보다. 네가 콜로니에 얼마나 많은 것을 기여했든 얼마나 귀한 인재든 상관없이, 훈련소에서 교육대까지 함께 해 온 전우니까. 위기가 닥쳐도 끝까지 함께할 거라 생각해서 그런가 보다. 친구를 소모품처럼 이용만 하다가 버릴 거라 생각하지 않아서.'

릭은 멜즈에게 침을 퉤, 내뱉으며 말했다.

'다신 이런 일 없을 겁니다, 아브노아 하사님. 제 친구들은 전부 숲에서 죽었거든요.'

다시 떠오른 그 말에 멜즈는 짐을 옮기다말고 우뚝 멈춰 섰다. 청록색 눈은 금방이라도 눈물을 떨어뜨릴 듯 일렁였지만 애써 참아냈다. 다른 것보다 그 말 한마디가 제일 아프게 다가왔다. 멜즈는 애써 기억을 지우려는 듯 일부러 더 부산스럽게 움직였다. 그러다 막사 입구 쪽에서 누군가의 발소리가 들려왔다. 고개를 든 멜즈는 놀라서 눈을 크게 떴다.

이사나였다.

노을빛을 등지고 문가에 선 이사나가 자신을 바라보고 있었다. 고요하고 다정한 그 눈빛에 멜즈는 돌연 가슴이 시큰거려 왔다. 도망치듯 고개를 푹 숙인 멜즈는 다시 바삐 손을 움직이며 물었다.

"어쩐 일이세요."

"지나가다가 보여서 들렀어. 점심은 먹었니?"

이사나의 물음에 멜즈는 여전히 분주히 짐을 싸며 "네, 먹었어요."라고 짧게 대답했다. 대화를 거부하는 듯한 냉랭한 말투에 이사나의 얼굴에는 당혹감이 피어올랐다. 하지만 이사나는 막사를 나가는 대신 안으로 발을 들이며 멜즈에게 물었다.

"멜즈."

"......."

"괜찮니? 얼굴에 상처가 있던데."

이사나는 걱정하며 멜즈에게 물었지만, 멜즈는 기계적으로 짐만 쌀 뿐 대답하지 않았다. 시탈로프 숲의 일로 많이 상심한 걸까? 이사나가 초조함을 느낄 때쯤이 되어서야 멜즈는 잔뜩 가라앉은 목소리로 간신히 대답했다.

"괜찮아요. 제가 잘못해서 생긴 거니까요."

"......"

"그나저나 이사나는 안 바빠요? 콜로니로 돌아갈 준비를 하려면 이사나도 많이 바쁠 거 같은데."

명백한 축객령에 이사나는 어쩔 수 없이 섭섭함을 느꼈다. 어쩌면 무력감을 느끼는 건지도 모른다. 이제껏 멜즈에게 실컷 위로받아 왔던 주제에 정작 자신은 말주변이 없어 실의에 빠진 멜즈에게 어떤 말을 건네야 할지 알 수 없었다.

가슴이 아릿했다. 자신에게 화가 나기도 했다. 하지만 지금 더 괴로운 건 멜즈일 터였다. 이사나 역시 홀로 살아 돌아온 경험이 있었기에 그의 기분을 알 수 있었다. 이사나는 말을 고르다가 어렵게 내뱉었다.

"멜즈, 숲에서 있었던 일은 결코 네 탓이 아니야. 자책하지 마."

"……."

"넌 결과를 알고 숲으로 들어간 게 아니었잖아. 그러니 누가 뭐라고 해도 그 일을 마음에 담아 두지 마."

하지만 이사나의 말에도 멜즈는 여전히 짐정리만 할 뿐이었다. 역시 마음을 추스를 때까지 시간이 필요한 걸까. 이사나는 거대한 벽을 앞에 둔 기분에 잠시 멜즈의 등을 바라보다가 돌아섰다. 그리고 막사를 나가려는 순간, 멜즈가 말했다.

"저도 알아요, 제 탓이 아니라는 거."

"……."

"화이트 6가 습격당한 원인을 알아보러 갈 때도 알리페르가 매복하고 있을 줄은 몰랐죠. 좀 더 뻔뻔하게 얘기하자면 존데의 알리페르 인식 방법도 수많은 교수님들과 군 관계자들의 승인을 받아 실용화한 거니까 굳이 잘잘못을 따지자면 제 탓만 있는 건 아니죠, 하지만."

멜즈는 속사포처럼 늘어놓다가 잠시 숨을 골랐다. 그리고 애써 평범하게 얘기하려 애를 썼다.

"제가 좀 더 잘했어야 했어요."

"……."

"전 다른 사람들보다 뛰어나잖아요. 그러니 남들이 생각지 못했던 것을 저만은 알아차렸어야 했어요."

"멜즈, 그렇지 않아……! 너는 항상 최선을 다했어, 그러니까……."

깊은 죄책감이 느껴지는 멜즈의 말에 이사나는 황급히 부정하는데, 멜즈가 눈물이 그렁그렁한 눈으로 이사나를 돌아보며 소리쳤다.

"제가 멍청하지 않았다면! 그 많은 사람들이 죽지 않았을 거예요!

호크아이 팀도, 알도도……. 알도가 그렇게 허무하게 죽지 않았을 텐데……."

"멜즈……."

"미안해요, 이사나한테 소리 질러서……. 정말 미안해요……."

멜즈는 이사나를 피해 도망치듯 밖으로 뛰쳐나갔다.

* * *

그 이후 이사나는 멜즈와 한 마디도 하지 못했다. 멜즈가 철저히 이사나를 피해 도망 다닌 탓이다. 얼마나 잘 도망치는지 터럭 한 올 제대로 보기 힘들 정도였다. 그러는 사이 어느새 원정대는 콜로니에 거의 도착해 있었다.

하루나 이틀 정도만 더 가면 자기 중력장 배리어가 있는 안전한 그 곳에서 편히 쉴 수 있었다. 그러니 괜히 조급하게 굴지 말고 멜즈에게 시간을 주자고 생각했다. 이 문제는 콜로니로 돌아가서 해결해도 늦지 않는다고. 그런데…….

"……."

이사나는 이제까지 자신의 인내심을 과대평가해 왔다는 걸 깨달았다. 진지 안에서 우연히 딱 마주친 멜즈가 놀란 토끼처럼 후다닥 도망치는 모습을 보자 참으려고 해도 화가 치밀었다. 부글부글 속이 끓어 당장이라도 멜즈의 뒷덜미를 잡아채고 싶어졌다. 하지만 멜즈에게는 시간이 필요했다. 그러니 강요해서는 안 되었다.

절대 강요해서는……!

이사나가 무서운 얼굴로 멜즈의 뒷모습을 바라보자, 옆에 있던 엘든이 눈치를 살피다가 툭 내뱉었다.

"누구 한 사람 죽일 듯한 얼굴이군요."

"그게 자네가 될 거란 생각은 안 하나?"

이사나가 차갑게 쏘아붙이자, 엘든은 그제야 입을 다물었다. 이사나는 한숨을 내쉬며 엘든에게 물었다.

"콜로니와의 통신은?"

"여전히 안 되고 있습니다."

엘든의 말에 이사나는 미간을 구겼다. 시탈로프 숲에 있을 때는 경황이 없어서 잘 몰랐는데, 언제부턴가 헥사비스는 물론이요, 콜로니와의 통신 역시 끊어져 있었다. 깔려 있는 통신망을 전부 걷어 내고 다시 깔아야 하지 않을까 하는 생각이 들 정도로 최근 통신 상태는 엉망이었다. 암담함에 이사나는 한숨을 내쉬는데, 엘든이 심각한 얼굴로 말했다.

"원인을 조사하고 있지만, 아직 어디에서도 결함이 발견되지 않고 있습니다. 어차피 내일 모레면 콜로니에 도착할 테니 상관없지만, 그래도 원인조차 모른다는 건……."

엘든은 조사해 온 것을 열심히 보고하고 있었지만, 이사나는 어느새 한 귀로 듣고 한 귀로 흘려 내보내고 있었다. 심각한 얘기를 하고 있는데도 이사나의 머릿속은 온통 멜즈 생각뿐이었다. 멜즈는 왜 나를 피하는 걸까? 역시 시탈로프 숲에서 있었던 일 때문일까? 아니면 그날 했던 어쭙잖은 위로가 싫고 부담스러웠던 걸까? 어떤 이유든 간에 멜즈에게 아직 시간이 필요한 건 확실했다. 그러니 좀 더 많은 일을 겪어 온 자신이 참아야 했다. 도망치는 모습이 답답하고 섭섭해도 참아야 했다. 나는 멜즈보다 어른이니까. 그런데…… 그런데…….

'왜 이렇게 기분이 나쁘지?'

처음에는 그저 당혹스러웠던 것 같다. 항상 먼저 다가온 멜즈가 거리를 둔다는 것에 말이다. 하지만 그 감정은 이내 불안과 초조함으로 뒤바뀌었다. 배신감을 느끼기도 했고 말이다.

이대로 멜즈가 그 일을 극복하지 못한 채 영영 거리를 두면 어쩌지? 평생 내 얼굴을 보려고 하지도 않으면 진짜 어쩌지? 멜즈가 겪고 있을 마음의 고통은 안중에도 없이 이사나는 온통 이런 걱정으로 머릿속이 혼란했다.

역시 난 나쁜 놈이었어.

이사나는 자괴감에 빠져 우울해하는데, 그 모습을 떨떠름하게 지켜보고 있던 엘든이 보고를 하다가 말고 이사나에게 물었다.

"각하, 제 말 듣고 계십니까?"

"어?"

"어차피 제대로 듣지도 않으실 거면서 보고는 왜 시키신 겁니까?"

엘든이 못마땅한 얼굴로 말했다. 그에 이사나가 "미안하네, 잠시 딴 생각을⋯⋯." 하고 사과하는데, 엘든이 한숨을 내쉬며 말했다.

"그렇게 하사가 피하는 게 신경 쓰이신다면 억지로라도 하사를 붙들어서 해결하면 되지 않습니까."

"⋯⋯도대체 무슨 수로⋯⋯."

얼굴만 마주쳐도 저렇게 화들짝 놀라 달음박질치는데, 도대체 무슨 수로 붙잡으며 어떻게 계속 붙들어 놓느냔 말이다. 이사나가 막막해하는데, 엘든이 어처구니없다는 듯 말했다.

"밧줄로 묶어 버리든 어디 가둬 놓든 하면 되지 않습니까. 각하께서 하사 한 사람 제압 못 합니까?"

"······그런데 자네 며칠 전까지만 해도 멜즈를 의심하지 않았나?"

이사나의 비난에 엘든은 민망하다는 듯 헛기침을 내뱉으며 말했다.

"그때는······ 제정신이 아니었던 모양입니다. 하사가 그런 짓을 할 사람이 아닌데······. 경솔한 발언이었습니다."

"······사과는 나한테 하지 말고 나중에 멜즈에게 해."

"그치만 제가 하사 앞에서 그런 얘기를 한 건 아니지 않습니까?"

엘든은 능청스럽게 회피했다. 그런 엘든을 이사나가 흰 눈으로 바라보는데, 엘든이 헛기침을 하며 말했다.

"어쨌든, 각하께서는 하사를 너무 조심스럽게 다루는 경향이 있습니다. 하사는 말입니다, 남자아이입니다. 게다가 올해 성년식도 치렀죠. 어느 정도 거칠게 다루어도 된단 말입니다."

"그래도······."

"어쩌면 하사도 지금 이 상황을 답답하게 생각하고 있을지도 모릅니다. 어쩌면 각하께서 이끌어 주길 바랄지도 모르죠. 이러니저러니 해도 하사는 각하 한 사람 만나겠다고 여기까지 쫓아온 꼴통 아닙니까?"

엘든의 얘기를 들으니 초조하고 불안했던 마음이 조금이나마 가라앉았다. 그럴듯했다. 멜즈가 평생 자신을 피해 다닐 리 없었다. 싫어하게 될 리 없었다. 이사나가 이 상황이 지속되지 않기를 바라는 것처럼 멜즈 역시 이 상황이 지속되는 걸 원치 않을 터였다.

'조금 거칠게······.'

이사나는 턱을 쓸며 생각했다. 마침 단둘이 얘기하기 좋은 장소가 있었다.

* * *

멜즈는 해가 진 진지 안을 하릴없이 돌아다녔다. 보초를 제외한 다른 병사들은 낮 동안 이동하고 잡일을 하느라 이른 밤부터 전부 곯아떨어진 상태였다. 하지만 멜즈는 낮 동안 하는 일이 별로 없었던 탓인지 피곤하지도 졸리지도 않았다. 그냥 우울할 뿐이었다.

'알도……'

혼자가 되면 어김없이 숲에 내버려 두고 온 친구가 생각났다. 굳은 의지가 서린 얼굴로 반드시 살아서 돌아갈 거라 호언했던 친구는 이제 깊은 잠에 빠진 채 헥사비스로 돌아가게 되었다.

알도가 그렇게 된 게 모두 자신의 탓 같았다. 멜즈는 그날 일을 마치 어제 겪은 것처럼 생생하게 떠올릴 수 있었다. 그때는 너무 지쳐 있었고 알도와 함께 싸워도 큰 전력이 될 것 같지 않았다. 하지만 조금 더 힘을 냈어야 했다. 조금 더 용기를 냈어야 했다.

언제나처럼 멜즈는 뒤늦은 후회를 되풀이하는데, 멜즈의 앞으로 누군가가 나타났다.

이사나였다.

완전 무장한 채 헤비 블레이드까지 손에 든 이사나는 다소 딱딱한 얼굴로 멜즈를 바라보고 있었다. 그 낯선 모습에 멜즈는 도망가야 한다는 것도 잊어버린 채 굳어 있는데, 이사나가 짧게 말했다.

"따라와."

이사나는 냉랭히 말하며 앞장섰다. 따라가지 않으면 억지로 끌어낼 것 같은 분위기에 멜즈는 목을 움츠리며 그의 뒤를 따랐다.

'……?'

사령부 막사로 갈 거라 생각했던 것과 달리, 이사나는 진지 밖으로 향하고 있었다. 이미 해가 저물어 날이 어두워졌는데도 말이다. 이제는 존데의 도움도 받을 수 없는데 어째서 위험하게 밖으로 나가는 거지?

'서, 설마, 이사나도 내가 미믹이라는 소문을 믿는 걸까?'

절대 아니지만, 정말 절대로 아니지만, 상황이 이렇게 딱딱 아귀가 맞아 떨어지는 경우가 없었다. 멜즈 자신조차 다른 사람이었으면 의심했을 터였다. 그렇다면 이사나는? 이사나는 어떻게 생각할까? 정말 무고하다고 생각할까? 제국군의 안위를 책임져야 하는 그가, 그 작은 의심조차 내버려둘 수 있을까?

'아닌데…… . 난 미믹이어서 이사나를 피해 다닌 게 아니었는데!'

하지만 이사나로서는 오해할 수 있었다. 그렇다면 이사나는 도대체 왜 날 데리고 밖으로 나가는 것일까? 답은 뻔했다. 손수 처형시키기 위해서였다. 콜로니로 이렇게 수상한 자를 들일 수 없으니까. 그러니까…… .

하지만, 난 진짜 아닌데……!

"이, 이사나."

"……."

"지금, 우리, 어디로 가는 거예요?"

멜즈가 물었지만, 이사나는 아무 대답이 없었다. 멜즈는 멀어져 가는 초소를 연신 돌아보다가 불안에 못 이겨 소리쳤다.

"그, 그냥 안 가면 안 돼요?"

멜즈가 울어버릴 듯한 얼굴로 미적거리자, 이사나는 그제야 뒤를 돌아보았다. 빨리 따라오지 않는 자신이 마음에 들지 않는지 이사나는 못마땅한 얼굴로 말했다.

"잠자코 따라와."

"그치만……!"

"일개 하사가 상관의 명령에 불복종할 셈인가?"

차갑기 짝이 없는 말에 멜즈는 왈칵 눈물이 쏟아질 것 같았다. 정말…… 정말 이사나는 나를 의심하고 있는 건가? 이사나가? 나를? 멜즈는 패닉에 빠져 어찌할 줄을 모르는데, 이사나가 한숨을 내쉬며 말했다.

"따라오지 않으면."

여기서 즉결 처분하겠다는 말을 하려는 건가? 멜즈는 불안에 허우적거리며 이사나를 바라보는데, 이사나가 말했다.

"미워할 거다."

"……."

이사나는 자신이 말하고도 내키지 않는지 미간을 구겼다. 미워할 거란 말을 내뱉은 것 자체가 싫은 듯했다. 아까까지 긴장했던 게 거짓말이었다는 듯 멜즈는 맥이 탁 풀렸다. 이사나는 평소의 이사나와 똑같았다. 멜즈는 그제야 순순히 이사나의 뒤를 따랐다.

도대체 어디로 가는 거지?

이사나가 자신을 의심하는 게 아니라는 건 알게 되었지만, 그렇다고 어디로 가는지 밝혀진 것 또한 아니었다. 보름달이 휘영청 뜬 초원을 걸으며 고민했지만, 멜즈는 도무지 이사나의 생각을 알 수 없었다.

알리페르를 사냥하러 가는 걸까? 완전히 무장한 모습을 보면 그럴 수도 있겠다는 생각이 들었다. 하지만 지금의 이사나는 그때처럼 무서운 기색을 보이지 않았다. 아니, 그날 그를 뒤따라 간 이후로 이사나는 절대 초소 밖을 혼자 나선 적이 없었다. 점점 더 뭐가 뭔지 알 수 없어 고개를 갸웃거리는데, 초소에서 얼마 떨어지지 않은 언덕을 넘어가자 탁 트인 초원이 펼쳐졌다.

"우와……."

초원 위에 펼쳐진 풍경에 멜즈는 자신도 모르게 탄성을 내질렀다. 지평선 끝까지 펼쳐진 드넓은 초원 위로 수 없이 많은 들꽃이 피어 있었다. 색색의 키 작은 꽃들이 보름달 아래에서 활짝 봉오리를 터트린 모습은 그야말로 장관이었다. 처음 헥사비스 밖으로 나올 때처럼 풍경에 압도되는 기분이 들기도 했다. 멜즈는 넋을 잃고 초원을 바라보는데 이사나가 물었다.

"마음에 드니?"

"네? 네……."

이사나의 물음에 멜즈는 얼떨떨한 얼굴로 대답했다. 하지만 풍경이 아름다운 것과는 별개로 의문은 커져만 갔다. 왜 여기 데려온 거지? 멜즈는 답을 구하듯 이사나를 바라보았지만, 이사나는 상냥하게 웃으며 손을 잡아끌 뿐이었다.

마치 꿈속 같았다. 발밑에는 키 작은 꽃들이 바람에 산들거리고 내 옆에는 내가 가장 존경하고 사랑하는 사람이 있다.

콜로니를 떠난다면 항상 이런 날들이 계속되지 않을까 하는 생각이 들었다. 하지만 동시에 고개를 처든 죄책감은 멜즈로 하여금 기쁨조차 제대로 느끼지 못하게 했다. 아까까지 넋이 나간 얼굴로 따라오던 멜즈가 돌연 시무룩해지자 이사나는 그런 멜즈를 바라보며 물었다.

"멜즈."

"……."

"별로 마음에 안 드니?"

이사나의 말에 멜즈는 눈을 피하며 고개를 가로저었다.

"아니요, 그렇지 않아요."

"그럼 나랑 있는 게 싫으니?"

말도 안 되는 소리에 멜즈는 퍼뜩 고개를 들었다. 그러자 쓸쓸하게 웃는 이사나의 얼굴이 보였다. 섭섭함이 느껴지는 그 모습에 멜즈는 필사적으로 고개를 가로저으며 말했다.

"그럴 리가⋯⋯. 제가 이사나를 싫어할 리 없잖아요⋯⋯."

"그런데 왜 나를 피하는 거니."

"⋯⋯."

"이대로 영영 내 얼굴 안 볼 작정이었어?"

원망이 묻어나는 그의 말에 멜즈는 그제야 이사나가 왜 자신을 여기 데려왔는지 알 것 같았다. 이번에야말로 도망가지 못하게 붙들어놓고 제대로 얘기하기 위해서였다. 그걸 알아차린 멜즈가 안절부절못하자, 이사나는 일단 멜즈를 자리에 앉혔다. 야생화가 잔뜩 핀 들판 위로 멜즈가 앉자, 이사나는 무기를 내려놓고 멜즈의 손을 꽉 붙잡으며 말했다.

"멜즈, 날 봐."

이사나의 말에 홀린 듯이 멜즈가 고개를 들자, 이사나는 진지한 얼굴로 말했다.

"멜즈 네가 날 피하는 건 시탈로프 숲에서의 일 때문이니?"

속을 꿰뚫어보는 듯한 이사나의 말에 멜즈는 도망치고 싶어 안절부절못하다가 변명처럼 조악하게 내뱉었다.

"그냥, 바빠서⋯⋯."

"멜즈."

거짓말하지 말라는 듯 이사나는 멜즈의 손을 꽉 붙잡으며 말했다. 그에 멜즈는 또다시 먹먹하게 눈물이 차오르는 걸 느꼈다. 색이 미묘하게 다른 이사나의 눈을 붙잡힌 듯 마주 보던 멜즈는 울 듯한 얼굴로 말했다.

"하지만…… 하지만 알도가 죽었어요……. 헥사비스에서 사랑하는 사람이 기다리고 있는데……."

"……."

"나만, 살아 있어서……. 나만 이사나와 행복한 게 괴로워서……."

죄책감에 매몰된 멜즈는 낯을 일그러뜨렸다. 진지 안에서 우연히 이사나와 마주칠 때마다 멜즈는 가슴이 두근거렸다. 그 지옥 같은 숲에서 빠져나와 그와 계속 함께할 수 있다는 게 믿어지지 않을 때가 있었다. 황홀하고 가슴이 죄어 왔지만 그와 동시에 끝없는 죄책감을 느꼈다.

왜 너만 행복한 거야. 바디백에 담긴 알도가 그렇게 말할 것 같았다. 괴로운 마음을 고스란히 얼굴에 드러낸 멜즈를 가만히 지켜보던 이사나는 쓸쓸한 얼굴로 말했다.

"멜즈, 아마 우리는…… 이제 콜로니를 떠나지 못할 거야."

"아……."

막연히 생각했던 문제를 이사나가 입에 올리자, 멜즈는 어쩔 수 없이 아쉬운 마음이 들었다. 겨우 며칠 전까지만 해도 두 사람은 시탈로프 숲 원정이 끝난 뒤 정착할 남쪽 해안가 얘기로 들떠 있었다. 나무를 베어 집을 짓고 물고기를 잡아먹으며 둘이서 행복하게 살아가자고 말했었다. 하지만 원정대의 총 인원 중 삼분의 일을 잃는 대참패를 겪은 지금으로서는 꿈같은 얘기일 뿐이었다.

앞으로 알리페르를 완전히 없애기 전까지 이사나는 '넥시움'의 의무에서 벗어날 수 없었다. 그게 그에게 주어진 숙명이었다. 멜즈는 울 듯한 얼굴로 고개를 떨어뜨리는데 이사나가 멜즈의 손을 꼭 붙잡으며 말했다.

"그렇기에, 나는 네가 죄책감에만 빠져 있지 않고 조금 더 행복해지려는 노력을 해야 한다고 생각해."

"하지만……!"

"멜즈, 우리에겐 시간이 얼마 없어. 이기적으로 들릴지 모르겠지만, 앞으로 내게, 혹은 네게 어떤 일이 벌어질 지 우린 알 수 없어."

이사나는 아직 멍 자국이 남아있는 멜즈의 광대를 엄지로 쓸며 말했다.

"그러니 남은 사람들은 매순간마다 행복해야 해."

"이사나는……."

"……?"

"이사나에게도 알도 같은 사람이 있었어요?"

멜즈의 질문에 이사나는 말없이 웃었다. 어리석은 질문이었다. 그의 얼굴에 서린 쓸쓸함이 질문에 대한 답을 하고 있었다.

앞으로 어떤 일이 벌어질지 모른다.

희한하게도 이사나는 종종 그런 말을 했다. 마치 결정된 일이라도 되는 것처럼 말이다. 누구보다도 전쟁터에 오래 있었기에 자신의 상황을 낙관하지 않는 걸까?

만약 이사나가 없다면.

알도처럼 뜻하지 않게 그와 이별하게 된다면 어떻게 될까?

헥사비스에 있는 때는 지구 끝까지, 죽어서라도 뒤쫓겠다는 허무맹랑한 결심을 했었다. 하지만 막상 누군가를 눈앞에서 떠나보내자, 그런 가정은 상상조차 하고 싶지 않아졌다.

멜즈는 괜히 애꿎은 꽃들만 마구 쥐어뜯었다. 둘 사이에는 어느새 말이 없었다. 풀벌레 소리만 고즈넉하게 들리는 이곳에서 두 사람은 앞으로 있을 불안한 미래만 떠올리고 있었다. 벼랑 끝을 앞둔 듯한 막막함에 멜즈는 손으로 꺾은 꽃줄기만 만지작거리는데, 돌연 이사나가 말했다.

"멜즈."

"네?"

"그 꽃……"

이사나의 말에 멜즈는 그제야 자신의 손안에 든 꽃을 바라보았다. 튤립처럼 꽃잎이 포개진 새하얀 꽃이었다. 사진으로만 본 적 있는 꽃이 어느새 손에 들려있자 멜즈는 얼떨떨했다. 멜즈는 꽃줄기를 빙글빙글 돌리며 이사나에게 물었다.

"이 꽃이 왜요?"

"……버리는 게 좋지 않을까?"

이사나의 말에 멜즈는 의아한 눈으로 꽃을 힐끔거리다가 이사나에게 물었다.

"왜요?"

"위험해 보이는데……"

뜬금없는 말에 멜즈는 피식 웃으며 말했다.

"에이~, 뭐가 위험해요, 꽃인데."

"그치만 그건……"

"알아요, 사프리드잖아요. 알리페르에게 독성이 있다고 알려진 꽃으로 개화기에만 독성을 띠고 효과는 그다지 좋지 않아서 생화학 무기에서 제외된 천연물이죠. 덧붙여서 인체엔 무해하고요. 이런 쪽은 이사나보다 제가 더 잘 알 걸요?"

이건 조금 이르게 폈네요. 멜즈는 장난스럽게 말하며 코끝에 꽃을 가져다 댔다. 의외로 좋은 향기에 멜즈는 눈을 감으며 꽃향기를 맡았다. 그런 멜즈를 보며 이사나는 가슴이 조마조마해지는 걸 느꼈다.

사프리드가 알리페르에게 독성이 미미하다고 알려져 있지만, 그건 성체인 경우였다. 미성숙한 유충의 경우에는 그 영향이 심해 사프리드 군집 근처에서 종종 죽은 유충의 사체가 발견되곤 했다.

괜찮으려나?

비비의 말로는 멜즈의 전흉선이 위축되어 있어 자력으로 성체가 될 가능성이 전혀 없다고 했다. 영원히 이 모습인 채 사는 것이다. 이렇듯 다른 알리페르와는 다르다고 하니 괜찮을지도 모른다는 생각이 들면서도 걱정이 되는 건 어쩔 수 없었다.

아쉽지만 이만 돌아가자는 말을 해야 할 것 같다. 멜즈가 들고 있는 꽃도 문제지만, 아까부터 머리 한쪽이 욱씬거리는 게 조금 있으면 눈앞이 뒤집힐 정도로 두통이 심해질 것 같았다. 그런 상태에서는 만약의 일을 대비할 수 없었다. 이사나는 욱씬거리는 머리를 꾹꾹 누르며 멜즈에게 말했다.

"멜즈, 이제 그만 돌아갈까?"

"……."

"멜즈?"

이사나는 옆을 돌아봤다가 놀라서 눈을 크게 떴다. 멜즈가 꽃을 손에 쥔 채 들판에 쓰러져 있었다. 온몸의 피가 전부 빠져나가는 듯한 기분을 느끼며 이사나는 허둥지둥 멜즈에게 다가가 소리쳤다.

"멜즈! 멜즈!"

이사나는 멜즈를 똑바로 눕힌 뒤 먼저 호흡부터 확인해 보았다. 다행히도 숨소리와 맥박은 정상이었다. 그냥 기절한 것뿐인가? 축 늘어진 멜즈를 이리저리 살펴보던 이사나는 일단 멜즈의 손에 들린 불길한 꽃부터 저 멀리 던져 버렸다. 다친 곳은 없어 보여 다행이긴 한데…… 걱정 어린 눈으로 멜즈를 내려다보던 이사나는 진지 쪽을 돌아보며 멜즈를 어떻게 옮길지 고민하는데, 돌연 이사나의 시야가 뒤집어졌다.

"……!"

풀썩—. 옆에서 진하게 풍겨오는 꽃향기를 맡고 나서야 이사나는 자신이 바닥에 쓰러졌음을 깨달았다. 반사적으로 자리에서 일어나려는데, 그런 이사나의 위로 멜즈가 올라탔다.

"멜……즈?"

일어날 수 없게끔 이사나의 어깨와 팔을 손으로 짓누른 멜즈는 생각을 알 수 없는 고요한 눈으로 이사나를 내려다보고 있었다. 무표정한 그 얼굴이 이사나가 아는 멜즈처럼 보이지 않았다.

"멜즈, 괜찮니?"

넋이 나간 듯한 모습에 걱정이 되어 또다시 묻는데, 멜즈는 대답 없이 멍한 얼굴로 이사나를 내려다보기만 했다. 이상했다. 멜즈의 저런 얼굴은 처음이었다. 언제나 열에 들뜬 눈으로 사랑을 호소하던 그가 어떤 감정도 내비치지 않는 서늘한 눈으로 바라보니 아무리 멜즈라지만 두려운 마음이 드는 건 어쩔 수 없었다.

이사나는 당혹감을 느끼며 그를 바라보는데, 돌연 멜즈가 고개를 숙였다. 이사나는 저도 모르게 몸을 움찔거리는데, 멜즈가 체취를 맡듯 살갗이 닿을듯한 거리에서 코를 킁킁거렸다. 그런 그가 이상했지만, 뭐가 뭔지 몰라 가만히 있는데, 멜즈가 대담하게 몸을 더 맞붙여 왔다.

킁킁—. 그의 코끝이 부딪치고 더운 숨이 뺨에 퍼지자 가벼운 소름이 오도도 돋아났다. 왜 이러는 거지? 이사나는 잔뜩 굳어진 채 당황하는데, 멜즈가 이사나의 귀 뒤쪽으로 코를 가져다 댔다.

"멜즈, 간지러운데……."

"……."

"이제 그만, 웃……!"

갑자기 귀에서 느껴지는 축축한 감촉에 이사나는 당황하며 멜즈를 돌아보았다. 지금 혀로 핥은 거야? 이상한 나라에 내동댕이쳐진 듯한 당혹감에 이사나는 저도 모르게 옆으로 물러나는데, 멜즈가 난폭하게 이사나를 짓누르며 이를 드러냈다.

"크르르……."

마치 짐승이 경고하는 듯한 으르렁거림에 이사나가 멈칫거리자, 멜즈는 다시 이사나의 귀 뒤쪽을 혀로 핥기 시작했다. 도대체 갑자기 왜 이러는 거지? 이사나는 당혹스러운 것도 당혹스러운 거지만, 자꾸만 기분이 이상해져 얼굴이 화끈거려 왔다.

점막이 부딪치는 축축한 소리와 뜨거운 숨결이 그럴 마음이 없는데도 몸을 달아오르게 했다. 진짜 꼴사나운 모습을 보일 것 같아 이사나는 멜즈의 어깨를 붙잡으며 애원했다.

"멜즈, 잠시, 이제 좀 비켜 주지 않을래?"

"……"

"잠깐, 이것 좀……! 히잇……!"

귓불부터 귓바퀴까지 길게 핥아진 이사나는 기겁하며 몸을 움츠렸
다. 겨우 귀 한쪽 핥아진 것뿐인데 손끝 발끝이 절로 곱아들었다. 이사
나가 눈을 질끈 감으며 몸을 떨자, 멜즈는 잔뜩 움츠린 이사나의 목으
로 입술을 내렸다. 그리고 이갈이를 하는 동물처럼 얇은 살거죽과 뼈
대를 잘근거렸다. 아래로 피가 몰렸다. 이상한 상황임에도 이사나의
몸은 당혹스러울 정도로 크게 반응하며 달아오르고 있었다.

진짜 곤란한 처지에 놓이자 이사나는 멜즈의 입을 손으로 막으며
그의 행동을 저지했다. 그러자 멜즈는 머리를 흔들며 이사나의 손을
뿌리치려 했다. 이사나는 멜즈의 아래에서 빠져나오려 애를 쓰며 멜
즈를 불렀다.

"멜즈!"

"크르르……. 크왕……!"

"멜즈—!"

크게 소리치자, 그제야 멜즈의 눈에서 빛이 돌았다. 한차례 실랑
이를 벌인 탓인지 이사나도 멜즈도 숨이 거칠어져 있었다. 먼저 이
사나가 멜즈를 저지하고 있던 손을 내리자, 멜즈는 얼떨떨한 눈으로
이사나를 바라보았다. 그리고 이내 자신이 어디에 있는지 깨닫고선
기겁한 얼굴로 이사나의 몸에서 굴러 떨어졌다.

"어, 어어, 이거는, 어……."

멜즈는 몹시 당혹스러운지 심하게 말을 더듬었다. 아무래도 아까
무엇을 하고 있었는지 전혀 생각나지 않는 듯했다. 이사나는 일단 자리
에서 일어나 흐트러진 옷깃을 여몄다. 그러다 목 주변이 따끔해 쓸어

보니 손에 피가 묻어났다. 이사나는 어처구니가 없어 멜즈를 돌아보는데, 멜즈가 돌처럼 굳어진 채 입만 뻥긋거리다가 돌연 주르륵 눈물을 흘렸다. 아니, 왜 네가 우는 거니? 이사나는 황당해하는데, 자리에서 벌떡 일어난 멜즈가 갑자기 고개를 푹 숙이더니 우렁차게 외쳤다.

"죄, 죄송합니다!"

그리고 냅다 자리를 박차고 뛰쳐나갔다. 얼마나 빠른지 붙잡을 엄두조차 나지 않았다.

* * *

'미쳤어, 미쳤어, 미쳤어!'

멜즈는 마구 달리며 속으로 외쳤다. 내가 지금 뭘 한 거지? 도대체 무슨 짓을 한 거야! 멜즈는 생각을 하면 할수록 뭐가 뭔지 몰라 혼란스러워졌다.

분명 이사나와 함께 들판에 앉아 사프리드의 꽃향기를 맡고 있었다. 굉장히 향이 좋아 우울했던 마음이 조금이나마 가라앉는 걸 느끼는데, 어디선가 굉장히 농후한 냄새가 났다. 다디단 과육이 썩어 문드러지기 직전에 풍기는 듯한 강렬한 향에 고개를 돌려보니 이사나가 있었다. 심장이 입에서 튀어나올 정도로 두근거리는 걸 느낀 뒤 정신을 차려 보니 이사나가 몹시 곤란해 보이는 얼굴로 아래에 깔려 있었다. 단단히 여몄던 옷깃이 파헤쳐지고 목줄기가 잇자국으로 범벅이 되어 있었는데, 그 모습이 굉장히…….

'으아아악! 도대체 왜 이러는 거야!'

이사나를 떠올리자 또다시 온몸이 후끈 달아올랐다. 아랫배가 몹시 당기고 군침이 돌기도 했다. 뭐지? 도대체 왜 이러는 거야! 멜즈는 이유도 모른 채 뜨거운 정염에 갇혀 초소 주변을 계속 빙글빙글 맴돌았다. 보초병이 이상하다는 듯 쳐다봤지만 도저히 멈출 수 없었다.

뜨거운 게 조금이나마 가라앉자, 멜즈는 그제야 자신의 막사로 돌아갈 수 있었다. 하지만 얼굴은 죽상이었다. 이제 무슨 낯으로 이사나의 얼굴을 본단 말인가. 그런, 그런, 파렴치한 짓을 하고……. 멜즈는 또다시 눈물이 찔끔 나왔다. 어쩌다가 그런 짓을 하게 되었는지 도무지 알 수 없었다. 멜즈가 시무룩한 얼굴로 막사 문을 여는데, 안에서 이미 누군가가 기다리고 있었다.

이사나였다.

어느새 편한 옷으로 갈아입은 이사나는 몹시 화가 났는지 팔짱까지 낀 채 자신을 쏘아보고 있었다. 그와 눈이 마주치자마자 멜즈는 허둥지둥 도망치려는데, 이사나가 말했다.

"거기 서."

단호한 명령에 멜즈는 돌처럼 우뚝 굳어졌다. 식은땀이 줄줄 흘렀다. 도무지 어떤 얼굴로 이사나를 마주해야 할지 알 수 없었다. 멜즈는 사형수가 된 심정으로 막사 문만 막막하게 쳐다보는데, 이사나가 다가오더니 거칠게 자신을 돌려세웠다.

"……."

마주 보고 서게 되었지만, 그럼에도 멜즈는 여전히 고개를 들지 못했다. 화가 난 이사나의 얼굴을 보는 게 무섭기도 했지만 지나치게 가까이 서 있는 탓에 두근거려서였다. 아니, 그것보다는 겨우 식은 열이 다시 훅 치고 올라왔기 때문이었다. 최고급 진미가 눈앞에 나타난 것처럼 위장이 뒤틀리는 기분이 들기도 했다.

"너는······."

이사나는 한숨을 푹 내쉬며 말했다.

"너는 당황하면 갑자기 뛰쳐나가는 버릇을 고쳐야 해."

생각지도 못한 말에 멜즈가 고개를 들자, 이사나는 엄한 얼굴로 말했다.

"초소와 가깝다고 해도 그곳은 바깥이었어. 혹시라도 위험한 일이 있으면 어쩌려고 혼자 뛰쳐나간 거야."

"죄송해요······."

멜즈가 시무룩한 얼굴로 사과하자, 이사나는 멜즈의 뺨을 쓰다듬으며 물었다.

"다친 곳은."

"없어요."

"어디 아픈 데도 없어?"

"네······."

이사나의 걱정에 멜즈는 괜히 기분이 좋아져 헤헤거렸다. 그런 멜즈에게 피식 웃어 보인 이사나는 멜즈의 머리를 쓰다듬으며 말했다.

"그럼 됐어."

"······."

"늦었으니 이제 그만 푹 쉬렴."

그리고 이사나는 멜즈를 지나쳐 막사를 나가려 했다. 하지만 그 흔하디흔한 일상적인 광경에 멜즈는 이상하게 조급증이 치밀었다.

"응? 무슨 일이니?"

팔이 붙잡힌 이사나는 의아한 눈으로 멜즈를 바라보았다. 그에 멜즈는 어리둥절한 눈으로 이사나를 바라보다가 이내 이사나의 팔을 꽉 붙잡은 자신의 손을 내려다보았다.

"앗! 이, 이거는……! 그러니까……."

멜즈는 이사나의 팔을 놓으려 했지만, 희한하게도 그럴 수 없었다. 이상했다. 오늘따라 제 몸이 제 몸 같지 않았다. 아무리 떨쳐 내려 해도 누군가에게 조종당하는 것처럼 이사나를 꽉 붙잡고 있을 뿐이었다. 이상하다, 이상하다. 그렇게 생각하면서도 멜즈는 이사나가 시야에서 사라지는 걸 용납할 수 없었다.

멜즈는 이사나의 팔을 꽉 붙든 채 새빨갛게 얼굴을 물들이는데, 그런 멜즈를 빤히 쳐다보던 이사나가 대뜸 내뱉었다.

"멜즈."

"……."

"우리 키스할까?"

이사나의 말에 멜즈는 용수철처럼 고개를 들어 올렸다. 지금, 이사나가 무슨 말을 하는 거지? 멜즈는 필사적으로 그의 얼굴에서 의도를 읽어 내려 했지만, 이사나는 그저 곤란한 듯 웃고 있을 뿐이었다. 도무지 그의 생각을 알 수 없었다. 언제나 그랬지만, 상냥한 저 얼굴 아래로 이사나가 진짜 생각하는 게 무엇인지 알 수 없었다.

"왜……요? 이사나는 하고 싶은 생각 없잖아요."

멜즈는 자신도 모르게 비난하듯 말했다. 감찰단을 헥사비스로 돌려보낸 뒤, 두 사람은 후견인 관계에서 연인 관계로 발전했지만, 멜즈를 대하는 이사나의 태도는 조금도 바뀌지 않았다. 키스하고 싶다는 눈치도 주고 이제 다 컸다는 어필도 했지만, 이사나는 끝까지 모르쇠로 일관했다.

그런 그의 태도가 나쁘다는 건 아니다. 나이 차가 있는 데다 하물며 동성이기까지 한데 그걸 쉽게 받아들이는 게 이상했다. 그걸 머리로는 이해하고 있으면서도, 내심 섭섭했던 모양이다. 그렇다고 적선받듯 관계를 발전시키고 싶진 않았다. 이사나에게 몸이 달아 있는 건 사실이지만, 그래도 그건 싫었다. 멜즈가 뚱한 얼굴을 하자, 이사나가 멋쩍게 웃으며 말했다.

"사실…… 아직도 잘 모르겠어."

"그러면서……."

"이래도 되는지 말이야."

"네?"

의외의 말에 멜즈가 고개를 갸웃거리자, 이사나는 진지한 얼굴로 말했다.

"내 감정에 확신이 없어서 망설였던 건 사실이야. 하지만 무엇보다도 멜즈, 넌 아직 어려."

"……."

"앞으로 넌 나보다 더 좋은 사람을 만날 기회가 얼마든지 있어. 하지만…… 난, 네 앞에 있는 사람은 네 생각보다 좋은 사람이 아닐 수 있어."

또 똑같은 말이었다. 멜즈는 도저히 이해할 수 없었다. 어째서 이사나는 이토록 자기자신에게 자신감이 없는지 알 수 없었다.

이렇게 눈부신데.

멜즈는 이사나를 똑바로 쳐다보며 말했다.

"저요, 확실히 이사나보다는 어려요. 하지만 그렇다고 판단력까지 흐린 건 아니에요."

"……."

"제국 대학에 있으면서, 그리고 훈련소에서 여기까지 오면서 수많은 사람들을 만나봤어요. 하지만 이사나만큼, 아니, 이사나처럼 연인이 되고 싶다고 생각한 사람은 없었어요."

"……."

"내가 좋아하는 사람은, 아니, 사랑하는 사람은 이사나뿐이에요."

멜즈의 단호한 고백에 이사나의 얼굴이 일그러졌다. 웃는 것도 우는 것도 아닌 이상한 얼굴에 멜즈는 괜히 가슴이 아려왔다. 무슨 이유로 이사나가 기쁜 걸 제대로 표현하지 못하고 울상을 짓는지 알 수 없었다.

감정을 억누르려 애를 쓰는 그 가여운 모습에 멜즈의 심이 가쁘게 뛰었다. 보듬어 주고 울지 말라고 위로해 주고 싶으면서도 사랑스러워 입을 맞추고 싶어졌다. 멜즈는 열에 들뜬 눈으로 이사나를 바라보는데, 이사나가 그런 멜즈를 말없이 마주 보다가 눈을 감고 입술을 겹쳐왔다.

뜨거우면서도 말랑한 감촉이 생경했다. 이제껏 몇 번 입술을 훔친 적은 있어도 이렇게 정당하게 입술을 겹쳐 본 건 처음이었다. 주워들은 건 많았지만, 뭘 어떻게 해야 할지 몰라 멜즈는 입술만 비비고 있는데, 돌연 이사나가 뒷머리를 받치더니 입 안으로 혀를 집어넣었다. 멜즈가 흠칫 놀라자, 이사나는 허락을 구하듯 조심스럽게 혀끝을 톡 건드렸다. 그에 멜즈가 어색하게 맞부딪치자 이사나는 더 깊숙이 키스하며 멜즈의 입술을 잘근거렸다. 마치 잡아먹히는 듯한 키스에 멜즈는 몸이 파르르 떨려 왔다. 이사나의 몸에서 나는 농밀한 향이 한층 더 짙어지는 기분이 들기도 했다. 혀가 부딪치고 미끄러지며 치열과 입천장이 핥아졌다. 이제껏 했던 키스는 그저 어린애 장난이었다는 듯 입맞춤은 뜨겁기 그지없었다.

"······어때?"

이사나는 흠뻑 젖은 멜즈의 입가를 엄지로 닦으며 장난스럽게 물었다. 얼굴이 화끈거렸다. 심장이 턱 끝까지 치고 올라와 제대로 서 있을 수가 없었다.

"······이사나····· 왜 이렇게 잘해요?"

그 말에 이사나는 눈을 휘며 웃었다. 하······. 진짜 배신이야······. 여태껏 연애하는 티는 조금도 안 낸 사람이 어떻게 이렇게 능숙한 키스를 할 수 있지? 아무래도 이사나의 말대로 자신은 이사나에 대해 모르는 게 많은 듯했다. 왠지 화가 난 멜즈는 이번엔 자신이 먼저 이사나를 끌어당겼다. 서툴게나마 아까 이사나가 했던 키스를 흉내 내자, 격려하듯 이사나가 호응해 주었다.

"하아······."

정신을 차리자, 두 사람 다 몰골이 말이 아니었다. 옷은 구겨지고 머리카락은 부스스한 데다 입가는 침 범벅이었다. 멜즈는 얼굴이 빨개졌다. 이런 모습을 보이는 게 처음이라 낯간지럽고 부끄러웠다. 키스하자고 해서 하긴 했는데, 멜즈는 왠지 부족한 기분이 들었다. 그건 이사나 역시 마찬가지인지 연신 멜즈의 입가를 핥으며 아쉬운 기색을 보였다. 왠지 이럴 때가 있다. 처음 시작할 때는 망설여도 막상 시작하고 나면 정신없이 빠져들 때가 말이다.

멜즈는 확신했다. 키스보다 더 한 것도 이사나와 할 수 있다고. 그저 그 행위를 견디는 게 아닌, 정말 원해서 그 행위를 나눌 수 있다고. 멜즈는 이사나의 옷깃을 꽉 움켜쥐며 속삭이듯 말했다.

"……침대로 가지 않을래요?"

"……."

"좀 더…… 이사나를 만지고 싶어요."

수줍지만 확고한 의지가 서린 말에 이사나는 놀란 듯 눈을 껌뻑이다가 멜즈의 입술에 키스하며 말했다.

"그러자."

이사나의 승낙에 멜즈는 심장이 터질 듯이 두근거려왔다. 하늘을 나는 듯한 기분이 들기도 했다. 멜즈는 새빨개진 얼굴로 이사나와 함께 침대로 가는데, 이사나가 침대에 앉기 직전에 말했다.

"그런데 그 전에……."

"……?"

"불, 끄면 안 될까?"

불? 이사나의 말에 멜즈는 희미하게 주변을 비추는 전등을 바라보았다. 어차피 윤곽만 간신히 보일 정도로 약한 불빛이었다. 오히려 불을 끄면 이사나의 얼굴을 제대로 볼 수 없을 것 같아 내키지 않는데, 이사나가 머뭇거리다가 말했다.

"……추하거든, 안이."

"전 이사나가 어떤 모습을 하고 있어도 상관없어요."

"하지만 보여 주고 싶지 않아."

희미하게 수치심이 엿보이는 그의 말에 멜즈는 더 말하지 않고 고개를 끄덕였다. 불을 끄자 한 치 앞도 보이지 않을 만큼 눈앞이 어두워졌다. 하지만 이사나가 어디에 있는지 정도는 훤히 알 수 있었다. 그의 체취가 그가 있는 방향을 알려 주었다.

어둠을 헤치고 나아가자 침대에 앉은 그를 만날 수 있었다. 수려

하면서도 남자다운 그의 얼굴을 손끝으로 더듬고 매끄러운 머리카락을 마음껏 만지작거렸다. 피보호자가 아닌, 연인에게만 허용되는 이 행위에 멜즈는 고양감을 느꼈다.

그의 무릎 위로 올라타자, 이사나는 당연하다는 듯 자신을 끌어당겨 입을 맞췄다. 부리로 쪼듯 수줍게 이어지던 키스가 공격적인 입맞춤으로 뒤바뀌는 데는 얼마 걸리지 않았다. 모르는 사이 내심 서로를 많이 원했던 모양이다. 이리저리 각도를 틀며 서로를 확인하는 행위에 탐닉해 있는데, 이사나가 더 이상 무게를 버티지 못하고 뒤로 넘어가 버렸다.

"하아, 괜찮, 아요?"

이사나와 함께 침대 위에 쓰러진 멜즈가 걱정하며 묻는데, 이사나는 대답 대신 짧게 키스해 왔다. 그걸 되돌려 주듯 멜즈 역시 이사나에게 입술을 겹쳤다.

마치 꿈을 꾸는 것 같았다. 이사나와의 키스는 생각보다 훨씬 기분이 좋았고 훨씬 더 그를 사랑하게 했다.

이제 그는 내 것이다.

포만감을 닮은 기묘한 만족감에 눈알이 뜨거워졌다. 하지만 부족했다. 이대로는 절대적으로 부족했다. 탐해도 탐해도 허기진 기분에 멜즈는 이사나의 목을 핥으며 셔츠 안으로 손을 집어넣었다. 그러자 그의 탄탄하고 납작한 배가 놀란 듯 쏙 들어갔다. 하지만 막지는 않았다.

잘 만들어진 복근을 이리저리 훑는데. 의외로 이사나의 몸에는 상처가 많았다. 자잘한 생채기부터 꽤 길게 꿰맨 수술 자국까지. 하나씩 개수를 헤아리다 보니 갑자기 속상해졌다.

"멜즈, 간지러워……."

이사나는 남의 속도 모른 채 킥킥거리며 몸을 뒤틀었다. 이렇게 다치고도 태연한 얼굴로 거짓말을 해댄 그가 얄미워 멜즈는 그의 아랫입술을 꽉 깨물었다. 하지만 그걸 장난이라고 생각했는지 이사나는 여전히 웃으며 멜즈에게 키스했다. 혀를 섞다 보니 그래도 섭섭했던 마음이 조금씩 누그러져갔다. 아까 미안했다는 듯 깨물었던 입술을 혀로 핥자, 이사나는 코를 비비며 멜즈의 옷을 벗겼다. 그에 멜즈 역시 이사나의 옷을 벗긴 뒤 조심스럽게 그와 몸을 겹쳤다.

"……!"

맨살이 닿자, 뜨거움이, 향기가 배가 되었다. 체향이 너무 지독해 머리가 줄줄 녹아 버리는 것 같았다. 온몸이 덜덜 떨려 왔다. 순식간에 형태를 갖춘 성기가 너무 당겨 아플 정도였다. 본능이 시키는 대로 그의 입 안을 탐하고 터질 듯한 성기를 그의 몸에 비벼 댔다. 당장 이걸 해소하지 않으면 머리가 절절 끓어올라 다 타 버릴 것 같았다. 어찌할 줄을 모르며 끙끙거리자, 이사나가 멜즈의 것을 손으로 잡았다. 멜즈는 움찔 몸을 떠는데, 이사나가 천천히, 부드럽게 손으로 성기를 쓸기 시작했다.

"웃, 크, 이사나, 훗, 이사나……!"

지독한 감각에 멜즈는 비명을 내지르며 이사나를 끌어안았다. 하지만 이사나는 더욱 노골적인 손놀림으로 페팅을 할 뿐이었다. 굳은 살이 박인 손으로 고환을 주무르고 느릿하게 기둥을 흔들다가 귀두 끝을 엄지로 빙글빙글 돌리기도 했다.

"흐웃, 으응, 이, 이사나, 이사나……!"

당장에라도 추락할 듯한 아찔함에 멜즈는 눈물을 줄줄 흘리며 이사나의 어깨에 마구 얼굴을 비벼 댔다. 평소라면 생각도 못했을 어리광이었지만, 열락은 멜즈가 각오했던 것보다 훨씬 깊고 처절한 것이었다. 절정에 다다른 순간, 멜즈는 눈앞이 새하얗게 되는 걸 느끼며 허겁지겁 이사나에게 매달렸다.

"미, 미안해요! 이사나……."

예고 없이 도달한 절정으로 멜즈는 이사나의 손에 사정하고 말았다. 민망해진 멜즈는 얼굴을 새빨갛게 물들이며 사과하는데, 이사나가 선선히 웃으며 말했다.

"미안해할 필요 없어, 멜즈."

"……."

"늦었으니 이만 정리하고 잘까? 내일도 일찍 일어나야 하잖아."

그러면서 이사나는 침대 주변에 벗어 둔 옷을 집어 들었다. 뭐야, 정말 끝내려는 거야? 진짜로? 멜즈는 황급히 이사나를 붙잡으며 말했다.

"하, 하지만 이사나는 안 했잖아요."

"아니, 난 굳이 안 해도……."

"그런 게 어딨어요! 불공평하잖아요!"

이사나가 도망갈세라 도로 그를 침대에 눕힌 멜즈는 그의 위에 올라탔다. 그러자 이사나는 몹시 난감한 목소리로 멜즈를 회유하려 들었다.

"멜즈, 정말이야. 난 안해도 상관, 윽……!"

갑자기 중심이 붙잡힌 이사나는 억눌린 신음을 내뱉는데, 멜즈가 떠듬떠듬 떨리는 목소리로 말했다.

"이사나도, 이렇게 커졌는데…… 이대로는 힘들지 않아요?"

"아니, 그냥 놔두면……!"

"제가 있잖아요, 그런데 왜 내버려 둬요? 도와줄게요."

"괜찮⋯⋯! 멜즈! 잠깐만⋯⋯!"

이사나는 멜즈가 하는 행동에 경악하며 그를 불렀다. 하지만 멜즈는 입 안에 머금은 이사나의 것을 더욱 더 깊게 집어삼킬 뿐이었다. 맙소사⋯⋯! 귓가로 이사나가 찬탄하는 소리가 들렸지만, 멜즈는 꿋꿋하게 버텼다.

사실은 이사나의 것을 물고 있는 것만으로도 벅찼다. 이사나의 것은 성인 남성답게 매우 컸고 구음에 자극받은 성기가 입안에서 점차 크기를 불려 가고 있었기 때문이다. 반만 물어도 입 안이 꽉 들어찼지만, 멜즈는 삼키듯 이사나의 것을 전부 먹으려 들었다. 서툴기 짝이 없는 구음에 이사나는 애원하듯 말했다.

"멜, 즈⋯⋯! 그만⋯⋯! 제발⋯⋯!"

하지만 멜즈는 절대 안 된다는 듯 오히려 이사나의 것을 쭉쭉 빨아 댈 뿐이었다. 이사나의 허벅지를 단단히 붙잡은 채 양 볼이 홀쭉해지도록 빨고 추삽질을 하자, 이사나는 온몸을 덜덜 떨며 탄식을 내뱉었다.

"너⋯⋯! 도대체, 웃, 이런 건, 어디서⋯⋯."

경악과 자괴감이 뒤섞인 그의 말에 멜즈는 기뻐져 더욱 열심히 이사나의 것을 빨았다. 서툴게나마 기둥을 혀로 감싸고 속도를 더하자, 첨단에서 선액이 줄줄 흘러나오기 시작했다. 입 안에 아릿하게 감도는 쓴맛으로 이사나가 제대로 느끼고 있다는 걸 깨달은 멜즈는 성취감을 느꼈다. 그런데 이사나가 대뜸 멜즈의 머리채를 움켜쥐었다.

"뱉어⋯⋯."

"⋯⋯?"

"뱉으라고!"

이사나는 사납게 일갈하며 멜즈의 머리를 억지로 들어 올렸다. 그러자 입 안을 가득 채우고 있던 성기가 젖은 소리를 내며 밖으로 빠져나왔다. 멜즈는 불안한 눈으로 이사나가 있는 쪽을 올려다보았다. 내가 너무 과했나? 이사나는 이런 걸 싫어하는 취향이었나? 멜즈는 괜한 짓을 한 자신을 책망하는데, 돌연 이사나가 멜즈의 머리채를 움켜쥔 채 거칠게 입술을 부딪쳐 왔다. 이제까지 한 키스는 봐준 것이라는 듯 난폭하기 짝이 없었다. 이가 부딪치고 혓바닥이 빨리고 입술이 마구잡이로 씹혔다. 아주 뼈째 씹어 먹히는 듯한 그런 키스였다.

이사나는 키스를 하며 자신의 것을 훑고 있었다. 야만적이면서도 흉폭한 그의 행동에 멜즈는 무섭다기보다 흥분되어 등골이 오싹오싹해졌다. 어느새 멜즈 역시 자신의 것을 훑고 있었다. 이사나와 계속 혀를 섞으며 무언가에 홀린 듯 절정을 추구했다.

사정한 것은 거의 동시였다. 상대의 날숨이 고스란히 느껴질 정도로 뜨겁게 키스하며 서로의 몸에 서로의 것을 흩뿌렸다. 미안하다는 생각은 조금도 들지 않았다. 영역 표시를 하는 것처럼 당연하게 느껴질 뿐이었다.

연속으로 두 번이나 사정한 멜즈는 이사나의 어깨에 머리를 기댄 채 기진맥진 헐떡였다. 미쳤다, 정말…… 이런 건 미친 게 틀림없었다. 생전 처음 겪어 보는 극렬한 쾌감에 멜즈는 이제껏 헛살았다는 생각이 들기까지 했다.

이렇게 좋은 줄 알았으면 진작에 할 걸……

멜즈는 지나치게 서로에게 조심했던 시간들이 아깝게 느껴지는데, 이사나가 멜즈를 꽉 끌어안으며 한탄하듯 말했다.

"멜즈…… 도대체 그런 건 어디서 배운 거니."

"그런 거라니요?"

"……아까 입으로 했던 거…….."

이사나의 말에 멜즈는 귀 끝까지 빨개졌다. 아까는 급한 마음에 다짜고짜 이사나의 것을 입에 머금었지만, 지금 돌이켜 생각해 보니 미친 짓이었다. 멜즈는 민망함에 어찌할 줄을 모르며 얼버무렸다.

"……그냥, 여기저기서……."

"여기저기? 도대체 어디서? 누가 너한테 이런 거 시켰었니?"

걱정을 하다못해 누구 한 사람을 잡을 듯한 날카로운 말투에 멜즈는 허둥지둥 해명했다.

"아, 아니에요, 누가 시킨 거. 그냥…… 애들이 떠들어 대는 거 있잖아요……!"

이사나의 마음을 얻기 위해 콜로니로 오면서 누구보다도 병사들의 음담패설을 열심히 경청한 멜즈였다. 이론만큼은 박사 학위를 받아도 될 정도였다. 그저 그랬을 뿐인데, 이사나가 오해한 것 같아 멜즈는 괜히 부끄러워졌다. 멜즈가 험한 일을 당한 게 아니라는 걸 알게 된 이사나는 안도의 한숨을 내쉬며 말했다.

"다음부터는 그런 거 하지 마."

"왜요? 좋지 않았어요?"

멜즈의 말에 이사나는 곤란한 듯 침음을 삼키며 말했다.

"좋긴 했지만……."

이사나는 말을 고르듯 잠시 머뭇거리다가 말했다.

"그래도 같이 좋았으면 좋겠어. 네가 내 기분만 신경 쓰는 게 아니라."

이사나의 말에 멜즈는 가슴이 뭉클해지는 걸 느꼈다. 세상에 겨우 그런 이유로 하지 말라니……! 이사나는 정말 천사임이 틀림없었다. 어떻게 사람이 이렇게 상냥할 수 있을까? 어떻게 이런 사랑스러운 사람과 맺어질 수 있을까?

자신이 생각해도 믿어지지 않는 행운에 멜즈는 대뜸 이사나를 꽉 끌어안으며 소리쳤다.

"이사나! 좋아해요!"

"멜즈?"

"당신을 좋아해요! 사랑해요! 나 정말, 이사나를 만나서 다행이에요! 당신과 맺어져서…… 이대로 죽어도 여한이 없어요……!"

다소 격앙된 듯한 멜즈의 말에 이사나는 멜즈의 등을 토닥이며 타일렀다.

"멜즈, 농담이라도 그런 말은 하면 안 돼."

"하지만 사실인걸요? 나 지금 너무 행복해요. 이사나를 따라와서, 그래서 정말 다행이에요. 당신을 만난 게 제 인생 최대 행운이에요."

연정이 고스란히 느껴지는 절절한 고백에 이사나는 우뚝 굳어졌다. 한동안 말없이 멜즈의 품에 안겨 있던 이사나는 돌연 멜즈를 꽉 끌어안았다. 숨이 막힐 정도의 억센 포옹에 멜즈가 살짝 괴로움을 느끼는데, 문득 이사나의 몸이 잘게 떨리는 게 느껴졌다. 마치 우는 것처럼 말이다. 하지만 울음소리는 조금도 들려오지 않았다. 다만 평소보다 가라앉은 목소리로 이렇게 말할 뿐이었다.

"나야말로…… 나야말로 너와 만나서 다행이야."

"이사나?"

"널 만난 건 내 인생 최대 행운이야. 지금도 믿어지지 않을 정도로."

이사나의 말에 멜즈는 눈물이 나올 것 같았다. 이제껏 이사나를 찾아, 이사나의 마음을 얻기 위해 해 왔던 고생들이 사르륵 녹는 기분이 들었다. 응석 부리듯 그의 어깨에 이마를 문지르고 있으려니 이사나가 말했다.

"멜즈."

"네."

"부탁이 있어."

부탁? 멜즈는 어리둥절해하며 어둠 속에 파묻힌 이사나를 올려다보는데, 이사나가 주저하다가 말했다.

"앞으로 내가 어떻게 되든 계속 살아 있어 줘."

"이사나?"

"설령 내가 죽게 되더라도 그래도 너만은 계속 살아 있어 줘. 위험한 짓 하지 말고 너 자신을 아끼면서, 좋아하는 사람들과 계속 행복하게 살아 줘."

"네? 그게 무슨……."

"제발…… 그렇게 하겠다고 약속해, 부탁이야."

이사나는 전에 없이 간절한 목소리로 말했다. 그에 멜즈는 왜 그런 말을 하냐고 묻고 싶었지만, 이사나의 모습이 너무 불안정해 보여 물어볼 수조차 없었다.

나는 이렇게 행복한데, 당신은 무엇이 그렇게 두려운 걸까.

멜즈는 궁금했지만, 결국 이렇게 말할 수밖에 없었다.

"알았어요. 설령 이사나가 없더라도 계속 씩씩하게 살아갈게요."

그렇게 멜즈는 지키기 힘든 약속을 하게 되었다.

.